BIBLIOTHEK DER SCIENCE FICTION LITERATUR

Herausgegeben von Wolfgang Jeschke

Von Thomas M. Disch erschienen in der Reihe
BIBLIOTHEK DER SCIENCE FICTION LITERATUR:

Camp Concentration · 06/9
Angoulême · 06/18
Auf Flügeln des Gesangs · 06/40

und in der Reihe
HEYNE SCIENCE FICTION & FANTASY:

Die Duplikate · 06/3294
Jetzt ist die Ewigkeit · 06/3300
Die Feuerteufel · 06/3457

THOMAS M. DISCH

# AUF FLÜGELN DES GESANGS

*Science Fiction Roman*

Sonderausgabe

Mit einem Nachwort
von Michael Nagula

WILHELM HEYNE VERLAG
MÜNCHEN

BIBLIOTHEK DER SCIENCE FICTION LITERATUR
Band 06/40

Titel der amerikanischen Originalausgabe
ON WINGS OF SONG
Deutsche Übersetzung von Irene Holicki
Das Umschlagbild schuf Ulf Herholz
Illustriert von Jobst Teltschik

Redaktion: Wolfgang Jeschke

Printed in Germany 1986
Umschlaggestaltung: Atelier Ingrid Schütz, München
Satz: Schaber, Wels
Druck und Bindung: Presse-Druck, Augsburg

ISBN 3-453-31218-X

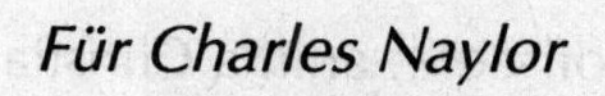

*Für Charles Naylor*

Profiscere, anima Christiana,
de hoc mundo.

# Erster Teil

## 1

Als Daniel Weinreb fünf war, verschwand seine Mutter. Obwohl er wie sein Vater beschloß, das als persönliche Beleidigung zu betrachten, kam er bald soweit, das Leben ohne sie vorzuziehen. Sie war eine weinerliche Frau gewesen, die lange, zusammenhanglose Reden zu führen pflegte und Anfälle unterdrückten Hasses auf Daniels Vater hatte, von denen Daniel immer etwas abbekam. Sie war sechzehn gewesen, als sie geheiratet hatte, einundzwanzig, als sie mit ihren beiden Koffern, der Stereoanlage und dem Silberbesteck für acht Personen verschwunden war, das ihnen die Großmutter ihres Mannes, Adah Weinreb, zur Hochzeit geschenkt hatte.

Nachdem das Konkursverfahren vorbei war — es hatte sich ziemlich lange hingezogen, schon ehe das geschah —, brachte Daniels Vater, Dr. med. dent. Abraham Weinreb, seinen Sohn tausend Meilen weit weg in die Stadt Amesville, Iowa, die einen Zahnarzt brauchte, weil der letzte gestorben war. Sie zogen in eine Wohnung über der Praxis, wo Daniel sein eigenes Zimmer bekam, nicht nur eine Couch, die in ein Bett verwandelt werden konnte. Es gab Hinterhöfe und Straßen, wo man spielen konnte, Bäume zum Klettern und den ganzen Winter lang Berge von Schnee. Kinder schienen in Amesville wichtiger zu sein, und es gab mehr davon.

Abgesehen vom Frühstück nahm Daniel die meisten seiner Mahlzeiten in einer großen Cafeteria in der Stadt ein, und sie schmeckten viel besser als die, die seine Mutter gekocht hatte. In beinahe jeder Beziehung war es ein besseres Leben.

Trotzdem redete er sich ein, wenn er ärgerlich war, wenn er sich langweilte oder mit einer Erkältung krank im Bett lag, daß er sie vermißte.

Es schien ungeheuerlich, daß er, der sich mit solch großem Erfolg bei den Müttern seiner Freunde einschmeicheln konnte, selbst keine eigene Mutter haben sollte. Er fühlte sich als Außenseiter. Aber selbst das hatte seine gute Seite: Außenseiter sein, das konnte auch bedeuten, daß er über den anderen stand. Zeitweise schien es so. Denn die Abwesenheit seiner Mutter war nicht ein sachlicher, durch den Tod bedingter Verlust, sondern ein Geheimnis, über das Daniel ständig nachgrübelte. Es war ein unleugbarer Vorzug, der Sohn eines Geheimnisses zu sein, und in Beziehung zu einem derartigen Drama zu stehen. Die abwesende Milly Weinreb wurde für Daniel zum Symbol für all die weiteren Möglichkeiten der Welt außerhalb von Amesville, das ihm schon im Alter von sechs und dann von sieben Jahren gegenüber der großen Stadt, in der er vorher gelebt hatte, sehr eingeschränkt erschien.

Er hatte eine vage Vorstellung, warum sie fortgegangen war. Zumindest kannte er den Grund, den sein Vater am Telephon Großmutter Weinreb gegenüber angegeben hatte, an jenem Tag, als es geschehen war. Der Grund war, daß sie fliegen lernen wollte. Fliegen war unrecht, aber eine Menge Leute taten es trotzdem. Zwar nicht Abraham Weinreb und auch niemand von den anderen Leuten in

Amesville, denn hier draußen in Iowa war es gegen das Gesetz, und die Leute machten sich Sorgen darüber und betrachteten das Fliegen als einen Teil des allgemeinen Niedergangs des Landes.

Obwohl es bestimmt nicht richtig war, stellte sich Daniel sehr gerne seine Mutter vor, wie sie, zusammengeschrumpft auf die Größe eines Erwachsenenfingers, über die weiten, verschneiten Räume flog, die er selbst im Flugzeug überquert hatte, auf winzigen, schwirrenden, goldenen Flügeln (damals in New York hatte er gesehen, wie Feen aussahen, obwohl das natürlich nur die Vorstellung eines Künstlers gewesen war), wie sie nach Iowa flog, die ganze Strecke, nur um ihn heimlich zu besuchen.

Wenn er zum Beispiel mit seinem Baukasten spielte, konnte es ihm plötzlich einfallen, alle Ventilatoren in den drei Räumen abzuschalten und die Kaminklappe zu öffnen. Er stellte sich vor, wie seine Mutter ganz oben auf den rußigen Ziegeln saß und stundenlang darauf wartete, daß er sie ins Haus ließ, wie sie schließlich durch den offenen Kamin herunterkam und im Zimmer umherflatterte. Sie würde dasitzen und ihm beim Spielen zusehen, stolz und gleichzeitig betrübt, weil sie keine Möglichkeit hatte, mit ihm zu sprechen oder ihn auch nur wissen zu lassen, daß sie existierte.

Vielleicht brachte sie zu dem Besuch auch ihre Feenfreunde mit ... einen kleinen Trupp davon, die dann auf den Regalen und den Hängepflanzen sitzen oder sich wie Motten um eine elektrische Glühbirne drängen würden.

Und vielleicht waren sie wirklich da. Vielleicht war es nicht alles nur Einbildung, denn Feen sind schließlich unsichtbar. Aber wenn sie da waren, dann war es nicht richtig, was er tat, denn man sollte keine Feen in sein Haus lassen. Also entschied er sich dafür, daß nur er selbst sich die Geschichten ausdachte.

Als Daniel Weinreb neun Jahre alt war, tauchte seine Mutter wieder auf. Sie war vernünftig genug, zuerst zu telephonieren, und weil es ein Sonnabend war, an dem das Mädchen frei hatte, bediente Daniel die Vermittlung und war so der erste, der mit ihr sprach.

Er meldete sich wie immer mit: »Hier Ärztevereinigung Amesville, guten Morgen.«

Eine Telephonistin sagte, sie habe ein R-Gespräch aus New York für Abraham Weinreb.

»Tut mir leid«, deklamierte Daniel, »aber er kann jetzt nicht an den Apparat kommen. Er hat einen Patienten bei sich. Kann ich etwas ausrichten?«

Die Telephonistin beriet sich mit einer anderen Stimme, die Daniel kaum verstehen konnte, einer Stimme wie von einer Schallplatte, wenn der Lautsprecher abgeschaltet ist und ein anderer mit Kopfhörern zuhört.

Als ihn die Telephonistin fragte, wer er sei, wußte er irgendwie, daß es seine Mutter sein mußte, die da anrief. Er antwortete, er sei Abraham Weinrebs Sohn. Eine weitere, kürzere Unterredung folgte, dann fragte die Telephonistin, ob er den Anruf entgegennehmen würde.

Er sagte ja.

»Danny, Danny, mein Schatz, bist du das?« fragte eine Stimme, die weinerlicher war als die der Telephonistin.

Er wollte sagen, daß er niemals von irgend jemandem Danny genannt würde, aber das schien ihm zu unfreundlich. Er beschränkte sich deshalb auf ein zweideutiges »Hm«.

»Hier spricht deine Mutter, Danny.«

»Oh. Mutter. Hallo!« Sie sagte immer noch nichts. Alles blieb an ihm hängen. »Wie geht es dir?«

Sie lachte, und dadurch schien ihre Stimme tiefer zu werden.

»Oh, es könnte schlimmer sein.« Sie machte eine Pause,

dann fügte sie hinzu: »Aber nicht sehr viel. Wo ist dein Vater, Danny? Kann ich ihn sprechen?«

»Er macht gerade eine Füllung.«

»Weiß er, daß ich anrufe?«

»Nein, noch nicht.«

»Nun, würdest du es ihm dann bitte *sagen?* Sag ihm, es ist Milly, und sie ruft von New York aus an.«

Er prüfte den Namen auf der Zunge: »Milly.«

»Richtig, Milly. Abkürzung für ... weißt du, wofür?«

Er dachte nach. »Millicent?«

»Allmächtiger Gott, nein. Mildred — ist das noch nicht schlimm genug? Spricht er denn überhaupt niemals von mir?«

Er versuchte nicht, ihrer Frage auszuweichen, nur schien seine eigene so viel wichtiger zu sein. »Willst du hierher kommen?«

»Ich weiß noch nicht, es hängt unter anderem davon ab, ob Abe mir das Reisegeld schickt. Möchtest du denn, daß ich komme?«

Obwohl er sich dessen nicht sicher war, schien es seine Pflicht, ja zu sagen, er wolle es. Aber er hatte gezögert, merklich gezögert, daher war das Verdienst, die richtige Antwort gegeben zu haben, größtenteils verloren. Sie wußte, daß er es nur aus Höflichkeit gesagt hatte.

»Danny, warum sagst du ihm nicht endlich, daß ich am Apparat bin?« Ihre Stimme klang wieder weinerlich.

Daniel gehorchte. Wie er schon geahnt hatte, war sein Vater ärgerlich, als er in der Tür erschien. Eine Zeitlang stand er nur da. Er wollte vor der Patientin im Stuhl, einer dicken Farmersfrau, die eine Krone auf den linken, oberen Eckzahn aufgesetzt bekam, nicht sagen, wer am Telephon war. Er sagte: »Da ist ein Anruf aus New York.«

Sein Vater sprühte immer noch Blitze mit den Augen. Verstand er ihn?

»Eine Frau«, fügte Daniel bedeutungsvoll hinzu. »Ruft mit R-Gespräch an.«

»Du weißt doch, daß du mich nicht unterbrechen sollst, Daniel. Sag ihr, sie soll warten.«

Er ging wieder an die Vermittlung. Ein weiterer Anruf kam gerade herein. Er stellte ihn schnell auf ‚Warten', dann sagte er zu seiner Mutter: »Ich habe es ihm gesagt. Du sollst warten. Er kann wirklich nicht mittendrin aufhören.«

»Nun, dann warte ich eben.«

»Da ist noch ein Anruf. Ich muß dich auf ‚Warten' schalten.«

Sie lachte wieder. Es war ein angenehmes Lachen. Er sah voraus, wenn auch nicht mit so vielen Worten, daß es nötig sein würde, sie bei guter Laune zu halten. Vorausgesetzt, daß sie nach Amesville kommen würde. Daher fügte er beinahe mit Überlegung ein liebevolles Nachwort an: »Mensch, Mom, ich hoffe, es klappt alles, damit du zu uns kommen und bei uns bleiben kannst.« Er schaltete sie auf ‚Warten', ehe sie antworten konnte.

Weil das Flugzeug von New York gekommen war, mußten die Passagiere mit ihrem Gepäck sehr lange warten, ehe sie von der staatlichen Polizeikontrolle freigegeben wurden. Daniel dachte bei einigen der Frauen, die durch die weißen Kunststofftüren kamen, das könnte seine Mutter sein, aber als sie schließlich wirklich erschien, ganz erschöpft und erhitzt, der allerletzte Passagier, der abgefertigt wurde, da war sie unverkennbar. Sie war nicht die Mutter, die er sich während all der Jahre vorgestellt hatte, aber sie war ohne jeden Zweifel diejenige, die er zu vergessen versucht hatte, ohne es jemals ganz zu schaffen.

Sie war attraktiv, aber eher auf eine verletzliche denn auf eine vitale, gesunde Weise. Sie hatte große, müde, braune Augen, eine wirre Masse von Pferdehaar, das ihr über die

Schultern hing, als wäre es als Dekoration gedacht. Ihre Kleidung war einfach und hübsch, aber für Iowa Mitte Oktober nicht warm genug.

Sie war nicht größer als eine durchschnittliche Achtkläßlerin, und abgesehen von einem großen, hochgeschnürten Busen hatte sie nicht mehr Fleisch am Körper als die Leute, die man in den Werbespots für Religion im Fernsehen sah. Sie hatte ihre Nägel unheimlich lang wachsen lassen und bewegte, wenn sie redete, ständig unruhig ihre Finger, so daß man es nicht übersehen konnte. Der eine Arm war mit Dutzenden von Armbändern aus Metall, Plastik und Holz bedeckt, die die ganze Zeit klirrten und klapperten.

Auf Daniel wirkte sie so bizarr wie eine exotische Hunderasse von der Art, die niemand je wirklich besitzt, und die man nur in Büchern sieht. Die Leute in Amesville würden sie anstarren. Die im Flughafenrestaurant taten es bereits.

Sie aß ihren Hamburger mit Messer und Gabel. Vielleicht (überlegte Daniel) hinderten ihre langen Fingernägel sie daran, ihn mit dem Brötchen aufzunehmen. Die Fingernägel waren wirklich erstaunlich, eine Schau. Nicht einmal während sie aß, hörte sie auf zu reden, obwohl man aus dem, was sie sagte, nicht sehr viel entnehmen konnte. Offensichtlich versuchte sie, einen guten Eindruck zu machen, sowohl auf Daniel als auch auf seinen Vater. Ebenso offensichtlich war sie sauer wegen der Untersuchung, die sie gerade über sich hatte ergehen lassen müssen. Die Polizei hatte ein Transistorradio und vier Stangen Zigaretten beschlagnahmt, weil sie nicht genug Geld gehabt hatte, um die Stempelsteuer von Iowa dafür zu bezahlen. Daniels Vater konnte die Zigaretten für sie zurückbekommen, aber nicht das Radio, weil man damit Stationen in verbotenen Frequenzbereichen empfangen konnte.

Im Wagen auf dem Rückweg nach Amesville rauchte

und schnatterte seine Mutter die ganze Zeit und machte eine Menge nervöser, nicht sehr lustiger Witze. Sie bewunderte alles, was sie sah, in einem Ton von süßlicher Ernsthaftigkeit, als wären Daniel und sein Vater persönlich für ganz Iowa verantwortlich und müßten dafür gelobt werden, für die Maisstengel auf den Feldern, die Scheunen und Silos, das Licht und die Luft. Dann vergaß sie sich einen Augenblick lang, und man konnte sehen, daß sie nicht ein einziges Wort davon wirklich ehrlich meinte. Sie schien Angst zu haben.

Sein Vater begann ebenfalls, die Zigaretten zu rauchen, obwohl das etwas war, was er sonst niemals tat. Der Mietwagen füllte sich mit Rauch, und Daniel wurde übel. Er konzentrierte sich auf den Kilometerzähler, der stetig die Strecke verringerte, die sie noch bis Amesville zu fahren hatten.

Am nächsten Tag war Samstag, und Daniel mußte um sechs Uhr morgens aufstehen, um an einem Treffen des »Jungen Iowa« im Otto-Hassler-Park teilzunehmen. Bis er gegen Mittag wieder zu Hause war, hatte man Milly in eine Form gebracht, die dem Bild einer Amesviller Hausfrau ziemlich nahekam. Bis auf ihre zu kleine Gestalt hätte sie direkt dem Schaufenster für Damenbekleidung bei Burns und McCauley entstiegen sein können: eine adrette, praktische, grüne Bluse mit hübschen, praktischen weißen Gänseblümchen bestreut, ein knielanger Rock mit wellenförmigen, sieben Zentimeter breiten, quer verlaufenden, violetten und gelbgrünen Streifen, dazu passende, strapazierfähige Strümpfe.

Ihre Fingernägel waren auf normale Länge zurückgeschnitten, und ihr Haar hatte sie geflochten und um den Kopf gewunden wie eine Kappe, so wie es Daniels Lehrerin der vierten Klasse (er war jetzt in der fünften), Mrs. Boismortier, trug. Seine Mutter hatte nur eines der Armbänder von gestern angelegt, einen Plastikreifen, der zu dem Grün in ihrem Rock paßte.

»Nun?« fragte sie ihn und nahm eine Pose ein, in der sie mehr denn je wie eine Schaufensterpuppe wirkte.

Er fühlte sich wieder völlig bestürzt. Seine Knie zitterten von den Freiübungen im Park, und er warf sich aufs Sofa, in der Hoffnung, sein Entsetzen dadurch zu verbergen, daß er demonstrierte, wie erschöpft er war.

»Ist es so schlimm?«

»Nein, ich wollte nur ...« Er entschloß sich, ehrlich zu sein, dann stieß er seinen Entschluß wieder um. »Du hast mir so gefallen, wie du vorher warst.« Und das war die halbe Wahrheit.

»Du bist ein richtiger, kleiner Gentleman!« Sie lachte.

»Wirklich?«

»Es ist süß von dir, das zu sagen, mein Herz, aber Abe hat mir ganz klar zu verstehen gegeben, daß mein altes Ich hier einfach nicht gefragt ist. Und er hat recht, so ginge es nicht. Ich kann realistisch sein. Also —«, sie nahm eine neue Schaufensterpose ein, die Arme in einer unbestimmten Verteidigungsstellung erhoben. »— was ich wissen möchte ist nur: Wird mein neues Ich den Ansprüchen genügen?«

Er lachte. »Sicher, ganz sicher.«

»Im Ernst«, beharrte sie in einem Ton, den er überhaupt nicht für ernsthaft halten konnte. Es war, als würde sie alles Normale einfach dadurch parodieren, daß sie es tat, ob sie das nun beabsichtigte oder nicht.

Er versuchte, sie unvoreingenommen zu betrachten, so, als ob er sie nie so gesehen hätte, wie sie angekommen war. »Was deine Kleidung betrifft, ist alles in Ordnung. Nur, dadurch wirst du noch nicht ...«, er errötete, »... unsichtbar. Ich meine ...«

»Ja?« Sie zog ihre geschminkten Augenbrauen in Falten.

»Ich meine, die Leute hier sind neugierig, besonders auf Leute, die aus dem Osten kommen. Schon heute morgen hatten ein paar Kinder davon gehört, und sie haben mich ausgefragt.«

»Worüber genau?«

»Oh, wie du aussiehst, wie du sprichst. Sie sehen Sachen im Fernsehen und glauben, daß sie wahr sind.«

»Was hast du ihnen gesagt?«

»Ich sagte, sie sollen warten und selbst sehen, wie es ist.«

»Nun, keine Sorge, Danny — wenn sie mich tatsächlich zu Gesicht bekommen, werde ich so gewöhnlich aussehen, daß sie ihren ganzen Glauben an das Fernsehen verlieren. Ich bin nicht hierhergekommen, ohne eine ziemlich genaue Vorstellung zu haben, worauf ich mich da einlasse. Wir haben im Osten auch Fernsehen, weißt du, und der Farmgürtel bekommt seinen Teil an Aufmerksamkeit ab.«

»Die sagen sicher, daß wir sehr konformistisch sind, nicht wahr?«

»Ja, das ist sicherlich eines der Dinge, die sie sagen.«

»Warum wolltest du dann eigentlich hierherkommen? Ich meine, abgesehen von uns?«

»Warum? Ich möchte ein nettes, bequemes, sicheres, glückliches Leben führen, und wenn Anpassung der Preis dafür ist, dann passe ich mich eben an. Weißt du, wo du auch immer bist, an irgend etwas paßt du dich immer an.«

Sie streckte die Hände vor sich aus, als betrachte sie ihre kurzgeschnittenen Nägel. Als sie wieder zu sprechen anfing, war ihr Tonfall unzweifelhaft ernst. »Gestern nacht sagte ich zu deinem Vater, ich würde mir Arbeit suchen und ihm helfen, seinen Ausbildungsvertrag ein wenig früher zu erfüllen. Es würde mir wirklich Freude machen zu arbeiten. Aber er sagte, nein, das würde keinen guten Ein-

JOBST H. TELTSCHIK

druck machen. Das ist jetzt meine Aufgabe, einen guten Eindruck zu machen. Also werde ich ein nettes, kleines Hausmütterchen sein und den größten Topflappen der Welt häkeln. Oder was die Hausmütterchen um alles in der Welt sonst hier tun. Ich werde es tun, und ich werde, verdammt noch mal, dabei einen guten Eindruck machen!«

Sie warf sich in einen Sessel und zündete sich eine Zigarette an. Daniel fragte sich, ob sie wohl wußte, daß die meisten Hausfrauen in Amesville nicht rauchten, besonders nicht in der Öffentlichkeit. Und dann dachte er: mit ihm zusammen, das war nicht das gleiche wie in der Öffentlichkeit. Er war schließlich ihr Sohn!

»Mutter ... darf ich dich etwas fragen?«

»Sicher, solange ich nicht darauf antworten muß.«

»Kannst du fliegen?«

»Nein.« Sie inhalierte langsam und ließ den Rauch aus ihrem offenen Mund quellen. »Nein. Ich habe es versucht, aber ich bin nie auf den Dreh gekommen. Manche lernen es nie, ganz gleich, wie sehr sie sich darum bemühen.«

»Aber du wolltest es doch lernen.«

»Nur ein Narr würde leugnen, das zu wollen. Ich kannte Leute, die fliegen konnten, und so, wie sie davon sprachen ... « Sie rollte die Augen und schürzte die strahlendroten Lippen, als wolle sie sagen: ‚Einfach himmlisch!'

»In der Schule gab es letztes Jahr in der Turnhalle einen besonderen Vortrag von einer Autorität von der Regierung, und der sagte, es spielt sich alles im Kopf ab. Man *glaubt* nur, daß man fliegt, aber es ist eine Art von Traum.«

»Das ist nur Propaganda. Die glauben selbst nicht daran. Wenn sie es täten, hätten sie nicht solche Angst vor Feen. Dann würden nicht überall, wohin man kommt, Ventilatoren wirbeln.«

»Es ist also doch wirklich?«

»So wirklich, wie wir beide hier sitzen. Ist das eine Antwort auf deine Frage?«

»Ja. Ich glaube schon.« Er beschloß, bis später zu warten, dann wollte er sie fragen, was ihre Freunde darüber erzählt hatten, was für ein Gefühl es war.

»Gut. Dann denk an eines: du darfst niemals mit irgend jemandem sonst darüber sprechen. Ich will nicht einmal, daß du mit mir noch einmal davon sprichst. Kein Wort über das Fliegen, kein einziges Wort. Hat dich dein Vater über Sex aufgeklärt?«

Daniel nickte.

»Über das Ficken?«

»Mm ... hier in Iowa ... sagt man nie ...«

»Man spricht nicht darüber, stimmt's?«

»Nun, Kinder sprechen nicht mit Erwachsenen darüber.«

»Mit dem Fliegen ist es genau das gleiche. Wir sprechen nicht darüber. Niemals. Außer um zu sagen, daß es sehr, sehr schlecht ist, und daß die Leute, die so verdorben sind, das zu tun, all das Entsetzliche verdienen, das ihnen widerfährt.«

»Glaubst du das auch?«

»Kümmere dich nicht darum, was ich ‚glaube'. Was ich jetzt *sage,* ist die offizielle, strenggläubige Wahrheit. Fliegen ist Sünde. Sag das nach.«

»Fliegen ist Sünde.«

Sie hievte sich aus dem Sessel, kam herüber und küßte ihn auf die Wange. »Du und ich«, sagte sie augenzwinkernd, »wir sind von der gleichen Art. Und wir werden schon miteinander auskommen.«

## 2

Als Daniel elf war, entwickelte er eine Begeisterung für Gespenster; auch für Vampire, Werwölfe, mutierte Insekten und Invasoren aus einer anderen Welt. Zur gleichen Zeit, und vor allem, weil er seinen Geschmack am Monströsen teilte, verliebte sich Daniel in Eugene Mueller, den jüngeren Sohn von Roy Mueller, einem Landmaschinenhändler, der bis vor zwei Jahren Bürgermeister von Amesville gewesen war. Die Muellers wohnten im größten und (wie sie sagten) ältesten Haus von Amesvilles angesehenem »Linden Drive«. Zusammen fünf Bürgermeister und Polizeichefs der Stadt hatten in diesem Haus gewohnt, und von diesen fünf hatten drei Mueller geheißen. Im Speicher des Muellerschen Hauses, unter vielem anderen Gerümpel, gab es eine Masse von Kisten mit alten Büchern, meist nicht lesbare Überbleibsel einer bedeutungslosen Vergangenheit — Bücher über Diät und den Weg zum Erfolg, die vielbändigen Memoiren eines verstorbenen Präsidenten, Lehrbücher für Französisch, Hauswirtschaft, Buchhaltung und meterweise Reader's-Digest-Auswahlbücher mit Kurzfassungen von Romanen.

Ganz unten, unter all diesen abgelegten Ideen begraben, hatte Eugene Mueller einen ganzen Karton voll Taschenbuchausgaben von übernatürlichen Geschichten gefunden, Geschichten, die so raffiniert und abscheulich waren, daß sie alles übertrafen, was sie aus den mündlichen Erzählungen im Sommerlager und im Auslieferungsbüro des *Register* kannten.

Eugene pflegte heimlich einzelne Bände in seiner Unterwäsche in sein Zimmer zu schmuggeln und sie dort, spät nachts, bei Kerzenlicht, zu lesen. Die Bücher waren selbst wie Gespenster. Ihre Ränder zerfielen zu Staub, wenn man sie mit dem Finger berührte. Eugene las jede Geschichte einmal schnell durch und, wenn sie ihm gefiel, ein zweitesmal mit Genuß. Dann, wenn ihm die Handlung noch frisch im Gedächtnis war, erzählte er die Geschichte den Zeitungsjungen im Büro des *Register,* während sie auf die Ankunft des Lastwagens mit den Zeitungen warteten. Manchmal zog er eine Geschichte über mehrere Tage hin, um die Spannung zu steigern.

Auch Daniel hatte eine Zeitungsroute, wenn sie auch nicht so einträglich war wie die, die der Sohn des früheren Bürgermeisters versorgte. Er lauschte Eugene Muellers Geschichten mit der hingerissenen Ehrfurcht eines Jüngers. Sie — und ihr vorgeblicher Autor — wurden für ihn zu einer emotionalen Notwendigkeit. Monate vorher hatte er das magere Angebot der Schülerbücherei erschöpft — eine zerfledderte Ausgabe von dreizehn Geschichten von Poe, und gereinigte Exemplare von *Frankenstein* und *Krieg der Welten.* Einmal war er mit dem Fahrrad nach Fort Dodge und zurück gestrampelt, sechzig Kilometer einfache Strekke, um eine Doppelvorstellung alter, schwarzweißer Horrorfilme zu sehen. Es war schrecklich, wenn man etwas so Unerreichbares liebte, das deswegen nur um so wunderbarer wurde, aber da ging die lange Zeit der Entbehrungen zu Ende. Selbst als ihm Eugene im Vertrauen eingestand, daß er die Gutgläubigkeit seines Freundes ausgenützt habe, und als er ihm seine angehäuften Schätze gezeigt hatte, selbst dann hielt ihn Daniel weiterhin für ein höheres Wesen, das sich von den übrigen Siebt- und Achtkläßlern deutlich abhob, möglicherweise sogar ein Genie war.

Daniel wurde ein häufiger Übernachtungsgast im Hause der Muellers. Er aß mit Eugenes Familie zu Abend, manchmal sogar, wenn Eugenes Vater anwesend war. Daniel war zu allen reizend, aber er lebte erst richtig auf, wenn er mit Eugene allein war — entweder auf dem Speicher, wo sie lasen und sich ihr eigenes, naives »Grand Guignol«

schufen, oder in Eugenes Zimmer, wenn sie sich mit seinem großen Vorrat an Spielsachen und Spielen beschäftigten.

Auf seine Weise war Daniel ein ebenso schlechter — das heißt, ebenso guter — sozialer Aufsteiger wie seine Mutter.

Drei Tage, ehe er sein Versetzungszeugnis aus der siebten Klasse bekam, erhielt Daniel den dritten Preis, ein Paar Plätze in der vorderen Reihe bei einem Spiel der Hawkeyes nach seiner Wahl, in einem Wettbewerb des ganzen Staates unter der Schirmherrschaft der Kiwanis, für einen Aufsatz über das Thema: »Guter Sport schafft gute Bürger.« Er las den Aufsatz in einer Schulversammlung laut vor, und alle mußten klatschen, bis Mr. Cameron, der Direktor, die Hand hochhielt. Dann gab ihm Mr. Cameron ein Buch mit Reden von Herbert Hoover, der in West-Branch geboren war. Mr. Cameron sagte, es würde ihn nicht überraschen, wenn eines Tages, sobald das Land wieder auf die Beine käme, ein weiterer Iowaner im Weißen Haus sitzen würde. Daniel vermutete, daß Mr. Cameron sich auf ihn bezog und verspürte eine kurze, intensive und schmerzhafte Dankbarkeit.

An diesem selben Tag zogen die Weinrebs in ihr neues Heim in der Chickasaw Avenue, die für eine beinahe ebenso gute Wohngegend gehalten wurde (jedenfalls von denen, die dort wohnten) wie der Linden Drive. Es war ein kleines, graues Holzhaus im Ranchstil mit zwei Schlafräumen. Das zweite Schlafzimmer bekamen unvermeidlich die Zwillinge Aurelia und Cecelia, und Daniel wurde in den Kellerraum verbannt.

Trotz seiner Dunkelheit und trotz der feuchten Wände aus Hohlblocksteinen entschied Daniel, daß dieser Raum dem Zimmer der Zwillinge vorzuziehen sei, da er größer

JOBST H. TELTSCHIK

war und so abgeschlossen, daß er sich sogar eines eigenen Ausgangs auf die Straße rühmen konnte.

Der letzte Besitzer des Hauses hatte versucht (offensichtlich vergeblich), sein Auskommen zu finden, indem er den Kellerraum an eine italienische Flüchtlingsfamilie vermietete. Man stelle sich vor: vier Menschen lebten in diesem einen Raum, der zwei Kellerfenster zur Beleuchtung hatte und ein Waschbecken mit nur einem Kaltwasserhahn!

Daniel behielt das geprägte Namensschild mit ihrem Namen darauf: Bosola. Oft versuchte er sich spät nachts, wenn er allein im Zimmer war, vorzustellen, was für ein Leben die Bosolas wohl geführt haben mochten, so eingezwängt in diese vier grauen Wände. Seine Mutter sagte, sie seien wahrscheinlich glücklicher gewesen, das war so ihre Art, ein anderweitig unbestreitbares Elend zu ignorieren. Niemand in der Nachbarschaft wußte, was aus ihnen geworden war. Vielleicht waren sie noch in Amesville. Viele Italiener lebten auf Wohnwagenplätzen am Rande der Stadt und arbeiteten für Ralston-Purina.

Daniels Vater war ebenfalls Flüchtling, obwohl sein Fall anders lag als die meisten. Seine Mutter war Amerikanerin gewesen, sein Vater ein im Lande geborener Israeli. Er war in einem Kibbuz vier Meilen von der syrischen Grenze entfernt aufgewachsen und hatte an der Universität von Tel Aviv im Hauptfach Chemie studiert. Als er zwanzig war, boten ihm seine Großeltern mütterlicherseits an, ihm ein zahnmedizinisches Studium zu finanzieren, wenn er zu ihnen nach Queens kommen würde. Das war ein Geschenk der Vorsehung, denn zwei Wochen, nachdem er in die Staaten abgereist war, wurden die Raketen abgefeuert, die den größten Teil von Tel Aviv zerstörten. An seinem einundzwanzigsten Geburtstag konnte er wählen, Bürger welchen Landes er sein wollte. Zu dieser Zeit konnte von einer wirklichen Entscheidung keine Rede mehr sein. Er schwor den Vereinigten Staaten von Amerika und der Republik, für die sie eintraten, die Treue und änderte seinen Namen aus Achtung vor seinem Großvater und vor den Rechnungen, die dieser an der New Yorker Universität für ihn bezahlte, von Shazer in Weinreb. Er absolvierte sein Studium und trat in die nicht allzugut florierende Praxis des älteren Weinreb in Elmhurst ein, die noch weitere zwölf Jahre lang nicht allzugut florieren sollte. Die einzige Handlung in seinem ganzen Leben, die er von sich aus, spontan und anscheinend ohne Zwang, ausgeführt hatte, war im Alter von neununddreißig Jahren seine Heirat mit der sechzehnjährigen Milly Baer gewesen, die mit einem eingeklemmten Weisheitszahn zu ihm gekommen war. Wie Milly später in ihren Anfällen von Erinnerungsseligkeit beharrlich und nachdrücklich behauptete, war bei genauer Prüfung auch diese Entscheidung nicht seine eigene gewesen.

Daniel konnte die Tatsache, daß er seinen Vater nicht mochte, niemals befriedigend erklären. Weil er nicht so wichtig oder so wohlhabend war wie Roy Mueller zum Beispiel? Nein, denn Daniels Gefühle, oder das Nichtvorhandensein von Gefühlen, reichten zurück bis vor die Zeit, als er sich der Einschränkungen seines Vaters in dieser Richtung bewußt geworden war. Weil er, letzten Endes, doch ein Flüchtling war? Noch dazu jüdischer Flüchtling? Nein, denn er war vor allem nicht in ausreichendem Maße jüdischer Flüchtling. Daniel war noch jung genug, um eine romantische Vorstellung von Entbehrungen zu haben, und in seiner Betrachtungsweise waren die Bosolas (wie er sie sich vorstellte), eine viel bessere, viel heldenhaftere Rasse als irgendwelche Weinrebs. Warum also?

Weil — und das war vielleicht der wirkliche Grund, oder zumindest einer davon — weil er spürte, daß sein Vater, wie jeder andere Vater, von ihm erwartete, und, was noch schlimmer war, von ihm verlangte, er solle die gleiche Laufbahn einschlagen, in der er selbst sein ganzes Leben lang immer tiefer gesunken war. Er wollte, daß Daniel Zahnarzt würde. Es genügte nicht, daß Daniel beteuerte, er wolle diesen Beruf nicht ergreifen. Er mußte etwas finden, was er wirklich werden wollte. Und das konnte er nicht. Nicht, daß es sehr viel ausmachte, jedenfalls jetzt noch nicht. Er war noch jung, er hatte Zeit. Aber trotzdem — er dachte nicht gerne darüber nach.

Das Haus von Mrs. Boismortier, seiner alten Viertklaßlehrerin, war der allerletzte Haltepunkt auf Daniels Route. Sie war eine ältere Frau, vierzig oder fünfzig Jahre alt, und dick, wie viele andere Frauen in Amesville. Ihr Name wurde »Beusmortihr« ausgesprochen. Niemand, mit dem Daniel sich je unterhalten hatte, konnte sich erinnern, daß es einmal einen Mr. Boismortier gegeben hätte, aber er mußte einmal existiert haben, sonst wäre sie keine Mrs. gewesen.

Daniel erinnerte sich an sie als eher sorgfältige denn als einfallsreiche Lehrerin, die zufrieden war, wenn sie immer wieder zu den Grundwahrheiten der Orthographie, Grammatik und der Division zurückkehren konnte, das war ihr lieber, als den Blitz einer neuen Idee herabzubeschwören. Sie las ihnen zum Beispiel niemals Geschichten vor oder erzählte aus ihrem eigenen Leben. Ihre einzigen, lebendigeren Augenblicke fanden freitags statt, wenn sie eine Stunde lang am Ende des Tages mit ihrer Klasse sang. Sie begannen immer mit der Nationalhymne und endeten mit dem *Song of Iowa.* Daniels drei Lieblingslieder im Liederbuch waren *Santa Lucia, Old Black Joe* und *Anchors Aweigh* gewesen. Die meisten Lehrer scheuten sich, in den Freistunden am Freitag Musik zu unterrichten, weil es umstritten war, aber Mrs. Boismortier erklärte einfach jedesmal, wenn das Thema angesprochen wurde — auf einem

Elternabend oder sogar in Klassengesprächen —, daß ein Land, dessen Schulkinder ihrer eigenen Nationalhymne keine Gerechtigkeit widerfahren lassen konnten, in tiefen Schwierigkeiten sei, und was konnte man darauf schon erwidern? Trotz all ihrer Reden über Gott und Vaterland war es für die Kinder in ihren Klassen offensichtlich, daß sie ihnen das Singen lehrte, weil es ihr selbst Freude machte. Ihre Stimme war in jedem Lied die lauteste und schönste, und gleichgültig, wie gut man selbst singen konnte, es war ein Vergnügen, mitzusingen, weil man ihre Stimme hörte, nicht seine eigene.

Trotzdem hatte sich Mrs. Boismortier im Laufe der Jahre Feinde gemacht, weil sie darauf bestand, Musik zu unterrichten, besonders unter den Strenggläubigen, die in diesem Teil Iowas sehr mächtig waren und ihre Meinung sehr unverblümt und selbstsicher äußerten. Wenn man dem *Register* glauben durfte, bestimmten praktisch sie, was in Iowa geschah, und sie waren damals sogar noch mächtiger gewesen, in der Zeit gleich nach dem Scheitern des Verfassungszusatzes gegen das Fliegen, als sie die Legislative ihres Staates so weit brachten, daß sie ein Gesetz erließ, das alle nicht religiösen, musikalischen Darbietungen, live oder als Aufzeichnungen, verbot. Drei Tage nachdem Gouverneur Brewster sein Veto gegen dieses Gesetz eingelegt hatte, wurde auf seine Tochter geschossen, und obwohl nie bewiesen werden konnte, daß der Mordversuch von einem Strenggläubigen unternommen worden war, schreckte das Verbrechen doch viele Sympathisanten ab. Diese Zeit war jedoch vorbei, und das Schlimmste, was Mrs. Boismortier jetzt noch zu befürchten hatte, war ein gelegentlich eingeschlagenes Fenster oder eine tote Katze, die man ihr an die Veranda hängte. Als Daniel ihr einmal die Zeitung zustellte, fand er ein fünf Zentimeter großes Loch in die Haustür gebohrt. Zuerst glaubte er, es sei für die Zeitung gedacht, dann begriff er, daß es ein Feenloch sein sollte. Zum Zeichen seiner Solidarität rollte Daniel die Zeitung zu einem festen Zylinder zusammen und stopfte sie in das Loch, als sei es dafür gedacht.

In der Schule am nächsten Tag dankte ihm Mrs. Boismortier besonders herzlich, und anstatt das Loch zu reparieren, vergrößerte sie es und bedeckte es mit einer Metallscheibe, die man beiseiteschieben konnte, dadurch machte sie es offiziell zu einem Einwurfschlitz für den *Register.*

Das war der Anfang der besonderen Beziehung zwischen Daniel und Mrs. Boismortier gewesen. Oft fing sie ihn in den kältesten Winternächten ab, wenn er die Zeitung brachte, und lud ihn auf eine Tasse von etwas Heißem, das sie aus Maisstärke machte, in ihr Wohnzimmer ein. »Embargokakao« nannte sie das Getränk. An allen Wänden des Zimmers waren entweder Bücher oder Bilder, darunter ein sehr sorgfältig ausgeführtes Aquarell der Ersten Baptistenkirche und eines Ladens daneben (er existierte jetzt nicht mehr), der A & P hieß. Auch besaß sie, völlig offen unter einigen Schallplattenregalen, die bis an die Decke reichten, einen Stereoplattenspieler. Daran war strenggenommen nichts Ungesetzliches, aber die meisten Leute, die Schallplatten besaßen — zum Beispiel die Muellers — bewahrten sie unsichtbar und gewöhnlich unter Verschluß auf. Es schien in Anbetracht der Art, wie man sie im allgemeinen belästigte, sehr viel Courage zu beweisen.

Wenn seine Finger und Ohren wärmer wurden und zu kribbeln begannen, pflegte Mrs. Boismortier ihm Fragen zu stellen. Sie hatte irgendwie erfahren, daß er Gespenstergeschichten liebte und empfahl ihm Titel, die ihm seine Mutter aus der Erwachsenenabteilung der Bücherei besorgen konnte, wenn er sie darum bat. Manchmal waren sie ein wenig zu langatmig und hochgestochen für seinen Geschmack, aber mindestens zweimal traf sie den Nagel auf den Kopf. Sie sprach beinahe niemals über sich selbst, und das wirkte seltsam bei jemandem, der im Grunde so gesprächig war.

Allmählich, als er zu erkennen begann, daß Mrs. Boismortier, trotz ihrer Zurückhaltung und ihres dicken, unbeholfenen Körpers, eindeutig ein menschliches Wesen war, wurde Daniel neugierig. Vor allem auf die Musik. Er wußte, daß Musik etwas war, worüber man mit anderen Leuten nicht sprach, aber es war schwierig, nicht daran zu denken, besonders wenn ganze Regale voll Schallplatten auf einen herunterblickten wie eine Mikrofilmbibliothek aller Sünden der Welt. Nicht, daß Musik eigentlich schlecht gewesen wäre. Aber wo Rauch ist, wie man so sagt ... Schließlich war die Musik es, die den Menschen zum Fliegen verhalf. Nicht, wenn man ihr nur zuhörte, natürlich, sondern wenn man sie ausübte. Und alles, was mit dem Fliegen zu tun hatte, war von unwiderstehlichem Interesse.

Und so faßte er sich an einem verschneiten Nachmittag im November, nachdem er seine Tasse Embargokakao entgegengenommen hatte, ein Herz und fragte, ob er vielleicht eine ihrer Schallplatten hören dürfte.

»Aber sicher, Daniel, welche Platte möchtest du denn gerne hören?«

Die einzigen Musikstücke, die er namentlich kannte, waren die Lieder im Liederbuch der Schule. Er war sicher, daß das nicht die Art von Musik war, die die Leute zum Fliegen benützten, sonst wäre sie wohl kaum im Liederbuch gestanden.

»Ich weiß es nicht«, gestand er. »Irgend etwas, was Ihnen gefällt.«

»Nun, hier ist etwas, das ich gestern abend gehört habe, und ich fand es großartig, obwohl es dich vielleicht überhaupt nicht anspricht. Ein Streichquartett von Mozart.« Äußerst behutsam, als wäre die Platte ein lebendiges Wesen, nahm sie sie aus ihrer Papphülle und legte sie auf den Plattenteller.

Er wappnete sich gegen irgendeinen unvorstellbaren Schock, aber die Töne, die aus den Lautsprechern kamen, waren fade und harmlos — ein Keuchen und Winseln, Stöhnen und Schleifen, das endlos weiterging, ohne ein erkennbares Ziel. Ein- oder zweimal konnte er aus dem Wirrwarr den Beginn von Melodien hören, aber dann sanken sie wieder in das allumfassende Gedudel zurück, noch ehe man anfangen konnte, sie zu genießen. Weiter und weiter und weiter, manchmal schneller, dann wieder langsamer, aber alles so fade und eintönig, so gleichförmig wie ein Hausanstrich. Und trotzdem konnte man nicht einfach sagen, danke, das genügt, jedenfalls nicht, solange Mrs. Boismortier den Kopf vor- und zurückwiegte und lächelte, als sei sie ganz weit weg, als sei das wirklich eine unglaubliche, mystische Offenbarung. Also starrte er auf die Platte, die sich auf dem Teller drehte und ließ es bis zum Ende über sich ergehen. Dann dankte er Mrs. Boismortier und stapfte durch den Schnee nach Hause. Er fühlte sich betrogen, enttäuscht und überrascht.

Das konnte doch einfach nicht alles sein. Das war nicht möglich. Sie hielt irgend etwas zurück. Es gab ein Geheimnis.

In diesem Winter, in der ersten Woche des neuen Jahres, gab es eine nationale Krise. Wenn man natürlich dem *Register* glauben konnte, dann befand sich die Nation ständig in Krisen, aber sie machten sich in Iowa nur selten bemerkbar. Einmal hatte es eine kleine Empörung gegeben, als die Bundesregierung drohte, Vertreter zu schicken, um die zwölfprozentige Luxussteuer auf Fleisch zu kassieren, aber noch ehe sich eine wirkliche Konfrontation entwickeln konnte, erklärte der Oberste Gerichtshof, daß Iowa die ganze Zeit zu Recht behauptet hatte, daß Fleisch, mit Ausnahme von Schinken und Würsten, nicht bearbeitet und daher nicht zu versteuern sei, zumindest nicht in Iowa. Ein anderesmal hatte es einen Aufruhr in Davenport gegeben, von dem Daniel nur im Gedächtnis geblieben war, daß der *Register* eine ungewöhnliche Anzahl von Fotos abgedruckt hatte, die alle die Staatspolizei als Herren der Lage zeigten. Von diesen beiden Ausnahmen abgesehen war das Leben von einem Tag zum anderen weitergegangen, ohne durch die Nachrichten beeinflußt zu werden. Was im Januar geschah, war, daß unbekannte Terroristen die Alaska-Pipeline in die Luft jagten. Trotz vieler Vorsichtsmaßnahmen war dies schon oft vorher geschehen, und man nahm an, es gebe ein narrensicheres System, um den Ölstrom abzusperren, den Schaden zu beheben und wieder zu normalem Betrieb zurückzukehren, ehe es zu größeren Auswirkungen kam.

Diesmal fielen jedoch mehrere Meilen der Pipeline durch Bomben aus, die in genauen Abständen von 600 Metern hochgingen. Dem »Register« zufolge bedeutete das, daß die Bomben *innerhalb* der riesigen Röhren befördert worden sein mußten, zusammen mit dem Öl, aber es gab Diagramme, die zeigten, warum das unmöglich war. Man beschuldigte die Feen, aber das tat man wechselweise auch mit dem Iran, Panama, verschiedenen Terroristen und der Frauenliga für das Wahlrecht.

Die Auswirkung dieser Ereignisse auf Iowa war sehr einfach: es gab kein Öl. Jede vorstellbare Form der Beeinflussung und gesetzlichen Erpressung wurde angewandt, um für die Staaten des Farmgürtels Zugeständnisse zu erreichen, aber das Öl war wirklich nicht vorhanden. Jetzt würde man eine Kostprobe bekommen, wie die Winterrationierung sich für die Unglücklichen auswirkte, die in den weniger wohlhabenden Landesteilen wohnten.

Die Kostprobe schmeckte bitter. Die Winterkälte kroch in die Läden, die Schulen und Häuser, in das Essen, das man zu sich nahm, das Wasser, in dem man badete, tief hinein in jeden Knochen, in jeden Gedanken. Die Weinrebs kampierten in ihrem eigenen Wohnzimmer und in der Küche, um soviel Wärme wie irgend möglich aus den restlichen Litern Brennstoff im Tank herauszuquetschen. Nach acht Uhr abends gab es keinen elektrischen Strom mehr, daher konnte man weder lesen noch fernsehen, um sich die eiskalten Stunden ein wenig zu verkürzen. Daniel saß mit seinen Eltern im dunklen, stillen Zimmer, reglos, er konnte nicht einschlafen und hortete die Wärme seiner Pullover und Decken. Die Langeweile wurde zu einer schlimmeren Qual als die Kälte. Um halb zehn war Schlafenszeit. Er schlief zwischen seinen beiden Schwestern und begann, nach ihrem Urin zu riechen.

Manchmal durfte er Eugene besuchen, und wenn er Glück hatte, forderte man ihn vielleicht auch auf, über Nacht zu bleiben. Das Haus der Muellers war merklich wärmer. Zum einen hatten sie einen offenen Kamin, und dort brannte während der frühen Abendstunden immer ein Feuer. Sie benützten die Bücher aus dem Speicher als Brennmaterial (mit Daniels Hilfe konnte Eugene seine Horrorgeschichten verschwinden lassen), und unbenützte Möbelstücke. Mr. Mueller hatte auch (so vermutete Daniel) eine Quelle für schwarzes Heizöl.

Der *Register* hatte sein Erscheinen für die Dauer der Krise vorübergehend eingestellt, so daß er zumindest beim Zeitungsaustragen nicht frieren mußte. Die Welt schien ohne Nachrichten verändert. Daniel hatte bis jetzt nicht geglaubt, daß er an der offiziellen Welt, wie sie vom *Register* vertreten wurde, interessiert sei, an der Welt der Streiks und Einigungen, der Debatten und Streitfragen der Republikaner und Demokraten. Er wäre sehr in Verlegenheit gekommen, hätte man ihn gefragt, worum es bei den meisten Schlagzeilen, die er gesehen hatte, eigentlich ging, aber jetzt, wo es keine gab, war es, als sei die Zivilisation knirschend zum Stillstand gekommen wie ein alter Chevy, den niemand mehr anlassen konnte, als hätte der Winter nicht nur die Natur, sondern auch die Geschichte überfallen.

Im März, als das Leben langsam beinahe wieder normal auszusehen begann, bekam Daniels Vater eine Lungenentzündung. Die Winter in Iowa waren für ihn immer hart gewesen. Er überstand sie, indem er sich mit Antihistaminen vollpumpte. Schließlich brach seine Gesundheit zusammen wie ein Zahn, der so lange ausgebohrt und wieder gefüllt wurde, bis nichts mehr von ihm übrig ist. Er war mit Fieber in die Praxis gegangen und mußte seine Helferin die Säuberung eines Wurzelkanals beenden lassen, weil seine Hände nicht mehr zu zittern aufhören wollten. Gegen den Widerspruch ihres Arbeitgebers rief die Schwester Dr. Caskey, dessen Praxis auf demselben Gang lag. Nachdem Caskey seinen Kollegen untersucht hatte, schrieb er eine Überweisung ins Krankenhaus von Fort Dodge aus.

Während der ganzen Krise waren die Krankenhäuser der einzige Ort, an dem man sich wärmen konnte, und Milly, Daniel und die Zwillige hätten sich jeden Tag, vom Beginn der Besuchszeit bis die Schwestern sie hinauswarfen, an Abrahams Bett geaalt — wenn nur Fort Dodge nicht so weit weg gewesen wäre. Wie die Dinge lagen, hätten sie ihn überhaupt nicht besuchen können, wenn nicht Roy Mueller gewesen wäre, der zwei- oder dreimal in der Woche mit seinem Transporter nach Fort Dodge fuhr und immer Platz hatte für Milly oder Daniel, wenn auch nicht für beide gleichzeitig.

Selbst in den besten Zeiten hatten sich Daniel und sein Vater nicht allzuviel zu sagen. Abraham Weinreb war jetzt zweiundfünfzig und sah mit seinen grauen Haarfransen und den ausgezehrten, verrunzelten Wangen aus wie jemand, der von der Wohlfahrt lebt. Seitdem er im Krankenhaus war, hatte er einen Hang zu weinerlicher Ernsthaftigkeit entwickelt, die Daniel noch mehr Unbehagen als gewöhnlich verursachte, wenn sie zusammen waren. An einem windigen Sonnabend, während des ersten, richtigen Tauwetters in diesem Jahr, nahm Abraham ein Neues Testament von dem Metallnachttisch neben seinem Bett und bat Daniel, ihm vom Anfang des Johannesevangeliums an laut vorzulesen. Die ganze Zeit, während er las, machte sich Daniel Sorgen, ob sich sein Vater wohl zu einer Art von religiösem Fanatiker entwickelte, und als er an jenem Abend Milly davon erzählte, war sie noch mehr beunruhigt. Sie waren beide sicher, daß er im Sterben liegen mußte.

Die Weinrebs gingen selbstverständlich regelmäßig zur Kirche. Niemand in Amesville, der mehr als ein bestimmtes Einkommen hatte, war so unpolitisch, das nicht zu tun. Aber sie besuchten die Kongregationalistische Kirche, die allgemein als die am meisten lauwarme und opportunistische der Kirchen der Stadt angesehen wurde. Der Gott der Kongregationalisten war ein Gott, dessen man mit den Münzen und Dollarnoten gedachte, die in die Sammelkörbchen wanderten, ein Gott, der an seine Gläubigen keine anderen Anforderungen stellte, als daß sie an jedem Sonntag seinetwegen ein gewisses Quantum an Zeit und Geld vergeudeten. Als Mitglied der Episkopalkirche hätte man mit besseren Leuten zusammenkommen können, aber dort lief man Gefahr, verächtlich behandelt zu werden. Die wirkliche Aristokratie von Iowa, die Farmer, waren Strenggläubige — Lutheraner, Baptisten, Methodisten —, aber es war unmöglich, sich für einen Strenggläubigen auszugeben, denn das bedingte, daß man beinahe alles aufgab, woran man Freude haben konnte — nicht nur die Musik, sondern auch das Fernsehen, die meisten Bücher und sogar Gespräche mit Leuten, die nicht strenggläubig waren. Außerdem warfen die Farmer sowieso alle Stadtleute mit der großen, verderbten Masse der Agitatoren, Zwischenhändler und Arbeitslosen in einen Topf, die den Rest der Bevölkerung des Landes bildeten, daher hatten selbst jene nicht viel davon, die sich als Strenggläubige auszugeben versuchten.

Milly und Daniel hätten sich keine Sorgen zu machen brauchen. Abraham wurde kein Strenggläubiger, und nach einigen vergeblichen Ansätzen versuchte er nicht einmal mehr, darüber zu sprechen, was ihn an dem Thema Jesus so fasziniert hatte. Der einzige Unterschied in seinem Verhalten, nachdem er von Fort Dodge zurückgekommen war, bestand darin, daß er etwas von seiner alten Zuversicht verloren zu haben schien, und von seiner Freude an den Witzen und Belanglosigkeiten des täglichen Lebens, mit denen er das Gespräch am Abendbrottisch sonst belebt hatte. Es war, als hätte seine kürzlich erfolgte Berührung mit dem Tod dazu geführt, daß jede normale Nahrung für ihn einen fauligen Geschmack hatte.

Daniel mied ihn mehr denn je. Sein Vater schien es nicht zu bemerken, oder es schien ihm nichts auszumachen.

Der *Register* nahm sein Erscheinen nie wieder auf, selbst nachdem die Pipeline wieder funktionierte und der Präsident dem Lande versichert hatte, die Notsituation sei vorüber. Seine Auflagenziffern waren seit langem zurückgegangen, die Einkünfte aus Inseraten waren auf einem Rekordtiefstand, und er konnte nicht einmal zum normalen Preis von einem Dollar am Zeitungskiosk (für Abonnenten 5,50 Dollar pro Woche) mehr überleben. Noch dazu war es in ganz Iowa immer leichter geworden, Exemplare des

*Star-Tribune* zu bekommen. Obwohl dessen Leitartikel sich ausdrücklich gegen das Fliegen an sich stellten, nahm der *Star-Tribune* Inserate für Flugapparate an, und seine Meldungen ließen oft verschiedene Feen, die sich, besonders in den Medien, selbst als solche zu erkennen gaben, in einem beinahe rosigen Licht erscheinen. Die Anzeigen allein genügten schon, um die Zeitung aus Minneapolis in Iowa illegal zu machen, aber die Polizei schien sich nicht dafür zu interessieren, in den beiden Kneipen, wo die eingeschmuggelten Exemplare verkauft wurden, eine Razzia abzuhalten, trotz wiederkehrender anonymer Anzeigen (die per Telephon von Zeitungsjungen des *Register* gemacht wurden) an das Büro des Sheriffs von Amesville und auch an die Staatspolizei. Anscheinend war im Preis von siebzig Cents für das Blatt auch ein gewisser Prozentsatz für Schmiergelder enthalten.

Das Eingehen des *Register* kam Daniel sehr ungelegen. Abgesehen von den theoretischen Einwänden seines Vaters bezüglich eines Taschengeldes für Teenager (wozu Daniel seit kurzem gehörte), war das Geld einfach nicht da. Obwohl er seinen Arbeitsvertrag erfüllt hatte und dem Bezirk nichts mehr schuldete, mußte Abraham Weinreb hohe monatliche Zahlungen für das Haus leisten, und jetzt waren auch noch die Krankenhausrechnungen zu begleichen. Darüber hinaus hatte er strenge Anweisung, seine Arbeitsbelastung einzuschränken, so daß bedeutend weniger Geld hereinkam.

Daniel grübelte den größeren Teil eines Monats über das Dilemma nach, während die täglichen Anforderungen von Freundschaften und Prahlerei das bißchen Geld auffraßen, das er für den Tag im nächsten Juli gespart hatte, an dem das »Junge Iowa« in die Black Hills von South Dakota zum Camping fahren wollte. Dann raffte er sich auf und sprach mit Heinie Youngermann im *Sportsman's Ren-*

*dezvous,* einer der Kneipen, die den *Star-Tribune* verkauften. Daniel konnte sich nicht nur eine Zeitungsroute sichern, sondern wurde als Verantwortlicher für das ganze Zustellungswesen eingesetzt (mit zwei Prozent Provision). Zugegeben, es gab nicht so viele Abonnenten, wie es für den legalen *Register* gewesen waren, aber der Profit pro Exemplar war ebensogut, und wenn sie jede Route ein wenig vergrößerten, konnten die Jungen ebensoviel verdienen wie vorher, während Daniel mit seinen herrlichen zwei Prozent ein wöchentliches Einkommen von beinahe fünfzig Dollar bezog; das war genausoviel, wie manche Erwachsene in Ganztagsberufen verdienten. Sein Freund Eugene Mueller belieferte weiterhin den Linden-Drive-Bezirk der Stadt und garantierte damit im Grunde genommen, daß die Polizei sich nicht einmischen würde, denn wer würde es schon wagen, dem Sohn von Roy Mueller am Zeug zu flicken?

Neben der von Grund auf angenehmen Situation, wieder flüssig zu sein, war es Frühling. Die Wiesen wurden grün, noch ehe der Regen die letzten Spuren des Schnees fortgewaschen hatte. Die Hauptstraße wimmelte von Handwagen und Fahrrädern. Plötzlich war auf Sommerzeit umgestellt, und die Sonne schien bis halb acht Uhr abends. Millys blasses Gesicht wurde erst rosig, dann gebräunt von ihrer gelegentlichen Gartenarbeit im Hinterhof. Sie wirkte glücklicher, als er sie je in Erinnerung hatte. Sogar die Zwillinge schienen interessanter und netter geworden, seit er nicht mehr ihren Bettwärmer spielen mußte. Sie hatten sprechen gelernt. In (wie Daniel gestichelt hatte) gewissem Sinne. Knospen schwollen auf den Zweigen an, Wolken trieben über den Himmel, Rotkehlchen erschienen von irgendwoher. Es war wirklich Frühling.

Eines Sonntags beschloß Daniel, einfach aus Spaß, mit dem Fahrrad die Bezirksstraße B entlangzufahren bis zum

Dorf Unity, wo eine Schulfreundin von ihm, Geraldine McCarthy, wohnte, hin und zurück eine Strecke von zweiundzwanzig Kilometern. Auf den Feldern auf beiden Seiten der Straße wuchsen die neuen Maispflänzchen aus dem schwarzen Boden von Iowa. Die kühle Luft fächelte durch sein Baumwollhemd, als beabsichtige sie, seine wachsende Erregung zu teilen.

Auf halbem Wege nach Unity hörte er auf zu treten, überwältigt von dem Gefühl, er sei eine unglaublich wichtige Persönlichkeit. Die Zukunft, der er normalerweise nie viel Beachtung schenkte, wurde ebenso greifbar wirklich wie der Himmel über ihm, der durch den Kondensstreifen eines Düsenflugzeugs in zwei ordentliche Teile gespalten wurde. Das Gefühl wurde so stark, daß er beinahe Angst bekam. Er wußte mit einer absoluten Sicherheit, die er viele Jahre hindurch niemals in Zweifel ziehen sollte, daß eines Tages die ganze Welt wissen würde, wer er war, und ihm Ehre erweisen würde. Wie und warum, das blieb ein Geheimnis.

Nachdem die Vision vergangen war, legte er sich ins junge Gras am Straßenrand und sah den Wolken zu, die sich am Horizont auftürmten. Wie seltsam, welch ein Glück, und wie unwahrscheinlich war es doch, Daniel Weinreb zu sein, in dieser kleinen Stadt in Iowa, und solche Herrlichkeiten vor sich zu haben.

## 3

General Roberta Donnelly, die Präsidentschaftskandidatin der Republikaner, sollte laut *Star-Tribune* eine größere Rede auf einer »Kamp-dem-Fliegen«-Versammlung in Minneapolis halten, und Daniel und Eugene beschlossen hinzufahren, sie anzuhören und sogar ein Autogramm zu ergattern, wenn sie konnten. Sie würden zur Abwechslung ein wirkliches Abenteuer erleben, anstatt nur auf den Speicher der Muellers oder in den Keller der Weinrebs zu gehen, um zu spielen. Sie wurden für solche Dinge sowieso langsam zu alt. Eugene war fünfzehn, Daniel vierzehn (obwohl er der ältere von den beiden schien, er hatte dort, wo es zählte, soviel mehr Haare).

Es war unmöglich, ihren Eltern zu sagen, was sie vorhatten. Man würde sie sanft davon abgebracht haben, allein nach Des Moines zu fahren, mit der Zeit hätte man es vielleicht gestattet, aber Minneapolis war ein ebenso unvorstellbares Ziel wie Peking oder Las Vegas. Es half nichts, daß der Grund, warum sie dorthin wollten, war, General Donnelly zu sehen, ein Motiv, das so untadelig und aufrichtig war, wie es sich kein Strenggläubiger besser hätte wünschen können. Für alle rechtschaffenen Iowaner war die Zwillingsstadt Sodom und Gomorrha. (Andererseits wäre, wie alle rechtschaffenen Minnesotaner gerne behaupteten, in Iowa das gleiche geschehen wie bei ihnen, wenn nur sechs Prozent mehr Wähler sich anders entschieden hätten.) Es war schaurig — aber aus genau diesem Grund auch aufregend —, daran zu denken, die Grenze zu überqueren, und im Leben eines jeden kommt eine Zeit, da muß er etwas tun, das auf diese besondere Art schaurig ist. Niemand sonst würde je davon zu erfahren brauchen, außer Jerry Larsen, der eingewilligt hatte, die Routen der beiden an den zwei Nachmittagen zu übernehmen, an denen sie fortbleiben wollten.

Nachdem sie ihren Eltern mitgeteilt hatten, sie wollten zum Zelten, wobei sie geschickt vermieden zu sagen, wohin, fuhren sie mit den Rädern nach Norden bis zur U. S. 18, dort klappten sie sie zusammen und versteckten sie in einem Sturmkanal unter der Straße. Sie hatten Glück mit dem ersten Wagen, den sie anhielten, einem leeren, halboffenen Transporter, der nach Albert Lea zurückkehrte. Er roch nach Schweinemist, sogar im Führerhaus beim Fahrer, aber das wurde einfach der besondere Geruch ihres Abenteuers. Sie freundeten sich während der Unterhaltung mit dem Fahrer so an, daß sie in Betracht zogen, ihre Pläne zu ändern und ihn zu bitten, er solle sagen, sie gehörten zusammen, aber das schien eine unnötige Komplikation. Als sie an die Grenze kamen, brauchte Eugene dem Zollinspektor nur den Namen seines Vaters zu sagen, und schon waren sie durch.

Sie vermittelten, ohne es ausdrücklich zu sagen, den Eindruck, daß sie unterwegs seien, um sich das neueste Doppelprogramm im *Star-Lite* Autokino außerhalb von Albert Lea anzusehen. Das Fliegen war keineswegs die einzige verbotene Frucht, die man in Minnesota bekommen konnte. Auch Pornographie war ein Anziehungspunkt und — in den Augen der meisten Iowaner — ein viel wirklicherer. (Hauptsächlich wegen seiner Inserate für grenznahe Autokinos war der *Star-Tribune* in den benachbarten Staaten des Farmgürtels verboten.) Eugene und Daniel waren zweifellos ein wenig zu jung, um heimlich über die Grenze ins *Star-Lite* zu schleichen, aber niemandem fiel es ein, wegen Roy Muellers Sohn ein Theater zu machen, nachdem sowohl Roy selbst als auch sein älterer Sohn Donald gerade an dieser Grenzstation so häufige Besucher waren. Sexuelle Frühreife war schon immer eines der Vorrechte — wenn nicht sogar eine feierliche Pflicht — der herrschenden Klasse.

Von Albert Lea waren es noch etwa 130 Kilometer geradewegs nach Norden bis nach Minneapolis. Sie fuhren in einem Greyhound Bus, ohne sich auch nur die Mühe zu machen, es per Anhalter zu versuchen. Die Felder, die man aus dem Busfenster sehen konnte, schienen nicht anders als die entsprechenden Felder in Iowa zu sein, und sogar, als sie die Außenbezirke der Stadt erreichten, sah es dort erschütternderweise nicht anders als in den Außenbezirken von Des Moines aus: baufällige Slumbezirke wechselten sich ab mit kleineren, gut abgeschirmten Gebieten vorstädtischen Wohlstandes, gelegentlich grüßten eine Einkaufspromenade oder eine Tankstelle mit den riesigen Buchstaben ihres Namens, die sich auf hohen Stangen drehten. Es herrschte vielleicht ein wenig mehr Verkehr, als es außerhalb von Des Moines der Fall gewesen wäre, aber das mochte wegen der Tagung sein.

Wohin man schaute — auf Rasenflächen, in Schaufenstern, an den Wänden von Gebäuden — überall waren Plakate, die die Versammlung ankündigten und die Leute aufforderten, der Achtundzwanzigste Verfassungszusatz müsse Gesetz werden. Es war schwer zu glauben, daß der Zusatz jemals abgelehnt werden könnte, wenn doch offensichtlich so viele Millionen von Menschen dahinterstanden, aber er war abgelehnt worden, schon zweimal.

Im Zentrum von Minneapolis sah es erstaunlich städtisch aus: die gewaltigen Gebäude, die prächtigen Geschäfte, die von Menschen wimmelnden Straßen, allein schon der Lärm, und außerdem, abgesehen von diesen feststellbaren Tatsachen, die zwar nur vermutete, aber höchstwahrscheinliche Anwesenheit von Feen, die durch die Canyons aus Glas und Stein schossen und stürzten, oberhalb der verkehrsreichen Straßen dahinflitzten, sich in Gruppen auf den gemeißelten Fassaden massiger Banken sammelten und sich dann wie Lerchen in die Bläue des Nachmittags hinaufschwangen, wie ein gewaltiger Schwarm glänzender, unsichtbarer Heuschrecken, die nicht die Blätter von den Bäumen oder von den Topfpflanzen fraßen, die die Hauptstraße schmückten, sondern die Gedanken, den Geist, die Seelen all dieser ruhigen Passanten. Wenn sie das wirklich taten. Wenn sie überhaupt da waren.

JOBST H. TELTSCHIK

Die Versammlung sollte um acht Uhr stattfinden, daher mußten sie noch gute fünf Stunden herumbringen. Eugene schlug vor, sie sollten sich einen Film ansehen. Daniel hatte nichts dagegen, aber er wollte nicht derjenige sein, der vorschlug, in welchen sie gehen sollten, denn sie wußten beide aus den Anzeigen, die seit Monaten im *Star-Tribune* erschienen, welcher es sein mußte. Sie fragten nach dem Weg zur Hennepin Avenue, an der entlang sich alle Kinos drängten, und dort, auf der Markise des *World*, in Leuchtbuchstaben so groß wie Tischlampen, war das uneingestandene Goldene Vließ ihres Abenteuers zu sehen (*nicht* General Donnelly, keinen Augenblick lang): das letzte, legendäre Musical der großen Betti Bailey: *Goldgräber von 1984*.

Der Film übte eine beträchtliche Wirkung auf Daniel aus, damals und auch später. Selbst wenn es nicht der Film gewesen wäre, dann das *World*-Kino, das so groß und feierlich war, ein Tempel, der sich für die ehrwürdigsten Einführungszeremonien eignete. Sie fanden Plätze vorne im Saal und warteten, während wilde Musik von irgendwoher um sie herum anschwoll.

Das war es also, worum sich alles drehte. Das war, wenn sie aus einem selbst heraus kam, die befreiende Kraft, die alle anderen Mächte fürchteten und auszulöschen suchten: der Gesang. Es schien Daniel, daß er die Musik in den geheimsten Winkeln seines Körpers spüren konnte, wie einen körperlosen Chirurgen, der seine Seele von dem hinderlichen Fleisch loslösen würde. Er wollte sich ihr ganz unterwerfen, um selbst zur reinen Herrlichkeit tönender Luft zu werden. Doch wollte er gleichzeitig zu dem Platzanweiser mit der hübschen Mütze mit den Goldlitzen zurückeilen und ihn fragen, wie die Musik hieß, damit er sich die Kassette kaufen und sie für immer besitzen konnte. Wie schrecklich, daß jedes neue Entzücken zugleich ein Abschied sein sollte! Daß es nur existieren konnte, indem es ihm weggenommen wurde!

Dann gingen die Lichter aus, die schimmernden Vorhänge wurden automatisch auseinandergezogen, und der Film begann. Der allererste Anblick von Betti Bailey löschte jeden Gedanken an die Entzückungen der Musik aus. Sie war seiner Mutter wie aus dem Gesicht geschnitten — nicht, wie sie jetzt war, sondern wie er sie zum erstenmal gesehen hatte: die Fingernägel, der hochgeschnürte Busen, die Haarmähne, die forsch über die Augen gezeichneten Ellipsen, die Lippen, die frisch in Blut getaucht schienen. Er hatte die heftige Wirkung jener Begegnung vergessen, die Verlegenheit, das Entsetzen. Er wünschte, Eugene würde nicht neben ihm sitzen und das sehen.

Und doch mußte man zugeben, daß sie — Betti Bailey — schön war. Sogar, und das war das Seltsamste, auf ganz gewöhnliche Weise.

In der Geschichte war sie eine Prostituierte, die in einem speziellen Bordell in St. Louis arbeitete, in dem nur Polizisten Zutritt hatten. Sie war jedoch nicht gerne Prostituierte und träumte davon, eine große Sängerin zu sein. In ihren Träumen *war* sie wirklich eine große Sängerin, von der Art, die alle Zuschauer im Kino vergessen ließ, daß sich da nur Schatten auf einer Leinwand bewegten, so daß sie ihr, zusammen mit dem Publikum ihrer Träume, applaudierten. Aber im wirklichen Leben, in der großen, roten Badewanne des Bordells zum Beispiel, oder das einemal, als sie durch die Ruinen des botanischen Gartens spazierte, mit dem interessanten Fremden (gespielt von Jackson Florentine), da war ihre Stimme ganz wackelig und krächzend. Die Leute, die ihr zuhörten, konnten nicht anders als sich zu krümmen, sogar Jackson Florentine, der (so stellte sich heraus) ein Sexualverbrecher war, den die Polizei suchte. Bis man das herausfand, arbeitete er schon im Bordell, denn das war einer der wenigen Orte, wo man die Leute nicht nach ihrem Ausweis fragte. Er zeigte einen komischen Steptanz mit schwarzem Gesicht, zusammen mit einer Komparsenreihe aus wirklichen, lebendigen, schwarzen Bullen, der in die große Nummer der Show, den *Marsch der Geschäftsleute* überging.

Am Ende des Films schnallten sich die beiden Liebenden in einen Flugapparat und verließen ihre Körper, um eine noch größere Nummer zu zeigen, ein Luftballett, das ihren Flug nach Norden zu den Eisbergen von Baffin Island darstellte.

Die Spezialeffekte waren so gut, daß man einfach glauben mußte, die Tänzer seien wirklich Feen, besonders Betti Bailey, und es trug sicherlich dazu bei, daß man das Ganze wie ein Evangelium glaubte, daß Betti Bailey, kurz nachdem sie den Film *Goldgräber* gedreht hatte, selbst das gleiche getan hatte — sich angeschnallt und losgeflogen, um nie zurückzukehren. Ihr Körper war irgendwo in Los Angeles immer noch wie ein Foetus zusammengerollt in einem Krankenhaus, und nur Gott allein wußte, wo das übrige von ihr war — ob es im Sonnenzentrum verglühte oder um die Saturnringe herumwirbelte, alles war möglich. Es schien bedauerlich, daß sie nie auch nur so lange zurückgekommen war, um noch einen anderen Film wie *Goldgräber* zu machen, an dessen Ende die Polizei die Körper der Liebenden in der Maschine angeschnallt fand und sie mit der lebhaftesten und sorgfältigsten filmischen Deutlichkeit zusammenschoß. Im Theater blieb kein Auge trocken, als das Licht wieder anging.

Daniel wollte noch bleiben und der Musik zuhören, die jetzt wieder einsetzte. Eugene mußte auf die Toilette. Sie verabredeten sich im Foyer, wenn die Musik vorbei war. Sie hatten dann immer noch genug Zeit, um zu der Donnellyversammlung zu kommen.

Auf den Film folgend, schien die Musik nicht mehr so eindrucksvoll, und Daniel entschied sich, daß seine Zeit in Minneapolis zu kostbar sei, um sie damit zu vergeuden, irgendeine Erfahrung zu wiederholen, wie erhaben sie auch sein mochte. Eugene war nicht im Foyer, daher ging er hinunter zur Herrentoilette. Auch dort war Eugene nicht, wenn er sich nicht in der einzigen verschlossenen Zelle befand. Daniel bückte sich und schaute unter der Tür durch, und sah nicht ein, sondern zwei Paar Schuhe. Er verlor fast den Verstand vor Schreck, war aber gleichzeitig ein wenig befriedigt, so, als hätte er gerade einen Punkt dafür bekommen, daß er eine weitere, bedeutende Sehenswürdigkeit der großen Stadt besichtigt hatte.

In Iowa taten die Leute so etwas nicht, und wenn sie es doch taten und dabei erwischt wurden, steckte man sie ins Gefängnis. Und mit Recht, dachte Daniel und verdrückte sich hastig aus der Herrentoilette.

Er fragte sich, ob diese Sache schon angefangen hatte, als Eugene hier unten war. Und wenn ja, was er darüber gedacht hatte. Und ob er es wagen würde, ihn zu fragen.

Das Problem stellte sich nie. Daniel wartete fünf, zehn, fünfzehn Minuten im Foyer, immer noch kein Zeichen von Eugene. Er ging zur Vorderseite des Kinos, als die Besetzungsliste der *Goldgräber* auf der Leinwand erschien, stand in der flackernden Dunkelheit, durchforschte die Gesichter im Publikum. Eugene war nicht da.

Er wußte nicht, ob seinem Freund etwas Schreckliches, typisch Städtisches, zugestoßen war — ein Raubüberfall, eine Vergewaltigung — oder ob er einfach einer Laune gefolgt und alleine weitergezogen war. Wozu? Auf jeden Fall schien es keinen Sinn zu haben, im *World* zu warten, wo der Platzanweiser offensichtlich langsam die Geduld mit ihm verlor.

Unter der Voraussetzung, daß Eugene, ganz gleich, was

ihm zugestoßen war, sicher versuchen würde, ihn dort wiederzufinden, ging Daniel zum Gopherstadion auf dem Campus der Universität von Minnesota, wo die Versammlung abgehalten werden sollte. Einen Block weit vor der Fußgängerbrücke über den Mississippi standen Schwadronen von Studenten und älteren Leuten und verteilten Flugblätter an jeden, der sie haben wollte. Einige der Blätter erklärten, eine Stimme für Roberta Donnelly sei eine Stimme gegen die Kräfte, die Amerika vernichten wollten, und informierten einen, wie man zur Versammlung kam. Andere Flugblätter sagten, die Menschen hätten jedes Recht zu tun, was sie wollten, selbst wenn das bedeutete, daß sie sich selbst töteten, und noch andere waren schlicht und einfach sonderbar, einfache Schlagzeilen ohne Text, die man weder für noch gegen eine Sache interpretieren konnte. Wie zum Beispiel: ES IST MIR GLEICH, WENN DIE SONNE NICHT SCHEINT. Oder: GIB UNS NOCH FÜNF MINUTEN.

Wenn man den Leuten nur ins Gesicht sah, während man auf sie zuging, konnte man nicht feststellen, ob sie Strenggläubige waren oder nicht. Anscheinend gab es auf beiden Seiten angenehme und unangenehme Typen.

Der Mississippi war genauso wie die Leute sagten, eine schöne, riesige, ebene Fläche, die den Himmel verschluckt zu haben schien, die Stadt auf beiden Ufern schien noch gewaltiger. Daniel blieb in der Mitte der Brücke stehen und ließ seine Sammlung farbiger Flugblätter eins nach dem anderen hinunterflattern durch diesen unvorstellbaren Raum, der weder Höhe noch Tiefe war. Hausboote und Läden waren auf beiden Seiten des Flusses vertäut, und auf drei oder vieren davon waren nackte Menschen, Männer wie Frauen, und ließen sich von der Sonne bräunen. Daniel war erregt und aufgewühlt. Man konnte eine Stadt von solchem Ausmaß und solcher Vielfalt niemals ganz verstehen: man konnte sie nur ansehen und staunen, sie dann wieder ansehen und entsetzt sein.

Jetzt war er entsetzt. Denn er wußte, daß Eugene nicht bei der Versammlung sein würde. Eugene hatte sich abgesetzt. Vielleicht war das von Anfang an seine Absicht gewesen, vielleicht war es auch der Film, der ihn dazu verleitet hatte, denn seine Moral (wenn man sagen konnte, daß er eine hatte) war: Gib mir Freiheit — oder! Vor langer Zeit hatte ihm Eugene anvertraut, daß er vorhabe, Iowa eines Tages zu verlassen und fliegen zu lernen. Daniel hatte ihn um seine Tollkühnheit beneidet, ohne einen Augenblick anzunehmen, er könne so dumm sein, auf diese Weise abzuhauen. Und so gemein! Ist dazu der beste Freund da — daß man ihn verrät?

Der Hurensohn!

Der hinterhältige, kleine Scheißer!

Und doch. Und trotzdem. War es das nicht wert gewesen, würde es das nicht immer wert sein — und sei es nur wegen dieses einen Blicks auf den Fluß, und wegen der Erinnerung an jenes Lied?

Die Antwort war ziemlich eindeutig nein, aber es war schwer zu ertragen, daß er so gründlich und unnötig übers Ohr gehauen worden war. Es war sinnlos, sich General Donnelly anzuhören, das würde nicht einmal als Alibi etwas nützen. Er hatte noch bis morgen Zeit, um sich eine halbwegs wahrscheinliche Geschichte für die Muellers auszudenken.

Als Eugenes Mutter zwei Abende später vorbeikam, war Daniels Geschichte einfach und wenig hilfreich. Ja, sie hatten draußen im Staatspark gezeltet, und nein, er konnte sich nicht vorstellen, wohin Eugene gegangen sein könnte, wenn er nicht nach Hause gekommen war. Daniel war vor Eugene nach Amesville zurückgefahren (aus keinem sehr zwingenden Grund), und das war das letzte, was er von ihm wußte. Sie stellte nicht halb so viele Fragen, wie er erwartet hatte, und sie kam kein zweitesmal. Zwei Tage später war es allgemein bekannt, daß Eugene Mueller vermißt wurde. Sein Fahrrad wurde im Kanal entdeckt, wo Daniel es liegengelassen hatte. Es gab zwei Arten von Vermutungen über das, was geschehen war: die eine, daß er das Opfer eines Verbrechens geworden war; die andere, daß er abgehauen war. Beides waren Vorkommnisse, die sich häufig genug ereigneten. Jedermann wollte Daniels Meinung hören, weil er der letzte gewesen war, der Eugene lebend gesehen hatte. Daniel sagte, er hoffe, Eugene sei weggelaufen, ein Verbrechen sei eine so entsetzliche Alternative, aber er könne nicht glauben, daß er etwas so Bedeutsames getan hätte, ohne wenigstens eine Andeutung fallenzulassen. In gewisser Weise waren seine Spekulationen völlig aufrichtig.

Niemand schien auch nur im geringsten argwöhnisch, außer vielleicht Milly, die ihm hin und wieder merkwürdige Blicke zuwarf und nicht aufhörte, ihn mit Fragen zu belästigen, die immer persönlicher wurden und immer schwerer zu beantworten waren. So zum Beispiel, wohin Eugene wohl gegangen wäre, wenn er fortgelaufen wäre? Daniel fühlte sich immer mehr so, als habe er seinen Freund ermordet und die Leiche versteckt. Er konnte verstehen, was für eine Annehmlichkeit es für die Katholiken war, daß sie zur Beichte gehen konnten.

Trotz solcher Gefühle ging alles bald wieder seinen normalen Gang. Jerry Larsen übernahm Eugenes Zeitungsroute jetzt ständig, und Daniel entwickelte eine Begeisterung für Baseball, die ihm eine Entschuldigung dafür bot, daß er beinahe so viel außer Haus war wie sein Vater.

Im Juli kam ein Tornado, der einen Wohnwagenstellplatz

eine Meile außerhalb der Stadt zerstörte. In derselben Nacht, als der Sturm vorüber war, erschien der Bezirkssheriff an der Haustür der Weinrebs mit einem Haftbefehl für Daniel. Milly wurde hysterisch und versuchte, Roy Mueller anzurufen, scheiterte aber an seinem automatischen Anrufbeantworter. Der Sheriff beharrte eisern darauf, daß das Ganze nur Daniel anginge. Er wurde wegen des Verkaufs und des Besitzes obszönen und aufrührerischen Schrifttums verhaftet, und das war ein Verbrechen der Kategorie D. Bei Vergehen war das Jugendgericht zuständig, aber bei einem Verbrechen war Daniel in den Augen des Gesetzes ein Erwachsener.

Er wurde auf die Polizeiwache gebracht, man nahm ihm die Fingerabdrücke ab, fotografierte ihn und steckte ihn in eine Zelle. Der gesamte Vorgang schien ganz natürlich und alltäglich, als sei sein ganzes bisheriges Leben auf diesen Augenblick zugesteuert. Es war sicherlich ein großer Augenblick, ziemlich feierlich, wie die Abschlußfeier der Highschool, aber er kam nicht überraschend.

Daniel war ebenso sicher wie seine Mutter, daß Roy Mueller hinter seiner Verhaftung steckte, doch wußte er auch, daß er völlig legal erwischt worden war, und daß es keine Möglichkeit geben würde, sich herauszuwinden. Er hatte getan, wofür man ihn eingelocht hatte. Natürlich hatten das außer ihm noch zehn andere getan, wobei die Kunden noch nicht einmal mitgezählt waren. Und was war mit Heinie Youngermann — waren seine ganzen Schmiergelder zum Fenster hinausgeworfen? Wie konnte man Daniel vor Gericht bringen und ihn nicht?

Er fand es eine Woche später heraus, als die Verhandlung stattfand. Jedesmal, wenn der Anwalt der Weinrebs Daniel im Zeugenstand fragte, woher er seine Exemplare des *Star-Tribune* bekommen oder wer sie außer ihm noch zugestellt hätte, erhob der gegnerische Anwalt Einspruch, dem der Richter, Richter Cofflin, stattgab. So einfach war das. Die Geschworenen fanden ihn der Anklage schuldig, und er wurde zu acht Monaten in der Staatlichen Besserungsanstalt in Spirit Lake verurteilt. Er hätte sogar fünf Jahre bekommen können, und der Anwalt riet ihnen davon ab, Berufung einzulegen, denn derselbe Richter würde zu entscheiden haben, ob man Daniel auf Bewährung freilassen konnte, wenn im Herbst die Schule begann.

Sie hätten die Berufung sowieso auf jeden Fall verloren. Iowa und die übrigen Staaten des Farmgürtels wurden nicht grundlos Polizeistaaten genannt.

Während Daniel Tag für Tag und Nacht für Nacht in der Zelle saß, ohne Gesprächspartner, ohne Lesestoff, hatte er sich tausend Unterredungen mit Roy Mueller ausgemalt. Daher war er schließlich, spät in der Nacht, ehe er nach Spirit Lake geschickt werden sollte, als Roy Mueller es endlich schaffte, ihn zu besuchen, jede mögliche Kombination von Zorn, Schmerz, Angst und gegenseitigem Mißtrauen durchgegangen, und die wirkliche Konfrontation war ein wenig wie die Gerichtsverhandlung, etwas, was er durchstehen und hinter sich bringen mußte.

Mueller blieb außerhalb der verschlossenen Zelle. Er war ein kompakt aussehender Mann mit einem Bauch, dikken Muskeln und einer freundlichen Art, selbst wenn er eine Gemeinheit beging. Bei seinen eigenen Kindern hielt er sich gern für eine Art von Salomon, streng aber freigiebig, aber seine Kinder (das wußte Daniel von Eugene) lebten alle in Angst und Schrecken vor ihm, auch wenn sie ihre Rolle als seine verwöhnten Lieblinge spielten.

»Na, Daniel, da hast du dich ja ganz schön in die Klemme gebracht, nicht?«

Daniel nickte.

»Es ist schon schrecklich, daß man dich so fortschickt,

aber vielleicht wird es dir guttun. Ein wenig moralische Widerstandskraft aufbauen, wie?«

Ihre Augen begegneten sich. Die von Mueller strahlten vor Vergnügen, das er als Wohlwollen auszugeben suchte.

»Ich dachte, du würdest mir vielleicht etwas sagen wollen, ehe du gehst. Deine Mutter hat mich mindestens einmal täglich angerufen, seit du in Schwierigkeiten gekommen bist. Ich fand, das mindeste, was ich für die arme Frau tun könnte, sei, mit dir zu sprechen.«

Daniel sagte, wozu er sich entschlossen hatte, daß er nämlich schuldig sei, den *Star-Tribune* verkauft zu haben, und daß es ihm sehr leid tue.

»Es freut mich, daß du die Medizin mit der richtigen Einstellung schluckst. Daniel, aber das war es eigentlich nicht, worüber ich mit dir sprechen wollte. Ich möchte wissen, wo mein Sohn ist, und du bist derjenige, der mir das sagen kann. Richtig, Daniel?«

»Ehrlich, Mr. Mueller, ich weiß nicht, wo er ist. Wenn ich es wüßte, würde ich es Ihnen sagen. Glauben Sie mir.«

»Keine Vermutungen oder Theorien?«

»Er könnte ...« Daniel mußte sich räuspern, sein Hals war vor Angst ganz trocken und klebrig. »Er könnte vielleicht nach Minneapolis gegangen sein.«

»Wieso Minneapolis?«

»Wir... wir lasen immer darüber. Wenn wir den *Star-Tribune* austrugen.«

Mueller schob die darin enthaltenen Implikationen — daß nämlich sein Sohn an Daniels sogenanntem Verbrechen beteiligt gewesen war, und daß er selbst die ganze Zeit davon gewußt hatte — mit einem weiteren, breiten Lächeln und einem Heben und Senken seines Bauches beiseite.

»Und es hörte sich an, als könnte es dort ganz aufregend sein, ist es das?«

»Ja. Aber nicht ... Ich meine, wir haben nie davon gesprochen, Amesville für immer zu verlassen. Wir wollten es nur sehen.«

»Nun, wie war euer Eindruck, als ihr es gesehen habt? Hat es eure Erwartungen erfüllt?«

»Ich habe nicht gesagt ...«

Aber es schien sinnlos, es abzustreiten, nur um das Unvermeidliche hinauszuzögern. Daniel konnte sehen, daß es über bloße Vermutungen hinausging: Mueller wußte Bescheid.

»Wir sind dort gewesen, Mr. Mueller, aber glauben Sie mir, ich hatte keine Ahnung, daß Eugene nicht vorhatte, mit mir zurückzukommen. Wir fuhren hin, um Roberta Donnelly zu sehen. Sie sollte eine Rede im Gopherstadion halten. Nachdem er sie gesehen hatte, machten wir uns sofort auf den Rückweg. Wir beide.«

»Du gibst also zu, daß ihr dort wart, das ist schon ein Fortschritt. Aber dazu habe ich dich nicht gebraucht, Daniel. Das wußte ich schon in der Nacht, als ihr aufgebrochen seid, von Lloyd Wagner, der euch beide über die Grenze ließ, ein Fehler, den er zu bereuen hatte. Aber das ist eine andere Geschichte. Als er keinen von euch nach der letzten Vorstellung im *Star-Lite* zurückkommen sah, erkannte Lloyd, daß er einen Fehler gemacht hatte und rief mich an. Von da an war es einfach, die Polizei von Albert Lea nach der Busstation und den Fahrern suchen zu lassen. Du siehst also, mein Junge, ich brauche ein wenig mehr Information als nur —« Er parodierte Daniel, indem er die Augen in falscher Aufrichtigkeit weit aufriß und flüsterte: »— Minneapolis.«

»Wirklich, Mr. Mueller, ich habe Ihnen alles gesagt, was ich weiß. Wir gingen zusammen ins Kino, und nach der Filmvorführung sagte Eugene, er müsse auf die Toilette. Danach habe ich ihn nicht mehr gesehen.«

»Was war es für ein Film?«

*»Goldgräber von 1984.* Im *World*-Kino. Die Karten kosteten vier Dollar.«

»Er verschwand, und das war alles? Du hast nicht nach ihm gesucht?«

»Ich habe gewartet. Dann, nach einiger Zeit, ging ich zur Versammlung, in der Hoffnung, ihn dort zu treffen. Was hätte ich sonst tun können? Minneapolis ist riesig. Und außerdem ...«

»Ja?«

»Nun, ich dachte, er *wollte* wahrscheinlich weg von mir. Also versteckte er sich wohl mit Absicht. Aber was ich damals nicht verstand und immer noch nicht verstehe, ist, warum er, wenn er schon wußte, daß er nicht zurückkommen wollte, mich auch noch mit hineinziehen mußte. Ich meine, ich bin doch sein bester Freund.«

»Das ist nicht sehr logisch, nicht wahr?«

»Nein. Daher ist meine Theorie — und ich hatte eine Menge Zeit, darüber nachzudenken —, daß ihm die Idee erst kam, während er dort war, wahrscheinlich direkt während des Films. Es war ein Film, der so etwas hätte bewirken können.«

»Es gibt nur eine Sache, die an deiner Theorie nicht stimmt, Daniel.«

»Mr. Mueller, ich habe Ihnen alles erzählt, was ich weiß. Alles.«

»Es gibt einen guten Grund, warum ich dir nicht glaube.«

Daniel blickte auf die Spitzen seiner Schuhe hinunter. Keine seiner eingebildeten Unterredungen mit Mr. Mueller war so schlecht verlaufen wie diese. Er hatte gebeichtet, es hatte ihm nichts genützt. Jetzt fiel ihm nichts mehr ein, was er noch sagen könnte.

»Willst du nicht wissen, was dieser Grund ist?«

»Was?«

»Mein Sohn war so weitblickend, achthundertfünfundvierzig Dollar aus meinem Schreibtisch zu stehlen, ehe er fortging. Das klingt nicht nach einer Augenblicksentscheidung, oder was meinst du?«

»Nein.« Daniel schüttelte heftig den Kopf. »Das würde Eugene nicht tun. Das würde er einfach nicht tun.«

»Nun, er hat es aber getan. Das Geld ist fort, und ich halte es kaum für Zufall, daß Eugene sich genau zur selben Zeit entschlossen haben sollte, wegzulaufen.«

Daniel konnte nicht mehr sagen, was er glaubte. Sein Ausdruck der Ungläubigkeit war nicht mehr als das letzte Überbleibsel seiner Loyalität gewesen. Freunde ziehen ihre Freunde nicht in Verbrechen hinein. Außer, daß sie es anscheinend doch tun.

»Hast du noch andere Vorschläge, Daniel, wo ich die Polizei nach meinem Sohn suchen lassen kann?«

»Nein, Mr. Mueller, ehrlich nicht.«

»Wenn dir noch irgend etwas einfallen sollte, brauchst du nur zu sagen, du möchtest mit Wärter Shiel in Spirit Lake sprechen. Du verstehst natürlich, daß du dir selbst einen beträchtlichen Gefallen tust, wenn die Zeit kommt, über deine Bewährung zu sprechen, falls du uns helfen kannst, Eugene zu finden. Richter Cofflin weiß über die Situation Bescheid, und nur aufgrund meiner wiederholten Bemühungen hat man dich nicht auch noch wegen Raubes ersten Grades angeklagt.«

»Mr. Mueller, glauben Sie mir, wenn ich auch nur noch das Geringste wüßte, würde ich es Ihnen sagen.«

Mueller warf ihm einen Blick voll lässiger, zufriedener Bosheit zu und wandte sich zum Gehen.

»Wirklich!« beharrte Daniel.

Mueller drehte sich um und sah ihn zum letztenmal an. Aus der Art, wie er lächelnd dastand, erkannte Daniel, daß er ihm glaubte — daß es ihm aber gleichgültig war. Er hatte bekommen, wonach er gesucht hatte, ein neues Opfer, einen Adoptivsohn.

## 4

In seiner ersten Nacht im Gefangenenlager von Spirit Lake, in der er im Freien auf spärlichem, zertrampeltem Gras schlief, hatte Daniel einen Alptraum. Er begann mit Musik, beziehungsweise mit Klängen, die so ähnlich waren wie Musik, aber weniger geordnet, lange Töne aus einem unbekannten Organ, weder Stimme noch Violine, jeder Ton war länger ausgehalten als ein Gedanke, und doch verwoben sie sich zu einer mächtigen, labyrinthischen Struktur. Zuerst glaubte er, er sei in einer Kirche, dafür war der Ort jedoch zu kahl, der Raum zu offen.

Eine Brücke. Die überdachte Brücke über den Mississippi. Er stand darauf, schwebend über dem bewegten Wasser, ein unerträglicher, schwarzer Fleck wetteiferte mit den schwankenden Lichtern der Boote, die ebensoweit weg schienen, ebenso unnahbar wie Sterne. Und dann, grundlos, entsetzlich, wurde die Szenerie um neunzig Grad gedreht, und der strömende Fluß wurde zu einer Wand, die immer noch nach oben wirbelte. Sie türmte sich auf zu einer unermeßlichen, unvorstellbaren Höhe und hing dann da, drohte zusammenzufallen. Nein, das Fließen und der Zusammenbruch waren ein einziges, unendlich langsames Geschehen, und er floh davor über die Fenster der inneren Brücke. Manchmal brachen die langen Glasscheiben unter seinem Gewicht, wie das erste Eis im Winter. Er hatte das Gefühl, als würde er von einem schwerfälligen, formlosen Gott verfolgt, der ihn — er mochte fliehen, wohin er wollte — sicherlich zerquetschen und flachrollen würde unter seiner höchsten, unerbittlichen Unermeßlichkeit. All das, während die Musik stieg, Ton für Ton, zu einem Pfeifen, das lauter und heftiger war als das jeder Fabrik und schließlich zum Weckband des Lautsprechersystems wurde.

Sein Magen schmerzte noch immer, obwohl nicht so heftig wie in den ersten Stunden, nachdem er sich die P-W-Pastille hinuntergezwungen hatte. Dabei hatte er Angst gehabt, daß sie sich, trotz all des Wassers, das er dazu trank, in seinem Hals einnisten würde anstatt in seinem Magen. Sie war so groß. Die erste Gruppe der zeitgesteuerten Enzyme brannte ein kleines Geschwür in die Magenwand, welches die zweite Gruppe (die, die jetzt wirkte) dann heilte, wobei sie die Pastille selbst in das Narbengewebe der Wunde einsiegelten, die sie selbst geschaffen hatten. Der Vorgang dauerte weniger als einen Tag, trotzdem hatten Daniel und die sieben anderen neuzugegangenen Häftlinge nichts anderes zu tun, als ihre Situation auf sich wirken zu lassen, während sich die Pastillen in das zerrissene Gewebe einspannen.

Daniel hatte geglaubt, er würde der jüngste Gefangene sein, aber es stellte sich heraus, daß ein guter Prozentsatz der Leute, die, wie er sah, zu Arbeitstrupps zusammengestellt und hinausgeschickt wurden, in seinem Alter waren, und viele davon, wenn auch wahrscheinlich nicht jünger, so doch viel schmächtiger. Das Resultat seiner Beobachtungen war die im Grunde positive Feststellung, daß, wenn diese in Spirit Lake überleben konnten, er das wahrscheinlich auch schaffen würde.

Es schien, als sei ein großer Teil der anderen, auch der in seinem Alter, schon früher im Gefängnis gewesen. Das war jedenfalls das Thema, das fünf der sieben anderen vereinigte, sobald das Lager nach der morgendlichen Arbeitseinteilung geleert war. Eine Zeitlang saß er am Rande dabei und nahm alles in sich auf. Aber gerade ihr Gleichmut und ihr lässiger Humor gingen ihm mit der Zeit auf die Nerven. Hier waren sie nun, viele von ihnen zu fünf oder mehr Jahren von, soviel wußten sie schon, reinem Elend verurteilt, und die taten, als sei das Ganze ein Familientreffen. Verrückt.

Im Vergleich dazu war der Geflügelfarmer aus dem Humboldtbezirk, der wegen Kindesmißhandlung hierhergeschickt worden war, trotz all seiner Bauchschmerzen, oder vielleicht gerade deswegen, normal und vernünftig, ein Mann, der einen Kummer hatte, der einem mitteilen wollte, wie absolut elend er sich fühlte. Daniel versuchte, sich mit ihm zu unterhalten, oder besser, ihm zuzuhören, ihm zu helfen, mehr Ordnung in seine Gedanken zu bringen, aber nach ganz kurzer Zeit drehte sich der Mann im Kreise und sagte dieselben Dinge wie beim erstenmal, in beinahe den gleichen Worten, und dann noch einmal — wie leid es ihm tue, was er angerichtet habe, daß er dem Kind nicht mit Absicht wehgetan habe, obwohl es ihn gereizt und dabei gewußt habe, daß es im Unrecht sei, daß die Versicherung vielleicht nur für die Hühner aufkommen würde, aber nicht für die ganze Arbeit, nicht für die ganze Zeit, daß Kinder ihre Eltern *brauchten*, und die Autorität, die sie vertreten; und dann wieder, wie leid es ihm tue, was er getan habe. Was er getan hatte, war (wie Daniel später herausfand), seine Tochter mit dem Kadaver eines Huhns bewußtlos und beinahe zu Tode zu prügeln.

Um von ihm wegzukommen, wanderte Daniel im Lager umher und machte sich nacheinander mit all den schlimmen Einzelheiten vertraut — dem Gestank der offenen Latrinen, dem nicht viel angenehmeren Gestank innerhalb der Schlafsäle, wo einige der schwächsten Gefangenen auf dem Boden lagen, schlafend oder das Sonnenlicht beobachtend, das an den schmutzigen Sperrholzdielen entlangwanderte. Einer von ihnen bat Daniel um ein Glas Wasser, das er draußen am Hahn holte, nicht in einem Glas, es waren keine zu finden, sondern in einem Pappbecher von McDonalds, der so alt und zerknittert war, daß er das Wasser kaum so lange halten konnte, bis er wieder im Schlafsaal war.

Das Seltsamste an Spirit Lake war das Fehlen von Schranken, Stacheldraht oder anderen Zeichen der wirklichen Situation. Es gab nicht einmal Wachen. Die Gefangenen verwalteten ihr Gefängnis selbst auf demokratische Weise, das bedeutete, wie in der größeren Demokratie draußen, daß beinahe jeder betrogen, gegen Lösegeld gefangengehalten und schikaniert wurde, außer der kleinen, selbsternannten Armee, die alles beherrschte. Das war eine Lektion, die Daniel nicht auf einmal lernte. Er brauchte viele Tage und ebenso viele, vom Munde abgesparte Mahlzeiten, bis er begriff, daß er nicht überleben würde, nicht einmal bis zum September, wenn er erwartete, zur Schule geschickt zu werden, wenn er nicht zu irgendeiner Vereinbarung mit den vorhandenen Mächten kam. Es war tatsächlich möglich, an Hunger zu sterben. Das war es eigentlich, was mit den Leuten im Schlafsaal passierte. Wenn man nicht arbeitete, gab einem das Gefängnis nichts zu essen, und wenn man kein Geld hatte und niemanden kannte, der welches hatte, dann war die Sache gelaufen.

Was er an jenem ersten Morgen auf unvergeßliche Weise lernte, war, daß die P-W-Pastille, die in seinen Eingeweiden eingesiedelt war, ein wirklicher, echter Stachel des Todes war.

Etwa gegen Mittag ging eine Bewegung durch die anderen, genesenden Gefangenen. Sie schrien den Geflügelfarmer an, mit dem Daniel zuvor gesprochen hatte, und der, so schnell ihn seine Beine trugen, den Kiesweg hinunterlief, der zur Straße führte. Als er hundert Meter zurückgelegt hatte und etwa genausoweit von den Feldsteinpfosten entfernt war, die den Eingang zum Lager bildeten, schrillte eine Pfeife auf. Ein paar Meter weiter brach der Farmer zusammen; Funksignale, die durch das P-W-Sicherheitssystem ausgestrahlt worden waren, als er die zweite Grenzlinie passierte, hatten den Plastiksprengstoff in der Pastille in seinem Magen gezündet. Nach einiger Zeit erschien der Transporter des Wärters weit hinten auf der Straße, hupend und blinkend.

»Wißt ihr«, sagte einer der schwarzen Häftlinge in dem nachdenklichen und einschmeichelnden Tonfall eines Ansagers, »das habe ich schon gleich kommen sehen, das riech ich auf hundert Meter gegen den Wind. Es ist immer die gleiche Sorte, die zuerst durchdreht.«

»Ein blödes Arschloch«, sagte ein Mädchen, das etwas mit den Beinen hatte. »Das ist alles, was er war, ein blödes Arschloch.«

»Oh, da bin ich nicht so sicher«, sagte der Schwarze. »Jeder kann einen Anfall von Gewissensbissen bekommen. Gewöhnlich braucht's dazu ein bißchen mehr Mißhandlung, nicht nur die Vorstellung davon.«

»Sind es viele, die ... äh ...?« Das waren die ersten Worte, die Daniel gesprochen hatte, außer, um Fragen abzuwehren.

»Durchdrehen? Bei einem Lager dieser Größe etwa einer pro Woche, würde ich sagen. Im Sommer weniger, im Winter mehr, aber das ist der Durchschnitt.«

Andere stimmten zu, einige widersprachen. Bald waren sie wieder dabei, ihre Erfahrungen zu vergleichen. Inzwischen war die Leiche des Farmers auf die Pritsche des Wagens geladen worden. Ehe der Wärter ins Führerhaus zurückkletterte, winkte er den zuschauenden Gefangenen zu. Sie winkten nicht zurück. Der Laster wendete und kehrte mit quietschenden Reifen zurück an den grünen Horizont, von dem er gekommen war.

Ursprünglich hatte das P-W-Sicherheitssystem (die Initialen erinnerten an die walisischen Ärzte, die es entwickelt hatten, Dr. Pole und Dr. Williams) weniger drastische Methoden zur Besserung des Charakters angewandt als den sofortigen Tod. Die ersten Pastillen setzten, wenn sie ausgelöst wurden, nur so viel Gift frei, daß es momentane, akute Übelkeit und Krämpfe im Dickdarm hervorrief. In dieser Form hatte man das P-W-System als das T-Modell der Verhaltenssteuerung begrüßt. Nachdem es ein Jahrzehnt im Handel erhältlich war, gab es kaum mehr ein Gefängnis auf der Welt, das sich nicht auf seinen Gebrauch umgestellt hätte. Obwohl das Motiv für die Reform ein wirtschaftliches gewesen sein mag, war das Ergebnis ausnahmslos eine humanere Gefängniswelt, einfach deshalb, weil nicht länger die Notwendigkeit für die gleiche, scharfe Aufmerksamkeit und die Vorsichtsmaßnahmen bestand. Aus diesem Grunde wurde Dr. Pole und Dr. Williams im Jahre 1991 der Friedensnobelpreis verliehen.

Erst allmählich und nie in den Vereinigten Staaten wurde die Anwendung auf die sogenannten »Geiselbevölkerungen« potentiell andersdenkender Zivilisten ausgeweitet — die Basken in Spanien, die Juden in Rußland, die Iren in England und so weiter. In diesen Ländern begann man dann, die Gifte durch Sprengstoffe zu ersetzen, und dort wurden auch Systeme zur Vernichtung und für Vergeltungsmaßnahmen in großem Stil entwickelt, wobei ein zentrales Rundfunksystem verschlüsselte Signale übermitteln konnte, die jedes Individuum mit eingepflanzter Pastille, jede Gruppe, einen bestimmten Teil der Gruppe oder, auch das war denkbar, eine ganze Bevölkerung ums Leben bringen konnten. Die größte Vernichtungsziffer wurde bei der Dezimierung von Palästinensern erreicht, die im Gaza-Streifen lebten, und das war nicht die Folge einer menschlichen Entscheidung, sondern eines Computerirrtums. Gewöhnlich genügte das bloße Vorhandensein des P-W-Systems, um seine Anwendung, von Einzelfällen abgesehen, auszuschließen.

In der Besserungsanstalt von Spirit Lake war es möglich, Arbeitstrupps auf Farmen und in Fabriken zu schicken, die innerhalb eines Gebiets von achtzig Kilometern (der Reichweite des Hauptfunkturms des Systems) lagen, ohne andere Überwachungshilfen als die schwarze Schachtel, durch die die Gefangenen, einzeln oder in der Gruppe, gelenkt, kontrolliert und, wenn nötig, ausgerottet werden konnten. Das Ergebnis war eine Arbeitstruppe von einzigartiger Effektivität, die dem Staat Iowa Einnahmen brachte, die die Verwaltungskosten weit überstiegen. Das System war jedoch ebenso erfolgreich bei der Reduzierung von Verbrechen, und daher gab es nie genügend Sträflingsarbeit, um die Nachfrage der Farmen und Fabriken in diesem Gebiet zu befriedigen, die daher auf die schwierigeren (wenn auch etwas weniger kostspieligen) Wanderarbeiter zurückgreifen mußten, die in den bankrotten Städten der Ostküste angeworben wurden.

Diese Stadtstreicher waren es, die, weil sie gegen das Gesetz verstießen, bei weitem den größeren Teil der Gefängnisinsassen von Spirit Lake ausmachten. Nie zuvor in seinem Leben war Daniel so verschiedenen, interessanten Leuten begegnet, und nicht nur Daniel war beeindruckt. Sie schienen alle eine übersteigerte Auffassung von ihrer kollektiven Identität zu besitzen, als wären sie Adelige im Exil, Wesen, die größer und ehrenwerter waren als die verbissen schuftenden Kobolde und Zwerge des täglichen Lebens. Was nicht bedeuten soll, daß sie etwa zueinander (oder zu Daniel) freundlich gewesen wären: das war nicht der Fall. Der Groll, den sie gegenüber der Welt als ganzes empfanden, das Gefühl, beinahe buchstäblich als Schlachtvieh gebrandmarkt worden zu sein, war zu stark, um unterdrückt zu werden. Das führte sogar die sanfteren unter ihnen zeitweilig dazu, daß sie die theoretische Bruderschaft wegen eines Hamburgers, eines Lachens oder wegen des Luftzugs verrieten, der das Schmettern der Faust in irgendein gerade verfügbares Gesicht begleitete. Aber die schlimmen Augenblicke waren wie Feuerwerkskörper — sie explodierten, der Geruch hing ein paar Stunden lang in der Luft, und dann war sogar er fort —, während die guten Augenblicke wie Sonnenschein waren, eine so grundlegende Tatsache, daß man fast nie bewußt wahrnahm, daß sie da war.

Natürlich war es Sommer, und das machte viel aus. Es wurde länger gearbeitet, aber es waren angenehme Arbeiten, im Freien, für Farmer, die eine vernünftige Einstellung zu dem hatten, was möglich war. (Es hieß, die Fabriken seien viel schlimmer, aber die würden erst spät im Oktober wieder öffnen). Es gab oft Extrarationen, und wenn sich das ganze Leben darum dreht, daß man genug und ausreichend zu essen bekommt (die Rationen in Spirit Lake waren absichtlich nicht ausreichend), war das eine wichtige Erwägung.

Die Zeiten dazwischen waren es, die so wundervoll waren, Zeiten der Muße, so schlicht und rein, wie wenn ein Baum seine Blätter schüttelt. Die Zeit nach dem Wecken, ehe man in ein Laster gedrängt wurde, oder die Zeit, in der man darauf wartete, daß der Laster kam und einen zurückbrachte. Die Zeit, wenn ein plötzlicher Sturm das geplante Bündeln an diesem Tag ausfallen ließ und man im Schweigen des aufhörenden Regens, im Schein des spät zurückkehrenden Lichts warten konnte.

In solchen Zeiten wurde das Bewußtsein irgendwie zu mehr als nur einer zufälligen Gedankenreihe über dies, jenes und anderes. Man war sich bewußt, daß man lebte, mit einer so realen, persönlichen Deutlichkeit, daß es war, als würde sich Gottes behandschuhte Hand um das Rückgrat winden und es drücken. Lebendig und ein Mensch: er, Daniel Weinreb, war ein menschliches Wesen! Das war etwas, das ihm bis jetzt noch nicht einmal in den Sinn gekommen war.

Ein Teil des Lagers war für Besucher abgeteilt, mit Kiefern, Picknicktischen und einer Reihe von Schaukeln. Da Besucher nur am Sonntag zugelassen waren und da sowieso nur wenige Häftlinge Besuch bekamen, sah diese Stelle unnatürlich hübsch aus im Vergleich zu den verunkrauteten Flächen und der nackten Erde des eigentlichen Lagers, obwohl sie wahrscheinlich auf die Besucher, die ja von der Außenwelt hereinkamen, einfach genug wirkte, wie ein Park, den man in jeder benachbarten Stadt hätte finden können.

Daniel hörte seine Schwestern quieken, noch ehe sie hinter der Kiefernreihe sichtbar wurden, und er blieb stehen, um sich in die Gewalt zu bekommen. Er schien ganz gefaßt und keineswegs den Tränen nahe. Als er näher herantrat, konnte er sie durch die Zweige sehen. Aurelia saß auf einer der Schaukeln, und Cecelia schubste sie an. Er fühlte sich wie ein Geist in einer Geschichte, der über seiner lebendigen Vergangenheit schwebt. Da, hinter den Zwillingen, war sein Vater, auf dem Fahrersitz eines Hertz-Leihwagens, und rauchte seine Pfeife. Milly war nirgends zu sehen. Daniel hatte nicht geglaubt, daß sie kommen würde, aber trotzdem war es eine Enttäuschung für ihn.

Zu seiner Ehre sei gesagt, daß er sich das nicht anmerken ließ, als er schließlich hinter den Bäumen hervorkam. Er küßte und umarmte die Zwillinge voll Begeisterung, und als dann sein Vater die Schaukeln erreichte, hatte Daniel beide Arme voll.

»Wie geht es dir, Daniel?« fragte Abraham.

Daniel sagte: »Ganz gut.« Und dann, um es noch zu bestätigen: »Ja, tatsächlich recht gut.« Er lächelte — ein Lächeln, das ebenso einleuchtend wirkte wie dieser kleine Park.

Er setzte die Zwillinge auf den Rasen und schüttelte seinem Vater die Hand.

»Deine Mutter wollte mitkommen, aber im letzten Augenblick fühlte sie sich nicht wohl genug. Wir dachten beide, daß es vielleicht nicht gut wäre für deine Moral, wenn du sie in einer ihrer ... äh ... sehen würdest.«

»Wahrscheinlich nicht«, stimmte Daniel zu.

»Und für ihre Moral wäre es wahrscheinlich auch nicht gut. Obwohl ich sagen muß, das hier —«, er zeigte mit seinem Pfeifenstiel auf die Bäume — »ist etwas, äh, hübscher, als ich erwartet habe.«

Daniel nickte.

»Hast du Hunger? Wir haben ein Picknick mitgebracht.«

»Ich? Ich habe immer Hunger.« Und darin steckte mehr Wahrheit als er bekanntwerden lassen wollte.

Während sie das Essen auf dem Tisch ausbreiteten, kam ein weiterer Wagen mit Besuchern an. Es machte es leichter, sie als Publikum zu haben. Es gab gebratenes Hühnchen, von dem Daniel den größten Teil aß, und eine Schüssel mit Kartoffelsalat, in die anscheinend ein ganzes Pfund Speck hineingeschnitten worden war.

Abraham entschuldigte sich, weil für alle zusammen nur ein knapper Liter Milch da war. Das Bier, das er mitgebracht hatte, war an der Schranke auf der Straße beschlagnahmt worden.

Während Daniel aß, erklärte ihm sein Vater, was alles unternommen wurde, um ihn freizubekommen. Anscheinend waren eine Menge Leute darüber erbost, daß man ihn nach Spirit Lake geschickt hatte, aber die richtigen Leute waren nicht darunter. Man hatte eine Bittschrift an Bürgermeister McLean geschickt, die jener mit den Worten zurückgab, die ganze Sache sei nicht mehr in seinen Händen. Daniels Vater zeigte ihm eine maschinengeschriebene Liste mit den Namen auf der Bittschrift. Eine Menge davon waren Kunden seiner Zeitungsroute gewesen, andere erkannte er als Patienten seines Vaters, aber überraschend war, von wie vielen er niemals gehört hatte. Er war zu einer Angelegenheit von öffentlichem Interesse geworden.

Trotz alledem war es das Essen, das zählte. Daniel war an das sterile Essen in Spirit Lake schon so gewöhnt, daß er vergessen hatte, was für ein gewaltiger Unterschied zwischen diesem und richtigem Essen bestehen konnte. Nach dem Hühnchen und dem Kartoffelsalat packte Abraham einen Karottenkuchen aus. Während des ganzen Besuches war dies der Punkt, an dem Daniel einem Zusammenbruch am nächsten kam.

Nachdem das Essen vertilgt war, wurde sich Daniel der üblichen, alles verdüsternden Verlegenheit bewußt, die wieder zwischen ihm und seinem Vater aufstieg. Er saß da und starrte auf die verwitterten Bretter des Tisches, aber wenn ihm etwas einfiel, so löste es nie eine wirkliche Unterhaltung aus. Die Aufregung am zweiten Picknicktisch, wo Spanisch gesprochen wurde, schien wie ein Vorwurf für ihre eigenen, immer länger werdenden Schweigepausen.

Cecelia, die schon auf der Fahrt nach Spirit Lake mit Reiseübelkeit gekämpft hatte, rettete die Lage, indem sie das Mittagessen erbrach. Nachdem ihr Kleid mit einem Schwamm gesäubert war, spielte Daniel mit den Zwillingen Verstecken. Sie hatten endlich begriffen, daß es nicht nur ein einziges Versteck gab, sondern eine ganze Welt, in der man sich verbergen konnte. Zweimal ging Aurelia über die Feldsteinpfosten hinaus, die die Grenze markierten, um sich ein Versteck zu suchen, und jedesmal war es Daniel, als würde ihm ein Messer direkt durch den Magen gestoßen. Theoretisch sollte man die Pastille nicht spüren können, aber keiner, dem sie je eingepflanzt worden war, glaubte daran.

Schließlich war es Zeit zum Aufbruch. Da Daniel keine Möglichkeit gefunden hatte, das Thema allmählich anzugehen, mußte er mit der McDonald-Angelegenheit direkt herausplatzen. Er wartete, bis die Zwillinge in ihren Sitzen angeschnallt waren, dann bat er seinen Vater um ein paar Worte unter vier Augen.

»Es geht um das Essen hier«, begann er, als sie allein waren.

Wie er befürchtet hatte, war sein Vater empört, als er ihm erklärte, daß die Rationen bewußt unter dem Existenzminimum gehalten wurden. Er fing wieder von der Bittschrift an.

Daniel schaffte es, die Sache dringend zu machen, ohne sich hinreißen zu lassen: »Es hat keinen Sinn, sich zu beklagen, Dad. Es gibt Leute, die haben es versucht, und es hat nichts geholfen. Die Politik ist so. Was du tun kannst, ist, das zu bezahlen, was man hier die Zusatzversorgung nennt. Dann wird zusätzliches Essen von McDonalds herangeschafft. Im Augenblick ist es nicht so wichtig, weil die meisten Farmer, wenn wir draußen für sie arbeiten, gewöhnlich irgend etwas extra für uns zusammenkratzen. Aber später, im Winter, kann es scheußlich werden. So heißt es wenigstens.«

»Natürlich werden wir alles tun, was wir können, Daniel. Aber du wirst sicher vor dem Winter zu Hause sein. Sobald die Schule wieder anfängt, werden sie dich auf Bewährung freilassen.«

»Richtig. Aber inzwischen brauche ich alles, was du mir nur zukommen lassen kannst. Die Zusatzversorgung kostet fünfunddreißig Dollar die Woche, das ist eine ganze

Menge für einen Big Mac mit Pommes Frites, aber was kann ich schon machen? Die können mit uns tun, was sie wollen.«

»Mein Gott, Daniel, es geht nicht um das Geld — es geht nur darum, sich vorzustellen, was die hier machen. Das ist Wucher! Ich kann einfach nicht glauben ...«

»Bitte, Dad — was immer du tust, beschwere dich nicht.«

»Bestimmt nicht, ehe du hier nicht wieder draußen bist. An wen soll ich bezahlen?«

»Frag nach Sergeant Di Franco, wenn sie euch auf dem Rückweg am Tor aufhalten. Er wird dir eine Adresse geben, an die du das Geld schicken kannst. Ich werde dir alles zurückzahlen, das verspreche ich.«

## 5

Abraham nahm seinen Kalender aus der Brusttasche seines Anzugs und schrieb sich den Namen auf. Seine Hand zitterte. »Di Franco«, wiederholte er. »Das erinnert mich an etwas. Ich glaube, das war der Kerl, bei dem ich dein Buch abgeben mußte. Deine alte Freundin, Mrs. Boismortier, war einige Male bei uns und hat sich nach dir erkundigt, und beim letztenmal hat sie mir ein Geschenk für dich mitgegeben. Ein Buch. Vielleicht bekommst du es nach einiger Zeit, sobald sie sich versichert haben, daß es nicht staatsgefährdend ist.«

»Ich weiß es nicht. Sie lassen nicht viele Bücher durch. Nur Bibeln und so etwas. Aber sag ihr trotzdem vielen Dank von mir.«

Die letzten Formalitäten liefen reibungslos ab, und der Hertzwagen fuhr davon, in die strahlende, unerreichbare Welt dort draußen. Daniel blieb im Besucherbereich, schwang sanft auf einer der Schaukeln, bis die Pfeife ertönte, die ihn zum Anwesenheitsappell um sechs Uhr rief. Er dachte ständig an die Schüssel, in der der Kartoffelsalat gewesen war. Irgend etwas an ihrer Form oder an ihrer Farbe schien alles zusammenzufassen, was er je geliebt hatte. Und was er für immer verloren hatte.

Glücklicherweise ist »für immer« kein Begriff, der einem im anpassungsfähigen Alter von vierzehn Jahren dauernden Schaden zufügen könnte. Es stimmte zwar, Daniel hatte etwas für immer verloren, als er hierher nach Spirit Lake kam. Man könnte es Vertrauen ins System nennen — jenes Vertrauen, das es ihm ermöglicht hatte, seinen mit dem dritten Preis ausgezeichneten Aufsatz zu schreiben, damals — oder vielleicht war es nur eine Fähigkeit, wegzusehen, wenn die Verlierer von den Gewinnern nach den Spielregeln des Lebens zur Schnecke gemacht wurden. Aber wie immer man es nennen mag, es war etwas, was er mit der Zeit sowieso hätte verlieren müssen. Dies hier war nur eine härtere Form des Abschieds — ein Tritt in den Bauch anstelle eines Winkens mit der Hand.

Nicht einmal eine Nacht mit dem üblichen Alptraum war erforderlich, um Daniel eine passendere Geistesverfassung zu vermitteln. Als das Licht ausging, sah er die kleinen Schrecken und Unannehmlichkeiten seines Gefängnisses schon im Licht praktischer Vernunft an, in dem Licht also, das einem die unmittelbare Umgebung, welche auch immer, einfach so zeigt, wie sie ist.

Er hatte mit seinem Freund Bob Lundgren eine Partie Schach gespielt, keine besonders gute Partie, aber auch nicht schlechter als gewöhnlich. Dann hatte er sich in eine Unterhaltung zwischen Barbara Steiner und einigen der anderen, älteren Gefangenen eingedrängt, die über Politik ging. Das Gespräch ging auf seine Art ebenso über seinen

Kopf hinweg wie Bob James' Schach, mindestens soweit es darum ging, etwas dazu beizutragen. Sie machten aus seinen grundlegendsten Überzeugungen Kleinholz, aber es war köstliches Kleinholz, und Barbara Steiner, die den klarsten Kopf und die schärfste Zunge der Gruppe hatte, schien die Wirkung zu kennen, die sie auf Daniel ausübte, und es zu genießen, ihn von einer unaussprechlichen Ketzerei in die nächste zu locken. Daniel überlegte nicht, ob er wirklich mit irgend etwas von alledem übereinstimmte. Er war nur in der Erregung gefangen, Zuschauer zu sein, sowie er es genoß, einen Kampf zu beobachten oder einer Geschichte zuzuhören. Es war ein Sport, und er war der Fan.

Aber es war die Musik, die die größte (wenn auch am wenigstens verständliche) Wirkung auf ihn hatte. Jeden Abend gab es Musik. Nicht Musik, wie er sie sich je zuvor vorgestellt hatte; keine Musik, die man benennen konnte, so wie man, wenn man an der Reihe war, in Mrs. Boismortiers Klasse sein Lieblingslied zu verlangen, *Santa Lucia* oder *Old Black Joe* nennen konnte, und die Klasse sang es dann, und es war da, erkennbar das gleiche, für immer in dieser festen Form gefangen. Hier gab es gewöhnlich Melodien, das schon, aber sie verschoben sich dauernd, lösten sich auf in bloße, nackte Tonreihen, die doch immer noch irgendwie Musik blieben. Wie das geschah, das ging über seinen Verstand, und manchmal begriff er auch nicht, warum es geschah. Besonders, so schien es, wenn die drei Gefangenen, die man allgemein für die besten Musiker hielt, sich zusammensetzten und spielten. Dann, obwohl er vielleicht zu Beginn vom Stuhl gerissen wurde, verließ ihn ihre Musik jedesmal und wanderte irgendwohin, wohin er ihr nicht folgen konnte. Es war, als wäre man drei Jahre alt und versuchte, einem Gespräch der Erwachsenen zu folgen. Aber es schien noch einen Unterschied zur Sprache der Worte zu geben. Es schien nicht möglich, in der Sprache der Musik zu lügen.

Tage später, als Daniel schon jede Hoffnung aufgegeben hatte, es jemals zu Gesicht zu bekommen, langte das Buch an, das Mrs. Boismortier ihm durch seinen Vater geschickt hatte. Es war vergleichsweise ungeschoren aus den Händen des Zensors gekommen, nur gegen Ende waren ein paar Seiten herausgeschnitten. Die Titelseite zeigte einen liebenswürdigen Jesus mit einer Dornenkrone, der in der ausgestreckten Hand einen Hamburger hielt. Blutstropfen von Jesus und Ketchuptropfen von dem Hamburger flossen in einem roten Teich zusammen, aus dem die Worte des Titels wie kleine, lindgrüne Inseln aufstiegen: *Das Produkt ist Gott* von Jack Van Dyke. Das Buch wurde von einer Anzahl unbekannter Berühmtheiten aus dem Showbusiness und vom *Wall Street Journal* empfohlen, das Reverend Van Dyke den »unheimlichen Geistlichen« nannte und seine Theologie als »die neueste Runzel in der ewigen Wahrheit, eine wirkliche Bombe« bezeichnete. Er leitete die Kirche der Marblestiftung in New York City.

Obwohl das Buch von Religion handelte, einem Gebiet, von dem Daniel nie geglaubt hätte, daß es ihn interessieren könnte, freute er sich, daß er es bekam. In den überfüllten Schlafsälen von Spirit Lake war ein Buch, jedes Buch, eine Zuflucht, die nächstmögliche Annäherung an eine Privatsphäre. Außerdem hatte Mrs. Boismortier früher eine ganz gute Trefferquote beim Empfehlen von Büchern gehabt, also war *Das Produkt ist Gott* vielleicht wirklich interessant. Der Einband war grell genug. Außerdem, was gab es sonst noch? Ein paar schäbige Bibeln und einen Stapel ungelesener (weil unlesbarer) Traktate der Strenggläubigen über Sünde, Reue, und wie das Leid ein Grund zum Jubel würde, wenn man einmal Christus gefunden hätte.

Nur Häftlinge mit verzweifelt langen Haftstrafen — fünfzehn oder zwanzig Jahren — gaben je vor, etwas davon ernst zu nehmen. Theoretisch war die Chance, auf Bewährung freigelassen zu werden, besser, wenn man die Behörden davon überzeugen konnte, daß man von seiner Existenz oder Nichtexistenz überzeugt sei.

Es war gleich von der ersten Seite an klar, daß Van Dyke kein Strenggläubiger war, obwohl Daniel nicht genau angeben konnte, was er eigentlich war. Er schien beinahe ein Atheist, nach einigen der Dinge zu schließen, die er von sich gab. Wie zum Beispiel das Folgende aus dem »Vorausgeschickten Nachwort«, noch ehe er richtig warm wurde: »Es wird oft eingewendet, von den Bewunderern dieses Buchs wie auch von seinen Widersachern, daß ich vom Allmächtigen Gott spreche, als sei ER nichts weiter als eine außergewöhnliche kluge Idee, die ich zu fassen bekommen habe, so wie ein neues Theorem in der Geometrie, oder ein Drehbuch für ein originelles Ballett. Zum großen Teil muß ich zugestehen, daß das wirklich so ist, aber es stört mich nicht, und ich bin sicher, Gott stört es auch nicht. Wie sehr ER sich auch mit dem Schicksal des Menschen beschäftigen mag, menschlichen Streitigkeiten steht ER sicherlich gleichgültig gegenüber.« Oder, aus demselben Nachwort: »Der Allerhöchste ist damit einverstanden, als Illusion aufgefaßt zu werden, nachdem unsere Zweifel unser Vertrauen ihm gegenüber seiner Zunge nur noch schmackhafter machen. ER ist, das dürfen wir nicht vergessen, der König der Könige, und teilt mit anderen Königen den allgemeinen, schrullenhaften Geschmack an der Demonstration der Erniedrigung seiner Untertanen. Zweifelt an ihm auf jeden Fall, sage ich, wenn ich mit Zweiflern spreche, aber versäumt um keinen Preis, ihn zu verehren.«

Das sollte Religion sein? Es schien beinahe das Gegenteil davon, eine Burleske, aber Mrs. Boismortier (ein frommes

Mitglied der Episkopalkirche) hatte ihm das Buch geschickt, und irgend jemand in der Gefängnishierarchie, möglicherweise sogar Wärter Shiel, hatte es weitergegeben, und nach dem Klappentext zu urteilen waren Millionen von Menschen fähig, Reverend Van Dyke ernst zu nehmen.

Ernst beiseite, Daniel war gefesselt von dem Buch. Nach einem langen, staubigen Tag, an dem sie Maiskolben enthülst hatten, kehrte er zu seinen Paradoxa und geistigen Verschlingungen mit einem Gefühl zurück, als bade er in Selterswasser. Nach ein paar Abschnitten kribbelte sein Gehirn, er konnte wieder denken, an diesem Punkt legte er dann das Buch immer an seinen Platz in der Matratze aus Maishülsen und Stroh zurück.

In Kapitel eins wurden mehr oder weniger der schreiende Einband des Buches und auch der Titel erklärt. Es handelte von einer Gruppe von Leuten, die eine Kette von Schnellimbißrestaurants mit dem Namen *Superkönig* eröffnen. Die Kette wird nicht um des Profits willen betrieben, sondern um jedermann etwas wirklich Gutes zu bieten — *Superkönig-Hamburger* und *Superkönig-Cola,* die, laut der großen Werbekampagne der Kette, das ewige Leben und ewiges Glück verleihen, wenn man nur genügend davon ißt. Man erwartet eigentlich von niemandem, daß er den Anzeigen glaubt, aber die Kette wird trotzdem ein Riesenerfolg. Es wurden Graphiken und Verkaufszahlen angeführt, um ihr Wachstum im ganzen Land und überall auf der Welt zu illustrieren. Natürlich war das Produkt, das die Leute von *Superkönig* verkauften, nicht wirklich Hamburgers und solche Sachen, sondern es war eine Idee — die Idee von Jesus, dem Superkönig. Alle Produkte, versicherte Van Dyke eindringlich, waren nur Ideen, und die sinnverwirrendste war die Idee von Jesus, der gleichzeitig Gott und ein gewöhnlicher Mensch war und daher eine komplette Unmöglichkeit. Deshalb, weil er das bestmögliche Angebot darstellte, sollte jedermann das Produkt kaufen, und das war im Grunde genommen in den vergangenen zweitausend Jahren ja auch geschehen — der Aufstieg des Christentums war ja dasselbe wie der Erfolg der *Superkönig*-Kette.

Kapitel zwei handelte von der Schwierigkeit zu glauben — nicht nur an Religion, sondern auch an die Werbung, an Sex, an das eigene, tägliche Leben. Van Dyke behauptete, daß wir, wenn wir auch wissen, daß die Firmen nicht die volle Wahrheit über ihre Produkte sagen, sie trotzdem kaufen sollten (so lange sie nicht direkt schädlich sind), weil das Land und seine Wirtschaft zusammenbrechen würden, wenn wir es nicht täten. »Gleichermaßen«, schrieb van Dyke, »helfen uns die Lügen über Gott, wie sie in der Heiligen Schrift zu finden sind, unsere seelische Wirtschaft in Gang zu halten. Wenn wir zum Beispiel glauben können, daß die Welt in sechs Tagen zusammengepfuscht wurde, anstatt in wer weiß wie vielen Milliarden von Jahren, dann sind wir der Selbstüberwindung schon ein gutes Stück nähergekommen«. Der Rest des Kapitels war eine Art von Reklame für Gott und alles, was er für einen tun würde, wenn man ihn einmal »gekauft« hätte, zum Beispiel würde er für immer einen davor bewahren, deprimiert oder verbittert zu sein, oder sich Erkältungen zu holen.

Kapitel drei trug den Titel: »Mach dir deine Gehirnwäsche selbst« und handelte von Techniken, die man anwenden konnte, um zum Glauben an Gott zu kommen. Die meisten Techniken waren auf Methoden der Schauspielerei begründet. Van Dyke erklärte, daß vor langer Zeit die Leute von der religiösen Sorte gegen Theaterstücke und Schauspieler gewesen seien, weil die Menschen, indem sie ihnen zusahen, all ihre eigenen Gefühle und Ideen als willkürlich und auswechselbar begreifen lernten. Die Identität eines Schauspielers war nicht mehr als ein Hut, den er ganz nach Belieben aufsetzte oder abnahm, und was für Schauspieler galt, galt für uns alle. Die Welt war eine Bühne.

»Was unsere puritanischen Vorfahren nicht erkannten«, schrieb Van Dyke, »ist die Anwendbarkeit dieser Einsichten auf das Christentum. Denn wenn wir durch Vortäuschung zu der Art von Menschen werden, die wir sind, dann gibt es nur einen Weg, um gute, fromme und treue Christen zu werden (was, geben Sie es zu, ein beinahe unmögliches Unterfangen ist), wir müssen so tun, als seien wir gut, fromm und treu. Studieren Sie die Rolle und proben Sie sie mit Eifer. Sie müssen Ihren Nächsten zu lieben *scheinen*, gleichgültig, wie sehr Sie ihn aus tiefster Seele hassen. Sie müssen *scheinbar* das Leiden annehmen, selbst wenn Sie schon dabei sind, Ihre Selbstmordnachricht zu entwerfen. Sie müssen behaupten, Sie *wüßten*, daß Ihr Erlöser lebt, auch wenn Sie nichts dergleichen wissen. Mit der Zeit wird all dies dadurch, daß Sie es behaupten, zur Tatsache.«

Als nächstes erzählte er die Geschichte eines seiner Pfarrkinder, des Schauspielers Jackson Florentine (der in *Goldgräber von 1984* die männliche Hauptrolle gespielt hatte), der nicht fähig gewesen war, mit Inbrunst und Aufrichtigkeit an Jesus zu glauben, bis ihn Reverend Van Dyke veranlaßt hatte, er solle so tun, als glaube er an den Osterhasen, eines der größeren Idole im Tempel von Florentines Kindheit. Der zweifelnde Schauspieler betete vor einem holographischen Bild des Osterhasen, schrieb lange Beichtbriefe an ihn und meditierte über die verschiedenen Geheimnisse seiner Existenz oder Nichtexistenz, je nachdem, bis er schließlich am Ostermorgen nicht weniger als einhundertvierundvierzig leuchtend gefärbte Ostereier überall im Garten seines Besitzes in East Hampton versteckt fand. Nachdem er dieses »Bruchstück der Göttlichkeit« wiederbelebt hatte, wie Van Dyke es nannte, war es ein leichtes, den nächsten Schritt zu tun, im Blut des Lammes zu baden und mit seinem weichen, weißen Fell abgetrocknet zu werden.

Ehe Daniel zu Kapitel vier — »Ein Hoch auf die Heuchelei« — kam, war das Buch aus seiner Matratze verschwunden. Einen Augenblick lang machte ihn der Verlust beinahe rasend, als er es nicht mehr fand. Eine Welle der Trostlosigkeit nach der anderen überspülte ihn und hinderte ihn am Schlafen. Warum sollte es soviel bedeuten? Warum sollte es überhaupt etwas bedeuten? Es war ein lächerliches Buch, mit dem er sich nie beschäftigt hätte, hätte er etwas anderes zur Verfügung gehabt.

Aber das Gefühl ließ sich nicht wegdiskutieren. Er wollte das Buch wiederhaben. Er sehnte sich schmerzlich danach, es wieder zu lesen, sich über seine dummen Ideen zu entrüsten. Es war, als sei ihm ein Teil seines Gehirns gestohlen worden.

Zu diesem einfachen Schmerz und dem Hunger kam noch die Frustration darüber, daß er niemanden hatte, bei dem er sich beklagen konnte. Der Diebstahl eines Buches war nur eine geringfügige Ungerechtigkeit in einer Welt, in der die Gerechtigkeit nicht obsiegte, und in der das auch niemand erwartete.

Ende September bekam Daniel in einem Brief seines Anwalts in Amesville die Nachricht, daß seine Strafe *nicht* verkürzt oder aufgehoben werden würde. Es war keine Überraschung für ihn. Er hatte zwar versucht zu glauben, man würde ihn auf Bewährung freilassen, aber er hatte niemals wirklich geglaubt, daß er es glaubte. Er glaubte überhaupt nichts. Es erstaunte ihn, was für ein Zyniker er doch in den paar Monaten geworden war.

Trotzdem gab es Zeiten, in denen er ein solch leidenschaftliches Selbstmitleid empfand, daß er sich einen stillen Platz zum Weinen suchen mußte, und es gab andere, noch schlimmere Zeiten, da senkte sich eine so schwarze und absolute Depression auf ihn nieder, daß er keine Möglichkeit mehr hatte, dagegen anzukämpfen oder sie mit vernünftigen Argumenten zum Verschwinden zu bringen. Es war wie eine körperliche Krankheit.

Er pflegte sich zu sagen, wenn auch nicht laut, er weigere sich einfach, sich zerbrechen zu lassen, es ginge nur darum, einen Tag nach dem anderen durchzuhalten. Aber das war, wie wenn man im Dunkeln pfiff. Er wußte, daß man ihn zerbrechen würde, wenn man wollte. In Wirklichkeit würde man sich wahrscheinlich gar nicht die Mühe machen. Es war genug, ihn soweit zubringen, daß er die Macht, soweit sie ihn betraf, als grenzenlos anerkannte.

Bis zum vierzehnten März.

Worauf er nicht vorbereitet gewesen war, das war die Wirkung, die diese Nachricht auf die Haltung der anderen Gefangenen hatte. Während des ganzen Sommers hatte sich Daniel ignoriert, gemieden, herabgesetzt gefühlt. Selbst die freundlichsten seiner Mitgefangenen schienen die Einstellung zu haben, daß er hier nur seine Sommerferien verbringe, während die unfreundlichen offen spotteten. Einmal hatte er kämpfen müssen, um seine Gebietsrechte im Schlafsaal geltend zu machen, danach hatte niemand mehr die Grenzen eines erlaubten, formellen Sarkasmus überschritten. Aber jetzt sollte doch die Tatsache (die für Daniel so deutlich war), daß *er* ebensosehr ein Opfer war wie sie alle, auch ihnen langsam klargeworden sein. Aber es war nicht so. Es gab zwar keine Witze über das Sommerlager mehr, da der Sommer eindeutig vorüber war, aber ansonsten blieb er ein Außenseiter, geduldet am Rand der Gespräche der anderen, aber nicht mit einbezogen.

Das soll nicht heißen, daß er einsam war. Es gab viele andere Außenseiter in Spirit Lake — einheimische Iowaner, die wegen Unterschlagung oder Notzucht hierhergeschickt worden waren, und die sich immer noch mehr als einmalig und privat schuldig (oder nicht schuldig, das war kaum ein Unterschied) betrachteten, denn als Mitglieder einer Gemeinschaft. Sie glaubten immer noch an die Möglichkeit von Gut und Böse, Richtig und Falsch, während die Allgemeinheit der Gefangenen solchen Ideen mit echter Ungeduld gegenüberzustehen schien. Neben dem Kontingent aus Iowa gab es eine weitere große Gruppe von Häftlingen, die Außenseiter waren — diejenigen, die verrückt waren. Es gab vielleicht zwanzig, bei denen das außer Zweifel stand. Man lehnte sie nicht so ab wie die Iowaner, aber man mied sie, nicht nur, weil sie dazu neigten zu explodieren, sondern weil man Verrücktheit für ansteckend hielt.

Daniels Freund Bob Lundgren war gleichzeitig Iowaner und verrückt, auf eine leicht gefährliche, aber liebenswürdige Art und Weise. Bob, dreiundzwanzig Jahre alt und der jüngste Sohn eines strenggläubigen Farmers im Dicksonbezirk, saß ein Jahr wegen Trunkenheit am Steuer ab, aber das war nur ein Vorwand. In Wirklichkeit hatte er versucht, seinen älteren Bruder zu töten, die Geschworenen hatten ihn jedoch als nicht schuldig befunden, weil es außer seinem Bruder selbst keinen Zeugen gab, und der war ein unangenehmes, nicht sehr vertrauenswürdiges Individuum. Bob erzählte Daniel, daß er wirklich versucht habe, seinen Bruder zu töten, und daß er, sobald er aus Spirit Lake entlassen sei, das Werk vollenden würde. Es war schwer, ihm nicht zu glauben. Wenn er über seine Familie sprach, leuchtete sein Gesicht in einer Art von berserkerhaftem, poetischem Haß auf, einem Ausdruck, den Daniel, der selbst nie solch leidenschaftliche Wut verspürte, so gefesselt betrachtete wie ein brennendes Holzscheit in einem offenen Kamin.

Bob war kein großer Redner. Meistens spielten sie, wenn sie zusammenkamen, langsame, gedankenvolle Schachpartien. Vom Strategischen her war Bob immer vorne. Daniel hatte nie eine Chance zu gewinnen, nicht mehr, als er beim Armdrücken gegen Bob eine Chance gehabt hätte, aber es lag eine Art von Ehre darin, zu verlieren, indem man langsam aufgerieben wurde, jedenfalls mehr, als wenn man von einem total unerwarteten Zug überrascht und besiegt wurde. Nach einiger Zeit stellte sich eine seltsame Befriedigung ein, die nicht mit Gewinnen oder Verlieren zu tun hatte, eine Faszination am Muster des Spiels, das sich auf dem Brett entwickelte, ein Muster wie die magnetischen Kraftlinien, die Eisenspäne auf einem Blatt Papier bilden, nur viel komplizierter. Dann überkam sie beide eine solch gesegnete Selbstvergessenheit, als würde sie, wenn sie so dasaßen und den Mikrokosmos des Schachbretts betrachteten, Spirit Lake entfliehen; als seien die komplexen Räume des Bretts wirklich eine andere Welt, von Gedanken geschaffen, aber ebenso real wie Elektronen. Trotzdem wäre es nett gewesen, wenigstens ein einziges Spiel zu gewinnen. Oder zumindest zu einem Remis zu kommen.

Er verlor auch immer gegen Barbara Steiner, aber das schien keine so große Schande, weil ihre Gefechte nur verbal waren und es keine bindenden Regeln gab. Haarspaltereien. Gewinnen konnte alles sein, von einem Blick in die Augen des anderen bis zu direkt zwerchfellerschütterndem Gelächter. Verlieren bedeutete einfach, daß man es nicht geschafft hatte, ebenso viele Punkte einzuheimsen, aber man konnte mit mehr Aufsehen verlieren, indem man langweilig war. Barbara hatte sehr dezidierte Ansichten darüber, wer langweilig war und wer nicht. Leute, die Witze erzählten, auch wenn es sehr gute Witze waren, wurden automatisch als langweilig abgestempelt, ebenso Leute, die die Handlungen alter Filme beschrieben oder über die besten Automarken stritten. Daniel bezeichnete sie als Tölpel, aber nicht als langweilig, und sie lauschte zufrieden seinen Beschreibungen verschiedener, für Amesville typischer Typen, wie zum Beispiel seiner Klassenlehrerin vom letzten Jahr, Mrs. Norberg, die Gesellschaftslehre unterrichtete, aber seit mehr als fünf Jahren keine Zeitung mehr gelesen hatte, weil sie sie für aufrührerisch hielt. Manchmal ließ sie ihn scheinbar stundenlang weiterreden, aber für gewöhnlich wechselten sie sich ab, wobei eine Anekdote zur nächsten führte. Ihre Auswahl war enorm. Sie war überall gewesen, hatte alles gemacht und schien sich an alles zu erinnern. Jetzt saß sie drei Jahre ab, die Hälfte hatte sie schon hinter sich, weil sie in Waterloos Abtreibungen durchgeführt hatte. Aber das war, wie sie gerne sagte, nur die Spitze des Eisbergs. In jeder neuen Anekdote schien sie in einem anderen Staat zu sein und in einem anderen Beruf zu arbeiten. Manchmal fragte sich Daniel, ob sie nicht zumindest einen Teil davon erfand.

Die Meinungen darüber, ob Barbara hausbacken oder nur unscheinbar war, gingen auseinander. Ihre beiden auffälligsten Mängel waren ihre breiten, fleischig wirkenden Lippen und ihr strähniges, schwarzes Haar, in dem immer riesige Schuppenflocken hingen. Vielleicht hätte sie mit anständiger Kleidung und einem Schönheitssalon ganz passabel aussehen können, aber ohne diese Hilfsmittel war nicht viel zu machen. Es wurde auch dadurch nicht besser, daß sie im sechsten Monat schwanger war. Nichts von alledem hinderte sie jedoch daran, soviel Sex zu haben, wie sie wollte. Beim Sex bestimmten in Spirit Lake die Anbieter die Preise.

Offiziell sollten die Häftlinge überhaupt keinen Geschlechtsverkehr haben, außer wenn Ehepartner zu Besuch kamen, aber die Monitoren, durch die sie über das interne Fernsehnetz beobachtet wurden, ließen es gewöhnlich durchgehen, solange es nicht wie eine Vergewaltigung aussah. Es gab sogar eine mit Zeitungen abgeschirmte Ecke in einem der Schlafsäle, wie ein japanisches Haus, wo man verhältnismäßig ungestört ficken konnte. Die meisten Frauen verlangten zwei Big Macs oder den Gegenwert davon, aber es gab ein schwarzes Mädchen, sie war verkrüppelt, die für eine schnelle Nummer gar nichts verlangte. Daniel beobachtete, wie die Paare hinter die Papierwand gingen und hörte ihnen mit einem quälenden Gefühl in der Brust zu. Er dachte mehr daran, als er eigentlich wollte, aber er hielt sich zurück. Teilweise aus Vernunftgründen, weil viele der Gefangenen, Männer wie Frauen, eine Art Warzen hatten, eine Geschlechtskrankheit, für die es keine Heilung zu geben schien, aber teilweise auch (so erklärte er es Barbara), weil er warten wollte, bis er sich verliebte. Barbara äußerte sich über das Thema Liebe sehr zynisch, weil sie auf diesem Gebiet mehr als ihren Anteil an Schmerz eingesteckt hatte, aber Daniel dachte gerne, daß sie insgeheim seinen Idealismus billigte.

Sie behandelte nicht alles mit Zynismus. Zeitweise konnte sie Daniel auf dem Gebiet von Prinzipien sogar überflügeln, das Erstaunlichste davon war ihre neueste Idee, daß jeder Mensch *immer* genau das bekäme, was er oder sie verdiene. In Spirit Lake bedeutete das genausoviel, als wolle man einem Vegetarier ein Steak schmackhaft machen, denn beinahe jeder, einschließlich Daniel, hatte das Gefühl, reingelegt worden zu sein. Vielleicht glaubten sie an eine abstrakte Gerechtigkeit, vielleicht auch nicht, aber sie waren sicherlich nicht davon zu überzeugen, daß Gerechtigkeit irgend etwas mit dem System der Justiz in Iowa zu tun hatte.

»Ich meine«, beharrte Daniel ernsthaft, »was ist mit *meiner* Anwesenheit hier? Wo bleibt da die Gerechtigkeit?«

Erst ein paar Tage zuvor hatte er ihr die ganze Geschichte erzählt, wie und warum er hierhergeschickt worden war (wobei er die ganze Zeit gehofft hatte, die Monitoren, weit entfernt in ihren Büros, möchten doch auf ihn eingestellt sein), und damals hatte Barbara zugestimmt, daß es reiner Hohn gewesen sei. Sie hatte sogar die Theorie vorgebracht, die Welt sei so eingerichtet, daß man, einfach um existieren zu können, ständig irgendein Gesetz verletzen müsse.

Auf diese Weise hätten die Oberen immer einen Vorwand, um auf einen loszugehen, wenn sie wollten.

»Deine Anwesenheit hier ist nicht wegen der Sache gerecht, die du getan hast, du Dummkopf. Sie ist es wegen der Dinge, die du nicht getan hast. Du bist deiner inneren Stimme nicht gefolgt. Das war dein großer Fehler. Deswegen bist du hier.«

»Blödsinn.«

»Blödsinn«, erwiderte sie kühl, mit gegen ihn gerichteter Betonung, »Die Reinheit des Herzens besteht darin, eine Sache zu wollen. Hast du diese Redensart schon einmal gehört?«

»Zur rechten Zeit ein Nadelstich ersparet neune sicherlich. Paßt das nicht genauso?«

»Denk einmal darüber nach. Als du mit diesem Freund nach Minneapolis gefahren bist, da hast du das Richtige getan, da bist du dem Geist dorthin gefolgt, wohin er dich führte. Aber als du zurückgekommen bist, da hast du das Falsche getan.«

»Um Himmels willen, ich war vierzehn.«

»Dein Freund ist nicht nach Iowa zurückgegangen. Wie alt war er denn?«

»Fünfzehn.«

»Das Alter, Daniel, hat sowieso auf keinen Fall etwas damit zu tun. Es ist nur eine Entschuldigung für die Leute, bis sie alt genug sind, um sich bessere Entschuldigungen zu erwerben — eine Frau, Kinder oder einen Beruf. Es wird immer Entschuldigungen geben, wenn man danach sucht.«

»Was ist dann deine Entschuldigung?«

»Die gewöhnlichste, die du dir vorstellen kannst. Ich wurde gierig. Ich scheffelte das Geld mit vollen Händen, daher blieb ich noch lange, nachdem ich hätte fortgehen sollen, in einer Provinzstadt. Es gefiel mir dort nicht, und den Leuten gefiel ich nicht.«

»Hältst du es für fair, daß man dich dafür ins Gefängnis geschickt haben soll, weil du hinter dem Geld her warst? Denn neulich hast du erst gesagt, du glaubtest nicht, daß die Abtreibungen selbst in irgendeiner Weise unrecht gewesen seien.«

»Es war das erstemal, daß ich je gegen meine eigenen, innersten Gefühle gesündigt habe, und auch das erstemal, daß ich im Gefängnis wär.«

»Na und? Das könnte doch auch ein zufälliges Zusammentreffen sein, oder nicht? Ich meine, wenn es morgen einen Tornado geben oder wenn dich der Blitz treffen würde, wäre das auch etwas, was du verdient hast?«

»Nein. Und deshalb weiß ich genau, daß es keinen Tornado geben wird. Und das andere wird auch nicht passieren.«

»Du bist unmöglich.«

»Du bist süß«, sagte sie und lächelte. Durch ihre Schwangerschaft waren ihre Zähne in einem schrecklichen Zustand. Sie bekam Zusatzversorgung, aber anscheinend nicht genug. Wenn sie nicht achtgab, dann würde sie alle Zähne verlieren. Und das mit siebenundzwanzig Jahren. Es schien nicht fair.

Es gab ein paar Wochen Mitte Oktober, in denen sich das Tempo verringerte. Auf den Farmen gab es nicht mehr genug Arbeit, als daß es das Benzin gelohnt hätte, um nach Spirit Lake zu zu fahren und sich eine Mannschaft zu holen. Daniel fragte sich, ob die Häftlinge wirklich so froh darüber waren, im Lager herumfaulenzen zu dürfen, wie sie behaupteten. Ohne Arbeit streckten sich die Tage wie ganze Saharas der Leere hin, mit der Sicherheit, daß dahinter etwas viel Schlimmeres wartete.

Als die Arbeitspläne für den Winter aufgestellt wurden, fand sich Daniel für die Vereinigten Nahrungsmittelbetriebe in der nahegelegenen »Experimentalstation 78« eingeteilt, die in Wirklichkeit gar nicht so experimentell war, denn sie produzierte schon seit zwanzig Jahren pausenlos. Die Public-Relations-Abteilung der Firma hatte einfach nie einen besseren Namen gefunden, mit dem man diese Seite des Unternehmens beschreiben konnte, die in der Züchtung einer besonders mutierten Form von Termiten bestand, die man als Zusatzstoffe in verschiedenen, angereicherten Fleisch- und Käseprodukten verwendete. Die Insekten, die auf Station 78 zu Milliarden gezüchtet wurden, waren eine beinahe ebenso wirtschaftliche Proteinquelle wie Sojabohnen, da man sie in den labyrinthähnlichen, unterirdischen Bunkern zu einer ganz beachtlichen Größe heranwachsen lassen konnte, ohne daß sie eine andere Nahrungsquelle brauchten als eine schwarze, matschige Paste, die beinahe umsonst von verschiedenen, städtischen Sanitärabteilungen produziert wurde. Der normale Lebenszyklus der Termiten war vereinfacht und den Fließbandtechniken angepaßt worden, die so automatisiert waren, daß die Arbeiter, wenn nicht gerade eine Panne passierte, die eigentlichen Tunnel nicht zu betreten brauchten.

Daniels Aufgabe in der Station war es, eine Reihe von Vier-Kiloliter-Fässern zu betreuen, in denen die Insekten

Jobst H. Teltschik

gekocht und mit verschiedenen Chemikalien vermischt wurden. Im Lauf dieses Prozesses verwandelten sie sich von einer klumpigen, dunkelgrauen, strohigen Masse in einen glatten Teig, der die Farbe von Orangensaft hatte. In beiden Formen war die Masse immer noch giftig, so daß es in bezug auf Protein bei dieser Arbeit nichts zu holen gab. Trotzdem wurde dieser Posten als eine Art von Rosine im Kuchen angesehen, da er nur sehr wenig wirkliche Arbeit erforderte und die Temperatur unten in der Station unveränderliche 83° F betrug. Acht Stunden täglich hatte man garantiert einen bestimmten Grad von Wärme und Wohlbehagen, der in manchen Teilen des Landes tatsächlich illegal war.

Trotzdem wünschte sich Daniel, man hätte ihn für irgendeine andere Arbeit eingesetzt. Er hatte nie zuvor irgendwelche Bedenken bezüglich angereicherter Nahrung gehabt, und es bestand nur wenig Ähnlichkeit zwischen dem, was er sich hinten in den Tunnels vorstellen konnte und dem, was er in den Bottichen sah, aber trotzdem konnte er ein ständiges Gefühl der Übelkeit nicht überwinden. Manchmal schaffte es eine lebendige Termite, manchmal ein ganzer, kleiner Schwarm, an den Pressen vorbeizukommen und in den Bereich zu gelangen, wo Daniel arbeitete, und jedesmal war es, als sei ein Schalter umgelegt worden, der die Wirklichkeit in einen Alptraum verwandelte. Keiner der anderen Gefangenen war so zimperlich, es war irrational, aber er kam nicht dagegen an. Er mußte die entflohenen Insekten verfolgen, damit sie nicht in den Teig in den Bottichen gerieten. Sie waren blind, ihre Flügel waren für einen längeren Flug nicht geeignet, daher konnte man sie leicht erschlagen, aber irgendwie waren sie dadurch auch unheimlicher, wie sie gegeneinanderprallten und ineinandertaumelten. Sie konnten nichts anfangen, und sie konnten nirgendwohin, denn sie konnten sich nicht auf natürlichem Wege fortpflanzen, und es gab außerhalb der Tunnel der Station nichts, was sie verdauen konnten. Ihr einziger Lebenszweck war es, zu einer bestimmten Größe heranzuwachsen und dann zerquetscht zu werden — und diesem Zweck waren sie entflohen. Daniel schien es, als sei das gleiche mit ihm selbst geschehen.

Als der Winter kam, wurde die Lage Woche für Woche schlimmer. Da er unten in der Station arbeitete, sah Daniel immer weniger wirkliches Tageslicht, aber das war nicht so viel anders, als wenn er während der dunkelsten Monate des Jahres zur Schule gegangen wäre. Das Schlimmste von allem war die Kälte. Die Schlafsäle waren so undicht, daß man von Mitte November an kaum mehr schlafen konnte, so durchdringend war die Kälte. Daniel schlief mit zwei älteren Männern zusammen, die in derselben Schicht wie er auf der Station arbeiteten, weil die Leute im allgemeinen gegen den Geruch der Insekten Einspruch erhoben, den sie, das schworen sie alle, an sich riechen konnten. Einer der Männer hatte Schwierigkeiten mit der Blase und näßte manchmal das Bett ein, während er schlief. Es war seltsam, daß das gleiche hier mit erwachsenen Männern geschah, was er während der Pipelinekrise mit den Zwillingen erlebt hatte.

Er begann, Schwierigkeiten mit der Verdauung zu haben. Obwohl er die ganze Zeit hungrig war, war mit seiner Magensäure irgend etwas geschehen, so daß er dauernd das Gefühl hatte, er müsse gleich erbrechen. Andere hatten das gleiche Problem und schoben es auf die Big Macs, die die Wärter in halbgefrorenem Zustand in die Schlafsäle brachten. Daniel selbst glaubte, es sei psychisch bedingt und habe mit seiner Arbeit auf der Station zu tun. Was immer der Grund war, die Folge war, daß er ständig mit seinem Körper im Kampf lag, der kalt und schwach war und von Übelkeit gequält wurde und bei den einfachsten Aufgaben, wie zum Beispiel beim Drehen eines Türknopfes oder beim Naseputzen, versagte.

Und er stank, nicht nur in der Leistengegend und in den Achselhöhlen, sondern durch und durch. Daniel begann, sich selbst zu hassen. Das heißt, er haßte den Körper, an den er gebunden war. Er haßte die anderen Häftlinge genausosehr, denn sie waren alle mehr oder weniger im gleichen Zustand des Verfalls. Er haßte die riesigen Schlafsäle und die Station und den gefrorenen Boden des Lagers und die Wolken, die tief am Himmel hingen, in sich das Gewicht des Winters, und darauf warteten, herunterzustürzen.

Jede Nacht gab es Raufereien, die meisten davon innerhalb der Schlafsäle. Wenn das Wachpersonal über Monitor zusah, versuchten sie nur selten, einzugreifen. Wahrscheinlich machte es ihnen ebenso wie den Gefangenen Spaß, sie betrachteten das Ganze als Sport, als Unterbrechung der Monotonie, als Lebenszeichen.

Zeit war das Hauptproblem, wie sollte man die öden Stunden während der Arbeit und die noch öderen im Schlafsaal hinter sich bringen? Tage und Wochen waren Daniel gleichgültig. Die Uhr war es, nicht der Kalender, was ihn erdrückte. Woran sollte er in jenen Stunden denken? Wohin sich wenden? Barbara Steiner sagte, die einzige Kraft sei die Kraft aus dem Inneren, und solange man die Freiheit habe, seine eigenen Gedanken denken zu können, habe man so viel Freiheit, wie es überhaupt nur geben kann.

Selbst wenn Daniel das hätte glauben können, hätte es ihm nicht viel geholfen. Gedanken müssen von etwas handeln, müssen irgendwohin führen. Seine Gedanken waren nur Bandschlingen, leere Wiederholungen. Er versuchte, bewußt, mit offenen Augen, von der Vergangenheit zu träumen, denn eine Menge Gefangene schworen darauf, daß das eigene Gedächtnis ein richtiges Disneyland sei, wo man tagelang von einer Darbietung zur nächsten wandern könnte. Das galt nicht für Daniel: sein Gedächtnis war wie eine Schachtel voller Schnappschüsse, die ein anderer gemacht hatte. Er starrte jeden dieser erstarrten Augenblikke der Reihe nach an, aber keiner davon wurde je lebendig, um ihn in eine lebendige Vergangenheit zu führen.

Die Zukunft war nicht besser. Wenn die Zukunft interessant sein soll, müssen die Wünsche oder die Ängste eines Menschen eine Heimat in ihr haben. Jede Zukunft, die Daniel sich in Amesville (nach seiner Rückkehr) vorstellen konnte, war nur noch eine behaglichere Form des Gefängnisses, die er sich weder ersehnen noch fürchten konnte. Das Problem, was er mit seinem Leben anfangen würde, hatte ihn so viele Jahre lang begleitet, wie er sich erinnern konnte, aber es war niemals irgendwie dringend gewesen. Ganz im Gegenteil: er hatte immer Verachtung für diejenigen unter seinen Schulkameraden empfunden, die schon gierig einer »Karriere« hinterherliefen. Selbst jetzt schien das Wort, oder die Vorstellung, die dahinterstand, auf düstere Weise lächerlich. Daniel wußte, daß er nichts wollte, was man eine Karriere nennen konnte, aber damit schien er schon gefährlich nahe daran, gar nichts, gar keine Zukunft zu wollen. Und wenn die Leute keine Vorstellung von ihrer Zukunft nach Spirit Lake mehr entwickeln konnten, neigten sie dazu, aufzugeben. Daniel wollte nicht aufgeben, aber er wußte auch nicht, woran er festhalten sollte.

So war sein Geisteszustand beschaffen, als er anfing, die Bibel zu lesen. Das diente vor allem dem Zweck, sich die Zeit zu vertreiben, aber darüber hinaus war das Buch eine Enttäuschung. Die Geschichten konnten es selten mit durchschnittlichen Gespenstergeschichten aufnehmen, und die Sprache, in der sie erzählt worden war, obwohl stellenweise poetisch, gewöhnlich nur veraltet und unverständlich. Lange Abschnitte ergaben überhaupt keinen Sinn. Die Briefe des Heiligen Paulus waren hierin besonders aufreizend. Was sollte er mit so etwas anfangen wie dem folgenden: »Hütet euch vor Hunden, hütet euch vor schlechten Arbeitern, hütet euch vor dem Einschnitt, denn wir sind die Beschneidung, wir verehren Gott im Geiste und freuen uns in Jesus Christus und haben kein Vertrauen in das Fleisch, obwohl ich auch Vertrauen in das Fleisch haben könnte.« Pompöses Geschwätz!

Selbst wo die Sprache klarer war, waren die Ideen verworren, und wo die Ideen klar waren, waren sie gewöhnlich dumm, so dumm wie die von Reverend Van Dyke, aber ohne dessen Sinn für Humor. Warum konnten vernünftige Leute so etwas jemals ernst nehmen? Wenn das Ganze nicht eine Art von Geheimsprache war (das war Bob Lundgrens Theorie), die einen völlig einleuchtenden Sinn ergab, wenn man sie aus der Sprache von vor zweitausend Jahren in die Sprache übersetzte, die die Menschen von heute sprachen. Andererseits (das war Daniels Theorie), was war, wenn der Heilige Paulus über Erfahrungen sprach, die *niemand* mehr hatte, oder nur Leute, die so verrückt waren, daß sie schwarz für weiß hielten und glaubten, das Leiden sei eine Art von Medizin und der Tod der Beginn eines besseren Lebens? Selbst dann war es zweifelhaft, ob die Gläubigen an all das glaubten, wovon sie behaupteten, es zu glauben. Wahrscheinlicher war, daß sie Van Dykes Rat befolgt und sich selbst einer Gehirnwäsche unterzogen hatten, indem sie sagten, sie glaubten solches Zeug, damit sie eines Tages tatsächlich daran glauben könnten.

Aber *er* glaubte nicht daran, und er würde auch nicht so tun, als ob. Es las es nur weiterhin, weil es sonst nichts zu lesen gab. Er dachte nur weiterhin darüber nach, weil es sonst nichts zum Nachdenken gab.

Als Mitte November der erste Schnee fiel, war Barbara Steiner hochschwanger und sehr deprimiert. Die Leute begannen, sie zu meiden, einschließlich der Männer, mit denen sie Verkehr gehabt hatte. Keinen Verkehr zu haben bedeutete, nicht so viele Big Macs wie gewöhnlich zu bekommen, daher teilte Daniel, der Schwierigkeiten mit dem Magen hatte, oft die seinen mit ihr oder gab sie ihr sogar ganz. Sie aß wie ein Hund, schnell und ohne irgendwelche Anzeichen von Genuß.

Alle Gesprächigkeit war von ihr gewichen. Sie pflegte mit gekreuzten Beinen auf ihrem aufgerollten Bettzeug zu sitzen und zu lauschen, wie der Wind gegen die Fensterscheiben knallte und an den Türen rüttelte. Der erste, ausgewachsene Blizzard dieses Jahres. Langsam verstärkte er die undichten Wände mit Schneeverwehungen, und der Schlafsaal wurde, so abgedichtet, wärmer und erträglicher.

Irgendwie herrschte ein solches Gefühl der Endgültigkeit, als wären sie alle im Inneren eines alten, hölzernen Schiffes, das im Eise eingeschlossen war, als streckten sie die Rationen und das Brennmaterial und warteten still auf den Tod. Die Kartenspieler spielten weiterhin Karten, solange das Licht brannte, die Stricker strickten mit der Wolle, die sie schon hundertmal verstrickt und wieder aufgeribbelt hatten, aber niemand sprach. Barbara, die schon zwei Winter in Spirit Lake überstanden hatte, versicherte Daniel, daß dies nur eine Phase sei, daß spätestens zu Weihnachten alles wieder normal werden würde.

Ehe das eintraf, geschah jedoch etwas ganz Außerordentliches, ein Ereignis, das Daniels weiteres Leben formen sollte — und auch Barbaras Leben, wenn auch auf eine viel schrecklichere Weise.

Ein Mann sang.

## 6

In letzter Zeit war jede Art von Musik immer rarer geworden. Einer der besten Musiker von Spirit Lake, ein Mann, der so ziemlich jedes Instrument spielen konnte, das es gab, war im Oktober entlassen worden. Kurz darauf hatte ein sehr guter Tenor, der zehn Jahre wegen Totschlags abzusitzen hatte, durchgedreht, hatte ganz früh an einem Sonntagmorgen die Grenzlinie überschritten, um die Pastille in seinem Magen zur Explosion zu bringen. Danach hatte niemand mehr den Mut gehabt, die immer tiefer werdende Stille der Schlafsäle mit Gesängen zu verletzen, die derer nicht würdig waren, an die sich alle noch so deutlich erinnern konnten. Die einzige Ausnahme war eine schwachsinnige Landstreicherin, die gerne mit den Fingern auf die Rohre des eisernen Ofens trommelte, mit einer sturen, gleichmäßigen, ziemlich fröhlichen Phantasielosigkeit, so lange, bis irgend jemand die Nase voll hatte und sie auf ihre Matratze am anderen Ende des Schlafsaales zurückzerrte.

Dann erhob sich an dem fraglichen Abend, einem windstillen Dienstag, wie ein Mond, der über endlosen Schneefeldern aufgeht, diese einzige Stimme aus dem gemeinsamen Schweigen. Einen ganz kurzen Augenblick lang, für die Länge einer Phrasierung, schien es Daniel, als könne dieser Gesang nicht wirklich sein, als käme er aus seinem eigenen Inneren, so vollkommen war er, so jenseits alles Möglichen, so bereit, das zu gestehen, was immer unaussprechlich bleiben muß, eine Verzweiflung, die jetzt wie ein kostbarer Duft in der stinkenden Luft des Gefängnisses erblühte.

Der Gesang ergriff jede Seele in dieser Weise, er verbrannte sie alle mit einem einzigen Atemzug zu Asche, wie der Hauch atomarer Auflösung, er vereinte sie in der Gemeinschaft eines unerträglichen, herrlichen Wissens, das der Gesang selbst war und nicht von ihm getrennt werden konnte, so daß sie jedem weiteren An- und Abschwellen lauschten, als käme es aus dem Chor ihrer sterblichen Herzen, denen der Gesang die Sprache verliehen hatte. Indem sie lauschten, gingen sie zugrunde.

Dann hörte der Gesang auf.

Das Schweigen suchte den Gesang noch einen Augenblick lang nachklingen zu lassen, dann war auch jene Spur davon fort.

Daniel atmete aus, und die Nebelschwaden des Atems waren seine eigenen. Er war allein in seinem Körper, in einem kalten Raum.

»Mein Gott«, sagte Barbara leise.

Man hörte das Geräusch von Karten, die gemischt und ausgeteilt wurden.

»Mein Gott«, sagte sie noch einmal. »Möchtest du dich nicht auch einfach zusammenrollen und sterben?« Als sie sah, daß Daniel verwirrt dreinschaute, übersetzte sie: »Ich meine nur, es ist so verflucht schön.«

Er nickte.

Sie nahm ihre Jacke von dem Nagel, an dem sie hing. »Komm mit hinaus. Es ist mir egal, ob ich erfriere — ich brauche frische Luft.«

Trotz der Kälte war es eine Erleichterung, den Schlafsaal zu verlassen und in der scheinbaren Freiheit des Schnees zu stehen. Sie gingen dort, wo er noch nicht von Füßen zertrampelt war, und stellten sich neben einen der eckigen Steinpfosten, die die Grenzlinie des Lagers markierten. Wenn nicht das Strahlen der Scheinwerfer auf dem Schnee gewesen wäre, hätten sie auf irgendeinem leeren Feld stehen können.

Sogar die Scheinwerfer hoch oben auf ihren Metallstangen schienen an diesem Abend nicht so erbarmungslos, weil die Sterne über ihnen, in den Räumen des Himmels, so wirklich waren.

Auch Barbara betrachtete die Sterne. »Sie gehen dorthin, weißt du. Einige von ihnen jedenfalls.«

»Zu den Sternen?«

»Nun, auf jeden Fall zu den Planeten. Aber auch zu den Sternen, soviel man weiß. Würdest du es nicht tun, wenn du könntest?«

»Wenn sie das tun, können sie doch nie mehr zurückkommen. Es würde so lange dauern. Ich kann es mir nicht vorstellen.«

»Ich schon.«

Dabei beließ sie es. Lange Zeit sprach keiner von ihnen mehr ein Wort. Weit weg in der Nacht knarrte ein Baum, aber es ging kein Wind.

»Wußtest du«, fragte sie, »daß die Musik nicht aufhört, wenn du fliegst? Du singst, und an einem bestimmten Punkt merkst du nicht mehr, daß du selbst es bist, der da singt, und das ist der Moment, in dem es geschieht. Und du wirst dir nie *bewußt*, daß die Musik aufhört. Der Gesang geht immer irgendwo weiter. Überall! Ist das nicht unglaublich?«

»Ja, das habe ich auch gelesen. Irgendeine Berühmtheit sagte in der Zeitung von Minneapolis, wenn man das erstemal fliegt, ist es, als ob ein Blinder nach einer Operation zum erstenmal sehen kann. Aber dann, nachdem der Schock vorbei ist, wenn man regelmäßig fliegt, fängt man an, alles für selbstverständlich zu halten, genau wie die Leute, die niemals blind gewesen sind.«

»Ich habe es nicht *gelesen*«, sagte Barbara verstimmt. »Ich habe es selbst *gehört.*«

»Willst du sagen, du bist geflogen?«

»Ja.«

»Ohne Witz?«

»Nur einmal, als ich fünfzehn war.«

»Mein Gott, du hast es wirklich getan. Ich habe noch nie jemanden kennengelernt, der es wirklich getan hat.«

»Nun, jetzt kennst du zwei.«

»Du meinst den Burschen, der heute nacht da drinnen gesungen hat. Glaubst du, der kann fliegen?«

»Das ist ziemlich offensichtlich.«

»Ich habe mich schon länger gefragt. Es war nicht wie irgendein anderes Singen, das ich je gehört habe. Es war irgendwie ... unheimlich. Aber, mein Gott, Barbara, du hast es getan! Warum hast du mir noch nie davon erzählt? Ich meine, allmächtiger Gott, das ist, als ob man herausfindet, daß du Gott die Hand geschüttelt hast.«

»Ich spreche nicht darüber, weil ich es nur dieses einemal getan habe. Ich bin von Natur aus nicht musikalisch. Ich habe es einfach nicht in mir. Als es geschah, war ich sehr jung und sehr betrunken, und ich habe einfach abgehoben.«

»Wo warst du? Wohin bist du geflogen? Du mußt mir einfach davon erzählen!«

»Ich war im Haus meiner Kusine in West Orange, New Jersey. Sie hatten eine Anschnallvorrichtung im Keller, aber niemand hatte je damit abgehoben. Damals kauften sich die Leute solche Apparate, so, wie sie einen Flügel kauften, als Statussymbol. Als ich mich also anschnallte, habe ich nicht wirklich erwartet, daß etwas geschehen würde. Ich begann zu singen, und dann passierte irgend etwas in meinem Kopf, als ob du einschläfst und das Gefühl dafür zu verlieren beginnst, wie groß du bist, wenn du dieses Gefühl jemals hattest. Ich achtete jedoch nicht darauf und sang einfach weiter. Und als nächstes war ich außerhalb meines Körpers. Zuerst glaubte ich, es hätte nur in meinen Ohren geknackt, so einfach war es.«

»Was hast du gesungen?«

»Ich konnte mich nie mehr daran erinnern. Man verliert den normalen Kontakt mit seinem Ich; wenn man völlig darauf konzentriert ist, was man singt, kann man wahrscheinlich mit jedem Lied abheben. Es muß etwas aus der Hitliste gewesen sein, weil ich damals sonst wohl nicht viel gekannt hätte. Aber es ist nicht das Lied, was zählt. Es ist die Art, wie man es singt. Die Hingabe, die man aufbringen kann.«

»Wie heute abend?«

»Richtig.«

»Aha. Und was geschah dann?«

»Ich war alleine im Haus. Meine Kusine war mit ihrem Freund weggegangen, und ihre Eltern waren auch irgendwo auswärts. Ich war nervös und hatte, glaube ich, ein bißchen Angst. Eine Zeitlang ließ ich mich einfach treiben, wo ich gerade war.«

»Wo war das?«

»Etwa fünf Zentimeter über meiner Nasenspitze. Es war ein komisches Gefühl.«

»Das kann ich mir denken.«

»Dann begann ich, von einem Teil des Kellers in den anderen zu fliegen.«

»Du hattest Flügel? Richtige Flügel, meine ich?«

»Ich konnte es selbst nicht sehen, aber es fühlte sich an wie richtige Flügel. Es fühlte sich an, wie ein riesiges Energiepotential in der Mitte meiner Wirbelsäule! Willenskraft im wahrsten Sinne des Wortes. Ich hatte das Gefühl, ganz auf das konzentriert zu sein, was ich tat, wohin ich ging — und das war das Fliegen. Es war, als wenn man ein Auto einfach dadurch fahren könnte, daß man vor sich auf die Straße schaut.«

Daniel schloß die Augen, um die Vorstellung einer so völligen, vollkommenen Freiheit auszukosten.

»Ich flog anscheinend stundenlang im Keller herum. Ich

Dummkopf hatte die Kellertür hinter mir geschlossen, und die Fenster waren alle fest versiegelt, daher gab es keine Möglichkeit, den Keller zu verlassen. Die Leute kommen erst auf die Idee, Feenlöcher zu machen, wenn sie selbst einmal abgehoben haben. Es war jedoch nicht wichtig. Ich war so klein, daß der Keller so groß schien wie eine Kathedrale. Und beinahe so schön. Mehr als beinahe — es war einfach unglaublich.«

»Du bist nur so herumgeflogen?«

»Und ich habe alles wahrgenommen. Da stand ein Regal mit Konserven. Ich kann mich noch erinnern, wie das Licht aus den Marmelade- und Tomatengläsern drang. Zwar nicht wirkliches Licht. Es war mehr so, als könne man das Leben sehen, das noch darin steckte, die Energie, die sie aufgespeichert hatten, als sie noch wuchsen.«

»Du mußt hungrig gewesen sein.«

Sie lachte. »Wahrscheinlich.«

»Was noch?« beharrte er. Daniel war es, der hungrig, ja unersättlich war.

»An einem bestimmten Punkt bekam ich Angst. Mein Körper — mein physischer Körper, der da in der Anschnallvorrichtung hing — schien mir nicht wirklich. Nein, ich glaube, er schien wirklich genug, vielleicht sogar allzu wirklich. Aber er schien nicht mir zu gehören. Bist du je in einem Zoo gewesen?«

Daniel schüttelte den Kopf.

»Nun, dann kann ich es nicht erklären.«

Barbara schwieg eine Weile. Daniel blickte ihren Körper an, der von der Schwangerschaft aufgetrieben war, und versuchte sich vorzustellen, was das für ein Gefühl war, das sie nicht erklären konnte. Außer in den Turnstunden zollte er seinem Körper nicht sehr viel Aufmerksamkeit. Übrigens auch den Körpern anderer Leute nicht.

»Im Keller stand eine Tiefkühltruhe. Ich hatte sie nicht

bemerkt, bis auf einmal der Motor ansprang. Du weißt, da ist zuerst ein Zittern, dann folgt ein stetiges Brummen. Nun, für mich war es, als ob ein Symphonieorchester zu spielen anfängt. Ich nahm, ohne es zu sehen, das Motorenteil wahr, das sich drehte. Ich ging natürlich nicht in die Nähe. Ich wußte, daß jede Art von Drehmotor für gefährlich gehalten wird, etwa wie Treibsand, aber es war so ... berauschend. Wie Tanzmusik, der man unmöglich widerstehen kann. Ich begann, mich auf der Stelle zu drehen, zuerst sehr langsam, aber nichts konnte mich abhalten, schneller zu werden. Es war immer noch reine Willenskraft. Je schneller ich mich drehte, desto aufregender und einladender schien der Motor zu werden. Ohne es zu bemerken, war ich zu der Kühltruhe hinübergetrieben und drehte mich jetzt auf der gleichen Achse wie der Motor. Ich verlor jedes Gefühl für alles andere, außer dieser einzigen Bewegung. Ich fühlte mich wie ... ein Planet! Ich hätte ewig so weitermachen können, und es wäre mir alles egal gewesen. Aber es hörte auf. Die Kühltruhe schaltete sich ab, und als der Motor langsamer wurde, wurde ich es auch. Selbst das war wunderbar. Aber als es ganz zum Stillstand gekommen war, schiß ich mir vor Angst beinahe in die Hosen. Ich erkannte sehr deutlich, was geschehen war, und ich hatte gehört, genau auf diese Weise seien viele Leute einfach verschwunden. Ich wäre gerne verschwunden. Mit Freuden. Bis zum heutigen Tag. Wenn ich mich erinnere.«

»Was hast du dann gemacht?«

»Ich flog zurück zur Anschnallvorrichtung. Zurück in meinen Körper. Man braucht nur eine Art von Kristall zu berühren. Sobald man ihn berührt hat, ist man, zip, wieder in seinem eigenen Körper.«

»Und das ist alles wirklich geschehen? Du hast es dir nicht nur eingebildet?«

»So wirklich, wie wir beide jetzt miteinander sprechen. So wirklich, wie der Schnee auf der Erde.«

»Und danach bist du nie wieder geflogen?«

»Nicht, daß ich es nicht versucht hätte, glaube mir. Ich habe ein kleines Vermögen für Gesangsstunden, Drogen und für jede Art von Therapie ausgegeben, die es gibt. Aber ich konnte nie die Startgeschwindigkeit erreichen, so sehr ich mich auch bemühte. Ein Teil meines Gehirns machte einfach nicht mit, ließ mich nicht los. Vielleicht war es die Angst, wieder in die Falle irgendeiner blöden Maschine zu geraten. Vielleicht, wie ich schon sagte, habe ich einfach kein Talent zum Singen. Jedenfalls half nichts. Schließlich gab ich es auf. Und das war die Geschichte meines Lebens. Und alles, was ich dazu sagen kann ist, ich scheiße darauf.«

Daniel war vernünftig genug, nicht gegen ihre Bitterkeit anzukämpfen. Es schien sogar etwas Edles, Erhabenes daran zu sein. Im Vergleich zu Barbara Steiners Unglück schienen seine eigenen, kleinen Nöte ziemlich unbedeutend.

Es gab also schließlich doch noch eine Chance, daß er selbst fliegen konnte.

Und er würde fliegen! Oh, wie er fliegen würde! Das wußte er jetzt. Es war das Ziel seines Lebens. Er hatte es endlich gefunden! Er würde fliegen! Er würde lernen zu fliegen!

Daniel wußte nicht, wie lange sie da im Schnee gestanden hatten. Allmählich bemerkte er, als seine Euphorie abklang, daß er fror, daß sein Körper vor Kälte schmerzte, daß sie besser in den Schlafsaal zurückgehen sollten.

»He, Barbara«, sagte er, packte sie mit seinen gefühllosen Fingern am Ärmel ihres Mantels und zerrte zur Erinnerung daran. »He.«

»Jawohl«, stimmte sie ihm traurig zu, rührte sich aber nicht.

»Wir sollten besser in den Schlafsaal zurückgehen.«

»Jawohl.«

»Es ist kalt.«

»Ja. Sehr.« Sie stand immer noch da. »Würdest du mir vorher noch einen Gefallen tun?«

»Was?«

»Küß mich.«

Gewöhnlich hätte ihn ein solches Ansinnen in Verlegenheit gebracht, aber im Ton ihrer Stimme schwang etwas mit, das ihm Sicherheit verlieh. Er sagte: »Na gut.«

Ihre Augen blickten geradewegs in die seinen, als sie ihre Finger unter den Kragen seiner Jacke gleiten ließ und dann hinter seinen Nacken. Sie zog ihn nahe an sich, bis sich ihre Gesichter berührten. Ihres war ebenso kalt wie das seine und wahrscheinlich ebenso gefühllos. Ihr Mund öffnete sich, sie drückte die Zunge gegen seine Lippen und drängte sie sanft auseinander.

Er schloß die Augen und versuchte, den Kuß wirklich werden zu lassen. Er hatte einmal zuvor ein Mädchen geküßt, auf einer Party, und fand den ganzen Vorgang ein wenig unnatürlich, wenn auch am Ende ganz nett. Aber er konnte nicht aufhören, an Barbaras schlechte Zähne zu denken, und als er sich endlich mit der Vorstellung abgefunden hatte, seine Zunge in ihrem Mund herumzuschieben, da hatte sie genug.

Er fühlte sich schuldig, weil er nicht mehr getan hatte, aber es schien ihr nichts auszumachen. Zumindest nahm Daniel an, daß ihr entrückter Blick bedeutete, daß sie bekommen hatte, was sie wollte, obwohl er nicht wirklich wußte, was das hätte sein können. Trotzdem fühlte er sich schuldig, zum allermindesten verwirrt.

»Danke«, sagte sie. »Das war lieb.«

Mit automatischer Höflichkeit antwortete Daniel: »Gern geschehen.« Seltsamerweise war das nicht einmal der falsche Ausdruck.

Von dem Mann, dessen Gesang ihn so aufgewühlt hatte, wußte Daniel nur wenig, nicht einmal seinen richtigen Namen. Im Lager war er als Gus bekannt, weil er ein Arbeitshemd geerbt hatte, auf dessen Rücken ein früherer Gefangener diesen Namen gemalt hatte. Er war ein großer, hagerer, rotgesichtiger, verlebt aussehender Mann, irgendwo in den Vierzigern, der vor zwei Wochen mit einer häßlichen Wunde über dem linken Auge angekommen war, die jetzt eine runzelige, scharlachrote Narbe geworden war. Die Leute vermuteten, daß er wegen der Schlägerei hergeschickt worden sei, die ihm die Narbe eingebracht hatte, und das hätte zu seiner Strafdauer von nur neunzig Tagen gepaßt. Wahrscheinlich hatte er die Schlägerei mit Absicht angefangen, um diese Strafe zu bekommen, denn ein Winter in Spirit Lake war leichter zu überstehen als ein Winter ohne Arbeit und Unterkunft in Des Moines, wo er herkam, und wo Landstreicher, zu denen er anscheinend gehörte, während der schlimmsten Kälteeinbrüche oft massenweise starben.

Ein übler Kunde, zweifellos, aber das hinderte Daniel nicht daran, während er in dieser Nacht wachlag, bis in die letzten Einzelheiten ihre künftige Beziehung zu proben, beginnend mit dem Augenblick am nächsten Morgen, wenn er sich ihm als Bittsteller und vielleicht, später, als Freund nähern würde, obwohl es schwerer war, sich die letztere Möglichkeit konkret vorzustellen. Denn abgesehen von der Tatsache, daß Gus ein so phantastischer Sänger war, konnte Daniel bis jetzt noch nichts erkennen, was ihm an diesem Gus, oder wie er heißen mochte, gefallen könnte — obwohl es etwas geben mußte, sein Gesang war der

Beweis dafür. Mit diesem Glauben an die innere Güte von Gus, trotz des äußeren Anscheins, näherte sich Daniel (in seinen Tagträumen) dem älteren (der zuerst überhaupt nicht freundlich war und ein paar äußerst beleidigende Schimpfworte gebrauchte) und machte ihm den folgenden Vorschlag: Gus sollte Daniel das Singen beibringen. Als Gegenleistung für den Unterricht erklärte sich Daniel nach vielem Feilschen und weiteren Beleidigungen bereit, Gus jeden Tag sein zusätzliches Abendessen von McDonalds zu überlassen. Gus war zuerst skeptisch, dann entzückt über solch großzügige und aufopferungsvolle Bedingungen.

Die Stunden begannen (dieser Teil war ziemlich skizzenhaft, denn Daniel hatte keine sehr klare Vorstellung, was außer Tonleitern in Gesangsstunden vor sich gehen mochte) und endeten mit einer Art von Schlußzeremonie, die am Abend vor Daniels Entlassung stattfand. Daniel, hager vom langen Fasten, mit vor Inspiration glühenden Augen, nahm Abschied von seinen Mitgefangenen mit einem Lied, das so durchdringend und echt war wie das, welches Gus heute abend gesungen hatte. Vielleicht (man sollte realistisch bleiben) war das zuviel verlangt. Vielleicht würde es länger dauern, diese Meisterschaft zu erreichen. Aber der wesentliche Teil des Tagtraumes schien erfüllbar, und am nächsten Morgen, spätestens nach der Arbeit, beabsichtigte Daniel, seinen Plan auszuführen.

Daniels Leben — das Leben seiner Wahl — sollte beginnen! Inzwischen ließ er seine Wünsche noch einmal hochsteigen wie einen kleinen Schwarm von Vögeln, über die Aussichten eines erreichten und verdienten Entzückens hin zu den raschelnden Feldern des Schlafes.

Am nächsten Morgen, ein paar Minuten vor dem normalen Wecksignal um 5.30 Uhr, ertönte die Sirene. Während sich die Leute noch aus ihren Decken kämpften, hörte das Heulen auf. Sie begriffen alle, daß jemand durchgedreht haben mußte, und durch Abzählen fanden sie heraus, daß es Barbara Steiner gewesen war, bei deren Nummer, der 22, nur Schweigen herrschte.

Ein Mann am anderen Ende des Schlafsaals bemerkte in elegischem Tonfall: »Nun hat sie ihre letzte Abtreibung durchgeführt.«

Die meisten Gefangenen rollten sich wieder auf ihre Matratzen, um die letzten Augenblicke der Wärme, die ihnen noch zustanden, auszukosten, aber drei von ihnen, einschließlich Daniel, zogen sich an und gingen hinaus, um zuzusehen, wie der Transporter des Wärters kam und ihre Leiche wegbrachte. Sie war genau dort über die Grenzlinie gegangen, wo sie in der Nacht zuvor miteinander gesprochen hatten.

Den ganzen übrigen Tag versuchte Daniel, während er die Bottiche in dem dampfenden, falschen Sommer auf der Station bewegte, seinen Kummer über Barbaras Selbstmord, der ganz echt war, mit einer Euphorie in Einklang zu bringen, die durch keine andere Überlegung geschmälert oder merklich abgeschwächt werden konnte. Sein neu erwachter Ehrgeiz war wie ein Paar Schwimmflügel, die ihn zur sonnenbeschienenen Wasseroberfläche hinauftrugen, mit einem Auftrieb, der stärker war als jede dagegenwirkende Kraft, die ihn zu einer anständigen, respektvollen Trauer treiben wollte. Manchmal fühlte er sich zwar den Tränen nahe, aber das Gefühl war eher tröstlich als schmerzlich. Er fragte sich sogar, ob nicht für Barbara in dem Gedanken an den Tod mehr Trost als Schmerz gelegen habe. War es nicht möglich, daß das hinter ihrem Kuß gestanden hatte? Eine Art von Abschied, nicht nur von Daniel, sondern von der Hoffnung ganz allgemein?

Natürlich sind der Gedanke an den Tod und die Tatsache des Todes zwei ganz verschiedene Dinge, und Daniel konnte sich am Ende doch nicht dazu durchringen, die Tatsache je für etwas anderes als eine schlechte Nachricht zu halten. Außer, wenn man an ein Leben nach dem Tode oder so etwas glaubte. Außer, wenn man glaubte, daß ein Funke des eigenen Ichs den Zusammenbruch des Körpers überleben konnte. Schließlich, wenn die Feen aus den Banden des Fleisches schlüpfen konnten, warum dann nicht auch die Seelen? Diese Meinung hatte Daniels Vater vertreten, das eine Mal, vor langer Zeit, als sie über dieses Thema gesprochen hatten.

Es gab jedoch ein größeres Hindernis für den Glauben an die altmodische Seele vom christlichen Typ. Während nämlich die Feen einander wahrnehmen konnten, ebenso wie die Menschen einander wahrnehmen, durch Gesichts-, Gehör- und Tastsinn, hatte keine Fee jemals eine Seele gesehen. Oft (so hatte Daniel gelesen) versammelte sich eine Gruppe von ihnen am Bett eines Menschen, der im Sterben lag, um auf den Augenblick zu warten, den Augenblick, den man ersehnte oder an den man glaubte, in dem die Seele den Körper verließ. Aber was sie statt dessen immer miterlebt hatten, war einfach Tod gewesen — es wurde nichts freigesetzt, sondern etwas verschwand, verlöschte, ging zu Ende. Wenn es Seelen gab, dann waren sie nicht aus der gleichen, greifbaren Substanz gemacht wie die Feen, und alle Theorien, die während der Jahrhunderte zusammengekocht worden waren, gründeten wahrscheinlich auf der Erfahrung der seltenen, glücklichen Individuen, die den Weg zum Fliegen ohne die Hilfe einer Anschnallvorrichtung gefunden hatten, so wie die Heiligen, die geschwebt waren, während sie beteten, und wie die Yogis in Indien und so weiter.

Das war die Theorie der Menschen, die geflogen waren,

und ihre unverblümte Offenheit war einer der Gründe, warum das Fliegen und alles, was damit zu tun hatte, zum Inbegriff solcher Qual und solch ausgesprochenen Hasses für die Strenggläubigen geworden war, die an die Seele und an all das andere glauben *mußten*, denn worauf konnten sie sich denn sonst noch freuen, wenn nicht auf das Jenseits? Die armen, unwissenden Hurensöhne.

Übrigens, woran hatte *er* denn bis jetzt glauben können? An nichts. Aber jetzt war der Glaube zu ihm gekommen und brannte in ihm. Im Lichtschein seines Feuers war alles hell, und die Dunkelheit außerhalb seines Blickfeldes war ohne Bedeutung.

Sein Glaube war einfach. Das ist jeder Glaube. Er würde fliegen. Er würde singen lernen, und mit Hilfe des Singens würde er fliegen. Es war möglich. Millionen anderer hatten es geschafft, und wie sie würde auch er es schaffen. Er würde fliegen. Es war nur notwendig, sich an diesen einen Gedanken zu klammern. Solange er das tat, war nichts anderes wichtig — nicht diese abscheulichen Bottiche, nicht die Entbehrungen und die Trostlosigkeit von Spirit Lake, nicht Barbaras Tod, und auch nicht das Leben in Amesville, zu dem er zurückkehren würde. Nichts in der Welt war wichtig, außer diesem Augenblick, der undeutlich aber sicher in der Schwärze der kommenden Jahre lag, wenn er die Flügel aus seinem körperlosen Willen würde sprießen fühlen, und wenn er fliegen würde.

Daniel kam gerade in den Schlafsaal zurück, als die Versteigerung der persönlichen Habseligkeiten Barbara Steiners durchgeführt wurde. Sie waren zur Besichtigung ausgebreitet, und die Leute gingen hintereinander an dem Tisch vorbei, mit der gleichen, scheuen Neugier, wie sie Trauergäste angesichts einer Leiche bezeugen. Daniel nahm seinen Platz in der Reihe ein, aber als er nahe genug an den Tisch herankam, um das einzige, größte Stück zu erkennen, das angeboten wurde (neben dem Inlett und der Füllung ihrer Matratze), ließ er ein Geheul reiner, unüberlegter Entrüstung hören, drängte sich zum Tisch durch und nahm seine seit langem vermißte Ausgabe von *Das Produkt ist Gott* wieder in Besitz.

»Leg das zurück, Weinreb«, sagte die amtierende Verwalterin der Versteigerung, eine Mrs. Gruber, die, weil sie die älteste in Spirit Lake war, auch als Hauptköchin und Oberpförtnerin fungierte. »Du kannst dafür bieten, genau wie jeder andere.«

»Dieses Buch ist nicht zu versteigern«, sagte er mit der Streitlustigkeit dessen, der sich im Recht fühlt. »Es gehört schon mir. Es wurde vor Wochen aus meiner Matratze gestohlen, und ich wußte nie, von wem.«

»Nun, jetzt weißt du es«, sagte Mrs. Gruber selbstgefällig. »Also leg es, verdammt noch mal, auf den Tisch zurück.«

»Sakrament noch mal, Mrs. Gruber, dieses Buch gehört mir.«

»Es war mit dem übrigen Kram in Steiners Matratze, und es wird versteigert.«

»Wenn es dort war, dann deshalb, weil sie es gestohlen hat.«

»Gebettelt, geborgt, gestohlen — für mich ist das kein Unterschied. Schäm dich, daß du über deine Freundin so redest. Gott allein weiß, was sie alles tat, um das Buch zu bekommen.«

Gelächter, dann schmückte eine Stimme, dann noch eine, Mrs. Grubers Anspielung mit genaueren Einzelheiten aus. Daniel wurde verlegen, aber er verteidigte sein Recht.

»Es ist wirklich mein Buch. Fragen Sie die Wärter. Sie mußten Seiten herausschneiden, ehe ich es bekommen konnte. Wahrscheinlich ist das irgendwo notiert worden. Es gehört wirklich mir.«

»Nun, das mag stimmen oder auch nicht, aber es gibt keine Möglichkeit, wie du uns beweisen kannst, daß Barbara nicht völlig rechtmäßig dazu gekommen ist. Wir haben nur dein Wort dafür.«

Er konnte sehen, daß sie die Mehrheit hinter sich hatte. Es war nichts zu machen. Er gab ihr das Buch, und es war der erste Gegenstand, der aufgerufen wurde. (Sehr viele andere gab es nicht.) Dann hatte irgendein Hundesohn die Stirn, auch noch gegen ihn zu bieten, und er mußte bis auf fünf Big Macs hochgehen, beinahe das Abendessen einer ganzen Woche, um es zurückzubekommen.

Erst nachdem das Bieten beendet war, erkannte er, daß die Stimme, gegen die er geboten hatte, Gus gehörte.

Nach der Versteigerung kam die Lotterie. Jeder hatte die Nummer, mit der er beim Wecken abzählte. Daniel hatte 34, die Nummer kam, und er gewann damit einen seiner Gutscheine von McDonalds zurück. Aber nicht den für das Essen dieses Abends, so daß er sich, als der Wärter das Essen brachte, mit einer Schüssel von Mrs. Grubers wäßriger Suppe und einer einzigen Scheibe Weißbrot begnügen mußte, auf das ein Klecks angereicherter Käse geschmiert war.

Zum erstenmal seit Wochen verspürte er Hunger. Gewöhnlich hatte er nach dem Abendessen nur Übelkeit verspürt. Es mußte die Wut sein. Er hätte die alte Mrs. Gruber am liebsten in dem Kessel mit dem Abwaschwasser ertränkt, das sie ihnen kochte. Und das war nur die oberste Schicht seiner Wut. Wenn man tiefer eindrang, gab es noch eine ganze Menge — Wut auf Barbara, weil sie sein Buch gestohlen hatte, auf Gus, weil er dafür geboten hatte, auf das ganze, lausige Gefängnis, auf seine Wärter, auf die ganze Welt außerhalb des Gefängnisses, weil sie ihn hierhergeschickt hatte. Es gab keine Möglichkeit, darüber nachzudenken, ohne verrückt zu werden, und wenn man einmal damit angefangen hatte, gab es auch keine Möglichkeit mehr, damit aufzuhören.

Das war bestimmt nicht der richtige Zeitpunkt, an Gus heranzutreten und ihm sein Angebot zu unterbreiten. Statt dessen spielte Daniel mit Bob Lundgren Schach, und er spielte so gut, daß er (obwohl er schließlich doch nicht gewann) Lundgren zum erstenmal in die Verteidigung drängte und ihm sogar die Königin abnehmen konnte.

Während sie spielten, wurde er sich ein paarmal bewußt, daß Gus, der ihm (soviel er wußte) nie irgendwelche Beachtung geschenkt hatte, ihn mit distanzierter, aber ungeteilter Aufmerksamkeit beobachtete. Warum sollte er das tun? Es schien beinahe wie Telepathie, als wisse Gus, ohne ein Wort von ihm gehört zu haben, was Daniel im Sinn hatte.

Am nächsten Tag wurde der Lastwagen, der Daniel und den Rest des Arbeitstrupps E. S. 78 zum Lager zurückbringen sollte, von einer Straßensperre aufgehalten. Diese war ungewöhnlich gründlich. Jeder, einschließlich der Wachen, mußte aussteigen und wurde gefilzt, während eine andere Gruppe von Untersuchungsbeamten den Laster von den zerbrochenen Scheinwerfern bis zu den zerfetzten Schmutzfängern untersuchte. Sie trafen eine Stunde zu spät im Schlafsaal ein. Daniel hatte als erstes zu Gus gehen und es hinter sich bringen wollen, aber wieder war es nicht der richtige Augenblick. Gus und Bob Lundgren waren schon in ein Schachspiel vertieft, Daniel wurde zum Zusehen eingeladen, und eine Zeitlang tat er das auch. Aber sie spielten langsam, und wenn man nicht persönlich am Spiel beteiligt war, war es unmöglich, aufmerksam zu bleiben.

Daniel entschloß sich, zu *Das Produkt ist Gott* zurückzukehren. Es war nicht mehr das Buch, das er vor vier Monaten angefangen hatte. Allein die Tatsache, daß Barbara Steiner die letzten Kapitel vor ihm gelesen und eine Spur kritischer Randbemerkungen hinterlassen hatte, ließ es nicht mehr als das harmlose Trampolin für strahlende, nebensächliche Ideen erscheinen, als das es auf den ersten Blick ausgesehen hatte.

Gefährliche Ideen sind jedoch zwangsläufig interessantere Ideen, und Daniel las das Buch diesmal nicht mit dem gleichen zögernden Vergnügen wie vorher. Er las gierig, als könne es ihm wieder entrissen werden, noch ehe er sein Geheimnis entdeckt hatte. Wieder und wieder fand er Ideen, die Barbara aus dem Buch bezogen und in ihren eigenen Argumenten verwendet hatte, so zum Beispiel den Gedanken, die Reinheit des Herzens bestehe darin, eine Sache zu wollen, diese Idee, so stellte sich heraus, war nicht einmal von Van Dyke selbst, sondern schon Jahrhunderte vorher jemand anderem eingefallen.

Was Van Dykes eigene Idee zu sein schien (die sich mit der Zeit mit der anderen verband), war seine Theorie, daß die Menschen in zwei völlig unverbundenen Welten lebten. Die erste Welt gehörte mit dem Fleisch und dem Teufel zusammen — die Welt des Begehrens, die Welt, von der die Menschen annehmen, sie könnten sie beherrschen. Dieser entgegengesetzt war Gottes Welt, die größer und schöner ist, aber auch grausamer, zumindest vom beschränkten Standpunkt menschlicher Wesen aus. Das Beispiel Van Dykes dafür war Alaska. In Gottes Welt mußte man einfach jedes Bemühen aufgeben und auf das Glück vertrauen, dann würde man wahrscheinlich entweder erfrieren oder Hungers sterben.

Die andere Welt, die Welt der Menschen, war sichtbarer, leichter zu überleben, aber sie war auch, leider, völlig korrupt, und die einzige Möglichkeit, in ihr vorwärtszukommen war, sich an der allgemeinen Korruption zu beteiligen. Van Dyke nannte das »dem Kaiser geben, was des Kaisers ist«. Das Grundproblem für jeden, der ein Leben führen wollte, das nicht nur in »Fressen-oder-gefressen-werden« bestand, war also, wie man Gott geben konnte, was Gottes ist. Nicht, wie Van Dyke eindringlich beharrte, indem man versuchte, *in* Gottes Welt zu leben, das war so viel wie Selbstmord, und darüber gab es ein ganzes Kapitel mit der Überschrift: »The Saints go Marchin' in!« (Hier wurden Barbaras Unterstreichungen beinahe so umfangreich wie der Text, und der Rand war voll von atemlosen, zustimmenden Kommentaren: »Wie wahr! Genau! Ich stimme zu.«) Van Dyke schlug vor, man solle sich eine einzige Lebensaufgabe setzen und durch dick und dünn daran festhalten, das sei besser, als wenn man versuche, den Himmel zu stürmen (Reinheit des Herzens und so weiter). Es war gleichgültig, welches diese Lebensaufgabe war, solange sie keinen materiellen Nutzen brachte. Van Dyke zeigte eine Reihe alberner Möglichkeiten und Anekdoten auf von Berühmtheiten, die ihren Weg zu Gott auf so verschiedenen Pfaden gefunden hatten, wie Korbflechten, dem Züchten von Dackeln und dem Übersetzen von *The Mill on the Floss* in eine Sprache, die nur Computer lesen konnten.

In dem glückseligen Bewußtsein, seine eigene Lebensaufgabe gefunden zu haben, konnte Daniel dem Buch bis zu diesem Punkt leicht folgen, aber nicht darüber hinaus. Denn die Vorstellung, zu der all dies hinzuführen schien, war, daß die Welt dem Ende zuging. Nicht Gottes Welt — die würde sich immer weiterdrehen —, sondern die Welt des Menschen, die Welt des Kaisers. Van Dyke verkündete, wie ein bärtiger Prophet in einer Bildgeschichte, das Ende der westlichen Zivilisation — oder, wie er es nannte, »der Zivilisation des Geschäftsmannes« (abgekürzt: »Gesch.Ziv.«).

Van Dyke schien diese Aussicht mit seiner gewöhnlichen, gelassenen Kaltblütigkeit zu betrachten. »Wie viel besser«, schrieb er, »am Ende einer solchen Zivilisation zu leben, als auf ihrem Höhepunkt! Jetzt, nachdem die Hälfte der fehlerhaften Mechanismen ruiniert ist und die anderen mangels Schmierung knirschend zum Stehen kommen, ist ihre Macht über unsere Seelen und unsere Vorstellungskraft so viel geringer als sie gewesen wäre, wenn wir vor hundert oder zweihundert Jahren gelebt hätten, als die ganze, kapitalistische Apparatur gerade ihren ersten Dampfschub bekam. Wir sehen jetzt, wie es unsere Vorfahren niemals konnten, wohin dieses anmaßende Unternehmen führte — zum Ruin der Menschheit, oder zumindest des Teils der Menschheit, der sich mit Gesch.Ziv. eingelassen hat. Aber es ist eine Ruine, das müssen wir zugeben, die völlig passend und angemessen ist, eine gründlich verdiente Ruine, die zu bewohnen wir verpflichtet sind, wie es einem verfallenden Adelsgeschlecht zukommt. Das bedeutet, mit soviel Stil, wie wir aufbringen können, mit all dem Stolz, den wir noch zeigen können und, das ist das Wichtigste, mit völliger Unbekümmertheit.«

Daniel war nicht bereit zuzugeben, daß *seine* Welt dem Ende entgegenging, noch weniger, daß sie mit Fug und Recht zu Ende gehen sollte. Dieser besondere Aspekt war sicher nichts, worüber man nach Hause schreiben konnte, aber es wäre für jeden Jungen, der gerade eine Vorstellung von seinem eigenen, hohen Ziel erreicht hat, ein harter Schlag zu hören, daß die Firma aus dem Geschäft aussteigt. Wer war dieser Reverend Van Dyke, daß er solche Erklärungen abgeben konnte? Nur, weil er ein paar Wochen lang für das Auswahlkomittee des Nationalkirchenrates an Orte wie Kairo und Bombay gereist war, hatte er doch noch nicht das Recht, die ganze, verdammte Welt abzuschreiben! Vielleicht war die Situation an den Orten,

JOBST H. TELTSCHIK

wo er gewesen war, so schlimm, wie er behauptete, aber er war nicht überall gewesen. Er war zum Beispiel nicht in Iowa gewesen. (Wenn nicht die Seiten, die der Gefängniszensor aus dem hinteren Teil des Buches gerissen hatte, vom Farmgürtel handelten, und das schien nach dem Titel des fehlenden Kapitels, wie er im Inhaltsverzeichnis stand — »Wo der Friede herrscht« — nicht sehr wahrscheinlich.) Trotz all seiner Fehler war Iowa keineswegs auf dem besten Weg, in einen Eisberg hineinzufahren und zu sinken, wie das Lieblingsbeispiel Van Dykes für das Schicksal der Gesch.Ziv., die verlorene Stadt Brasilia.

Es war ein Buch, das einen zur Raserei trieb. Daniel war froh, als er damit fertig war. Wenn die Leute in New York wirklich so dachten, dann konnte er beinahe die Strenggläubigen verstehen, wenn sie die Nationalgarde hinschikken und die Stadt erobern wollten. Beinahe, aber nicht ganz.

Der nächste Tag war Heiligabend, und als Daniel von der Arbeit zurückkam, wurde gerade unter Wärter Shiels persönlicher Aufsicht ein schäbiger, alter Baum im Schlafsaal aufgestellt. Als die Äste im Stamm steckten, der Schmuck aufgehängt und, als letzter Glanzpunkt, ein Rauschgoldengel an die Spitze gebunden worden war, versammelte man die Häftlinge unter dem Baum (Daniel stand in der letzten Reihe, bei den größten), und Wärter Shiel machte ein Bild von ihnen, von dem später Abzüge an die nächsten Verwandten geschickt werden sollten.

Dann sangen sie Weihnachtslieder. Zuerst *Stille Nacht*, dann *O kleine Stadt Bethlehem*, dann *Glaube unserer Väter*, und schließlich noch einmal *Stille Nacht*. Drei oder vier klare, kräftige Stimmen erhoben sich über die verworrene Allgemeinheit, aber seltsamerweise war die von Gus nicht dabei. Daniel nahm allen Mut zusammen — er hatte nie gerne in der Öffentlichkeit gesungen (übrigens auch sonst nicht) — und sang. Er sang wirklich. Der Mann direkt vor ihm drehte kurz den Kopf, um zu sehen, wer da einen solchen Radau machte, und sogar Wärter Shiel, der auf seinem Klappstuhl saß und die rechte Hand wohlwollend auf dem P-W-Schieber ruhen ließ, schien beifällig Notiz davon zu nehmen. Es machte Daniel ebenso verlegen, im gleichen Maße, wie wenn er sich in einem Umkleideraum vor anderen Kindern ausziehen mußte.

Das Schlimmste dabei war, es sich vorzustellen; sobald man es dann selbst tat, taten es alle anderen ja ebenso.

Nach den Weihnachtsliedern wurden an die Gefangenen, die draußen Freunde und Familien hatten, die an sie dachten, Geschenke verteilt, danach ging der Wärter in den nächsten Schlafsaal, um die feiertägliche Prozedur zu wiederholen. Die Geschenke wurden, soweit sie eßbar waren, weiter verteilt. Daniel schlang eine Scheibe vom Rosinenkuchen seiner Mutter hinunter und legte sich eine weitere in seiner Matratze beiseite. Solange man einen Teil der Last gegenüber den Habenichtsen im Schlafsaal auf sich nahm, konnte man sich aussuchen, zu wem man nett war, und die nächste Scheibe des Rosinenkuchens ging selbstverständlich an Bob Lundgren. Die Lundgrens hatten ihrem Sohn ein Paket voll Polaroidaufnahmen geschickt, die beim letzten Erntedankessen aufgenommen worden waren, und Bob studierte sie gerade mit unheilvoller Ungläubigkeit. Das eingedämmte Feuer seines inneren Zorns flackerte mit voller Kraft auf. Er konnte gerade danke sagen.

Gus war in der äußersten Ecke des Raumes und verteilte zerbrochene Plätzchen aus einer großen Blechdose. Irgendwie hatte Daniel das nicht erwartet. Aus irgendeinem Grunde, vielleicht wegen der langsam verheilenden Narbe, hatte er Gus für völlig allein und ohne Freunde gehalten, wenn nicht Daniel selbst sein Freund werden sollte. Daniel ging hinüber zu Gus in die Ecke und bot ihm mit aller Schüchternheit, die er aufbringen konnte, ein Stück Kuchen an.

Gus lächelte. Aus der Nähe konnte Daniel, der ein sehr hochentwickeltes Beurteilungsvermögen in bezug auf die Arbeit von Zahnärzten hatte, sehen, daß seine vollkommenen, oberen Schneidezähne in Wirklichkeit Kronen waren, und noch dazu von erstklassiger Qualität. Die unteren Schneidezähne ebenso. Alles zusammen war ein paar tausend Dollar wert, und dabei war es nur sichtbar, wenn er lächelte.

»Neulich abends«, sagte Daniel ohne Umschweife und wagte den Sprung, »als du gesungen hast ... das hat mir wirklich sehr gut gefallen.«

Gus nickte schluckend. »Ja«, sagte er. Und dann, nach einem weiteren Bissen: »Der Kuchen ist prima.«

»Meine Mutter hat ihn gemacht.«

Daniel stand da und sah Gus beim Essen zu, ohne zu wissen, was er noch sagen könnte. Während er aß, lächelte Gus ihm weiter zu, mit einem Lächeln, das das Kompliment für seinen Gesang, seinen Genuß an dem Leckerbissen und noch etwas anderes einschloß. Ein Erkennen, so schien es Daniel, irgendeiner Verbindung zwischen ihnen.

»Hier«, sagte Gus und hielt ihm die Schachtel mit den Krümeln hin, »nimm ein paar von meinen, Danny-boy.«

Danny-boy? Das war noch ein paar Stufen schlimmer als nur Danny, und selbst gegen diesen Spitznamen hatte er sich immer gewehrt. Und doch zeigte es, daß Gus — ohne daß sie je miteinander gesprochen hätten — ihn bemerkt hatte, vielleicht sogar neugierig auf ihn war.

Er nahm ein paar Plätzchenkrümel und nickte dankend. Dann, mit dem unbehaglichen Gefühl, das Falsche getan zu haben, ging er mit dem immer kleiner werdenden Kuchen in der Hand weg. Sehr bald waren die Leckerbissen verzehrt, und die Party war vorbei. Im Schlafsaal wurde es sehr still. Durch die gelegentlichen Windstöße konnte man die Häftlinge im nächsten Schlafsaal hören, die die gleichen Weihnachtslieder sangen.

Mrs. Gruber hatte ihre Matratze um sich gewickelt, saß vor dem eisernen Ofen und begann, ohne Worte vor sich hinzusummen, als jedoch niemand die richtige Weihnachtsstimmung zeigte, gab sie es auf. Im nächsten Schlafsaal hörte das Liedersingen auf, kurz darauf hörte man den Motor des Transporters anspringen. Als habe er auf dieses Zeichen gewartet, stand Gus auf und ging dorthin, wo der Weihnachtsbaum gestanden hatte. Jemand spielte einen Ton auf einer Harmonika an, Gus nahm ihn summend, dröhnend auf.

Das Schweigen des Raumes, das zuerst düster gewesen war, wurde zu einem Schweigen gespannter Aufmerksamkeit. Einige Leute gingen hinüber und bildeten einen Kreis um den Sänger, andere blieben, wo sie waren. Aber alle lauschten sie, als sei das Lied eine Nachrichtensendung, die eine größere, weltweite Katastrophe verkündete.

Dies war der Text des Liedes, das Gus sang:

*Im Feuer Bethlehem vergeht*
*Tot ist St. Nikolaus*
*Wenn auch die Welt sich weiterdreht,*
*Ich weiß nicht ein noch aus!*

*Der Tannenbaum ist knochendürr*
*Auch ich werd' bald so sein.*
*Doch wer ist diese Dame hier*
*Auf blauen Tüchern fein?*

*Schaurig und kalt ist die Weihnachtsnacht*
*Wer hätte je von Maria gedacht*

*Sie könnte entdecken*
*Wie die Liebe zu erwecken*
*Bei jemand wie dir oder mir?*

Refrain:

*He, Joe, dreh' dich,*
*Meine Seel', die geb'ich*
*Für ein Daradumdidel*
*Und ein nettes, kleines O*
*Für 'nen Fuchs und 'ne Fiedel*
*Und ein Hohohoho!*

*Und*
*Dann*
*Woll'n wir sie rumsen und bumsen*
*Woll'n sie greifen und kneifen*
*Und ihr auch sagen, warum.*

*Wir woll'n sie stoßen und kosen*
*Und zeigen ihr die Posen,*
*Auch von hinten herum.*

*Woll'n sie tragen und schlagen*
*Und Dank ihr noch sagen*
*Für einen Tee mit Rum.*

*Woll'n sie bringen und zwingen*
*Zur Verschmelzung von Dingen*
*Die grade oder auch krumm.*

Daniel konnte ziemlich lange nicht erkennen, ob das ein richtiges Lied war, oder ob Gus es gerade jetzt erst erfand, aber als alle anfingen, bei dem Teil mitzusingen, der begann: »He, Joe, dreh' dich«, da entschied er, daß es wohl doch ein richtiges Lied sein müsse. Es gab eine Menge Lieder, die man in Iowa nicht zu hören bekam, weil die Radiosendungen so streng kontrolliert wurden.

Sie sangen das Lied wieder und wieder, nicht nur den Refrain, der bei jeder Wiederholung lauter und rüpelhafter wurde, sondern das ganze. Es schien, wenn man die Worte nicht beachtete, das erlesenste, hübscheste Weihnachtslied, ein Schatz aus einer unbestimmten, netten Vergangenheit, in der es noch Schlittenfahrten, Kirchenglocken und Ahornsirup gegeben hatte. Annette, die schwachsinnige Landstreicherin, die so gern auf dem Ofenrohr trommelte, wurde von der allgemeinen Aufregung angesteckt und begann, einen improvisierten Striptease in dem herumliegenden Weihnachtspapier zu machen, bis Mrs. Gruber, die offiziell für das allgemeine Wohlverhalten des Schlafsaals verantwortlich war, dem ein Ende machte. Häftlinge aus dem angrenzenden Schlafsaal kamen herein und bestanden trotz Mrs. Grubers Protesten darauf, daß das Lied von Anfang an für sie noch einmal gesungen wurde, und diesmal konnte Daniel schon seine eigenen paar Dezibel zur allgemeinen Wirkung beisteuern. Die Leute fingen an zu tanzen, und diejenigen, die nicht tanzten, klammerten sich aneinander und wiegten sich im Takt. Sogar Bob Lundgren vergaß, daß er seinen Bruder ermorden wollte, und sang mit.

Die Festlichkeiten dauerten an, bis schließlich der Lautsprecher losgrölte: »Gut, ihr Arschlöcher, Weihnachten ist vorbei, also macht Schluß mit dem verdammten Krawall!« Ohne weitere Warnung gingen die Lichter aus, und die Leute mußten in der Dunkelheit umhertasten, um ihre Matratzen zu finden und sie auf dem Boden auszubreiten. Aber das Lied hatte seinen Zweck schon erfüllt. Der faulige Geschmack von Weihnachten war jedem aus dem Gehirn gespült worden.

Alle konnten am ersten Weihnachtsfeiertag, einem arbeitsfreien Tag, freibekommen, außer den Arbeitern in E. S. 78, denn man konnte den Termiten, die durch ihre schwarzen Tunnel zu den wartenden Bottichen krochen, schließlich nicht sagen, sie sollten langsamer kriechen, weil Weihnachten war. Es war egal, sagte sich Daniel. Es war leichter, ein mieses Leben zu führen, als sich hinzulegen und darüber nachzudenken.

Als er an diesem Abend in den Schlafsaal zurückkam, lag Gus vor dem lauwarmen Ofen. Seine Augen waren geschlossen, aber seine Finger bewegten sich in langsamem, regelmäßigem Rhythmus über den Reißverschluß seiner Jacke. Es war fast, als warte er auf Daniel. Auf jeden Fall konnte es jetzt nicht länger aufgeschoben werden. Daniel hockte sich neben ihn, stieß ihn an der Schulter und fragte ihn, als er die Augen öffnete, ob er draußen ein Wort mit ihm sprechen könne. Er brauchte nichts zu erklären. Es wurde für viel weniger wahrscheinlich gehalten, daß sich die Monitoren in Gespräche einschalteten, die außerhalb der Schlafsäle geführt wurden. Auf jeden Fall schien Gus über Daniels Bitte nicht überrascht.

Auf halbem Wege zwischen Schlafsaal und Latrine brachte Daniel sein Anliegen in telegraphischer Kürze vor. Er hatte tagelang nachgedacht, wie er es anbringen könnte. »Neulich, gestern abend, als ich sagte, wie gut mir dein Gesang gefallen hat, hatte ich eigentlich noch mehr im Sinn. Siehst du, ich habe noch nie vorher richtigen Gesang gehört. Nicht so wie deinen. Und es hat mich wirklich gepackt. Und ich habe mich entschlossen ...« Er senkte die Stimme. »Ich habe mich entschlossen, daß ich singen lernen will. Ich habe beschlossen, daß das mein Lebensziel sein soll.«

»Nur singen?« fragte Gus, lächelte herablassend und verlagerte sein Gewicht von einem Bein aufs andere. »Weiter gar nichts?«

Daniel blickte flehend auf. Er wagte nicht, sich genauer auszulassen. Die Monitoren hörten vielleicht zu. Sie zeichneten möglicherweise alles auf, was er sagte. Sicherlich verstand Gus das.

»Du willst fliegen — das ist es doch in Wirklichkeit, oder nicht?«

Daniel nickte.

»Wie bitte?«

»Ja«, sagte er. Und dann, weil es jetzt keinen Grund mehr gab, nicht mit allem herauszuplatzen, stellte er selbst Gus seine rhetorische Frage: »Ist das nicht der Grund, warum die *meisten* Leute singen lernen?«

»Einige von uns stolpern einfach hinein, aber in dem Sinn, wie du es meinst, ja, ich glaube, das gilt für die meisten Leute. Aber wir sind hier in Iowa, weißt du. Das Fliegen ist hier nicht erlaubt.«

»Das weiß ich.«

»Und es ist dir egal?«

»Es gibt kein Gesetz, das mir befiehlt, den Rest meines Lebens in Iowa zu verbringen.«

»Das ist richtig.«

»Und es gibt kein Gesetz gegen das Singen, nicht einmal in Iowa. Wenn ich singen lernen will, ist das ganz allein meine Sache.«

»Auch das ist richtig.«

»Wirst du mir Unterricht geben?«

»Ich habe mich schon gefragt, was ich eigentlich dabei zu tun hätte.«

»Ich werde dir von heute an all meine Gutscheine geben. Ich bekomme die volle Zusatzversorgung. Sie kostet fünfunddreißig Dollar die Woche.«

»Ich weiß. Ich bekomme sie auch.«

»Wenn du nicht so viel essen willst, dann kannst du meine Gutscheine ja für etwas anderes eintauschen, was du haben willst. Sie sind alles, was ich habe, Gus. Wenn ich etwas anderes hätte, würde ich dir das anbieten.«

»Aber du hast etwas anderes, Danny-boy«, sagte Gus. »Du hast etwas, das finde ich *viel* begehrenswerter.«

»Das Buch? Das kannst du auch haben. Wenn ich gewußt hätte, daß du es bist, gegen den ich geboten habe, hätte ich es nicht getan.«

»Nicht das Buch. Ich habe nur geboten, damit du in die Luft gehst.«

»Was willst du denn dann eigentlich?«

»Nicht die Hamburger, Danny-boy. Aber ich *könnte* mich vielleicht für die Brötchen interessieren.«

Zuerst begriff er nicht, und Gus gab auch keine weiteren Erklärungen ab, außer einem seltsam entspannten Lächeln mit halb offenem Mund, in dem sich die Zunge langsam hinter seinen überkronten Zähnen vor- und zurückbewegte. Als ihm endlich dämmerte, was Gus meinte, konnte er es nicht glauben. Das jedenfalls sagte er sich selbst: Ich kann es nicht glauben! Er versuchte sogar jetzt noch, so zu tun, als habe er nicht begriffen.

Gus durchschaute ihn. »Nun, Danny-boy?«

»Das meinst du doch nicht im Ernst.«

»Versuche es, dann wirst du schon sehen.«

»Aber...« Sein Einwand schien so offensichtlich, daß er keine Notwendigkeit sah, ihn noch weiter zu formulieren.

Gus verlagerte wieder sein Gewicht mit einem einzigen, den ganzen Körper umfassenden Achselzucken. »Das ist der Preis für Musikstunden, Kindchen. Nimm es, oder laß es bleiben, wie du willst.«

Daniel mußte sich räuspern, ehe er sagen konnte, er würde es lieber sein lassen. Aber er sagte es laut und deutlich, für den Fall, daß die Monitoren etwas davon aufnahmen.

Gus nickte. »Wahrscheinlich tust du das Richtige.«

Daniels Entrüstung kochte endlich über. »Dazu brauche ich nicht dich, daß du mir das sagst! Jesus!«

»Oh, ich meine nicht, daß du an deiner Unschuld festhältst. Die wirst du eines schönen Tages sowieso verlieren. Ich meine, es ist besser, wenn du nicht versuchst, Sänger zu werden.«

»Wer sagt denn, daß ich das nicht versuchen werde?«

»Du kannst es versuchen, das ist richtig. Davon kann dich niemand abhalten.«

»Aber ich werde es nicht schaffen, ist es das, was du sagen willst? Klingt für mich nach sauren Trauben.«

»Ja, zum Teil. Ich hätte dir meine Meinung nicht so offen gesagt, wenn du dich entschlossen hättest, etwas in Stunden zu investieren. Aber jetzt gibt es keinen Grund mehr, warum ich hinter dem Berg halten sollte. Und meine ehrliche Meinung ist, daß du ein ganz miserabler Sänger bist. Du könntest Gesangsstunden von heute bis zum Jüngsten Tag nehmen und doch nie auch nur in die Nähe der Startgeschwindigkeit kommen. Du bist zu angespannt. Zu intellektuell. Zu sehr nur Iowa. Es ist wirklich ein Jammer, daß du dir gerade diese Idee in den Kopf gesetzt hast, denn damit versaust du dir nur alles.«

»Das sagst du nur aus Bosheit. Du hast mich nie singen hören.«

»Das brauche ich auch nicht. Es genügt, wenn man dir zusieht, wie du durch ein Zimmer gehst. Aber ich habe dich tatsächlich singen hören. Gestern abend. Das genügte völlig. Jeder, der mit *Jingle Bells* nicht fertig wird, ist nicht für eine größere Karriere geschaffen.«

»Wir haben doch *Jingle Bells* gestern abend gar nicht gesungen.«

»Das war die Pointe meines Witzes.«

»Ich weiß, daß ich Stunden brauche. Wenn das nicht so wäre, hätte ich dich nicht darum gebeten.«

»Mit Stunden alleine kann man auch nicht alles erreichen. Es muß eine grundlegende Fähigkeit vorhanden sein. Ein Hund wird nicht rechnen lernen, ganz gleich, was er für einen Lehrer hat. Willst du Einzelheiten? Nummer eins, du hast kein Gehör. Zweitens, du hast nicht mehr Gefühl für Rhythmus wie eine Straßenwalze. Abgesehen von eins und zwei gibt es noch etwas, etwas viel Wesentlicheres, was dir fehlt; wir, die wir es besitzen, nennen es Seele.«

»Dich zu ficken.«

»Das könnte ein Anfang sein, ja.«

Damit tätschelte Gus mit beiden Handflächen elegant Daniels Wangen und lächelte ein teilweise immer noch freundliches Abschiedslächeln, dann überließ er ihn einer Verzweiflung, die er sich niemals hatte vorstellen können, einem Vorgeschmack des Scheiterns, der so schwarz und bitter war wie der erste Schluck Kaffee für ein Kind. Das, was er im Leben am meisten begehrte, das einzige, das würde er niemals erreichen. Nie. Die Idee war ein Totenschädel in seiner Hand. Er konnte sie nicht beiseite legen. Er konnte nicht von ihr wegsehen.

Ein Monat verging. Es war, als solle die eine, schlimmste Stunde seines Lebens, der absolut schwärzeste Augenblick, ausgedehnt werden wie Eisenbahnschienen auf einem Schlackebett, bis an den Horizont. Jeden Tag erwachte er, jeden Abend ging er zu Bett, die gleiche Aussicht ungemildert vor Augen, eine Öde, in deren Winterlicht alle anderen Gegenstände und Ereignisse zu eintönigen Nullen auf Pappe wurden.

Es gab keine Möglichkeit, dagegen anzukämpfen, keine Möglichkeit, sie zu ignorieren. Es war die vorherbestimmte Gestalt seines Lebens, wie der Stamm und die Äste einer Kiefer die Gestalt von deren Leben sind.

Die Augen von Gus schienen ihm ständig zu folgen. Sein

Lächeln schien immer auf Daniels Kosten zu gehen. Die schlimmste Qual von allen war es, wenn Gus sang, was er seit Heiligabend öfter tat. Seine Lieder handelten immer von Sex, und sie waren immer schön. Daniel konnte weder ihrer Schönheit widerstehen, noch sich ihr überlassen. Wie Odysseus kämpfte er gegen die Fesseln, die ihn an den Mast banden, aber es waren die Fesseln seines eigenen, verstockten Willens, und er konnte sie nicht zerreißen. Er konnte sich nur winden und flehen. Niemand bemerkte etwas, niemand wußte davon.

Er wiederholte in Gedanken immer wieder denselben Klumpen von Worten, wie eine alte Frau, die den Rosenkranz betet. »Ich wünschte, ich wäre tot. Ich wünschte, ich wäre tot.« Wenn er jemals darüber nachdachte, wußte er, daß das nur eine weinerliche Aufschneiderei war. Und doch stimmte es in gewisser Weise. Er wünschte wirklich, tot zu sein. Ob er je den Mut aufgebracht hätte, diesen Wunsch in die Tat umzusetzen, das war eine andere Sache. Die Mittel lagen in Griffweite bereit. Er mußte nur, wie Barbara Steiner, die Grenzlinie des Lagers überschreiten, dann würde ein Radiosender den Rest erledigen. Ein Schritt. Aber er war ein elender Feigling, er konnte es nicht. Er stand jedoch stundenlang neben dem Feldsteinpfosten, der das mögliche Ende seines Lebens markierte, und wiederholte die geistlose Lüge, die so beinahe wahr schien: »Ich wünschte, ich wäre tot. Ich wünschte, ich wäre tot. Ich wünschte, ich wäre tot.«

Einmal, nur ein einzigesmal, schaffte er es, an dem Pfosten vorbeizugehen, worauf, wie er gewußt hatte, die Warnsirene zu heulen begann. Der Ton ließ ihn erstarren. Es fehlten nur noch ein paar Meter zur Erfüllung seines Wunsches, aber seine Beine hatten aufgehört, ihm zu gehorchen. Er stand erstarrt unter einem Bann von Wut und Scham, während die Leute aus den Schlafsälen strömten um zu sehen, wer durchgedreht hatte. Die Sirene heulte weiter, bis er schließlich den Schwanz einzog und in den Schlafsaal zurückging. Niemand sprach mit ihm oder sah ihn auch nur an. Am nächsten Morgen nach dem Namensaufruf gab ihm ein Wärter eine Flasche mit Beruhigungstabletten und sah zu, wie er die erste Kapsel schluckte. Die Pillen konnten zwar seine Depression nicht beseitigen, aber er war nie wieder so albern.

Im Februar, einen Monat, bevor Daniel seine Zeit abgesessen hatte, kam Gus auf Bewährung frei. Ehe er aus Spirit Lake fortging, nahm er Daniel beiseite, um ihm zu sagen, er solle sich keine Sorgen machen, er könne Sänger werden, wenn er es wirklich wollte und sich genug anstrengte.

»Danke«, sagte Daniel wenig überzeugt.

»Es ist nicht so sehr der Stimmapparat, der von Bedeutung ist, mehr die Art, wie du *empfindest,* wenn du etwas singst.«

»Wenn ich nicht von einem verkommenen Landstreicher in den Arsch gefickt werden will, dann beweist das wohl, daß ich nicht genug empfinde? Ist das vielleicht mein Problem, wie?«

»Du kannst keinem einen Vorwurf machen, wenn er es versucht. Danny-boy, ich wollte nicht gehen, ohne dir zu sagen, du solltest deinen Traum nicht deshalb aufgeben, weil ich es gesagt habe.«

»Gut. Das hatte ich auch niemals vor.«

»Wenn du daran arbeitest, wirst du es wahrscheinlich auch schaffen. Mit der Zeit.«

»Deine Großmütigkeit bringt mich fast um.«

Gus blieb hartnäckig. »Ich habe also darüber nachgedacht, und ich möchte dir einen Rat geben. Das letzte Wort von mir zum Thema Singen.«

Gus wartete. Trotz all seines Grolls konnte Daniel gar

nicht anders als nach dem Talisman zu schnappen, der ihm da vor der Nase hing. Er schluckte seinen Stolz hinunter und fragte: »Und wie lautet der Rat?«

»Verpfusche dein Leben. Das tun die besten Sänger immer.«

Daniel zwang sich zum Lachen. »Da scheine ich ja genau richtig angefangen zu haben.«

»Genau. Deswegen besteht immer noch Hoffnung für dich.«

Er schürzte die Lippen und neigte den Kopf zur Seite. Daniel wich vor ihm zurück, als habe er nach ihm gegrapscht. Gus lächelte. Er berührte mit einem Finger die beinahe verschwundene Narbe über seinem Auge. »Denn siehst du, wenn das Durcheinander einmal angerichtet ist, zieht die Musik alles zusammen. Aber vergiß nicht, vorher muß der Pfusch kommen.«

»Ich werde daran denken. Sonst noch etwas?«

»Das ist alles.« Er reichte ihm die Hand. »Sind wir jetzt Freunde?«

»Nun, jedenfalls keine Feinde«, lenkte Daniel, seinerseits mit einem Lächeln, ein, das nicht mehr als fünfzig Prozent sarkastisch war.

Ende Februar, nur ein paar Wochen, ehe Daniel zur Entlassung fällig war, bestimmte der Oberste Gerichtshof in einer Entscheidung von sechs gegen drei Stimmen, daß die Maßnahmen, die von Iowa und anderen Staaten des Farmgürtels ergriffen worden waren, um die Verbreitung von Zeitungen und anderen Druckerzeugnissen aus anderen Staaten zu verhindern, den ersten Verfassungszusatz verletzten. Drei Tage später wurde Daniel aus Spirit Lake entlassen.

In der Nacht, ehe er das Gefängnis verlassen sollte, träumte Daniel, daß er wieder in Minneapolis sei und am

Ufer des Mississippis stand, an dem Punkt, wo er von der Fußgängerbrücke überspannt wurde. Aber jetzt gab es anstelle der Brücke, an die er sich erinnerte, nur drei Zoll dicke Stahlseile — ein einzelnes Seil, auf dem man ging, und zwei weitere, höher oben, an denen man sich festhalten konnte. Das Mädchen bei Daniel wollte, daß er auf diesen nachgebildeten Weinranken den Fluß überquerte, aber die Spannweite war zu groß, der Fluß zu ungeheuer weit unten. Selbst ein kleines Stück hinauszugehen, schien der sichere Tod zu sein. Dann bot ihm ein Polizist an, eine seiner Hände mit einer Handschelle an einem Seil zu befestigen. Mit dieser Sicherung erklärte Daniel sich bereit, es zu versuchen.

Die Seile hüpften und schwankten, als er vorsichtig auf den Fluß hinausging, und seine Eingeweide schäumten vor kaum beherrschtem Entsetzen. Aber er ging weiter. Er zwang sich sogar, richtige Schritte zu machen, anstatt nur mit den Füßen auf dem Seil entlangzugleiten.

Auf dem Mittelpunkt der Brücke blieb er stehen. Die Angst war verschwunden. Er blickte hinunter auf den Fluß, wo sich im Postkartenblau eine einzige, sonnenbeschienene Wolke spiegelte. Er sang. Es war ein Lied, das er in der vierten Klasse bei Mrs. Boismortier gelernt hatte.

»I am the Captain of the Pinafore«, sang Daniel, »and a right good captain too. I'm very, very good, and be it understood, I command a right good crew.«

Von beiden Ufern antworteten Chöre von bewundernden Zuschauern wie ein ganz schwaches Echo.

Er kannte den Rest des Liedes nicht, daher hielt er inne. Er blickte zum Himmel. Er fühlte sich großartig. Wenn nicht die verdammten Handschellen gewesen wären, er hätte fliegen können. Die Luft, die sein Lied angenommen hatte, hätte seinen Körper mit der gleichen Leichtigkeit getragen. Dessen war er so sicher, wie er sicher war, daß er lebte, und daß sein Name Daniel Weinreb war.

# Zweiter Teil

## 6

Die Wolken über der Schweiz waren rosafarbene, flauschige Gehirnlappen mit großen, gesplitterten Granitknochen, die in Abständen durch sie hindurch nach oben stießen. Sie liebte die Alpen, aber nur, wenn sie über ihnen war. Sie liebte auch Frankreich, das so zweckmäßig und geradlinig war, in feierlichen Schattierungen von Graubraun und mit Oliv versetztem Chromgrün gehalten. Sie liebte die ganze, runde Welt, die sich in diesem Moment in all ihrer sich drehenden Pracht den Blicken darzubieten schien, während die Concorde noch höher stieg.

Auf der Konsole vor sich tippte sie die Zahlen für ihre Wünsche ein, und einen Augenblick später kam aus dem wohltätigen Apparat neben ihrem Sitz eine weitere Pink Lady, ihre dritte. Anscheinend machte es in dieser Höhe nichts aus, daß sie erst siebzehn war. Alles war so gesetzlos und wunderbar, sie liebte es, die Pink Ladies, die Mandeln, den gebrochen blauen Atlantik, der dort unten vorbeizischte. Am meisten von allen freute sie sich, daß sie endlich heimkehrte und zu den grauen Mauern, dem grauen Himmel und den grauen Kitteln von Ste. Ursule „Adieu" und »ich scheiß auf dich« sagen konnte.

Boadicea Whiting war ein enthusiastischer Mensch. Sie konnte mit der gleichen herzlichen, wenn auch flüchtigen, leidenschaftlichen Dankbarkeit dem letzten Regentropfen der Welt applaudieren oder ihrem verschwenderischsten Hurrikan. Aber sie war kein Wirrkopf. Sie hatte auch noch andere Leidenschaften, die beständiger waren, und die wichtigste davon war die für ihren Vater, Mr. Grandison Whiting. Sie hatte ihn seit beinahe zwei Jahren nicht mehr gesehen, nicht einmal auf Kassetten, da er mit seiner persönlichen Korrespondenz sehr heikel war und nur handgeschriebene Briefe verschickte. Obwohl er ziemlich regelmäßig geschrieben hatte, und obwohl er ganz recht hatte (in Angelegenheiten des Geschmacks war er unfehlbar), hatte sie ihn entsetzlich vermißt, hatte die Wärme und Helligkeit seiner Gegenwart vermißt wie ein Planet, der von der Sonne ferngehalten wird, wie eine Nonne. Was für ein Leben ist das doch, das Leben der Sühne — oder mehr noch, was für ein Leben ist es nicht! Aber (wie er in einem seiner wöchentlichen Briefe geschrieben hatte) die einzige Möglichkeit, den Preis für etwas zu erfahren, besteht darin, ihn zu bezahlen. Und (hatte sie geantwortet, obwohl der Brief nie abgeschickt wurde) zu bezahlen und noch einmal zu bezahlen.

Das Zeichen für den Sicherheitsgurt erlosch, Boadicea schnallte sich ab und erstieg die kurze, zugige Treppe zum Aufenthaltsraum. Ein anderer Passagier hatte die Bar vor ihr erreicht, ein massiger, rotgesichtiger Mann in einem wirklich häßlichen, roten Blazer.

Synthetisch, dachte sie — ein Urteil, gegen das man keine Berufung einlegen konnte. Eine Sünde (pflegte Grandison zu sagen) kann vergeben werden, aber nicht etwas aus Synthetik. Der Mann im Blazer beklagte sich mit nasaler Stimme beim Steward an der Bar, daß jedesmal, wenn er während des Starts einen Drink bestellt habe, diese gottverdammte, idiotische Maschine ein gottverdammtes Zeichen habe aufleuchten lassen, auf dem es hieß, man bedauere, er sei noch nicht alt genug, und, Gott verdammt noch mal, er war zweiunddreißig! Bei jedem »Gottverdammt« blickte er Boadicea an, um zu sehen, ob sie vielleicht schockiert sei. Sie konnte sich nicht beherrschen, sie mußte grinsen bei der Erklärung des Stewards, der Computer habe wohl die Paß- oder Sitznummer des Mannes mit der von jemand anderem verwechselt. Der Mann mißverstand die Bedeutung ihres Lächelns. Mit dem phantastischen Selbstbewußtsein von Leuten seiner Art kam er herüber und lud sie zu einem Drink ein. Sie sagte, sie hätte gerne eine Pink Lady.

Wäre es ein Fehler, den vierten Cocktail zu trinken?, fragte sie sich. Würde sie dann, wenn sie ankam, nicht mehr glänzen können? Es wäre kaum das Richtige, in Schimpf und Schande abzureisen und dann zwei Jahre später betrunken zurückzukehren. Bisher fühlte sie sich jedoch durchaus Herr ihrer selbst, wenn auch vielleicht etwas empfänglicher als gewöhnlich.

»Sind die Wolken nicht schön?« sagte sie, als er mit dem Drink zurückgekommen war und sie sich vor der erstklassigen Aussicht auf den Himmel niedergelassen hatten.

Er überging ihre Frage mit einem ungezwungenen Lächeln und fragte sie seinerseits, ob das ihre erste Reise nach Amerika sei. Offensichtlich hatte Ste. Ursule gute Arbeit geleistet. Sie sagte, nein, es sei ihre erste Reise nach Europa gewesen, und sie sei jetzt auf der Heimreise.

Er fragte sie, was sie gesehen hätte. Sie antwortete, sie hätte meistens Museen und Kirchen besichtigt. »Und Sie?« fragte sie ihn.

»Oh, für solche Sachen hatte ich keine Zeit. Ich war auf Geschäftsreise.«

»Oh. In welcher Branche sind Sie tätig?« Sie verspürte

das Entzücken einer Straßengöre, als sie diese amerikanischste aller Fragen stellte.

»Ich bin Vertreter für die Vereinigten Nahrungsmittelbetriebe.«

»Tatsächlich? Mein Onkel ist auch Vertreter, wenn auch nicht für die VNB. Aber er hat Verbindung zu ihnen.«

»Nun, VNB sind die größte Firma in Des Moines, daher ist es nicht überraschend.«

»Kommen Sie von dort?«

»Ich wohne so ziemlich überall, wohin mich die VNB schicken, und bis jetzt haben sie mich so ziemlich überallhin geschickt.«

Das kam wie am Schnürchen. Sie fragte sich, ob er sich das wohl selbst irgendwann einmal ausgedacht hatte oder ob alle Verkäufer von den VNB das während ihrer Ausbildung lernten. Dann jedoch überraschte er sie. »Wissen Sie«, sagte er in einem Ton völlig glaubwürdigen Bedauerns, ja sogar der Nachdenklichkeit, »eigentlich habe ich eine Wohnung in Omaha, aber ich habe sie seit über einem Jahr nicht mehr von innen zu sehen bekommen.«

Sofort fühlte sie sich schuldig, weil sie ihn gereizt hatte. Und warum? Weil er einen Bauch hatte und nicht wußte, wie man sich anzog? Weil seine Stimme die weinerlichen, unglücklichen Klänge der Prärie hatte? Weil er vorgehabt hatte, den paar Minuten, während sie den Ozean überflogen, den Stempel einer wirklichen, menschlichen Begegnung aufzudrücken? Wollte sie selbst das nicht schließlich auch?

»Alles in Ordnung mit Ihnen?« fragte er.

»Ich glaube, ich bin ein wenig betrunken«, erwiderte sie. »Ich bin nicht an Flugzeuge gewöhnt.«

Die Wolken waren jetzt so weit unten, daß sie wie eine Tischplatte aus Plastik aussahen, undurchsichtiges Weiß mit Wirbeln von trübem Graublau. Das Sims, auf das sie ihren Drink gestellt hatte, war genau aus diesem erbärmlichen Plastikmaterial gemacht.

»Aber ich fliege«, fügte sie ein wenig verzweifelt hinzu, als er sie einfach weiterhin anstarrte, »sehr gerne. Ich glaube, ich könnte mein ganzes Leben auf Flügeln verbringen, einfach immer nur so umherflitzen. Schwirr. Schwirr.«

Er sah auf seine Uhr, als wolle er vermeiden, vor sich auf das Blau hinter der Scheibe zu blicken. Selbst hier, so erkannte sie, selbst in 25000 Fuß Höhe war es ungehörig, den Vorgang und die Macht des Fliegens zu preisen. Amerika!

»Und wo leben Sie?« fragte er.

»In Iowa, auf einer Farm.«

»Ach wirklich? Sind Sie Farmerstochter?« Er unterstrich sozusagen seine Anzüglichkeit mit einem Grinsen männlicher Herablassung.

Sie konnte das Gefühl der Fairneß nicht aufrechterhalten. Alles an diesem Menschen war eine Beleidigung für die Anständigkeit — seine flache, gleichförmige Sprache, seine Selbstgefälligkeit, seine Dummheit. Er schien sein elendes Leben mit vollem Recht zu verdienen, und sie wollte gemeinerweise erreichen, daß er dessen wirkliche, schmutzige Gestalt auch erkannte.

»Das bin ich, ja. Aber, wenn man heutzutage schon eine bestimmte Art von Tochter sein muß, dann ist das immer noch das Beste. Finden Sie nicht auch?«

Er stimmte zu und machte ziemlich stark den Eindruck, eine Ohrfeige eingesteckt zu haben. Er wußte, was sie hatte sagen wollen. Sie wollte ausdrücken, daß sie Geld hatte und er nicht, und daß dies ein größerer Vorteil war als die Tatsache, dem bevorzugten Geschlecht anzugehören.

»Ich heiße Boadicea«, ließ sie ihn wissen und schien ihm kurz die Hand reichen zu wollen, griff aber dann, noch ehe er reagieren konnte, nach ihrem Glas.

»Boadicea«, wiederholte er, wobei er alle Vokale durcheinander warf.

»Meine Freunde nennen mich Bo oder manchmal Boa.«

In einer gewissen Gesellschaftsschicht hätte das genügt. Aber er gehörte dieser Schicht sicher nicht an, und er würde auch nie dazugehören, obwohl es aus der Art, wie seine Augen jetzt an ihr klebten, klar war, daß der Wunsch danach immer noch bestand.

»Und mein Vater nennt mich Bobo.« Sie seufzte theatralisch. »Es ist hart, wenn man mit einem so sonderbaren Namen durchs Leben gehen muß, aber mein Vater ist ein fanatischer Anglophile, wie auch vor ihm schon sein Vater. Sie sind beide Rhodes-Schüler! Ich bin allerdings ziemlich sicher, daß mein Bruder nicht dort studieren wird. *Er* heißt Serjeant, und meine Schwester heißt Alethea. Ich habe, glaube ich, großes Glück gehabt, daß man mich nicht Britannia taufte. Was allerdings Spitznamen betrifft, hätte ich dann die Wahl zwischen Brit und Tania gehabt. Mögen *Sie* England?«

»Ich war schon dort, aber nur geschäftlich.«

»Läßt das Geschäftliche Sie denn so weit über den Wolken schweben, daß eine persönliche Sympathie gar keinen Platz mehr hat?«

»Nun, es hat die meiste Zeit geregnet, als ich dort war, und das Hotel, in dem ich wohnte, war so kalt, daß ich im Bett meine Kleider anbehalten mußte, und damals war auch noch das Essen rationiert, deswegen war ich eigentlich hingeschickt worden. Aber davon abgesehen gefiel es mir, glaube ich, ganz gut. Die Leute waren freundlich, jedenfalls die, mit denen ich zu tun hatte.«

Sie blickte ihn mit einem leeren Lächeln an und nippte an der Pink Lady, die inzwischen langsam widerlich schmeckte. Vor lauter Bewunderung für die Eleganz und Boshaftigkeit dessen, was sie gerade gesagt hatte, hatte sie keines seiner Worte aufgenommen.

»Ich finde«, sagte er entschlossen, »daß die Leute allgemein nett sind, wenn man sie läßt.«

»Oh, die Leute ... ja. Das finde ich auch. Die Leute sind wunderbar. Sie sind wunderbar, ich bin wunderbar, und der Steward hat wunderbares, rotes Haar, obwohl nicht halb so wunderbar wie das meines Vaters. Ich habe eine Theorie über rotes Haar.«

»Und wie lautet die?«

»Ich glaube, es ist ein Zeichen geistiger Überlegenheit. Swinburne hatte leuchtend rotes Haar.«

»Wer ist Swinburne?«

»Der größte Dichter des viktorianischen England.«

Er nickte.

»Und da ist auch noch Dolly Parsons. Ihr Haar ist ganz schön rot.«

»Wer ist Dolly Parsons?«

»Die Wunderheilerin. Im Fernsehen.«

»Oh. Na ja, es ist ja schließlich nur eine Theorie.«

»Ein paar von den Dingen, die sie so macht, sind auch ganz schön unglaublich. Viele Leute glauben wirklich an sie. Ich habe allerdings noch nie gehört, daß jemand gesagt hätte, es läge an ihrem Haar. Ich habe einen Vetter draußen in Arizona — der hat rotes Haar und sagt, er haßt es. Er sagt, die Leute ziehen ihn ständig deswegen auf und schauen ihn komisch an.«

Sie fühlte sich, während sie dem nicht endenden Faden seines geistlosen, wohlmeinenden Geschwätzes zuhörte, als hätte sie ein Karussell bestiegen, das sich jetzt zu schnell drehte, als daß sie wieder hätte absteigen können. Das Flugzeug hatte sich einige Grad nach links geneigt. Die Sonne war im Westen merklich *höher* gestiegen, so daß ihr Licht riesige Winkzeichen auf den wogenden Wellen machte, von denen die Wolken alle fortgefegt waren.

»Sie müssen mich entschuldigen«, sagte sie und verließ hastig den Aufenthaltsraum.

Im Waschraum schien ein mattes, grünes Licht auf eine Weise aus den Spiegeln hervorzuströmen, das gleichzeitig unheimlich und beruhigend war. Es wäre eine völlig bewohnbare Zuflucht gewesen, wenn sie nicht aus jedem der Spiegel der Selbstvorwurf ihres eigenen Ebenbildes angeblickt hätte. Gott weiß, sie hatte es versucht. Wie viele Wochen ihres Lebens hatte sie damit vergeudet, daß sie versuchte, diese andere Boadicea zu unterdrücken und zu zivilisieren, indem sie sich in die überteuerten Modecreationen kleidete, die in dem Augenblick aufhörten, »soigne« zu sein, indem sie sie aus den prächtigen Schachteln nahm, indem sie sich bis zum Rand der Magersucht schlankhungerte, und indem sie mit Cremes, Lotionen, falschen Wimpern und Rougetöpfchen herumhantierte und auf die ovale Leinwand ihres Gesichts die Gesichter eines Rubens, Modigliani, Reni oder Ingres kopieren wollte. Aber hinter diesen klebrigen Masken war immer wieder dasselbe Gesicht, zu voll, zu lebendig, eingerahmt von demselben, üppigen, unfrisierbaren, mittelbraunen Haar, das auch das Haar ihrer Mutter war. Sie war tatsächlich durch und durch die Tochter ihrer Mutter, abgesehen von ihrem Geist, der gehörte ihr allein. Aber wen tröstet schon das Gefühl, auffallende, geistige Fähigkeiten zu besitzen? Sicherlich nicht jemanden, der betrunken ist und umgeben von Spiegeln, und der mehr als alles andere in der Welt von Leuten wie Grandison Whiting geliebt werden will, der erklärt hat, die erste Pflicht eines Aristokraten bestehe gegenüber seinem Kleiderschrank.

»Reichtum«, so hatte Grandison Whiting seinen Kindern gesagt, »ist die Grundlage eines guten Charakters«, und obwohl er vielleicht manche Dinge, wie zum Beispiel die

Bemerkung über den Kleiderschrank, nur um der Wirkung willen sagte, war es ihm damit ernst. Reichtum war auch, das gab er zu, die Wurzel allen Übels, aber das war nur die Kehrseite der Medaille, eine logische Notwendigkeit. Geld bedeutete Freiheit, so einfach war das, und Leute, die keines oder nur wenig davon hatten, konnten nicht nach den gleichen Maßstäben beurteilt werden wie die, die etwas oder viel hatten, denn sie konnten nicht frei entscheiden. Tugend war daher ein Vorrecht der Elite, und das Laster ebenso.

Das war nur der Anfang von Grandison Whitings System der politischen Ökonomie, das in all seinen Folgerungen und Auswirkungen viel weiter und tiefer ging, als ihm Boadicea je hatte folgen dürfen, denn in bestimmten, kritischen Augenblicken bei der Entfaltung dieses Systems hatte man von ihr verlangt, sie solle zu Bett gehen, oder die Herren hatten sich vom Tisch entfernt, um ihre Ideen und ihre Zigarren in männlicher Abgeschiedenheit zu genießen. Immer, so schien es, kam dieser Augenblick gerade dann, wenn sie geglaubt hatte, ihren Vater so zu sehen, wie er wirklich war — nicht den freundlichen, lässigen Nikolaus, der ihren mädchenhaften Schwärmereien nachgab, sondern den *wirklichen* Grandison Whiting, dessen renaissancehafte Energien ein zugkräftigeres Argument für die Existenz Gottes zu sein schienen als die schwächlichen Ideen der Apologetik, die sie in Ste. Ursule hatte auswendig lernen müssen. Ste. Ursule selbst war die drastischste Form der Verbannung aus seiner Gegenwart gewesen. Obwohl sie mittlerweile (mit Hilfe ihres Analytikers) die Notwendigkeit dafür eingesehen hatte, obwohl sie schließlich sogar ihrem eigenen Herzen eine Zustimmung abgerungen hatte, die zweijährige Trennung von ihrem Vater war wirklich bitter gewesen — um so bitterer, weil sie sich doch alles so eindeutig selbst zuzuschreiben hatte.

Es hatte — wie all ihre Schwierigkeiten — mit Enthusiasmus begonnen. Sie hatte zu ihrem vierzehnten Geburtstag eine Videokamera bekommen, das neueste Editronicmodell. Innerhalb von drei Wochen hatte sie die Programme, die die Kamera leisten konnte, und ihre verschiedenen Kombinationen so vollkommen beherrscht, daß sie einen Dokumentarfilm über das tägliche Leben auf Worry (das war der Name der Whitingschen Besitzung und auch des Films) zusammenstellen konnte, der gleichzeitig so fließend, so lebendig und so profihaft harmlos war, daß er in der Hauptsendezeit im staatlichen Bildungsprogramm gezeigt wurde. Und das noch zusätzlich zu dem, was sie ihre »wirklichen Filme« nannte, die, wenn sie auch für eine öffentliche Sendung weniger geeignet waren, nicht weniger großartig gelangen. Ihr Vater tat seine Billigung kund und ermutigte sie — was hätte er sonst tun können —, und Boadicea, begeistert, triumphierend, wurde von einer leidenschaftlichen Welle der Kreativität wie von einem Tornado fortgerissen.

In den drei Monaten nach ihrem ersten Jahr auf der High School lernte sie, einen Bereich der Ausrüstung und der Gestaltungstechniken zu beherrschen, der eigentlich ebenso viele Jahre Studium an einer Technischen Hochschule erfordert hätte. Erst als sie mit Hilfe ihres Vaters ihr Fernkursdiplom und eine Lizenz für alle Staaten erlangt hatte, brachte sie den Vorschlag zur Sprache, auf den sie seit langem hingearbeitet hatte.

Würde er, fragte sie, gestatten, daß sie eine Tiefenstudie seines eigenen Lebens machte? Es würde ein Gegenstück zu *Worry* werden, aber auf einer viel höheren Ebene, der Länge wie auch der Intensität nach.

Zuerst weigerte er sich. Sie bettelte. Sie versprach, es würde eine Huldigung, ein Monument, eine Vergöttlichung sein. Er versuchte, Zeit zu gewinnen, indem er ihr erklärte, daß er, wenn er auch an ihr Genie glaubte, doch auch der Meinung sei, die Privatsphäre sei ein zu geheiligter Bereich. Warum sollte er eine Million Dollar für die Sicherheit seines Hauses und seines Besitzes ausgeben, wenn er dann zuließ, daß seine eigene Bobo dieses teuer erkaufte Privatleben den öffentlichen Blicken aussetzte? Sie versprach, keine der innersten Sphären zu verletzen, ihr Film würde das für ihn tun, was Eisenstein für Stalin und die Riefenstahl für Hitler getan hatten.

*Sie* betete ihn an, und sie wollte, daß die Welt neben ihr niederkniete. Das würde geschehen, sie wisse, daß es geschehen würde, wenn er ihr die Chance gab. Schließlich — was hätte er auch sonst tun können ? — willigte er ein mit dem Vorbehalt, wenn ihm das fertige Produkt nicht zusage, dürfte es niemand anders zu sehen bekommen.

Sie machte sich sofort an die Arbeit, mit der frischen, unwiderstehlichen Energie, über die nur die Jugend verfügt, und mit einem Geschick, das ihrer Erfahrung beinahe ebenbürtig war. Die ersten Szenen waren in der versprochenen, priesterlichen Manier gedreht und ließen Grandison Whiting noch mehr grandisonisch erscheinen, als es abseits der Leinwand schon der Fall war.

Er bewegte sich mit der gewichtigen, hypnotischen Anmut eines Sonnenkönigs durch die Kulissen seines Lebens, sein strahlend rotes Haar umrahmte wie eine Art von Glorienschein sein bleiches, vollkommenes, keltisches Gesicht. Selbst seine Kleidung schien einen inneren, unfehlbaren Adel anzudeuten.

Die Begeisterung des Films für Grandison mußte ebenso unwiderstehlich wie peinlich gewesen sein. Er war so offensichtlich ein Akt der Verehrung. Aber trotz alledem konnte er einen gewissen Nutzen haben. Die Mittel der Kunst werden schließlich nicht oft so uneingeschränkt dafür eingesetzt, die *Werte* der sehr Reichen zu feiern; oder wenn es doch geschieht, dann ist wahrscheinlich das Gefühl, daß hier eine Ware gekauft und bezahlt wurde, deutlich zu spüren, ein Geruch wie von Bergen von Schnittblumen, süß, aber nicht völlig natürlich. Boadiceas Film hatte nichts von dem Hochglanz versklavter Kunst, und doch war er möglicherweise, auf seine ungestüme Art, eine wirklich große Leistung.

Die Arbeit ging weiter. Boadicea durfte ihren Schulbesuch in der High School mit eingeschränktem Stundenplan wieder aufnehmen, um die Stunden des Tageslichts ausnützen zu können. Als sie sich ihrer Fertigkeit sicherer fühlte, gestattete sie sich Freiheiten, kleine, lyrische Abweichungen von dem frühen, großartigen Stil des Films. Sie erwischte ihren Vater, ohne daß er es merkte, wie er mit seiner Spanielhündin Dow Jones herumtobte. Sie zeichnete Minuten, dann bald ganze Kassetten seiner authentischen und köstlichen Tischgespräche auf, und bei einer dieser Gelegenheiten war ihr Onkel Charles dabei. Onkel Charles war der Vorstand des Haushaltsausschusses. Sie war ihrem Vater auf eine Geschäftsreise gefolgt nach Omaha und Dallas, und dabei kamen einige befriedigende Meter Film heraus, die von scheinbar ehrlichem Feilschen und Handeln erzählten.

Sie wußte, daß es nur Schein war, und sie wurde (gleichzeitig als Künstlerin und als Tochter) besessen von dem Wunsch, in jene dunklen Nischen seines Lebens einzudringen, wo er (wie sie glaubte) ganz er selbst sein mußte. Sie wußte, daß das, was er vor ihren Kameras zu sagen wagte, völlig verschieden war von dem, was er in einem offenen Gespräch unter Freunden gesagt hätte; und das war immer noch etwas anderes als das, was er in seinem tiefsten Inneren für die Wahrheit hielt. Zumindest argwöhnte sie das; denn seinen Kindern gegenüber pflegte Grandison Whiting nur die zweideutigsten Hinweise auf seine eigene Meinung zu jeder Angelegenheit zu geben die wichtiger war als Fragen des Geschmacks und der Manieren. Statt dessen hatte er eine pedantische Art zu zeigen, wie man einerseits dies, andererseits jenes denken konnte, wobei er völlig offenließ, welche der beiden Möglichkeiten, wenn überhaupt eine davon, die Überzeugungen von Grandison Whiting repräsentierte.

Während der Film Fortschritte machte, und dann, als er keine mehr machte, erkannte Boadicea, daß sie in allem, was ihr Vater sagte, ja sogar in seinem Lächeln, auf diese Zweideutigkeit stieß. Je mehr sie überlegte, desto weniger verstand sie, obwohl sie ihn immer noch weiter anbetete. Es konnte nicht sein, daß ihrem Vater einfach eine zusammenhängende Sicht der Welt und seiner Stellung darin abging, daß er das, was getan werden mußte, um seine Interessen zu fördern, nur auf der Basis reiner, alltäglicher Erfahrung tat. Das mochte auf ihren Onkel Charles zutreffen (der in der Art viel jüngerer Brüder Grandison ebenso ergeben war wie Boadicea selbst); es mochte auf viele Menschen zutreffen, die die Etagen der Macht eher aufgrund ihrer Geburt bewohnen als weil sie sie erobert hätten; aber es konnte nicht auf ihn zutreffen, das war unvorstellbar.

Sie begann zu schnüffeln. Wenn sie allein in seinem Büro war, pflegte sie die Papiere zu lesen, die auf seinem Schreibtisch lagen; sie durchwühlte die Schubladen. Sie hörte bei Telefongesprächen mit, seine Gespräche mit dem Personal und den Abteilungsleitern belauschte sie ebenso wie deren Unterhaltungen über ihn. Sie erfuhr nichts.

Sie begann zu spionieren. Mit der Ausrüstung und den Fähigkeiten, die sie erworben hatte, um ihre Filme zu machen, konnte sie sein Büro anzapfen, sein persönliches Wohnzimmer und das Rauchzimmer. Grandison wußte darüber Bescheid, denn sein Sicherheitssystem für eine

Million Dollar war gegen wesentlich schlimmere Angriffe gefeit, aber er ließ es geschehen. Er vermied es einfach, in diesen Räumen irgend etwas zu sagen, das er nicht auch vor einer Delegation des Kirchenrates von Iowa gesagt hätte. Ja, Boadicea war sogar anwesend, als genau eine solche Delegation gekommen war, um sich der Unterstützung ihres Vaters (und durch ihn der ihres Onkels) zu versichern für eine Gesetzgebung, die allen Staaten und Städten Bundesmittel verweigern würde, die es zuließen, daß direkt oder indirekt Steuergelder für billiges, argentinisches Getreide ausgegeben wurden. Nie war Grandison beredter gewesen, obwohl die Delegation am Schluß nichts als seine Unterschrift erhielt — und die nicht einmal auf einem Scheck, sondern auf einer Bittschrift.

Sie konnte nicht umkehren. Es war nicht länger wegen des Films oder aus irgendeiner rationalen Notwendigkeit heraus. Sie unterwarf sich, wie einem Laster, dem sie lange Widerstand geleistet hatte. Mit Scham und in der zitternden Vorahnung, daß eine so unziemliche Handlungsweise bittere Folgen nach sich ziehen müsse, aber trotz alledem versteckte sie, mit dem ruchlosen Vergnügen einer Mänade an der Ungeheuerlichkeit des Risikos, ein Mikrophon hinter dem Kopfteil des Betts im besten Gästezimmer. Die Geliebte ihres Vaters, Mrs. Reade, wurde bald in Worry erwartet. Sie war auch seit langer Zeit eine Freundin der Familie und die Frau des Direktors einer Versicherungsgesellschaft, an der Grandison eine Sperrminorität besaß. Sicherlich würde ihr Vater unter diesen Umständen irgend etwas verraten.

Ihr Vater ging erst spät abends in das Zimmer von Mrs. Reade, und Boadicea mußte in der feuchten Umklammerung ihrer Kopfhörer sitzen und der endlosen Aufzeichnung von *Toora-Loora-Turandot* zuhören, einem ermüdenden, alten, irischen Musical, das sich Mrs. Reade aus der

Bibliothek mitgenommen hatte. Die Minuten krochen vorbei, die Musik schleppte sich dahin, und dann klopfte endlich Grandison an die Tür, sie konnte hören, wie er eintrat und sagte: »Was zuviel ist, ist zuviel, Bobo, und das hier ist sicher zuviel.«

»Liebling?« fragte die Stimme von Mrs. Reade.

»Einen Augenblick, mein Schatz. Ich muß nur meiner Tochter, die uns in diesem Augenblick belauscht, während sie vorgibt, Französisch zu lernen, noch eines sagen. Man wird dir Manieren beibringen, Bobo. In der Schweiz, in einem sehr empfohlenen Mädchenpensionat in Vilars. Ich habe den Direktor in Amesville schon informiert, daß du ins Ausland gehen wirst. Um, wie ich aufrichtig hoffe, bessere Manieren zu lernen, als du sie in den letzten paar Monaten gezeigt hast. Du wirst um sechs Uhr morgen früh abreisen, daher möchte ich dir jetzt zum Abschied sagen, schäm' dich, Bobo, und Bon voyage!«

»Leben Sie wohl, Miß Whiting«, sagte Mrs. Reade. »Wenn Sie in der Schweiz sind, müssen Sie meine Nichte Patricia besuchen. Ich werde Ihnen ihre Adresse schicken.« An dieser Stelle wurde das Mikrophon ausgeschaltet.

Während der ganzen Fahrt von Des Moines — und sie waren jetzt, wie ein Wegweiser verkündete, nur noch fünfunddreißig Kilometer von Amesville entfernt — war Boadicea zu durcheinander gewesen, um etwas zu sagen. Sie hatte nicht unhöflich zu Carl Mueller sein wollen, obwohl es wie Unhöflichkeit gewirkt haben mußte. Es war aber Wut, rohe, weißglühende Wut, die in Wellen von nie nachlassender Intensität wiederkam, dann eine Zeitlang verebbte, wobei sie, wie den Abfall an Öl und Teer an der Küste eines Seehafens, die schwärzeste aller schwarzen Depressionen zurückließ, einen von Entsetzen erfüllten Kummer, während dessen sie von Bildern gewaltsamer Selbstzerstörung heimgesucht wurde — der Saab, der in einen Strommast krachte und in Flammen aufging, aufgeschnittene Pulsadern, Schrotsalven und andere, spektakuläre Todesarten, Bilder, die sie eher noch heraufbeschwor als ihnen Widerstand zu leisten, nachdem es in sich eine Art von Rache war, solch monströse Gedanken zu haben. Und dann, plötzlich und unwiderstehlich, kehrte die Wut zurück, so daß sie die Augen zukneifen und die Fäuste ballen mußte, um nicht von ihr überwältigt zu werden.

Und dabei wußte sie die ganze Zeit, daß eine solche Erregung lächerlich und unerwünscht war, und daß sie sich in gewissem Sinne gehenließ. Indem ihr Vater Carl Mueller an den Flughafen schickte, hatte er sie nicht kränken und noch viel weniger bestrafen wollen. Er hatte vorgehabt, sie selbst abzuholen, das hatte auf seiner Mitteilung gestanden, bis er heute morgen von einer geschäftlichen Krise gezwungen worden war, nach Chicago zu fahren. Ähnliche Krisen waren schon früher die Ursache für ähnliche Enttäuschungen gewesen, wenn sie auch nie so leidenschaftlich oder so hartnäckig gewesen waren wie diesmal. Sie mußte sich wirklich beruhigen. Wenn sie in diesem Zustand nach Worry kam, würde sie sich sicher vor Serjeant oder Alethea verraten. Schon der Gedanke an die beiden, die Erwähnung ihrer Namen in Boas Bewußtsein, konnte sie wieder in Wut bringen. Zwei Jahre war sie fortgewesen, und sie hatten einen Fremden geschickt, um sie zu Hause willkommenzuheißen. Es war nicht zu glauben, es konnte niemals verziehen werden.

»Carl?«

»Miß Whiting?« Er wandte die Augen nicht von der Straße.

»Ich nehme an, daß Sie mich für albern halten werden, aber könnten Sie mich nicht irgendwo anders hinfahren, anstatt nach Worry? Je näher wir kommen, und wir sind jetzt schon *so* nahe, desto weniger fühle ich mich in der Lage, damit fertigzuwerden.«

»Ich werde fahren, wohin Sie wollen, Miß Whiting, aber so viele Möglichkeiten gibt es gar nicht.«

»Ein Restaurant, irgendwo außerhalb von Amesville? Sie haben noch nicht zu Abend gegessen, oder?«

»Nein, Miß Whiting. Aber Ihre Angehörigen erwarten Sie doch.«

»Mein Vater ist in Chicago, und was meinen Bruder und meine Schwester angeht, so bezweifle ich, daß sich einer von ihnen wegen meiner Ankunft in irgendwelche gefühlsmäßigen Unkosten gestürzt hat. Ich werde einfach anrufen und sagen, daß ich in Des Moines geblieben bin, um einige Einkäufe zu erledigen — das würde jedenfalls Alethea tun — und daß ich mich nicht fähig fühle, nach Amesville weiterzufahren, ehe ich nicht etwas gegessen habe. Haben Sie etwas dagegen?«

»Wie Sie wünschen, Miß Whiting. Ich könnte, glaube ich, schon einen Happen vertragen.«

Sie studierte sein stumpfes Profil schweigend, erstaunt über seine Undurchdringlichkeit, über die stille Verbissenheit, mit der er fuhr, obwohl doch auf diesen eintönigen Straßen keine derartige ungeteilte Aufmerksamkeit erforderlich sein konnte.

Während sie sich einer Kleeblattkreuzung näherten, wurde er langsamer und fragte, immer noch ohne sie anzusehen: »Etwas, wo es ruhig ist? Drüben in Bewley gibt es ein recht gutes, vietnamesisches Restaurant. So heißt es wenigstens.«

»Eigentlich lieber etwas, wo Betrieb ist. Und wo es ein Steak gibt. Ich lechze nach dem Geschmack von rohem Rindfleisch aus dem Mittelwesten.«

Da endlich wandte er sich um und blickte sie an. Auf seiner Wange zeigte sich das Grübchen eines beginnenden Lächelns, aber ob es ein freundliches oder nur ein ironisches Lächeln war, konnte sie nicht erkennen, denn die Sonnenbrille verbarg seine Augen. Auf jeden Fall, nahm sie an, waren es wohl keine besonders aufrichtigen Augen.

»Gibt es nicht oben an der Grenze einige Lokale«, beharrte sie, »wo die Leute hingehen? Besonders am Samstagabend. Heute ist Samstagabend.«

»Sie würden einen Ausweis brauchen«, sagte er.

Sie nahm ein Bündel Plastikkarten heraus und reichte sie Carl Mueller. Da war eine Sozialversicherungskarte, ein Führerschein, ein Abonnementsausweis für *Reader's Digest,* eine Mitgliedskarte für die Liga zur Wahrung der Frauenrechte von Iowa, eine Karte, die sie als zahlendes Mitglied der Pfingstmissionskirche zum Heiligen Blut auswies (mit aufgestanztem Foto) und verschiedene Kreditkarten, die sie alle als Beverley Whittaker, Alter 22 Jahre, aus der Willow Street 512 in Mason City, Iowa, identifizierten.

Das Rasthaus zur Rollschuhbahn in Elmore verband Nützlichkeit und Eleganz auf eine Weise, die ein Urbild des Mittelwestens ist. Unter einer leuchtenden Treibhausdecke stützten Spaliere aus Röhren eine in der Luft hängende Wiese aus Kräutern und Zimmerpflanzen in Hängetöpfen und in aufgereihten Tonschalen. Unterhalb des Grünzeugs waren eine große Anzahl alter Küchentische aus Eiche und Kiefer (alle mit Preisschildern versehen, ebenso wie die Pflanzen) um eine unverständlich große Tanzfläche gruppiert. Es war vor langer Zeit wirklich einmal eine Rollschuhbahn gewesen. Zwei Paare waren auf der Fläche und tanzten mit lebhafter, unauffälliger Geschicklichkeit zur Chocolate Doughnut Polka. Es war erst sieben Uhr: alle anderen aßen gerade zu Abend.

Das Essen war wunderbar. Boadicea hatte genauestens erklärt, in welchem Maße es allem überlegen war, was sie in der Schweiz hätte essen können. Sie hatte es in Grund

und Boden hinein erklärt. Jetzt, da noch der Nachtisch auszusuchen war, mußte sie sich etwas anderes überlegen, über das sie sich unterhalten konnten, nachdem Carl durchaus bereit schien, dazusitzen und kein Wort zu reden. Selbst ohne seine Sonnenbrille war sein Gesicht undurchdringlich, wenn auch ziemlich hübsch, solange man es nur als Skulptur betrachtete: die breite Stirn, die stumpfe Nase, die schweren Halsmuskeln, die sich zu den einfachen, geometrischen Formen seines Bürstenschnitts verjüngten, die betonte Form seiner Lippen, Nüstern und Augen, die aber, obwohl sie so deutlich hervortraten, keine Bedeutung im psychologischen Sinne preisgaben. Wenn er lächelte, dann war es dieses mechanische Lächeln, bei dem man an Gangschaltungen und Flaschenzüge erinnert wurde. Boing, kratz, klick, und dann fällt aus einem Metallschlitz eine kleine Karte, auf der das Wort LÄCHELN steht. Während sie so da saß und ihn über den kleinen Strauß von Kornblumen und Petunien hinweg ansah, versuchte sie es selbst — sie straffte die Mundwinkel und hob sie Kerbe für Kerbe. Aber dann, ehe er es bemerkt hatte, schwang das Pendel zurück und sie verspürte einen Stich von Schuldbewußtsein. Welches Recht hatte sie denn, von Carl Mueller Entgegenkommen zu erwarten? Sie war für ihn nichts als die Tochter seines Chefs, und sie hatte diese Position in jeder gemeinen Weise ausgenützt, indem sie ihm befohlen hatte, ihr Gesellschaft zu leisten, so als hätte er kein Privatleben, keine eigenen Gefühle. Und dann machte sie ihm auch noch Vorwürfe!

»Es tut mir leid«, sagte sie mit völlig aufrichtiger Reue.

Carl runzelte die Stirn. »Was?«

»Daß ich Sie einfach so mitgeschleift habe. Daß ich Ihnen Ihre Zeit genommen habe. Ich meine ...« Sie preßte die Finger an den Kopf, gerade über den Wangenknochen, wo die Ströme verschiedener Arten von Elend sich zu einer gewaltigen Migräne vereinigen wollten. »Ich meine, ich habe Sie doch nicht einmal gefragt, ob Sie für diesen Abend nicht schon etwas anderes vorhaben.«

Er zeigte sein Uhrwerkslächeln. »Ist schon gut, Miß Whiting. Ich hatte zwar nicht direkt geplant, heute abend hierher nach Elmore zu kommen, aber was zum Teufel soll's? Wie Sie sagen, das Essen ist prima. Sind Sie wegen Ihrer Leute in Sorge?«

»Meine Gefühle sind ziemlich genau das Gegenteil von Besorgtheit. Ich bin auf alle von ihnen gründlich sauer.«

»Das dachte ich mir. Es geht mich natürlich nichts an, aber ich kann Ihnen versichern, daß Ihrem Vater tatsächlich kaum die Wahl blieb, ob er nach Chicago fahren wollte oder nicht.«

»O ja, ich habe schon vor langer Zeit gelernt, daß Geschäft eben Geschäft ist. Und ich mache ihm keinen Vorwurf — ich kann ihm gar keinen machen. Aber Serjeant hätte kommen können. Er ist schließlich mein Bruder.«

»Ich habe es vorher nicht erwähnt, Miß Whiting ...«

»Beverley«, verbesserte sie. Sie hatte sich vorher einen Spaß daraus gemacht, darauf zu bestehen, daß er sie mit dem Namen auf ihrem falschen Ausweis anredete.

»Ich habe es vorher nicht erwähnt, Miß Whiting, weil ich der Meinung war, es steht mir nicht zu, aber der Grund, warum Ihr Bruder Sie nicht abholen konnte ist, daß ihm vor zwei Wochen wegen Trunkenheit am Steuer der Führerschein entzogen worden ist. Er fuhr übrigens von Elmore nach Hause.«

»Dann hätte er mit Ihnen fahren können. Und Alethea auch.«

»Vielleicht. Aber ich glaube, keiner von beiden macht sich so viel aus meiner Gesellschaft. Nicht, daß sie irgend etwas gegen mich hätten. Aber schließlich bin ich nur einer von den Abteilungsleitern, kein Freund der Familie.«

Damit — und anscheinend ohne im geringsten das Gefühl zu haben, eine fragwürdige Handlung zu begehen — goß er den Rest des Weins aus der Karaffe in sein eigenes Glas.

»Wenn Sie mich jetzt nach Hause bringen wollen, ist das in Ordnung.«

»Entspannen Sie sich doch einfach, Miß Whiting.«

»Beverley.«

»Also gut, Beverley.«

»Eine Beverley Whittaker gibt es tatsächlich. Sie machte in der Schweiz eine Wanderung. Wir trafen uns in einem Hospiz auf halber Höhe des Montblanc. Es war gerade das unglaublichste Gewitter. Wenn Sie einmal Blitze in den Bergen gesehen haben, verstehen Sie, warum die Griechen ihren wichtigsten Gott zu ihrem Herrn machten.«

Carl nickte düster.

Sie mußte aufhören zu plappern, aber das lange Schweigen, das dann immer entstand, brachte sie auch in Panik.

Ein weiteres Paar war auf die Tanzfläche hinausgegangen, aber gerade, als sie anfangen wollten, hörte die Musik auf. Schweigen breitete sich aus.

Sie hatte eine Faustregel für derartige Situationen, und die lautete, man müsse sich für die anderen interessieren, denn das sei es, wofür sie sich selbst interessierten.

»Und, äh, wofür sind Sie verantwortlich?« fragte sie.

»Wie bitte?« Aber seine Augen trafen gerade lange genug auf die ihren, daß sie sehen konnte, daß er die Frage verstanden hatte — und daß er sie übelnahm.

Aber wiederholen mußte sie sie doch. »Sie sagten, Sie seien Abteilungsleiter. Welche Abteilung leiten Sie denn?«

»Alles, was mit den Arbeitstrupps zu tun hat. Vor allem Anwerbung und Unterbringung. Transport, Löhne und Überwachung.«

»Aha.«

»Es ist eine Arbeit, die getan werden muß.«

»Natürlich. Mein Vater sagt, es ist die wichtigste Arbeit überhaupt auf der Farm.«

»Das ist auch eine Art zu sagen, daß es die schmutzigste ist. Und das ist sie auch.«

»Nun, das meinte ich damit nicht. Ich würde das auch wirklich nicht so sagen.«

»Sie würden es schon sagen, wenn Sie mit einigen der Typen zu tun hätten, mit denen wir schließlich dastehen. In einem Monat etwa, auf dem Höhepunkt, werden wir ungefähr zwölfhundert auf der Lohnliste haben, und von diesen zwölfhundert sind, ich würde sagen, gut die Hälfte nicht besser als Tiere.«

»Tut mir leid, Carl, das kann ich einfach nicht akzeptieren.«

»Nun, es gibt keinen Grund für Sie, es zu tun, Miß Whiting.«

Er lächelte. »Ich meine, Beverley. Es ist jedenfalls ein guter Posten, und eine ganz schöne Menge Verantwortung für jemanden in meinem Alter, deshalb wäre ich verrückt, wenn ich mich beklagen würde, falls es sich eben so angehört haben sollte. Ich beklage mich nicht.«

Sie wurden von der Kellnerin gerettet, die kam und sie fragte, was sie zum Nachtisch wollten. Carl bestellte Bayerische Creme, Boadicea, weil es ihre erste Mahlzeit wieder in Amerika war, bestellte Apfelkuchen.

Eine neue Polka hatte begonnen, und Boadicea, im Eingeständnis ihrer Niederlage, drehte ihren Stuhl seitwärts, um den Tänzern zuzusehen. Es war jetzt ein Paar auf der Tanzfläche, das wirklich tanzen konnte, dessen Körper sich ganz natürlich bewegten. Neben ihnen wirkten die anderen Tänzer wie lebende Bilder, wie man sie gegen Bezahlung innerhalb eines Zelts auf einem ländlichen Volksfest zu sehen bekommt. Das Mädchen war besonders gut. Sie trug einen weiten, wirbelnden Zigeunerrock mit einer

Rüsche am Saum, und das Schwingen, Aufblitzen und Wirbeln des Rocks schien der schmeichelnden Musik Energien einer viel höheren Stufe einzuflößen. Der Junge tanzte mit gleicher Energie, aber weniger auffallend. Seine Glieder bewegten sich zu abrupt, während sich sein Rumpf nie aus der ihm eigenen, gekrümmten Haltung lösen zu können schien. Es war der Körper eines Breughelschen Bauern. Aber trotzdem war die Freude in seinem Gesicht so lebhaft, und es war ein so hübsches Gesicht (nicht im mindesten wie bei Breughel), daß man nicht anders konnte, als auch Freude zu empfinden. Das Mädchen (dessen war Boadicea sicher) hätte mit jemand anderem nicht halb so gut getanzt, wäre nicht so angeheizt worden. Zusammen brachten die beiden, solange die Polka dauerte, die Zeit im Rasthaus an der Rollschuhbahn in Elmore zum Stehen.

## 8

Unter den Traditionen und Institutionen der High School von Amesville war Mrs. Norberg von Zimmer 113 eine der furchtbarsten — im, wie Boadicea gerne sagte, ursprünglichsten Sinne des Wortes. Einige Jahre vorher war sie nach einem scharfen Wettbewerb zwischen drei Kandidaten mit Unterstützung der *Partei zur geistigen Erneuerung Amerikas* ins Abgeordnetenhaus gewählt worden. Auf ihrem Höhepunkt war die P.g.E.A das Sammelbecken der verstocktesten Strenggläubigen des Farmgürtels gewesen, aber als die erste, schöne Vision eines geistig erweckten Amerika verblaßte und besonders, als sich dann erwies, daß ihre Parteiführer ebenso käuflich waren wie gewöhnliche Republikaner, kehrten die Mitglieder zur G.O.P. zurück oder wurden, wie Mrs. Norberg, einsame Rufer in der Wüste politischen Irrtums.

Mrs. Norberg hatte zur Zeit ihrer Wahl amerikanische Geschichte und Gesellschaftslehre für Fortgeschrittene unterrichtet, und als sie nach ihrer einzigen Sitzungsperiode in Washington nach Iowa zurückkehrte, unterrichtete sie wieder die gleichen Fächer, und sie tat es immer noch, obwohl sie in letzter Zeit die Legenden, die man sich über sie erzählte, noch erweitert hatte, indem sie nämlich zwei sogenannte Sabbatjahre in einem Erholungsheim in Dubuque verbracht hatte, wohin sie (sehr gegen ihren Willen) überwiesen worden war, als sie sich eines Tages hatte hinreißen lassen, einem Schüler im Speisesaal der Schule das Haar abzuschneiden. Ihre Schüler bezeichneten das als die zweite Amtszeit des Eisbergs. Sie wußten, daß sie verrückt war, aber das schien niemandem allzuviel auszumachen. Seit Dubuque waren ihre Ausfälle gegen Kaugummikauer und Briefchenschreiber wesentlich gemäßigter, sie beschränkte sich auf die herkömmliche Waffe eines Lehrers, das Zeugnis. Durchschnittlich zwanzig Prozent der Abschlußklasse fiel jedes Jahr in Sozialkunde durch und mußte einen Nachhilfekurs belegen, um ihr Diplom zu bekommen.

Natürlich ließ Mrs. Norberg alle ihre bekannten Feinde durchfallen, aber es schien, als könne das gleiche auch jedem anderen passieren. Ihre Sechser fielen wie Regen gleichermaßen auf Gerechte und Ungerechte. Einige behaupteten sogar, Mrs. Norberg zöge die Namen aus einem Hut.

Das wäre schon beängstigend genug gewesen, allein wegen der großen Ungerechtigkeit, aber Boadicea hatte einen besonderen Grund, das Fach des Eisbergs zu fürchten, weil es nämlich ihr Onkel Charles gewesen war, der Mrs. Norberg ihren Sitz im Abgeordnetenhaus weggenommen hatte. Als sie ihre Bedenken vor ihrem Vater äußerte, wehrte jener ab. Die Mehrheit der Leute, mit denen man sich abgeben mußte, so erklärte Grandison, waren verrückt. Einer der Hauptgründe, warum Boadicea eine öffentliche High School besuchte, war genau der, daß sie sich dabei vielleicht mit dieser unangenehmen Wahrheit abzufinden lernen würde. Was die Möglichkeit des Durchfallens betraf, so brauchte sie sich keine Sorgen zu machen: Grandison hatte schon mit dem Direktor arrangiert, daß jede Note korrigiert würde, die schlechter war als eine Zwei. Alles, was sie daher zu tun habe, sei, jeden Tag eine Stunde in Zimmer 113 abzusitzen. Sie konnte so zurückhaltend sein oder sich so unverblümt äußern, wie sie nur wollte — es würde nichts ausmachen. Aber Mrs. Norberg loszuwerden, daran war nicht zu denken. Sie mochte unfähig sein, oder auch verrückt, aber sie war auch die letzte, beglaubigte Strenggläubige im Lehrkörper der High School, und jeder Versuch, sie von ihrem Posten zu entfernen, hätte im ganzen Bezirk einen größeren Wirbel ausgelöst, vielleicht sogar im ganzen Staat. In drei Jahren würde sie in Ruhestand gehen: bis dahin mußte man sie eben ertragen.

Mit solchen Garantien — einer richtigen Rüstung — wurde Boadicea bald der offizielle Störenfried ihrer Klasse. Mrs. Norberg schien eher dankbar zu sein als alles andere, mit einem Gegner versorgt zu werden, bei dem man sich darauf verlassen konnte, daß er Meinungen hatte — und vertrat —, die sie sonst selbst hätte vortragen müssen, ehe sie sie verhackstücken konnte, und das war noch nie eine sehr zufriedenstellende Lösung für jemanden gewesen, der mit Leidenschaft Kontroversen ausfocht. Daß diese abweichenden Gedanken viel kraftvoller und zwingender waren, wenn Boadicea sie vortrug, als wenn die üblichen Strohmänner des Eisbergs das taten, schien sie nicht zu beunruhigen. Wie die meisten Leute, die eine feste Überzeugung haben, wurde jeder Widerspruch von ihrem Bewußtsein nur als völliger Unsinn registriert. Glaube ist eine Art von selektiver Blindheit.

Daher legte sich, wenn Boadicea sich über irgendein Thema verbreitete, sei es die Vernünftigkeit einer abgestuften Einkommensteuer oder die Unvernünftigkeit des rednerischen Racheakts, den ihr Onkel Charles kürzlich gegen die A.U.B.F. verübt hatte, ein starres Lächeln auf die farblosen Lippen des Eisbergs, ihre Augen wurden glasig, und sie krampfte die Finger zu einem dornigen, kleinen Knäuel der Selbstbeherrschung zusammen, als wolle sie sagen: »Wenn meine Pflicht auch schmerzlich ist, ich werde sie doch bis zum letzten Blutstropfen erfüllen.« Wenn dann Boadicea die Luft ausging, entflocht Mrs. Norberg ihre Hände, stieß einen kleinen Seufzer aus und dankte Boadicea ironisch für ihren sicherlich »sehr interessanten« oder »sehr ungewöhnlichen« Standpunkt. Wenn dies nicht vernichtend genug schien, pflegte sie andere aus der Klasse zu fragen, wie ihre Meinung zu diesem Thema sei, und rief dann zuerst jemanden auf, den sie als Sympathisanten im Verdacht hatte. Die meisten Schüler ließen sich klugerweise nicht verleiten, irgendeine Meinung auszusprechen, sei es dafür oder dagegen, aber es gab ein kleines Häufchen, acht von den zweiunddreißig, bei denen man sich darauf verlassen konnte, daß sie die festgefügten Vorurteile von Mrs. Norberg nachplapperten, ganz gleich, wie albern sie waren, wie offensichtlich den Tatsachen entgegengesetzt. Es war immer jemand aus dieser Gruppe, der das letzte Wort haben durfte, eine Strategie, die den erwünschten Effekt hatte, daß Boadicea, sogar vor sich selbst, wie eine Minderheit von einer Person schien.

Auch diente dies dazu, ihre Feindseligkeit zu zerstreuen und sie auf die acht Getreuen abzulenken, deren Namen für sie zu einer unheilvollen Litanei wurden: Cheryl und Mitch und Reuben und Sloan, Sandra und Susan und Judy und Joan. Alle Mädchen, außer Sandra Wolf, führten die Anfeuerungsrufer beim Sport an, und alle ohne Ausnahme waren hirnlos. Drei der acht — Joan Small und Cheryl und Mitch Severson — kamen aus den wohlhabenderen Farmerfamilien der Gegend. Die Seversons und die Smalls waren zwar kaum mit den Whitings zu vergleichen, aber sie galten als »bessere Leute« und wurden selbstverständlich zu allen größeren Anlässen nach Worry eingeladen.

Es betrübte Boadicea, sich uneins zu finden mit dreien der Leute, bei denen man von ihr erwartete, daß sie freundschaftliche oder zumindest gutnachbarliche Beziehungen zu ihnen hatte, aber sie konnte nichts dagegen machen. Es war keine Notwendigkeit erkennbar, warum sie Mrs. Norberg so ungeheuer in den Arsch krochen. Ihre Eltern waren keine Strenggläubigen, jedenfalls nicht auf die hirnverbrannte Weise wie sie selbst. Fanatismus auf der Ebene der P.g.E.A. war ein Relikt aus der Vergangenheit. Warum also taten sie es? Einmal angenommen, daß sie nicht nur Speichellecker waren. Und außerdem, wie konnte man jemanden wie den Eisberg selbst erklären? Warum waren solche Leute so scharf darauf, in die geheimsten Gedanken der anderen einzudringen? Denn darauf lief doch die alte Furcht der Strenggläubigen vor der Musik hinaus. Sie konnten es nicht ertragen, daß andere Leute Erfahrungen machten, deren sie selbst nicht fähig waren. Ressentiments. Ressentiments und Eifersucht — es war so einfach, obwohl niemand (nicht einmal Boadicea) es wagte, es geradeheraus zu sagen.

Es war in letzter Zeit alles ein wenig lockerer geworden, aber so locker nun auch wieder nicht.

Wie die meisten kampferprobten Lehrer war Mrs. Norberg eine chronische Monologisiererin, und daher war Boadicea nicht jeden Tag aufgerufen, ihre Stimme für Vernunft und geistige Normalität zu erheben. Es war schon

Strafe genug, den abschweifenden Erinnerungen des Eisbergs über ihre Amtszeit im Kongreß zuhören zu müssen (es war ihr besonderer Stolz und ihre einzige Auszeichnung, daß sie in diesen zwei Jahren bei jeder Abstimmung zugegen gewesen war). Das ging dann in völlig freier Assoziation über in (zum Beispiel) eine niedliche Anekdote über die lieben, süßen Eichhörnchen in ihrem Hinterhof — Siverface, Tom-Boy und Mittens, jeder davon ein kleiner Philosoph im Naturzustand —, und diese Schrullen verwandelten sich dann in unmerklichen Stufen in Hetzreden gegen die F.D.A, das schwarze Schaf des Farmgürtels. All das — die Erinnerungen, die Schrullen und die Denunziationen — wurde mit einem Ausdruck augenzwinkernder Komplizenschaft vorgetragen, denn im Grunde war der Eisberg der Meinung, ihre Schüler wüßten das Glück zu schätzen, daß sie ihrer Gesellschaftslehregruppe zugeteilt worden waren, und nicht der des wischi-waschi-liberalen Mr. Cox.

Während sie diesen Monologen zuhörte und mit ihrem Geist gegen die teilnahmslose, undurchdringliche Autorität dieser Frau anrannte, begann Boadicea Mrs. Norberg schließlich mit solchem Abscheu zu hassen, daß sie am Ende der Stunde in zitternder Wut dasaß. Buchstäblich zitternd. Rein aus einem Gefühl der Selbsterhaltung heraus ging sie dazu über, die Stunden zu schwänzen, obwohl es keine Möglichkeit gab, das Gebäude zu verlassen, da sich die Busfahrer an den Türen postiert hatten. Sie pflegte sich in eine Toilette einzuschließen, mit gekreuzten Beinen auf der Schüssel zu sitzen und Rechenaufgaben zu lösen. Sie wurde im Unterricht offen sarkastisch und höhnte zurück, wenn man sie verhöhnte. Sie drehte sich ganz auffällig weg vom Eisberg, sobald wieder ein Monolog begann, und starrte aus dem Fenster, obwohl es nichts zu sehen gab außer Himmel, Wolken und der flachen Kurve von drei hängenden Drähten. Mrs. Norberg zeigte keine andere Reaktion auf diese Provokationen, als daß sie Boadicea in die vorderste Reihe setzen ließ, wo sie sich dann, wenn Boadicea wieder den Blick abwenden wollte, einfach selbst zwischen sie und die Aussicht stellte.

Dort, auf dem Platz in der vordersten Reihe neben dem ihren, erkannte Boadicea Daniel Weinreb wieder. Sie waren seit zwei Monaten miteinander im Unterricht gewesen, ohne daß sie die Verbindung hergestellt hätte. Nicht, daß sein Hinterkopf (und das war meistens alles gewesen, was sie von ihm gesehen hatte, bis sie nach vorne kam) so besonders kennzeichnend gewesen wäre. Auch hatte er, seitdem sie sich so kurzfristig und platonisch im Rathaus an der Rollschuhbahn in Elmore in ihn verliebt hatte, sein Aussehen verändert: das Haar war kürzer, der Schnurrbart verschwunden, die gute Laune weggepackt, an ihre Stelle eine träge, ungerührte Seelenruhe getreten. Außer wenn er beim Namensaufruf antwortete oder mit den Füßen scharrte, wenn eine Frage direkt an ihn gerichtet wurde, sprach er im Unterricht niemals, und genau wie seine Worte niemals seine Gedanken verrieten, verriet sein Gesicht niemals seine Gefühle.

Boadicea war jedoch sicher, daß sie sich von den ihren nicht sehr unterschieden: Er haßte den Eisberg ebenso inbrünstig wie sie selbst; er mußte es — wie sonst hätte er so gut tanzen können? Vielleicht ließ das als Syllogismus etwas zu wünschen übrig, und Boadicea gab sich mit einer Überzeugung a priori nicht zufrieden. Sie begann, Beweise zu sammeln — ein Aufblinken, ein Blitzen der schwelenden Glut, die sie vermutete.

Das erste, was sie entdeckte, war, daß sie nicht allein Daniel so genau studierte. Mrs. Norberg selbst zeigte eine Neugierde, die völlig im Mißverhältnis zu Daniels Beiträgen im Unterricht stand. Oft gingen ihre Augen zu Daniel, wenn ein anderer Schüler sprach, und in den kriegerischen Augenblicken, wenn sie sich vom Klassenzimmerprotokoll losriß und wirklich Zeugnis ablegte für das Evangelium der P.g.E.A., waren diese Stachel gegen Daniel gerichtet, trotz der Tatsache, daß es Boadicea sein würde, wenn überhaupt jemand, der den Köder annehmen und diskutieren würde.

Schließlich jedoch, gegen Ende des zweiten Sechswochenabschnitts, warf sie eine Herausforderung hin, die Daniel nicht ablehnte. Kurz zurvor war in den Nachrichten eine Meldung gekommen, die die Entrüstung der Strenggläubigen sehr stark angefacht hatte. Bud Scully, ein Farmmanager für die Northrup Corporation Farm außerhalb von LuVerne, hatte auf eigene Initiative hin etwas getan, was im Staate Iowa nicht länger gestattet war: er hatte Radiosendungen gestört, die aus Minnesota kamen. Die Sender hatten ihn verklagt, und es wurde ihm untersagt, das weiterhin zu tun. Als er sich, aus Gewissensgründen, weigerte und seinen privaten Kreuzzug fortsetzte, wurde er ins Gefängnis geschickt.

Die Strenggläubigen griffen zu den Waffen. Mrs. Norberg, die, um ihr nicht unrecht zu tun, normalerweise versuchte, den vergänglichen Leidenschaften des Augenblicks Widerstand zu leisten (sie ging zum Beispiel in ihrem Unterricht über amerikanische Geschichte niemals weiter als bis Watergate), wurde mitgerissen. Sie widmete die Unterrichtszeit einer Woche einer tiefgehenden Betrachtung von John Brown. Sie las laut Thoreaus Essay über den zivilen Ungehorsam vor. Sie spielte eine Aufzeichnung der Hymne *John Brown's Body,* wobei sie behutsam über das Tonbandgerät gebückt dastand und im Takt mit der Musik mit dem Kopf auf und ab zuckte. Als die Hymne vorbei war, erzählte sie mit Tränen in den Augen (ein ganz ungewolltes Zeugnis für die Macht der Musik), wie sie den Park, gleich hier in Iowa, besucht hatte, in dem John Brown seine Freiwilligenarmee für den Angriff auf Harpers Ferry gedrillt hatte. Dann schulterte sie den Zeigestock wie ein Gewehr und zeigte der Klasse, wie die Soldaten in jener Armee exerziert hätten, indem sie vorwärts und wieder zurück über die glänzenden Ahorndielen marschierte — Augen rechts, Augen links, Aaach-tung! nach rückwärts MARSCH, ein glänzendes Schauspiel. In solchen Augenblicken hätte man wirklich ein Herz von Stein haben müssen, um nicht dankbar zu sein, daß man in der Klasse des Eisbergs war.

Die ganze Zeit über hatte sie davon Abstand genommen, Bud Scully beim Namen zu nennen, obwohl niemand die beabsichtigte Parallele übersehen konnte. Jetzt, nach einem förmlichen Gruß zur Fahne in der Ecke, ließ Mrs. Norberg jeden Anschein von Objektivität fallen.

Sie ging zur Tafel und schrieb in gigantischen Lettern den Namen des Märtyrers: BUD SCULLY. Dann ging sie zu ihrem Schreibtisch, verbarrikadierte sich hinter ihren gefalteten Händen und forderte mit finsterem Blick die Welt heraus, das Schlimmste zu tun.

Boadicea hob die Hand.

Mrs. Norberg rief sie auf.

»Wollen Sie behaupten«, fragte Boadicea mit einem hinterhältigen Lächeln, »daß Bud Scully ein zweiter John Brown ist? Und daß es richtig war, was er tat?«

»Habe ich das *gesagt?*« wollte der Eisberg wissen. »Ich möchte *Sie* fragen, Miß Whiting: Ist das Ihre Meinung? Ist der Fall Bud Scully dem Fall John Brown analog?«

»In dem Sinne, daß er für seine Überzeugung ins Gefängnis ging, könnte man so sagen. Aber davon abgesehen? Der eine Mann hat versucht, die Sklaverei aufzuhalten, der andere versucht, Sender mit Unterhaltungsmusik aufzuhalten. So habe ich es wenigstens aus der Zeitung verstanden.«

»Welche Zeitung ist das denn? Sehen Sie, ich frage, weil ich vor einiger Zeit aufgehört habe, Zeitungen zu lesen. Meine Erfahrungen (besonders aus der Zeit, als ich auf dem Hügel war) haben mir gezeigt, daß sie absolut nicht zuverlässig sind.«

»Es war der *Star-Tribune.*«

»Der *Star-Tribune«,* wiederholte der Eisberg und wandte sich mit wissendem Blick Daniel zu.

»Und es hieß«, fuhr Boadicea fort, »im Leitartikel, daß jedermann dem Gesetz gehorchen muß, einfach deswegen, weil es das Gesetz ist, und der einzige Weg, wie wir jemals friedlich zusammenleben können, ist, das Gesetz zu achten. Selbst wenn es uns gegen den Strich geht.«

»Das scheint, oberflächlich betrachtet, ganz vernünftig. Die Frage, die jedoch John Brown stellt, muß erst noch beantwortet werden. Sind wir gezwungen, einem ungerechten Gesetz zu gehorchen?« Der Eisberg warf, strahlend vor Rechtschaffenheit, den Kopf zurück.

Boadicea blieb hartnäckig. »Den Umfragen zufolge dachten die *meisten* Leute, das *alte* Gesetz sei ungerecht, das Gesetz, das ihnen verbot, Zeitungen von außerhalb des Staates zu lesen und Rundfunksendungen von außerhalb des Staates anzuhören.«

»Den Umfragen«, sagte Mrs. Norberg verächtlich, »der gleichen Zeitungen zufolge.«

»Nun, der Oberste Gerichtshof hielt es auch für ungerecht, sonst hätte er es nicht abgeschafft. Und so, wie ich das sehe, hat, außer bei einer Verfassungsänderung, der Oberste Gerichtshof das letzte Wort über die Richtigkeit oder Unrichtigkeit von Gesetzen.«

Mrs. Norbergs Ansichten über den Obersten Gerichtshof waren wohlbekannt, daher bestand unter ihren Schülern ein stillschweigendes Übereinkommen, sich von den Klippen dieses Themas fernzuhalten.

Aber Boadicea war jenseits allen Mitleids und aller Vorsicht. Sie wollte den Geist dieser Frau zerstören und sie in einer Zwangsjacke nach Dubuque zurückschicken. Etwas anderes verdiente sie nicht.

Es sollte jedoch nicht so einfach sein. Mrs. Norberg hatte den Instinkt einer Paranoikerin, wenn es darum ging zu erkennen, daß sie verfolgt wurde. Sie wich aus, und Boadiceas Geschoß ging vorbei, ohne Schaden anzurichten.

»Ich gebe zu, das ist eine verzwickte Frage. Und höchst kompliziert. Jeder wird auf andere Weise davon betroffen, und dadurch werden natürlich unsere Einstellungen zwangsläufig gefärbt. Gleich hier im Raum haben wir jemanden, dessen Leben von der Entscheidung, von der Miß Whiting spricht, sehr unmittelbar berührt wurde. Daniel, was ist *Ihre* Meinung dazu?«

»Wozu?« fragte Daniel.

»Hat der Staat Iowa das Recht, das unumschränkte Recht, möglicherweise schädliches und zersetzendes Material für die Öffentlichkeit zu verbieten oder stellt das eine Einmischung in unser verfassungsmäßiges Recht auf Redefreiheit dar?«

»Ich könnte nicht sagen, daß ich darüber jemals viel nachgedacht hätte.«

»Aber Daniel, nachdem Sie ins Gefängnis gingen, weil Sie das Gesetz des Staates gebrochen hatten...« Sie machte eine Pause, damit jeder in der Klasse, der dies vielleicht noch nicht wußte, es auch wirklich mitbekam. Natürlich gab es inzwischen niemanden mehr, der noch nicht von Daniels Legende gehört hätte. Sie war beinahe so bedeutend wie die von Mrs. Norberg, was wahrscheinlich, noch mehr als die darin verwickelten Prinzipien, ihre unnachsichtige, aufmerksame Abneigung gegen ihn erklärte. »Sicher haben Sie, als Sie freigelassen wurden, weil der Oberste Gerichtshof —« Sie hob zynisch die Augenbrauen »— entscheidet, daß das Gesetz schließlich doch nicht Gesetz ist und es auch nie gewesen ist… sicher haben Sie doch wohl eine Meinung zu diesem Thema.«

»Ich bin, glaube ich, der Meinung, daß es so oder so ziemlich gleichgültig ist.«

»Ziemlich gleichgültig! Eine so große Veränderung?«

»Ich kam zwei Wochen früher heraus, das ist so ziemlich alles.«

»Wirklich, Daniel, ich weiß nicht, was Sie damit eigentlich sagen wollen.«

»Ich meine, ich halte es immer noch nicht für ratsam, irgendwo im Staate Iowa seine ehrliche Meinung zu äußern. Und soweit ich weiß, gibt es kein Gesetz, das besagt, daß ich dazu verpflichtet bin. Und ich habe es auch nicht vor.«

Zuerst herrschte Schweigen. Dann, angeführt von Boadicea, schüchterner Applaus. Selbst bei dieser unerhörten Provokation wandte Mrs. Norberg ihre Augen nicht von Daniel ab. Man konnte beinahe sehen, welche Überlegungen hinter diesem starren Blick abliefen: War diese Unverschämtheit theoretisch als Aufrichtigkeit zu verteidigen? Oder konnte man ihn dafür büßen lassen? Ein Frontalangriff müßte mindestens den Verweis von der Schule einbringen; schließlich, mit sichtlichem Widerstreben, entschied sie, nicht so viel zu riskieren. Es würde immer ein nächstesmal geben.

Nach dem Unterricht paßte Boadicea Daniel am Eingang zum Speisesaal ab.

»Das war phantastisch«, sagte sie ihm in einem Bühnengeflüster, während sie hinter ihn in die Schlange zur Cafeteria schlüpfte. »Ein richtiger Abenteuerfilm.«

»Es war ein Fehler.«

»O nein! — Du hattest vollständig, alles umfassend recht. Der einzige Weg, mit dem Eisberg umzugehen, ist Schweigen. Soll sie doch mit ihren acht Echos reden.«

Er lächelte nur. Nicht das kraftvolle, unvergeßliche Lächeln wie im Rasthaus an der Rollschuhbahn in Elmore, sondern ein Lächeln, das nur aus Geist und Bedeutung bestand. Sie fühlte sich beschämt, als habe er ihr zeigen wollen, indem er ihr keine Antwort gab, daß er sie als eine von denen betrachtete, mit denen man nicht gefahrlos reden konnte. Das Lächeln wurde unsicher.

»He«, sagte er, »das ist mir vielleicht ein komischer Streit. Du sagst mir, ich habe recht, und ich sage, ich habe unrecht.«

»Nun, du *hast* recht.«

»Vielleicht, aber was für mich richtig ist, ist nicht unbedingt das gleiche, was für dich richtig ist. Wenn du aufhörst, sie anzuschießen, was bleibt dann uns anderen noch zum Zuhören?«

»Du meinst, ich kann es mir leisten, tapfer zu sein, weil ich nicht in Gefahr bin.«

»Und ich kann es mir nicht leisten. Und das war etwas, was ich nicht hätte aussprechen sollen. *Das* ist der Fehler. Eines der ersten Dinge, die man im Gefängnis lernt, ist, daß die Wachen gerne glauben, daß du sie magst. Die Norberg ist nicht anders.«

Boadicea wollte die Arme um ihn schlingen, aufspringen und ihm zujubeln wie eine alberne Anfeuerungsruferin, sie wollte ihm etwas furchtbar Teueres und Passendes kaufen, so ungeheuerlich war ihre Übereinstimmung und ihre Dankbarkeit dafür, daß sie jemanden hatte, mit dem sie übereinstimmen konnte.

»Die Schule ist wirklich ein Gefängnis«, stimmte sie in vollem Ernst zu. »Weißt du, ich glaubte immer, ich sei die einzige auf der Welt, die das begreift. Ich war in der

Schweiz in diesem furchtbaren, sogenannten Mädchenpensionat, und ich schrieb meinem Vater einen Brief nach Hause und erklärte ihm genauestens, in welcher Beziehung es ein Gefängnis war, und *er* schrieb mir zurück: »Natürlich, meine liebe Bobo — die Schule ist ein Gefängnis, aus dem sehr guten Grund, weil alle Kinder Verbrecher sind.«

»Mhm.«

Sie hatten die Theke erreicht. Daniel stellte einen Teller Krautsalat auf sein Tablett und deutete auf die Fischstäbchen.

»Eigentlich«, fuhr sie fort, »sagte er das nicht wörtlich. Was er sagte, war, daß Teenager noch nicht voll zivilisiert sind, und daß sie daher gefährlich sind. Nicht hier in Iowa vielleicht, aber sicher in den Städten. Aber einer der Unterschiede zwischen hier und den Großstädten... oh, für mich nur Suppe, bitte... ist der Grad, bis zu dem die Leute hier wirklich nach den offiziellen Regeln leben. So sagte jedenfalls mein Vater.«

Daniel gab dem Mädchen an der Kasse seine Schulkreditkarte. Die Maschine surrte die Preise für sein Mittagessen herunter, und das Mädchen gab ihm die Karte zurück. Er nahm sein Tablett auf.

»Daniel?«

Er blieb stehen, und sie bat ihn mit den Augen zu warten, bis sie außer Hörweite des Mädchens an der Kasse waren. Dann fragte sie ihn: »Bist du heute mit irgend jemandem zum Mittagessen verabredet?«

»Nein.«

»Warum essen wir beide dann nicht zusammen? Ich weiß, es ist nicht meine Sache, dieses Angebot zu machen, und wahrscheinlich bist du lieber allein, damit du nachdenken kannst.« Sie machte eine Pause, um ihm die Möglichkeit zu geben, ihr zu widersprechen, aber er stand einfach da mit seinem vernichtenden, überheblichen Lächeln.

Er sah so gut aus, dunkel, exotisch, beinahe, als gehöre er einer anderen Rasse an.

»Aber ich«, meinte sie hartnäckig, »ich bin anders. Ich rede gerne, ehe ich denke.«

Er lachte. »Ich habe eine Idee«, sagte er. »Warum gehst *du* nicht mit *mir* zum Essen?«

»Ach, wie nett von dir, mich einzuladen, Daniel«, sagte sie geziert, eine Parodie auf schnippische Unbekümmertheit. Oder vielleicht war es das auch wirklich, schnippische Unbekümmertheit in Person. »Oder soll ich Sie lieber Mr. Weinreb nennen?«

»Vielleicht irgend etwas dazwischen.«

»Sehr lustig.« Sie ließ ihre Stimme komisch tief klingen.

»Das sagt Susan McCarthy immer, wenn es ihr die Sprache verschlagen hat.«

»Ich weiß. Ich bin ein guter Beobachter. Ich auch.« Aber trotzdem hatte es wehgetan — mit Leuten wie einer Susan McCarthy verglichen zu werden (und das auch noch zutreffend).

Sie hatten Plätze an einem relativ ruhigen Tisch gefunden. Anstatt daß er zu essen anfing, sah er sie nur an. Setzte an, etwas zu sagen, und hielt inne. Sie fühlte sich vor Aufregung ganz kribbelig. Sie hatte seine Aufmerksamkeit erregt. Es war nicht ganz Sympathie oder, auf irgendeine verbindliche Art, Interesse, aber das Schlimmste war überstanden und plötzlich, es war ganz unglaublich, fiel ihr nichts mehr ein, was sie sagen könnte. Sie errötete. Sie lächelte. Und schüttelte den Kopf, mit schnippischer Unbekümmertheit.

# 9

Nach dem Streit mit ihrer hassenswerten — buchstäblich hassenswerten — Schwester wickelte sich Boadicea in ihren alten Schulumhang aus grünem Loden und stieg hinauf aufs Dach, wo der Wind ihr ins Haar fuhr und mit befriedigendem Nachdruck auf ihren Umhang einschlug. Das Biest, dachte sie in bezug auf Alethea, die eingebildete Ziege, dieses Weibsstück; die Schnüfflerin, die Spionin, diese Wichtigtuerin; die hinterhältige, hirnlose, seelenlose, eigensüchtige Schlampe. Das Schlimmste war, daß Boadicea, wenn es zu einer Auseinandersetzung kam, nie ihre Verachtung in eine Sprache umsetzen konnte, von der Alethea zugab, daß sie sie verstand, wohingegen Alethea ein so gewaltiges Vertrauen in ihre Vornehmtuerei hatte, daß sie sogar dem banalsten Gerede eine Art von Bedeutung verlieh.

Selbst das Dach war nicht weit genug weg. Mit grimmiger Hochstimmung erstieg Boadicea den Westwindmast, legte im Windschatten des ersten Ventilatorflügels eine Pause ein, um leidenschaftslos darüber zu staunen, daß in diesen winterlichen Böen genug Wärme übrig sein konnte, um sie in das stetige Wirbeln der Metallflügel umzusetzen. War es wirklich Wärme? Oder nur die Bewegung der Gasmoleküle? Oder gab es da gar keinen Unterschied? Auf jeden Fall waren die Naturwissenschaften wunderbar.

Also vergiß Alethea, sagte sie zu sich selbst. Erhebe dich über sie. Betrachte die Wolken und bestimme die wirklichen Farben, die in ihrem gesprenkelten, leuchtenden, unheilvollen Grau enthalten sind. Sich die Welt so einrichten, daß *ihr* unerträgliches, höhnisches Gefühl nicht im Vordergrund stand — dann würde es vielleicht eine zufriedenstellende Art von Welt werden, groß und hell und voll von bewundernswerten Vorgängen, mit denen ein klarer Geist umgehen lernen konnte, so wie die Pfeiler mit dem Wind umgingen, so wie ihr Vater mit den Leuten umging, selbst mit so unlenkbaren Leuten wie Alethea und, gelegentlich, ihr selbst.

Höher stieg sie, über die höchsten Flügel hinaus zu dem kleinen Horst aus Stahlreifen auf der Spitze des Mastes. Die Winde stießen sie herum. Die Plattform schwankte. Aber sie fühlte keinen Schwindel, nur die immer stärker werdende Befriedigung, die Welt auf so ordentliche Weise ausgebreitet zu sehen. Das große Durcheinander von Worry wurde aus dieser Höhe so übersichtlich wie ein Stapel Blaupausen: die braungelben Blumenbeete und die Fünfergruppen kleiner Bäume im Privatgarten der Whitings unten auf dem Dach; dann kamen, darunter, auf stufenförmig angelegten Terrassen auf den geräumigeren Dächern der Flügel die Schwimmbecken und Spielplätze der anderen Bewohner des Komplexes; ganz weit unten, begrenzt von einem breiten, schützenden Halbmond von Garagen, Ställen und Silos, waren die Küchengärten, die Hühnerhöfe und die Tennisplätze.

Die wenigen Leute, die sie sehen konnte, schienen alle mit sinnbildlichen Aufgaben beschäftigt, wie Gestalten in einem Bild von Breughel: Kinder liefen Schlittschuh, eine Frau warf Korn für die Hühner aus, zwei Mechaniker in blauen Jacken beugten sich über den leer laufenden Motor einer Limousine, ein Mann führte einen Hund zu den Bäumen, die das westliche Pförtnerhäuschen abschirmten. Für jemanden, der auf dem Dach stand, würden diese Bäume die Grenze des Horizonts markieren, aber von diesem höhergelegenen Aussichtspunkt aus konnte man über sie hinweg bis zu der blaugrauen Zickzacklinie von Hausdächern sehen, die einst — und vor gar nicht so langer Zeit, daß Boadicea sich nicht noch selbst daran erinnern konnte — das Dorf Unity gewesen waren. Die meisten der früheren

Dorfbewohner wohnten jetzt in Worry. Ihre Holzhäuser standen während des größten Teils des Jahres leer, so viele davon überhaupt noch standen.

Es war deprimierend, wenn man daran dachte, daß eine ganze Lebensweise, ein Jahrhundert von Traditionen zu Ende gegangen war, damit eine neue Lebensart beginnen konnte. Aber was war die Alternative? Sie künstlich weiterleben zu lassen, ein gebrauchsfertiges Williamsburg? Das taten letzten Endes jetzt die Sommergäste, zumindest mit den besseren Häusern. Beim Rest waren die Weichteile entfernt worden — Metallteile, Installationsmaterial, seltsame, kleine Holzstücke —, und die Knochen hatte man stehengelassen, um sie zu einem malerischeren Aussehen verwittern zu lassen, dann würden sie zweifellos auch unter den Hammer kommen.

Es war ein trauriger Anblick, aber er war notwendig — das Ergebnis von Kräften, die zu stark waren, als daß man ihnen widerstehen konnte, auch wenn man sie mehr oder weniger liebevoll und mit Phantasie kanalisieren und formen konnte.

Worry mit seinem neonormannischen Burgcharakter, seinen außen liegenden Parks und Angern, und seiner neuartigen, sozialen Organisationsform repräsentierte sicherlich den Prozeß der Feudalisierung in seiner humansten und sozusagen demokratischsten Form. Eine Art von Utopia. Ob es letzten Endes ein Utopia für Boadicea und ihresgleichen war, darüber konnte sie sich nie klarwerden. Besitz von so viel Land und Reichtum war problematisch genug, aber darüber hinaus gab es noch die moralische Frage, welche Beziehungen man zu seinen Pächtern hatte. Nach der letzten Zählung waren es über fünfhundert. Obwohl sie es alle geleugnet hätten — und man konnte tatsächlich sehen, wie sie es abstritten, in dem Film, den Boadicea damals gemacht hatte, *als* — kam ihre Lage der Sklaverei ungemütlich nahe. Aber, so schien es, nur für Boadicea ungemütlich, denn die Warteliste qualifizierter Bewerber, die unterschreiben und einziehen wollten, war lächerlich viel größer als die Zahl voraussichtlich freiwerdender Plätze.

Kinder in der Schule horchten sie immer aus, welche Chancen sie hätten, an die Spitze der Liste gesetzt zu werden; manche hatten ihr richtige Bestechungen angeboten, wenn sie bei ihrem Vater ein gutes Wort einlegen würde. Der arme Serjeant hatte sich einmal ganz schön die Finger verbrannt, weil er ein solches Bestechungsgeschenk angenommen hatte.

Aber die Annahme, Daniel Weinreb hätte einen so korrupten Hintergedanken, wenn er ihre Bekanntschaft pflegte, war offensichtlich absurd. Diese Anschuldigung enthüllte die Grenzen von Aletheas Phantasie, denn sie konnte Daniels Ehrgeiz nicht im entferntesten Gerechtigkeit widerfahren lassen. Daniel wollte Künstler werden, ein so großer Künstler, wie es nur möglich war. Boadicea bezweifelte, ob er auch nur einen momentanen Gedanken auf die längerfristigen Möglichkeiten ihrer Freundschaft verschwendet hatte. Abgesehen von der Möglichkeit (die er heute endlich wahrnehmen wollte), Worry einen Besuch abzustatten und sich an den verschiedenen Instrumenten der Whitings zu versuchen, war es unwahrscheinlich, daß er die Bekanntschaft als besonders vorteilhaft betrachtete. Außer wegen der Gelegenheit (der wunderbaren Gelegenheit) mit einem anderen Menschen zu sprechen, der auch vorhatte, ein großer Künstler zu werden. Also schien er wirklich keine, in einem Wort, Absichten zu haben.

Dagegen bestand der größte Teil von Boas Leben aus einer endlosen Absicht. Jeden Augenblick, in dem sie nicht völlig auf die Aufgabe konzentriert war, die sie gerade erledigte, plante, probte, stellte sie sich Dinge vor, träumte sie mit offenen Augen. In bezug auf Daniel hatte sie geplant, daß sie ein Liebespaar werden sollten. Sie hatte noch kein genaues Drehbuch ausgearbeitet, wie es dazu kommen sollte. Sie war nicht einmal völlig sicher, ob ihr die Einzelheiten des Liebesvollzugs gefallen würden, denn die Pornographie, in die sie bisher hineingesehen hatte, war ihr immer ziemlich eklig vorgekommen, aber sie war sicher, sobald sie sich einmal wirklich erotisch miteinander beschäftigt hätten, würde es sehr nett sein, um nicht zu sagen hinreißend.

Daniel, so hatte sie aus verschiedenen, voneinander unabhängigen Quellen gehört, war mit einer Anzahl von Frauen „intim" gewesen (eine von ihnen war sechs Jahre älter als er und mit einem andern Mann verlobt), allerdings wollte niemand sich festlegen, ob er es mit allen wirklich bis zum Ende getan hatte. Boadicea verließ sich also darauf, daß der sexuelle Teil in Ordnung gehen würde (zumindest in ihren Tagträumen), und konnte sich daher mit dem damit verbundenen Drama beschäftigen: wie sie ganz plötzlich, aus einer Laune heraus, oder auf eine Herausforderung hin, oder nach einem Streit mit ihrer Schwester, mit Daniel davonlaufen würde, in eine unheimliche, weit entfernte Großstadt — Paris, Rom oder Toronto —, um dort ein Leben zu führen, das aufregend, elegant, tugendhaft, einfach und völlig der Kunst in ihren höchsten Ausprägungen gewidmet sein würde. Jedoch nicht, ehe sie ihren Schulabschluß hatten, denn sogar in ihren wildesten Träumen ging Boadicea mit Vorsicht zu Werke.

Eine Meile hinter Unity stieg die Straße ein kurzes Stück weit an, und man konnte zum erstenmal den grauen Eisenbetonturm von Worry sehen. Dann neigte sich die Straße, und der Turm sank zurück in konturlose Felder.

JOBST H. TELTSCHIK

Ihm war die Luft ausgegangen, seine Beine schmerzten vom zu schnellen Treten, aber jetzt, da er schon so nahe war, war es ihm psychologisch unmöglich, langsamer zu werden. Sogar der Wind, der vom Westen her blies und seinen Anorak vor ihm wie ein kleines, rotes Segel aufblähte, schien seine Fahrt beschleunigen zu wollen. Er wandte sich an der unmarkierten Kreuzung nach rechts auf den Weg, von dem jedermann wußte, daß er nach Worry führte, sauste an einem Mann vorbei, der einen Deutschen Schäferhund spazierenführte, und kam außer Atem am Pförtnerhäuschen an.

Eine Metallpforte sprang vor ihm aus der Straße hoch, eine Sirene begann zu jaulen und hörte gerade so lange auf, daß eine Tonbandstimme ihm sagen konnte, er solle aus seinem Auto aussteigen, dann fing sie wieder an. Ein Wächter in Uniform kam aus dem Pförtnerhäuschen, eine Maschinenpistole in der Hand. Überall sonst hätte das Daniel aus der Fassung gebracht, aber er war nie zuvor in Worry gewesen und nahm an, dies sei der normale Empfang, der unangemeldeten Besuchern zuteil würde.

Er griff in seine Jackentasche, um die Einladungsscheibe herauszuholen, die Boadicea ihm gegeben hatte, aber der Wächter schrie ihn an, er solle die Hände über den Kopf heben.

Er hob die Hände über den Kopf.

»Was hast du eigentlich hier zu suchen, mein Sohn?« fragte der Wächter.

»Ich will Miß Whiting besuchen. Sie hat mich eingeladen. Die Scheibe, die sie mir gegeben hat, ist in meiner Tasche.«

Der Wächter griff in Daniels Tasche und nahm die Scheibe heraus.

Daniel ließ die Hände sinken. Der Wächter schien zu überlegen, ob er das beanstanden sollte. Statt dessen ging er mit der Scheibe ins Pförtnerhäuschen, und Daniel sah ihn fünf Minuten lang nicht mehr. Schließlich stellte er sein Fahrrad auf den Klappständer und ging zur Tür des Pförtnerhäuschens. Der Wächter winkte ihm, er solle zu seinem Fahrrad zurückgehen.

»Stimmt irgend etwas nicht?« rief Daniel durch das Glas.

Der Wächter öffnete die Tür und reichte Daniel mit einem sonderbaren Lächeln den Telefonhörer. »Hier. Er will selbst mit Ihnen sprechen.«

»Hallo«, sagte Daniel in das Gitter des Mundstücks.

»Hallo«, erwiderte ein angenehmer, säuselnder Bariton. »Es scheint Schwierigkeiten zu geben. Ich nehme an, ich spreche mit Daniel Weinreb.«

»Ja, hier spricht Daniel Weinreb.«

»Das Problem ist folgendes, Daniel. Unser Sicherheitssystem besteht darauf, Sie als einen wahrscheinlich entsprungenen Sträfling zu identifizieren. Der Wächter sträubte sich verständlicherweise dagegen, Sie einzulassen. Er hätte auch unter diesen Umständen tatsächlich nicht das Recht dazu.«

»Nun, ich bin *kein* entsprungener Sträfling, das sollte wohl Ihr Problem lösen.«

»Es erklärt aber nicht, warum das Sicherheitssystem, das übernatürlich empfindlich ist, weiterhin erklärt, Sie trügen eine Pole-Williams-Pastille des Typs, wie er vom staatlichen Gefängnissystem verwendet wird.«

»Nicht die Pastille. Nur das Gehäuse dafür.«

»Aha. Solch feine Unterschiede macht unser System anscheinend nicht. Es geht mich natürlich nichts an, aber glauben Sie nicht, es wäre klüger — oder zumindest bequemer — es herausnehmen zu lassen? Dann würde eine solche Verwirrung nicht vorkommen.«

»Sie haben recht, es geht Sie nichts an. Würden Sie jetzt bitte auf den Knopf drücken, oder muß ich mich zuerst operieren lassen?«

»Aber selbstverständlich. Bitte geben Sie mir noch einmal den Wächter.«

Daniel reichte dem Wächter das Telefon und ging zu seinem Fahrrad zurück. Sobald er näher an das Pförtnerhäuschen kam, begann die Sirene wieder zu heulen, aber diesmal wurde sie abgeschaltet.

Der Wächter kam aus dem Pförtnerhäuschen und sagte: »In Ordnung. Gehen Sie nur die Straße hinunter. Der Eingang der Whitings ist der mit dem schmiedeeisernen Tor. Dort ist ein anderer Wächter, aber der erwartet Sie.«

Daniel nickte selbstgefällig über seinen kleinen Triumph.

Alethea winkte vom Fuß des Windmasts aus mit ihrem Schal Boadicea auf der Spitze zu. Seit dem Streit hatte Alethea Reitkleidung angelegt und sah jetzt mehr denn je aus wie »la belle dame sans merci«.

Boadicea winkte zurück. Sie wollte nicht herunterkommen, aber Alethea mußte einen Grund haben, um so hartnäckig zu sein, und eigentlich wollte sie sowieso herunterkommen, denn ihr Gesicht und ihre Finger waren starr vor Kälte. Der Wind und die Aussicht hatten es geschafft, sie gleichzeitig zu beruhigen und ihr ein erhebendes Gefühl zu vermitteln. Sie konnte zur Erde zurückkehren und mit Alethea in einer Stimmung sprechen, die nicht mehr als schwesterliche Streitlust war.

»Ich dachte«, sagte Alethea, die es ablehnte zu schreien, aber wartete, bis Boadicea nahe genug herangekommen war, »daß deine Geschichte, du hättest diesen Jungen hierher eingeladen, eine komplette Erfindung gewesen sei. Aber er ist tatsächlich gekommen, mit dem Fahrrad, und es scheint einige Probleme zu geben, ob er durch das Tor darf oder nicht. Ich dachte, du solltest es wissen.«

Boadicea war verblüfft. Aletheas Handlungsweise ähnelte zu sehr normaler Höflichkeit, als daß sie selbst davon hätte abweichen können. Sie mußte »Danke« sagen, und Alethea lächelte.

»Ich habe ihm aber doch eine Scheibe gegeben«, ärgerte sich Boadicea.

»Sie müssen geglaubt haben, er sehe verdächtig aus. Für mich tut er das auch.«

Innerhalb des Treppenhauses, auf dem nächstunteren Absatz, war ein Telefon. Boadicea wählte die Nummer des Pförtnerhäuschen. Der Wächter sagte, Daniel sei schon durchgegangen, mit Erlaubnis ihres Vaters.

Alethea wartete beim Lift auf sie. »Im Ernst, Bobo...«

»Sagtest du nicht vor weniger als einer Stunde, mein größtes Problem bestünde darin, daß ich immer zu ernst wäre?«

»Ja, natürlich, aber im Ernst: Was findest du an diesem Weinrebjungen? Ist es, weil er im Gefängnis war? Glaubst du, das ist so etwas Tolles?«

»Das hat nicht das geringste damit zu tun.«

»Ich will ja zugeben, daß er ganz erträglich aussieht...«

Boadicea hob herausfordernd die Augenbrauen. Daniels Aussehen verdiente auf jeder Zehnerskala mehr als eine Fünf.

»... aber schließlich ist er doch ein Vertreter der unteren Schichten, oder nicht?«

»Sein Vater ist Zahnarzt.«

»Und wie ich gehört habe, nicht einmal ein besonders guter.«

»Von wem hast du das gehört?«

»Das habe ich vergessen. Auf jeden Fall, gut oder schlecht: ein Zahnarzt! Genügt das denn nicht? Hast du denn in der Schweiz überhaupt nichts gelernt?«

»O doch. Ich habe gelernt, Intelligenz, Geschmack und gute Erziehung zu schätzen — die Eigenschaften, die ich an Daniel bewundere.«

»Gute Erziehung!«

»Ja, gute Erziehung. Fordere mich nur nicht zu Vergleichen heraus.«

Der Lift kam. Sie hatten eines der Hausmädchen erwischt, das versucht hatte, mit der Zwei in die Küche hinunterzufahren. Sie schwiegen, bis sie ausstieg. Boadicea drückte auf EG.

Alethea seufzte. »Ich finde, du benimmst dich sehr albern. Und, wenn der Tag kommt, an dem du ihn schließlich fallenläßt, sehr grausam.«

»Wer behauptet denn, Alethea, daß dieser Tag jemals kommen wird?«

Sie hatte es nur gesagt, um zu provozieren, aber als sie die Worte ausgesprochen hörte, fragte sie sich, ob sie nicht möglicherweise wahr sein könnten. War das vielleicht der Anfang ihres wirklichen Lebens? (Im Gegensatz zu dem provisorischen Leben, das sie bis jetzt geführt hatte.)

»O Bobo. Nein, wirklich!«

»Warum nicht?« fragte Boadicea ein wenig zu nachdrücklich.

»Wenn wir uns lieben.«

Alethea kicherte mit völliger Aufrichtigkeit. Schüttelte dann den Kopf als Zeichen des Abschieds und ging die Halle hinunter in die entgegengesetzte Richtung davon, auf die Ställe zu.

Es war, das mußte Boadicea zugeben, ein gewaltiges »Wenn«. Sie liebte es, sich mit Daniel zu unterhalten, sie liebte es, ihn anzusehen, denn er hatte die Art von Gesichtszügen, die eine Betrachtung vertragen können. Aber Liebe? Liebe in dem Sinn, wie sie seit Jahrhunderten von Büchern, Opern und Filmen gefeiert wurde?

Als sie ihn einmal auf seiner Zeitungsroute begleitet hatte, hatten sie aneinandergeschmiegt in einem kaputten Auto in einer dunklen Garage gesessen. Während dieser fünfzehn Minuten war es ihr wie das höchste Glück ihres Lebens vorgekommen. Sich in dieser völligen Anonymität zu entspannen. Das Schweigen und die Gerüche der Garage eines Fremden auszukosten — Rost, trockene Blätter, den Hauch alter Motorenöle. Sie hatten sich träumerisch darüber unterhalten, wie es wohl wäre, ins goldene Zeitalter der V-8-Motoren und der Superautobahnen zurückzukehren und zwei völlig durchschnittliche Teenager in einem Film über das Erwachsenwerden zu sein. Ein wunderbarer, idyllischer Augenblick, sicher, aber kaum ein Beweis dafür, daß sie sich liebten.

Sie überlegte, ob sich Daniel wohl jemals fragte, ob sie sich liebten. Sie zweifelte, ob sie den Mut aufbringen konnte, ihn danach zu fragen, und was er sagen würde, wenn sie es täte, denn er konnte doch kaum geradeheraus sagen, nein, der Gedanke sei ihm nie in den Sinn gekommen. Während sie noch mitten in diesen Überlegungen war, kam er mit seinem Fahrrad über den geharkten Kies des Halbmonds daher. Die ersten Schneeflocken des Jahres setzten sich auf sein schönes, schwarzes Haar. Seine Nase und Stirn, seine Backenknochen und sein Kinn waren geradewegs dem arrogantesten und schönsten Ghirlandaio in allen Museen der Welt entstiegen.

»Daniel!« rief sie aus, sprang die Stufen herunter, und aus der Art, wie er ihr Lächeln erwiderte, dachte sie, es sei vielleicht möglich, daß sie sich jetzt schon liebten. Aber sie begriff auch, daß es falsch sein würde, zu fragen oder auch nur Vermutungen darüber anzustellen.

Grandison Whiting war ein großer Mann mit mageren Gliedern und schmalem Gesicht, einem Pilger ähnlich, wozu sein eigener, flammender, buschiger Bart in heftigstem Kontrast stand, ein Bart von leuchtendstem Karottenorange, ein Bart, dessen sich jeder Pirat hätte rühmen können. Sein Anzug war von puritanischer Einfachheit, aber über dem gedämpften Karo der Weste hing eine Girlande von einer Goldkette, so schwer, daß sie tatsächlich in Verbindung mit, sagen wir, Hand- oder Fußfesseln, verwendbar schien. Und in den Manschetten seines Rocks glitzerten Manschettenknöpfe, mit Diamanten geziert, die größer waren, als Daniel sie je gesehen hatte, nicht einmal im Schaufenster der Filiale von Tiffany's in Des Moines, so daß Whiting zwar nicht sein Herz, aber doch sein Scheckbuch am Ärmel zu tragen schien.

Seine Manieren und sein Akzent waren auf einmalige, unnatürliche Weise sein eigen: weder britisches Englisch noch Iowadialekt, sondern eine sonderbare Mischung aus beiden, die das Säuseln des einen und das Näseln des anderen beibehalten hatte. Man fühlte sich beinahe schuldig, wenn man sagte, eine Person wie Grandison Whiting sei einem sympathisch, aber trotzdem war er Daniel nicht absolut unsympathisch. Seine Seltsamkeit war faszinierend, wie die Fremdartigkeit eines exotischen Vogels, der in einem Bilderbuch abgebildet ist, eines Reihers, Ibis oder eines Kakadu.

Was das Nest anging, das dieser seltene Vogel bewohnte, so stürzte es Daniel nicht in einen solchen Zwiespalt. Ganz Worry verursachte ihm Unbehagen. Man konnte nicht auf dem Teppich gehen oder auf den Stühlen sitzen, ohne befürchten zu müssen, man könnte irgendeinen Schaden anrichten. Und von allen Räumen, durch die Daniel geführt worden war, war Grandison Whitings Salon, wohin sie um fünf Uhr zum Tee gekommen waren, wenn nicht der großartigste so doch der eleganteste und verletzlichste. Nicht, daß Daniel zu diesem Zeitpunkt noch feine Unterschiede zwischen den Stufen des guten Tons gemacht hätte. Es war alles gleichermaßen unvorstellbar, und vor Stunden schon hatte er sein Bewußtsein vor allem verschlossen, außer vor dem ganz einfachen Gedanken, er müsse den verschiedenen Einschüchterungsversuchen von so viel Geld Widerstand leisten. Wenn man sich einmal gestattete, irgend etwas davon zu bewundern — die Löffel, die Tassen, die erlesene Milchkanne, die Zuckerdose, die Sahne, die so dick und zähflüssig war wie Gummilösung —, wo würde man dann aufhören?

Daher sperrte er es aus: er trank seinen Tee ohne Zucker und Sahne und lehnte alle Kuchen zugunsten eines trockenen Toastkringels ohne Butter ab.

Niemand drängte ihn, seine Meinung zu ändern.

Nachdem alle einander vorgestellt worden waren und man über das Wetter gejammert hatte, fragte Grandison Whiting Daniel, was er von dem Cembalo gehalten habe. Daniel (der ein wirklich altes Instrument erwartet hatte, nicht eine moderne Nachbildung, die man vor vierzig Jahren in Boston gebaut hatte) erwiderte zurückhaltend, daß nichts über ein Klavier ginge und daß der Anschlag und die beiden Manuale einige Gewöhnung erfordern würden. Was er vorher zu Boa gesagt hatte, war »phantastisch« gewesen, und was er nicht einmal zu ihr gesagt hatte, war, daß der Steinwayflügel ebenso weit über seinen Horizont hinausging wie das Cembalo (und übrigens auch die Harfe) und ebenso phantastisch im Sinne von völlig und verwirrend schön war.

Dann fragte ihn Boas Schwester Alethea (in einem weißen Kleid, das ebenso steif und glänzend war wie die Servietten), wie er es in der Wildnis von Amesville geschafft habe, Klavierstunden zu nehmen. Er sagte, er habe sich selbst unterrichtet, sie mußte das nicht für die ganze Wahrheit gehalten haben, denn sie beharrte: »Völlig?« Er nickte, aber mit einem neckisch gemeinten Lächeln. Sie war schon mit fünfzehn eine fanatische Verfechterin ihres eigenen, alles besiegenden, guten Aussehens.

Daniel fragte sich, ob nicht eigentlich sie die interessantere der beiden Schwestern sei: interessant als Gegenstand, wie eine zierliche Tasse, auf der Blumen bis in die mikroskopischen Einzelheiten hinein gemalt waren, oder wie ein Sessel mit goldenen, in fließenden Formen geschnitzten Beinen, mit der gleichen, eierschalendünnen Eleganz, der gleichen, unauslöschlichen, sofort aufflammenden Verachtung für Flegel, Bären, Tölpel und arme Teufel wie ihn, welche Daniel (mit einigem Schuldgefühl) erregend fand. Boa schien demgegenüber nur eine weitere Person zu sein, eine Konkurrentin in der Lotterie von Wachstum und Veränderung, die ihn manchmal überholte, dann wieder zurückfiel.

Kein Zweifel, das Geld der Familie lag ihr ebenso sehr im Blut wie Alethea, aber seine Wirkung auf sie war zweifelhaft, wohingegen man bei Alethea den Eindruck hatte, als habe das Geld alles andere ausgelöscht; als sei sie die Form, die das Geld annahm, wenn es in Fleisch und Blut übersetzt würde — nicht länger ein Problem, sondern nur eine Tatsache.

Alethea fuhr fort, mit wundervollem Selbstbewußtsein, angesichts der Tatsache, daß sich niemand dafür interessierte, über Pferde und Reiten zu sprechen. Ihr Vater hörte zerstreut zu, seine manikürten Finger strichen durch das Gewirr seines sagenhaften Bartes.

Alethea verstummte.

Niemand ergriff die Initiative.

»Mr. Whiting«, sagte Daniel, »habe ich vorhin vom Pförtnerhäuschen aus mit Ihnen gesprochen?«

»Ich muß es leider zugeben. Offen gesagt, Daniel, ich hoffte, ich könnte mich da herausreden. Haben Sie meine Stimme erkannt? Es scheint, als ob sie jeder erkennt.«

»Ich wollte mich nur entschuldigen.«

»Entschuldigen? Unsinn! Ich hatte Unrecht, und Sie haben mich dafür mit vollem Recht zusammengestaucht. Tatsächlich war das der Anlaß, warum ich mich, als ich den Hörer auflegte und wegen meiner Sünden errötete, entschloß, Sie zum Tee einzuladen. War es nicht so, Alethea? Wissen Sie, sie war bei mir, als der Alarm losging.«

»Die Sirenen gehen ein dutzendmal am Tag los«, sagte Boa.

»Und jedesmal ist es Fehlalarm. Vater sagt, das sei der Preis, den wir bezahlen müssen.«

»Hat es den Anschein übertriebener Vorsicht?« fragte Grandison rhetorisch. »Das ist es zweifellos. Aber es ist wahrscheinlich doch besser, in dieser Richtung zu übertreiben. Wenn Sie uns in Zukunft besuchen, müssen Sie uns vorher Bescheid geben, damit wir den Abtaster, oder wie man das Ding nennt, abschalten können. Und ich hoffe aufrichtig, daß Sie wiederkommen werden, schon um Bobos willen. Ich fürchte, sie hat sich ziemlich ... abgeschnitten? ... gefühlt, seit sie aus der großen weiten Welt jenseits von Iowa zurückgekommen ist.« Er hob die Hand, um Boas Protesten zuvorzukommen. »Ich weiß, daß es nicht meine Sache ist, das zu sagen. Aber einer der wenigen Vorteile, die man als Eltern hat, ist der, daß man sich bei seinen Kindern einige Freiheiten herausnehmen kann.«

»Das behauptet er wenigstens«, sagte Boa. »Aber in Wirklichkeit nimmt er sich so viele Freiheiten heraus, wie er kann, bei jedem, der es ihm zugesteht.«

»Es ist nett, daß du das sagst, Bobo, denn das erlaubt mir, Daniel zu fragen — Sie gestatten mir doch, Sie Daniel zu nennen, nicht wahr? Und Sie müssen Grandison zu mir sagen.«

Serjeant kicherte.

Grandison Whiting nickte seinem Sohn anerkennend zu

und fuhr dann fort: »Sie, Daniel, zu fragen (ich weiß, ich habe kein Recht dazu): Warum haben Sie sich diesen schrecklichen Apparat nicht aus ihrem Magen entfernen lassen? Sie sind dazu völlig berechtigt, nicht wahr? Soweit ich das verstehe — und ich mußte mich mit der Sache ein wenig beschäftigen, da ich offiziell im leitenden Ausschuß des staatlichen Gefängniswesens sitze —, müssen nur Sträflinge, die auf Bewährung entlassen sind, oder die wesentlich ... schändlichere Verbrechen begangen haben als Sie ...«

»Er hat«, beeilte sich Boa, ihren Vater zu erinnern, »überhaupt kein Verbrechen begangen, nach der Entscheidung des Gerichts.«

»Danke, mein Liebes, das ist genau, was ich sagen wollte. Warum, Daniel, unterwerfen Sie sich, nachdem Sie doch völlig entlastet wurden, der Unbequemlichkeit und, wie ich sagen möchte, der Peinlichkeit solcher Vorfälle, wie sie sich heute ereignet haben?«

»Oh, man lernt, wo die Alarmeinrichtungen sind. Und man geht dort nicht wieder hin.«

»Verzeihen Sie, äh, Daniel«, sagte Serjeant mit unbestimmtem Wohlwollen, »aber ich kann nicht ganz folgen. Wie kommt es, daß Sie ständig Alarm auslösen?«

»Als ich im Gefängnis war«, erklärte Daniel, »wurde mir eine P-W-Pastille in den Magen eingebettet. Die Pastille ist entfernt worden, daher kann ich uns nicht alle zufällig in die Luft sprengen, aber das Gehäuse dafür ist immer noch vorhanden, und das, oder die Metallspuren darin, löst den Alarm aus.«

»Aber warum ist es noch vorhanden?«

»Ich hätte es herausnehmen lassen können, wenn ich gewollt hätte, aber ich bin in bezug auf Operationen ziemlich heikel. Wenn man es so leicht herausbekommen könnte, wie es hineingebracht wurde, hätte ich keinerlei Einwände.«

»Ist es eine schwere Operation?« fragte Alethea und krauste die Nase in hübschem Abscheu.

»Die Ärzte sagen, nein. Aber —« Er hob die Schultern: »Des einen Freud…«

Alethea lachte.

Daniel fühlte sich immer selbstsicherer, sogar übermütig. Dies war Routine, wie er sie schon oft mitgemacht hatte, und er fühlte sich dabei immer wie die Johanna von Orleans oder wie Galilei, ein moderner Märtyrer der Inquisition. Er fühlte sich auch ein bißchen als Heuchler, denn der Grund, warum er das P-W-Gehäuse in seinem Magen behalten hatte (wie jeder erkannt hätte, der darüber nachdachte), war, daß er nicht in die Nationalgarde eingezogen werden konnte, solange er die Gefängnisdrähte in sich hatte. Nicht daß es ihm etwas ausmachte, ein Heuchler zu sein oder sich wie einer zu fühlen. Hatte er nicht in Reverend Van Dykes Buch gelesen, daß wir in den Augen Gottes alle Heuchler und Lügner sind? Das zu leugnen hieß außerdem nur, daß man sich selbst täuschte.

Trotzdem mußte irgendein molekularer Schalter in ihm auf dieses schuldbewußte Zusammenzucken reagiert haben, denn sehr zu seiner eigenen Überraschung begann Daniel, Grandison Whiting von der Korruption und den Mißhandlungen zu erzählen, die er in Spirit Lake beobachtet hatte. Das konnte, aufgrund der Tatsache, daß Whiting im leitenden Ausschuß des staatlichen Gefängniswesens saß, vielleicht etwas bewirken. Daniel redete sich den Kopf ziemlich heiß über das System der Essensgutscheine, die man kaufen mußte, einfach um am Leben zu bleiben, aber noch auf dem Höhepunkt merkte er, daß er einen taktischen Fehler machte. Grandison Whiting hörte der Einleitung mit betonter Aufmerksamkeit zu, hinter der Daniel keine Entrüstung spürte, sondern das Anspringen mehrerer Rädchen und Getriebe zu einer logischen Erwiderung.

Whiting hatte eindeutig schon von den Mißständen gewußt, die Daniel anprangerte.

Am Ende von Daniels Erzählung drückte Boa aus ganzem Herzen das Gefühl aus, daß hier Unrecht geschehe; das hätte ihn mehr befriedigt, wenn er nicht im Unterricht des Eisbergs schon so viele andere Tiraden von ihr gehört hätte. Überraschender war Serjeants Reaktion. Obwohl er nicht mehr äußerte, als, es schiene ihm nicht fair zu sein, mußte er gewußt haben, daß er damit der noch nicht ausgesprochenen Meinung seines Vaters eine Ohrfeige versetzte.

Nach einem langen, strengen Blick auf seinen Sohn erhellte sich Grandison Whitings Gesicht zu einem formellen Lächeln, und er sagte ruhig: »Gerechtigkeit ist nicht immer fair.«

»Ihr müßt mich entschuldigen«, sagte Alethea, schob ihre Tasse beiseite und stand auf, »aber ich sehe, daß Vater eine ernsthafte Diskussion anfangen will, und das ist, wie Bridge, ein Zeitvertreib, dem ich noch nie etwas abgewinnen konnte.«

»Wie du willst, meine Liebe«, meinte ihr Vater. »Ja, und wenn ihr übrigen lieber...?«

»Unsinn«, sagte Boa. »Wir fangen gerade an, uns zu amüsieren.«

Sie nahm Daniels Hand und drückte sie. »Nicht wahr?«

Daniel brachte ein »Mhm« heraus.

Serjeant nahm sein viertes Stück Kuchen vom Teller.

»Wir wollen einmal als Hypothese für diese Diskussion annehmen«, sagte Boa und goß erst Tee, dann Sahne in Daniels Tasse, »daß Gerechtigkeit immer fair ist.«

Grandison Whiting faltete die Hände über seiner Weste, direkt über der Uhrkette. »Gerechtigkeit ist immer gerecht, das sicher. Aber die Fairneß verhält sich zur Gerechtigkeit wie der gesunde Menschenverstand zur Logik. Das heißt, die Gerechtigkeit kann (und sie tut es oft) über die Fairneß hinausgehen. Fairneß läuft gewöhnlich auf eine simple, aufrichtige Überzeugung hinaus, daß die Welt geordnet sein sollte, wobei man seine eigene Bequemlichkeit im Auge hat. Fairneß ist die Sicht des Kindes von der Gerechtigkeit. Oder die Sicht eines Landstreichers.«

»O Vater, fang jetzt nicht mit den Landstreichern an.« Sie wandte sich an Daniel. »Ich weiß nicht, wie oft wir den gleichen Streit schon hatten. Immer über die Landstreicher. Sie sind Vaters Steckenpferd.«

»Landstreicher«, fuhr Whiting ungerührt fort, »im Gegensatz zu Bettlern. Leute, die die Verworfenheit als Lebensform gewählt haben, ohne mildernde Umstände wie Blindheit, Amputationen oder Geistesschwäche.«

»Menschen«, widersprach Boa, »die einfach die Verantwortung für sich selbst nicht übernehmen können. Menschen, die hilflos vor einer Welt stehen, in der es schließlich ziemlich rauh zugeht.«

»Hilflos? Das möchten sie uns glauben machen. Aber alle Menschen sind für sich selbst verantwortlich, von Natur aus. Das heißt, alle Erwachsenen. Landstreicher jedoch bestehen darauf, Kinder zu bleiben, in einem Zustand absoluter Abhängigkeit. Denke an das unverbesserlichste Wrack dieser Art, das du gesehen hast, und stelle dir vor, er sei fünf anstatt fünfundfünfzig Jahre alt. Welche Veränderung könnte man beobachten? Da steht er, zweifellos kleiner, aber in moralischer Hinsicht dasselbe, verzogene Kind, das über sein Mißgeschick jammert, sich einschmeichelt, um seinen Willen durchzusetzen, keine Pläne außer der nächsten, unmittelbaren Befriedigung hat, die es entweder durch Einschüchterungsversuche von uns erhalten will, oder, wenn das fehlschlägt, sie uns zu entlocken versucht, indem es uns von der Größe und dem Geheimnis seiner Erniedrigung erzählt.«

»Wie du vielleicht schon erraten hast, Daniel, sprechen wir nicht von einem völlig hypothetischen Landstreicher. Es gab während eines Sommers, als wir in Minneapolis waren, einen wirklichen Mann, dem ein Schuh fehlte, und der über einem Auge eine Schramme hatte, und dieser Mann hatte die Verwegenheit, Vater um einen Vierteldollar zu bitten. Vater sagte zu ihm: ‚Da ist die Gosse. Ich lade Sie ein.'«

»Sie zitiert mich falsch, Daniel. Ich sagte: ‚Ich würde viel lieber direkt spenden.' Und ließ, was ich in der Tasche hatte, in den nächsten Gully fallen.«

»Jesus«, fuhr es Daniel heraus.

»Vielleicht war die Moral zu hart, um von Nutzen zu sein. Ich gebe zu, ich hatte mehr als mein übliches Quantum Brandy nach dem Abendessen genossen. Aber es war doch eigentlich keine ungerechte Bemerkung? Er war es doch, der sich für die Gosse entschieden hatte, und er hatte sein Ziel erreicht. Warum sollte ich mich verpflichtet fühlen, seine noch weitergehende Selbstzerstörung durch Spenden zu unterstützen? Es gibt bessere Gelegenheiten.«

»Du bist vielleicht gerecht, Vater, aber fair bist du keineswegs. Vielleicht war der arme Mann einfach vom Leben besiegt worden. Kann man ihm daraus einen Vorwurf machen?«

»Wen, außer dem Besiegten, kann man für eine Niederlage tadeln?« fragte Grandison zurück.

»Die Sieger?« schlug Daniel vor.

Grandison Whiting lachte, irgendwie in der Art seines Bartes. Trotzdem wirkte es nicht völlig echt: die Wärme des Lachens war wie die Wärme einer elektrischen Spule, nicht wie die einer Flamme. »Das war sehr gut, Daniel. Das hat mir gefallen.«

»Obwohl du bemerken wirst, daß er nicht so weit geht zu sagen, daß du recht hast«, erklärte Boa. »Auch hat er kein Wort über all das Schreckliche gesagt, das du uns von Spirit Lake erzählt hast.«

»Oh, ich bin schwer festzunageln.«

»Aber wirklich, Vater, irgend etwas muß geschehen. Was Daniel beschrieben hat, ist mehr als unfair — es ist illegal.«

»In der Tat, mein Liebes, ist die Frage der Legalität dieses Vorgehens vor mehreren Gerichten durchgefochten worden, und es wurde immer entschieden, daß die Gefangenen ein *Recht* haben, sich so viele Nahrungsmittel, wie sie nur können, zusätzlich zu dem zu kaufen, was das Gefängnis stellt. Was die Fairneß oder die Gerechtigkeit betrifft, so glaube ich persönlich, daß das Gutscheinsystem eine wertvolle, soziale Funktion ausübt: es verstärkt das wertvollste und schwächste Band, nämlich das, welches den Gefangenen mit der Außenwelt verbindet, in die er ja eines Tages zurückkehren muß. Es ist viel besser, als Briefe von Zuhause zu bekommen. Einen Hamburger kann jeder verstehen; lesen kann nicht jeder.«

Daniels Entrüstung hatte sich von höflichem Schockiertsein zu voller, lodernder Empörung gesteigert. »Mr. Whiting, es ist Sünde, so etwas zu sagen! Es ist brutal!«

»Wie Sie selbst sagten, Daniel — des einen Freud...«

Er faßte sich wieder. »Abgesehen von der Tatsache, daß hier eine Situation geschaffen wird, in der die Wärter vom Elend der Gefangenen profitieren, und das, das müssen Sie zugeben, ist keine gesunde Situation...«

»Das Gefängnis ist nun einmal keine gesunde Situation, Daniel.«

»Abgesehen davon, was ist mit den Leuten, die einfach keine Bande haben, die ‚verstärkt' werden können? Und kein Geld. Es gab viele von denen. Und sie verhungerten langsam. Ich habe sie gesehen.«

»Deswegen waren sie ja dort, Daniel — damit Sie sie sehen konnten. Sie waren ein Beispiel für jeden, der irrtümlicherweise annehmen könnte, es sei möglich, alleine durch das Leben zu kommen, ohne das, was die Soziologen Urbindungen nennen. Ein solches Beispiel ist ein starker Sozialisationseinfluß. Man könnte sagen, es ist ein Heilmittel gegen Entfremdung.«

»Das können Sie doch nicht ernst meinen.«

»Aber doch. Ich gebe zu, ich hätte das vor einem öffentlichen Forum nicht ganz so deutlich ausgesprochen, aber ich glaube an das, was ich gesagt habe. Es ist nicht, wie Boa es ausdrücken würde, ‚nur Schau'. Ja, was die Frage betrifft, ob das System funktioniert, die Rückfallquoten zeigen, daß es das tut. Wenn die Gefängnisse als Abschreckung vor dem Verbrechen wirken sollen, dann müssen die deutlich unangenehmer als die Umgebungen sein, die sich außerhalb des Gefängnisses bieten. Die sogenannten humanen Gefängnisse züchteten millionenweise Verbrecherkarrieren. Seit wir vor etwa zwanzig Jahren damit begonnen haben, die Gefängnisse in Iowa zu weniger angenehmen Freizeitheimen zu machen, wurde die Zahl entlassener Sträflinge, die wegen eines zweiten Vergehens zurückkehren, enorm reduziert.«

»Sie kehren deswegen nicht ins Gefängnis zurück, weil sie Iowa sofort verlassen, wenn sie herauskommen.«

»Großartig. Ihr Verhalten außerhalb von Iowa geht uns als Mitglieder des staatlichen Ausschusses nichts an. Wenn sie sich gebessert haben, um so besser. Wenn nicht, sind wir froh, sie loszuwerden.«

Daniel fühlte sich mattgesetzt. Er erwog weitere Einwände, aber er begann zu sehen, wie man jeden davon auf den Kopf stellen konnte. Er ertappte sich dabei, wie er Whiting auf kriecherische Weise bewunderte. Vielleicht war »bewundern« ein zu starker Ausdruck. Aber eine Faszination bestand da sicherlich.

Aber kam sie (diese Faszination) von den Ideen des Mannes (die schließlich nicht so originell waren, daß sie unvergleichlich gewesen wären) oder eher daher, daß er wußte, dies war der wirkliche und einmalige Grandison Whiting, gefeiert und geschmäht in den Zeitungen und im Fernsehen? Ein Mann also, der wirklicher war als andere Menschen, lebendiger, aus einer göttlicheren Substanz gebildet, so daß sogar sein Haar röter schien als jedes andere, rote Haar, daß die Falten in seinem Gesicht ausdrucksvoller und klarer waren und die Schwingungen in seiner Stimme größere Bedeutungen trugen.

Es wurde noch weiter geredet, über weniger strittige Punkte, und es wurde sogar gelacht. Serjeant überwand seine Schüchternheit (vor seinem Vater, nicht etwa vor Daniel) so weit, daß er eine komische und ziemlich gepfefferte Geschichte über die außerehelichen Schwierigkeiten seines Analytikers erzählte. Boadicea ließ es sich nicht nehmen, von Daniels ruhmreichem Augenblick in Mrs. Norbergs Stunde zu erzählen, und sie ließ dabei den Augenblick viel großartiger erscheinen, als er wirklich gewesen war. Als dann das Gespräch merklich zu erlahmen begann, kam ein Diener herein und teilte Mr. Whiting mit, er würde dringend von Miß Marspan am Telefon verlangt.

Grandison Whiting entschuldigte sich.

Einen Augenblick später verabschiedete sich Serjeant.

»Nun«, sagte Boa gespannt, »wie findest du ihn?«

»Deinen Vater?«

»Er ist unglaublich, nicht?«

»Ja. Er ist unglaublich.« Das war alles, was er sagte, und mehr schien sie auch nicht zu erwarten.

Es hatte den ganzen Nachmittag lang stetig weitergeschneit. Es wurde vereinbart, daß Daniel im nächsten Wagen, der in die Stadt fuhr, nach Hause gebracht würde. Er mußte nur zwanzig Minuten im Pförtnerhäuschen warten (wo ein anderer und viel freundlicherer Wärter Dienst hatte) und hatte dann noch einmal Glück, weil der Wagen, in dem er fahren sollte, ein Transporter war, auf dessen Ladefläche er sein Fahrrad legen konnte.

Zuerst konnte Daniel nicht begreifen, warum der Fahrer des Lasters ihn mit so viel Bösartigkeit anstarrte, die er nicht herausgefordert hatte. Dann erkannte er ihn: Carl Mueller, Eugenes Bruder, aber, was wichtiger war, Roy Muellers ältester Sohn. Es war allgemein bekannt, daß Carl in Worry arbeitete, aber in all seinen Tagträumen, seitdem seine Freundschaft mit Boa Whiting begonnen hatte, hatte Daniel in diesem speziellen Traum noch nie geschwelgt.

»Carl!« sagte er, streifte einen Handschuh ab und streckte die Hand aus.

Carl blickte ihn finster an und behielt seine beiden, behandschuhten Hände auf dem Steuerrad.

»Carl«, beharrte Daniel. »Mensch, wie ist das lange her.«

Der Wächter stand am offenen Tor, über dem ihnen ein erleuchtetes Schild befahl, noch zu WARTEN. Er schien sie zu beobachten, obwohl dieser kleine Kampf vor den blendenden Scheinwerfern des Lasters nicht bemerkt worden sein konnte. Trotzdem schien Carl die Nerven zu verlieren, denn er gestand Daniel eine Grimasse des Erkennens zu.

WARTEN wechselte auf FREIE FAHRT.

»Mein Gott, ist das ein Schneesturm, nicht?« sagte Daniel, als sie im zweiten Gang den Pfad entlangfuhren, den die Pflüge von Worry vor nicht allzulanger Zeit freigeräumt hatten.

Carl sagte nichts.

»Der erste, richtige Blizzard in diesem Jahr«, fuhr Daniel fort und drehte sich auf seinem Sitz zur Seite, um Carls steinernes Profil direkt ansehen zu können. »Schau nur, wie es herunterkommt.«

Carl sagte nichts.

»Er ist unglaublich, nicht wahr?«

Carl sagte nichts. Er schaltete in den dritten Gang. Das hintere Ende des Lasters schlitterte auf dem glatten Schnee.

»Dieser Whiting ist unglaublich. Ein richtiger Charakter.«

In langsamem, unsymmetrischem Rhythmus schoben die Scheibenwischer den nassen Schnee auf die Seiten der Windschutzscheibe.

»Aber recht freundlich, wenn er einmal aufhört, einen als Besucher zu behandeln. Nicht, daß er sich jemals ganz gehen ließe, nehme ich an. Du müßtest das besser wissen als ich. Und er redet gerne. Und Theorien? Mehr Theorien als ein Physikbuch. Und bei einer oder zwei davon würde es ein paar Leute, die ich kenne, glatt auf ihren fetten Arsch hauen. Ich meine, er ist nicht der durchschnittliche, alltägliche Finanzkonservative, nicht so ein Republikaner in der großen, alten Tradition von Iowas ureigenem Herbert Hoover.«

»Ich weiß nicht, was für einen Blödsinn du daherquasselst, Weinreb, und es interessiert mich auch nicht. Also, warum hörst du nicht einfach auf mit dem Scheiß, wenn du nicht den Rest des Wegs mit dem Fahrrad in die Stadt fahren willst.«

»Oh, ich glaube, das würdest du nicht tun, Carl. Eine so großartige Abteilungsleiterstelle aufs Spiel setzen, wie du sie hast? Deine Freistellung vom Wehrdienst riskieren?«

»Hör zu, du gottverdammter Drückeberger, rede du mir nicht von Freistellung.«

»Drückeberger?«

»Und du weißt das auch verdammt gut.«

»So wie ich das sehe, Carl, habe ich meinen Dienst für Gott und Vaterland in Spirit Lake abgeleistet. Und wenn ich auch zugebe, daß ich nicht gerade scharf darauf bin, nach Detroit zu gehen und die guten Leute von Iowa vor gefährlichen Teenagern zu schützen, so weiß doch die Regierung, wo ich zu finden bin. Wenn sie mich haben will, braucht sie nur ein Briefchen zu schreiben und mich zu sich zu bitten.«

»Ja. Und sie wissen vermutlich, was sie tun, wenn sie keine Scheißkerle wie dich einziehen. Du bist ein verdammter Mörder, Weinreb. Und das weißt du recht gut.«

»Du kannst mich mal, Carl. Und dein Hurensohn von einem Vater auch.«

Carl trat zu plötzlich auf die Bremse. Die Hinterräder des Lasters rutschten nach rechts. Einen Augenblick lang sah es so aus, als würden sie sich um die eigene Achse drehen, aber Carl schaffte es, den Wagen abzufangen.

»Wenn du mich hier rausschmeißt«, sagte Daniel schrill, »dann bist du morgen deinen fetten Posten los. Wenn du irgend etwas anderes tust, als mich vor meiner Haustür abzusetzen, kostet dich das den Kopf. Und wenn du glaubst, das könnte ich nicht, dann warte nur ab. In jedem Fall, warte nur ab.«

»Du lausiger Dreckskerl«, erwiderte Carl leise. »Du drekkiger, jüdischer Arschkriecher.« Aber er nahm den Fuß von der Bremse.

Keiner von ihnen sagte mehr ein Wort, bis der Laster vor dem Haus der Weinrebs in der Chickasaw Avenue hielt.

Ehe Daniel aus dem Führerhaus ausstieg, sagte er: »Fahr nicht weg, ehe ich mein Fahrrad heruntergeholt habe. Ist das klar?«

Carl nickte, ohne ihm in die Augen zu sehen.

»Also dann, gute Nacht und vielen Dank fürs Mitnehmen.« Wieder streckte er die Hand aus.

Carl nahm die dargebotene Hand und drückte sie fest. »Bis bald, du Mörder.«

Seine Augen bohrten sich in Daniels Augen, und es wurde ein Kampf. In Carls Gesicht war etwas Unversöhnliches, eine Kraft des Glaubens, die alles überstieg, was Daniel jemals hätte aufbringen können.

Er blickte zur Seite.

Und dabei stimmte es gar nicht. Daniel war kein Mörder, obwohl er wußte, daß es Leute gab, die ihn dafür hielten, oder die sagten, sie hielten ihn dafür. Einerseits gefiel Daniel der Gedanke ganz gut, und er machte kleine Scherze darüber, um ihn zu bekräftigen, indem er seine Dienste als Killer anbot (im Spaß). Es war schon immer ein gewisser Glanz mit dem Kainsmal verbunden.

Der Mord hatte kurz nach Daniels Entlassung aus dem Gefängnis stattgefunden. Der Vater und der Bruder seines Freundes Bob Lundgren waren auf der Rückfahrt von einer Genossenschaftsversammlung von der Straße abgedrängt worden, man hatte sie gezwungen, sich flach in einen Graben zu legen, und sie dann erschossen. Beide Leichen waren verstümmelt worden. Der gestohlene Wagen wurde am gleichen Tag auf einem Parkplatz in Council Bluffs gefunden. Es wurde angenommen, daß die beiden Morde auf das Konto von Terroristen gingen. Es hatte während des ganzen Winters und Frühlings, ja eigentlich seit vielen Jahren, eine Welle ähnlicher Morde gegeben. Farmer, besonders strenggläubige Farmer, hatten viele Feinde. Das war der Hauptgrund, warum befestigte Dörfer wie Worry so zahlreich wurden, obwohl ihre Schirmherren behaupteten, sie wären nicht nachweislich leistungsfähiger. Nur sicherer.

Die Morde hatten im April stattgefunden, drei Wochen, ehe Bob Lundgren auf Bewährung von Spirit Lake entlassen werden sollte. Wenn man die wiederholten Drohungen gegen die beiden Opfer in Betracht zog, die er ständig ausgestoßen hatte, war es ein Glück für Bob, daß die Morde vor seiner Entlassung geschehen waren.

Dafür nahmen die Leute an, er habe jemanden angeheuert, der die Arbeit für ihn erledigte — einen Mitgefangenen, der vor ihm freigelassen worden war.

Der Grund, warum gerade Daniel in Verdacht geriet, war, daß er im folgenden Sommer für Bob Lundgren gearbeitet hatte. Er hatte große Arbeitstrupps von Häftlingen aus Spirit Lake überwacht. Es war ein phantastischer Sommer — spannungsgeladen, mit Vergnügen erfüllt und höchst lukrativ. Daniel hatte im Farmhaus gewohnt, zusammen mit Bob und den Familienmitgliedern, die noch übrig waren. Bobs Mutter blieb im ersten Stock in ihrem Schlafzimmer eingeschlossen, abgesehen von sporadischen Streifzügen in andere Räume, spät in der Nacht, bei denen sie dann Möbel demolierte und den Zorn Gottes herabbeschwor. Bob ließ sie schließlich in ein Pflegeheim in Dubuque einweisen (dasselbe, in dem auch Mrs. Norberg gewesen war). Danach waren nur noch die Witwe seines Bruders und deren zwölf Jahre alte Tochter übrig, die sich um den Haushalt kümmern mußten, was sie mit einer Art von seelenlosem Eifer taten.

Jedes Wochenende fuhren Bob und Daniel nach Elmore oder in eine der anderen Grenzstädte und betranken sich gründlich. Daniel wurde zum erstenmal in seinem Leben vernascht, und danach noch viele Male. Als früherer Sträfling (und möglicher Mörder) wurde er im allgemeinen von den Männern in Ruhe gelassen, die ihm sonst mit Freuden die Seele aus dem Leib geprügelt hätten.

Er amüsierte sich (und verdiente eine Menge Geld dabei), aber gleichzeitig glaubte er nicht an das, was geschah. Ein Teil von ihm wich immer vor diesen Geschehnissen zurück und dachte, daß all diese Leute verrückt seien — Bob, die Lundgrenfrauen, die Farmer und die Huren, die in Elmore soffen. Kein normaler Mensch würde ein solches Leben führen wollen.

Trotzdem war er wieder hingegangen, als Bob ihn im nächsten Sommer darum gebeten hatte. Das Geld war unwiderstehlich, ebenso wie die Chance, drei Monate lang ein Erwachsener zu sein statt eines Schülers der High School, denn das ist das unterdrückteste, rechtloseste und deprimierendste Leben, das es gibt.

Bob war jetzt mit einem Mädchen verheiratet, das er in Elmore kennengelernt hatte, und die Witwe seines Bruders und ihre Tochter waren ausgezogen. Statt nur am Wochenende zu saufen, taten sie das jetzt jeden Abend.

Das Haus hatte sich vom heiligen Krieg der alten Mrs. Lundgren nie ganz erholt, und Julie, Bobs zweiundzwanzigjährige Frau, ging in ihren Anstrengungen, es wiederherzustellen, nicht über den Punkt hinaus, an dem sie ein Schlafzimmer beinahe ganz tapezierte. Sie verbrachte die meisten Stunden des Tageslichts in einem betäubten Zustand der Langeweile vor dem Fernsehschirm.

Als sie einmal an einem regnerischen Augustabend auf der hinteren Veranda saßen und Erinnerungen an die gute alte Zeit in Spirit Lake austauschten, sagte Daniel: »Was wohl aus dem guten, alten Gus geworden ist?«

»Aus wem?« fragte Bob. Der Ton seiner Stimme hatte sich seltsam verändert. Daniel blickte auf und sah einen Ausdruck auf dem Gesicht seines Freundes, der seit damals im Gefängnis, wenn ihm der Gedanke an seine Familie ins Blut schoß und den Mr. Hyde in ihm zum Vorschein brachte, nicht mehr dagewesen war. Jetzt kam es wieder heraus, das gleiche, verschlossene, tückische Leuchten.

»Gus«, sagte Daniel vorsichtig. »Erinnerst du dich nicht an ihn? Der Kerl, der das Lied sang, an dem Abend, als Barbara Steiner durchdrehte.«

»Ich weiß, wen du meinst. Wie kommst du jetzt gerade auf den?«

»Wie kommt man auf irgend jemanden? Ich nehme an,

ich habe mit offenen Augen geträumt, an Musik gedacht — und da kam er mir in den Sinn.«

Bob schien über die Angemessenheit dieser Erklärung nachzudenken. Der Ausdruck auf seinem Gesicht schwächte sich zu milder Gereiztheit ab. »Was ist mit ihm?«

»Nichts. Ich habe mich nur gefragt, was in aller Welt aus ihm geworden ist. Ich fragte mich, ob ich ihn jemals wiedersehen würde.«

»Ich wußte nicht, daß er ein spezieller Freund von dir gewesen ist.«

»War er auch nicht. Aber wie er gesungen hat, das hat mich sehr beeindruckt.«

»Ja, als Sänger war er in Ordnung.« Bob entkorkte eine weitere Flasche »Korngürtel« und nahm einen langen, gurgelnden Schluck.

Sie verstummten beide und lauschten auf den Regen.

Aus diesem Wortwechsel erkannte Daniel, daß es Gus gewesen sein mußte, der Bobs Vater und Bruder ermordet hatte. Er war erstaunt, wie wenig dieses Wissen seine Gefühle für Bob oder Gus zu verändern schien. Sein einziges Anliegen war, Bobs Argwohn zu zerstreuen.

»Ich würde gerne so singen können«, sagte er. »Weißt du das?«

»Ja, ich schätze, du hast mir das durchschnittlich einmal pro Tag erzählt. Aber was ich gerne wissen möchte, Dan, warum singst du denn nie? Du brauchst doch nur den Mund aufzumachen und loszubrüllen.«

»Ich werde es tun. Wenn ich soweit bin.«

»Dan, du bist ein netter Kerl, aber du bist ebenso schlimm wie ich, wenn es darum geht, etwas auf morgen zu verschieben. Du bist noch schlimmer — du bist so schlimm wie Julie.«

Daniel grinste, entkorkte eine weitere Flasche »Korngürtel« und hielt sie prostend hoch. »Auf morgen.«

»Morgen«, stimmte Bob zu. »Und möge es sich ganz hübsch Zeit lassen, bis es kommt.«

Das Thema Gus war nie wieder angeschnitten worden.

Als Daniel Worry verlassen hatte, war es halb sieben, aber man hatte den Eindruck, als sei es schon mitten in der Nacht. Als er zu Hause war, nach der langsamen Fahrt durch den Schneesturm, hatte er nicht mehr als die aufgewärmten Überreste des Abendessens erwartet. Aber seine Mutter hatte tatsächlich mit dem Essen auf ihn gewartet. Der Tisch war gedeckt, und alle sahen sich im Wohnzimmer eine Podiumsdiskussion über die neuen Düngemittel an.

Sie hatten nicht, besonders die Zwillinge nicht, besonders bereitwillig gewartet, und noch ehe Daniel seinen Anorak ausgezogen und seinen Händen eine symbolische Wäsche im Waschbecken hatte angedeihen lassen (er sparte das Wasser für den Toilettentank), saßen sie schon alle am Tisch, und seine Mutter verteilte Portionen einer Thunfischkasserolle. Aurelia reichte den Brotteller mit einem finsteren Blick weiter. Cecelia kicherte.

»Es war nicht notwendig, mit dem Abendessen auf mich zu warten. Ich sagte doch, ich würde später kommen.«

»Fünfzehn Minuten nach sieben ist keine unmögliche Zeit zum Abendessen«, sagte Milly, mehr zu den Zwilligen als zu ihm. »In New York City zum Beispiel bekommen die Leute oft vor neun Uhr, ja sogar zehn Uhr abends nichts zu essen.«

»Ja, ja«, sagte Cecelia spöttisch.

»War es nett?« fragte sein Vater. Es war mittlerweile selten, daß sein Vater auch nur eine solche Frage stellte, denn Daniel wachte inzwischen eifersüchtig über seine Privatsphäre.

Daniel deutete mit dem Finger auf seinen Mund voll

Thunfisch und Nudeln. Die Kasserolle hatte zu lange gekocht, die Nudeln waren trocken und schwer zu schlukken. »Großartig«, brachte er schließlich heraus. »Das Klavier, du würdest es nicht glauben. Es ist praktisch so groß wie eine Tischtennisplatte.«

»Ist das alles, was du den ganzen Nachmittag lang gemacht hast?« fragte Cecelia. »Auf einem Klavier gespielt?«

»Und auf einem Cembalo. Und auf einer elektrischen Orgel. Sie hatten sogar ein Cello, aber damit konnte ich eigentlich nichts anfangen. Außer es zu berühren.«

»Hast du dir die Pferde nicht einmal angesehen?« fragte Aurelia. Sie wandte sich mit wehleidiger Stimme an Milly. »Die Pferde dort draußen sind so berühmt.«

»Vielleicht interessiert sich Daniel nicht für Pferde«, gab Milly zu bedenken.

»Die Pferde habe ich nicht gesehen, aber Grandison Whiting habe ich gesehen.«

»Tatsächlich«, sagte Milly.

Daniel nippte nachdenklich an seinem Milchtee.

»Nun?« sagte Cecelia.

»War er nett zu dir?« fragte Aurelia und kam damit gleich zum Wesentlichen.

»Ich würde nicht direkt ‚nett' sagen. Er war freundlich. Er hat einen langen, buschigen, roten Bart, und am Finger trägt er einen Ring mit einem Diamanten, der so groß ist wie eine Erdbeere.« Er zeigte die ungefähre Größe der Erdbeere zwischen Daumen und Zeigefinder. »Eine kleine Erdbeere«, schränkte er ein.

»Ich wußte, daß er einen Bart hat«, sagte Cecelia. »Das habe ich im Fernsehen gesehen.«

»Was hast du zu ihm gesagt?« fragte Aurelia.

»Oh, wir haben über eine Menge Dinge gesprochen. Ich glaube, man kann sagen, hauptsächlich über Politik.«

Milly legte verdammend ihre Gabel nieder. »O Daniel — hast du denn gar keinen Funken Verstand?«

»Es war eine interessante Unterhaltung«, verteidigte er sich.

»Ich glaube, es hat ihm Spaß gemacht. Jedenfalls hat er am meisten geredet, und Boa hat auch ihre Zunge gewetzt, wie gewöhnlich. Ich war, wie du immer wolltest, daß ich sein sollte, ein intelligenter Zuhörer.«

»Ich möchte wissen, warum er nicht über Politik sprechen soll?« fragte sein Vater. Mr. Weinrebs ausdrückliche Überzeugung war es, daß Daniels Freundschaft mit der Tochter des reichsten Mannes in Iowa nicht als außergewöhnliches Vorkommnis zu betrachten sei und keine besondere Behandlung erforderlich mache.

»Schon gut«, sagte Milly, »es ist ganz in Ordnung.« Sie war in der Angelegenheit nicht der gleichen Meinung wie ihr Mann, aber sie wollte jetzt noch keine Streitfrage daraus machen.

»Cecelia, du ißt auch die Erbsen.«

»Erbsen haben Vitamine«, sagte Aurelia selbstgefällig. Sie war schon bei ihrer zweiten Portion.

»Wie bist du nach Hause gekommen?« wollte sein Vater wissen.

»Ein Lastwagen fuhr in die Stadt. Sie hielten ihn am Tor auf. Wenn der nicht gerade vorbeigekommen wäre, hätten sie mich in einer Limousine zurückgebracht.«

»Gehst du nächsten Sonntag wieder hin?« fragte Aurelia.

»Wahrscheinlich.«

»Du solltest es nicht übertreiben, Daniel«, sagte Milly.

»Sie ist meine Freundin, Mama. Sie kann hierherkommen. Ich kann hingehen. So einfach ist das. Stimmt's?«

»Gar nichts ist so einfach.«

»Warum lädst du sie nicht hierher zum Abendessen ein?« schlug Aurelia vor.

»Sei nicht albern, Aurelia«, schalt Milly. »Ihr benehmt euch alle, als sei Daniel vorher nie außer Haus gewesen. Und übrigens war da ein Anruf für dich, Daniel.«

»Ich war am Apparat«, sagte Cecelia. »Es war ein Mädchen.« Sie wandte Daniels eigene Taktik gegen ihn an und wartete darauf, gefragt zu werden.

»So? Wer denn?«

»Sie wollte ihren Namen nicht sagen. Aber für mich klang es wie das alte Drahtmaul.«

»Spotte nicht über Leute mit Zahnspangen«, sagte ihr Vater scharf. »Eines Tages wirst du sie wahrscheinlich auch haben müssen.«

»Und iß deine Erbsen«, fügte Milly hinzu.

»Sie sind angebrannt.«

»Sie sind nicht angebrannt. Iß sie.«

»Ich werde mich übergeben müssen.«

»Das ist mir egal. Iß sie.«

»Was wollte sie, das Mädchen, das angerufen hat?«

Cecelia starrte böse auf ein teelöffelgroßes Häufchen Erbsen in einer klebrigen, weißen Sauce.

»Sie wollte wissen, wo du warst. Ich sagte, du seist fortgegangen, aber ich wüßte nicht, wohin. Jetzt wünschte ich, ich hätte es ihr doch gesagt.«

Daniel reichte mit seinem Löffel hinüber und nahm alle bis auf drei von den Erbsen. Ehe Milly ein Wort sagen konnte, hatte er sie gegessen.

Cecelia lächelte ihn dankbar an.

Unten in seinem eigenen Zimmer mußte Daniel entscheiden, ob sein Herumspielen mit den Instrumenten in Worry als Üben galt, und ob er folglich das Recht hatte, seine Stunde mit Hanon's *Klaviervirtuosen* ausfallen zu lassen. Er entschied, daß es nicht zählte und daß er daher das Recht nicht hatte.

Als er die ersten fünfzehn Etüden hinter sich hatte — mehr konnte er in einer Stunde nicht schaffen — fiel die nächste Entscheidung leichter. Er würde seine Chemiehausaufgaben *nicht* machen, und er würde auch den Roman von Will Cather für englische Literatur *nicht* lesen.

Er würde das Taschenbuch lesen, das ihm Boa gegeben hatte. Es war eigentlich mehr ein Flugblatt als ein Taschenbuch, auf einem Papierbrei gedruckt, den man so oft wiederaufbereitet hatte, daß es ein Wunder war, daß er die Pressen unverletzt überstanden hatte.

Die weißen Buchstaben des Titels leuchteten durch einen Hintergrund aus Tinte:

*Wie Sie sich verhalten müssen,*
*um sich*
*zu der Persönlichkeit*
*zu entwickeln,*
*die Sie werden wollen!*

Der Name des Autors erschien weder auf dem Umschlag, noch auf der Titelseite. Der Verlag war die *Geistige-Entwicklungs-Gesellschaft* von Portland, Oregon.

Boa hatte das Buch von ihrem Bruder Serjeant bekommen, der es seinerseits von einem Zimmergenossen im College hatte. Das Buch hatte Serjeant dazu gebracht, aus dem College auszuscheiden und (für kurze Zeit) Boxunterricht zu nehmen. Es hatte Boa dazu gebracht, ihr Haar kurzgeschnitten zu tragen (inzwischen war es wieder nachgewachsen) und jeden Morgen um sechs Uhr aufzustehen und Italienisch zu lernen (was sie, zu ihrem eigenen Erstaunen und dem aller anderen immer noch tat). Daniel glaubte, er tue schon annähernd sein Bestes, um langsam und stetig auf seine größeren Lebensziele zuzusteuern, aber er war sich nicht so sicher, ob seine Persönlichkeit nicht eine

Verbesserung vertragen könnte. Auf jeden Fall hatte Boa darauf bestanden, daß er es lesen sollte.

Daniel war von Natur aus ein schneller Leser. Er hatte das Buch bis zehn Uhr ausgelesen. Er hielt ganz allgemein nicht viel davon. Es war Selbsthilfe auf einem ziemlich niedrigen Niveau, mit vielen Wahlsprüchen, die man sich immer wieder vorflüstern sollte, um sich selbst zu motivieren. Aber er begriff, warum Boa gewollt hatte, daß er es las. Es war wegen des Zweiten Gesetzes der Mechanik geistiger Entwicklung, das zum erstenmal auf Seite 12 auftauchte (wo es dick mit Kugelschreiber unterstrichen war) und dann viele Male durch das ganze Buch hindurch wiederholt wurde.

Das Zweite Gesetz der Mechanik geistiger Entwicklung lautet wie folgt: »Wenn du etwas willst, mußt du es dir nehmen. Wenn du es dringend genug willst, wirst du das auch tun.«

## 10

Trotz des Zweiten Gesetzes der Mechanik geistiger Entwicklung dauerte es einige Zeit, bis dieses stillschweigende Versprechen erfüllt werden sollte. Boa ließ sich nicht sofort überzeugen, daß ihre Jungfräulichkeit zu den Dingen gehören sollte, die von demjenigen genommen wird, der sie dringend genug will. Als Daniel sie dann herumgekriegt hatte, Anfang April, wurde er ungewohnterweise von technischen Schwierigkeiten verfolgt. Aber man fand einen Weg, und sie wurden, genau wie Boa es sich vorgestellt hatte, und genau wie auch Daniel es sich vorgestellt hatte, ein Liebespaar.

Im Juni stand Daniel vor einer unangenehmen Entscheidung; das bedeutet, vor einer wirklichen Entscheidung. Während des ganzen Schuljahres hatte er voll Vertrauen erwartet, in Mrs. Norbergs Gesellschaftslehrekurs durchzufallen, aber als die Noten bekanntgegeben wurden, kam er mit einer Zwei heraus (derselben Note wie Boa), die beinahe ein Wunder war. Ganz plötzlich wurde es möglich, Bob Lundgrens noch bestehendes Angebot anzunehmen, diesen Sommer wieder auf seiner Farm zu arbeiten. Achtzehn Wochen zu zweihundertdreißig Dollar die Woche, das bedeutete mehr als viertausend Dollar. Selbst wenn man die Wochenendausgaben für die Gelage in Elmore mit einrechnete, und einen weiteren Posten für irgendeine Art von Motorrad, um weiterhin in Worry Besuch machen zu können, hätte dieser Job doch einen größeren Batzen Geld bedeutet, als er sonst auf jede andere Weise hätte beiseite legen können. Die Tatsache blieb jedoch bestehen, daß er eigentlich gar nicht so viel Geld brauchte. In seinem übertriebenen Stolz hatte er sich nur bei einem College beworben, dem Bostoner Konservatorium. Er hatte nicht erwartet, angenommen zu werden (höchstens in der idiotischen Weise, in der er immer halb erwartete, daß sich seine Wünsche erfüllten), und er war auch nicht angenommen worden. Man hatte ihm seine Bänder zurückgeschickt mit einem Brief, der ihm ganz offen sagte, sein Spiel entspreche in keiner Weise den minimalsten Anforderungen des Konservatoriums.

Inzwischen war Boa bis auf eine von allen acht Schulen angenommen worden, bei denen sie sich beworben hatte. Daher bestand ihr Plan für das nächste Jahr darin, daß Daniel sich ein Zimmer und irgendeine Art von Arbeit in der Nähe des College suchen sollte, für das sich Boa entscheiden würde. Harvard schien das wahrscheinlichste, denn vielleicht würde man Daniel beim nächsten Versuch im Konservatorium aufnehmen, und inzwischen könnte er anfangen, Gesangsstunden zu nehmen, nachdem Boston schon so musikalisch war.

Was den gerade vor ihm liegenden Sommer anging, so hatte Daniel erwartet, in Amesville zu bleiben, um seine unvermeidliche Sechs in Gesellschaftslehre aufzubessern, die angenehme Seite dabei wäre gewesen, daß er Boa so ziemlich jeden Tag, an dem er wollte, hätte sehen können. Auch wollte Boas Lieblingstante aus London Worry einen langen Besuch abstatten, und diese Tante, Miß Harriet Marspan, war Musikliebhaberin im alten Sinne, das heißt, sie tat nichts anderes und kümmerte sich um nichts anderes — und das nur um der Musik selbst willen, ohne je darüber nachzudenken, wohin sie führen oder welchen Gewinn sie bringen mochte.

Boa war der Meinung, sie spiele mit ungewöhnlicher Fertigkeit und unvorstellbarem Verständnis. Die drei sollten zusammen das Marspan-Iowa-Konsortium bilden, und Boa hatte für diesen Anlaß schon eine Art Begrüßungstransparent zusammengenäht und es quer über die ganze Breite des Musikzimmers gehängt.

Wenn jedoch Daniel zu Bob Lundgren zur Arbeit ging, würde aus dem Marspan-Iowa-Konsortium nicht mehr werden als ein altes rosa Laken, auf dem eine Auswahl von Baumwollfetzen aufgestichelt war. Wenn er aber blieb, was würde er erreichen? Trotz all ihrer Vortrefflichkeit glaubte er nicht, daß Miß Marspan eine natürliche Verbündete sein würde. Sogar ihre Hingabe an die Musik verursachte ihm Unbehagen, wenn er darüber nachdachte, denn wie sollte Daniel vor den Maßstäben musikalischer Leistung bestehen können, die in einer der musikalischen Hauptstädte der Welt gebildet worden waren? Sie würde ihn verreißen wie ein zweiter Marsyas.

Aber andererseits, irgendwann würde er den Sprung einmal wagen müssen; er mußte aus dem Zuschauerraum heraus und sich dem Chor auf der Bühne anschließen. Aber: und doch: aber andererseits — die Fragen und Einschränkungen vervielfachten sich bis ins Unendliche.

Dabei hätte die Entscheidung ihm eigentlich nicht schwerfallen sollen. Aber andererseits.

Am Abend, ehe er Bob Lundgren endgültig zu- oder absagen mußte, kam Milly mit einer Kanne Kaffee und zwei Tassen in sein Zimmer herunter. Sie ging nur ganz wenig um den heißen Brei herum und fragte ihn (noch ehe sie den Kaffee eingeschenkt hatte), was er tun würde.

»Ich wollte, ich wüßte es«, antwortete er.

»Du wirst dich bald entscheiden müssen.«

»Ich weiß. Und das ist so ungefähr alles, was ich weiß.«

»Ich bin die letzte, die dir raten würde, eine Chance aufzugeben, so viel Geld zu verdienen wie letzten Sommer. Es ist doppelt so viel, wie du wert bist.«

»Und noch mehr«, stimmte er zu.

»Außerdem sollte man auch an die Erfahrung denken.«

»Sicher, die Erfahrung ist etwas wert.«

»Ich meine, es könnte zu mehr von der gleichen Sorte führen, Dummkopf. Wenn du diese Art von Arbeit für deinen Lebensunterhalt weitermachen willst, und Gott weiß, heutzutage, in diesen Zeiten, ist das so ziemlich die einzige Art von Arbeit, die eine gesicherte Zukunft bietet.«

»Mhm. Aber es ist nicht das, was ich mir vorstelle. Nicht für immer.«

»Das habe ich mir schon gedacht. Es läuft also darauf hinaus — entschuldige, wenn ich es so schonungslos sage —, ob du ein großes Risiko eingehen willst.«

»Risiko?«

»Das brauchte ich dir doch nicht auszudeutschen, Danny. Ich bin nicht blöd. Und ich bin nicht von vorgestern.«

»Ich weiß immer noch nicht, was du meinst.«

»Um Himmels willen, ich weiß doch, daß du mit Miß Whiting hier nicht die ganze Zeit nur Duette singst. Man kann das Klavier im ganzen Haus hören — wenn jemand darauf spielt.«

»Willst du dich beklagen?«

»Würde das etwas nützen? Nein, ich finde es sogar *wundervoll,* wenn zwei junge Leute so starke, gemeinsame Interessen haben.« Sie grinste anklagend. »Und was ihr hier unten anstellt, geht mich nichts an.«

»Danke.«

»Ich sage daher nur eines: Wer nicht wagt, der nicht gewinnt.«

»Du meinst also, ich sollte diesen Sommer lieber in der Stadt bleiben?«

»Sagen wir so, ich würde es dir nicht übelnehmen, wenn du dich ein wenig amüsieren willst. Und ich werde dafür sorgen, daß Abe das auch nicht tut.«

Er schüttelte den Kopf. »Es ist nicht so, wie du glaubst, Mama. Ich meine, ich mag Boa und alles, aber keiner von uns hält viel von … äh …«

»Von der Ehe?«

»Das hast du gesagt, nicht ich.«

»Nun, offen gestanden, in deinem Alter habe ich auch nicht viel davon gehalten. Aber jeder, der über die Straße geht, kann von einem Auto überfahren werden.«

Daniel lachte. »Wirklich Mama, du siehst das alles ganz verkehrt. So wie ich es sehe, besteht die wirkliche Entscheidung darin, ob ich es mir leisten kann, das Geld abzulehnen, das Bob mir bietet, nur um ein wenig Spaß zu haben.«

»Geld ist ein Argument, das stimmt. Gleichgültig, wie nett sie sind oder wie rücksichtsvoll, reiche Leute veranlassen einen immer, mehr auszugeben, als man sich eigentlich leisten kann. Ich glaube manchmal, das ist ihre Methode, uns übrige auszumerzen. Und ich sage das aus eigener, bitterer Erfahrung.«

»Mama, so ist es nicht. Ich meine, man kann in Amesville gar nicht so viel Geld ausgeben. Noch viel weniger in Worry.«

»Schon gut. Ich lasse mir gerne das Gegenteil beweisen. Aber wenn du ein paar Dollar brauchen solltest, um über die Runden zu kommen, werde ich sehen, was sich machen läßt.«

»Das ist reizend von dir. Glaube ich.«

Milly sah erfreut aus. »Noch einen Rat, dann überlasse ich dich deinem Dilemma. Es geht darum — ich nehme an, einer von euch trifft geeignete Vorsichtsmaßnahmen.«

»Hm. Ja. Normalerweise schon.«

»Immer. Weißt du, bei reichen Leuten funktioniert das alles anders. Wenn ein Mädchen merkt, daß es schwanger ist, dann kann es Urlaub machen und sich aus seiner Verlegenheit helfen lassen.«

»Himmel, Mama, du glaubst doch hoffentlich nicht, ich hätte geplant, Boa ein Kind anzuhängen. Ich bin doch nicht blöd.«

»Nur zur Vorsicht. Aber wenn ich jemals nicht hinsehen sollte, du findest alles, was du brauchst, in der linken, oberen Schublade der Kommode. Ich selbst hatte in letzter Zeit, aber das bleibt streng unter uns, nicht allzuviel Verwendung dafür.«

»Mama, du bist wirklich die Größte.«

»Man tut, was man kann.« Sie hielt die Kaffeekanne hoch.

»Willst du?«

Er schüttelte den Kopf, dann überlegte er es sich anders und nickte, schließlich entschied er sich endgültig dagegen und sagte nein.

Obwohl sie dreimal verheiratet gewesen war, schien Miß Harriet Marspan mit siebenunddreißig Jahren der Inbegriff der Altjüngferlichkeit zu sein, ihre Göttin oder Schutzheilige neigte aber eher zum Typ der Jägerin als zu dem der jungfräulichen Märtyrerin. Sie war eine große, kräftig aussehende Frau mit frühzeitig ergrautem Haar und scharfen, abschätzenden grauen Augen. Sie kannte all ihre guten Seiten und die grundlegenden Möglichkeiten, sie zu betonen, aber nichts, was sie tat, konnte die ursprüngliche Kühle kompensieren, die von ihr ausströmte wie vom Eingang eines Eiskellers. Miß Marspan war sich dessen nicht bewußt, sie war sogar der Meinung, sie sei ein recht lustiger Mensch. Sie hatte ein silbriges, wenn auch nicht ansteckendes Lachen, einen scharfen Witz, das absolute Gehör und eine unerschöpfliche Konzentrationsfähigkeit.

Boa war während der Zeit ihres Exils in Vilars zu ihrer Lieblingsnichte geworden. Miß Marspan hatte sie dort, obwohl sie nicht Ski fuhr, in der Hochsaison einige Male besucht. Zusätzlich hatte Boa zweimal die Ferien bei Miß Marspan in deren Wohnung in Chelsea verbracht und war während dieser Besuche jeden Abend in die Oper, in Konzerte und zu privaten Musikveranstaltungen geführt worden. An der Tafel von Lord und Lady Bromley (Bromley war ein wichtiger Fernsehproduzent) hatte Boa zwischen der Komponistin Lucia Johnstone und dem großen Kastraten Ernesto Rey gesessen. Und während der ganzen Zeit hatten sie mit endloser Geduld, mit unendlicher Vorsicht, mit köstlicher Feinfühligkeit das eine Thema verfolgt, für das sich Miß Marspan zu interessieren geruhte — musikalischen Geschmack.

Was die Musik an sich betraf, so fand Boa, daß Miß Marspan für eine Frau mit so entschiedenen Ansichten seltsamerweise wenige Vorlieben hatte. Sie konnte (zum Beispiel) die feinsten Unterscheidungen zwischen den verschiedenen Interpretationen eines Liedes von Duparc treffen, aber am Lied selbst schien sie wenig interessiert, es war nur eine Zusammenstellung von Vokalen und Konsonanten, die in Übereinstimmung mit den Regeln der französischen Phonetik produziert werden mußten. »Musik«, so sagte sie gerne, *»bedeutet* überhaupt nichts.« Und doch war die Musik, die sie am meisten liebte, die Musik Wagners, und sie war eine unerschöpfliche Informationsquelle über das damit verbundene Bühnengeschehen, dessen sie während verschiedener Aufführungen des *Rings* Zeuge geworden war. Daniel fand das verwirrender als Boa, die von ihrem Vater her an ähnliche Zweideutigkeiten gewöhnt war. Boa bestand darauf, daß es einfach eine Frage des Alters sein müsse: nach einer gewissen Zeit hielt man das grundlegend Erstaunliche an der Kunst für selbstverständlich, etwa so, wie man das Aufgehen der Sonne am Morgen und ihren Untergang am Abend für selbstverständlich nahm. Als Theorie konnte Daniel das nicht widerlegen, aber er war auch nicht überzeugt davon.

Er mochte Miß Marspan nicht und mißtraute ihr, wobei er sich aber bemühte, einen guten Eindruck auf sie zu machen. In ihrer Gegenwart benahm er sich, wie er es in einer Kirche getan haben würde, er bewegte sich langsam, sprach überlegt und sagte nichts, was ihren feststehenden Grundsätzen vielleicht hätte widersprechen können. Nie drückte er zum Beispiel seine tiefempfundene Überzeugung aus, daß Raynor Taylors Musik ein alter Hut sei; ebenso hielt er sich in der Frage der mährischen Hymnen des kolonialen Amerika zurück. Nach einiger Zeit begann ihm die Hymne sogar zu gefallen. Das Marspan-Iowa-Konsortium unternahm nie etwas, das Daniel als ernste Musik betrachtete, was gleichzeitig eine Enttäuschung und eine Erleichterung bedeutete. Trotz all seines Übens und seiner Vorbereitungen in den vergangenen zwei Jahren (jetzt schon mehr als zwei Jahren), wußte er, daß er nicht zu mehr fähig war als zu den Rundgesängen, Liedchen, Klimpereien und Kanons, die Miß Marspan mit Hilfe der Datenbrücken der Bücherei so findig aus verschiedenen Musikbibliotheken im ganzen Lande ausgrub.

Obwohl er es Boa nicht sagte, nicht einmal, nachdem Miß Marspan wieder fort war, schämte sich Daniel. Er wußte, daß er irgendwie am Verrat seiner eigenen Prinzipien mitgewirkt hatte. Die Entschuldigung, die er sich damals ausgedacht hatte — daß die Stunden des Geplauders mit Miß Marspan so leer gewesen waren, daß sie nicht mehr bedeuteten als das Schweigen, das er in Mrs. Norbergs Klassenzimmer bewahrt hatte —, war nur riesengroßer Quatsch. Was er schlicht und einfach getan hatte, war, ihr in den Arsch zu kriechen. Es stimmte also mit dem Geld: wenn man es nur mit dem kleinen Finger berührte, begann es schon, einen zu korrumpieren.

Eines Abends, als er, von sich selbst angeekelt, nichts anderes mehr wollte als wieder der Mensch zu sein, der er vor einem Jahr gewesen war, rief er Bob Lundgren an, um zu erfahren, ob er seinen alten Posten wiederhaben konnte, aber der war natürlich schon lange vergeben. Bob war betrunken, wie in diesen Tagen üblich, und bestand darauf, sich am Telefon weiter zu unterhalten, obwohl ihm Daniel sagte, er könne sich das nicht leisten. Bob machte ein paar spöttische Bemerkungen, zuerst über Daniels vermutliche Schwächen, dann über Boa direkt. Man sollte wohl glauben, er versuche, nach Art der Umkleidekabinenwitze lustig zu sein, aber seine Spötteleien wurden immer offensichtlicher gehässig.

Daniel wußte nicht, was er sagen sollte. Er saß nur da, auf der Kante des Betts seiner Eltern (dort stand das Telefon), hielt den schweißnassen Hörer und fühlte sich immer elender. Ein grollerfülltes Schweigen entstand zwischen ihnen, als Daniel schließlich aufhörte, den Belustigten zu spielen.

»Nun, Dan, alter Knabe, wir sehen uns wieder«, sagte Bob schließlich.

»Ja.«

»Tu nichts, was ich nicht auch tun würde.«

»Aber ganz sicher nicht«, sagte Daniel in einem Tonfall, der verletzend wirken sollte.

»Und was, zum Teufel, soll das heißen?«

»Das sollte heißen, daß ich da eine Menge Spielraum hätte. Es war ein Witz. Ich habe über alle deine Witze gelacht, du solltest auch über ein paar von den meinen lachen.«

»Ich fand den Witz nicht sehr lustig.«

»Dann sind wir quitt.«

»Fahr ab. Weinreb.«

»Kennst du den mit der Nymphomanin, die einen Alkoholiker geheiratet hat?«

Ehe Bob darauf antworten konnte, legte Daniel auf. Und das war, ziemlich eindeutig, das Ende dieser Freundschaft. Soweit es je eine Freundschaft gewesen war.

Eines Tages, während der grausamsten Zeit im August, gerade nachdem die Zwillinge mit einem Dutzend anderer Pfadfinderinnen zu ihrem ersten Sommerlager aufgebrochen waren, kündigte Milly an, daß sie nach Minneapolis fahren würde, um eine ganze Woche lang ins Kino zu gehen, Einkaufsbummel zu machen und genüßlich zu faulenzen. »Ich habe es satt«, erklärte sie, »in einer gemieteten Hütte Moskitos zu erschlagen, während Abe verschwindet, um die Wellen im Teich anzustarren. Das ist nicht meine Vorstellung von Urlaub, und sie ist es auch nie gewesen.« Daniels Vater, der tatsächlich wieder einen Angelurlaub

JOBST H. TELTSCHIK

geplant hatte, gab nach, ohne auch nur den Versuch zu machen, zu einem Kompromiß zu kommen. Wenn nicht, was aber wahrscheinlich schien, die Verhandlungen hinter den Kulissen stattgefunden hatten, und die offizielle Kapitulation beim Abendessen nur Daniels wegen angesetzt worden war. Das Ergebnis der Reise seiner Eltern war, daß Daniel, der oft zum Mittag- und Abendessen zu Gast gewesen war, jetzt eingeladen wurde, die ganze Woche in Worry zu verbringen, während der sie fortbleiben sollten.

Er hatte geglaubt, inzwischen könne ihn nichts mehr erschüttern, er hätte genug vom Pomp und der Pracht dort kennengelernt, sie oft genug berührt und gekostet, so daß ein länger dauerndes Ausgesetztsein ihn jetzt nicht mehr beeinflussen könnte. Aber er war doch erschüttert, und der Einfluß war beträchtlich. Man gab ihm das Zimmer neben Boas, das noch aus der Zeit von Miß Marspans Besuch mit einer großartigen Stereoanlage ausgestattet war, einschließlich einer Hammondorgel, auf der er (mit Kopfhörern) zu jeder Tages- und Nachtzeit spielen konnte. Die Höhe der Decke, wenn er in seinem Bett lag, die noch gewaltigere Höhe der Fenster, die bis auf Zentimeter an die Stuckleisten heranreichten, die Aussicht aus diesen Fenstern über einen kleinen Wald aus gesunden Ulmen — die größte Ansammlung von Ulmen, die es in Iowa noch gab —, der polierte Glanz der Rosenholz- und Kirschbaummöbel, die hypnotisierend komplizierten Muster der Teppiche (es gab drei davon), die Stille, die Kühle, das Gefühl, daß jeder Wunsch endlos und mühelos erfüllt würde: es war schwer, von solchen Dingen eine psychologische Distanz zu wahren, schwer, sie nicht zu begehren. Man wurde ständig gestreichelt, liebkost, verführt — vom Duft und dem Gleiten der Seife, von den Laken auf dem Bett, von den Farben der Bilder an der Wand, den gleichen, lackähnlichen Farben, die in seinem Kopf aufzischten, wenn er während des Orgasmus die Augen zudrückte: Rosa, das sich zu Rosenrot vertiefte, fließende Blautöne, Mauve und Lavendel, Resedagrün und Zitronengelb. Wie Kurtisanen, die vorgeben, nur Matronen von einer gewissen Eleganz zu sein, so hingen diese Gemälde in ihren geschnitzten Goldrahmen an den Damastwänden, ganz als seien sie, wie sie vorgaben, nur unschuldige Obstschalen und Farbwirbel. In Wirklichkeit waren sie alle miteinander nur eine einzige Anstiftung zur Vergewaltigung.

Wohin man schaute: Sex. Er konnte an nichts anderes mehr denken. Er saß beim Abendessen, sprach über irgend etwas (oder, was wahrscheinlicher war, er hörte zu), und der Geschmack der Sauce auf seiner Zunge wurde eins mit dem Geschmack Boas vor einer Stunde, als sie sich geliebt hatten, ein Geschmack, der ganz plötzlich überwältigt werden konnte, direkt hier am Tisch, von einem Krampf totaler Lust, der Daniel das Rückgrat versteifte und sein Denken lähmte. Er blickte Boa an (oder ebenso Alethea), und seine Phantasie begann, auf Touren zu kommen, bis er sie nicht mehr beherrschen konnte, bis nichts mehr in seinem Kopf war als das Bild, gewaltig und undifferenziert, von ihrer Vereinigung. Nicht einmal wirklich ihrer eigenen Vereinigung, sondern eine allumfassende Abstraktion, ein körperloser Rhythmus der Glückseligkeit, dem sogar die Flammen der Kerzen gehorchten.

Es war das gleiche, wenn sie Musik hörten. Er hatte in irgendeinem Ratgeber, den ihm Mrs. Boismortier geliehen hatte, gelesen, es sei nicht gut, zu viele Schallplatten zu hören. Der Weg, zu entdecken, worum es bei einem Musikstück ging, war, es selbst zu spielen oder, wenn das nicht möglich war, es live gespielt zu hören. Die Gewohnheit, Schallplatten zu hören, sei eine Form der Selbstbeschimpfung. Aber, ah, für diese Gewohnheit spricht doch eine ganze Menge. Herrgott, was für Musik hörten sie in dieser Woche! Welche Genüsse teilten sie! Welche Fingerwirbel, welche Rhythmen und Verzierungen, welch erstaunliche Übergänge zu welchen Seufzern und welchem Lächeln und welch geheimer Sympathie wurden da plötzlich deutlich wie im hellsten und klarsten Spiegel!

Es dämmerte Daniel, daß genau das alles Liebe bedeutete. Deswegen machten die Leute ein solches Getue darum. Darum sagten sie, daß die Liebe die Welt bewegte. Es stimmte! Er stand mit Boa auf dem Dach des Turmes von Worry und sah zu, wie die Sonne über dem grünen Leib der Erde aufging und fühlte, daß er auf unaussprechliche Weise mit ihr Teil eines einzigen Prozesses war, der in jenem weit entfernten Glutofen begann, wo Atome in Energie umgewandelt wurden. Er hätte nicht erklären können, warum das so war, auch konnte er dieses höchste Gefühl dieser einhüllenden Liebe nicht länger als einen Augenblick lang festhalten, diesen einen Augenblick, als er gefühlt hatte, wie Nadeln aus Licht sein und Boas getrenntes Fleisch durchbohrten und ihre Körper wie zwei Fäden in das verschlungene Gewebe des Überflusses jenes Sommers eingewoben hatten. Es war nur ein einziger Augenblick gewesen, und er war vergangen.

Aber jedesmal, wenn sie sich liebten, war es, als bewegten sie sich wieder auf diesen Augenblick zu, erst langsam, dann plötzlich war er wieder da, erstand er in seiner gewaltigen Majestät in ihnen, und immer noch steigerte sich das Delirium, während sie mühelos von einem Gipfel zum nächsten gingen, erhaben, jubelnd, verbannt von der Erde, frei von der Schwerkraft und den Gesetzen der Bewegung. Es war der Himmel, und sie hatten die Schlüssel dazu. Wie hätten sie sich weigern können, zurückzukehren, selbst angenommen, sie hätten das gewollt?

## 11

Spät am letzten Abend seines Aufenthaltes in Worry, als er gerade von Boas Zimmer in sein eigenes zurückkehren wollte, wurde Daniel auf dem Korridor von Roberts, Mr. Whitings Kammerdiener, angehalten. In vertraulichem Flüstern sagte Roberts, Mr. Whiting hätte gerne ein Wort mit Daniel in seinem Büro gesprochen. Würde er bitte mitkommen? Der Einwand, er sei nicht richtig angezogen, um Mr. Whiting zu besuchen, schien sinnlos, also ging er, in Bademantel und Hausschuhen, in den Salon, wo er bei seinem ersten Besuch mit der Familie Tee getrunken hatte, dann durch eine Art von Schleusenkammer, die diesen Raum mit dem inneren Gelaß verband, ein versiegelter Korridor mit sich drehenden Motoren, blinkenden Lichtern und exzentrischen Uhrwerksapparaten. Er fragte sich, während er durch diese Feenfalle ging, ob sie wohl je wirklich dem Zweck gedient hatte, für den sie gebaut worden war. Gab es hier, verirrt in der ständigen Drehbewegung dieser verschiedenen Karusselle, oder gefangen in den immer wiederkehrenden Dezimalstellen einer Datenbank unter seinen Füßen, Seelen, die in die Falle gegangen waren und jetzt nicht mehr in ihre Körper zurückkehren konnten? Auf diese Frage konnte es für niemanden eine Antwort geben, der, wie jetzt er, in seiner physischen Gestalt hier eintrat.

Grandison Whitings Büro war anders als andere Räume in Worry. Es überraschte einen nicht. Es war mit ganz gewöhnlichen Büromöbeln der besseren Sorte eingerichtet: Glasschränke, zwei hölzerne Schreibtische, einige Ledersessel. Auf jedem freien Platz lagen Papiere. Eine drehbare Lampe, die einzige, die brannte, war auf die Tür gerichtet, durch die Daniel hereingekommen war (Roberts war ihm nicht durch die Feenfalle gefolgt), aber sogar mit dem Licht in den Augen erkannte er, daß der Mann, der hinter dem Schreibtisch saß, nicht Grandison Whiting sein konnte.

»Guten Abend. Daniel«, sagte der Mann, unverkennbar mit Grandison Whitings Stimme.

»Sie haben Ihren Bart abrasiert!«

Grandison Whiting lächelte. Seine Zähne, die in dem gedämpften Licht glitzerten, schienen die bloßgelegten Wurzeln seines Skeletts zu sein. Sein ganzes Gesicht hatte ohne seinen Bart völlig den Charakter eines Totenschädels.

»Nein, Daniel, Sie sehen mich jetzt so, wie ich bin. Mein Bart ist, wie der vom Nikolaus, nicht echt. Wenn ich ganz alleine hier bin, ist es eine große Erleichterung, ihn abnehmen zu können.«

»Er ist nicht echt?«

»Er ist ganz echt. Sehen Sie selbst. Er ist dort in der Ecke, neben dem Globus.«

»Ich meine...« Daniel errötete. Er hatte das Gefühl, einen völligen Narren aus sich zu machen, aber er konnte nichts dagegen tun. »Ich meine — warum?«

»Das ist es, was ich so an Ihnen bewundere, Daniel — Ihre Direktheit. Setzen Sie sich doch — hierher, nicht ins Licht —, dann erzähle ich Ihnen die Geschichte meines Bartes. Das heißt, wenn es Sie interessiert.«

»Natürlich«, erwiderte Daniel. Er setzte sich vorsichtig auf den angebotenen Stuhl, damit sein Bademantel nicht klaffte.

»Als ich noch jung war, ein wenig älter als Sie selbst, und Oxford verlassen und in die Staaten zurückkehren sollte, hatte ich das Glück, auf einen Roman zu stoßen, in dem der Held seinen Charakter dadurch verändert, daß er sich einen falschen Bart kauft und ihn trägt. Ich wußte, daß ich *meinen* Charakter in Kürze würde verändern müssen, denn ich würde nie, wie man so sagt, eine Zierde meines Standes sein, wenn ich nicht lernte, mich energischer durchzusetzen, als ich es bis dahin gewöhnt war. Ich hatte in meinen Collegetagen eine Neigung zum Einsiedlertum gepflegt, und während ich eine Menge über Wirtschaftsgeschichte gelernt hatte, das meiste davon habe ich seitdem wieder vergessen, hatte ich es völlig versäumt, die wesentliche Lektion zu lernen, derentwegen mich mein Vater nach Oxford geschickt hatte (und die er selbst dort gelernt hatte), nämlich, ein Gentlemen zu sein.

Sie lächeln, und Sie tun gut daran. Die meisten Leute hier glauben, man würde ein Gentleman, indem man sich zulegt, was man ›gutes Benehmen‹ nennt. Gutes Benehmen ist, Sie müßten das eigentlich wissen (denn Sie haben es sehr schnell angenommen), hauptsächlich eine Behinderung. In Wirklichkeit ist ein Gentleman etwas völlig anderes. Ein Gentleman sein das heißt zu bekommen, was man will, und dabei nur versteckt mit Gewalt zu drohen. Amerika hat im großen und ganzen keine Gentlemen — nur Manager und Verbrecher. Manager setzen sich nie genügend durch und sind es auch zufrieden, ihre Selbständigkeit und den größten Teil des Geldes, das zu schaffen sie mithelfen, uns zu überlassen. Dafür gestattet man ihnen die Illusion eines schuldlosen Lebens. Verbrecher andererseits setzen sich zu sehr durch und werden von anderen Verbrechern oder von uns getötet. Wie immer ist der Mittelweg der beste.« Whiting faltete die Hände in dem Bewußtsein, das Thema abgeschlossen zu haben.

»Entschuldigen Sie, Mr. Whiting, aber ich verstehe immer noch nicht, wie das Tragen äh ...«

»Wie mir ein falscher Bart dabei half, ein Gentleman zu sein? Ganz einfach. Ich mußte so tun, als wäre ich wegen meines Aussehens nicht verlegen. Das bedeutete in erster Linie, daß ich übertreiben mußte. Ich mußte irgendwie die Art von Mensch werden, die tatsächlich einen solch großen, buschigen, roten Bart hatte. Sobald ich mich auf diese

Weise benahm, erkannte ich, daß sich die Leute mir gegenüber ganz anders verhielten. Sie hörten genauer zu, lachten lauter über meine Witze und unterwarfen sich ganz allgemein meiner Autorität.«

Daniel nickte. Grandison Whiting zitierte eigentlich nur das Dritte Gesetz der Mechanik geistiger Entwicklung, welches lautet: »Tu immer so als seist du dein liebster Filmstar — dann wirst du es auch sein.«

»Habe ich Ihre Neugier befriedigt?«

Daniel wurde nervös. »Ich wollte nicht den Eindruck erwecken, als ob, äh...«

»Bitte, Daniel.« Whiting hielt die Hand hoch, die im Strahl der Lampe in bleicher, rosiger Durchsichtigkeit glühte. »Keine falschen Proteste. Natürlich sind Sie neugierig. Ich wäre entrüstet, wenn Sie es nicht wären. Ich bin auch in bezug auf Sie neugierig. Ja, der Grund, warum ich Sie aus Ihrem Bett — oder besser, aus Boas Bett — holen ließ, war, Ihnen mitzuteilen, daß ich mir die Freiheit genommen habe, meine Neugier zu befriedigen. Und auch, Sie zu fragen, ob Sie ehrenhafte Absichten haben.«

»Absichten?«

»Bezüglich meiner Tochter, mit der Sie vor noch nicht einer halben Stunde intime Beziehungen hatten. Von, wenn ich so sagen darf, höchster Qualität.«

»Sie haben uns beobachtet!«

»Ich habe sozusagen nur ein Kompliment erwidert. Oder hat Bobo niemals den Vorfall erwähnt, dessentwegen sie nach Vilars geschickt wurde?«

»Ja, doch, aber... Mein Gott, Mr. Whiting.«

»Es ist nicht Ihre Art, sich zu verhaspeln, Daniel.«

»Das ist schwer zu vermeiden, Mr. Whiting. Ich kann nur noch einmal fragen, warum? Wir dachten uns zwar, daß Sie ziemlich genau wüßten, was los war; Boa hatte sogar den Eindruck, daß Sie es billigten. Mehr oder weniger.«

»Ich glaube, ich billige es wirklich. Ob mehr oder weniger, das versuche ich gerade jetzt herauszufinden. Was das Warum betrifft, so war es (hoffe ich) nicht nur die Befriedigung der natürlichen Neugier eines Vaters. Es war so, daß ich Beweise gegen Sie haben wollte. Sehen Sie, es ist alles auf Videoband aufgenommen.«

»Alles?« Er war entgeistert.

»Möglicherweise nicht alles, aber es genügt.«

»Genügt wofür?«

»Um Sie, wenn notwendig, gerichtlich belangen zu können. Bobo ist immer noch minderjährig. Sie haben Unzucht mit Minderjährigen getrieben.«

»Oh, um Christi willen, Mr. Whiting, so etwas würden Sie doch nicht tun?«

»Nein, ich glaube nicht, daß es notwendig sein wird. Zum einen sähe sich Bobo dann vielleicht gezwungen, Sie gegen ihren eigenen Wunsch zu heiraten, oder auch gegen Ihren Wunsch. Denn, wie mein Anwalt mir sagte, könnten Sie in diesem Falle nicht verfolgt werden. Nein, mein Plan ist viel einfacher. Ich will die Sache vorantreiben, ehe ihr eure Zeit mit Zögern verschwendet habt. Dafür ist Zeit zu kostbar.«

»Sie fragen *mich,* ob ich Ihre Tochter heiraten will?«

»Nun, ich habe nicht den Eindruck, daß Sie mich fragen wollten. Und ich kann das verstehen. Die Leute warten im allgemeinen darauf, daß ich die Initiative ergreife. Ich nehme an, das macht der Bart.«

»Haben Sie mit Boa darüber gesprochen?«

»Wie ich es sehe, Daniel, hat meine Tochter ihre Wahl getroffen und das offen erklärt. Ziemlich offen, würde ich jedenfalls sagen.«

»Nicht mir gegenüber.«

»Die Preisgabe der Jungfräulichkeit ist unmißverständlich. Sie braucht keine ergänzenden Erklärungen.«

»Ich bin nicht sicher, daß Boa es so sieht.«

»Sie würde es aber zweifellos so sehen, wenn Sie sie darum bitten würden. Niemand, der auch nur ein wenig Feingefühl besitzt, will den Anschein vermitteln, er würde über Herzensangelegenheiten feilschen. Aber in unserer Zivilisation sind manche Dinge (wie Sie vielleicht gelesen haben) selbstverständlich.«

»Das war auch mein Eindruck, Mr. Whiting. Bis heute abend.«

Whiting lachte. Mit seinem neuen, bartlosen Gesicht wirkte er beim Lachen nicht mehr ganz so sehr wie ein Falstaff.

»Wenn ich einen gewissen Druck ausgeübt habe, so geschah es in der Hoffnung, ich könnte verhindern, daß ihr einen unnötigen Fehler macht. Dieser Plan, Sie sollten vor Boa nach Boston gehen, wird beinahe sicher dazu führen, daß ihr beide unglücklich werdet. Hier verleiht die Verschiedenheit eurer Umstände, eurer Beziehung nur eine gewisse Würze. Dort wird diese Verschiedenheit zur Nemesis werden. Glauben Sie mir — ich spreche aus Erfahrung, wenn auch von der anderen Seite des Zaunes aus. Sie haben jetzt vielleicht Ihre idyllischen Vorstellungen, aber man kann nicht mit weniger als zehntausend im Jahr anständig leben, und das erfordert sowohl die richtigen Verbindungen als auch eine mönchische Genügsamkeit. Boa hat natürlich den Druck der Armut nie kennengelernt, aber Sie haben ihn für kurze Zeit erfahren. Bestimmt jedoch lange genug, um zu lernen, daß er um jeden Preis zu vermeiden ist.«

»Ich habe nicht vor, wieder ins Gefängnis zu kommen, Mr. Whiting, wenn Sie das sagen wollen.«

»Da sei Gott vor, Daniel. Und bitte, kennen wir uns denn immer noch nicht gut genug, daß Sie den ›Mister Whiting‹ weglassen könnten?«

»Wie wäre es statt dessen mit ›Euer Lordschaft‹? Oder mit ›Exzellenz‹? Das schiene mir nicht ganz so formell wie ›Grandison‹.«

Whiting zögerte, schien sich dann zu entschließen, die Bemerkung witzig zu finden. Sein Lachen hatte, wenn es auch abrupt war, den Klang der Aufrichtigkeit.

»Ein Punkt für Sie, Daniel. Das hat mir noch niemand ins Gesicht gesagt. Und es ist natürlich völlig richtig. Würden Sie mich dann vielleicht gerne ›Vater‹ nennen? Nur um zur Ausgangsfrage zurückzukehren.«

»Ich verstehe immer noch nicht, was so schlimm daran sein soll, wenn wir nach Boston gehen. Wäre das nicht die einfachste Möglichkeit herauszufinden, ob es klappt?«

»Es wäre nicht schlimm, nur dumm. Denn es wird nicht funktionieren. Und Boa wird ein Jahr ihres Lebens damit vergeudet haben, sich darum zu bemühen, daß es funktioniert. Inzwischen hat sie dann natürlich versäumt, die Leute kennenzulernen, derentwegen sie aufs College geht (denn das ist doch der Grund, warum man aufs College geht; studieren kann man viel besser allein). Schlimmer als das, sie hat vielleicht ihrem Ruf auf nicht wieder gutzumachende Weise geschadet. Leider teilt nicht jedermann *unsere* aufgeklärte Haltung gegenüber solchen Verbindungen.«

»Und Sie glauben nicht, daß sie noch mehr kompromittiert würde, wenn sie mich heiratet?«

»Wenn ich dieser Meinung wäre, würde ich mir doch kaum die Mühe machen, es vorzuschlagen, oder? Sie sind intelligent, flexibel, ehrgeizig und — wenn man die Tatsache berücksichtigt, daß Sie ein liebeskranker Teenager sind — ganz vernünftig. Meiner Ansicht nach ein idealer Schwiegersohn. Boa sieht Sie zweifellos in einem anderen Licht, aber ich glaube, sie hat im großen und ganzen eine gute, sogar eine kluge Wahl getroffen.«

»Und was ist mit der (Zitat) ›Verschiedenheit unserer

Umstände‹ (Zitat Ende)? Fällt die im Fall einer Heirat nicht noch mehr ins Gewicht?«

»Nein, denn ihr würdet gleichgestellt sein. Mein Schwiegersohn könnte nie etwas anderes als wohlhabend sein. Die Ehe würde vielleicht nicht funktionieren, das kann natürlich sein, aber dieses Risiko besteht bei allen Ehen. Und die Chancen, daß sie funktioniert, sind, wie ich glaube, bedeutend beser als die Chancen für den Bostoner Versuchsballon. Man kann bei einer Ehe nicht nur die Zehen ins Wasser tauchen. Man muß hineinspringen. Was sagen Sie dazu?«

»Was soll ich sagen? Ich bin platt.«

Whiting öffnete eine silberne Zigarettendose, die auf seinem Schreibtisch stand, und drehte sie mit einer einladenden Handbewegung zu Daniel hin.

»Nein, danke, ich rauche nicht.«

»Ich auch nicht, aber das hier ist Gras. Ich finde immer, der Entscheidungsprozeß wird viel interessanter, wenn man dabei ein bißchen high ist. Das gilt eigentlich für jeden Prozeß.« Als weitere Bekräftigung nahm er eine von den Zigaretten aus der Dose, zündete sie an, inhalierte, und reichte sie, mit noch angehaltenem Atem, Daniel.

Der schüttelte den Kopf, weil er nicht glauben konnte, daß es wirklich Marihuana war.

Whiting zuckte die Achseln, ließ den Atem ausströmen und sank in seinen Ledersessel zurück.

»Lassen Sie mich ein wenig über das Vergnügen sprechen, Daniel. Das ist etwas, wovon ihr jungen Leute keine Ahnung habt.«

Er nahm einen weiteren Zug, hielt den Atem an, und bot die Zigarette (da sie von Grandison Whiting kam, konnte man sich nicht vorstellen, daß es wirklich ein Joint war) Daniel erneut an. Der akzeptierte sie diesesmal.

Daniel war nur dreimal in seinem Leben im Drogenrausch gewesen — einmal auf Bob Lundgrens Farm mit einigen aus dem Arbeitstrupp von Spirit Lake und zweimal mit Boa.

Er hatte nicht etwa Einwände dagegen oder keinen Genuß dabei, auch war es nicht so unmöglich, an den Stoff zu kommen. Aber er hatte Angst, das war alles. Er hatte Angst, man würde ihn festnehmen, verurteilen und wieder nach Spirit Lake zurückschicken.

»Vergnügen«, sagte Grandison Whiting und zündete sich eine andere Zigarette an, »ist das große Gut. Es erfordert keine Erklärungen, keine Entschuldigungen. Es ist — der Grund, weiterzumachen. Man muß sich sein Leben so einrichten, daß alle Vergnügungen erreichbar sind. Nicht, daß man Zeit hätte, sie alle tatsächlich zu genießen. Schließlich hat jeder nur ein begrenztes Budget. Aber in Ihrem Alter, Daniel, da sollten Sie doch die großen Gattungen durchprobieren. In Maßen. Vor allem Sex. Sex ist (vielleicht nach der mystischen Ekstase, die sich ohne unser Zutun einstellt) immer das, was am meisten bedeutet und einen am wenigsten anwidert. Aber es läßt sich auch einiges zugunsten von Drogen sagen, solange man an seiner Vernunft, seiner Gesundheit und an dem Ziel im Leben, das man sich selbst gesetzt hat, festhalten kann. Ich ersehe aus den Anstrengungen, die Sie trotz offensichtlicher Unfähigkeit machen, um Musiker zu werden, daß Sie fliegen möchten.«

»Ich — äh...«

Whiting wischte Daniels im Ansatz steckengebliebenen Widerspruch mit der Hand, die die Zigarette hielt, beiseite. Der Rauch bildete im Schein der Lampe ein Delta aus zarten Kurven.

»Ich selbst kann nicht fliegen. Ich habe es versucht, aber mir fehlt das Talent, und ich habe nicht sehr viel Geduld, um mich in dieser Richtung anzustrengen. Aber ich habe viele gute Freunde, die fliegen, selbst hier in Iowa. Einer davon ist nicht zurückgekehrt, aber Märtyrer gibt es bei jedem Vergnügen. Ich sage dies, weil mir klar ist, daß Sie es zu Ihrem Lebensziel gemacht haben, fliegen zu lernen. Ich glaube, in Ihren Verhältnissen ist das sowohl ehrgeizig als auch mutig gewesen. Aber es gibt höhere Ziele, und ich glaube, Sie haben begonnen, das zu entdecken.«

»Welches ist Ihr Ziel, Mr. Whiting? Wenn Sie es mir verraten wollen.«

»Ich glaube, es ist das, was Sie vielleicht Macht nennen würden. Nicht in dem groben Sinn, wie man in Spirit Lake Macht erfährt, nicht als brutalen Zwang — sondern in einem weiteren (und ich hoffe, feineren) Sinne. Wie soll ich es erklären? Vielleicht, wenn ich Ihnen von meiner eigenen, mystischen Erfahrung erzähle, der einzigen, die mir vergönnt war. Das heißt, wenn Sie eine so weitgehende Abschweifung von unserem jetzigen Thema gestatten können?«

»Solange sie dramatisch ist«, sagte Daniel in einem Ausbruch von, wie ihm schien, alles übertreffender Schlagfertigkeit. Das Gras wirkte sehr schnell.

»Es geschah, als ich achtunddreißig war. Ich war gerade in London angekommen. Die Ankunftseuphorie steckte mir noch im Blut. Ich hatte vorgehabt, zu einer Teppichversteigerung zu gehen, aber statt dessen den Nachmittag damit zugebracht, ostwärts zur City zu wandern und in verschiedenen Kirchen von Wren Halt zu machen. Aber der Blitz traf mich nicht in einer von ihnen. Es geschah, als ich in mein Hotelzimmer zurückkehrte. Ich hatte den Schlüssel ins Schloß gesteckt und drehte ihn. Ich konnte, so schien es mir, in der mechanischen Bewegung der Zuhaltungen die Bewegungen des gesamten Sonnensystems spüren: die Erde, die sich um ihre eigene Achse drehte, in ihrer Umlaufbahn kreiste, die Kräfte, die Sonne und Mond auf ihre

Ozeane und auf ihren Körper einwirken ließen. Ich sagte ›so schien es mir‹, aber es war kein Schein. Ich spürte es, so wie Gott es spüren muß. Ich hatte bis zu diesem Augenblick niemals an Gott geglaubt, aber seither habe ich nie mehr an ihm gezweifelt.«

»Macht soll bedeuten, einen Schlüssel in einem Schloß zu drehen?« fragte Daniel, gleichermaßen verwirrt und fasziniert.

»Macht bedeutet, zu spüren, wie sich die Folgen der eigenen Handlungen durch die ganze Welt ausbreiten. Unten hängt ein Bild — Sie haben es vielleicht bemerkt: Napoleon auf St. Helena, in Gedanken versunken, von Benjamin Haydon. Er steht auf einer Klippe vor einem schreienden Sonnenuntergang, und er wirft hinter sich einen Schatten, einen riesigen Schatten. Zwei Seevögel kreisen vor ihm in der Leere. Und das ist alles. Aber es sagt alles aus. Für mich.« Er verfiel in nachdenkliches Schweigen und fuhr dann fort: »Es ist, nehme ich an, eine Illusion. Das gilt aber im Endeffekt für jedes Vergnügen und auch für jede Vision. Es ist aber eine gewaltige Illusion, und das ist es, was ich Ihnen anbiete.«

»Danke«, sagte Daniel.

Grandison Whiting hob fragend eine Augenbraue.

Daniel lächelte zur Erklärung. »Danke. Ich kann keinen Anlaß sehen, weiterhin den Schüchternen zu spielen. Ich bin dankbar: ich nehme an. Das heißt natürlich, wenn Boa mich haben will.«

»Abgemacht«, sagte Whiting und streckte die Hand aus.

»Unter der Voraussetzung«, Daniel war vorsichtig genug, das hinzuzufügen, noch während sie sich die Hände schüttelten, »daß keine Bedingungen damit verknüpft sind.«

»Das kann ich nicht versprechen. Aber wo im Prinzipiellen Übereinstimmung herrscht, kann man über einen Vertrag immer verhandeln. Sollen wir Bobo jetzt bitten, zu uns zu kommen?«

»Sicher. Obwohl sie ziemlich miesepetrig sein kann, wenn sie gerade erst aufgewacht ist.«

»Oh, ich bezweifle, daß sie schon geschlafen hat. Nachdem Roberts Sie hierherbegleitet hatte, brachte er Bobo ins Büro meiner Sekretärin, wo sie unser ganzes, vertrauliches Gespräch über das Hausfernsehen beobachten konnte.«

Er blickte über die Schulter und sagte zu der versteckten Kamera (die die ganze Zeit auf Daniel gerichtet gewesen sein mußte): »Die Nervenprobe ist jetzt vorbei, liebe Bobo, warum kommst du also nicht herüber?«

Daniel überdachte noch einmal, was er zu Whiting gesagt hatte, und entschied, daß nichts davon belastend war.

»Ich hoffe, du hast nichts dagegen?« fügte Whiting hinzu und wandte sich wieder zu Daniel.

»Ich? Boa wird etwas dagegen haben. Ich bin nicht mehr so leicht zu schockieren. Ich habe schließlich in Spirit Lake gelebt. Dort haben die Wände auch Ohren. Sie haben doch mein Zimmer zu Hause nicht angezapft, oder?«

»Nein. Obwohl mir mein Sicherheitsberater dazu riet.«

»Ich nehme an, daß Sie es mir auch nicht sagen würden, wenn Sie es getan hätten.«

»Natürlich nicht.« Whiting lächelte, und wieder zeigten sich die knöchernen Zähne. »Aber ich gebe dir mein Wort darauf.«

Als Boa auf der Bildfläche erschien, war sie, wie Daniel vorausgesagt hatte, wütend über die Einmischung ihres Vaters (zumindest über die Art und Weise dieser Einmischung), aber sie war auch erfreut darüber, auf einmal verlobt zu sein und ein ganzes Bündel von neuen Erwartungen und Entscheidungen vor sich zu sehen. Plänemachen war Boas Stärke. Noch während der Champagner in ihrem Glas perlte, hatte sie begonnen, sich über den Hochzeitstermin Gedanken zu machen, und noch ehe die Flasche leer war, hatte man sich auf den 31. Oktober geeinigt. Sie liebten beide Halloween*, und eine Halloweenhochzeit sollte es auch werden, mit Kürbislaternen überall, Braut und Bräutigam in Schwarz und Orange, und der Hochzeitskuchen sollte ein Orangenkuchen werden, den Boa sowieso am liebsten mochte. Auch (das war Grandisons Beitrag) konnten dann die Hochzeitsgäste noch zu einer Fuchsjagd bleiben. Es war Jahre her, seit es in Worry eine richtige Jagd gegeben hatte, und nichts konnte Alethea so sicher in fröhliche Stimmung zu diesem Anlaß versetzen wie dies.

»Und dann, nach der Hochzeit?« fragte Grandison Whiting, während er den Draht am Korken der zweiten Flasche lockerte.

»Nach der Hochzeit soll Daniel mich in die Flitterwochen entführen, wohin auch immer er will. Ist das nicht wunderbar: ›Wohin auch immer‹?«

»Und dann?« beharrte er und hielt dabei den Korken mit dem Daumen fest.

»Dann, nach einer angemessenen Zeit, werden wir fruchtbar sein und uns mehren. Nachdem wir so früh anfangen, müßten wir fähig sein, scharenweise kleine Weinrebs zu produzieren. Aber du meinst wahrscheinlich, was wir *tun* werden?«

Der Korken knallte, und Whiting füllte die drei Gläser von neuem.

»Mir fällt ein, daß ihr einen ziemlichen zeitlichen Abstand überbrücken müßt, ehe das nächste akademische Jahr beginnt.«

---

* Halloween: Abend vor Allerheiligen, an dem Kinder und Erwachsene eine Art Gespensterfest mit möglichst grausigen Verkleidungen, Laternen etc. feiern. (Anm. d. Übers.)

»Das setzt voraus, Vater, daß unsere Jahre weiterhin von der akademischen Sorte sein werden.«

»Oh, eure Diplome müßt ihr beide machen. Das ist doch selbstverständlich. Du hast doch schon für Harvard entschieden — klugerweise —, und ich bin sicher, dort läßt sich auch ein Platz für Daniel finden. Ich brauche also eure Pläne in dieser Hinsicht nicht zu ändern. Ihr müßt sie nur aufschieben.«

»Hast du Daniel eigentlich gefragt, ob er nach Harvard gehen *will?*«

»Daniel, willst du nach Harvard gehen?«

»Ich weiß, daß ich es tun sollte. Aber wohin ich wirklich gehen sollte, das war ans Bostoner Konservatorium für Musik. Die haben mich aber abgelehnt.«

»Glaubst du, zu Recht?«

»Ja, sicher, aber deswegen schmerzt es nicht weniger. Ich war einfach nicht ›perfekt‹ genug.«

»Ja, das war auch die Meinung meiner Schwägerin. Sie sagte, du hättest Wunder vollbracht, angesichts der kurzen Zeit, in der du geübt hättest, und angesichts der Tatsache, daß du kein natürliches Talent für Musik zeigtest.«

»Uff«, sagte Daniel.

»Dachtest du, wir hätten nie von dir gesprochen?«

»Nein, aber das ist eine ziemlich niederschmetternde Meinung. Um so mehr, als sie sehr nahe an das herankommt, was mir jemand anders einmal sagte, jemand, der auch ... etwas davon verstand.«

»Im ganzen hielt Harriet sehr viel von dir. Aber sie war nicht der Meinung, daß du für eine musikalische Karriere geeignet seist. Auf jeden Fall nicht für eine sehr befriedigende Karriere.«

»Zu mir hat sie das nie gesagt«, widersprach Boa.

»Sicher weil sie wußte, daß du es an Daniel weitergegeben hättest. Sie hatte nicht das Bedürfnis, seine Gefühle unnötig zu verletzen.«

»Warum sagst du es ihm dann jetzt, Vater?«

»Um ihn zu überzeugen, daß er andere Pläne machen muß. Du brauchst nicht zu glauben, Daniel, daß ich dich dazu bringen will, die Musik aufzugeben. Das könntest du nicht, da bin ich sicher. Es ist eine Leidenschaft, vielleicht eine beherrschende Leidenschaft. Aber du brauchst kein Berufsmusiker zu werden, um ernsthaft Musik betreiben zu können. Sieh dir Miß Marspan an; oder, wenn sie dir zu vertrocknet scheint, um als Vorbild dienen zu können, nimm Moussorgsky, der Beamter war, oder Charles Ives, einen Versicherungsangestellten. Die Musik des neunzehnten Jahrhunderts, die unsere größte Musik ist und bleibt, wurde für die kritische Ergötzung eines ungeheuren Publikums von musikalischen Amateuren geschrieben.«

»Mr. Whiting, Sie brauchen nicht weiterzusprechen. Ich habe mir das auch schon selbst gesagt. Ich wollte nicht andeuten, daß es unbedingt nur das Bostoner Konservatorium und nichts anderes sein darf. Oder daß ich überhaupt auf eine Musikschule gehen muß. Ich würde gerne Privatstunden bei einem guten...«

»Natürlich«, sagte Whiting.

»Was ich sonst tun sollte, scheinen Sie sich ja schon zurechtgelegt zu haben. Warum sagen Sie nicht einfach, was Ihnen vorschwebt, und ich sage Ihnen dann, welchen Eindruck es auf mich macht?«

»Ein vernünftiger Vorschlag. Um mit der unmittelbaren Zukunft anzufangen, ich hätte es gerne, wenn du hier in Worry für mich arbeiten würdest. Bei einem Gehalt, sagen wir mal, von vierzigtausend im Jahr, vierteljährlich im voraus zu bezahlen. Das sollte genug sein, um dir den Start zu ermöglichen. Du wirst es allerdings ebenso schnell wieder ausgeben müssen, wie du es verdienst. Man wird erwarten, daß du deine Eroberung offen zur Schau stellst. Wenn du das nicht tust, würde es bedeuten, daß du sie nicht genügend würdigst. Du wirst für eine gewisse Zeit der Held von Amesville werden.«

»Unser Bild wird in allen Zeitungen sein«, warf Boa dazwischen. »Und die Hochzeit wird wahrscheinlich im Fernsehen in den Nachrichten erwähnt werden.«

»Auf jeden Fall«, stimmte Whiting zu. »Wir können es uns nicht leisten, eine solche Gelegenheit für Public Relations ungenützt vorübergehen zu lassen. Daniel wird ein zweiter Horatio Alger sein.«

»Reden Sie weiter.« Daniel grinste. »Was habe ich zu tun, um mein absurdes Gehalt zu verdienen?«

»Du wirst dafür arbeiten, glaub mir das. Im wesentlichen wird es die gleiche Arbeit sein, die du für Robert Lundgren gemacht hast. Du wirst die Mannschaften der Saisonarbeiter beaufsichtigen.«

»Das ist doch der Posten von Carl Mueller.«

»Carl Mueller wird gefeuert. Das ist ein weiterer Aspekt deines Triumphes. Ich hoffe, du hast nichts dagegen, dich zu rächen.«

»Heiliger Jesus.«

»Nun, ich habe etwas gegen Rache, Vater, obwohl ich jetzt keinen theoretischen Streit anfangen will. Aber werden es andere Leute, mit denen Daniel zusammenarbeiten muß, ihm nicht übelnehmen, wenn er Carl den Posten wegschnappt?«

»Sie werden sowieso gegen ihn sein. Aber sie werden auch wissen (ich bin sicher, sie wissen es jetzt schon), daß es objektive Gründe gibt, Carl zu entlassen. Er nimmt ziemlich systematisch Provisionen von den Vermittlungsagenturen an, mit denen er zusammenarbeitet. Sein Vorgänger hat das auch getan, und man kann das beinahe für einen der Nebenvorteile halten, die dieser Posten bietet. Aber ich hoffe, daß du, Daniel, dieser Versuchung widerstehen wirst. Allein schon deshalb, weil du mehr als das Doppelte verdienen wirst als Carl.«

»Sie sind sich doch darüber im klaren«, sagte Daniel in so neutralem Ton, wie er nur konnte, »daß Carl mit seinem Job auch seine Freistellung vom Militär verlieren wird.«

»Das ist Carls Sache, nicht wahr? Umgekehrt kannst du seine Freistellung übernehmen. Ich schlage daher vor, daß du dir dieses P-W-Gehäuse aus dem Magen entfernen läßt. Das Sicherheitsnetz in Harvard ist wahrscheinlich noch ein paar Stufen enger als meines hier. Du willst doch wohl nicht jedesmal Alarm auslösen, wenn du in eine Vorlesung gehst?«

»Ich bin nur zu froh, es loszuwerden. Sobald ich mit der Arbeit anfange. Wann soll ich mich melden?«

»Morgen. Dramatische Entwicklungen erfordern Eile. Je schneller dein Aufstieg, desto vollständiger dein Triumph.«

»Mr. Whiting...«

»Immer noch nicht ›Vater‹?«

»Vater.« Aber es schien ihm in der Kehle steckenzubleiben. Er schüttelte den Kopf, versuchte es noch einmal. »Vater, eines verstehe ich nicht. Warum? Warum tust du das alles für mich?«

»Ich habe nie versucht, etwas aufzuhalten, was ich als unvermeidlich ansehe. Das ist das Geheimnis jedes längerfristigen Erfolges. Aber außerdem gefällst du mir, und das versüßt mir die bittere Pille beträchtlich. Aber letztlich war es nicht meine Entscheidung. Bobo hat entschieden, und ich glaube, sie hat richtig entschieden.« Er schenkte seiner Tochter ein anerkennendes Nicken. »Alte Familien brauchen von Zeit zu Zeit einen Schuß frisches Blut. Weitere Fragen?«

»Mhm. Ja, eine.«

»Nämlich?«

»Nein, ich glaube, das ist etwas, was ich nicht fragen sollte, Entschuldigung.«

Grandison Whiting bedrängte ihn nicht, und die Unterhaltung wandte sich wieder den Plänen zu, die (nachdem sie niemals ausgeführt werden sollten) hier nicht berichtet zu werden brauchen.

Die Frage, die Daniel nicht stellte, war, warum sich Whiting nie selbst einen Bart hatte wachsen lassen. Es wäre auf lange Sicht hin so viel einfacher gewesen, und er wäre nie Gefahr gelaufen, zufällig demaskiert zu werden. Aber nachdem die Antwort wahrscheinlich lautete, daß er zwar versucht habe, sich einen stehen zu lassen, der aber nicht zu seiner Zufriedenheit ausgefallen sei, war ihm die Frage nicht sehr diplomatisch erschienen.

Daniel entschied (neben den vielen anderen Plänen, die in dieser Nacht geschmiedet wurden), sich selbst einen Bart wachsen zu lassen. Sein eigener war von Natur aus dick und drahtig. Aber erst nach der Hochzeit, nicht vorher.

Er fragte sich, ob das das Schicksal sei, das er vor so langer Zeit, als er auf der Straße nach Unity geradelt war, vor sich gesehen hatte. Jedesmal, wenn er nach Worry gefahren war, hatte er an dieser selben Stelle auf der Straße vorbeigemußt, an der er damals angehalten und seine Erleuchtung gehabt hatte. Er konnte sich jetzt nur noch schwach an diese Vision erinnern, nur an ein allgemeines Gefühl, daß etwas Großartiges auf ihn warte. Das hier war sicherlich großartig. Aber es war nicht (so entschied er schließlich) die besondere Segnung, die ihm seine Vision verheißen hatte. Die lag noch vor ihm, verloren im Glanz all der anderen Herrlichkeiten.

## 12

Es erschien Daniel wie Ironie des Schicksals und ein wenig wie eine Niederlage, daß er seinen ersten Flug in einem Flugzeug unternehmen sollte. Er hatte sich geschworen, in der noch gar nicht so lange vergangenen, idealistischen Blüte seiner Jugend, daß er nie fliegen würde, es sei denn auf seinen eigenen beiden körperlosen Flügeln. Jetzt sollte man ihn einmal sehen — in seinen Sitz geschnallt, die Nase gegen das briefmarkengroße Fenster gedrückt, mit vierhundert Pfund Übergepäck und einer Leistungsbilanz im Fliegen, die absolut null war. Trotz all seines mutigen Geredes und seiner großen Ambitionen hatte er es nie versucht — nie versucht, es zu versuchen —, seitdem Grandison Whiting energisch geworden war. Es war Daniels eigener Fehler, daß er erwähnt hatte, er habe vor, einen Flugapparat von außerhalb des Staates einzuschmuggeln; es war auch sein Fehler gewesen, daß er Whiting die Geschichten über seine Freunde direkt hier in Iowa geglaubt hatte, die angeblich flogen. Reiner Quatsch, das alles. Nicht, daß es sonderlich wichtig gewesen wäre. Es hieß nur, daß er den großen Tag noch eine Weile länger aufschieben mußte, aber er wußte, daß die Zeit flog, selbst wenn er selbst es nicht tat.

Jetzt lag das Warten hinter ihm, bis auf ein paar Stunden. Er und Boa waren auf dem Weg. Zuerst nach New York, wo sie in ein Düsenflugzeug nach Rom umsteigen würden. Dann nach Athen, Kairo, Teheran, und auf die Seychellen, wegen der Winterbäume. Sparsamkeit war offiziell der Grund, warum sie auf dem Kennedy-Flughafen umstiegen, statt den Direktflug von Des Moines aus zu nehmen, denn alles, einschließlich Reisebuchungen, war in New York billiger. Trotz aller Extravaganz hatte sich Daniel einen Ruf als Pfennigfuchser erworben. In Des Moines hatte er einen ganzen Tag damit verbracht, von einem Schneider zum anderen zu flüchten, so entsetzt war er über die Preise gewesen. Er verstand, daß er theoretisch jetzt über solchen Dingen stehen sollte, nachdem er ein Neureicher war, daß der Preisunterschied zwischen zwei gleichwertigen Artikeln für ihn unsichtbar zu sein hatte.

Er sollte eigentlich weder die einzelnen Posten auf den Rechnungen nachprüfen noch sein Wechselgeld zählen, noch sich an die Beträge oder auch nur an die Existenz der Geldsummen erinnern, die alte Freunde sich von ihm borgten. Aber es war erstaunlich und bestürzend, was der Geruch von Geld bei anderweitig vernünftigen Leuten bewirkte, wie sie um einen herumschnüffelten und -schlichen, und Daniel konnte nicht aufhören, ihnen das übelzunehmen.

Sein Charakter lehnte die aristokratische Einstellung ab, daß Geld, zumindest auf der Ebene freundschaftlicher Transaktionen, nicht mehr Beachtung verdiene als das Wasser, mit dem man sich duschte, ebenso wie sein Körper eine Transfusion mit Blut der falschen Blutgruppe abgelehnt hätte.

Aber Sparsamkeit war nur die Ausrede dafür, daß sie ihre Flitterwochen über New York buchten. Der wirkliche Grund war das, was sie in den zwölf Stunden zwischen den Flügen tun konnten. Das war jedoch ein Geheimnis. Kein sehr dunkles Geheimnis, nachdem Boa es jetzt seit einer Woche schaffte, es trotz deutlichsten Anspielungen nicht zu erraten. Sicherlich wußte sie es längst und ließ es sich nur nicht anmerken, einfach weil sie es liebte, Überraschungen zeigen zu können. (Niemand konnte es Boa gleichtun in der Kunst, Geschenke auszupacken.) Was konnte es schließlich schon anderes sein als ein Besuch bei der Ersten Nationalen Flughilfe. Endlich, himmlischer Gott: Endlich, endlich, endlich!

Das Flugzeug hob ab, die Stewardessen vollführten eine Art Pantomime mit den Sauerstoffmasken, dann brachten sie Tabletts mit Getränken und machten ganz allgemein ein angenehmes Aufhebens. Wolken rollten vorbei, gaben den Blick frei auf Schachbrettmuster von Ackerland, verschnörkelte Flüsse, schnurgerade Autobahnen. Alles sehr enttäuschend, wenn er es mit seinen Vorstellungen verglich. Aber schließlich war es ja auch nicht das Richtige.

Die Erste Nationale Flughilfe, das war das Richtige. Die Erste Nationale Flughilfe spezialisierte sich darauf, Anfängern im Fliegen das Aufsteigen zu erleichtern. »Alles, was Sie brauchen«, hatte der Prospekt versprochen, »ist ein aufrichtiges Gefühl für das Lied, das Sie singen. Wir stellen nur die Atmosphäre bereit — das Fliegen überlassen wir Ihnen.«

Er hatte den ganzen Tag während der Hochzeit und auf dem Empfang ständig getrunken, ohne daß man ihm (dessen war er ziemlich sicher) etwas anmerkte, auch Boa nicht. Im Flugzeug trank er weiter. Er zündete sich eine Zigarre an, die Stewardeß veranlaßte ihn sofort, sie wieder auszumachen. Daraufhin fühlte er sich gedemütigt, wurde rechthaberisch und begann — oder begann von neuem — einen Streit, den er schon früher an diesem Tag mit Boa gehabt hatte. Über ihren Onkel Charles, den Abgeordneten. Er hatte ihnen Silberbesteck für zwölf Personen als Hochzeitsgeschenk verehrt, über das Boa unbedingt hatte in Begeisterung ausbrechen müssen, als sie allein zum Flughafen fuhren. Schließlich war er explodiert und hatte gesagt, was er von Charles Whiting hielt — *und* von seinem Bruder Grandison. Seine Meinung war, daß Grandison ihre Hochzeit wegen Charles arrangiert hatte, und wegen des Namens der Familie, weil er wußte, daß Charles bald in etwas verwickelt sein würde, was einem Skandal nahekam. So war es jedenfalls in einigen der freimütigen

Zeitungen an der Ostküste dargestellt worden. Der Skandal betraf einen Rechtsanwalt, der von einem Unterausschuß des Hauhaltsausschusses herangezogen worden war (in dem Charles den Vorsitz hatte), und der einen Krach ausgelöst hatte, niemand wußte genau, weswegen, weil die Regierung es geschafft hatte, den Deckel draufzuhalten, ehe die tatsächlichen Einzelheiten publik werden konnten. Irgendwie hatte es mit der *Amerikanischen Union für Bürgerliche Freiheit* zu tun, einer Organisation, über die Charles einige unbeherrschte und stark propagierte Bemerkungen gemacht hatte. Jetzt war der Rechtsanwalt des Unterausschusses verschwunden und Onkel Charles damit beschäftigt, den Reportern mitzuteilen, er habe nichts dazu zu sagen. Seit den ersten Andeutungen im *Star-Tribune* war es für Daniel offensichtlich gewesen, daß die Hochzeit als eine Art Gegengewicht für die Medien, als Ausgleich für den Skandal inszeniert worden war — Hochzeiten waren schließlich tadellose Werbung. Boa fand es nicht so offensichtlich. Keiner von ihnen wußte mehr darüber, als aus den Zeitungen zu erfahren war, da es Grandison Whiting kategorisch ablehnte, darüber zu sprechen. Als er, nur ein paar Tage vor der Hochzeit, erkannte, wie tief Daniels Argwohn saß, hatte er sich ziemlich aufgeregt, obwohl Boa es geschafft hatte, daß sie sich beide wieder beruhigten. Daniel hatte sich entschuldigt, aber seine Zweifel blieben bestehen.

Aus diesen Verwicklungen heraus war es zum Streit in der Limousine der Whitings gekommen (ein Streit, der noch kompliziert wurde durch Boas panische Sorge, der Chauffeur dürfe nichts hören); aus dem gleichen Grund stritten sie jetzt, auf dem Weg zum Kennedy-Flughafen, wieder; es versprach, für immer ihr Streitpunkt zu werden, denn Boa wollte keinerlei Zweifel an ihrem Vater unwidersprochen lassen. Sie verteidigte ihn erst wie ein Jesuit, dann mit schneidender Schärfe. Andere Passagiere warfen ihnen vorwurfsvolle Blicke zu. Daniel wollte nicht nachgeben. Bald hatte er Boa so weit, daß sie Onkel Charles entschuldigte. Daniel reagierte darauf, indem er den Grad seines Sarkasmus steigerte (eine Kampfesweise, die er von seiner Mutter, die vernichtend sein konnte, gelernt hatte). Erst nachdem Boa in Tränen ausgebrochen war, hörte er auf.

Das Flugzeug landete in Cleveland und startete wieder. Die Stewardeß brachte neue Getränke. Obwohl er es geschafft hatte, mit dem Streiten aufzuhören, fühlte er sich miserabel. Enttäuscht. Voll Groll. Seine Wut verwandelte alles Gute, was geschehen war, in etwas ebenso Schlechtes. Er fühlte sich betrogen, korrumpiert, verraten. All der Glanz der vergangenen neun Wochen verschwand. All seine Aufschneiderei vor seinen Freunden war ihm jetzt vergällt, denn er wußte, daß sie die gleichen Überlegungen anstellen und seine Heirat in diesem neuen, weniger rosigen Licht sehen würden.

Und doch, war es nicht möglich, daß Boa in gewisser Weise recht hatte? Wenn ihr Vater ihm auch nicht volle Aufrichtigkeit entgegengebracht hatte, so mochte er sich doch auf Halbwahrheiten beschränkt haben. Auch dann, welche Motive Grandison Whiting auch verborgen haben mochte, war das Ergebnis immer noch dieses Happy-End, hier und jetzt. Er sollte sich wirklich, wie ihm Boa geraten hatte, das übrige aus dem Kopf schlagen, sich entspannen, sich zurücklegen und den Anfang dessen genießen, was aussah wie ein endloses, vor ihm liegendes Festmahl.

Außerdem wäre es nicht gut, bei der Ersten Nationalen Flughilfe anderes als in heiterer Stimmung anzukommen.

Um auf andere Gedanken zu kommen, las er daher in der Zeitung der Fluggesellschaft einen Artikel über Forellenfischen, der von einem der besten Romanschriftsteller des Landes verfaßt worden war. Als er ihn zu Ende gelesen hatte, war er überzeugt, daß Forellenfischen eine herrliche Freizeitbeschäftigung für ihn sein müßte. Würde es, fragte er sich, auf den Seychellen Forellen geben? Wahrscheinlich nicht.

Das Schönste an New York — entschied Daniel, nachdem er fünf Minuten dort war — war die eigene Unsichtbarkeit. Keiner bemerkte den anderen. Eigentlich war es Daniel, der niemanden bemerkte, wie er herausfand, als jemand beinahe seinen Bordkoffer mitgenommen hätte, den Boa dann mit einem Griff in letzter Minute rettete. Soviel zu seinen patriotischen Gefühlen gegenüber seiner alten Heimatstadt (denn er war, wie er Boa viele Male erklärt hatte, geborener New Yorker).

Die Taxifahrt vom Flughafen zur Ersten Nationalen Flughilfe dauerte vierzig Minuten, die ihn beinahe zum Wahnsinn trieben. (Der Prospekt hatte versprochen: »Nur zehn Minuten vom Kennedy-Flughafen entfernt.«) Es dauerte weitere fünfzehn Minuten, bis sie sich als Ben und Beverley Bosola eingetragen hatten (der Prospekt hatte auch erklärt, daß es nach dem New Yorker Gesetz nicht als Verbrechen galt, einen anderen Namen anzunehmen oder zu benützen, solange damit kein Betrug verbunden war) und bis sie zu ihrer Suite im vierundzwanzigsten Stockwerk geführt wurden. Es waren drei Zimmer: ein normales Hotelzimmer (mit Doppelbett, Kochnische und einer Stereoanlage, die es mit der besten in Worry aufnehmen konnte) und zwei kleine, angrenzende Studios. Als der Etagenkellner Daniel fragte, ob er wisse, wie die Apparatur zu bedienen sei, atmete der tief ein und gestand, er wisse es nicht. Die Erklärung dauerte, zusammen mit einer Demonstration, weitere fünf Minuten. Man schmierte sich ein wenig Haftmasse auf die Stirn und streifte ein Stirnband darüber, an das die Drähte angeschlossen waren. Dann mußte man sich in einem Stuhl zurücklegen, von dem Daniel geschworen hätte, es sei ein Zahnarztstuhl. Und dann mußte man singen.

Daniel gab dem Etagenkellner zehn Dollar, und dann waren sie endlich allein.

»Wir haben elf Stunden Zeit«, sagte er. »Eigentlich nur zehn, wenn wir das Flugzeug nicht versäumen wollen. Obwohl es albern ist, findest du nicht, über Flugzeuge zu reden, wenn wir hier drauf und dran sind, selbst davonzufliegen. Gott, was bin ich nervös.«

Boa warf den Kopf zurück und drehte auf dem senfgelben Teppich eine kleine Pirouette, wobei sich das kürbisorange Hochzeitskleid um sie bauschte. »Ich auch«, antwortete sie leise, »aber auf die netteste Weise.«

»Willst du, daß wir uns vorher lieben? Es heißt, das würde manchmal helfen. Um einen in die richtige Gemütsverfassung zu bringen.«

»Ich glaube, das würde ich lieber hinterher tun. Es klingt wahrscheinlich furchtbar überheblich, wenn ich es sage, aber ich bin höchst zuversichtlich. Ich weiß auch nicht, warum.«

»Ich auch. Aber weißt du, es kann trotzdem sein, daß es nicht funktioniert. Man kann es nie im voraus sagen. Es heißt, nur etwa dreißig Prozent schaffen es beim erstenmal.«

»Nun, wenn es heute abend nicht klappt, dann ein andermal.«

»Aber wenn heute abend, Mann, o Mann!«

Er grinste.

»Mann o Mann«, stimmte sie zu.

Sie küßten sich, dann ging jeder von ihnen in ein seperates Tonstudio. Daniel folgte dem Rat des Kellners und sang sein Lied einmal durch, ehe er sich anschloß. Er hatte Mahlers *Ich bin der Welt abhanden kommen* ausgewählt. Vom ersten Augenblick an, seit er dieses Lied vor einem Jahr auf einer Schallplatte gehört hatte, hatte er gewußt, *das* war das Lied für seinen ersten Flug. Seine drei kurzen Strophen lasen sich wie eine Gebrauchsanweisung für den Start, und die Melodie ... Über seine Melodie konnte man nichts sagen: sie war vollkommen.

Er sang, als er angeschlossen war, zu seiner eigenen Begleitung, die er auf einer Kassette aufgenommen hatte, und am Ende der zweiten Strophe — »Denn wirklich, ich bin für die Welt gestorben« — glaubte er, er habe abgehoben. Aber es war nicht der Fall. Ein zweitesmal, während das Lied weiterging — »Im Tode für den Lärm der Welt verloren, ruh' ich in einem Reich vollkomm'ner Stille« — fühlte er, wie die Musik seinen Geist direkt aus dem Körper heraustrieb.

Aber am Ende des Liedes lag er immer noch in diesem rosa gepolsterten Stuhl, in seinem gestärkten Hemd und dem schwarzen Smoking, und in seinem eigenen, verstockten Körper.

Er sang das Lied noch einmal, aber nicht mehr mit der gleichen Überzeugung und ohne Erfolg.

Keine Panik. Im Prospekt stand, daß die wirksamsten Lieder zum Erreichen der Startgeschwindigkeit oft nicht die sind, für die wir die größte Wertschätzung oder die tiefste Liebe empfinden. Wahrscheinlich war seine Schwierigkeit mit dem Lied von Mahler technischer Natur, trotz der Mühe, die er sich damit gegeben hatte, es in seine eigene Stimmlage zu transponieren. Alle Autoritäten stimmten darin überein, daß es sinnlos war, es mit Musik zu versuchen, die über die eigenen Fähigkeiten hinausging.

Sein nächstes Angebot war *I am the Captain of the Pinafore,* in das er all den überschüssigen Glauben und den Enthusiasmus hineinlegte, die er aufbringen konnte. So war es ihm immer noch in Erinnerung, beinahe wie eine Hymne, aus dem Traum, den er in jener Nacht geträumt hatte, ehe er Spirit Lake verließ. Aber er konnte nicht anders, er fühlte sich immer noch albern dabei und sorgte sich darum, was ein eventueller Zuhörer sich dabei wohl denken würde. Gleichgültig, ob das Studio nun schalldicht war. Natürlich war bei dieser Befangenheit das Ergebnis wieder eine große Null.

Er sang seine beiden Lieblingslieder aus der *Winterreise,* in die er gewöhnlich einen aufrichtigen, schmachtenden Weltschmerz einbringen konnte. Aber mitten im zweiten Lied brach er ab. Es hatte keinen Sinne, es auch nur zu versuchen, so wie er sich fühlte.

Es war weniger eine Emotion als ein physisches Gefühl. Als ob eine riesige, schwarze Hand seine Brust umfaßt hielte und zudrückte. Ein stetiger Druck auf seinem Herzen und seiner Lunge und ein metallischer Geschmack auf der Zunge. Er legte sich auf den senffarbenen Teppich und machte schnell hintereinander Liegestütze, bis er außer Atem war. Das half ein wenig. Dann ging er hinaus ins Schlafzimmer, um sich einen Drink einzuschenken.

Ein rotes Licht glühte über der Tür zu Boas Studio: sie flog!

Seine erste Reaktion war, sich für sie zu freuen. Dann kam der Neid. Er war, wenn er es recht überlegte, froh, daß es nicht umgekehrt war. Er wollte hineingehen und sie ansehen, aber das schien irgendwie ein Eingeständnis seiner eigenen Niederlage: man sieht zu, wie andere Dinge tun, die man selbst gerne täte — aber nicht kann.

An Alkohol gab es in der Eisbox nur drei Flaschen Champagner. Er hatte den ganzen Tag lang Champagner getrunken und hatte ihn gründlich satt, aber er hatte keine Lust, den Zimmerservice anzurufen und ein Bier zu bestellen, also schüttete er, so schnell er konnte, eine Flasche in sich hinein.

JOBST H. TELTSCHIK

Er blickte immer wieder zu dem Licht über der Tür, fragte sich, ob sie wohl beim ersten Versuch abgehoben habe, mit welchem Lied, und wo sie jetzt wohl sei. Sie konnte überall in der Stadt sein, denn aus allen Studios der Ersten Nationalen Flughilfe konnte man direkt nach draußen gelangen. Schließlich, als er es nicht länger ertragen konnte, ging er hinein und sah sie an. Oder besser, den Körper, den sie zurückgelassen hatte.

Ihr Arm war von der Stütze gefallen und hing schlaff in seiner duftigen Hülle aus orangefarbenem Crêpe de Chine herab. Er hob ihn auf, so schlaff war er, und legte ihn auf die gepolsterte Stütze zurück.

Ihre Augen waren geöffnet, aber leer. Eine Speichelblase hing an ihren geöffneten Lippen. Er schloß ihr die Augen und wischte den Speichel weg. Sie wirkte kälter als ein lebendiger Körper sein sollte; sie schien tot.

Er ging in sein eigenes Zimmer zurück und versuchte es von neuem. Verbissen sang er jedes Lied zweimal von Anfang bis Ende. Er sang Lieder von Elgar und Ives; sie waren nicht so großartig wie das von Mahler, aber sie waren in Daniels eigener Sprache, und das war eine Überlegung wert. Er sang Arien aus Bachkantaten, Chöre aus Verdiopern. Er sang Lieder, die er nie zuvor gehört hatte (das Studio war gut ausgerüstet sowohl mit Partituren wie auch mit Begleitkassetten), und alte Liebeslieder, an die er sich von vor vielen Jahren aus dem Radio erinnerte. Drei Stunden lang sang er, bis von seiner Stimme nur noch ein Krächzen und ein tief in der Kehle sitzender Schmerz übrig war.

Als er in das äußere Zimmer zurückkehrte, brannte das Licht über Boas Tür immer noch.

Er ging zum Bett und starrte dieses unheilvolle, rote, in der Dunkelheit glühende Licht an. Eine Zeitlang weinte er, aber er zwang sich, damit aufzuhören. Er konnte nicht glauben, daß sie sich so einfach davonmachen würde, wenn sie doch wußte (und das mußte sie doch sicher wissen), daß er zurückgeblieben war. Es war schließlich ihre Hochzeitsnacht. Ihre Flitterwochen. War sie immer noch wütend auf ihn wegen der Dinge, die er über ihren Vater gesagt hatte? Oder war, wenn man einmal fliegen konnte, nichts anderes mehr von Bedeutung?

Aber das Schlimmste von allem war nicht, daß sie fort war; das Schlimmste war, daß er hiergeblieben war, und vielleicht für immer.

Er begann wieder zu weinen, langsam, stetig tropften die Tränen, und diesmal ließ er sie kommen, denn er erinnerte sich, daß der Prospekt geraten hatte, man solle seine Gefühle nicht in sich verschlossen halten. Als er schließlich eine Flasche Tränen und eine Flasche Champagner geleert hatte, schaffte er es, einzuschlafen.

Er erwachte, eine Stunde, nachdem das Flugzeug nach Rom gestartet war. Das Licht über der Tür des Studios brannte noch immer.

Einmal, als er gerade Autofahren lernte, hatte er Bob Lundgrens Pritschenwagen rückwärts über den Rand einer unbefestigten Straße hinausgefahren und konnte die Hinterräder nicht mehr aus dem Graben bringen. Die Ladefläche des Lasters war voll von Saatsäcken, daher konnte er nicht einfach losgehen und Hilfe holen, denn Bob hatte nur wenige Nachbarn, die sich zu gut gewesen wären, sich selbst zu bedienen. Er hatte die Hupe betätigt und mit den Scheinwerfern geblinkt, bis die Batterie leer war — ohne Erfolg. Schließlich war seine Ungeduld erschöpft und er begann, die Situation als Witz zu betrachten. Als ihn Bob dann um zwei Uhr nachts fand, war er völlig unerschüttert und ruhig.

Jetzt hatte er diesen Punkt wieder erreicht. Wenn er auf Boa warten mußte, dann würde er eben warten. Warten war etwas, worin er gut war.

Er telefonierte zum Empfang hinunter, um zu sagen, er würde die Suite noch einen weiteren Tag behalten und um Frühstück zu bestellen. Dann drehte er das Fernsehen an, das einen Film zeigte, der so ziemlich der älteste Cowboyschinken sein mußte, der je gedreht worden war. Dankbar ließ er seinen Geist in der Geschichte versinken. Die Heldin erklärte dem Helden, daß ihre Eltern im Massaker am Superstition Mountain getötet worden seien, eine Wahrheit, die ebenso unerklärlich wie allgemeingültig schien. Sein Frühstück kam, ein gewaltiges Frühstück, wie geeignet für die letzten Stunden eines Mannes, der zum Galgen verurteilt worden ist. Erst nachdem er sein viertes Spiegelei vertilgt hatte, erkannte er, daß es ein Frühstück für zwei Personen sein sollte. Da er sich zum Platzen voll fühlte, ging er auf das Dach hinauf und schwamm, ganz allein, im geheizten Schwimmbecken. Er schlug langsame, gewichtslose Purzelbäume im Wasser, Karikaturen des Fliegens.

Als er ins Zimmer zurückkam, glühte Boas Licht noch immer. Sie lag genauso ausgestreckt auf dem zurückgeneigten Stuhl, wie er sie in der Nacht vorher verlassen hatte. Halb in der Hoffnung, daß sie, falls sie im Zimmer wäre und ihn beobachtete, sich entschließen könnte, sich wie eine pflichtbewußte Gattin zu benehmen und in ihren Körper (und zu ihrem Gatten) zurückzukehren, beugte er sich nieder und küßte sie auf die Stirn. Dabei stieß er ihren Arm von der Armstütze. Er baumelte von ihrer Schulter wie das Glied einer Marionette. Er ließ den Arm, wie er war und kehrte in das äußere Zimmer zurück, wo jemand die paar Minuten seiner Abwesenheit dazu benützt hatte, das Bett zu machen und das Tablett mit dem Geschirr wegzuräumen

Er fühlte sich immer noch seltsam hellsichtig und dégagé und sah einen Katalog der erhältlichen Kassetten durch (zu lächerlich hohen Preisen, aber was zum Teufel!), den der

Laden unten in der Halle herausgegeben hatte. Er gab per Telefon eine mehr oder weniger willkürliche Bestellung von Haydns *Vier Jahreszeiten* hinunter.

Zuerst verfolgte er den Text, hastete vor und zurück zwischen dem Deutschen und dem Englischen, aber das erforderte mehr Aufmerksamkeit und Konzentration, als er aufbringen konnte. Er wollte nicht in sich aufnehmen, sondern nur träge genießen. Er hörte weiter mit halbem Ohr zu. Die Vorhänge waren zugezogen, und das Licht hatte er ausgeschaltet. Immer wieder packte ihn die Musik, er konnte auf einmal kleine Farbexplosionen in der Dunkelheit des Zimmers sehen, flüchtige Arabesken von Licht, die die emphatischen Muster der Musik nachahmten. Es war etwas, an das er sich erinnern konnte, etwas, das er vor ewigen Zeiten getan hatte, ehe seine Mutter davongelaufen war, als sie noch alle hier in New York gelebt hatten. Er hatte in seinem Bett gelegen und dem Radio im Nebenzimmer zugehört und an der Decke, wie auf einer schwarzen Filmleinwand, Filme gesehen, die sein Geist selbst erzeugte, herrliche, halb abstrakte Zuckungen und lange, steil hochgezogene Stoßbewegungen durch den Raum, im Vergleich zu denen diese kleinen Tupfer und Blitze hier wirklich kalter Kaffee waren.

Von Anfang an, so schien es, war Musik für ihn eine sichtbare Kunst gewesen. Oder besser, eine räumliche Kunst. Genau, wie sie es für Tänzer sein mußte (und er mußte es zugeben: fand er nicht viel mehr Freude, wenn er tanzte als wenn er sang? Und konnte er das nicht auch viel besser?) oder sogar für einen Dirigenten, der im Zentrum der musikalischen Möglichkeiten steht und sie durch die Bewegungen seines Taktstocks ins Leben ruft. Vielleicht erklärte das, warum Daniel nicht fliegen konnte — ihm würde in einem wesentlichen Aspekt, den er nie begreifen konnte, die Musik für immer fremd bleiben, eine fremde

Sprache, die er immer Wort für Wort in die Sprache übersetzen mußte, die er kannte. Aber wie war das möglich, wenn ihm doch die Musik so viel bedeutete? Auch jetzt noch, in einem solchen Augenblick!

Frühling und Sommer waren entschwunden, der Baß sang vom Herbst und von der Jagd, und Daniel wurde über sich hinausgehoben von der sich zusammenballenden Kraft der Musik. Dann, mit einer Wildheit, die Haydn an keiner anderen Stelle seines Werkes mehr erreicht, begann die Jagd selbst. Hörner schallten. Ein Doppelchor antwortete. Die Fanfare schwoll an und bildete ... eine Landschaft. Ja, die Töne, die übermütig aus den Öffnungen der Hörner rollten und schallten, *waren* diese Landschaft, eine weite Strecke von bewaldeten Hügeln, durch die Jäger hetzten, unaufhaltsam wie der Wind. Jedes »Horridoh!«, das sie schrien, war eine Erklärung des Besitzstolzes, eine menschliche Unterschrift, die quer über die wogenden Felder gezogen wurde, die reine Ekstase des Besitzens. Er hatte nie zuvor die Faszination der Jagd begriffen, nicht auf der Ebene, wie sie in Worry durchgeführt wurde. Er hatte angenommen, die Jagd sei etwas, wozu reiche Leute sich verpflichtet fühlten, wie sie auch verpflichtet waren, Silber, Porzellan und Kristall zu benützen. Denn welch inneres Interesse konnten sie denn daran haben, einen kleinen Fuchs zu töten? Aber der Fuchs, das sah er jetzt, war nur ein Vorwand, eine Ausrede für die Jäger, damit sie über ihre Domäne galoppieren konnten, über Mauern und Hecken springen, gleichgültig gegenüber jeder Art von Grenze, weil das Land ihnen gehörte, so weit sie reiten und »Horridoh!« rufen konnten.

Es war großartig, unleugbar — großartig als Musik und als Idee. Grandison Whiting hätte diese offene Darstellung mit Genugtuung vernommen. Aber der Fuchs hat notwendigerweise eine andere Ansicht über die Jagd. Und Daniel wußte, von dem Ausdruck, den er so oft in den Augen seines Schwiegervaters gesehen hatte, daß *er* der Fuchs war. Er, Daniel Weinreb. Er wußte, was noch mehr ist, daß die ganze Klugheit für jeden Fuchs in einem einzigen Wort ausgedrückt werden kann: Angst.

Wenn man einmal im Gefängnis gesessen hat, kommt man nie wieder völlig heraus. Es dringt in einen ein und errichtet Mauern innerhalb des Herzens. Und wenn die Jagd einmal begonnen hat, hört sie nicht mehr auf, bis der Fuchs gestellt ist, bis die Hunde ihn zerrissen haben und der Jäger ihn in die Höhe hält, einen blutigen Beweis dafür, daß die Herrscher und die Besitzer der Welt kein Mitleid mit Füchsen und ihresgleichen haben.

Selbst jetzt, selbst im Banne dieser Angst, hätten sich die Dinge anders entwickeln können, denn es war eine klarsichtige, keine panische Angst. Aber dann, am Nachmittag (Boa war immer noch nicht zurückgekehrt), wurde als dritte Meldung in den Fernsehnachrichten gebracht, daß ein Flugzeug auf dem Weg nach Rom über dem Atlantik explodiert sei, und daß sich unter den Passagieren (die alle umgekommen waren) die Tochter von Grandison Whiting und ihr neuvermählter Ehemann befunden hätten. Es wurde ein Bild von der Hochzeit, vom offiziellen Kuß gezeigt. Daniel in seinem Smoking drehte der Kamera den Rücken zu.

Es hieß, die Explosion sei das Werk unbekannter Terroristen. Die A.U.B.F. wurde mit keiner Silbe erwähnt, aber der Zusammenhang war deutlich.

Daniel war sicher, es besser zu wissen.

# Dritter Teil

## 13

Der dreißigste ist ein schlechter Geburtstag, wenn man nichts vorzuweisen hat. Denn bis dahin haben sich die alten Ausreden ziemlich abgenützt. Wer mit dreißig ein Versager ist, wird ziemlich sicher auch für den Rest seines Lebens ein Versager bleiben, und er weiß das auch. Aber das schlimmste dabei ist nicht die Verlegenheit, die einem in kleinen Dosen sogar ganz gut tun kann; das schlimmste ist die Art, wie sich das Versagen wie Asbest in die Zellen des Körpers einfrißt. Man lebt im ständigen Gestank der eigenen Angst, wartet auf die nächste, größere Katastrophe: Parodontose, die Kündigung der Wohnung, was auch immer. Es ist, als sei man, Gesicht an Gesicht, an einen madenzerfressenen Leichnam gefesselt, als praktische Demonstration für die Tatsache, wie sterblich man ist. Das war einmal jemandem passiert, in einem Film, den Daniel gesehen hatte, vielleicht war es auch nur ein Buch gewesen. Auf jeden Fall schien das Leben, das Daniel an diesem Morgen, dem Morgen seines dreißigsten Geburtstages, vor sich liegen sah, auf der gleichen, beschissenen Ebene mies zu sein, der einzige Unterschied war nur, daß der Körper, an den er gefesselt war, sein eigener war.

Die Dinge, die er sich vorgenommen hatte, hatte er nicht getan. Er hatte zu fliegen versucht und war gescheitert. Als Musiker war er ein Nichts. Seine Erziehung war eine Farce gewesen. Er war pleite. Und keine dieser Bedingungen schien einer Veränderung zugänglich. Von jedem Buchhaltungssystem mußte das als Versagen gewertet werden. Soviel gestand er immer ein, ob er es fröhlich oder verdrießlich tat, hing von seiner Stimmung und vom Grad seiner Nüchternheit ab. Es wäre sogar ein Bruch der Etikette gewesen, unter den Leuten, die er seine Freunde nannte, etwas anderes zu behaupten, denn auch sie waren Versager. Zugegeben, erst wenige hatten schon die unterste Stufe erreicht, und für einen oder zwei war der Titel Versager nur ein Ehrentitel, denn sie würden, obwohl sie ihre Träume nicht erreicht hatten, doch nie völlig mittellos sein. Daniel jedoch war schon ganz unten gewesen, wenn auch nur im Sommer und nie länger als eine Woche an einem Stück, daher war es vielleicht nur Schauspielerei gewesen — Kostümprobe für das Schlimmste, das erst noch kommen mußte. Im Augenblick jedoch war er noch zu gut aussehend, um auf der Straße schlafen zu müssen, es sei denn, er wollte es nicht anders.

Wenn man für das, was einem beschert wurde, danken wollte, dann mußte wirklich das Aussehen an erster Stelle stehen, obwohl es heute morgen nach Asche schmeckte. Da war es, in dem fleckigen Badezimmerspiegel, als er (mit einem geliehenen Rasierapparat und Schaum von einem Stückchen gelber Wäscheseife) die Ränder seines Bartes abschabte: das Gesicht, das ihn so oft in letzter Minute gerettet hatte, dieses kraftlose, freundliche Gesicht, das ihm nur durch einen äußerst glücklichen Zufall zu gehören schien, so wenig enthüllte es jemals sein eigenes, verdrossenes Gefühl, wer er wirklich war. Nicht mehr Daniel Weinreb, Daniel mit der glänzenden Verheißung, sondern Ben Bosola, Ben am Ende der Sackgasse.

Der Name, den er verwendet hatte, um sich bei der Ersten Nationalen Flughilfe einzutragen, war seither immer sein Name geblieben. »Bosola« nach der Familie, die den Kellerraum in der Chickasaw Avenue gemietet hatte, der später sein Schlafzimmer geworden war. Ben aus keinem besonderen Grund, außer daß es ein Name aus dem Alten Testament war. Ben Bosola: ein Laffe, ein Betrüger, ein Haufen Dreck. Oh, er hatte eine ganze Litanei von Beschimpfungen, aber irgendwie, so sehr er jede einzelne dieser Bezeichnungen verdiente, konnte er doch nie ganz glauben, daß er wirklich gar so schlimm sein sollte. Er *mochte* das Gesicht im Spiegel und war immer ein wenig überrascht, angenehm überrascht, wenn er es dort entdeckte, lächelnd, dasselbe wie immer.

Jemand klopfte an die Badezimmertür, und er fuhr zusammen. Er war fünf Minuten vorher noch alleine in der Wohnung gewesen.

»Bist du das, Jack?« fragte eine Frauenstimme.

»Nein. Ich bin Ben.«

»Wer?«

»Ben Bosola. Ich glaube nicht, daß Sie mich kennen. Wer sind Sie?«

»Seine Frau.«

»Oh. Müssen Sie auf die Toilette?«

»Eigentlich nicht. Ich hörte nur, daß hier drinnen jemand war und wollte wissen, wer es war. Möchten Sie eine Tasse Kaffee? Ich mache mir gerade welchen.«

»Sicher. Immer.«

Er wusch sein Gesicht in der Schüssel und betupfte die Unterseite seines Kinns mit Jacks Kölnisch Wasser (oder war es das seiner Frau?).

»Hallo«, sagte er, als er mit seinem strahlendsten Lächeln aus dem Badezimmer auftauchte. Man hätte aufgrund dieser strahlenden Schneidezähne nie gedacht, was für eine

Fäulnis sich weiter hinten in seinem Mund ausbreitete, wo er schon drei Backenzähne verloren hatte. Wie entsetzt wäre sein Vater gewesen, hätte er seine Zähne in einem solchen Zustand gesehen.

Jacks Frau nickte ihm zu und stellte eine Tasse Kaffee auf die weiße Frühstücksbar aus Plastik. Sie war eine kleine, rundliche Frau mit roten, rheumatischen Händen und roten, tränenden Augen. Sie trug einen Hänger im hawaiischen Schnitt, der aus alten Handtüchern zusammengesetzt war, mit langen, bunten Ärmeln, die ihre unglückseligen Hände anscheinend verbergen sollten. Ein einzelner, dicker, blonder Zopf kam aus einem Berg nach oben gekämmten Haares heraus und schwang wie ein Schwanz auf ihrem Rücken hin und her.

»Ich wußte gar nicht, daß Jack verheiratet ist«, sagte Daniel mit liebenswürdiger Ungläubigkeit.

»Oh, eigentlich ist er das auch nicht. Ich meine, nach dem Gesetz sind wir natürlich Mann und Frau.« Sie ließ ein abschätziges Schnauben hören, mehr ein Niesen als ein Lachen. »Aber wir *leben* nicht zusammen. Es ist nur eine Übereinkunft.«

»Mhm.« Daniel schlürfte den lauwarmen Kaffee, der vom letzten Abend war, nur aufgewärmt.

»Er läßt mich morgens, wenn er zur Arbeit geht, die Wohnung benützen. Als Gegenleistung mache ich ihm die Wäsche. Und so weiter.«

»Aha.«

»Wissen Sie, ich komme aus Miami. Das ist also wirklich die einzige Möglichkeit, wie ich einen festen Wohnsitz nachweisen kann. Und ich glaube, ich könnte einfach nirgendwo anders mehr leben. New York ist so . . .« Sie ließ ihre Plüschärmel flattern, weil ihr die Worte fehlten.

»Sie brauchen mir das nicht zu erklären.«

»Ich erkläre es gerne«, protestierte sie. »Sie müssen sich

doch auf jeden Fall gefragt haben, wer ich bin, als ich einfach so hereinplatzte.«

»Was ich sagen wollte, war, daß ich selbst nur ein Zeitweiliger bin.«

»Wirklich? Das hätte ich nie gedacht. Sie sehen irgendwie aus wie ein Einheimischer.«

»Oberflächlich gesehen bin ich es auch. Aber ich bin genauso ein Zeitweiliger. Es würde zu lange dauern, wenn ich das erklären wollte.«

»Wie sagten Sie doch, war Ihr Name?«

»Ben.«

»Ben — das ist ein wunderschöner Name. Ich heiße Marcella. Scheußlicher Name. Wissen Sie, was Sie tun sollten, Ben: Sie sollten heiraten. Es muß nicht unbedingt ein Vermögen kosten. Für jemanden wie Sie sicher nicht.«

»Mm.«

»Entschuldigen Sie, es geht mich ja nichts an. Aber auf die Dauer gesehen lohnt es sich. Die Ehe meine ich. Natürlich ist es für mich im Augenblick praktisch kein sehr großer Unterschied. Ich lebe noch immer in einem Schlafsaal, obwohl man es ein Wohnhotel nennt. Deswegen komme ich gerne hierher, wenn ich kann, nur, um allein zu sein. Aber ich habe jetzt eine registrierte Arbeit, als Kellnerin, also werden wir in ein paar Jahren, wenn ich mich als Ortsansässige mit eigener Berechtigung qualifiziert habe, die Scheidung einreichen, dann kann ich mir eine eigene Wohnung suchen. Es gibt immer noch eine Menge davon, wenn man qualifiziert ist. Obwohl ich, wenn ich realistisch bin, glaube, daß ich mit jemandem werde teilen müssen. Aber es wird eine ganze Menge besser sein als ein Schlafsaal. Ich hasse Schlafsäle. Sie nicht?«

»Ich habe es im allgemeinen geschafft, ihnen zu entgehen.«

»Wirklich? Das ist erstaunlich. Ich wollte, ich wüßte Ihr Geheimnis.«

Er lächelte unbehaglich, stellte die Tasse mit dem schlammigen Kaffee ab und stand auf.

»Nun, Marcella, mein Geheimnis werden Sie erraten müssen. Ist nämlich Zeit, daß ich mich verdrücke.«

»In diesem Aufzug?«

Daniel trug Gummisandalen und Turnhosen.

»So bin ich hergekommen.«

»Sie hätten kein Interesse zu bumsen, oder?« fragte Marcella.

»Ganz offen gefragt.«

»Tut mir leid, nein.«

»Ist schon gut. Ich habe es auch nicht erwartet.« Sie lächelte matt. »Aber das ist das Geheimnis, nicht wahr — das Geheimnis Ihres Erfolges?«

»Ganz richtig, Marcella. Sie haben es erraten.«

Es hatte keinen Sinn, den Konflikt noch auszuweiten. Die Milch war von Marcellas Standpunkt aus sowieso verschüttet. Nichts nagt so an einem wie eine abgelehnte Einladung. Also sagte er, sanft wie ein Mäuslein, auf Wiedersehen und ging.

Unten auf dem Gehsteig war es windig und bedeckt, viel zu kalt für Ende April, und *viel* zu kalt, um ohne Hemd herumzulaufen. Die Leute bemerkten es natürlich, aber entweder auf belustigte oder auf anerkennende Weise. Wie gewöhnlich fühlte sich Daniel durch die Aufmerksamkeit aufgemuntert.

In der zwölften Straße ging er in einen Buchladen, das gemalte, verblaßte Schild über dem Fensterbrett wies ihn jedenfalls noch als solchen aus, und erledigte seinen Morgenschiß. Lange Zeit saß er danach in der Zelle, las die Kritzeleien auf der Metalltrennwand und versuchte, einen eigenen, originellen Beitrag zu finden. Die ersten vier Zeilen des Limericks kamen nur so herangerattert, aber um einen Schluß war er verlegen, bis er sich entschieden hatte, die letzte Zeile als eine Art von Ansporn frei zu lassen, und siehe da, da war der Schluß:

*Ein Zeitweiliger hatte 'nen Schwanz*
*Dem gab er den Namen Franz,*
*Der bereitet ihm Sorgen*
*Mit seiner Gier nach Orgien,*
*Und (mach weiter, wenn du es kannst!)*

Im Geiste zog er vor seiner Muse den Hut, wischte sich wie ein Araber mit der linken Hand den Hintern und roch dann an seinen Fingern.

Fünf Jahr vorher, als immer noch ein paar schwelende Glutstücke der alten Chuzpe in ihm waren, hatte Daniel eine Leidenschaft für Lyrik entwickelt. Leidenschaft ist wahrscheinlich ein zu gefühlsbetonter Ausdruck für einen Enthusiasmus, der so systematisch und gewollt war wie dieser. Seine Gesangslehrerin- und Reich-Therapeutin war zu dieser Zeit Renata Semple gewesen, und sie hatte die nicht ungewöhnliche Theorie vertreten, der beste Weg, zum Fliegen zu kommen, wenn man auf Dauer am Boden festzukleben scheint, sei, den Stier bei den Hörnern zu packen und sich seine Lieder selbst zu schreiben. Welches Lied wird schließlich mit größerer Wahrscheinlichkeit von Herzen empfunden als eines, das in demselben Herzen entstanden ist, das es fühlt? Daniel, der die Texte der Lieder, die er so erfolglos sang, eher als gegeben hinnahm (der sie tatsächlich lieber in einer fremden Sprache hatte, um nicht von der Musik abgelenkt zu werden), hatte hier einen ganzen, neuen Kontinent zu erforschen, und einen, der sich als viel aufnahmefreudiger und zugänglicher erwies, als die

Musik allein es je gewesen war. Zuerst waren seine Texte vielleicht nur ein zu süßliches Wortgeklingel gewesen, aber sehr bald hatte er den Bogen rausgehabt und ganze kleine Singspiele selbst produziert.

Mit der Theorie mußte jedoch irgend etwas nicht gestimmt haben, denn die Lieder, die Daniel schrieb — zumindest die besten davon — hatten, obwohl sie ihn selbst nie vom Boden wegbrachten, ganz gut bei anderen Sängern, einschließlich Dr. Semple, funktioniert, die sich normalerweise nicht ganz leicht tat. Wenn also seine Lieder nicht mit irgendeinem Makel behaftet waren, dann mußte der Makel bei Daniel selbst liegen, irgendein Astknoten im Holz seiner Seele, den er mit keinem Energieaufwand wegglätten konnte. Also hatte er, beinahe mit einem Gefühl der Dankbarkeit für die darauffolgende Erleichterung, aufgehört, es zu versuchen. Er schrieb ein letztes Lied, einen Abschied an Erato, die Muse der lyrischen Dichtung, und bemühte sich nicht einmal, es in einem Flugapparat auszuprobieren. Er sang überhaupt nicht mehr, außer, wenn er alleine war und das spontane Bedürfnis danach hatte (was selten vorkam), und alles, was von seiner Karriere als Dichter übriggeblieben war, war die Gewohnheit, Limericks zu verfassen, wie er heute in der Toilette bewiesen hatte.

In der Tat war Daniel, trotz seiner Absage an die schönen Künste und die Belletristik insgesamt ziemlich stolz auf seine Kritzeleien, von denen einige gut genug waren, um im Gedächtnis behalten und von anderer Hand in öffentlichen Bedürfnisanstalten überall in der Stadt kopiert zu werden. Jedesmal, wenn Daniel eines seiner Werke so verewigt fand, war es, als finde er eine Büste von sich selbst im Central Park oder seinen Namen in der *Times* — ein Beweis, daß er seine eigene, kleine, aber charakteristische Beule auf der Stoßstange der westlichen Zivilisation hinterlassen hatte.

Auf der Elften Straße, auf halbem Wege zur Siebten Avenue fingen Daniels Antennen Signale auf, die ihn veranlaßten, stehenzubleiben und die Gegend zu erkunden. Ein paar Häuserfronten weiter weg, auf der anderen Straßenseite, standen drei schwarze Teenagermädchen, bemüht unauffällig in der Türnische eines kleinen Wohnhauses. Lästig, aber Daniel hatte lange genug in New York gelebt, um seinen eigenen Radar nicht zu ignorieren, daher drehte er sich um und nahm seinen gewöhnlichen Weg zur Turnhalle, der sowieso kürzer war, die Christopher Street entlang.

Am Sheridan Square kehrte er zu seinem traditionellen Gratisfrühstück im »Dodge Em Doughnut Shop« ein, das aus einem zähflüssig gefüllten Berliner mit Milch bestand. Als Gegenleistung ließ er den Mann an der Theke an den Abenden die Turnhalle benützen, an denen er die Aufsicht hatte. Larry (der Mann an der Theke) beschwerte sich über seinen Chef, die Kunden und die Installation, und gerade, als Daniel gehen wollte, fiel ihm ein, daß am Tag zuvor ein Anruf für ihn gekommen war, was ein wenig seltsam war, weil Daniel die Telefonnummer des Imbißstandes seit mehr als einem Jahr nirgends mehr angegeben hatte. Larry gab ihm die Nummer, die er zurückrufen sollte: Mr. Ormund, Nebenstelle 12, 580-8960. Vielleicht sprang dabei ein wenig Geld heraus, man konnte nie wissen.

Die Adonis-GmbH, vom Imbißstand aus auf der anderen Seite der Siebenten Avenue im ersten Stock über einer Zweigstelle der City Bank, war für Daniel das, was einer ständigen Adresse am nächsten kam. Im Austausch dafür, daß er zu verschiedenen Zeiten den Empfang besorgte, und drei Abende in der Woche abschloß, durfte Daniel im Umkleideraum schlafen (in den kältesten Nächten auch in der Sauna), wann immer er wollte. Er hatte einen Schlafsack und Kleidung zum Wechseln in einem Drahtkorb zusammengerollt, und er hatte seinen eigenen Becher mit seinem Namen — BENNY — darauf auf einem Regal im Badezimmer. Zwei andere Zeitweilige hatten auch Becher auf dem Regal und Schlafsäcke in den Spinden, und wenn sie alle drei dort schliefen, konnte man ganz schön Platzangst bekommen. Glücklicherweise kamen sie selten alle drei in einer Nacht zusammen, weil es gewöhnlich andere, weniger spartanische Schlafgelegenheiten gab. Zu unregelmäßigen, aber geschätzten Gelegenheiten wurde Daniel gebeten, als Wachhund für die leere Wohnung von irgend jemand zu fungieren.

Öfter noch verbrachte er die Nacht bei einer bekannten Größe aus der Turnhalle, wie zum Beispiel die letzte Nacht bei Jack Levine. Ein- oder zweimal in der Woche nahm er einfach, was er auf der Straße fand.

Aber es gab auch Nächte, in denen er keine Lust hatte, den Preis für solche Extrabequemlichkeiten zu bezahlen, und in solchen Nächten war es gut, auf die Turnhalle zurückgreifen zu können.

Es gab im Grunde zwei Klassen von Leuten, die sich in der Adonis-GmbH ausarbeiteten. Die erste Klasse bestand aus Typen, die aus dem Showbusineß kamen — Schauspieler, Tänzer, Sänger —; die zweite aus Polizisten. Man konnte behaupten, daß es auch eine dritte Klasse gab, die größer war als die beiden anderen, und die die treuesten Besucher stellte — die Arbeitslosen. Aber fast alle von ihnen waren entweder arbeitslose Typen aus dem Showbusineß oder arbeitslose Polizisten. Es war ein gängiger Witz in der Turnhalle, daß das die beiden einzigen Berufe waren, die es in der Stadt noch gab. Oder, was beinahe zutraf, die einzigen drei.

Tatsächlich war New York viel besser im Schuß als die meisten der anderen Städte an der Ostküste, die dem Zusammenbruch nahe waren, weil New York es während der

JOBST H. TELTSCHIK

vergangenen fünfzig Jahre geschafft hatte, einen guten Teil seiner Probleme zu exportieren, indem es die energischeren seiner Problemfälle ermutigt hatte, die Slums, in denen sie lebten und die sie haßten, in Schutt und Asche zu legen. Die Bronx und der größte Teil von Brooklyn waren jetzt nur noch ein Schutthaufen. Es wurden keine neuen Häuser gebaut, um die zu ersetzen, die niedergebrannt waren. Als die Stadt schrumpfte, folgte die traditionelle Leichtindustrie der Börse in den Südwesten und ließ die Künste, die Medien und den Handel mit Luxusgütern zurück (paradoxerweise alle drei in blühender Lage). Wenn man nicht auf die Liste der Sozialhilfeempfänger kommen konnte (oder Schauspieler, Sänger oder Polizist war), war das Leben schwierig bis hoffnungslos.

Sozialhilfe zu bekommen, war nicht leicht, denn die Stadt hatte langsam, aber systematisch die Bedingungen hochgeschraubt. Nur gesetzlich Ortsansässige konnten sich für Sozialhilfe qualifizieren, und man konnte nur dann ein gesetzlich Ortsansässiger werden, wenn man beweisen konnte, daß man fünf Jahre lang einer gewinnbringenden Arbeit nachgegangen war und Steuern bezahlt hatte, oder (als Alternative) die High School der Stadt absolviert hatte. Sogar die letztere Klausel war nicht ohne Haken, denn die High Schools waren nicht länger einfach Teilzeitbesserungsanstalten, sondern verlangten tatsächlich, daß ihre Schüler einige rudimentäre Fertigkeiten beherrschten, wie zum Beispiel Programmieren und englische Grammatik. Mit diesen Mitteln hatte New York seine (legale) Bevölkerung auf zweieinhalb Millionen reduziert.

All die übrigen (noch einmal zweieinhalb Millionen? Wenn die Behörden es wußten, so sagten sie es nicht) waren Zeitweilige und lebten wie Daniel, so gut sie konnten — in Schlafsälen, in Kirchenkellern, in den leeren, verlassenen Bürogebäuden und Warenhäusern im Zentrum der

Stadt, oder (diejenigen, die etwas Bargeld übrig hatten) in mit Bundesmitteln subventionierten »Hotels«, die solche Annehmlichkeiten wie Wasser, Heizung und Strom bereitstellten. In seinen ersten Jahren in New York, ehe das Geld die alles andere überwältigende Überlegung wurde (denn Boa hatte glücklicherweise in ihrem Handgepäck so viel versetzbaren Schmuck mitgenommen, daß es für ein ganzes Leben zu reichen schien — bis dann alles versetzt war), hatte Daniel in einem solchen Hotel gelebt und ein halb-privates Zimmer mit einem Zeitweiligen geteilt, der nachts arbeitete und am Tage schlief. Im *Sheldonian* am Broadway, in der Achtundsiebzigsten Straße West. Er hatte das *Sheldonian* gehaßt, solange er dort wohnte, aber diese Tage lagen jetzt weit genug hinter ihm, um ihm wie das Goldene Zeitalter vorzukommen.

Es war noch verhältnismäßig früh, als er in der Turnhalle anlangte, und der Leiter, Ned Collins, stellte gerade ein Fitneßprogramm für einen neuen Kunden auf, einen Burschen in Daniels Alter, aber ziemlich heruntergekommen. Ned tyrannisierte, ermahnte ihn und schmeichelte ihm in ausgesuchter Zusammensetzung. Er hätte — er war es! — einen erstklassigen Psychotherapeuten abgegeben. Niemand konnte einen besser durch eine moralische Krise prügeln oder aus der Niedergeschlagenheit herauskitzeln. Ned und das Gefühl eines grundsätzlichen, psychologischen Wohlbehagens, das er schuf, waren der Hauptgrund, warum Daniel die Adonis GmbH zu seinem Heim gemacht hatte.

Nachdem er den Korridor und die Treppen gefegt hatte, begann er, an seinem eigenen Fitneßprogramm zu arbeiten, und nachdem er sich hundertmal aus dem Liegen aufgesetzt hatte, hatte er auf den ersten Gang heruntergeschaltet — das war eine Stimmung oder eine Form langsamer, gedankenloser Kraft, wie sie ein Drehkran empfinden muß, wenn er am glücklichsten ist. Ned hackte auf den neuen Kunden herum. Der Wind rüttelte an den Fenstern.

Das Radio spielte sein kleines Repertoire an Melodien für die Hirngeschädigten und lieferte dann eine harmlose Polyannaversion der Nachrichten. Daniel war zu sehr mit sich selbst beschäftigt, um sich darum zu kümmern. Die Nachrichten glitten vorbei wie Straßenlärm, wie Gesichter, die vor einem Restaurant vorbeitreiben: Anzeichen für das strotzende Leben der Stadt, als solche willkommen, aber alle vermischt und undeutlich.

Nach eineinhalb Stunden hörte er auf und übernahm von Ned, der zum Mittagessen ging, den Empfang. Als er sicher war, daß niemand auf dem Korridor der Turnhalle ihm zusah, nahm er den Schlüsselring aus der Schublade und ging in den Umkleideraum, wo er die Geldkassette des Münztelefons öffnete. Mit einem Vierteldollar aus der Kassette wählte er die Nummer, die Larry ihm gegeben hatte.

Eine Frau meldete sich: »*Teatro Metastasio*. Kann ich Ihnen behilflich sein?«

Der Name ließ sämtliche Alarmglocken in Daniels Bewußtsein aufschrillen, aber er antwortete ziemlich ruhig: »Ja, man hat mir ausgerichtet, ich solle Mr. Ormund auf Nebenstelle zwölf anrufen.«

»Hier ist Nebenstelle 12, und ich bin Mr. Ormund.«

»Oh.« Daniel überwand seine Spätzündung, ohne eine Pause eintreten zu lassen. »Hier spricht Ben Bosola. Mein Antwortdienst sagte mir, ich solle Sie anrufen.«

»Ah ja. Hier im *Teatro* ist gerade eine Stelle frei, und ein gemeinsamer Freund sagte mir, Sie seien befähigt, den Posten auszufüllen.«

Es mußte ein Schabernack sein. Das *Metastasio* war, mehr als das *La Fenice*, mehr als das *Parnasse* in London, die Quelle, die treibende Kraft und der ruhmreiche Mittelpunkt der Wiederbelebung des Belcanto. Daher war es in den Augen vieler Puristen das wichtigste Opernhaus der Welt.

Wenn man gebeten wurde, im *Teatro Metastasio* zu singen, dann war das, wie wenn man eine formelle Einladung in den Himmel erhielt.

»Ich?« sagte Daniel.

»Natürlich kann ich *diese* Frage im Augenblick nicht beantworten, Ben. Aber wenn Sie herkommen würden und sich einmal ansehen ließen . . .«

»Sicher.«

»Unser gemeinsamer Freund hat mir versichert, Sie seien ein richtiger, ungeschliffener Diamant. Das sind seine Worte. Jetzt müssen wir sehen, wie ungeschliffen, und welche Art von Politur erforderlich sein wird.«

»Wann möchten Sie denn, daß ich vorbeikomme?«

»Ist jetzt gleich zu früh für Sie?«

»Hm, eigentlich würde ich lieber ein wenig später kommen.«

»Ich bin bis fünf Uhr hier. Sie wissen, wo das *Teatro* ist?«

»Natürlich.«

»Sagen Sie dem Mann an der Kasse nur, daß Sie Mr. Ormund sprechen wollen. Er wird Ihnen den Weg zeigen. Tschüs!«

»Tschüs«, sagte Daniel.

»Und«, fügte er hinzu, als er das Freizeichen hörte: »Amen, amen, amen.«

Das *Metastasio!*

Mr. Ormund hatte etwas von seinem Aussehen gesagt, oder daß er ihn sich ansehen wolle. Da war es wahrscheinlich, daß was dahintersteckte. Was also auf jeden Fall nötig war, er mußte so gut aussehen, wie er nur konnte — und zwar nicht auf bizarre, sondern auf elegante Weise, denn das war doch schließlich (und Gott sei Lob und Dank dafür) ein Einstellungsgespräch! Das bedeutete, er mußte irgendwie Claude Durkin zu fassen bekommen, denn in einem von dessen Schränken bewahrte Daniel den letzten Anzug auf, der von seinem Einkaufsbummel in Des Moines damals, vor den Flitterwochen, noch übrig war. Er hatte nur deshalb überlebt, weil er ihn in der Nacht getragen hatte, als ihm alles andere aus seinem Zimmer im *Sheldonian* gestohlen worden war. Die Jacke war ihm jetzt, dank der Adonis-GmbH, etwas knapp um die Schultern, aber der Grundschnitt des Anzugs war konservativ und verriet nicht, wie alt er war. In jedem Fall war dieser Anzug alles, was er hatte, daher mußte er es einfach tun.

Daniel holte sich einen weiteren Vierteldollar aus der Geldkassette und rief Claude Durkin an. Ein Anrufbeantworter meldete sich, das konnte entweder bedeuten, daß Claude ausgegangen war oder daß ihm nicht nach Gesellschaft zumute war. Claude wurde in regelmäßigen Abständen von erdrückenden Depressionen heimgesucht, die ihn wochenlang ununterbrochen vom Verkehr mit der Außenwelt abschnitten. Daniel erklärte dem Anrufbeantworter die Dringlichkeit seiner Situation, dann, als Ned vom Essen zurückkam, trabte er in Richtung Wall Street davon, wo Claude wohnte, in den Jeans und dem Rollkragenpullover aus seinem Spind. Wenn es zum Schlimmsten kommen sollte, würde er darin zu Ormund gehen müssen.

Der ganze Wall-Street-Bezirk war aus Sicherheitsgründen streng abgeschirmt, aber Daniel war am Kontrollposten an der William Street als Besucher eingetragen und konnte ungehindert durchgehen. Claude war jedoch noch immer nicht zu Hause, als Daniel bei seinem Haus ankam, oder er wollte nicht gestört werden, daher ließ sich Daniel auf die Betonbrüstung eines Zierteiches fallen und wartete. Daniel war gut im Warten. Er verdiente sich sogar seinen Lebensunterhalt mit Warten, indem er sich in den Schlangen vor Kassenschaltern für Eintrittskarten anstellte. Er pflegte früh an dem Morgen, an dem die Karten erhältlich waren, an eine Kasse zu gehen (manchmal ein oder zwei Tage im voraus), um Karten für Leute zu kaufen, die keine Zeit hatten, sich selbst anzustellen, oder die einfach keine Lust dazu hatten. Durch die Arbeit in der Turnhalle hatte er ein Dach über dem Kopf; mit dem Anstellen verdiente er sich sein Essen, zumindest von September bis Ende Mai, wenn es etwas gab, wofür es sich lohnte, sich anzustellen. Im Sommer mußte er andere Möglichkeiten finden, um zu überleben.

Claude Durkin war einer von Daniels besten Kunden. Auch, auf zimperliche Weise, sein Freund. Sie hatten einander in Daniels besseren Tagen kennengelernt, als er einen Kurs in der *Amateurliga von Manhattan* besucht hatte. Die A. L. M. war weniger eine Musikschule als vielmehr eine Institution zur Einführung. Man ging dorthin, um andere Musiker kennenzulernen, die hinsichtlich Geschmack, Begeisterung und Unfähigkeit etwa auf gleicher Ebene wie man selbst standen. Claude war seit Jahren immer wieder einmal hingegangen und hatte die meisten Kurse im Programm belegt. Als sie sich kennenlernten, war er vierzig, Junggeselle und eine Fee, wenn auch mit unausgeglichenen Fähigkeiten. In seiner Jugend war er ziemlich regelmäßig geflogen, immer jedoch mit großer Anstrengung. Jetzt hob er höchstens noch zwei- oder dreimal im Jahr ab, mit noch größerer Anstrengung. Daniel fragte sich immer, obwohl er zu höflich war, Claude direkt darauf anzusprechen, warum er nicht einfach für immer davonflog, so wie es (anscheinend) Boa getan hatte, so wie er selbst vorhatte, es zu tun, wenn er jemals die Startgeschwindigkeit erreichen sollte, was (auch anscheinend) niemals der Fall sein würde. Leider.

Er wartete, und er wartete, und dabei schwelgte er die

ganze Zeit in Phantasien über das *Metastasio*, obwohl er wußte, daß er das eigentlich nicht tun sollte, da er den Posten vielleicht nicht bekommen würde. Allmählich schien es wärmer zu werden. Die Quelle gluckerte und gurgelte in der Mitte des Teichs. Ein verirrter Pudel rannte im Kreis herum, kläffend, und wurde schließlich gefunden. Ein Polizist wollte seinen Ausweis sehen — und erkannte ihn dann. Es war ein Polizist aus der Turnhalle.

Als er schließlich den Portier zum drittenmal bat zu klingeln, wurde er eingelassen. Claude war die ganze Zeit zu Hause gewesen, so stellte es sich heraus — er hatte geschlafen. Er war in einer seiner düstereren Stimmungen, was er jedoch aus Rücksicht auf Daniels Euphorie zu verbergen suchte. Daniel erzählte die kurze Geschichte von Ormunds Anruf, und Claude bemühte sich, beeindruckt zu erscheinen, obwohl er immer noch halb schlief.

Daniel lehnte Claudes Angebot, ein Bad in seiner Wanne zu nehmen, beim erstenmal ab, beim zweitenmal nahm er es an. Während Daniel in der Wanne weichte, und dann, während er sich abschrubbte, erzählte ihm Claude, in Lotosstellung auf dem Teppich sitzend, den Traum, aus dem er gerade erwacht war. Es ging darum, daß er durch, um und über verschiedene Kirchen in Rom geflogen war, Phantasiekirchen, die Claude in ermüdender Detailliertheit beschreiben konnte. Obwohl er seit langem kein praktizierender Katholik mehr war, nicht einmal mehr praktizierender Architekt, waren Kirchen Claudes Faible. Er wußte alles, was es über die kirchliche Architektur der Renaissance in Italien zu wissen gab. Er hatte sogar an der New Yorker Universität Vorlesungen darüber gehalten, bis sein Vater gestorben war und ihm einen großen Brocken weltlicher Architektur hinterlassen hatte, dessen Mieteinnahmen es Claude ermöglichten, sein jetziges, freies, mißmutiges Leben zu führen. Er wußte nie, was er anfangen sollte, interessierte sich für Dinge und legte sie wieder beiseite wie Nippes in einem Antiquitätenladen. Am anhaltendsten beschäftigte er sich mit der Dekoration seiner Wohnung, die er alle paar Monate, je nach seinen neuesten Erwerbungen, veränderte. Die Wände all seiner Räume waren ein endloses Büffet, auf dem alle möglichen Stücke aus dem armen, alten, zertrümmerten Europa ausgestellt waren: ionische Kapitelle, kleine Elfenbeinmadonnen, große Nußbaummadonnen, Einzelornamente aus Stuckfriesen, Proben von Gußformen, Fragmente von Statuen in jedem Stadium der Auflösung, Zinngefäße, Silbergefäße, Schwerter, Goldbuchstaben von Ladenfronten, alles war wie Kraut und Rüben in die nach Maß gefertigten Regale gestopft. Jedes Stück Trödel, jedes wertvolle Juwel hatte seine eigene Geschichte, die von dem Laden handelte, wo er es gekauft oder von der Ruine, wo er es ausgegraben hatte.

Zu Claudes Ehre muß gesagt werden, daß er die meisten seiner Erwerbungen selbst ausfindig gemacht hatte. Wenn immer er flog, war sein Ziel irgendein Bombenkrater in Frankreich oder Italien, wo er wie eine geisterhafte Elster um den Schutt flitzte, ganz schwindlig angesichts seiner Beute. Wenn er dann in sein Nest in der Wall Street zurückgeflogen war, schickte er Anweisungen an verschiedene Agenten, die sich darauf spezialisiert hatten, für amerikanische Sammler Raritäten aufzustöbern. Alles in allem schien das für Daniel eine große Verschwendung von Flugzeit zu sein, vom Geld gar nicht zu reden. Er hatte das sogar zu Weihnachten einmal zu Claude gesagt, in der (so hoffte er) taktvollen Form eines Limericks, den er auf das Deckblatt eines Buches schrieb, das er ihm geschenkt hatte (es war ein Reiseführer durch Italien aus dem 19. Jahrhundert, den er in einer Kiste voll Müll gefunden hatte).

Jetzt stand er, der Limerick, auf einen Granitgrabstein

eingraviert, unter Claudes Namen und seinem Geburtsdatum, ein akzeptierter Teil der Szenerie:

*Eine Fee namens Claude wollte gern*
*Besuchen Gott, unsern Herrn,*
*Doch ER war nicht zu Hause*
*Drum in Rom macht' er Pause*
*Auf Maria Minervas Latern'.*

Nachdem Claude seinen Traum erzählt und sich über ein oder zwei schlimme Vorzeichen darin weidlich gesorgt hatte, zeigte er sich von Daniels Aufmachung befriedigt, mit Ausnahme seiner Krawatte, die er, darauf bestand er, durch eine von seinen eigenen ersetzte, die das neueste Muster des letzten Jahres zeigte, riesige Wassertropfen, die an klarem, grünem Glas hinunterlaufen. Dann, mit einem Kuß auf die Wange und einem Klaps auf das Hinterteil, brachte er Daniel zum Lift und wünschte ihm alles Gute.

Armer Claude, er sah *so* vergrämt aus!

»Kopf hoch«, drängte Daniel, gerade als die Türen sich schmatzend zwischen ihnen schlossen. »Das war ein *glücklicher* Traum.« Und Claude gehorchte und verzog seine Lippen zu einem Lächeln.

Das Vorzimmer zu Mr. Ormunds Büro, wo Daniel eine halbe Stunde lang warten mußte, war mit so vielen Chromolithographien der Stars des *Metastasio* dekoriert, daß man die Tapete aus Rohseide dahinter beinahe nicht mehr sehen konnte. Alle Stars trugen die Perücken und Kostüme ihrer berühmtesten Rollen. Alle Bilder trugen Inschriften, massenweise Liebe und Fässer voll Küsse für abwechselnd: »Carissimo Johnny«, »Notre très cher maître«, »den lieben Sambo«, »das süße Dickerchen« und (von Stars von geringerer Bedeutung) »dem lieben Mr. Ormund«.

Der liebe Mr. Ormund persönlich war ein entsetzlich dicker, berufsmäßig fideler, geckenhaft gekleideter Geschäftsmann, ein Falstaff und ein Falschneg der tiefsten Färbung, jenem dunkelsten Braun, das ein noch dunkleres Purpur ahnen läßt. Falschnegs (aus dem Französischen: »faux noirs«) waren ein Phänomen, das beinahe ausschließlich im Osten auftrat. In Iowa und im ganzen Farmgürtel waren Weiße, die ihre Haut schwarz färbten oder auch nur eines der wirksameren Bräunungsmittel wie »Jamaica Lily« benützten, sogar in Gefahr, schwere Strafen bezahlen zu müssen, wenn man sie erwischte. Es war ein Gesetz, das nicht allzuoft angewandt und vielleicht auch nicht allzuoft gebrochen wurde. Nur in den Städten, wo die Schwarzen begonnen hatten, einige der politischen und gesellschaftlichen Vorteile einzuheimsen, die ihnen ihr Mehrheitsstatus verschaffte, kamen die Falschnegs überhaupt in größerer Anzahl vor. Die meisten ließen einen auffälligen Teil ihres Körpers ungefärbt (bei Mr. Ormund war es der kleine Finger der rechten Hand), zum Zeichen dafür, daß sie infolge ihrer eigenen Entscheidung Neger waren, nicht aufgrund irgendeines Schicksals. Einige taten noch mehr, als sich zu färben und die Haare zu kräuseln, sie entschieden sich für eine kosmetische Operation, aber wenn Mr. Ormunds leicht nach oben gebogene Nase nicht ein Produkt der Natur war, so war er bei der Wahl eines Modells sehr diskret gewesen, denn es fehlten noch Zentimeter zu einer ausgewachsenen King-Kong-Nase. Sollte er einmal seine Haut zu ihrer natürlichen Farbe ausbleichen lassen, würde man niemals erkennen, was er einmal gewesen war. Dadurch wurde er natürlich ein weniger als hundertprozentiger, fanatischer, völliger und unwiderruflicher Falschneg, aber trotz alledem Falschneg genug für Daniel, der ihm die Hand gab und, als er das verräterische Rosa sah, sich psychologisch leicht verunsichert fühlte. In mancher Hinsicht war er eben immer noch ein Iowaner. Er konnte nichts dagegen tun: er hatte einfach etwas gegen Falschnegs.

»Sie sind also Ben Bosola!«

»Mr. Ormund.«

Statt Daniels Hand loszulassen, behielt Mr. Ormund sie fest in seinen beiden Händen. »Meine Informanten haben nicht übertrieben. Sie sind wirklich ein richtiger Ganymed.« Er sprach mit einem weichen, trällernden Alt, der echt sein mochte oder auch nicht. Konnte es sein, daß er, außer ein Falschneg, auch noch ein Kastrat war? Oder täuschte er das Falsett nur vor, wie es so viele andere Anhänger des Belcanto taten, um den Sängern nachzueifern, die sie verehrten?

Mochte er doch so außergewöhnlich und so abstoßend sein, wie er wollte, Daniel konnte es sich nicht leisten, eingeschüchtert zu wirken. Er nahm alle seine fünf Sinne zusammen und erwiderte mit einer Stimme, die vielleicht ein wenig voller und sonorer klang als gewöhnlich: »Nicht ganz ein Ganymed, Mr. Ormund. Wenn ich mich recht an die Geschichte erinnere, war Ganymed etwa halb so alt wie ich.«

»Sie sind also fünfundzwanzig? Das hätte ich nie gedacht. Aber setzen Sie sich doch. Möchten Sie ein Bonbon?« Er deutete mit der Hand mit dem rosa Finger auf eine Schale mit harten Bonbons auf seinem Schreibtisch, dann sank er in die seufzenden Vinylpolster eines niedrigen Sofas. Er lehnte sich zurück, stützte sich auf einen Ellenbogen und betrachtete Daniel mit so unverwandter Aufmerksamkeit, daß es gleichzeitig schlau und träge wirkte. »Erzählen Sie mir etwas von sich, mein Junge — von Ihren Hoffnungen, Ihren Träumen, Ihren geheimen Qualen, Ihren schwelenden Leidenschaften — alles! Aber nein, diese Dinge überläßt man immer am besten der Phantasie. Lassen Sie mich nur die Erinnerungen in diesen dunklen Augen lesen.«

Daniel saß steif da, seine Schultern berührten, stützten sich aber nicht gegen die Lehne eines spindelbeinigen, imitiert antiken Stuhles, und bot seine Augen der Prüfung dar. Er überlegte, daß dies wohl das Gefühl war, das andere Leute empfinden mußten, wenn sie zum Zahnarzt gingen.

»Sie haben die Tragik kennengelernt, wie ich sehe. Und das Herzeleid. Aber Sie haben es mit einem Lächeln überstanden. Eigentlich fallen Sie immer wieder auf die Füße. Habe ich recht?«

»Vollkommen recht, Mr. Ormund«, antwortete Daniel lächelnd.

»Auch ich habe das Herzeleid kennengelernt, caro mio, und eines Tages werde ich Ihnen davon erzählen, aber wir haben eine Redensart im Theater — eins nach dem anderen. Ich darf Sie nicht weiterhin mit meinem leeren Geschwätz auf die Folter spannen, wenn Sie hören wollen, was mit der Stellung ist.«

Daniel nickte.

»Um mit dem Schlimmsten anzufangen: die Bezahlung ist der reinste Hungerlohn. Das wußten Sie wahrscheinlich.«

»Ich will nur eine Chance, um mich zu bewähren, Mr. Ormund.«

»Aber es gibt Trinkgelder. Für einige der Jungen hier waren sie, glaube ich, nicht unbeträchtlich, keineswegs unbeträchtlich. Es hängt letzten Ende von Ihnen ab. Sie können sich einfach mit den lauen Winden treiben lassen, aber es ist, mit ein wenig Mumm, ebenso gut möglich, daß Sie ein hübsches Sümmchen zusammenbringen. Sie würden es nicht glauben, wenn Sie mich jetzt ansehen, Ben, aber ich habe vor dreißig Jahren, als das hier noch das *Majestic* war, ebenso angefangen wie jetzt Sie: als gewöhnlicher Platzanweiser.«

»Als Platzanweiser?« wiederholte Daniel in unverhohlener Bestürzung.

»Ja, was haben Sie denn erwartet?«

»Sie sagten nicht, um welche Stellung es sich handelte. Ich glaube, ich dachte ...«

»O je. Schlimm, schlimm. Es tut mir leid. Sie sind also Sänger?«

Daniel nickte.

»Unser gemeinsamer Freund hat sich einen höchst unfreundlichen Scherz geleistet, fürchte ich. Auf unser beider Kosten. Ich habe keine Verbindung mit diesem Bereich des Hauses — überhaupt keine. Es tut mir so leid.«

Mr. Ormund erhob sich vom Sofa, wobei die Polster wieder seufzten, und stellte sich neben die Tür zum Vorzimmer. War seine Bestürzung echt oder nur vorgetäuscht? War das Mißverständnis gegenseitig gewesen, oder hatte er Daniel nur zu seiner eigenen Unterhaltung an der Nase herumgeführt? Da man ihm so buchstäblich die Tür zeigte, hatte Daniel keine Zeit, solch schwierige Punkte durchzudenken. Er mußte eine Entscheidung treffen. Er traf sie.

»Es gibt für Sie keinen Grund, irgend etwas zu bedauern, Mr. Ormund. Auch für mich nicht. Das heißt, wenn Sie mir den Posten immer noch geben wollen.«

»Aber wenn das Ihre Karriere stören würde . . .?«

Daniel stieß ein theatralisches Lachen aus. »Machen Sie sich deshalb keine Sorgen. Meine Karriere kann gar nicht gestört werden, weil sie nicht existiert. Ich habe seit Jahren nicht ernsthaft studiert. Ich hätte wissen müssen, daß das *Metastasio* mich nicht wegen einer Stelle im Chor anrufen würde. Ich bin nicht gut genug, so einfach ist das.«

»Mein Lieber«, sagte Mr. Ormund und legte sanft seine Hand auf Daniels Knie, »Sie sind ausgezeichnet. Sie sind hinreißend. Und wenn wir in einer vernünftigen Welt lebten, was nicht der Fall ist, würde es kein Opernhaus in dieser Hemisphäre geben, das nicht entzückt wäre, Sie zu engagieren. Sie *dürfen* nicht aufgeben!«

»Mr. Ormund, ich bin ein miserabler Sänger.«

Mr. Ormund seufzte und nahm seine Hand weg.

»Aber ich glaube, ich wäre ein phantastischer Platzanweiser. Was meinen Sie dazu?«

»Sie würden sich nicht ... schämen?«

»Wenn ich damit Geld verdienen könnte, wäre ich entzückt. Gar nicht zu reden von der Chance, Ihre Aufführungen sehen zu können.«

»Ja, es ist schon ein Vorteil, wenn man das Zeug mag. So viele von den Jungs haben kein ausgebildetes Ohr, fürchte ich. Es gehört ein besonderer Geschmack dazu. Sie sind also mit dem *Metastasio* vertraut?«

»Ich habe Aufzeichnungen gehört. Aber ich war noch nie in einer Aufführung. Dreißig Dollar für eine Karte, das geht ein wenig über meine Verhältnisse.«

»O je, o jemine.«

»Noch eine Schwierigkeit?«

»Ja, Ben, wissen Sie ...« Er hob die Hand an die Lippen und hüstelte zart. »Es gibt eine Kleidervorschrift, an die sich unsere Platzanweiser halten müssen, eine ziemlich strenge Vorschrift.«

»Ach.«

Sie schwiegen beide eine Weile. Mr. Ormund stand hinter seinem Schreibtisch und nahm eine geschäftsmäßige Haltung ein, indem er die Hände hinter dem Rücken faltete und seinen faßförmigen Bauch angriffslustig nach vorne schob.

»Meinen Sie«, fragte Daniel vorsichtig, »daß ich ... äh ... meine Haut dunkel färben müßte?«

Mr. Ormund brach in silberhelles Lachen aus und hob die Arme in einer komödiantenhaften Demonstration von Fröhlichkeit. »O Gott, nein! Nichts so Drastisches. Obwohl ich natürlich der letzte wäre, der es irgendeinem von den Jungs verbieten würde, diese Möglichkeit zu nützen. Nein, wir könnten nicht verlangen, daß sich jemand gegen seinen Willen verwandelt (obwohl ich lügen müßte, wollte ich leugnen, daß ich die Idee zumindest ansprechend finde). Aber es gibt eine Uniform, die getragen werden muß, und obwohl es im wesentlichen eine recht bescheidene Art von Uniform ist, ist sie ziemlich, wie soll ich sagen, lebhaft. Vielleicht ist ›schreiend‹ das treffendere Wort.«

Daniel, der nur in Turnhosen durch die ganze Stadt gegangen war, sagte, er glaube nicht, daß ihn das stören würde.

»Auch muß ich leider sagen, daß wir keine Bärte gestatten können.«

»Ach.«

»Das ist schade, nicht wahr? Der Ihre ist so voll und ausdrucksstark, wenn ich so sagen darf. Aber sehen Sie, das *Metastasio* ist bekannt für seine Authentizität. Wir inszenieren die Opern so, wie sie ursprünglich aufgeführt wurden, soweit das möglich ist. Und im Zeitalter Ludwigs XV. hatten livrierte Diener keine Bärte. Man könnte Vorbilder für Schnurrbärte finden, wenn das ein Trost ist, sogar für ziemlich prahlerische. Aber keine Bärte. Ahimé, wie unsere spanischen Freunde sagen.«

»Ahimé«, stimmte Daniel aufrichtig zu. Er biß sich auf die Lippen und blickte auf seine Schuhe hinunter. Sein Bart hatte ihn jetzt zwölf Jahre lang begleitet. Er war ein ebenso wesentlicher Teil seines Gesichts wie seine Nase. Außerdem fühlte er sich dahinter ausgesprochen sicher. Nur einmal war Daniel hinter seiner Maske aus dichtem, schwarzem Haar erkannt worden, und dieses eine Mal hatte glücklicherweise nichts ausgemacht. Zugegeben, das Risiko war gering, aber es konnte nicht vernachlässigt werden.

»Vergeben Sie mir meine Zudringlichkeit, Ben, aber verbirgt Ihr Bart irgendeinen persönlichen Makel? Ein schwach ausgeprägtes Kinn vielleicht, oder eine Narbe? Ich möchte nicht, daß Sie dieses Opfer bringen, nur um zu entdecken, daß wir Sie schließlich doch nicht einstellen können.«

»Nein«, erwiderte Daniel, und sein Lächeln saß wieder richtig.

»Ich bin nicht das Gespenst in der Oper.«

»Ich hoffe wirklich, Sie werden sich entschließen, den Posten anzunehmen. Ich mag einen Jungen mit Witz.«

»Ich werde mir das noch einmal überlegen müssen, Mr. Ormund.«

»Natürlich. Wie Sie sich auch entscheiden, geben Sie mir morgen früh Bescheid. In der Zwischenzeit, wenn Sie sich gerne die heutige Aufführung ansehen würden, um eine Ahnung zu bekommen, was genau von Ihnen erwartet wird, kann ich Ihnen einen Platz in der hauseigenen Loge anbieten, der heute abend frei ist. Wir geben *Demofoönte.*«

»Ich habe die Kritiken gelesen. Und ja, natürlich, das wäre wunderbar.«

»Gut. Fragen Sie nur Leo an der Kasse, wenn Sie gehen. Er hat einen Umschlag mit Ihrem Namen. Ach ja, noch etwas, ehe Sie gehen, Ben. Gehe ich recht in der Annahme, daß Sie im Umgang mit kleinen Handfeuerwaffen ausgebildet sind? Genügend, um zu laden, zu zielen und ähnliches?«

»Ich kann es tatsächlich — aber es scheint mir seltsam, daß Sie das annehmen.«

»Das liegt an Ihrem Akzent. Nicht, daß er sehr deutlich wäre, aber ich habe ein recht gutes Ohr dafür. In Ihrem r und in Ihren Vokalen ist ein ganz schwacher Hauch von Mittelwesten zu spüren. Wie eine Oboe hinter der Bühne. Darf ich weiterhin annehmen, daß Sie ein wenig Erfahrung in Selbstverteidigung haben?«

»Nur, was ich im normalen Programm für körperliche Ertüchtigung mitbekommen habe. Ich dachte auch, daß Sie einen Platzanweiser suchten, nicht einen Leibwächter.«

»Oh, Sie werden selten, wenn überhaupt jemals, genötigt sein, wirklich auf jemanden zu schießen. In diesem Theater ist es noch nicht so weit gekommen (klopfen Sie auf Holz). Andererseits geht, glaube ich, keine Woche vorbei, ohne daß wir irgendein Arschloch rausschmeißen müssen. Die Oper hat immer noch die Macht, die Leidenschaften zu entfesseln. Dann gibt es noch die Claques. Die werden Sie sicher heute abend erleben können, denn sie werden auf jeden Fall zahlreich erscheinen. Geoffrey Bladebridge hat seinen ersten Auftritt in der Titelrolle. Bis jetzt hat diese Rolle nur Rey gesungen. Das Haus wird zweifellos mit den Anhängern beider Männer zum Bersten gefüllt sein.«

»Werden sie raufen?«

»Hoffen wir es nicht. Im allgemeinen schreien sie sich nur gegenseitig an. Das kann schon lästig genug sein, wenn der größte Teil des Publikums gekommen ist, um zuzuhören.« Mr. Ormund streckte Daniel wieder die Hand hin. »Genug des müßigen Geredes. Die Pflicht ruft. tätärätä! Ich hoffe, Sie genießen die Vorstellung heute abend, und ich erwarte, morgen von Ihnen zu hören.«

»Morgen«, versprach Daniel, als er hinausbegleitet wurde. Daniel klatschte pflichtschuldigst, als der Vorhang am Ende des ersten Aktes von *Demofoönte* fiel, er war der einzige, der lauwarm blieb in einem Publikum, das vor Begeisterung raste. Was immer sie zu diesem Taumel hingerissen hatte, konnte er nicht herausfinden. Vom Musikalischen her war die Inszenierung gekonnt, aber ohne Schwung; reine Archäologie, die sich als Kunst ausgab. Bladebridge, um den sich der Rummel größtenteils drehte, hatte weder raffiniert noch allzu gut gesungen. Sein Benehmen auf der Bühne verriet höfliche, verächtliche Langeweile, die er, wenn er auf eine besonders anstrengende Verzierung aufmerksam machen wollte, mit einer Geste (immer der gleichen) höchst schematischer Herausforderung variierte. In diesen Augenblicken, wenn er seine fleischigen, juwelenbedeckten Hände ausstreckte, den Kopf zurückneigte (aber vorsichtig, damit seine hochaufgetürmte Perücke nicht verrutschte) und einen Triller losließ, der einem das Blut in den Adern erstarren ließ, oder eine lange, laute gewundene Koloraturpassage, schien er die Vergöttlichung der Unnatürlichkeit zu sein. Die Musik selbst, obwohl sie ein Potpourri aus den Bearbeitungen von vier Komponisten über das gleiche Libretto des *Metastasio* war, war einförmig monoton und bot nur ganz geringen Anlaß für die endlosen Verzierungen, die die Sänger daraufsetzten. Was das dramatische oder das lyrische Element anging, das konnte man vergessen. Die ganze, schwerfällige Maschinerie — Kulissen, Kostüme, Inszenierung — schien ganz herausfordernd sinnlos, wenn nicht allein die Aufwendung von so viel Geld, Energie und Applaus an sich schon eine Art Sinn war.

Daniel empfand beinahe die gleiche Verblüffung wie damals, vor so vielen Jahren, in der völlig anderen Welt seiner Kindheit, als er in Mrs. Boismortiers Wohnzimmer gesessen und ein Streichquartett von Mozart gehört hatte. Mit dem einen Unterschied, daß ihm die Demut verlorengegangen war, die es ihm als Kind gestattet hatte, weiterhin, mit Vorbehalt, an den Wert dessen zu glauben, was ihn verwirrt hatte. Er entschloß sich daher, als schließlich das Licht anging, zum zweiten Akt nicht wiederzukommen.

Es war ihm gleichgültig, daß er wahrscheinlich nie wieder die Gelegenheit haben würde, irgendeine Aufführung im *Metastasio* zu sehen. (Dazu hatte er sich sowieso schon entschlossen.) Er hatte zuviel Achtung vor seinem eigenen Urteil, um sich weiterhin etwas anzusehen, das er für völligen Klimbim hielt.

Trotzdem konnte er, als er einmal im Foyer war, der Gelegenheit nicht widerstehen, sich einmal unter die regulären Besucher des *Metastasio* zu mischen, die (trotz ihrer Larven, die wie im alten Venedig de rigueur waren) keineswegs eine so glänzende Gesellschaft waren, wie man sie in den Pausen in der Met oder im Staatstheater finden konnte. Es gab hier sicher mehr Falschnegs. Die meisten Kastraten von einiger Berühmtheit waren Schwarze, genauso wie es auf dem Höhepunkt des Belcanto hauptsächlich Calabreser oder Neapolitaner gewesen waren, die Ärmsten der Armen. Wo immer man Schwarze der öffentlichen Verehrung darbot, sei es im Ring oder auf der Bühne, waren sicher Falschnegs bei der Hand, um ihnen zu huldigen. Aber die hier waren eine ungewöhnlich diskrete Art von Falschnegs; die Männer tendierten wie Daniel zu konservativen, leicht aus der Mode gekommenen Geschäftsanzügen, die Frauen kleideten sich mit beinahe klösterlicher Schlichtheit. Einige der echten Schwarzen gestatteten sich ein höheres Maß an Prächtigkeit, sie belebten ihre Masken mit Federn oder mit einem Stückchen Spitze, aber auch unter ihnen war die allgemeine Atmosphäre entschieden gedämpft. Möglicherweise, ja sogar wahrscheinlich, herrschte unten, im Kasino des *Metastasio* eine andere Atmosphäre, aber dort waren nur Mitglieder zugelassen, die einen Schlüssel hatten.

Daniel lehnte sich gegen einen Pfeiler aus falschem Marmor und sah sich sozusagen die Parade an. Gerade als er sich zum zweitenmal zum Gehen entschlossen hatte, erwischte ihn plötzlich die Frau, die er an diesem Morgen kennengelernt hatte, Jack Levines offizielle Gemahlin, die ihn lauthals mit — »Ben! Ben Bosola! Das ist aber eine nette Überraschung« — begrüßte. Um nichts in der Welt konnte er sich an ihren Vornamen erinnern. Sie hob ihr Visier.

»Mrs. Levine«, murmelte er. »Guten Abend.«

»Marcella«, erinnerte sie ihn, und dann, um zu zeigen,

daß im Angesicht von *Demofoönte* persönliche Kränkungen ohne Bedeutung waren: »Ist es nicht die schönste ... die wunderbarste ... die traumhafteste, zauberhafteste ...«

»Unglaublich«, stimmte er zu, gerade mit genug Überzeugung, um durchzukommen.

»Bladebridge wird unser nächster *großer* Sänger sein«, prophezeite sie in einer leidenschaftlichen Erklärung. »Ein wahrhafter soprano assoluto. Nicht, daß Ernesto irgendwie weniger bedeutend wäre. Ich bin die letzte, die auch nur ein Wort gegen ihn sagen würde. Aber er ist alt, und seine hohen Töne sind dahin — das kann man nicht leugnen.« Sie schüttelte den Kopf in lebhafter Melancholie und schwenkte ihren langen, blonden Zopf.

»Wie alt ist er?«

»Fünfzig? Fünfundfünfzig? Jedenfalls über die besten Jahre hinaus. Aber was für ein Künstler, auch jetzt noch! Niemand ist je an seine ›Casta diva‹ herangekommen. Ist es nicht erstaunlich, daß wir uns schon so bald wieder begegnen? Jack hat gar nicht erwähnt, daß Sie ein Musikfan sind. Ich habe ihn natürlich sofort über Sie ausgefragt, als er nach Hause gekommen ist.«

»Ich bin kein richtiger Musikenthusiast. Ich würde sagen, daß ich von der höchsten Ebene der Musikbegeisterung mindestens sechs oder sieben Stufen entfernt bin.«

Ihr hohles, johlendes Lachen war ebenso geistlos wie seine Bemerkung. Obwohl sie den bunten Hawaiihänger abgelegt und sich in braunen Baumwollsamt gepackt hatte, war Marcella die Art von Person, mit der man möglichst nicht in der Öffentlichkeit gesehen werden wollte. Nicht, daß es etwas ausgemacht hätte, da er ja nicht ins *Metastasio* zurückkehren wollte. Daher zwang er sich, als Sühne seine Arroganz, netter zu ihr zu sein, als es die Umstände strenggenommen erforderten.

»Kommen Sie oft hierher?« fragte er.

»Einmal in der Woche, an meinem freien Abend. Ich habe einen abonnierten Platz, ganz in der letzten Reihe der Galerie.«

»Sie Glückliche.«

»Glauben Sie nicht, daß ich das nicht weiß. Am Beginn der Saison haben sie die Preise wieder erhöht, und ich glaubte ehrlich, ich würde mein Abonnement nicht erneuern können. Aber Jack war ein Engel; hat mir das Geld geliehen. Wo sitzen Sie?«

»Äh, in einer Loge.«

»In einer Loge«, wiederholte sie ehrfürchtig. »Sind Sie mit irgend jemandem hier?«

»Wie ich mir das wünschte. Aber ich bin ganz allein in der Loge.«

Eine Falte des Zweifels kräuselte ihre Stirn. Er sah keinen Grund, warum er es nicht tun sollte, und weil es auch etwas war, worüber man sich unterhalten konnte, erzählte er ihr die Geschichte von Ormunds Anruf und von ihrer mißverständlichen Unterhaltung vom Nachmittag. Sie hörte zu wie ein Kind, das die Geschichte von der Geburt Christi oder vom Aschenputtel zum allererstenmal hört. Ihre großen Augen, eingerahmt von den Schlitzen ihrer Larve, wurden feucht von unterdrückten Tränen. Gerade als die Geschichte zu Ende war, erklang die Pausenglocke zum erstenmal.

»Würden Sie gerne bei mir in der Loge sitzen?« bot er in einem Anfall von Großzügigkeit an (der ihn zugegebenermaßen nichts kostete).

Sie schwenkte ihren Zopf. »Es ist reizend von Ihnen, mir das anzubieten, aber das kann ich nicht machen.«

»Ich sehe nicht ein, warum nicht.«

»Und die Platzanweiser?«

»Solange Sie nicht jemand anderem den Platz wegnehmen, merken die gar nichts.«

Sie blickte ängstlich auf die Leute, die die Treppen hinaufströmten, dann auf Daniel, dann wieder auf die Treppe.

»In der Loge sind vier Plätze«, drängte er. »Ich kann nur auf einem sitzen.«

»Ich möchte nicht schuld sein, daß Sie Ihren Posten verlieren, noch ehe Sie ihn angetreten haben.«

»Wenn die hier über so etwas ein Geschrei machen wollen, dann sind sie nicht die Leute, für die ich arbeiten möchte.« Da er die Stelle nicht annehmen würde, war es leicht, hochnäsig zu sein.

»O Ben — sagen Sie doch so etwas nicht! Hier zu arbeiten — im *Metastasio* — für diese Gelegenheit würde doch jeder alles hergeben. Jede Vorstellung zu sehen, jeden Abend?« Die Tränen erreichten schließlich den Sättigungspunkt und tröpfelten in ihre Maske. Das Gefühl mußte unbehaglich gewesen sein, denn sie schob das Visier in ihr Haar hinauf und tupfte mit einem zusammengefalteten Taschentuch aus dem Ärmel ihres Kleides ihre verschmierten Wangen ab.

Es läutete zum zweitenmal. Das Foyer war beinahe leer.

»Jetzt kommen Sie schon mit«, drängte Daniel.

Sie nickte und folgte ihm zur Tür der Loge. Dort blieb sie stehen, um sich ein letztes Mal die Tränen abzuwischen. Dann steckte sie das Taschentuch weg und schenkte ihm ein breites tapferes Lächeln.

»Es tut mir leid. Ich weiß wirklich nicht, was in mich gefahren ist. Es ist nur, daß das *Teatro* einfach der Mittelpunkt meiner gesamten Existenz ist. Es ist der einzige Grund, warum ich weiterhin in dieser dummen Stadt bleibe und in meinem lausigen Beruf arbeite. Und wenn ich höre, daß Sie so, ich weiß nicht, so von oben herab darüber reden ... Ich kann mir nicht helfen, es hat mich durcheinandergebracht.«

»Das wollte ich nicht.«

»Natürlich nicht. Ich bin eine alberne Gans. Ist dies Ihre Loge? Wir sollten besser hineingehen, ehe sie uns doch erwischen.«

Daniel öffnete die Tür und trat zurück, um Marcella den Vortritt zu lassen. Mitten in dem kleinen Vorraum blieb sie wie angewurzelt stehen. In diesem Augenblick erloschen die Lichter, und das Publikum applaudierte dem Dirigenten, der gerade den Orchestergraben betrat.

»Ben«, flüsterte Marcella, »da ist noch jemand.«

»Ich sehe es. Aber das ist kein Grund zur Aufregung. Setzen Sie sich einfach neben sie, als würden Sie hierhergehören. Sie hat sich wahrscheinlich genauso eingeschlichen wie Sie. Sie wird jedenfalls nicht beißen.«

Marcella tat, wie geheißen, und die Frau schenkte ihr keine Beachtung. Daniel nahm den Stuhl hinter Marcella.

Als die Geiger eine zittrige Einführung zu dem Duett zwischen Adrasto und Timante anstimmten, senkte der Eindringling das Opernglas und wandte sich um, um Daniel über die Schulter hinweg anzusehen. Noch ehe Daniel sie erkannte, während er nur die langsame Drehung ihres Rückgrats beobachtete, verspürte er ein warnendes Unbehagen.

Ehe er aufstehen konnte, hatte sie ihn am Ärmel gepackt. Dann zog sie ihm, ohne ihr Opernglas zu senken, geschickt die Maske herunter.

»Ich wußte es. Trotz des Bartes — trotz der Maske — ich wußte es!«

Marcella begann, obwohl nur Zuschauerin in diesem Drama, wieder und ziemlich hörbar zu weinen.

Miß Marspan ließ Daniel los, um Marcella kurz und bündig abzufertigen. »Still!« sagte sie energisch, und Marcella verstummte.

»Was Sie betrifft« (das zu Daniel), »so werden wir uns später unterhalten. Aber jetzt sind Sie, um Himmels willen, still und passen auf die Musik auf.«

Daniel neigte den Kopf zum Zeichen seiner Unterwerfung unter Miß Marspans Befehl, und sie richtete ihren Falkenblick auf den milden Adrasto, den gnadenlosen Timante, und während des ganzen zweiten Aktes drehte sie sich kein einziges Mal mehr um. So sicher war sie, ihn im Griff zu haben.

Während der Fahrt, die Gardinen des Taxis waren zugezogen, sie fuhren zickzack über die Straßen voll Schlaglöcher, versuchte Daniel, einen Plan auszuarbeiten. Die einzige Lösung, die ihm einfiel und die seinen erschütterten Status quo retten und seinen Aufenthalt weiterhin vor Grandison Whiting geheimhalten konnte war, Miß Marspan zu ermorden. Und das war keine Lösung. Selbst wenn er so viel Mumm gehabt hätte, um es zu versuchen, wäre mit größerer Wahrscheinlichkeit er selbst Miß Marspans Opfer geworden, denn sie hatte durchblicken lassen (indem sie dem Taxifahrer versicherte, er könne sie ruhig durch Queens fahren), daß sie eine Pistole mit Waffenschein bei sich trug und sie auch zu gebrauchen wußte.

Er konnte voraussehen, wie sich das dünne Gewebe seines Inkognito unerbittlich auftrennte, zwölf Jahre Ortswechsel und Ausweichmanöver wurden in einem einzigen Augenblick durch die Laune dieser Frau zunichte gemacht, und er konnte nichts tun, als mitzufahren. Sie wollte nicht einmal auf Erklärungen hören, ehe sie nicht selbst gesehen hatte, daß Boa am Leben war.

»Sind Sie einverstanden, wenn ich Ihnen eine Frage stelle?« versuchte er es.

»Alles zu seiner Zeit, Daniel. Bitte.«

»Haben Sie nach mir gesucht? Denn sonst begreife ich wirklich nicht . . .«

»Es war Zufall, daß sich unsere Wege kreuzten. Ich saß in der Loge gegenüber der Ihren, einen Rang höher. Während ich auf eine Freundin wartete, studierte ich die Leute durch mein Opernglas. Gewöhnlich findet man an einem solchen Abend immer jemand Bekannten. Sie schienen mir vertraut, aber ich konnte Sie nicht gleich unterbringen. Das ist nur natürlich. Als ich Sie kennenlernte, hatten Sie weder einen Bart, noch trugen Sie ein Visier. Und außerdem hielt ich Sie für tot. In der Pause beobachtete ich Sie im Foyer und schaffte es sogar, indem ich mich auf die andere Seite des Pfeilers stellte, ein wenig von Ihrer Unterhaltung mit diesem Mädchen mitzubekommen. Sie waren es. Sie sind es. Und Sie sagen mir, daß meine Nichte am Leben ist. Ich kann mir, das muß ich gestehen, kein Motiv vorstellen, aus dem heraus Sie diese Dinge geheimgehalten haben, aber ich bin an Ihren Motiven eigentlich auch gar nicht interessiert. Ich bin an meiner Nichte interessiert und an ihrem Wohlergehen.«

»Da, wo wir jetzt hinkommen werden, ist es nicht besonders schön«, warnte er sie. »Aber man erhält sie am Leben.«

Miß Marspan gab keine Antwort.

Daniel zog den Vorhang auseinander, um zu sehen, wie weit sie schon gekommen waren. Was er sehen konnte, war wie jeder Teil von Queens, in dem er je gewesen war: die breite, leblose Hauptstraße, die an beiden Seiten von Schrottautos und umgestürzten Lastern eingerahmt wurde, von denen einige bewohnt zu sein schienen. Weiter weg von der Straße sah man die geschwärzten Außenmauern von Einfamilienhäusern. Es war schwer zu glauben, daß es in einiger Entfernung von der Hauptstraße noch große Bezirke von Queens geben sollte, die unversehrt geblieben waren. Er ließ den Vorhang zufallen. Das Taxi bog aus, um irgend etwas auf der Straße zu umfahren.

Vermutlich könnte er jetzt einen Fluchtversuch machen. Er könnte sich in diesen Ruinen verstecken und dort leben, bis er selbst zur Ruine wurde. Aber das hätte bedeutet, Boa ihrem Vater auszuliefern, eine Handlung, zu der er sich nicht treiben lassen konnte oder würde. Es war sein ganzer Stolz gewesen, die Quelle all seiner Selbstachtung, daß er, unter großen und kleineren Entbehrungen, durch die täglichen Demütigungen dieser zwölf Jahre hindurch für Boas Unterhalt verantwortlich gewesen war (Wohlergehen wäre ein zu weitgehender Ausdruck gewesen). Andere Männer haben eine Familie, Daniel hatte die Leiche seiner Frau (denn das war sie jetzt dem Gesetz nach), die ihn aufrechterhielt. Aber sie diente dem gleichen Zweck: sie hielt ihn davon ab, trotz aller anderen Beweise, zu glauben, daß seine Niederlage endgültig, vollständig und uneingeschränkt sei.

Früher einmal hatte er gewußt, warum er das tat und warum er durchhalten mußte. Angst bewog ihn dazu. Aber die Angst war mit der Zeit scheinbar grundlos geworden. Grandison Whiting mochte ein Egoist sein, ein Wahnsinniger war er nicht. Vielleicht hatte er geglaubt, Boa mache einen Fehler, als sie sich Daniel als Gatten aussuchte, vielleicht hatte er gewünscht, Daniel möge sterben, vielleicht hatte er sogar seinen Tod arrangiert, nachdem andere Mittel der Überredung fehlgeschlagen waren, — aber er hätte nicht seine Tochter ermordet. In dem Maße jedoch, indem sich die besondere Angst verringert hatte, war an ihre Stelle ein Widerwille gegen Whiting und seine ganzen Tricks und Kniffe getreten, der sich schließlich bis zum Abscheu gesteigert hatte.

Er hatte keinen vernünftigen Grund für seine Abneigung. Teilweise war es nur Klassenbewußtsein. Whiting war ein Erzreaktionär, ein Macchiavelli, ein Metternich, und wenn seine Gründe dafür intellektueller waren als die der meisten anderen Hurensöhne seiner Art, ja sogar (das mußte Daniel zugeben) überzeugender, so wurde er dadurch nur ein noch gefährlicherer Hurensohn als die meisten. Auch ein religiöser Aspekt war dabei, obwohl Daniel sich gegen den Gedanken wehrte, er habe irgendeine Beziehung zur Religion. Er war ein unbestechlicher, in der Wolle gefärbter, durch sich selbst gerechtfertigter Atheist. Religion, das war nach den Worten seines Freundes Claude Durkin etwas, von dem man eine Ahnung haben mußte, um die alten Meister richtig schätzen zu können. Aber das Buch, das Daniel damals in Spirit Lake gelesen hatte, hatte ihn beeinflußt, und die munteren Paradoxa des Reverend Jack Van Dyke hatten sich in sein Gehirn oder in seinen Willen eingefressen, oder in welcher Seelenecke auch immer der Glaube an das Unsichtbare herrscht. Dort, in der Dunkelheit, wo kein vernünftiger Widerspruch sie erreichen konnte, wuchs und verzweigte sich die Idee, daß Grandison Whiting einer jener Kaiser sei, von denen Van Dyke geschrieben hatte, die die Welt beherrschen und denen man Tribut entrichten muß, trotzdem sie primitiv, korrupt und gewissenlos sind.

Kurz, die Entfernung hatte Grandison Whiting in eine Idee verwandelt — eine Idee, der Daniel mit aller Entschlossenheit auf die einzige Art und Weise, die ihm gegeben war, Widerstand leisten wollte: indem er Whiting den Besitz des seit zwölf Jahren im Koma liegenden Körpers seiner Tochter verweigerte.

Abteilung 17, wo die Leiche (was sie in den Augen des Gesetzes war) von Boadicea Weinreb zu finden war, nahm nur einen kleinen Teil des dritten Untergeschosses im Nebengebäude der Ersten Nationalen Flughilfe ein. Nachdem sich Daniel am Empfang im Foyer eingetragen hatte, und nachdem Miß Marspan unter Protest ihre Pistole bei dem Wärter vor dem Lift abgegeben hatte, durften sie ohne Begleitung zur Abteilung hinuntergehen, denn Daniels Gesicht war im Nebengebäude bekannt. Sie gingen einen langen, widerhallenden Tunnel entlang, der von Neonröhren, die in unregelmäßigen Abständen an dem breiten, niedrigen Deckengewölbe angebracht waren, einmal grell, dann wieder schwach erleuchtet wurde. Zu beiden Seiten, in knapper, schrecklicher Regelmäßigkeit wie Gedenktafeln auf einem Friedhof aufgereiht, lagen die schlaffen, schwach atmenden Körper derer, die niemals von ihrem Flug in die Räume jenseits des Fleisches zurückgekehrt waren. Nur ein paar von den Hunderten in dieser einzigen Abteilung würden jemals wieder ein Leben im Körper aufnehmen, aber die wertlosen Hüllen bestanden weiter, sie alterten, verfielen, bis schließlich irgendein lebenswichtiges Organ endgültig versagte oder bis das Buchhaltungsbüro die Anweisung heruntergab, die lebenserhaltenden Apparate abzustellen, was eben früher eintrat.

Sie blieben vor Boas Koje stehen, einer Art Gummischlinge, die von einem Stahlrohrgerüst herabhing.

»Der Name …«, bemerkte Miß Marspan und bückte sich, um die am Fuß des Bettes befestigte Karte zu lesen. Die Eindrücke in der Abteilung hatten sie ihrer sonstigen Entschiedenheit beraubt. »Bosola? Da ist doch ein Fehler unterlaufen.«

»Das war der Name, unter dem wir uns eintrugen, als wir hierherkamen.«

Miß Marspan schloß die Augen und legte ihre behandschuhte Hand leicht darüber. So wenig Daniel die Frau leiden konnte, er konnte sich eines gewissen Mitgefühls für sie nicht erwehren. Es mußte schwer für sie sein, diese verschrumpelte Insektenpuppe als die Nichte zu akzeptieren, die sie gekannt und, soweit die Liebe in ihrer Natur lag, auch geliebt hatte. Boas Haut hatte die Farbe schmutziger Glühbirnen aus Milchglas und schien, wie sie so straff über jeden vorstehenden Knochen gespannt war, ebenso brü-

JOBST H. TELTSCHIK

chig. Alle Fülle war verschwunden, sogar die Lippen waren dünn, und die Wärme, die man in den hohlen Wangen entdecken konnte, schien nur von der feuchten Luft des Tunnels zu kommen, nicht aus ihr selbst. Nichts verriet Leben oder Lebensvorgänge außer dem Plasma, das durch durchsichtige Röhren in die sich langsam drehende Tretmühle ihrer Arterien und Venen sickerte.

Miß Marspan straffte ihre Schultern und zwang sich, näher heranzugehen. Ihre schweren Röcke aus taubengrauer Seide verfingen sich am Gerüst der Koje neben Boas. Sie kniete nieder, um sie loszumachen und verharrte lange Zeit auf einem Knie und blickte in Boas leeres Gesicht. Dann erhob sie sich kopfschüttelnd. »Ich kann sie nicht küssen.«

»Sie würde es auch nicht merken, wenn Sie es täten.«

Sie trat von Boas Koje zurück und stellte sich, nervös um sich blickend, in den Mittelgang, aber wohin sie sich auch wandte, der gleiche Anblick wurde endlos vervielfacht, Reihe um Reihe, Körper um Körper. Schließlich blickte sie blinzelnd ins Neonlicht hinauf.

»Wie lange haben Sie sie hier schon liegen?« fragte sie.

»In dieser Abteilung seit fünf Jahren. Die Abteilungen in den oberen Stockwerken sind vermutlich ein wenig freundlicher, aber sehr viel teurer. Mehr als das hier kann ich mir nicht leisten.«

»Es ist eine Hölle.«

»Boa ist nicht hier, Miß Marspan. Nur ihr Körper. Wenn sie zurückkommen will, falls sie es will, wird sie es tun. Aber glauben Sie, daß eine Vase mit Blumen neben dem Bett einen Unterschied machen wird, wenn sie nicht zurückkommen möchte?«

Aber Miß Marspan hörte ihm nicht zu. »Da, sehen Sie, da oben! Sehen Sie? Ein Falter!«

»Oh, Insekten richten keinen Schaden an«, sagte Daniel, unfähig, seine Abneigung zu unterdrücken. »Die Leute essen auch Termiten, wissen Sie. Andauernd. Ich habe einmal in einer Fabrik gearbeitet, wo sie zerstampft wurden.«

Miß Marspan betrachtete Daniel mit ruhigem Blick; dann, mit einer bewußten, kraftvollen Bewegung einer geübten Sportlerin, schlug sie ihm mit dem Rücken ihrer behandschuhten Hand ins Gesicht. Obwohl er das hatte kommen sehen und sich dagegen gewappnet hatte, war es ein Schlag, der ihm die Tränen in die Augen trieb.

Als das Echo verklungen war, sprach er, nicht zornig, sondern voll Stolz. »Ich habe sie am Leben erhalten, Miß Marspan, vergessen Sie das nicht. Nicht Grandison Whiting mit seinen Millionen. Ich, mit nichts — ich habe sie am Leben erhalten.«

»Es tut mir leid, Daniel. Ich ... ich erkenne an, was Sie getan haben.« Sie berührte ihr Haar, um festzustellen, ob es in Ordnung war, und Daniel tat in sarkastischer Nachäffung das gleiche. »Aber ich verstehe nicht, warum Sie sie nicht bei sich behalten, zu Hause. Das wäre doch billiger als dieses ... Mausoleum.«

»Ich bin ein Zeitweiliger, ich habe kein Zuhause. Selbst als ich noch ein Hotelzimmer hatte, wäre es nicht sicher gewesen, sie dort alleine zu lassen. In Zimmer wird eingebrochen, und was dann mit jemandem in Boas Zustand passieren würde ...«

»Ja, natürlich. Daran habe ich nicht gedacht.«

Sie bewegte ihre Finger in ihrer Glacélederhülle, beugte sie und streckte sie wieder, als wolle sie der Hilflosigkeit trotzen, die sie empfand. Sie war mit dem Entschluß hierhergekommen, einzugreifen und alles zu übernehmen, aber da war nichts zu übernehmen.

»Soviel ich verstehe, hat Grandison niemals von dieser Sache erfahren? Er weiß nicht, daß ihr beide am Leben seid?«

»Nein, und ich will auch nicht, daß er es jemals erfährt.«

»Warum? Wenn ich fragen darf?«

»Das ist meine Sache.«

Miß Marspan dachte darüber nach. »Da haben Sie recht«, entschied sie schließlich zu Daniels Verwirrung.

»Sie meinen, Sie sind damit einverstanden? Sie werden es ihm nicht sagen?«

»Ich hätte gedacht, es sei noch zu früh, um mit dem Feilschen anzufangen«, antwortete sie kühl. »Es gibt noch eine ganze Menge, was ich wissen möchte. Aber wenn es Sie erleichtert, kann ich Ihnen sagen, daß zwischen Grandison und mir keine sehr große Sympathie besteht. Meine Schwester, Boas Mutter, hat es vor einem Jahr endlich geschafft, sich umzubringen.«

»Das tut mir leid.«

»Unsinn. Sie haben sie nicht gekannt, und wenn, dann hätten Sie sie sicher verachtet. Sie war eine verrückte, eitle Hysterikerin mit einem kleinen Quantum an ausgleichenden Tugenden, aber sie war immerhin meine Schwester, und Grandison Whiting hat sie kaputtgemacht.«

»Und er würde auch Boa kaputtmachen, wenn Sie das zulassen.« Er sagte es, ohne melodramatisch zu werden, mit dem ruhigen Ausdruck der Überzeugung.

Miß Marspan lächelte. »Oh, das bezweifle ich. Sie war das aufgeweckteste seiner Kinder, dasjenige, auf das er die meisten Hoffnungen setzte. Als sie starb, wie er glaubte, war seine Trauer ebenso echt, möchte ich sagen, wie meine oder Ihre.«

»Vielleicht. Aber ich pfeife auf seine Gefühle.«

Miß Marspans Blick ließ erkennen, daß sie, selbst unter diesen Umständen, solche Ausdrücke nicht mochte.

»Sehen wir zu, daß wir hier herauskommen.«

»Gerne. Ich möchte aber zuerst noch etwas sagen, solange ich mir darüber im klaren bin. Die ausschlaggebende Frage, die Frage, über die ich nachdenke, seitdem wir im Taxi aufgebrochen sind, ist, ob Boadicea eher ... geneigt wäre ... hierher zurückzukehren, zu Ihnen, oder zu ihrem Vater ... oder zu mir.«

»Ich glaube, da muß ich Ihnen beipflichten.«

»Dann werden Sie es ihm also nicht sagen!«

»Unter einer Bedingung. Sie müssen mir erlauben, Boa von diesem Ort wegzubringen. Wenn sie jemals zurückkommen soll, kann ich nicht glauben, daß sie diese Aussicht im geringsten einladend findet. Es könnte sogar sein, daß sie deswegen ihre Meinung ändert.«

»Darüber gibt es Untersuchungen. Nach einer gewissen Zeit scheint es ihnen völlig gleichgültig zu sein, wo sie sich befinden, physisch meine ich. Die Rückkehrquote hier unten ist die gleiche wie an jedem anderen Ort.«

»Das ist schon möglich, aber ich habe von Untersuchungen noch nie sehr viel gehalten. Sie haben hoffentlich nichts dagegen, wenn ich Ihnen helfe, so gut ich kann?«

»Ich glaube, das hängt davon ab, in welcher Form das geschehen würde.«

»Oh, ich habe nicht vor, Sie mit Geld zu überschütten. Ich habe selbst wenig genug davon. Aber ich habe Beziehungen, das ist der bessere Teil jeglichen Reichtums, und ich bin ziemlich sicher, daß ich ein Heim finden kann, wo Boa sicher wäre und Sie selbst sich wohlfühlen würden. Ich werde noch heute abend mit Alicia darüber sprechen, denn sie war mit mir in der Oper und ist sicher aufgeblieben, um herauszufinden, was für geheimnisvolle Dinge ich getrieben habe. Gibt es eine Möglichkeit, wo ich morgen früh mit Ihnen in Verbindung treten kann?«

Er konnte nicht so plötzlich antworten. Es war Jahre her, seitdem er jemandem vertraut hatte, außer in Nebensächlichkeiten oder im Bett, und Miß Marspan war kein Mensch, dem er vertrauen wollte. Aber er tat es! Schließlich, erstaunt über die Wendung, die sein Leben an einem einzigen Tag genommen hatte, gab er ihr die Nummer der

Adonis-GmbH und ließ sogar zu, als sie zur City zurückfuhren, daß sie ihn vor der Tür absetzte, ehe sie in die Wohnung ihrer Freundin zurückkehrte.

Daniel lag allein in der Sauna, hörte Lorenzos unermüdlichen Anstrengungen im Umkleideraum zu und hatte Mühe einzuschlafen. Beinahe wäre er hinausgegangen, hätte sich den anderen angeschlossen und sich, nur zur Beruhigung, einen abwichsen lassen, aber obwohl er unter gewöhnlichen Umständen genau das getan hätte, war es heute abend anders. Heute abend wäre er sich wie ein Heuchler vorgekommen, wenn er sich unter die anderen gemischt hätte. Jetzt, da er einen Ausweg sehen konnte, einen ganz schwachen Schimmer des Entrinnens, wurde er sich bewußt, wie sehr er doch wünschte, die Adonis GmbH hinter sich lassen zu können. Nicht, daß es nicht eine ganz wunderbare Zeit gewesen wäre, nachdem er einmal aufgehört hatte, zu kämpfen und sich abzumühen, und sich einfach zurückgelegt hatte und mit dem Strom geschwommen war. Sex ist der einzige Luxus, für den Geld nicht Voraussetzung ist. Lang lebe also der Sex. Aber heute abend hatte er sich entschlossen, oder sich daran erinnert, daß er, mit ein wenig Anstrengung, Besseres leisten konnte.

Als erstes würde er den Posten im *Metastasio* annehmen. Der einzige Grund, warum er sich vorher dagegen entschieden hatte, war die Angst, erkannt zu werden. Aber Miß Marspan hatte ihn sogar mit Bart erkannt, und daher schien die Moral von der Geschichte zu sein, daß er vielleicht mehr riskieren sollte. Hatte ihn nicht auch Gus so beraten, als sie sich verabschiedet hatten? Irgend so etwas.

Kurz bevor er einschlief, erinnerte er sich daran, daß heute sein Geburtstag war. »Alles Gute, lieber Daniel«, flüsterte er in die zusammengerollten Handtücher, die ihm als Kissen dienten. »Alles Gute zum Geburtstag.«

Er träumte.

Als er jedoch mitten in der Nacht fröstelnd aufwachte, war das meiste der Träume seinem Gedächtnis schon entschwunden. Aber er wußte, daß der Traum vom Fliegen gehandelt hatte. Als erster seiner Träume. Alle Einzelheiten seines Fluges waren ihm entglitten — wo es gewesen war, in welcher Höhe, wie er sich dabei gefühlt hatte. Er wußte nur noch, daß er in einem fremden Land gewesen war, wo es eine alte, verfallene Moschee gab. Im Hof dieser Moschee war ein Brunnen, und rund um den Brunnen standen Schuhe mit spitzen Kappen aufgereiht. Sie waren von Gläubigen hier abgestellt worden, die in die Moschee hineingegangen waren.

Das Wunder dieses Hofs war der Brunnen in seiner Mitte, ein Brunnen, der aus drei Steinbecken bestand. Die oberen Becken schienen, so reichlich strömte das Wasser, von den Fontänen weißen Wassers gehalten zu sein, die aus den Becken darunter hochspritzten. Aus dem obersten Becken, bis in unvorstellbare Höhen, schoß der letzte, wildeste Strahl von allen. Er stieg und stieg, bis ihn die Sonne in einen Sprühnebel verwandelte.

Und das war alles. Er wußte nicht, was er davon halten sollte. Ein Brunnen in einem Hof, um den alte Schuhe standen. Was für ein Vorzeichen sollte das sein?

## 14

Mrs. Alicia Schiff, bei der Daniel von jetzt an wohnen sollte, war, nach der wohlüberlegten und keineswegs von Mißbilligung freien Meinung ihrer Freundin Harriet Marspan, »ein Mensch, der einem Genie näherkommt als irgend jemand, den ich je kennengelernt habe.« Sie hatte auch, beinahe, einen Buckel, obwohl der ein so natürlicher und notwendiger Bestandteil ihres Charakters schien, daß man beinahe glauben konnte, sie habe ihn auf die gleiche Weise erworben wie ihr Schielen — durch die vielen Jahre, in denen sie über einen Schreibtisch gekrümmt Musik kopiert hatte —, so, wie Kiefern in großen Höhen von gewaltigen Winden geformt werden. Alles in allem war sie das elendeste Stück menschlichen Fleisches, das Daniel je hatte kennenlernen müssen, und auch die Gewöhnung konnte ihn mit den Tatsachen nie ganz versöhnen: mit der schrumpeligen, abschilfernden Haut ihrer Hände; mit dem Gesicht, das mit lauter rosa, gelben und olivgrünen Flekken gesprenkelt war wie ein verdorbener Rubens; mit dem knopfartigen Kopf und seinen spärlichen, weißen Haarsträhnen, die sie manchmal, in einer Laune, mit der schäbigen, roten Karikatur einer Perücke bedeckte. Außer, wenn sie die Wohnung verließ, was jetzt, nachdem sie Daniel hatte, der die Beziehungen mit der Außenwelt aufrechterhielt, selten war, kleidete sie sich wie die abstoßendste, verrückteste Landstreicherin. Die Wohnung war angefüllt mit kleinen und großen Haufen von abgelegten Kleidungsstücken — Blue jeans, Bademänteln, Kleidern, Pullovern, Strümpfen, Blusen, Schals und Unterwäsche —, die sie zu jeder Stunde des Tages oder der Nacht an- und auszog, ohne daß eine Methode oder ein Motiv erkennbar geworden wäre; es war eine rein nervöse Angewohnheit. Zuerst befürchtete Daniel, man erwarte von ihm, er solle den Schutt in der Wohnung umgraben und ordnen. Die Kleidungsstücke waren noch das wenigste davon. Vermischt mit ihnen waren Schichten um Schichten von eiszeitlichen Ablagerungen, ein Durcheinander wie am Weihnachtsmorgen von Einwickelpapier, Schachteln, Büchern und Zeitungen, von Geschirr und klappernden Büchsen, Puzzles, Spielzeug und Steinen von einem Dutzend Spielen, die nie mehr zusammengebaut werden sollten. Da gab es auch, wenn auch hauptsächlich auf den oberen Fächern, eine Sammlung von Puppen, von denen jede ihren eigenen Namen und ihre eigene Persönlichkeit hatte. Aber Mrs. Schiff versicherte Daniel, daß sie nicht von ihm erwarte, daß er Zimmermädchen spiele, sie sei ihm im Gegenteil sehr dankbar, wenn er die Sachen ließe, wo sie waren. »Wohin«, hatte sie tatsächlich gesagt, »sie gehören.«

Was von ihm erwartet wurde, war, für sie Einkäufe zu erledigen, Briefe und Partituren abzuliefern, und ihren ältlichen, ingwerfarbenen Spaniel Incubus morgens und abends auszuführen. Wie seine Herrin war Incubus ein Exzentriker. Er hatte ein verzehrendes Interesse an Fremden (und nicht das geringste an anderen Hunden), aber es war ein Interesse, das er anscheinend nicht erwidert sehen wollte. Er bevorzugte Leute, die ihn herumschnüffeln ließen, wie er wollte, wenn er ihre Schuhe und andere ansprechende Gerüche erforschte. Wenn man es jedoch wagte, ihn anzusprechen, geschweige denn, ihn zu streicheln, wurde er gereizt und ergriff die erste Gelegenheit, solchen Aufmerksamkeiten zu entfliehen. Er war weder bösartig noch freundlich, weder lebhaft noch völlig träge, und in seinen Gewohnheiten sehr regelmäßig. Wenn Daniel nicht gerade zur gleichen Zeit irgendwelche Einkäufe zu erledigen hatte, war ihr Spazierweg immer der gleiche: geradeaus nach Westen zum Lincoln Center, zweimal um den Brunnen herum, dann (nachdem Daniel pflichtschuldigst den Kot dieses Morgens oder Abends aufgesammelt und in einen Abfluß geworfen hatte) wieder heimwärts in die 65. West, gleich um die Ecke vom Park aus, wo Mrs. Schiff, in ihren Gewohnheiten nicht weniger vorhersagbar, sich ängstlich und unauffällig irgendwo im Korridor der Wohnung herumzutreiben pflegte. Sie war zu Incubus niemals herablassend, sondern setzte, wenn sie mit ihm sprach, voraus, er sei ein altkluges Kind, das (auf eigenen

Wunsch) in einen Hund verwandelt worden sei. Daniel erfuhr die gleiche Behandlung.

Als Gegenleistung für diese Dienste und dafür, daß er seine männliche, beschützende Anwesenheit zur Verfügung stellte, erhielt Daniel das größte der vielen Zimmer der Wohnung. Die anderen waren nichts als eine Menge Schränke und Kämmerchen, das Erbe der früheren Verwendung der Wohnung als Wohnhotel. Als Mrs. Schiff das Gebäude vor zwanzig Jahren geerbt hatte, hatte sie sich nie der Mühe unterzogen, die Rigips-Trennwände herauszunehmen und hatte sogar dem Labyrinth noch ihre eigenen, charakteristischen Windungen in Form von Faltwänden und freistehenden Bücherregalen hinzugefügt (alle selbst geschreinert). Daniel war zuerst etwas verlegen, weil er den einzigen, für menschliche Verhältnisse proportionierten Raum der Wohnung innehaben sollte, und auch, als er durch ihren Widerwillen, den Raum zu betreten, überzeugt war, daß Mrs. Schiff ihren eigenen, behaglichen Kaninchenbau wirklich vorzog, hörte er nie auf, ihr dankbar zu sein. Es war ein schönes Zimmer, und als die Wände einen frischen Anstrich erhalten hatten und der Fußboden gesandet und gewachst worden war, wurde es einfach großartig.

Mrs. Schiff bekam gerne Besuch, und bald wurde es zur feststehenden Gewohnheit, wenn sie ihre Tagesarbeit beendet hatte und er vom *Metastasio* zurückgekehrt war, und Incubus zweimal um den Brunnen und zurück nach Hause geführt hatte, in ihrem Schlafzimmer zu sitzen, mit einem Topf Pulvertee zwischen sich und einem Paket Keksen (Daniel hatte Mrs. Schiff noch nie etwas anderes als Süßigkeiten essen sehen), und sich zu unterhalten. Manchmal hörten sie sich eine Schallplatte an (sie besaß Hunderte davon, alle furchtbar verkratzt), aber nur zur Unterbrechung. Daniel hatte schon viele unterhaltsame Menschen kennengelernt, aber keiner davon konnte Mrs. Schiff das Wasser reichen. Wenn sich ihre Phantasie entzündete, bildeten sich Ideen, sie wuchsen und wurden zu Systemen. Was immer sie sagte, schien erleuchtet, manchmal nur in einer grillenhaften Art, aber oftmals ernsthaft und sogar ziemlich intensiv. So schien es wenigstens, bis sie mit einer Wendung auf einen neuen Gegenstand übersprang. Das meiste war, wie so oft bei angeblichen »großen Gesprächen« bloß Nixenzauber und Katzengold, aber einige ihrer Ansichten blieben einem im Gedächtnis hängen, besonders die Ideen, die sich mit ihrer Hauptleidenschaft, der Oper, befaßten.

Sie vertrat zum Beispiel die Theorie, daß die viktorianische Ära eine Zeit massiver und systematischer Unterdrükkung auf einer viel schlimmeren Ebene gewesen war, als sie je wieder auf der Bühne der Geschichte erreicht werden sollte, nicht einmal in Auschwitz, daß ganz Europa, von Waterloo bis zum Zweiten Weltkrieg, ein einziger, riesenhafter Polizeistaat gewesen war, und daß die Funktion der romantischen Kunst, besonders aber der Oper, darin bestanden hätte, die nachfolgende, jüngere Generation aus Räuberbaronen und Aristokraten dazu zu inspirieren und zu erziehen, Helden nach Byronschem Vorbild zu werden; das heißt, intelligent, kühn und mörderisch genug zu sein, um ihren Reichtum und ihre Privilegien gegen jegliche Angreifer zu verteidigen. Zu dieser Theorie war sie gelangt, indem sie Verdis *I Masnadieri* gelauscht hatte, das auf einem Schauspiel von Schiller über einen idealistischen, jungen Mann beruhte, den die Umstände zum Führer einer Bande von Geächteten machten, und der schließlich seine Verlobte rein aus Prinzip umbrachte. Daniel fand die ganze Geschichte lächerlich, bis Mrs. Schiff, beleidigt über seine Sturheit, ihre Schillerausgabe hervorholte, *Die Räuber* laut vorlas und ihm dann, am nächsten Abend, die

Oper vorspielte. Daniel gab zu, daß etwas daran sein mochte.

»Ich habe *recht*. Sagen Sie es — sagen Sie, daß ich recht habe.«

»Gut, Sie haben recht.«

»Ich habe nicht nur recht, Daniel, sondern was von Schillers Mafiosolehrlingen gilt, gilt für alle heldenhaften Verbrecher von damals bis heute, für alle die Cowboys, Gangster und Rebellen ohne Anliegen. Sie sind alle nur verkleidete Geschäftsleute. Ja, die Gangster haben die Verkleidung sogar fallengelassen. Ich sollte es wissen — mein Vater war schließlich einer davon.«

»Ihr Vater war ein Gangster?«

»Er war einer der führenden Schieber von Arbeitskräften zu seiner Zeit in dieser Stadt. Ich war in meiner goldenen Jugendzeit eine reiche Erbin, nicht weniger.«

»Und was geschah dann?«

»Ein noch größerer Fisch hat ihn gefressen. Er hatte eine Anzahl von sogenannten Wohnhotels wie dieses hier. Die Regierung beschloß, den Mittelsmann zu eliminieren. Gerade als er dachte, er sei jetzt ein ehrbarer Bürger geworden.«

Sie sagte es ohne Groll. Tatsächlich hatte er noch nie erlebt, daß sie über irgend etwas aufgebracht gewesen wäre. Sie schien zufrieden, wenn sie die Hölle, in der sie lebte (denn sie beharrte darauf, daß es eine Hölle war), mit dem klarsten Verständnis, das ihr möglich war, durchschaute, um dann zum nächsten, begreifbaren Entsetzen weitergehen zu können, so als wäre das ganze Leben nur ein Museum für mehr oder weniger bösartige Ausstellungsstücke: Folterinstrumente und Knochen von Märtyrern Seite an Seite mit juwelengeschmückten Kelchen und den Porträts gnadenloser Kinder in schönen Kleidern.

Nicht, daß sie selbst abgestumpft gewesen wäre, eher

war es so, daß sie keine Hoffnung hatte. Die Welt bestürzte sie, sie wandte sich ab von ihr und flüchtete in ihren eigenen, behaglichen Bau, den die Wölfe und Füchse aus irgendeinem Grund noch nicht entdeckt hatten. Sie lebte dort in der unberührten Zurückgezogenheit ihrer Arbeit und ihren Betrachtungen, wagte sich selten hinaus, außer in die Oper oder in das eine oder andere ihrer Lieblingsrestaurants, wo sie vor anderen Musikfreunden Reden halten und sich eine Reihe von Nachspeisen zu Gemüte führen konnte. Sie hatte sich seit langem den traditionellen Lastern einer Einsiedlerin ergeben: sie badete nicht, kochte keine Mahlzeiten und spülte kein Geschirr; sie hielt sich an seltsame Zeiten, zog die Nacht dem Tage vor; sie ließ niemals Sonnenlicht oder frische Luft in ihre eigenen Räume, die mit der Zeit höchst intensiv nach Incubus rochen. Sie sprach ständig mit sich selbst, oder eher mit Incubus und den Puppen, wobei sie für diese lange, abschweifende, schrullige Geschichten von den Zuckerhäschenzwillingen Häschen Zuckerhäschen und seiner Schwester Zucker Zuckerhäschen erfand, Geschichten, aus denen jede Möglichkeit von Schmerz oder Konflikt verbannt war. Daniel argwöhnte, daß sie auch mit Incubus schlief, aber was machte es schon aus? Erlitt irgend jemand durch ihre Unsauberkeit oder ihre Schrullen einen Schaden? Wenn es so etwas wie ein Leben im Geiste gab, dann war Mrs. Schiff einer der Meister darin, und Daniel zog vor ihr den Hut.

Übrigens stimmte sie hierin völlig mit ihm überein, denn sie war, wie so viele, die von der Welt abgeschieden leben, von einem naiven Eigendünkel befallen, der gleichzeitig albern und wohlverdient war. Sie war sich dessen auch bewußt und geneigt, mit Daniel darüber zu diskutieren, der schnell in den Status eines Beichtvaters erhoben worden war.

»Mein Problem war immer«, vertraute sie ihm eines

Abends an, einen Monat, nachdem er eingezogen war, »daß ich eine hyperkinetische Intelligenz besitze. Aber das war auch meine Rettung. Als ich noch ein junges Mädchen war, wollte man mich in keiner der Schulen behalten, in die mich mein Vater im Rahmen seines Programmes, den guten Namen der Familie wiederherzustellen, gesteckt hatte. Mein Problem war, daß ich meine Erziehung ernst nahm, was an sich noch verzeihlich gewesen wäre, nur neigte ich dazu, in meinem Enthusiasmus fanatisch zu werden. Ich wurde als zersetzendes Element abgestempelt und auch so behandelt, wogegen ich mich wehrte. Bald wurde es mein Ziel, ein zersetzendes Element zu sein, und ich fand Mittel und Wege, meine Lehrer wie Dummköpfe aussehen zu lassen. Gott, wie ich die Schule haßte! Mein Traum war es immer, als Berühmtheit zurückzukommen und bei der Schlußfeier eine Rede zu halten, eine Rede, die alle bloßstellte. Was total unfair von mir ist, ich weiß. Hat es Ihnen in der Schule gefallen?«

»Ganz gut, bis zu dem Zeitpunkt, als ich ins Gefängnis geschickt wurde. Ich war ein recht guter Schüler, und Kinder schienen mich zu mögen. Welche Alternativen hat man in diesem Alter schon?«

»Haben Sie sich nicht einfach zu Tode gelangweilt?«

»Manchmal. Manchmal geht es mir auch heute noch so. Das ist nun mal die Veranlagung des Menschen.«

»Wenn ich das glauben würde, würde ich mich umbringen. Wirklich.«

»Wollen Sie damit sagen, daß Sie sich niemals langweilen?«

»Nicht mehr, seitdem ich es verhindern konnte. Ich glaube nicht an die Langeweile. Sie ist nur eine Umschreibung für Faulheit. Die Leute tun nichts und beklagen sich dann, daß sie sich langweilen. So macht es auch Harriet, und dabei könnte ich die Wände hochgehen. Sie ist tatsächlich der Meinung, es würde einen Mangel an guter Erziehung verraten, wenn sie sich aktiv für ihr eigenes Leben interessierte. Aber die Ärmste kann schließlich nichts dafür, oder?«

Diese Frage schien weniger an Daniel als an Incubus gerichtet, der in den verknüllten Laken seiner Herrin lag. Der Spaniel spürte das und hob den Kopf aus seiner dösenden Stellung zu einer Haltung wacher Überlegung.

»Nein«, fuhr Mrs. Schiff fort, indem sie ihre eigene Frage selbst beantwortete, »die Art, wie sie erzogen wurde, ist schuld daran. Keiner von uns kann etwas dagegen machen, wie unsere Zweige gebogen wurden.«

Da die Frage beantwortet war, senkte Incubus den Kopf wieder auf das Kissen zurück.

Mrs. Schiff kannte die Opern des *Metastasio* auswendig und nahm ihn über jede Vorstellung, in der er arbeitete, genauestens ins Kreuzverhör: wer gesungen hatte, wie gut oder wie schlecht, ob ein schwieriger Effekt auf der Bühne gut herausgekommen war. Sie kannte die Opern nicht deshalb so gut, weil sie sie so oft gesehen hatte, sondern, weil sie sie in vielen Fällen selbst geschrieben hatte. Offiziell war sie nur die Hauptkopistin des *Metastasio,* obwohl manchmal, wenn alle Welt wußte, daß ein Text so korrumpiert war, daß er kaum mehr existierte, das Programm eine kleine Anerkennung enthielt: »Herausgegeben und zusammengestellt von A. Schiff.« Nicht einmal dann bekam sie eine Beteiligung. Sie arbeitete, wie sie erklärte, aus Liebe und zum größeren Ruhme der Kunst, aber das, so entschied Daniel, war nur die halbe Wahrheit. Sie arbeitete auch, wie andere Leute, für Geld. Wenn die Honorare, die sie erhielt, auch klein waren, so waren sie doch häufig und genügten, wenn man sie zu den Mieteinnahmen aus dem Gebäude dazunahm, um sie mit so wesentlichen Luxusgütern wie Hundefutter, Büchern, seltenen Schallplatten und ihren monatlichen Essensgutscheinen im *Lieto Fino* und *La Didone* zu versorgen, wo sie lieber Gäste empfing als bei sich zu Hause.

An dieser Seite ihres Lebens war Daniel in diesen ersten Monaten nicht beteiligt, und erst allmählich, durch Bemerkungen, die Mr. Ormund fallenließ, und aus vergilbten Zeitungsausschnitten, die er in dem Gerümpel in der Wohnung entdeckte, erfuhr er, daß Mrs. Schiff einst eine nicht unbedeutende Berühmtheit in der »beau monde« des Belcanto gewesen war, da sie sich in den größten Kastraten der Neuzeit, Ernesto Rey, verliebt hatte, mit ihm durchgebrannt war und ihn geheiratet hatte. Die Heirat war später annulliert worden, aber Rey war auf seine Art weiterhin treu geblieben. Er war der einzige von ihren Freunden, dem sie gestattete, sie in ihrer Wohnung zu besuchen, und so entwickelte Daniel eine Grußbekanntschaft mit dem Mann, der allgemein als der größte Sänger seiner Zeit angesehen wurde (auch wenn sein Stern im Sinken begriffen war).

Abseits von der Bühne war der große Ernesto der unwahrscheinlichste Kandidat für eine Primadonna, den es je gab — ein dünner, nervöser Strich von einem Mann, dessen glattes, blasses Gesicht in einem Ausdruck großäugigen Schreckens erstarrt schien, man sagte, das sei eine Folge von zu häufigem Liften. Da er ein Weißer war, war er kein typischer Kastrat (er war in Neapel geboren), er war schüchtern (unter Fremden nahm er einen flachen, nasalen, monotonen Tonfall an, der eine Oktave tiefer war als seine normale Stimme), von Schuldgefühlen geplagt (er ging jeden Sonntag zur Messe), und er war auch sonst keinem Typ zuzuordnen, weil er eben ein Kastrat war. Er hatte *Norma* fünfmal aufgezeichnet, und jede Aufnahme war besser als die vorhergehende. Von der ersten Aufnahme sagte ein Kritiker, der alt genug war, um Rosa Ponselle in einer Vorstellung gehört zu haben, Reys *Norma* sei der der Ponselle überlegen.

Mrs. Schiff war immer noch so in ihn verliebt wie an dem Tag, als sie miteinander durchgebrannt waren, und Rey (nach ihrer Darstellung und der aller anderen Leute) hielt diese Liebe immer noch ebenso schmerzhafterweise für selbstverständlich. Sie schmeichelte ihm; er genoß es. Sie arbeitete wie eine Truppe Akrobaten, um ihn zu unterhalten; er duldete ihre Anstrengungen, machte aber selbst keine, obwohl er sonst kein geistloser Brocken war. In allen Angelegenheiten, die Interpretation und allgemeine, ästhetische Verfahrensweisen betrafen, fungierte sie als sein Korrepetitor, und sie diente ihm als Sprecherin bei den Dirigenten und Toningenieuren, die sich nicht sofort seinem Willen unterwarfen. Sie entwarf und überprüfte ständig seine gesamten, angeblichen »ad libitum«-Passagen mit den Verzierungen, hielt sie zuverlässig innerhalb seines immer geringer werdenden Tonumfangs, ohne daß ein Verlust an Brillanz erkennbar geworden wäre. Sie prüfte sogar seine Verträge und schrieb Presseverlautbarungen — beziehungsweise schrieb den faden Quatsch seines bezahlten Agenten Irwin Tauber um.

Für all diese Dienste erhielt sie kein Honorar und nur wenig Dank. Sie war derartigen Kränkungen gegenüber nicht unempfindlich und schien tatsächlich eine bittersüße Befriedigung darin zu finden, wenn sie sich bei Daniel beklagen konnte, denn bei ihm war sicher zu erwarten, daß er mit mitfühlender Entrüstung darauf reagieren würde.

»Aber warum lassen Sie sich das weiterhin gefallen?« fragte er schließlich einmal. »Wenn Sie doch wissen, daß er so ist und sich auch nicht ändern wird.«

»Die Antwort ist doch offensichtlich: Ich muß.«

»Das ist keine Antwort. *Warum* müssen Sie?«

»Weil Ernesto ein großer Künstler ist.«

»Großer Künstler oder nicht, niemand hat das Recht, Sie mit Dreck zu beschmeißen.«

»Ah, hier irren Sie sich, Daniel. Indem Sie das sagen, zeigen Sie, daß Sie das Wesen eines großen Künstlers nicht verstehen.«

Das war ein direkter Angriff auf Daniels wunden Punkt, was Mrs. Schiff wohl wußte. Das Thema wurde fallengelassen.

Sie wußte bald alles über ihn, kannte die ganze Geschichte seines verpfuschten Lebens. Da Boa in Daniels Zimmer untergebracht worden war, war jede Zurückhaltung sinnlos und auch nicht gut möglich. Auf jeden Fall war nach zwölf Jahren unter falschem Namen die Gelegenheit, alles zu erzählen, einfach zu verlockend gewesen, als daß er ihr hätte widerstehen können. Es gab Zeiten, wie jetzt, als sie den eben erwähnten Tiefschlag anbrachte, da fand er, daß sie seine Enthüllungen auf unfaire Weise ausnütze, aber selbst in solchen Augenblicken hatten ihre unverblümten Meinungsäußerungen keinen bösartigen Stachel. Sie hatte einfach eine sehr dicke Haut und erwartete die gleiche Eigenschaft von einem selbst. Alles in allem schlug sie Renata Semple als Beichtmutter um Längen. Trotz all ihres Reichschen Jargons und ihres wöchentlichen Auslotens der Tiefen war Renata mit Daniels Ego zu zartfühlend umgegangen. Kein Wunder, daß ihm die Therapie nie etwas genützt hatte.

Kurz, Daniel war wieder Mitglied einer Familie. Von außen gesehen war es eine recht seltsame Familie: eine verschrobene, bucklige alte Frau, ein verwöhnter, altersschwacher Cockerspaniel und ein Eunuch mit einer angeschlagenen Karriere (denn obwohl Rey nicht bei ihnen wohnte, war seine Anwesenheit abseits von der Bühne so andauernd und fühlbar wie die eines Familienvaters, der jeden Tag im Büro ist). Und Daniel selbst. Aber besser, zusammen seltsam zu sein als allein. Er war froh, endlich einen solchen Hafen gefunden zu haben und hegte die typischste und am meisten dem Untergang geweihte Hoffnung, die es gibt, daß sich nämlich nichts ändern würde. Aber schon kamen die Nachrichten im Radio: ein unzeitgemäßer Kälteeinbruch hatte die Ernte in Minnesota und in den beiden Dakotas schwer geschädigt, und eine katastrophale Seuche wütete gerade unter den Wurzeln der Weizenpflanzen im gesamten Farmgürtel. Es gab Gerüchte, daß die Erreger in einem Laboratorium gezüchtet worden seien und von Terroristen verbreitet würden, obwohl keine der bekannten Organisationen sich öffentlich dafür verantwortlich erklärt hatte. Der Warenmarkt war schon in Aufruhr, und der neue Landwirtschaftsminister hatte öffentlich angekündigt, daß im Herbst möglicherweise eine Rationierung von Nahrungsmitteln notwendig werden würde. Im Augenblick blieben die Preise für Nahrungsmittel jedoch noch stabil, aus dem einfachen Grunde, weil sie schon höher waren, als die meisten Leute es sich leisten konnten. Während dieses ganzen Frühlings und Sommers gab es an den üblichen Unruheherden, wie Detroit und Philadelphia, Aufruhr wegen der Nahrungsmittelsituation. Mrs. Schiff, deren Phantasie von Schlagzeilen immer angeregt wurde, begann, einen Vorrat an Beuteln von getrocknetem Hundefutter anzulegen. In der letzten derartigen Krise vor vier Jahren war Futter für Haustiere das erste gewesen, was von den Regalen verschwunden war, und sie hatte Incubus aus ihrer eigenen, begrenzten Ration füttern müssen. Bald war ein ganzer Schrank vollgepackt mit Zehnpfundbeuteln von »Pet Bricquettes«, Incubus' Lieblingsmarke. Um sich selbst machten sie sich keine Sorgen: Die Regierung würde sich schon irgendwie um sie kümmern.

## 15

Im September, als das *Metastasio* die neue Spielzeit eröffnete, ging Daniel mit einer Dankbarkeit wieder zur Arbeit, die an Unterwürfigkeit grenzte. Es war ein magerer Sommer gewesen, wenn auch bei weitem besser als frühere Sommer, dank der Tatsache, daß er ein Dach über dem Kopf hatte. Er hatte noch nicht lange genug gearbeitet, als das *Teatro* Anfang Juni geschlossen hatte, um mehr als ein paar Dollar beiseite zu legen, und er war fest entschlossen, sich nicht an Miß Marspan zu wenden, die schon die Kosten für die Erhaltung von Boas Lebensfunktionen übernommen hatte. Auch empfand er es nicht als ganz richtig, weiterhin zu schnorren, denn wenn man ihn dabei sehen sollte und Mr. Ormund davon erführe, würde ihn das ziemlich sicher seinen Arbeitsplatz kosten. Aus Mangel an anderen Hilfsquellen tat er etwas, was er niemals hatte tun wollen: er griff das Kapital an, von dessen mageren Zinsen er Boas Rechnungen während ihres langen Aufenthalts in der *Ersten Nationalen Flughilfe* bezahlt hatte. Dieses Geld stammte aus dem Verkauf ihres Schmucks, und bis jetzt hatte er es vermeiden können, es für seine eigenen Bedürfnisse zu verwenden.

Jetzt jedoch wurde für Boa aus anderen, besseren Mitteln gesorgt, und daher konnte es Daniel mit seinem Gewissen vereinbaren, wenn er es als Anleihe betrachtete: sobald er einmal wieder arbeitete, würde er das Geld auf das Konto zurückzahlen.

Als er dann wieder arbeitete, funktionierte es doch nicht so, denn er entdeckte von neuem, wieviel Freude es machte, flüssig zu sein. Es war, als hätte er seine Zeitungsroute wieder. Er hatte Kleingeld in der Tasche, Banknoten in der Brieftasche, und ganz New York war voll von Verlockungen. Er schaffte sich ein paar anständige Kleidungsstücke an, die er auf jeden Fall hätte haben müssen, denn Mr. Ormund hatte ganz deutlich gesagt, er wolle nicht, daß seine Jungs wie Vogelscheuchen zur Arbeit kämen. Er begann, zu einem Zehn-Dollar-Friseur zu gehen, das war ebenfalls ziemlich »comme il faut«. Und nachdem er nicht mehr bei der Adonis GmbH aushalf, mußte er den regulären Mitgliedsbeitrag bezahlen, was ein Loch von 350 Dollar in das Bankkonto riß. Aber die Dividenden standen in keinem Verhältnis zur Investition, denn sobald er wieder in der Arbeit war, hatte ihn Mr. Ormund dem ersten Rang zugewiesen, wo die Trinkgelder ein Vielfaches von dem waren, was er oben auf der Galerie bekommen hatte, als er angefangen hatte (obwohl sie noch immer nicht so beträchtlich waren wie die Einkünfte in der Logenreihe).

Trinkgelder waren, wie Mr. Ormund erklärt hatte, nur die Spitze des Eisbergs. Die wirklichen Einnahmen kamen, wenn man umworben wurde, mit allen den uralten Nebenverdiensten — Festmähler, Parties, Wochenenden auf Long Island, und anderen Aufmerksamkeiten, die noch kostspieliger und freundlicher waren, je nachdem, wieviel Glück und Ehrgeiz man hatte und wie fähig man war, noch mehr herauszuholen. Zuerst hatte Daniel solchen Versuchungen aus einem Gefühl heraus widerstanden, das die zwölf Jahre in der Großstadt nicht hatten auslöschen können und das ihm sagte, als was er vor der ganzen Welt dastehen würde, wenn er nicht ablehnte. Auch hatte Mr. Ormund es überhaupt nicht eilig, ihn ins Rampenlicht hinauszustoßen. Aber es drängte sich ihm immer mehr die Frage auf, ob seine Handlungsweise denn der ganzen Welt völlig gleichgültig sei. Als dann die neue Spielzeit fortschritt und er weiterhin, wenn auch widerwillig, jegliche Einladungen ablehnte, sogar solche, die so wenig kompromittierend waren wie, einen Drink anzunehmen und mit einem Logenbesitzer während einer der langweiligeren Aufführungen, bei denen Drinks und Plaudereien an der Tagesordnung waren, ein wenig zu plaudern, entschied Mr. Ormund, daß zwischen ihnen wohl einiges geklärt werden müsse und ließ Daniel zu sich ins Büro kommen.

»Also, ich will nicht, daß Sie denken, mignon« — das oder ‚migniard' waren seine Kosenamen für seine jeweiligen Favoriten — »— daß ich ein dreckiger Zuhälter bin. Kein Junge ist jemals aufgefordert worden, das *Teatro* zu verlassen, nur weil er in sexueller Beziehung nicht willig genug war, und alle unsere Kunden verstehen das. Aber Sie sollten wirklich nicht so völlig reserviert sein, so arktisch kalt.«

»Hat sich der alte Carshalton beklagt?« fragte Daniel in bekümmertem Tonfall.

»Mr. Carshalton ist ein sehr zuvorkommender, liebenswürdiger Herr, der, Gott segne ihn, nichts anderes will, als daß man sich mit ihm unterhält. Er ist sich im klaren, daß sein Alter und seine Korpulenz« — Mr. Ormund stieß einen mitfühlenden Seufzer aus — »jede weitergehende Erwartung unrealistisch machen. Und, um bei der Wahrheit zu bleiben, er hat sich nicht beklagt. Es war einer Ihrer eigenen Kollegen — ich werde keinen Namen nennen — der mich auf die Sache aufmerksam gemacht hat.«

»Verdammt nochmal.« Dann, nachträglich: »Das war für den ungenannten Kollegen bestimmt, nicht für Sie, Sir. Und ich sage es noch einmal — Gott verdamme ... ihn.«

»Ich begreife Sie natürlich. Aber Sie müssen damit rechnen, daß Sie in diesem Stadium ein gewisses Maß an eifersüchtiger Aufmerksamkeit auf sich ziehen. Zusätzlich zu Ihren natürlichen Vorzügen haben Sie, wie man sagt, Haltung. Außerdem haben vielleicht einige von den Jungs das Gefühl — obwohl das, wie ich weiß, völlig ungerecht ist —, daß Ihre Zurückhaltung und Schüchternheit ein schlechtes Licht auf ihre zu große Nachgiebigkeit wirft.«

»Mr. Ormund, ich brauche diese Arbeit. Sie gefällt mir. Ich will nicht streiten. Was soll ich tun?«

»Seien Sie einfach freundlich. Wenn jemand Sie in seine Loge bittet, willigen Sie ein. Es besteht keine Gefahr, daß Sie vergewaltigt werden. Sie sind ein kräftiger Bursche. Wenn Ihnen im Kasino jemand anbietet, einmal beim Roulette zu setzen, dann setzen Sie. Das ist nichts als gesundes Geschäftsgebaren. Und, wer weiß, vielleicht kommt Ihre Zahl! Wenn man Sie nach der Vorstellung zum Essen einlädt und Sie nichts anderes vorhaben, ziehen Sie wenigstens die Möglichkeit in Erwägung, und wenn Sie glauben, es könnte vielleicht ganz amüsant werden, dann tun Sie doch der Welt einen Gefallen und sagen Sie ja! Und, obwohl es nicht meine Sache ist, so etwas vorzuschlagen — und ich billige das auch tatsächlich überhaupt nicht, aber die Welt wird sich trotzdem weiterdrehen — es ist nicht unerhört, daß eine Vereinbarung getroffen wird.«

»Eine Vereinbarung? Es tut mir leid, aber das müssen Sie mir schon genauer erklären.«

»Sie liebe, kleine Landpomeranze! Eine Vereinbarung mit dem Restaurant natürlich. So gut wie das Essen zum Beispiel im *L'Engouement Noir* ist, Sie glauben doch nicht im Ernst, daß es bei den Preisen auf der Karte nicht einen gewissen Spielraum gibt.«

»Wollen Sie damit sagen, daß man Nachlässe gewährt?«

»Häufiger wird es über die Mahlzeiten geregelt. Wenn Sie ihnen jemand zum Abendessen mitbringen, dürfen Sie jemanden zum Mittagessen einladen. «

»Das ist mir neu.«

»Ich glaube, die Jungs werden alle freundlicher sein, wenn sie sehen, daß Sie nicht völlig über jede Versuchung erhaben sind. Aber glauben Sie nicht, mignon, daß ich von Ihnen verlange, Sie sollten Ihren Hintern verhökern. Nur Ihr Lächeln.«

Daniel lächelte.

Mr. Ormund hob den Finger, um zu zeigen, daß ihm noch etwas eingefallen war, was er vergessen hatte. Er schrieb einen Namen und eine Adresse auf einen Notizblock, riß das Blatt mit einem Schwung ab und reichte es Daniel.

»Wer ist ›Dr. Rivera‹?« fragte der.

»Ein guter und nicht übermäßig teurer Zahnarzt. Sie müssen sich einfach darum kümmern, daß diese Backenzähne behandelt werden. Wenn Sie das Geld jetzt nicht haben, wird Dr. Rivera irgendeine Abmachung mit Ihnen treffen. Er ist ein großer Liebhaber aller Dinge, die mit den Künsten zu tun haben. Passen Sie jetzt auf, es ist beinahe Pause.«

Die Arbeiten an Daniels Zähnen kosteten schließlich beinahe tausend Dollar. Er mußte eine Summe von der Bank abheben, die größer war als alles, was er sich bisher geborgt hatte. Aber es war ein so wunderbares Gefühl, daß seine Zähne wieder in ihren ursprünglichen Zustand der Unschuld zurückversetzt worden waren, daß es ihm nichts ausmachte. Er hätte die ganze Summe, die noch auf dem Konto war, für das Vergnügen hingegeben, sein Essen wieder kauen zu können.

Und was für ein Essen! Daniel hatte sich nämlich Mr. Ormunds Rat zu Herzen genommen und war bald eine vertraute Gestalt in allen Restaurants von Bedeutung: im *Lieto Fino,* in *L'Engouement Noir,* im *Evviva il Coltello* und im *La Didona Abbandonata.* Auch bezahlte er für diese Festmähler nicht sozusagen mit seiner Tugend. Er mußte nur flirten, was er sowieso fast unbewußt tat.

Sein erweitertes gesellschaftliches Leben hatte notwendigerweise zur Folge, daß er nicht mehr so viele Abende zu Hause bei Mrs. Schiff verbringen konnte, aber trotzdem sahen sie sich beinahe ebensoviel in Gesellschaft wie früher privat, denn Mrs. Schiff war eine alte Stammkundin im *La Didona* und im *Lieto Fino*.

An ihrem Tisch gesehen zu werden (der oft auch der Tisch von Ernesto Rey war), bedeutete keine kleine Auszeichnung, und Daniels Ansehen bei den Kunden, die auf solche Dinge achteten (und warum ging man schon dorthin, außer, um auf solche Dinge zu achten), stieg, und im Umkleideraum der Platzanweiser war Daniel — oder vielmehr Ben Bosola — der Star des Augenblicks geworden, ohne ein Zwischenstadium, in dem er einfach einer von den Jungs gewesen wäre.

Niemand war Daniel bei der Erreichung einer solchen Vorrangstellung förderlicher als die Person, die ihn noch vor so kurzer Zeit bei Mr. Ormund verpetzt hatte. Lee Rappacini hatte beinahe so lange wie Mr. Ormund im *Metastasio* gearbeitet, obwohl man es nicht glauben wollte, wenn man die beiden nebeneinander sah. Lees klassisches Gesicht und seine Figur schienen so alterslos wie griechischer Marmor, wenn auch sicher nicht so weiß, denn er war, in dieser einzigen Beziehung, seinem Vorgesetzten ähnlich, ein Falschneg. Jedoch nicht aufgrund eigener Entscheidung, sondern um einer Laune seines jüngsten Gönners nachzugeben, der niemand anders war als der neueste Stern am Bühnenhimmel, Geoffrey Bladebridge. Um eine weitere Laune seines Gönners zu befriedigen, trug Lee (die Plastikform wölbte sich unter den weißen Hosen seiner Livree hervor) etwas, das bei den Eingeweihten als Wahnsinnsgürtel bekannt war und das den Zweck hatte sicherzustellen, daß niemand gratis in den Genuß dessen kam, wofür Bladebridge bezahlte. Über die Genüsse, die der Kastrat wirklich in Anspruch nahm, und über die Höhe seiner Bezahlung herrschte strengstes Stillschweigen, obwohl natürlich überall Vermutungen angestellt wurden.

Lees bewegliche Gefangenschaft war die Quelle vieler Tragödien. Wenn er auch nur auf die Toilette wollte, mußte er sich an Mr. Ormund wenden, dem einer der Schlüssel anvertraut war. Jeden Abend gab es Bemerkungen, Spötteleien und spielerische Versuche, um herauszufinden, ob das Ding umgangen werden konnte, ohne daß man es wirklich entfernte. Es war nicht möglich. Daniel als preisgekrönter Dichter des Umkleideraumes schrieb den folgenden Limerick, um diese Situation zu feiern:

*Ein Platzanweiser in Braun, er hieß Lee,*
*Trug 'ne Hose mit der Garantie:*
*Sein Gedärm würd zerreißen,*
*Denn er könnt nicht mehr scheißen;*
*Ging je der letzte Schlüssel perdu.*

Lees vorgebliche und wahrscheinlich von Herzen kommende Reaktion darauf war einfach Dankbarkeit für die Aufmerksamkeit. Seine erzwungene Zurückgezogenheit zeitigte die Wirkung, die fast immer eintritt: die Leute hatten aufgehört, sich wirklich für ihn zu interessieren. Wenn man zum Gegenstand eines Witzes gemacht wurde, dann hieß das immer noch, daß man wenigstens dieses einemal eine Art Anziehungspunkt war.

Das war als Grundlage für eine Freundschaft zwar ziemlich wenig, aber es stellte sich heraus, daß Lee und Daniel etwas gemeinsam hatten. Lee liebte die Musik, und obwohl diese Liebe wie bei Daniel unerwidert geblieben war, schwelte sie weiter. Er nahm weiterhin Gesangsstunden und sang am Sonntagmorgen in einem Kirchenchor. Jeden Abend, ganz gleich, welche Oper in welcher Besetzung gespielt wurde, hörte er zu, was das *Metastasio* zu bieten hatte, und konnte daher für sich in Anspruch nehmen, mehr als zweihundert Aufführungen jeweils von *Orfeo ed*

*Eurydice* und von *Norma* gesehen zu haben, den beiden Werken im Repertoire der Truppe, die am ausdauerndsten die Gunst des Publikums genossen. Was immer er hörte, schien sich ihm mit einer Lebhaftigkeit und Einzigartigkeit einzuprägen, die Daniel verblüfften, denn bei ihm ging jede Musik, so sehr sie ihn auch im Augenblick bewegen mochte, zum einen Ohr hinein und zum anderen wieder hinaus, was während der endlosen Analysen nach Ende der Vorstellung ein großer Nachteil war. Im Vergleich dazu war Lee ein richtiges Tonbandgerät.

Bald stellte sich heraus, daß sie nicht nur die Liebe zur Musik um ihrer selbst willen teilten, sondern auch die Sehnsucht zu fliegen. Für Lee wie für Daniel war das immer ein unerfülltes Verlangen geblieben und daher ein Thema, das man besser vermied. Tatsächlich gab es niemanden, der im *Metastasio* arbeitete oder verkehrte und viel über das Fliegen zu sagen hatte. Die Kastraten, die auf der Bühne unumschränkt herrschten, schienen zum Fliegen ebensowenig fähig zu sein wie zum Geschlechtsverkehr. Einige behaupteten, sie könnten zwar fliegen, hätten aber gar nicht den Wunsch danach, der Gesang allein sei herrlich genug, aber das wurde allgemein für Hochstapelei gehalten, um das Gesicht zu wahren. Sie flogen nicht, weil sie nicht fliegen konnten, und das erfreuliche Ergebnis (für ihr Publikum) war, daß sie nicht einfach, wie die meisten anderen großen Sänger, auf dem Höhepunkt ihrer Karriere in den Äther verschwanden. Im Vergleich zur *Met,* die ihre nachlassende Energie einem Repertoire aus romantischen Werken widmete, bot das *Metastasio* unvergleichlich bessere Gesangsleistungen, und wenn seine Produktionen die Phantasie nicht in ganz dem gleichen Maße erregten, wenn es nicht den Nervenkitzel aus zweiter Hand einer *Carmen* oder eines *Rosenkavalier* bieten konnte, so gab es doch (wie schließlich auch Daniel erkennen sollte) einen

Ausgleich dafür. Wie das Publikum von Neapel vor so langer Zeit proklamiert hatte: »Evviva il coltello!« Es lebe das Messer — das Messer, durch dessen Tätigkeit solche Stimmen erzeugt worden waren.

Daniel hatte geglaubt, er sei von seiner alten Sehnsucht geheilt, er habe eine Haltung realistischen, erwachsenen Verzichts erreicht. Das Leben hatte ihm jede Menge von höchsten Vergnügungen und letzten Erfüllungen verweigert, trotzdem war es immer noch wert, gelebt zu werden. Aber wenn er jetzt mit Lee sprach und auf dem abgenagten Knochen des warum und wieso ausgerechnet sie ausgeschlossen waren, herumkaute, fühlte er, wie der vertraute Schmerz wiederkehrte, jenes ungeheure, köstliche Selbstmitleid, das einem Märtyrertum gleichzukommen schien.

Inzwischen wußte Daniel natürlich alles, was es über die Theorie, wenn auch nicht über die Praxis des Fliegens zu wissen gab, und es vermittelte ihm ein pedantisches Gefühl der Befriedigung, wenn er Lee von vielen törichten Mißverständnissen befreien konnte. Lee glaubte zum Beispiel, daß der grundlegende Auslöser, der den Geist eines Sängers aus seinem Körper freisetzte, das Gefühl sei, so daß man, wenn man nur genug »con amore« in das legen konnte, was man gerade sang, abheben würde. Aber Daniel erklärte unter Berufung auf die besten Autoritäten, daß das Gefühl buchstäblich nur die Hälfte der Sache sei, die andere Hälfte sei Transzendenz. Man mußte sich mit der Musik in einen Zustand oberhalb des Ichs begeben, über das Gefühl hinaus, ohne jedoch seine Gestalt oder seine Größe aus dem Auge zu verlieren. Lee glaubte (das war das erste Gebot des Glaubens an den Belcanto), daß der Text mehr oder weniger bedeutungslos sei, daß die Musik an erster Stelle stehe. „Prima la musica." Als Beweis dafür konnte er einige Verse von ehrfurchteinflößender Lächerlichkeit anführen, die trotzdem Anlaß für den einen oder anderen bewiesenen Flug gewesen waren. Aber auch zu diesem Punkt konnte Daniel Gegenzitate anführen. Fliegen, oder die Freisetzung zum Fliegen, fand in dem Augenblick statt, wenn die beiden getrennten Hemisphären des Gehirns in völligem Gleichgewicht waren und gehalten wurden. Denn das Gehirn war von Natur aus ein Gnostiker, aufgespalten in genau jene Dichotomie von semantischer Bedeutung und linguistisch nicht vermittelter Erfahrung, von Wort und Musik, die auch die Dichotomie des Gesangs war. Deshalb konnten, obwohl es oft versucht worden war, keine anderen Musiker, nur Sänger mit ihrer Kunst jenes empfindliche Gleichgewicht erreichen, das das Spiegelbild eines darauf reagierenden, geheimnisvollen Gleichgewichts im Gewebe des Gehirns war. Man konnte natürlich auf anderen Wegen zu künstlerischer Vollendung gelangen; alle Künstler, ganz gleich welcher Kunstrichtung, mußten den Dreh der Transzendenz erlernen, und wenn er einmal in einer Disziplin erreicht worden war, konnte man diese Fähigkeit zum Teil transferieren. Aber der einzige Weg, um zum Fliegen zu kommen, war, ein Lied zu singen, das man verstand und von dem man überzeugt war, bis in die Zehenspitzen hinein.

Daniel und Lee beschränkten sich nicht auf die Theorie. Lee war der stolze, wenn auch machtlose Besitzer eines Grundig 1300 Amphion »Fluchtpunktapparates«, dem besten und teuersten Flugapparat, den es gab. Niemandem vor Daniel hatte er gestattet, ihn auszuprobieren. Der Apparat stand mitten in einem kahlen, weißen, kapellenartigen Raum in Geoffrey Bladebridges Penthousewohnung auf der West End Avenue, wo sie an den Nachmittagen, an denen Bladebridge nicht in der Nähe war, an die Türen des Himmels zu hämmern und um Einlaß zu betteln pflegten. Ebensogut hätten sie versuchen können, mit den Ar-

JOBST H. TELTSCHIK

men zu schlagen, um zu fliegen. Sie machten ungeachtet dessen hartnäckig weiter, Arie um Arie, ein mühsames Lied nach dem anderen, niemals gaben sie auf und erreichten doch nichts.

Manchmal kam Bladebridge nach Hause, ehe sie es aufgegeben hatten und bestand darauf, sich ihnen in der Rolle des Gesangslehrers anzuschließen, er gab ihnen dann Ratschläge und stellte sich abscheulicherweise selbst als leuchtendes Vorbild hin. Er versicherte Daniel, daß er eine sehr hübsche Baritonstimme habe, die für die meisten Stücke, die er zu singen versuchte, zu hoch sei, aber für den Belcanto einfach vollkommen. Es war reine Gemeinheit. Er glaubte wahrscheinlich, Daniel und Lee hätten etwas miteinander vor, was durch den Wahnsinnsgürtel vereitelt wurde, und obwohl Daniel die reife Ansicht vertrat, daß theoretisch alles möglich und die Menschen von vielgestaltiger Perversität seien, wußte er, daß Bladebridges Verdacht in diesem Falle unberechtigt war. Er brauchte Lee nur anzusehen und seine rosa Nasenspitze in der Mitte seines teakbraunen Gesichts wie einen Pilz auf einem Baumstamm zu erblicken, um völlig abgestoßen zu werden.

Im Dezember, kurz vor Weihnachten, erschien Lee im *Metastasio,* ohne daß die verräterische Ausbuchtung des Wahnsinnsgürtels ihm den Sitz seiner Hose verdarb. Seine Romanze mit Bladebridge war zu Ende und so ziemlich (und nicht zufällig) auch seine Freundschaft mit Daniel.

Das Leben bestand, um gerecht zu sein, nicht nur aus Mühen und Sehnsucht und sicherer Niederlage. Eigentlich war, abgesehen von den frustrierenden Stunden, in denen er in den »Fluchtpunktapparat« geschnallt war, Daniel niemals glücklicher gewesen, oder wenn doch, dann war es so lange her, daß er sich nicht mehr erinnern konnte, wie das gewesen war. Jetzt, da er einen festen Arbeitsplatz hatte, konnte er aus der öffentlichen Bibliothek Bücher entleihen, obwohl die Erfüllung dieses Traums, angesichts von Mrs. Schiffs enormem Büchervorrat, über den er verfügen konnte, beinahe überflüssiger Luxus war. Er las, hörte Schallplatten und gammelte manchmal nur sorglos herum. Der Wirbel seines gesellschaftlichen Lebens nahm nur zwei oder drei Abende pro Woche in Anspruch, und mit etwa der gleichen Regelmäßigkeit arbeitete er sich in der Turnhalle aus.

Nachdem er abseits von nächtlichen Verführungen lebte, war auch sein Bedürfnis nach Sex sehr zurückgegangen, obwohl seine Lebensweise von strenger Enthaltsamkeit immer noch weit entfernt war. Wenn er Lust hatte, unter Leute zu gehen, suchte er in der Stadt seine alten Schlupfwinkel auf und bewahrte sich so im *Metastasio* den Ruf freundlicher Unzugänglichkeit. Das Ergebnis davon war ein entschiedenes Abflauen des aktiven Interesses derjenigen Stammkunden der Oper, die ganz verständlicherweise auf ein besseres »quid pro quo« hofften, als Daniel es zu bieten bereit war. Durch die Rationierung, die im Januar in Kraft getreten war, waren genügend gutaussehende Jungen auf dem Markt. Daniels Leben wurde noch ruhiger, was ihm nur recht war.

Seltsamerweise (denn er hatte gefürchtet, es würde eine Quelle der Verwirrung oder jedenfalls der Niedergeschlagenheit sein) fand Daniel, daß ihm das Zusammenleben mit Boa zusagte und daß er sich gerne um sie kümmerte. Es gab eine Reihe von Übungen, die er jeden Morgen durchexerzierte, wobei er ihre Glieder bewegte, um die Muskeln minimal funktionsfähig zu erhalten. Während er ihre balsaholzleichten Arme durch die vorgeschriebenen Winkelbewegungen führte, pflegte er mit ihr zu sprechen, etwa in der halb unbewußten, halb ernsthaften Art, in der Mrs. Schiff mit Incubus redete.

Glaubte Daniel, daß sie ihm zuhörte? Es war nicht ausgeschlossen. Wenn sie die Erde nicht ganz verlassen hatte, war es durchaus möglich, daß sie vielleicht eines Tages zurückkam, um zu sehen, wie es ihrer verlassenen Hülle ging, ob es möglicherweise denkbar wäre, sie wieder in Betrieb zu nehmen. Und wenn sie das tat, schien es nicht unvernünftig, anzunehmen, daß sie sich vielleicht auch für Daniel interessieren und eine Zeitlang stehenbleiben würde, um zu hören, was er zu sagen hatte. Er wußte jetzt, daß sie niemals wirklich Mann und Frau gewesen waren, und daß er daher nicht wirklich das Recht hatte, sich zu beklagen, er sei im Stich gelassen worden. Was er für Liebe zu Boa gehalten hatte, war nur Verliebtheit gewesen. Das sagte er ihr jedenfalls, während er mit ihren leichten, leblosen Gliedern hantierte. Aber war es wirklich so? Es war schwer, sich genau an die Gefühle zu erinnern, die man vor zwölf, nein, vor dreizehn Jahren gehabt hatte. Er hätte ebensogut versuchen können, sich das längst vergangene Wetter jener paar Monate ins Gedächtnis zu rufen, in denen sie zusammengewesen waren, oder das Leben, das er in irgendeiner früheren Existenz geführt hatte.

Daher schien es wirklich seltsam, daß er tatsächlich eine Art von Zärtlichkeit für diesen Knochensack empfand, der in der Ecke seines Zimmers lag und so ruhig atmete, daß man es niemals hören konnte, nicht einmal ganz aus der Nähe. Seltsam, daß er annahm, sie könne vielleicht doch bei ihm sein, trotzdem, in jedem Augenblick des Tages oder der Nacht, könne ihn beobachten und beurteilen wie ein ehrlicher Schutzengel.

Marcella, die ja ein Abonnement hatte, erschien weiterhin jeden Dienstag im *Metastasio*. Als sie herausfand, daß Daniel Platzanweiser geworden war, konnte sie nicht widerstehen, ihn in der Pause aufzusuchen oder (nachdem er in den ersten Rang versetzt worden war) auf der 44. Straße herumzulungern, um ihn nach der Vorstellung abzufangen. »Nur um Guten Tag zu sagen.« Was sie wollte, war Klatsch über die Sänger zu hören. Jeden kleinen Brosamen nahm sie mit der Ehrfurcht eines Menschen entgegen, der in feierliche Mysterien eingeweiht wird. Daniel hielt sie für albern, aber er genoß die Rolle des Hohepriesters und versorgte sie daher weiter mit Brosamen und Leckerbissen über ihre Halbgötter.

Nach einiger Zeit ging er dazu über, ihr heimlich einen guten Sitzplatz zu verschaffen, von dem er wußte, daß er frei war. Diese Aufmerksamkeiten blieben bei seinen Kollegen nicht unbemerkt. Sie taten so, als glaubten sie, er sei Marcellas sehr fragwürdigen Reizen ins Netz gegangen. Daniel machte den Spaß mit und pries sie mit den groben Übertreibungen der Librettotexte. Er wußte, daß ihm diese Freundschaft trotz aller Neckereien bei seinen Kollegen zur Ehre gereichte, denn diese hatten alle eine Freundin oder sogar einen Stall von Freundinnen, deren Schmeicheleien und deren Neid eine Hauptquelle für ihr eigenes Selbstwertgefühl waren. Daß Daniel seine Marcella hatte, zeigte, trotz aller Allüren, daß er nicht über solchen alltäglichen Dingen stand. Eigentlich brachte ihm dieses Verhältnis noch mehr ein, außer daß er sich in der falschen Glorie unverdienter Wertschätzung sonnen konnte. Marcella bestand darauf, Daniel ihre Dankbarkeit dadurch auszudrükken, daß sie ihm Fünfpfundkanister von »Hyprotine Zusatznahrung« brachte, die sie in einem Delikatessenladen

»klaute«, wo sie eine Vereinbarung mit einem Angestellten an der Ausgangsschranke getroffen hatte. In was für einer Welt von gegenseitigen Gefälligkeiten lebte man doch!

Eines Abends, nachdem Daniel es mit Unterstützung Lee Rappacinis geschafft hatte, sie für die zwei letzten Akte des Stücks, das als *Achille in Sciro* von Sarro angekündigt war (obwohl die Partitur eigentlich von Anfang bis Ende Mrs. Schiffs Werk war und noch dazu eines ihrer besten), ins Parkett einzuschmuggeln, begrüßte ihn Marcella an der Ekke der 44. und 8. Straße mit mehr als ihrer üblichen Dringlichkeit. Daniel, der nur seine Uniform trug und sich seinen wohlgeformten Hintern abfror, erklärte ihr, daß heute abend nicht in Frage käme, weil er auf dem Weg zu einem Essen im *La Didone* sei (wieder einmal mit dem beharrlichen Mr. Carshalton, den anscheinend nichts entmutigen konnte).

Marcella bestand darauf, daß es nur eine Minute dauern würde, griff in eine Handtasche von der Größe eines Matchbeutels und holte eine Schachtel »Fanny Farmer«-Pralinen mit einer großen, roten Schleife heraus.

»Wirklich, Marcella, das geht zu weit.«

»Oh, das ist nicht für Sie, Ben«, sagte sie entschuldigend. »Es ist ein Geschenk zum Thanksgiving Day für Ernesto Rey.«

»Warum geben Sie es ihm dann nicht persönlich? Er singt morgen abend.«

»Aber dann arbeite ich, wissen Sie. Und ich könnte das sowieso nicht. Wirklich, ich könnte es einfach nicht. Und wenn ich den Mut aufbrächte, würde er es wahrscheinlich nicht nehmen, und wenn er es nähme, würde er es wahrscheinlich wegwerfen, sobald ich ihm den Rücken zudrehte. Das habe ich jedenfalls gehört.«

»Das ist nur, weil vielleicht Gift drin sein könnte. Oder etwas Ungehöriges. So etwas ist schon vorgekommen.«

Marcellas Augen begannen zu glitzern. »Sie glauben doch nicht, weil ich ein- oder zweimal ein lobendes Wort für Geoffrey Bladebridge gefunden habe, daß ich zu irgendeiner Claque gehöre, oder?«

»Ich glaube es nicht, nein, aber Rey kennt Sie nicht besser als Adam. Oder auch als Eva.«

Marcella wischte sich die Tränen ab und lächelte, um zu zeigen, daß ihr gebrochenes Herz nicht von Bedeutung war. »Deshalb« — schnüffelte sie, — »wenn es von jemandem käme, den er kennt, wäre es nicht so aussichtslos. Sie könnten ihm sagen, die Pralinen kommen von jemandem, den Sie selbst kennen. Und dem Sie vertrauen. Und daß sie nur meinen Dank ausdrücken sollen für die Freude, die er mir mit so vielen schönen Aufführungen bereitet hat. Würden Sie das für mich tun?«

Daniel zuckte die Achseln. »Sicher, warum nicht?« Wenn er einen Augenblick nachgedacht hätte, hätte er sich diese Frage selbst beantworten können und sich erspart, was kommen sollte. Das Klügste, was er hätte tun können, wäre gewesen, Marcellas Vorschlag zu folgen, sich der Pralinenschachtel zu entledigen, sobald sie außer Sicht war, oder die Pralinen selbst zu essen, wenn er es wagte. Statt dessen tat er wie versprochen und gab die Pralinen noch am selben Abend Rey, der mit seinem Agenten Irwin Tauber auch im *La Didone* speiste.

Daniel erklärte die Situation, und Rey nahm das Geschenk mit einem Nicken in Empfang, ohne sich auch nur die Mühe zu machen, Daniel zu bitten, er solle seiner Gönnerin danken. Daniel kehrte zu seinen »escargots« und zu Mr. Carshaltons Beschreibungen der Wildnis von Vermont zurück und dachte nicht weiter daran.

Am nächsten Abend überbrachte ein Bühnenarbeiter Daniel eine handgeschriebene Notiz von Rey, der die *Norma* sang. Die Notiz lautete: »Danken Sie Ihrer Freundin von mir für die Süßigkeiten und ihren so freundlichen Brief. Sie scheint ganz reizend zu sein. Ich verstehe nicht, warum sie so schüchtern ist, daß sie nicht wagt, mich direkt anzusprechen. Ich bin sicher, wir hätten uns gut verstanden!« Daniel war eingeschnappt, weil Marcella einen Brief in ihre Pralinenschachtel geschmuggelt hatte, aber nachdem Rey so freundlich reagierte, was machte es schon?«

Er vergaß die ganze Sache wirklich — und so brachte er sie nie in Verbindung mit Reys verändertem Benehmen ihm gegenüber, das zuerst nicht mehr als gewöhnliche Höflichkeit zu sein schien. Als er Mrs. Schiff besuchte und Daniel zu Hause antraf, erinnerte er sich an seinen Namen — zum erstenmal, seit sie einander vor sieben Monaten offiziell vorgestellt worden waren. Einmal, im *Lieto Fino,* als Daniel, der mit einer anderen Gesellschaft gekommen war, noch blieb, um seinen Kaffee an Mrs. Schiffs Tisch zu trinken, bestand Rey in trunkener Rührseligkeit darauf, die Geschichte von Ben Bosolas Leben zu hören, eine traurige und unwahrscheinliche Geschichte, die sich Daniel vor Mrs. Schiff zu erzählen schämte, die die traurige und unwahrscheinliche Wahrheit kannte. Zu Weihnachten schenkte Rey Daniel einen Pullover und sagte, es sei ein Geschenk von einem seiner Fans gewesen und passe ihm nicht. Als Rey während einer seiner Korrepetitorstunden fragte, ob Daniel ihn nicht begleiten könnte (da sich Mrs. Schiff beim Teekochen die Hand verbrannt hatte), nahm Daniel das als Anerkennung für seine musikalischen Fähigkeiten, und sogar als Rey sein Spiel lobte, das ein einziges, langes Herumsuchen gewesen war, schrieb er das seinen guten Manieren zu. Er war nicht unaufrichtig oder absichtlich blind; er glaubte nur auch jetzt noch, daß die Welt sein Hirte sei und ihm mit natürlicher Begabung grüne Weiden verschaffe und für seine Bedürfnisse sorge.

Im Februar lud Rey Daniel zum Essen ins *Evviva il Coltel-*

*lo* ein und trug die Einladung in so zärtlichen Tönen vor, daß Daniel über seine Absichten nicht länger im unklaren bleiben konnte. Er sagte nein, lieber nicht. Immer noch gurrend verlangte Rey, den Grund zu wissen. Daniel fiel kein anderer ein außer dem wirklichen — daß nämlich Rey, wenn er die sofortige Kapitulation verlangte, die alle Stars für selbstverständlich hielten, durch seine Weigerung durchaus zu einem Gegenschlag angestachelt werden mochte und ihn vielleicht auf seine schwarze Liste setzen würde. Dann wäre sein Arbeitsplatz in Gefahr, und auch sein Arrangement mit Mrs. Schiff. Schließlich, um Erklärungen aus dem Wege zu gehen, willigte er ein, Rey zu begleiten. »Aber nur dieses eine Mal.«

Während des ganzen Essens sprach Rey über sich selbst — seine Rollen, seine Kritiken, seine Triumphe, über seine Feinde. Daniel hatte nie zuvor die volle Reichweite der Eitelkeit dieses Mannes und seinen Hunger nach Lob und immer mehr Lob miterlebt. Es war gleichzeitig ein ehrfurchteinflößendes Schauspiel und tödlich langweilig. Am Ende des Essens erklärte Rey geradeheraus und sachlich, daß er in Daniel verliebt sei. Es war eine so absurd unpassende Erklärung nach den vergangenen beiden Stunden voll selbstüberheblicher Monologe, daß Daniel beinahe zu kichern angefangen hätte. Vielleicht wäre es besser gewesen, wenn er gekichert hätte, denn Rey schien entschlossen, höfliche Einwände als Schüchternheit anzusehen.

»Kommen Sie, kommen Sie«, protestierte Rey immer noch gut gelaunt, »keine Verstellung mehr.«

»Wer verstellt sich denn?«

»Wie Sie wollen, idolo mio, aber diesen Brief hat es gegeben — das kann man nicht leugnen — und ich werde ihn auch weiterhin aufheben —«. Er legte seine ringgeschmückte Hand auf das Einstecktuch, das aus der Brusttasche seines Anzugs spitzte. »— hier, direkt über meinem Herzen.«

»Mr. Rey, dieser Brief war nicht von mir. Und ich habe keine Ahnung, was darin stand.«

Mit einem koketten Blick griff Rey in die Innentasche seines Anzugs und holte ein gefaltetes, stark abgegriffenes Papier hervor, das er neben Daniels Kaffeetasse legte. »In diesem Fall würden Sie vielleicht gerne *lesen,* was darin steht.«

Daniel zögerte.

»Oder wissen Sie es auswendig?«

»Ich lese ihn, ich lese ihn.«

Marcellas Brief war auf parfümiertem, mit Blumenmuster gerändertem Briefpapier in einer schulmädchenhaften Schrift geschrieben, mit ein paar vorsichtigen Schnörkeln, die als Schönschrift gelten sollten. Der Inhalt strebte auf ganz ähnliche Art nach großartiger Ausdrucksweise. »Meinem liebsten Ernesto«, begann der Brief. »Ich liebe Sie! Was kann ich sonst noch sagen? Ich erkenne, daß zwischen zwei Wesen, die so verschieden sind wie Sie und ich, Liebe nicht möglich ist. Ich bin nur ein reizloses, schlichtes Mädchen, und auch wenn ich in Wirklichkeit so schön wäre, wie ich es in meinen Träumen bin, glaube ich nicht, daß das viel ändern würde. Es wäre immer noch ein Abgrund zwischen uns. Warum schreibe ich Ihnen, wenn es doch sinnlos ist, Ihnen meine Liebe zu erklären? Um Ihnen für das unschätzbare Geschenk Ihrer Musik zu danken! Wenn ich Ihrer göttlichen Stimme lauschte, dann waren das die wichtigsten, die erhabensten Augenblicke meines Lebens. Ich lebe für die Musik, und welche Musik gibt es, die der Ihren gleichkommt? Ich liebe Sie — es läuft immer wieder auf diese drei kleinen Worte hinaus, die so viel bedeuten. Ich ... liebe ... Sie!« Die Unterschrift lautete: »Jemand, der Sie aus der Ferne verehrt.«

»Und Sie glauben, ich hätte diesen schmalzigen Quatsch geschrieben?« fragte Daniel, nachdem er fertiggelesen hatte.

»Können Sie mir in die Augen sehen und es dann noch leugnen?«

»Natürlich leugne ich es! Ich *habe* es nicht geschrieben! Es wurde von Marcella Levine geschrieben, die das ist, was sie sagt, ein reizloses Mädchen mit einer Vorliebe für Opernsänger.«

»Ein reizloses Mädchen«, wiederholte Rey mit einem wissenden Lächeln.

»Das ist die Wahrheit.«

»Oh, ich weiß das zu würdigen. Es ist auch meine Wahrheit, die Wahrheit meiner *Norma.* Aber es ist selten, daß ein junger Mann solche Rätsel so deutlich versteht. Ich glaube, Sie haben wirklich das Zeug zu einem Künstler in sich.«

»Oh, um Himmels willen. Wie käme ich dazu — »Daniel unterbrach sich, ehe ihm eine nicht wiedergutzumachende Kränkung entschlüpfen konnte. Er konnte unmöglich erklären, daß niemand, der bei Verstand war, einem Eunuchen Liebesbriefe schreiben würde, wenn Rey solche Aufmerksamkeiten offenbar für selbstverständlich hielt.

»Ja?« Rey faltete den Brief zusammen und verwahrte ihn wieder direkt über seinem Herzen.

»Hören Sie, wie wäre es, wenn ich Sie dem Mädchen vorstellte, das den Brief geschrieben hat? Würde Sie das zufriedenstellen?«

»Ich bin auf jeden Fall neugierig.«

»Sie hat ein Abonnement für Dienstag, und Sie singen nächsten Dienstag, nicht wahr?«

»Sono Eurydice«, sagte Rey in schmelzenden Tönen.

»Also, wenn Sie einverstanden sind, bringe ich Sie zwischen den Akten zu ihr.«

»Aber Sie dürfen sie nicht vorbereiten!«

»Das verspreche ich. Wenn ich das täte, würde sie vielleicht kalte Füße bekommen und nicht erscheinen.«

»Also dann am Dienstag. Und werden wir hinterher wieder auf einen Happen hierher kommen?«

»Sicher. Wir *drei.*«

»Das setzt voraus, caro, daß wir wirklich zu dritt sein werden.«

»Warten Sie ab. Sie werden schon sehen.«

Am Dienstag erschien Rey in der Pause im unteren Foyer des *Metastasio,* schon im Kostüm der Eurydice und scheinbar, sogar aus der Nähe und ohne Hilfe der Beleuchtung, eine richtige Sylphide, ganz aus Tüll und Mondlicht — wenn auch mehr eine Sylphide bei Hofe als eine vom Lande, mit genügend Similijuwelen, um einen kleinen Kronleuchter auszustatten und genügend Puder auf der Perükke und dem Gesicht, um tausend Schiffe zu versenken. So majestätisch aufgemacht bewegte er sich mit der Freiheit einer Königin, teilte die Menge vor sich ebenso wirksam wie ein Polizeikordon.

Er winkte Daniel von seinem Posten am Orangensaftstand herbei, und sie stiegen zusammen die große Freitreppe bis zum Logenrang hinauf, dann, zu jedermanns Erstaunen, das viel weniger großartige Treppenhaus zur Galerie, wo sie, wie Daniel sicher angenommen hatte, Marcella am Rande einer Gruppe der Getreuen fanden. Als sie sah, daß Daniel und Rey auf sie zukamen, versteifte sie sich zu einer abwehrenden Haltung, mit gestrafften Schultern und zurückgebogenem Hals.

Sie blieben vor ihr stehen. Die Gruppe, an deren Rand Marcella gestanden hatte, bildete sich nun um und nahm sie und ihre Besucher in die Mitte.

»Marcella«, sagte Daniel in einem Ton, der beruhigend

wirken sollte, »ich möchte Sie mit Ernesto Rey bekannt machen. Ernesto, darf ich Ihnen Marcella Levine vorstellen.«

Marcella senkte langsam zur Erwiderung den Kopf.

Rey streckte seine schmale Hand aus, die vor falschen Diamanten blitzte. Marcella, die Händen gegenüber empfindlich war, wich zurück und drückte ihre geballten Fäuste in die braunen Samtfalten ihres Kleides.

»Daniel sagte mir, daß ich Ihnen für einen *Brief* zu danken hätte, den ich vor kurzem erhielt.« Man konnte beinahe hören, wie das Cembalo sein »recitativo« untermalte, so vollendet war die Darstellung.

»Wie bitte?« Mehr brachte sie nicht heraus.

»Daniel sagte mir, meine Liebe, daß ich Ihnen für einen *Brief* zu danken hätte, den ich vor kurzem erhielt.« Er trug diesen Satz in allen Einzelheiten unverändert vor, aus seiner königlichen Betonung war nicht zu entnehmen, ob diese Aussage Dank oder Mißbilligung beinhaltete.

»Ein Brief? Ich verstehe nicht.«

»Haben Sie diesem reizenden, jungen Mann einen *Brief* für mich gegeben, eingelegt in eine Pralinenschachtel, oder haben Sie es nicht getan?«

»Nein«, sie schüttelte mit Nachdruck den Kopf. »Niemals.«

»Weil«, fuhr Rey fort und wandte sich an die ganze Gruppe, die sich um sie versammelt hatte, »wenn es wirklich Ihr Brief war ...«

Der lange, blonde Zopf schwankte sehr heftig und andauernd in wilder Ablehnung.

»... ich wollte nur sagen, was für ein äußerst freundlicher, warmherziger, wundervoller Brief es war, und ich wollte Ihnen *persönlich* dafür danken. Aber Sie behaupten, Sie hätten ihn mir *nicht* geschickt!«

»Nein! Nein, der Platzanweiser muß mich ... er muß mich mit jemand anderem verwechselt haben.«

»Ja, so ist es wohl gewesen. Nun, meine Liebe, es war mir ein Vergnügen, Ihre Bekanntschaft zu machen.«

Marcella neigte den Kopf, als müßte sie ihn auf den Block des Henkers legen.

»Ich hoffe, Sie genießen den zweiten Akt.«

Ein lautes und zustimmendes Gemurmel kam von den Zuschauern.

»Und jetzt müssen Sie mich entschuldigen. Mein Auftritt! Ben, Sie kleiner Schwindler, *Sie* treffe ich um elf.« Damit wirbelte er in einer Wolke von Tüll herum und stieg in königlicher Haltung die Treppen hinunter.

Daniel hatte seine Uniform mit einem schäbigen Pullover und einem Paar Jeans vertauscht und wäre nicht ins *Evviva il Coltello* eingelassen worden, wäre er nicht in Begleitung des großen Ernesto gewesen. Dann, um noch mehr Anstoß zu erregen, sagte er dem Kellner, er sei nicht hungrig und wolle nur ein Glas Mineralwasser.

»Sie sollten wirklich besser auf sich aufpassen, caro«, beharrte Rey, während sich der Kellner immer noch im Hintergrund herumdrückte.

»Sie *wissen,* daß sie es war«, sagte Daniel, als Fortsetzung ihrer Unterhaltung auf der Straße, in wütendem Flüsterton.

»Ich weiß im Gegenteil, daß sie es nicht war.«

»Sie haben sie eingeschüchtert. Deshalb hat sie es geleugnet.«

»Aber wissen Sie, ich habe ihr in die Augen gesehen. Die Augen eines Menschen sagen immer die Wahrheit. Es ist so gut wie ein Test mit dem Lügendetektor.«

»Dann sehen Sie jetzt mir in die Augen und sagen Sie mir, ob ich lüge.«

»Ich sehe seit Wochen schon hinein — und Sie lügen, die ganze Zeit.«

Daniel antwortete mit einem gedämpften Hohngelächter. Sie saßen schweigend da, Daniel mit finsterer Miene, Rey selbstgefällig belustigt, bis der Kellner mit Wein und Mineralwasser kam. Rey kostete und erklärte sich mit dem Wein einverstanden.

Als der Kellner außer Hörweite war, fragte Daniel: »*Warum?* Wenn Sie glauben, daß ich den Brief geschrieben habe, warum sollte ich dann weiterhin leugnen?«

»Wie Zerlina sagt: ‚Vorrei e non vorrei.' Sie möchte, aber gleichzeitig möchte sie auch lieber nicht. Oder, wie jemand anders, ich weiß nicht mehr genau, wer, sagte: ‚T'amo e tremo'. Und ich kann das verstehen. Ja, mit dem unheilvollen Beispiel Ihres Freundes vor Augen, Bladebridges inamorata, kann ich Ihr Zögern völlig verstehen, sogar jetzt noch.«

»Mr. Rey, ich zögere nicht. Ich lehne ab.«

»Wie Sie wünschen. Aber Sie sollten sich überlegen, daß die Bedingungen für die Unterwerfung um so härter werden, je länger Sie Widerstand leisten. Das ist bei jeder Belagerung so.«

»Kann ich jetzt gehen?«

»Sie werden gehen, wenn ich gehe. Ich habe nicht vor, mich öffentlich zum Gespött machen zu lassen. Sie werden mit mir speisen, wenn immer ich Sie darum bitte, und Sie werden bei solchen Gelegenheiten Ihre übliche, gute Laune zeigen.« Als praktische Demonstration spritzte Rey Wein in Daniels Glas, bis es auf das Tischtuch übergelaufen war. »Denn«, fuhr er in seinem kehligsten Kontralto fort, »wenn Sie das nicht tun, werde ich dafür sorgen, daß Sie weder Ihren Arbeitsplatz noch Ihre Wohnung behalten.«

Daniel hob das Glas zum Gruß und verschüttete dabei noch mehr Wein. »Prosit Ernesto!«

Rey stieß mit ihm an. »Prosit Ben. Ach, und noch etwas

— es ist mir gleichgültig, wie Sie Ihre Zeit verbringen, aber ich möchte nicht hören, daß Sie in der Öffentlichkeit mit Geoffrey Bladebridge gesehen wurden, weder allein noch in Gesellschaft.«

»Was hat er denn mit der ganzen Sache zu tun?«

»Damit treffen Sie genau meine Empfindungen.«

Der Kellner erschien mit einem frischen Tischtuch, das er geschickt über das vom verschütteten Wein befleckte breitete. Rey teilte ihm mit, daß Daniel seinen Appetit wiedergefunden habe, und man legte Daniel die Speisekarte vor. Ohne nachsehen zu müssen, bestellte er das teuerste Hors d'oeuvre und Entrée, die das Restaurant zu bieten hatte.

Rey schien entzückt. Er zündete sich eine Zigarette an und begann, über seine Vorstellung zu sprechen.

## 17

Der März war ein Monat, in dem Gericht gehalten wurde. Die alljährliche Winterkatastrophe schien all die verrotteten Fäden des gesellschaftlichen Gewebes an einem einzigen Wochenende auseinandergerissen zu haben. Die soziale Organisation brach unter den aufeinanderfolgenden Erschütterungen von Stromausfall, Lebensmittelknappheit, Blizzards, Überschwemmungen und immer tollkühneren terroristischen Anschlägen zusammen. Einheiten der Nationalgarde, die ausgeschickt wurden, um diese Lawine aufzuhalten, desertierten massenweise. Ganze Heerscharen von wahnsinnig gewordenen Stadtflüchtlingen ergossen sich aus den Ghettos und überfluteten das brachliegende Land, nur um das Schicksal von Napoleons Truppen auf dem Rückzug von Moskau zu erleiden. Das war in Illinois geschehen, aber jeder Staat hatte eine eigene Geschichte von ähnlicher terribilità zu erwählen. Nach einer Weile machte man sich gar nicht mehr die Mühe, auf dem laufenden zu bleiben, und noch etwas später konnte man es sowieso nicht mehr, denn die Medien hörten auf, die jüngsten Katastrophen zu melden, aufgrund der hoffnungsvollen Theorie, daß die Lawine vielleicht ihre Verheerungen einstellen würde, wenn sie nicht durch zu viel Aufmerksamkeit verwöhnt würde.

Inzwischen ging das Leben in New York, wo Katastrophen eine Lebensform waren, ziemlich genauso weiter wie gewöhnlich. Das *Metastasio* verlegte seine Vorstellungen um eine Stunde nach vorne, so daß die Leute vor der Sperrstunde um 12.30 Uhr zu Hause sein konnten, und ein Restaurant mit Belcantokundschaft nach dem anderen machte vorübergehend dicht, alle außer dem *Evviva*, das die Preise verdoppelte, die Portionen halbierte und weitermachte. Die allgemeine Stimmung in der Stadt setzte sich zusammen aus nervöser Lustigkeit, Kameradie und schwarzem Verfolgungswahn. Man wußte nie, ob der, der vor einem in der Schlange vor dem Bäckerladen stand, als nächster durchdrehen und einen — Peng! — auf der Stelle niederschießen würde oder ob man sich nicht vielleicht statt dessen Hals über Kopf verliebte. Die meisten Leute blieben zu Hause, dankbar für jede Stunde, die sie weiterhin sanft den Strom hinuntergleiten konnten. Das Zuhause war ein Rettungsboot, und das Leben war nur ein Traum.

Das war Daniels »Weltanschauung«, und im großen und ganzen auch die von Mrs. Schiff, obwohl ihre stoische Ruhe durch eine melancholische Sorge um Incubus beeinträchtigt wurde, der trotz der Säcke voll »Pet Bricquettes«, die im Schrank aufgestapelt waren, eine schlimme Zeit durchmachte. Am Anfang jenes Jahres hatte er sich eine Infektion der Ohren zugezogen, die sich stetig verschlimmerte, bis er es nicht mehr ertragen konnte, irgendwo am

Kopf gestreichelt zu werden. Sein Gleichgewichtssinn war gestört. Außerdem benützte er, entweder aus Groll, weil er im Hause gehalten wurde, oder weil er wirklich die Kontrolle über sich verloren hatte, seine Kiste im Bad nicht mehr und begann, willkürlich überall in der Wohnung hinzupissen und zu -scheißen. Der Geruch nach krankem Spaniel war in diesen Zimmern immer gegenwärtig gewesen, aber als jetzt unentdeckter Kot in den Haufen abgelegter Kleider gärte, als Rinnsale und Teiche von Urin die Schichten von Abfall durchweichten, wurde der Gestank sogar für Mrs. Schiff zur Realität — und für jeden anderen unerträglich. Schließlich stellte Rey ein Ultimatum — entweder ließ sie die Wohnung ausräumen und bis zu den Bodenbrettern schrubben, oder er würde sie nicht mehr besuchen. Mrs. Schiff beugte sich der Notwendigkeit, und sie und Daniel verbrachten zwei Tage mit Saubermachen. Vier große Säcke voll Kleider wurden zur Reinigung geschickt, und die vierfache Menge wanderte in den Müll. Von den vielen Entdeckungen, die im Laufe dieser Ausgrabungsarbeiten gemacht wurden, war die bemerkenswerteste die Auffindung einer vollständigen Opernpartitur, die Mrs. Schiff vor acht Jahren zu da Pontes Libretto zu *Axur re d'Ormus* geschrieben hatte. Die Partitur wurde ausgelüftet und dann an das *Metastasio* geschickt, das sie zur Aufführung im folgenden Jahr annahm. Ein Viertel ihres Honorars gab sie Daniel dafür, daß er die Partitur gefunden hatte, der Rest reichte gerade aus, um die Rechnung der Reinigung zu bezahlen. Ein Silberstreif, obwohl sich die Wolken weiterhin zusammenzogen.

Zum erstenmal brach das Durcheinander in der Welt in größerem Ausmaß in ihr Privatleben ein, als der Apotheker der Ersten Nationalen Flughilfe Daniel mitteilte, daß ihm das Nebengebäude nicht länger die Flüssignahrung liefern könne, mit der Boa am Leben erhalten wurde. Da sie gesetzlich für tot erklärt worden war, konnte auf ihren Namen keine Lebensmittelkarte ausgestellt werden. Daniels panikartigen Proteste verschafften ihm die Adresse eines Schwarzmarkthändlers für medizinischen Bedarf, ein älterer, nicht mehr berufstätiger Apotheker in Brooklyn Heights, der, als Daniel ihn aufsuchte, vorgab, solche Geschäfte nicht mehr zu betreiben. Das war das Protokoll auf dem Schwarzmarkt. Daniel wartete zwei Tage darauf, daß seine Notlage überprüft wurde. Schließlich sprach ein Junge, der nicht älter als zehn oder elf sein konnte, in der Wohnung vor, während Daniel im *Teatro* war, und Mrs. Schiff führte ihn in Daniels Zimmer, wo Boa in ihrem endlosen Zauberschlaf lag. Nachdem also seine Notlage nachgewiesen war, wurde es Daniel gestattet, den Bedarf für zwei Wochen, nicht mehr, zu einem Preis zu kaufen, der entsetzlich viel höher lag als der laufende Satz bei der Ersten Nationalen. Man warnte ihn, daß der Preis wahrscheinlich so lange weitersteigen würde, wie die Rationierung in Kraft war.

Transatlantische Telephonlinien waren mit die ersten Opfer der Krise gewesen. Man konnte jetzt ohne Genehmigung der Regierung nicht einmal mehr ein Telegramm schicken. Die Post war die einzige Möglichkeit, mit einem Hilferuf zu Miß Marspan durchzudringen. Ein Eilbrief konnte zwei Tage dauern oder einen Monat, oder er konnte auch gar nicht ankommen. Daniel schickte vier Briefe von vier verschiedenen Postämtern ab: alle erreichten Miß Marspans Wohnung in Chelsea am selben Vormittag. Wenn sie den Verdacht hatte, Daniel erfinde Schwierigkeiten, um sich die eigenen Taschen zu füllen, so behielt sie ihn für sich. Sie erhöhte die Bankanweisung auf fünfhundert Dollar pro Monat, das Doppelte der Summe, um die er gebeten hatte, und schickte ihm einen ziemlich nach Abschied klingenden Brief voll von Neuigkeiten über den Niedergang und Verfall. Nahrungsmittel waren in London kein Problem mehr. Vor Jahren war jeder Park und jeder Blumenkasten in der Stadt zum Gemüseanbau verwendet worden, während auf dem Land viel Weideland wieder unter den Pflug genommen wurde, wodurch der jahrhundertelange Trend umgekehrt wurde. Londons schwache Seite war seine Wasserversorgung. Die Themse stand niedrig, ihr Wasser war zu verschmutzt für eine Aufbereitung. Miß Marspan ließ sich auf zwei weiteren engbeschriebenen Seiten über die Schwierigkeiten eines Lebens auf der Basis von einem Liter Wasser pro Tag aus. »Und nicht einmal das wagt man zu trinken«, schrieb sie, »obwohl man es zum Kochen hernimmt. Wir alle, die wir die Klugheit und das nötige Kleingeld hatten, unsere Keller zu füllen, sind Tag und Nacht betrunken. Ich habe nie erwartet, einmal zur Alkoholikerin zu werden, aber ich finde den Zustand überraschend angenehm. Ich beginne beim Frühstück mit einem Beaujolais, steigere mich irgendwann am Nachmittag zu Bordeaux und wende mich am Abend dem Brandy zu. Lucia und ich wagen uns in diesen Tagen nur selten bis South Bank, denn es gibt keine öffentlichen Verkehrsmittel, aber die örtlichen Kirchen versorgen uns mit Musik. Die Interpreten sind gewöhnlich ebenso betrunken wie ihr Publikum, aber das ist nicht ohne Reiz und nicht einmal ohne Belang, musikalisch gesehen. Ein Madrigal von Monteverdi wird so ergreifend, wenn es durch Wein getrübt ist, und was Mahler angeht... Mir fehlen die Worte. Man ist sich ganz allgemein einig, sogar unter unseren führenden Parlamentariern, daß dies ganz bestimmt ‚le fin du monde' ist. Ich nehme an, in New York ist es das gleiche. Viele Grüße an Alicia. Ich werde jede Anstrengung machen, um bei der Premiere des wiedergefundenen *Axur* anwesend zu sein, vorausgesetzt, daß der endgültige Zusammenbruch sich noch mindestens ein Jahr verzögert, wie es ja traditionell der Fall ist. Vielen Dank, daß Sie sich weiterhin um unsere liebste Boadicea kümmern. Mit freundlichen Grüßen, und so weiter.«

Harry Molzer war einer der ernsthaftesten Bodybuilder bei der Adonis GmbH. Heutzutage hatte niemand mehr den heroischen Körperbau wie die Götter des Goldenen Zeitalters vor einem halben Jahrhundert, aber nach zeitgenössischen Maßstäben lag Harry ganz gut im Rennen — mit einer Brustweite von 122 Zentimetern und einem Bizepsumfang von 48 Zentimetern. Was ihm an reiner Masse fehlte, machte er durch klar erkennbare Einzelheiten wett. Der Besitz dieses Körpers war Harrys ganzer Lebenssinn. Wenn er nicht beruflich im Zwölften Bezirk Streife ging, war er in der Turnhalle und vervollkommnete seine Michelangeloähnlichen Proportionen. All sein Verdienst floß in seine hungrigen Muskeln. Aus Sparsamkeitsgründen teilte er ein kleines Einzimmerappartement in der Nähe der Turnhalle mit zwei anderen, ledigen Polizisten, die er verabscheute, obwohl er ihnen niemals anders als herzlich begegnete — wie eigentlich allen Leuten. Er stand nach Meinung des Geschäftsführers Ned Collins nur eine Stufe unter einem Heiligen, und Daniel mußte dem so ziemlich zustimmen. Wenn die Reinheit des Herzens darin bestand, eine Sache zu wollen, dann war Harry Molzer ganz hoch oben bei Ivory Snow.

Die Rationierung traf Harry hart. Das Rationierungskomitee sollte individuell körperlichen Unterschieden Rechnung tragen, aber Harry schleppte etwa so viel Muskeln mit sich herum wie drei oder vier Durchschnittsmänner. Selbst mit den zusätzlichen Abschnitten, auf die er als Polizist Anspruch hatte, war es Harry unmöglich, seine einhundertfünfundneunzig Pfund weiterhin zu halten, ohne auf den Schwarzmarkt zurückzugreifen. Natürlich griff er darauf zurück, aber nicht einmal auf dem Schwarzmarkt war das Protein in Pulverform, das er brauchte, erhältlich. Solche Konzentrate waren das erste gewesen, worauf sich die Hortenden gestürzt hatten. Er ging zu getrockneten Bohnen über, der nächstbesten Proteinquelle, und wurde dabei berüchtigt für seine Fürze, aber bis zum März kosteten sogar die Bohnen auf dem Schwarzmarkt mehr als Harry sich leisten konnte. Seine Muskeln schwanden, und gleichzeitig begann er, wegen der Stärke in den Bohnen, eine dünne Schicht Speck anzusetzen.

Harry fügte sich nie ins Unvermeidliche. Er war immer in der Turnhalle — starrte verdrossen in die Spiegel, die die Innenwände säumten, oder schnitt in privatem Kampf mit den Gewichten Grimassen; er stand zwischen den Übungen am Fenster und beobachtete den Verkehr unten auf dem Platz oder wand sich in schneller, wütender Drehung auf dem nach unten geneigten Aufsetzbrett. Aber Willenskraft allein genügte nicht. Obwohl Harry in seinen Anstrengungen nicht nachließ, ließ ihn sein Körper im Stich. Ohne stetige Proteinzufuhr beschleunigte das harte Training nur seine Selbstzerstörung des Gewebes. Ned Collins versuchte ihn dazu zu bringen, den Trainingsplan einzuschränken, aber Harry war keinem vernünftigen Zureden mehr zugänglich. Er behielt genau die gleiche Routine bei, die er in den Tagen seines Ruhmes praktiziert hatte.

Harry war nie ein besonders geselliger Typ gewesen. Für einige wie Daniel diente die Turnhalle als eine Art von geselligem Club. Für Harry war sie eine Religion, und er war nicht einer von denen, die in der Kirche reden. Und doch hatten ihn die, die seinen Glauben teilten, aber seinen Eifer nicht hatten, gemocht und sogar verehrt. Jetzt wurde er im selben Maße, wie er geliebt worden war, bemitleidet — und gemieden. In welcher Ecke der Turnhalle er auch immer wieder trainierte, sie leerte sich schnell, als wäre Harrys Todeskampf irgendwie ansteckend. Es kamen in diesen Tagen sowieso weniger Leute. Niemand hatte soviel überschüssige Energie. Und niemand mochte in Harrys Nähe sein.

Es gab zwangsläufig einige Leute, denen das Mitgefühl oder die moralische Phantasie fehlte, um zu verstehen, was mit Harry geschah, und einer aus dieser kleinen Anzahl war es, der ihm eines frühen Nachmittags im April den letzten Schlag versetzte. Harry war beim Gewichtheben und hatte, wie er es jetzt fast immer tat, viel mehr Gewicht aufgelegt, als er bewältigen konnte. Beim letzten Stemmen der zweiten Gewichtsklasse begann sein linker Arm nachzugeben, aber er schaffte es, ihn zu strecken und den Ellbogen zu versteifen. Sein Gesicht glühte in grellem Rot. Die angespannten Sehnen an seinem Hals bildeten ein Delta mit den gebleckten Zähnen als oberer Kante. Die Stange schwankte beängstigend, und Ned sprang von seinem Schreibtisch auf, wo er sich mit Daniel unterhalten hatte, und raste durch die Turnhalle, um Harry rechtzeitig zu erreichen. In diesem Augenblick schrie der moralische Schwachkopf, um den es hier geht, von seiner Hocke am Barren aus: »Okay, Herkules, und jetzt gleich noch einmal!«

Die Stange krachte in die Halterung herunter, und Harry sprang mit einem Schrei von der Bank auf. Daniel glaubte, die Stange hätte ihm die Hand zerquetscht, aber es war Wut, nicht Schmerz, was da aus seinen Lungen quoll. Monate- und jahrelang hinuntergeschluckter Zorn explodierte in einem einzigen Augenblick. Er riß eine achtzigpfündige Hantel hoch, die neben der Bank lag, und schleuderte sie auf seinen Quälgeist. Die Hantel verfehlte ihr Ziel, zerschmetterte eine Spiegelfläche, durchschlug eine Gipswand und fiel in den dahinterliegenden Umkleideraum. »Harry!« flehte Ned, aber Harry war außer Kontrolle, nicht ansprechbar, in Raserei. In systematischer Zerstörungswut zerschmetterte er nacheinander jeden einzelnen Spiegel in der Halle, wozu er die schwersten Hanteln auf dem Ständer benützte. Er ließ eine zwanzigpfündige Scheibe wie einen Diskus in den Getränkeautomaten segeln.

Es war, als habe eine Bombe das Gebäude getroffen. Während der ganzen Zeit wagte niemand einen Versuch, Harry aufzuhalten.

Als der letzte Spiegel und ein großer Teil der Stützwand kaputt waren, wandte sich Harry den drei Fenstern zu, die auf den Sheridan Square hinausgingen. Sie waren noch heil. Er ging zu einem davon hinüber, eine Hantel in der Hand, und betrachtete die Menge, die sich unten auf dem Bürgersteig und auf der Straße angesammelt hatte.

»Harry, bitte«, sagte Ned leise.

»Scheiß drauf«, sagte Harry mit trauriger, müder Stimme. Er wandte sich von den Fenstern ab, ging in den Umkleideraum und schloß hinter sich die Tür. Daniel beobachtete durch einen Riß in der Gipswand, wie er zu seinem Spind ging. Lange Zeit fummelte er geduldig an dem Kombinationsschloß herum. Als er es schließlich aufbekommen hatte, nahm er seinen Dienstrevolver aus der Halfter, ging zu dem einzigen, noch unbeschädigten Spiegel hinüber, der über dem Waschbecken hing, und nahm seine letzte, unbewußte, klassische Pose ein, als er sich den Lauf der Pistole an die Schläfe setzte. Dann blies er sich das Gehirn aus dem Schädel.

Die Adonis GmbH öffnete nie wieder.

Das Essen war für jedermann zum Problem geworden. Wenn man nach dem ständigen, beruhigenden Summen der Bulletins in den Medien ging, gab es noch genug, um viele Monate durchzuhalten.

Die größte Schwierigkeit bestand in der Verteilung. Supermärkte und Lebensmittelläden in der ganzen Stadt waren vom Rationierungskomitee dienstverpflichtet worden, aber die Schwarzmarktpreise waren jetzt so in die Höhe geschossen, daß man sein Leben riskierte, wenn man sich sehen ließ, wie man ein Verteilungszentrum mit einem Arm (oder einer Tasche) voll Lebensmittel verließ. Sogar Konvois aus fünf oder sechs Männern waren in Gefahr, angegriffen zu werden. Was die Polizei anging, so war sie hauptsächlich in den Parks oder vor den Parkplätzen konzentriert, wo die Schwarzmärkte operierten. Trotz ihrer schützenden Gegenwart verging keine Woche ohne einen neuen, noch gewalttätigeren Angriff des Mobs auf diese letzten, schäbigen Bastionen der Privilegierten. Bis Ende März gab es keinen Schwarzmarkt im realen Sinne mehr — nur ein Netz von Individuen, die von einer unsichtbaren Hierarchie zusammengehalten wurden. Das Wirtschaftssystem wurde auf seine kleinsten Bestandteile reduziert: jeder Mann war sein eigenes, bewaffnetes Feldlager.

Dank des Schranks mit seinem Vorrat an »Pet Bricquettes« kamen Daniel und Mrs. Schiff nie in bittere Not. Daniel, ein passabler, wenn auch nur selten einfallsreicher Koch, mischte eine Art Brotpudding aus zerkrümelten Bricquettes, Hyprotinepulver und künstlichem Süßstoff zusammen, von dem Mrs. Schiff behauptete, sie ziehe ihn wirklich ihrer sonstigen Nahrung vor. Er organisierte auch Gruppen aus den Bewohnern des Gebäudes, die miteinander zu ihrem Verteilungszentrum, einem früheren *Red Owl*-Supermarkt auf dem Broadway, gingen. Und im allgemeinen kam er ganz gut zurecht.

Als es wärmer wurde, begann es so auszusehen, als könne er die Krise überstehen, ohne Ernesto Rey um Hilfe bitten zu müssen. Er hätte es getan, wenn es zum Schlimmsten gekommen wäre (wenn z. B. Miß Marspan angesichts der steigenden Kosten ihrer Wohltätigkeit zurückgescheut wäre). Seit Daniel mit Boas Körper lebte, war er in seinem

Pflichtgefühl bestärkt worden, es schien ihm jetzt weniger abstrakt. Er würde alles tun, was notwendig war, um Boa am Leben zu erhalten — und in seinem eigenen Besitz. Was konnte Rey schließlich schon von ihm verlangen, was er noch nicht getan hatte, entweder weil es ihm gefiel, oder weil er neugierig gewesen war? Das war eine Frage, über die er länger nachzugrübeln begann, als gut war. Es lag dann da alleine in seinem Zimmer und überdachte die Möglichkeiten mit der starren Hartnäckigkeit eines an Schlaflosigkeit Leidenden. Einige der Möglichkeiten waren ziemlich abscheulich, aber glücklicherweise würde nichts von dem, was er sich so vorstellte, nicht einmal das Harmloseste, eintreten.

Es war deutlich geworden, daß Incubus im Sterben lag, obwohl weder der Hund noch seine Herrin dieser Tatsache ins Auge sehen wollten. Er tat weiterhin so, als wolle er spazierengeführt werden, schmollte auf dem Korridor herum, winselte und kratzte an der Wohnungstür. Selbst wenn er die Kraft gehabt hätte, es bis zum Laternenpfahl an der nächsten Ecke zu schaffen, kam es nicht in Frage, ihm nachzugeben, denn in diesen Zeiten war ein Hund auf der Straße nur lebendiges Fleisch und eine Anstiftung zum Aufruhr.

Mrs. Schiff widmete sich dem sterbenden Spaniel mit aller Hingabe, und Incubus nützte ihr Mitgefühl schamlos aus, wo er nur konnte. Er war unaufhörlich quengelig, bettelte um Nahrung, die zu fressen er sich dann weigerte. Er ließ nicht zu, daß Mrs. Schiff las oder schrieb oder sich auch nur mit irgend jemandem außer ihm selbst unterhielt. Wenn sie versuchte, diese Verbote zu umgehen, indem sie etwa eine Unterhaltung mit Daniel als Tête-à-tête mit Incubus tarnte, spürte er das und bestrafte sie, indem er in den dunkelsten Teil der Wohnung taumelte und sich in träger Verzweiflung zu Boden plumpsen ließ. Einige Augenblicke später war Mrs. Schiff dann an seiner Seite, liebkoste ihn und entschuldigte sich, sie konnte nie sehr lange hart bleiben, wenn er mit ihr schmollte.

Eines Nachts, lange nachdem die Turnhalle zugemacht hatte, kam Incubus in Mrs. Schiffs Zimmer und bestand darauf, daß sie ihm auf ihr Bett hinaufhalf, obwohl er bisher das neue, diesbezügliche Verbot akzeptiert hatte. Seine Unfähigkeit, seine Ausscheidungen zu kontrollieren, und die darauf folgende, drastische Säuberung der Wohnung hatten Incubus ein beinahe menschliches Schuldbewußtsein eingeflößt, das durch jede neue, spontane Ausscheidung mit am Leben erhalten wurde.

Als Daniel am Zimmer vorbeiging und Incubus auf dem Bett liegen sah, wollte er schon mit ihm schimpfen, aber Hund und Herrin warfen ihm so mitleidheischende Blicke zu, daß er nicht das Herz hatte, sein Vorhaben auszuführen. Er kam ins Zimmer und setzte sich in den Sessel neben dem Bett. Incubus hob seinen Schwanz kärgliche zwanzig Zentimeter von den Laken und ließ ihn wieder fallen. Daniel tätschelte ihm das Hinterteil. Er begann zu winseln. Er wollte eine Geschichte.

»Ich glaube, er will, daß Sie ihm eine Geschichte erzählen,« sagte Daniel.

Mrs. Schiff nickte müde. Sie hatte einen gewissen, unterdrückten Abscheu vor ihren eigenen, launigen Einfällen entwickelt, seit sie sie so oft hatte erzählen müssen, wenn sie sich alles andere als launig fühlte. Sie nannte das ihren Scheherazadekomplex. Es war in solchen Zeiten sinnlos, wenn sie versuchte, die zu erzählende Geschichte abzukürzen, denn Incubus spürte immer, wenn sie von den eingefahrenen Strukturen und Formulierungen abgewichen war, und er winselte und plagte sie dann so lange, bis der verirrte Faden der Erzählung wieder auf den schmalen Pfad der Orthodoxie zurückgekehrt war. Schließlich hatte sie gelernt, wie ein gutes Schaf nicht vom rechten Wege abzuweichen.

»Dies ist die Geschichte«, begann Mrs. Schiff, wie sie es schon so oft vorher getan hatte, »von Häschen Zuckerhäschen und seiner Schwester Zucker Zuckerhäschen und von dem herrlichen Weihnachtsfest, das sie in Bethlehem verbrachten, dem allerersten Weihnachtsfest von allen. Eines Abends, es war etwa Schlafenszeit und Häschen Zuckerhäschen wollte sich gerade zu seiner wohlverdienten Ruhe begeben, denn er hatte wie gewöhnlich einen *sehr* anstrengenden Tag hinter sich, da kam seine Schwester, die liebe, kleine Zucker-Zuckerhäschen hopplahopp herangehoppelt in ihren behaglichen, kleinen Bau, tief unter den Wurzeln einer knorrigen, alten Eiche, und sie sagte zu ihrem Bruder — ‚Häschen! Häschen! Du mußt herauskommen und dir den Himmel ansehen!' Häschen hatte seine Schwester selten so aufgeregt gesehen, deshalb, so schläfrig er war (und er war *sehr* schläfrig) —«

Incubus war zu gerissen, um auf solche Andeutungen hereinzufallen. *Er* war hellwach und auf die Geschichte gespannt.

»— hoppelte er, hopplahopp, aus ihrem netten, kleinen Bau heraus, und was glaubst du, was er da oben am Himmel glänzen sah?«

Incubus blickte Daniel an.

»Was sah er denn?« fragte Daniel.

»Er sah einen Stern! Und er sagte zu seiner Schwester Zucker Zuckerhäschen: ‚Was für ein schöner und wirklich erstaunlicher Stern! Komm, wir wollen ihm folgen.' So folgten sie dem Stern. Sie folgten ihm über die Wiesen, wo die Kühe sich zum Schlafen niederlegt hatten, über die breiten Straßen und auch über die Seen — denn es war Winter, und die Seen waren alle zugefroren —, bis sie schließlich Bethlehem erreichten, das in Judäa liegt. Bis dahin waren sie natürlich beide sehr müde von ihrer Reise und wollten nichts so sehr, als zu Bett gehen. Daher gingen sie zum größten Hotel in der Stadt, dem Bethlehemhotel, aber der Nachtpotier war sehr grob und sagte, es gebe kein freies Zimmer im Hotel, wegen der Volkszählung, die die Regierung gerade durchführte, und selbst wenn er Platz hätte, würde er keine Kaninchen in sein Hotel lassen. Die arme Zucker Zuckerhäschen glaubte, weinen zu müssen, aber sie wollte nicht, daß ihr Bruder ihretwegen unglücklich wäre und entschloß sich, tapfer zu sein. Daher wandte sie sich mit einem fröhlichen Zucken ihrer langen, pelzigen Ohren an Häschen und sagte: »Wir brauchen gar kein so dummes, altes Hotel. Wir suchen uns eine Krippe und bleiben dort. Krippen sind sowieso viel lustiger!« Also suchten sie nach einer Krippe, was überhaupt kein Problem war, denn siehe da, gleich hinter dem Betlehemhotel war eine freundliche, kleine Krippe mit Ochsen und Eseln und Kühen und Schafen... und außerdem war da noch etwas! Etwas so Wundervolles, Weiches, Warmes und Kostbares, daß sie ihren Kaninchenäuglein gar nicht trauen wollten.«

»Was sahen sie denn in der Krippe?« fragte Daniel.

»Sie sahen das Jesuskind!«

»Im Ernst?«

»Ja, da war es, der kleine Herrgott, und auch Maria und Joseph knieten neben ihm und jede Menge von Schäfern und Engeln und Weisen, alle knieten sie da und brachten dem Jesuskind Geschenke dar. Häschen Zuckerhäschen und Zucker Zuckerhäschen, die Ärmsten, fühlten sich natürlich einfach gräßlich, weil sie keine Geschenke für das Jesuskind hatten. Daher, um es kurz zu machen...«

Incubus blickte argwöhnisch hoch.

»... hoppelten die beiden, süßen Kaninchen davon, in die Nacht hinein, hopplahopp, bis zum Nordpol, und das bedeutet eine ganze Menge hoppeln, aber man hörte niemals ein Wort der Klage von ihnen. Und als sie zum Nordpol kamen, was glaubst du, was fanden sie da?«

»Was fanden sie denn?«

»Die Werkstatt des Nikolaus, das fanden sie. Es war noch früh am Abend, daher war St. Nikolaus noch zu Hause, und Frau Nikolaus ebenfalls, und all die kleinen Elfen, Millionen davon, die dem Nikolaus dabei helfen, die Spielsachen zu machen, und die Rentiere, die ihm helfen, sie auszuliefern, aber ich werde nicht alle Rentiere aufzählen.«

»Warum nicht?«

»Weil ich müde bin und Kopfschmerzen habe.«

Incubus begann zu winseln.

»Comet und Cupid und Donner und Blitzen. Und auch Dasher und Prancer und... und... Helfen Sie mir.«

»Rudolph?«

»Mit der leuchtenden Nase, natürlich. Wie konnte ich nur Rudolph vergessen? Nun, nachdem sie sich alle vor das lodernde Feuer gesetzt, sich die kleinen Pfoten gewärmt und sich ein schönes Stück von Frau Nikolaus' Karottenkuchen hatten schmecken lassen, erklärten die beiden Zuckerhäschen, warum sie zum Nordpol hatten kömmen müssen. Sie erzählten dem Nikolaus vom Jesuskind, und wie gerne sie ihm etwas zu Weihnachten geschenkt hätten, und daß sie nichts gehabt hätten. ›Wir hofften also‹, sagte Zucker Zuckerhäschen, ›daß wir ihm unsere Geschenke geben könnten.‹ Natürlich war der Nikolaus von alledem tief gerührt, und Frau Nikolaus mußte sich abwenden, um sich die Tränen abzutrocknen. Tränen der Freude, du verstehst.«

»Gibt es denn auch andere?« fragte Daniel.

Incubus bewegte unbehaglich den Kopf.

»Nun«, sagte Mrs. Schiff und faltete dabei entschlossen

die Hände im Schoß, »St. Nikolaus sagte den Zuckerhäschen, daß sie natürlich ihre eigenen Geschenke dem Jesuskind geben dürften, wenn sie ihm helfen würden, sie in seinen großen Sack zu packen und auf seinen Schlitten zu laden.«

»Und was waren das für Geschenke, die sie in den Sack packten?« fragte Daniel.

»Das waren Täterätäs und Rumpeltibums, und Puppen und Wurfscheiben und Arztköfferchen mit Zuckerpillen und winzig kleinen Thermometern, mit denen man so tun konnte, als wolle man Fieber messen. Oh, und hundert andere, wunderbare Sachen: Spiele und Bonbons und Myrrhe und Weihrauch und Opernplatten und die Gesammelten Werke von Sir Walter Scott.«

Incubus legte zufrieden den Kopf nieder.

»Und er lud den Sack mit den Geschenken auf seinen Schlitten, hob die beiden Zuckerhäschen hinter sich hinein, knallte einmal mit der Peitsche...«

»Seit wann hat denn der Nikolaus eine Peitsche?«

»Der Nikolaus hat seit unvordenklichen Zeiten eine Peitsche. Aber er braucht sie kaum jemals zu benützen. Rentiere wissen instinktiv, wann sie fliegen müssen. Also — sie flogen alle davon, instinktiv, wie Distelwolle, geradewegs zur Krippe in Bethlehem, wo Jesus und Maria und Joseph und die Schäfer und die Engel und die Weisen, und sogar der Nachtportier vom Hotel, der einen Gesinnungswandel durchgemacht hatte, auf den Nikolaus und die Zuckerhäschen warteten, und als sie sie dort oben am Himmel sahen, der, wie du dich erinnern wirst, von diesem schönen Stern erleuchtet war, da ließen sie alle ein mächtiges ‚Hurra!' ertönen. ‚Hurra!' riefen sie. ‚Hoch leben die Zuckerhäschen! Hurra! Hurra! Hurra!'«

»Ist damit die Geschichte zu Ende?«

»Damit ist die Geschichte zu Ende.«

»Wissen Sie was, Mrs. Schiff?«

»Was?«

»Incubus hat gerade Pipi in Ihr Bett gemacht. Ich kann es auf den Laken sehen.«

Mrs. Schiff seufzte und stieß Incubus an, der tot war.

## 18

Unter den Kommentatoren schien allgemein die Ansicht zu herrschen, obwohl viele von ihnen nicht zu Äußerungen von leichtfertigem Optimismus neigten, daß nun ein neuer Tag anbreche, daß sich das Blatt gewendet habe, daß das Leben weitergehen würde. Diejenigen, für die das Wort kein Schreckgespenst war, sagten, es habe eine Revolution stattgefunden, während die weniger auf ein Paradies Eingestimmten von einer Zeit der Versöhnung sprachen. Es war natürlich schöneres Wetter, was im Mai und Juni ja immer der Fall ist. Niemand war ganz sicher, wodurch der Beginn dieser besseren Zeit angezeigt wurde, noch weniger, ob die Kräfte der Dunkelheit sich voll auf dem Rückzug befanden oder nur stehengeblieben waren, um Atem zu holen, aber als das Land aus dem Alptraum seines langen Zusammenbruchs erwachte, war eine Menge von Problemen, zusammen mit einer Anzahl von Leuten, aus den Schlagzeilen verschwunden.

Die überraschendste Veränderung war, von Daniels Standpunkt aus gesehen, daß das Fliegen in vier Staaten des Farmgürtels kein Verbrechen mehr war (wenn das auch für Iowa noch nicht zutraf). Weiterhin hatte die Regierung die Verfolgung der Verleger eingestellt, die den anonymen, unter dem Ladentisch verkauften Schocker *Geschichten des Terrors* herausgaben, der die Beichte des Mannes zu sein behauptete, der vor neunzehn Jahren die

Alaskapipeline allein in die Luft gesprengt hatte, und jetzt dieses Verbrechen und nachfolgende bereute, während er sich eindeutig bei deren Beschreibung in seinem Ruhme sonnte. Die Regierung sagte praktisch, indem sie aufhörte, von den Verlegern zu fordern, sie sollten die Identität des Autors preisgeben, die Angelegenheit sei vergangen und vergessen. Die Folge davon war, daß die Leute es sich jetzt leisten konnten, das Buch zu seinem niedrigeren (weil legalem) Preis zu kaufen und es auch millionenweise taten, darunter auch Daniel.

Auf einer anderen Ebene der Versöhnung war der Reverend Jack Van Dyke wieder in den Nachrichten aufgetaucht, als erster, liberaler Bonze, der die *Puritanische Erneuerungsliga* unterstützte, die neueste Splittergruppe der Strenggläubigen, die versuchte, die höchsten Schichten anzusprechen. *Time Magazine* brachte ein Titelbild, das Van Dyke und Goodman Halifax in der fröhlich-anachronistischen Uniform der P.E.L. mit schwarzem Stetson, steifem, weißen Kragen, roter Kunstseidenfliege und mit Abzeichen versehener Drillichjacke zeigte. Die beiden Männer schworen gerade den Eid auf eine Fahne auf dem Friedhof von Arlington

Für Daniel war das nicht gerade das, was er sich unter dem Heraufkommen einer neuen Zeit vorstellte, aber Halifax war hinter der Bewegung gestanden, die sich für die Freigabe des Fliegens eingesetzt hatte, was sicher zu seinen Gunsten sprach, so verwickelt und Van-Dyke-ähnlich auch die Motive waren, die *Time* ihm zuschrieb.

Daniel hätte ein größeres und positiveres Interesse an diesen Entwicklungen gezeigt, aber leider weigerte sich der Strom seines eigenen Lebens, diesem allgemeinen Aufwärtstrend zu folgen. Tatsächlich war es zum Schlimmsten gekommen, denn Miß Marspan hatte auf höchst eindeutige Weise ihre Unterstützung eingestellt. Sie war tot, eine von den unzähligen, die in London an einer der herrschenden, mannigfaltigen Seuchen gestorben waren. Daniel wurde durch ein Fernschreiben von ihrer Bank von ihrem Tod benachrichtigt. Die Bank bedauerte, wenn ihm aus der plötzlichen Unterbrechung seiner monatlichen Bezüge irgendwelche Unannehmlichkeiten entstehen sollten, aber da die Verstorbene keinerlei Bestimmungen in ihrem Testament getroffen habe, daß die Zahlungen beibehalten werden sollten, könne man nicht anders handeln.

Daniel war in seiner Handlungsfreiheit ähnlich eingeschränkt. Bis der Geist der neuen Zeit das Rationierungskomitee erreichte und es dazu bewog, sich noch einmal über die Zwangslage von Menschen wie Boa Gedanken zu machen, würde es nicht möglich sein, sie in die trostlose Abteilung im Nebengebäude der Ersten Nationalen Flughilfe zurückzubringen. Er hatte sowieso nicht mehr genügend Mittel, um ihre Unterbringung im Nebengebäude für länger als ein paar Monate sicherzustellen.

Er sagte sich, er habe keine andere Wahl mehr und ging zu Ernesto Rey.

Die Bedingungen für seine Unterwerfung waren nicht großzügig. Er sollte seine Haut zu einem tiefen Teakbraun färben, bis auf einen breiten Kreis auf jeder Wange, der in der natürlichen Farbe verbleiben sollte, um (wie Rey erklärte) zu verraten, wenn er errötete. Sein Haar war lackschwarz und brauchte daher nicht gefärbt zu werden, aber man würde es kräuseln, aufplustern und, wie beim Bäumeschneiden, in die Form bringen, die die Mode verlangte. Er würde Rey immer begleiten, wenn der es verlangte, in der Livree des *Metastasio* oder etwas ähnlich Auffallendem und Grellem, und er würde kleine Dienstleistungen verrichten, die seine Unterwerfung symbolisierten, wie Türen öffnen, Seiten umwenden und Schuhe putzen. Weiterhin würde er sich aktiv und uneingeschränkt allen fleischlichen

Betätigungen hingeben, zu denen Rey ihn etwa aufforderte, nur mit der einen Einschränkung, diese Betätigungen müßten legal und innerhalb seines natürlichen Zuständigkeitsbereiches liegen (das war das einzige Zugeständnis, das Daniel hatte erreichen können). Es war ihm nicht gestattet, anderweitigen Geschlechtsverkehr zu haben, zu diesem Zweck sollte ihm ein Wahnsinnsgürtel angepaßt werden. Er würde sich in der Öffentlichkeit und im privaten Kreise den Anschein geben, als sei er in seinen Wohltäter völlig vernarrt, und auf alle Fragen, warum er sich so benahm, sollte er antworten, er folge den Eingebungen eines liebenden Herzens. Als Gegenleistung verpflichtete sich Rey, während der Zeit, in der er diese Dienste von Daniel verlangte und ein weiteres Jahr darüber hinaus für Boas Wohlergehen aufzukommen.

Die Paragraphen dieses Vertrages wurden bei einem besonderen Abendessen im *Evviva il Coltello* in Anwesenheit von Mrs. Schiff und Mr. Ormund, die die Gelegenheit beide als glückverheißend anzusehen schienen, eidlich bekräftigt. Mr. Ormund war wie eine richtige Brautmutter in seinem Wechsel zwischen Überschwang und Tränenausbrüchen. Er übernahm es, Daniel noch am gleichen Abend den Händen seines eigenen Kosmetikers zu übergeben und seine völlige Umwandlung zu überwachen. Das war, so erklärte er, genau das, was er sich erhofft habe, seit er zum erstenmal ein Auge auf Ben geworfen und ihn als Seelenbruder erkannt hätte. Mrs. Schiff war in ihren Glückwünschen weniger überschwenglich. Sie betrachtete offensichtlich die körperliche Umwandlung einfach als verrückten Einfall, aber sie billigte die Beziehung, weil sie damit rechnete, daß sie Reys seelischen Frieden fördern und dadurch seine Kunst steigern würde.

Daniel hatte nie zuvor Erniedrigung kennengelernt. Er hatte

flüchtige Verlegenheiten erfahren. Er hatte unbedachte Handlungen bereut. Aber während all seiner Leiden in Spirit Lake und während seiner langen Jahre als Zeitweiliger in New York hatte er nie eine tiefe oder länger andauernde Beschämung empfunden. Obwohl er sich nun bemühte, wie früher bei einer inneren, unbezwinglichen Freiheit Zuflucht zu suchen, lernte er die Erniedrigung kennen. Er glaubte nicht länger an seine Unschuld oder an seine Rechtschaffenheit. Er nahm das Urteil der Welt an — den Hohn, das Lächeln, die Witzeleien, die abgewandten Augen. All das war berechtigt. Er konnte die Livree des *Metastasio* tragen, ohne daß sein Stolz verletzt wurde — ja, in seinen besseren Augenblicken sogar mit einer Art moralischer Großtuerei, wie jene Pagen auf Renaissancegemälden, die durch ihre Jugend und Schönheit die Rivalen der Prinzen zu sein scheinen, denen sie dienen. Aber die Livree der Prostitution konnte er nicht mit so kavaliersmäßiger Anmut tragen: sie drückte, sie juckte, sie kitzelte, sie brannte, sie schürfte ihm die Seele auf.

Er versuchte sich einzureden, daß seine Lage sich nicht wesentlich geändert hatte, daß sein Geist frei bliebe, auch wenn sein Nacken unter das Joch gebeugt war. Er erinnerte sich an Barbara Steiner und an die Prostituierte (ihren Namen hatte er vergessen), die ihn selbst in Elmore in seine sexuelle Laufbahn eingeführt hatte, und an die zahllosen berufsmäßigen Strichjungen und Huren hier in New York, mit denen er in ihren freien Augenblicken geschäkert hatte. Aber in solchen Vergleichen fand er keinen Trost. Wenn er sie nicht so hart beurteilt hatte wie sich selbst, dann deshalb, weil sie sich dadurch, daß sie Prostituierte waren, außerhalb der Gesellschaft gestellt hatten. Welch anderer Werte sie sich vielleicht rühmen konnten — Witz, Phantasie, Großzügigkeit, Temperament —, sie blieben in Daniels Augen ehrlos. Wie er selbst es jetzt war. Denn sagten sie nicht — sagte er nicht? — eigentlich, daß die Liebe eine Lüge oder vielmehr eine Fertigkeit sei? Nicht, wie er geglaubt hatte, der Prüfstein für die Seele; nicht in gewissem Sinne ein Sakrament.

Sex war, wenn nicht die Straße der Seele in diese Welt und der Weg des Fleisches aus ihr hinaus, einfach ein weiteres Mittel, mit Hilfe dessen ein Mensch Macht über den anderen gewinnen konnte. Sex gehörte dann zur Welt, war weltlich. Aber was blieb dann noch übrig, was nicht weltlich war, was nicht des Kaisers war? Fliegen vielleicht, obwohl diese Dimension der Gnade ihm anscheinend für immer versagt bleiben sollte. Und (so verlangte es die Logik) der Tod. Er zweifelte, nach seinem früheren Scheitern in dieser Richtung, damals in Spirit Lake, ob er je genug Mumm haben würde, sich umzubringen, aber Mrs. Schiff wußte von der Sache nichts, und er fand eine wirkliche Erleichterung darin, ihr gegenüber düstere Andeutungen auszustreuen. Kaum eine Nacht ging vorbei, ohne daß Daniel sich in einem Rollen von Theaterdonner abseits der Bühne erging, bis Mrs. Schiff schließlich die Geduld verlor und ihn an seine Pflicht erinnerte.

»Sie wünschten also, Sie wären tot — das haben Sie doch gerade gemurmelt?« wollte sie eines Abends während der zweiten Woche seiner Gefangenschaft wissen, als er halb betrunken und in pathetischer Stimmung nach Hause gekommen war. »So ein Unsinn, Daniel, so ein ermüdendes Gesabbel! Wirklich, ich bin erstaunt, daß Sie sich so katastrophal benehmen. Das paßt nicht zu Ihnen. Ich hoffe, Sie sind bei Ernesto anders. Es wäre ihm gegenüber sonst nicht fair, wissen Sie.«

»Sie denken nur an diesen beschissenen Ernesto! Was ist mit mir?«

»Oh, ich *denke* ständig an Sie. Wie sollte ich nicht, nachdem wir jeden Tag zusammenkommen? Aber um Ernesto mache ich mir Sorgen, das ist wahr. Und über Sie mache ich mir keine. Sie sind viel zu tüchtig und robust.«

»Wie können Sie das sagen, wenn ich hier in dieser Bekkenzwangsjacke sitze und nicht einmal alleine zum Pissen gehen kann?«

»Den Schlüssel brauchen Sie? Das ist alles?«

»Oh, verflucht, Mrs. Schiff, Sie wollen mich einfach nicht verstehen.«

»Hat er Sie denn gezwungen, so etwas Schreckliches zu tun, daß man nicht darüber sprechen kann?«

»Er hat mich, verdammt noch mal, zu überhaupt nichts gezwungen!«

»Aha!«

»Selber aha.«

»Es ist also gar nicht die Erniedrigung, die Sie beunruhigt. Es ist Angst. Oder sind Sie vielleicht sogar ein wenig enttäuscht?«

»Soweit es mich betrifft, kann er mich in Windeln wikkeln, bis ich fünfundneunzig bin. Ich werde mich mit keinem Wort beklagen.«

»Ich muß schon sagen, Daniel — mir scheint aber doch, daß Sie sich beklagen. Es ist durchaus möglich, wissen Sie, daß Ernesto sich weiterhin mit dem Status quo zufriedengibt. Unsere Ehe endete praktisch mit dem Anschneiden des Hochzeitskuchens.«

»Warum tut er es dann?«

»Bella figura. Es gehört zum guten Ton, einen wunderschönen, jungen Menschen in seinem Privatbesitz zu haben. Zugegeben, mich hätte man nicht wunderschön nennen können, nicht einmal, als ich jung war, aber in jenen Tagen war mein Vater noch ein prominenter Schieber, dadurch bekam die ganze Sache einen gesellschaftlichen Anstrich. In Ihrem Fall ist er, wie ich glaube, entschlossen, Bladebridge zu übertrumpfen. Der Mann beunruhigt ihn —

ganz unnötigerweise, wie ich finde. Aber bei den Leuten, auf deren gute Meinung er Wert legt, wurde registriert, daß er sie erobert hat, mindestens so, als wären Sie ein Rolls-Royce, den er sich gekauft und dann nach seinen Wünschen hat ändern lassen.«

»Oh, das weiß ich alles. Aber *er* redet davon, wie sehr er mich liebt. Er schwafelt andauernd von seiner ‚passion'. Wie wenn man in einem Opernlibretto leben würde.«

»Ich könnte mir nicht vorstellen, wo ich lieber leben würde. Und ich finde es nicht sehr großzügig von Ihnen, daß Sie ihm nicht ein bißchen etwas vorspielen.«

»Sie wollen damit sagen, daß ich keine gute Hure bin.«

»Lassen Sie sich von Ihrem Gewissen leiten, Daniel.«

»Was schlagen Sie mir vor?«

»Hauptsächlich, Anteil zu nehmen. Ernesto ist Sänger, und Sänger wollen mehr als alles andere, daß man ihnen zuhört. Bitten Sie ihn, bei den Proben dabeisein zu dürfen, in seinen Meisterklassen dabeizusitzen. Loben Sie seinen Gesang. Seien Sie überschwenglich. Tun Sie, als stünden Sie zu jedem Wort in dem Brief, den Sie ihm geschrieben haben.«

»Verdammt, Mrs. Schiff — ich habe diesen Brief gar nicht geschrieben.«

»Um so schlimmer. Wenn Sie es nämlich getan hätten, wären Sie jetzt vielleicht so weit, daß Sie selbst singen lernen könnten. So, wie Sie jetzt sind, werden Sie es niemals lernen.«

»Nicht nötig, mich mit der Nase draufzustoßen. Ich glaube, diese Tatsache des Lebens habe ich begriffen.«

»Aha, da ist wieder dieser weinerliche Ton in Ihrer Stimme. Das Blöken des unschuldigen Lammes. Aber es ist nicht irgendeine unversöhnliche Schicksalsmacht, die Sie davon abhält, der Sänger zu werden, der Sie sein könnten. Es ist ihre eigene Entscheidung.«

»Mensch, hören Sie bloß auf. Ich gehe zu Bett. Haben Sie den Schlüssel? Ich muß mal pissen.«

Mrs. Schiff durchsuchte die verschiedenen Taschen der Kleidungsstücke, die sie gerade trug, dann die der Kleidungsstücke, die sie im Laufe des Tages abgelegt hatte. Ihre Räume nahmen langsam wieder das frühere, chaotische Aussehen an, nachdem Incubus jetzt nicht mehr da war. Schließlich fand sie den Schlüsselring auf ihrem Arbeitstisch. Sie folgte Daniel ins Badezimmer und blieb, nachdem sie ihn vom Wahnsinnsgürtel befreit hatte, in der Tür stehen, während er auf die Toilette ging. Eine Vorsichtsmaßnahme, damit er nicht onanierte. Sie war ein sehr gewissenhafter Kerkermeister.

»Ihr Problem, Daniel«, fuhr sie fort, nachdem er seinen ersten Seufzer der Erleichterung ausgestoßen hatte, »ist, daß Sie zwar geistigen Ehrgeiz besitzen, aber keinen Glauben.« Sie dachte eine Weile über ihre Worte nach, dann änderte sie ihre Meinung. »Nein, das ist wohl eher mein Problem. Ihr Problem ist, daß Sie eine faustische Seele haben. Es ist vielleicht eine größere Seele, als viele andere sie haben, die trotzdem ohne jede Schwierigkeit fliegen könnte. Wer hat schon je geglaubt, daß Größe ein Qualitätsmerkmal sei, wie?«

Daniel wünschte, er hätte diese Diskussion nie angefangen. Alles, was er gewollt hatte, war eine Schulter gewesen, an der er sich ausweinen konnte, aber keine neuen Einsichten in seine eigene Unzulänglichkeit. Alles, was er jetzt noch wollte, war eine Gelegenheit zu pissen, das Licht auszumachen und zu schlafen.

»Sich immer und ewig nur zu bemühen, ist keine Auszeichnung. Das ist es auch, was bei der deutschen Musik nicht stimmt. Sie besteht nur aus Entwicklung, nur aus Sehnsucht und Ungeduld. Die höchste Kunst ist glücklich darüber, in diesem Augenblick, hier und jetzt, zu weilen.

JOBST H. TELTSCHIK

Ein großer Sänger singt so, wie ein Vogel trillert. Zum Trillern braucht man keine große Seele, da genügt eine Kehle.«

»Ich bin sicher, daß Sie recht haben. Würden Sie mich jetzt bitte in Ruhe lassen?«

»Ich habe recht. Und Ernesto auch, und es ärgert mich, Daniel, daß Sie ihm keine Gerechtigkeit widerfahren lassen wollen. Ernesto hat einen Geist, der zwar nicht größer ist als ein Diamant, aber auch nicht weniger vollkommen, Er kann das, wovon Sie nur träumen.«

»Er singt wundervoll, das gebe ich zu. Aber fliegen kann er nicht mehr als ich.«

»Er kann schon. Er will nur nicht.«

»Quatsch. Jedermann weiß, daß Kastraten nicht fliegen können. Ihre Eier und ihre Flügel fallen demselben Messerschnitt zum Opfer.«

»Ich habe mich tagelang ununterbrochen um Ernesto gekümmert, während sein Geist irgendwo herumschwebte. Sie können, wenn Sie wollen, ruhig glauben, daß er das nur meinetwegen vorgetäuscht hat, aber ich weiß, was ich weiß. Und jetzt wäre ich dankbar, wenn Sie sich abputzen würden, damit ich wieder an meine Arbeit gehen kann.«

Seit dem Tod von Incubus steckte Mrs. Schiff bis zum Hals in der Arbeit an einer neuen Oper, die von ihr und von niemandem sonst sein sollte. Sie wollte nicht über die Fortschritte ihrer Arbeit sprechen, aber sie verlor mit allem, was nicht direkt damit in Beziehung stand, die Geduld. Folglich war sie fast immer geheimnisvoll oder gereizt, und es war in beiden Fällen die Hölle, mit ihr zu leben.

Daniel ergriff die Gelegenheit, sich im Wachbecken zu waschen, ehe er wieder eingeschlossen wurde. Er badete in diesen Tagen ständig und hätte noch viel öfter gebadet, wenn Mrs. Schiff es zugelassen hätte.

»Zu dem, was Sie vorher sagten«, bemerkte Mrs. Schiff,

während er sich abtrocknete, »ich glaube, Sie werden bald soweit sein, daß Sie Ihre Demütigungen genießen, so wie die Leute in den russischen Romanen.«

Daniel konnte im Badezimmerspiegel sehen, wie er errötete.

Die Schamröte ist wie eine Tulpe. Im Frühling gibt es sie im Überfluß, aber wenn die Jahre vergehen, wird sie immer seltener. Eine Zeitlang genügte es, wenn Daniel von einem Fremden bemerkt wurde, um von krampfhafter Scham überwältigt zu werden, aber es kamen zwangsläufig die Zeiten, in denen sein Denken auf andere Dinge gerichtet war und er die Aufmerksamkeit, die er erregte, gar nicht wahrnahm. Eine natürliche Folge davon war es, daß er weniger Aufmerksamkeit erregte. Für die Augenblicke, in denen die Welt nicht davon abzubringen war, zu glotzen, mit Fingern zu zeigen und Schimpfnamen zu rufen, hatte Daniel ein kleines Arsenal von Verteidigungsmechanismen entwickelt, vom vorsorglichen, schnippischen Zuruf: »Selber einer!« (das wendete man am besten bei echten Schwarzen an, die ihre Feindseligkeit auf ironische Blicke beschränkten), bis zu einer verrückten Selbstparodie, wobei er vorgab, ein Banjo zu zupfen und begann, ein hirnloses Potpourri von Revuemelodien zu singen (eine Masche, die selbst potentiellen Taschenräubern Entsetzen einflößte). Widerwillig erkannte er schließlich das Geheimnis, das die Falschnegs mit Mißgeburten aller Art teilten — die Leute hatten Angst vor ihnen, wie sie vielleicht fürchten mochten, ihr eigenes, idiotisches »Es« vor sich herkapriolen und jedem Vorübergehenden ihre geheimen Begierden verraten zu sehen. Wenn sie nur wüßten, überlegte Daniel dann wehmütig, daß ich diese geheimen Begierden nicht einmal habe; daß sie wahrscheinlich überhaupt niemand hat. Solange er das im Gedächtnis behielt, konnte er es sogar genießen, die Leute derb anzureden — natürlich bei manchen Leuten mehr als bei anderen. Kurz, genau wie Mrs. Schiff vorhergesagt hatte, er lernte, seine Erniedrigung auszukosten. Und warum auch nicht? Wenn man eine bestimmte Sache schon tun muß, und wenn es eine Möglichkeit gibt, sie mit Genuß zu tun, dann wäre man doch ein Narr, wenn man eine andere Art wählte.

Auch gegenüber seinem Gönner nahm Daniel eine angepaßtere Haltung ein. Obwohl er nie so weit nachgab, daß er die Tatsache, daß seine Fügsamkeit erzwungen war, verschleiert hätte, versuchte er doch, die Rolle zu spielen, für die er engagiert worden war, wenn auch ziemlich hölzern. Er widerstand dem Drang zusammenzuzucken, wenn Rey ihn tätschelte, kniff oder sonstwie ein schlüpfriges Interesse vortäuschte, was er nur tat, wenn sie in der Öffentlichkeit, nie, wenn sie allein waren. Als nächstes begann er, diese Aufmerksamkeiten in gewisser Weise — denn eine zweideutige Grausamkeit steckte dahinter — zu erwidern, aber nur, wenn sie allein, nie, wenn sie in Gesellschaft waren. Er nannte Rey »Süßer Papi«, »Liebstes Herz«, »Lotosblüte« und benützte noch hundert andere Kosenamen, die er aus italienischen und französischen Libretti entlehnte. Unter dem Vorwand, er wolle für Rey so gut aussehen wie nur möglich, verschwendete er einen Haufen gutes Geld auf überteuerte und geschmacklose Kleidung. Er ließ bei Mrs. Ormunds Kosmetiker riesige Rechnungen zusammenkommen. Er kokettierte, spreizte sich, posierte und putzte sich auf. Er wurde zum Weib.

Keine dieser abscheulichen Verhaltensweisen schien auf Rey Eindruck zu machen. Vielleicht akzeptierte er als Eunuch Daniels Ausschreitungen als normale Ausdrucksformen menschlicher Sexualität. Daniel selbst begann sich zu fragen, wie viele seiner Posen parodistisch waren und wie viele ein zwanghaftes Ablassen von Dampf. Das enthaltsame Leben begann ihm an die Nieren zu gehen. Er bekam zum erstenmal seit der Pubertät wieder Ejakulationen im Traum und hatte Träume jeder Art in viel größerer Fülle. Eines Nachmittags ertappte er sich dabei, wie er sich in eine Doppelvorstellung von billigsten Pornofilmen schlich — er ging nicht einfach auf eine Laune hin in ein Kino, sondern machte sich doch tatsächlich einen Plan, den er dann ausführte. Die meisten Pornofilme, die er je gesehen hatte, waren ihm albern und dumm erschienen, und nicht einmal die besten konnten es mit seinen eigenen, unbeeinflußten Phantasien aufnehmen, geschweige denn mit der erregenden Wirklichkeit. Was hatte er also hier im Dunkeln zu suchen, wozu starrte er hinauf zu den verschwommenen, gigantischen Abbildungen von Genitalien und fühlte auch noch eine unbeschreiblich süße Verwirrung dabei? Drehte er vielleicht durch?

Sein Traumleben stellte so ziemlich die gleiche Frage.

Während seines Intermezzos mit Renata Semple waren seine Träume zweitklassig oder noch weniger gewesen — kurze, einfache, harmlose Träume, die ein Computer aus den Fakten seines Alltagslebens hätte zusammenstellen können. Das stimmte jetzt nicht mehr. Die lebhaftesten seiner neuen Träume und, wegen der Dinge, die sie über seine geistige Gesundheit anzudeuten schienen, die erschreckendsten, betrafen seinen alten Freund und Verräter, Eugene Mueller. In einem frühen Stadium eines Traumes speiste Daniel mit Rey und Mrs. Schiff im *La Didone*. Dann war er draußen, auf der Straße. Ein Taschenräuber war hinter ihm aufgetaucht und fragte in normalem Unterhaltungston, ob er vielleicht vergewaltigt werden wolle. Die Stimme klang unheimlich vertraut, und doch schien sie niemandem zu gehören, den er kannte. Eine Stimme aus der Vergangenheit, vor New York, vor Spirit Lake. »Eugene?« riet er, wandte sich um, um ihn anzusehen und verliebte sich auf der Stelle in ihn. Eugene breitete im Stil von Gene Kelly die Arme aus und lächelte. »Kein andererer! Von der Toilette zurück —« Er legte einen Step hin und fiel am Ende auf ein Knie, »— und zur Liebe bereit!«

Eugene wollte sofort nach Europa in die Flitterwochen fliegen. Er erklärte, er sei für den Flugzeugabsturz verantwortlich gewesen, in dem Daniel und Boa umgekommen waren. Daniel begann zu weinen, aus (wie er erklärte) reinem Übermaß an Freude. Sie fingen an, sich zu lieben. Eugene war sehr anspruchsvoll, um nicht zu sagen, grob. Daniel verletzte sich an der Hand und geriet in einige Verwirrung in bezug auf die Art des Schmerzes, den er verspürte. Er sagte zu Eugene, er solle aufhören, er flehte ihn an, aber Eugene machte unbeirrt weiter. In seine Hände und Füße wurden Nägel geschlagen, um (so erklärte es Eugene) seine Flügel zu befestigen.

Dann stand Daniel auf einem Stuhl, und Eugene stand am anderen Ende des Zimmers ebenfalls auf einem Stuhl und ermutigte ihn zu fliegen. Daniel hatte Angst, auch nur die Arme zu heben. Blut sickerte über die Federn herunter. Anstatt zu fliegen, was nicht möglich schien, begann er zu singen. Es war ein Lied, das er selbst geschrieben hatte, mit dem Titel *Fliegen*.

In dem Augenblick, als er zu singen begann, wachte er auf. Er konnte es nicht glauben, er wollte nicht, daß es nur ein Traum gewesen sein sollte. So schrecklich er gewesen war, er wollte, daß er Wirklichkeit sei. Er wollte Eugene wieder lieben, wollte singen, wollte fliegen. Aber er war in seinem Zimmer, das Mondlicht kam durch den halb offenen Vorhang herein und verwandelte Boa unter ihrem Laken in einen Geist. Sein Schwanz war erigiert, und die Eichel drückte schmerzhaft gegen das starre Plastik des Wahnsinnsgürtels. Er begann zu weinen, dann, ohne damit aufzuhören, stolperte er durch das Zimmer, um sich Papier und Bleistift zu holen. Auf dem Hartholzboden, im Schein des Mondlichts, schrieb er alles auf, woran er sich aus seinem Traum erinnern konnte.

Stundenlang las er dann das Aufgeschriebene wieder und wieder durch und fragte sich, was es wohl bedeutete. Bedeutete es, daß er vielleicht eines Tages schließlich doch fähig sein würde zu singen? Zu fliegen? Oder nur, daß sein Wahnsinnsgürtel seinem Namen alle Ehre machte?

Was immer es bedeuten mochte, am nächsten Tag fühlte er sich viel besser; es war ein Hochsommertag mit hellen, rasch dahinziehenden Wolken. Er ging durch den Central Park und begeisterte sich an allem, an den Lichtflecken auf den Blättern der Bäume, den Furchen in der Rinde, den roten Rostflecken auf den Riesenflächen eines Felsens, den herabstoßenden Drachen, den Frauen mit den Kinderwagen, an der Vornehmheit der sich auftürmenden Appartementhäuser, die ein großes Hufeisen rund um das Südende des Parks bildeten. Und an den Massen von erregenden Leuten, die alle, ob sie es nun wußten oder nicht, umherkreuzten, Signale ausschickten, darum baten, man möge sie doch vernaschen. Der Park war ein riesiger Tanzboden voll sich schiebender Hüften und abschätzender Blikke, voll schwingender Glieder und wechselnder Möglichkeiten. Das seltsame war, daß Daniel, trotz seiner hochgespannten Empfänglichkeit für dieses heimliche Bacchanal dieses eine Mal nicht darunter litt, auf den Stand eines Beobachters verwiesen zu sein. Er hätte natürlich, wenn er gewollt hätte, irgendeinem glücklichen Wicht die immer noch verfügbaren Genüsse seiner Lippen, seiner Zunge und seiner Zähne anbieten können, aber Daniel war nie in solchem Maße Altruist gewesen. Ohne ein haargenau ausgewogenes Gleichgewicht von Orgasmus gegen Orgasmus zu verlangen, glaubte er in gewissem Maße an das ›quid pro quo‹. Daher wanderte er, ohne Liebe und frei, wohin ihn die Wege führten — um den Wasserbehälter herum und durch eine Reihe von kleinen Wildnissen, vorbei an den Stegreifkabaretts der Straßenschauspieler, vorbei an Reihen trauriger Geschäftsleute aus Bronze; er nahm alles in sich auf, oder blickte einfach in das Wolkenland hinauf und versuchte, den verschwindenden Traum festzuhalten, jenes Gefühl, direkt am Rande des Fliegens zu balancieren (und sei es auch nur auf der Sitzfläche eines Stuhls). Was hatte der Traum bedeutet? Was hatte er zu bedeuten?

Dann, aus heiterem Himmel, während er eine lange Treppe hinuntersprang, die zu einem künstlichen Teich führte, beantwortete ihm eine Statue die Frage. Ein Engel eher — ein Engel, der mit ausgebreiteten Flügeln auf einem kleinen Springbrunnen im Zentrum des Teiches stand. Der Traum, den der Engel ihm erläutern wollte, war nicht der der letzten Nacht, sondern der Traum, den er in der Nacht seines dreißigsten Geburtstages in der Sauna der Adonis-GmbH geträumt hatte, der Traum vom Brunnen im Hof der Moschee, der ihm damals so unverständlich erschienen war, und der jetzt, als er am Rand des Teiches stand und von den vom Wind versprühten Wassertropfen eines wirklichen Brunnens durchnäßt wurde, so klar zu werden begann.

Der Brunnen, das war der Brunnen der Kunst; des Gesanges; des Singens; eines Vorgangs, der sich in jedem Augenblick selbst erneuert; der zeitlos ist, und dem doch das Dahinstürzen der Zeit innewohnt, so wie die hochschnellenden Wasser des Springbrunnens unaufhörlich den gleichen, schmalen, wundervollen Raum erobern. Es war das, was Mrs. Schiff über die Musik gesagt hatte. Sie mußte ein Trillern sein, sie mußte willens sein, diesem Augenblick innezuwohnen, und dann diesem Augenblick und immer diesem Augenblick, und nicht nur willens mußte sie sein, nicht einmal begierig, sondern entzückt darüber: eine endlose, nahtlose Trunkenheit des Gesangs. Das war es, worum es im Belcanto ging, und auf diese Weise mußte man auch fliegen.

Kurz nach zehn an diesem Abend erschien Daniel in seiner neuesten, arabischen Tracht auf der Schwelle von Reys Wohnung in der 55. Straße Ost mit einer Schale seines speziellen Brotpuddings. Der Türsteher blickte wie immer scheel, um nicht zu sagen, schneidend, aber Daniel, auf den Winden der Inspiration schwebend, pfiff nur ein paar Takte von *Ich pfeife ein fröhliches Lied* und segelte in den Lift. Rey war natürlich überrascht über einen so späten und unangekündigten Besuch. Er hatte sich schon umgezogen und die düstere Tageskleidung mit seinem vergleichsweise prächtigen Nachtgewand vertauscht, einem Kimono aus gesprenkelter Seide mit einigen Streifen erlesener Stickerei.

Daniel hielt ihm die noch warme Schale hin. »Hier, amorino, ich habe dir einen Pudding gemacht.«

»Ach, vielen Dank.« Rey nahm den Pudding in beide Hände und hob ihn hoch, um daran zu riechen. »Ich wußte gar nicht, daß du so ein Hausmütterchen bist.«

»Das bin ich normalerweise auch nicht, aber Mrs. Schiff schwört auf meinen Brotpudding. Er wird nach meinem eigenen Rezept hergestellt und hat sehr wenig Kalorien. Ich nenne ihn ‚Pastete der Unterwerfung'.«

»Möchtest du hereinkommen und ihn mit mir genießen?«

»Hast du Sahne?«

»Ich werde nachsehen. Aber ich bezweifle es. Wo bekommt man heute schon Sahne?«

Daniel holte einen verkorkten Sahnekrug aus seinem Burnus.

»Auf dem Schwarzmarkt.«

»Du denkst an alles, mon ange.«

In der Küche holte Rey, immer auf seine Figur bedacht, mit dem Löffel eine kleine Portion des Puddings für sich selbst heraus und eine größere für Daniel.

Als sie unter einem grellem Pastellgemälde von Rey in der Rolle der Semiramis vor dem Kamin saßen, fragte Daniel Rey, ob er ihm einen Gefallen tun würde.

»Das kommt natürlich darauf an, was es für ein Gefallen ist. Dieser Pudding ist köstlich.«

»Es freut mich, daß er dir schmeckt. Würdest du mir ein Lied vorsingen?«

»Welches Lied?«

»Irgendeines.«

»Das ist der Gefallen, um den du mich bittest?«

Daniel nickte. »Ich mußte dich plötzlich einfach singen hören. Und nachdem das *Teatro* Sommerpause hat... Platten sind wunderbar, aber sie sind doch kein Ersatz.«

Rey blätterte die Noten auf dem Klavier durch. Er reichte Daniel die Partitur von Schuberts *Vedi quanto t'adoro*, und fragte ihn, ob er die Begleitung bewältigen könne.

»Ich werde tun, was ich kann.«

Sie gingen die Anfangstakte ein paarmal durch, Rey summte die Gesangsstimme mit, bis er mit dem Tempo zufrieden war. Dann sang er, ohne Schnörkel oder Verzierungen die Worte, die Metastasio geschrieben, die Töne, die Schubert hundert Jahre später dazu gemacht hatte:

*Vedi quanto t'adoro ancora, ingrato!*
*Con un tuo sguardo solo*
*Mi togli ogni difesa e mi disarmi.*
*Es hai cor di tradirmi? E puoi lasciarmi?*

Es dämmerte Daniel, noch während seine Finger ungeschickt in den lieblichen Tönen herumtasteten, daß Rey nicht so sehr sang, als buchstäblich eine Wahrheit vortrug. Obwohl er die Arie nie zuvor gehört hatte, schien sich das Italienische von selbst, mit spontaner, pfingstlicher Klarheit zu übersetzen, ein goldener, schmerzlicher Vokal nach dem anderen: ›Siehe! Undankbarer, wie ich dich immer noch liebe! Ein Blick vorn dir genügt noch immer, um meine Abwehr zu vernichten und mich zu entblößen. Hast du das Herz, eine solche Liebe zu verraten? Und mich dann zu verlassen?‹

An diesem Punkt brach Rey ab, weil Daniel mit seiner Begleitung völlig den Anschluß verloren hatte, so wundervoll fand er Reys Gesang. Sie fingen noch einmal von vorne an, und diesmal führte Rey in das bloße Skelett von Schuberts geschriebener Partitur ein Tremolo ein, daß sich in unmerklichen Schritten beim ›E puoi lasciarmi?‹ zu höchstem Umschwang steigerte. Dann plötzlich, beim ›Ah! non lasciarmi, no‹, war die gesteigerte Intensität verschwunden, als sei ein Schleier vom Gesicht der Musik gefallen. Rey sang mit einem silbrigen, leicht hohlen Tonfall, der andeutete, daß er (oder vielmehr Dido, in die er sich verwandelt hatte) in demselben Augenblick verlassen worden war, in dem sie gefleht hatte, daß das nicht geschehen möge.

Es war herzzerreißend, heroisch und durch und durch köstlich, Kummer und Sonnenuntergang verdichtet zu einer einzigen Schnur von Perlen.

»Wie war das?« fragte Rey, als sie die letzte Wiederholung der Anfangsstrophe beendet hatten.

»Überwältigend! Was könnte ich anderes sagen?«

»Ich meine besonders das ›E puoi lasciarmi?‹ gegen das Alicia Einwände hatte.«

»Es war, als würde einem der Tod einen Schlag ins Gesicht versetzen.«

»Ah, du solltest Kritiker sein, bell' idol mio.«

»Vielen Dank.«

»Oh, ich bin ganz aufrichtig.«

»Daran zweifle ich nicht.«

»Ich könnte das vielleicht sogar für dich einrichten.«

Daniel blickte auf seine braunen Hände hinab, die auf dem Klavierdeckel lagen und stieß ein kurzes, niedergeschlagenes, schnaubendes Lachen aus.

»Das möchtest du nicht?« fragte Rey mit anscheinend aufrichtiger Verständnislosigkeit.

»Ernesto — ich möchte nicht etwas kritisieren, was ich selbst nicht fertigbringe.«

»Du hast also niemals den Wunsch aufgegeben, Sänger zu werden?«

»Gibt man denn jemals seine Wünsche auf? Tust du das?«

»Das ist, fürchte ich, eine Frage, die ich nicht beantworten kann.« Rey ging zum Diwan und setzte sich, die Arme weit über den Kissen ausgebreitet. »Meine Wünsche sind alle in Erfüllung gegangen.«

Gewöhnlich hätte Daniel eine solche Selbstgefälligkeit aufreizend gefunden, aber das Lied hatte seine Empfindlichkeit etwas gedämpft, und was er statt dessen fühlte, war eine ziemlich alles umfassende Tristesse und ein Staunen über den ungeheuren Abgrund zwischen Reys innerem und seinem äußeren Wesen, zwischen dem verborgenen Engel und dem verwundeten Tier. Er ging zu ihm, setzte sich in einem vertraulichen, aber nicht verliebten Abstand neben ihn und lehnte den Kopf zurück, so daß er auf Reys Unterarm ruhte. Er schloß die Augen und versuchte, die genaue Kurve, die Schwingung und die Nuance des ›E puoi lasciarmi?‹ heraufzubeschwören.

»Ich will also deutlicher fragen«, sagte Rey in einem Ton vorsichtiger Mutmaßung. »Willst du Sänger werden?«

»Ja, natürlich. Das habe ich doch in meinem Brief an dich ausgedrückt, oder nicht?«

»Du hast immer abgestritten, daß der Brief von dir war.«

Daniel zuckte die Achseln. »Ich habe es aufgegeben, es abzustreiten.« Seine Augen waren noch immer geschlossen, aber an der Bewegung der Kissen konnte er erkennen, daß Rey näher herangerückt war. Eine Fingerspitze fuhr den blassen Kreis auf jeder seiner Wangen nach.

»Würdest du —« Rey stockte.

»Wahrscheinlich«, sagte Daniel.

»— mich küssen?«

Daniel bog seinen Hals ein winziges Stück nach oben, bis seine Lippen die von Rey berührten.

»So, wie du eine Frau küssen würdest«, beharrte Rey mit gedämpfter Stimme.

»Oh, ich werde noch mehr tun«, versicherte ihm Daniel. »Ich werde dich lieben.«

Rey ließ einen leichten, ungläubigen Seufzer hören.

»Oder zumindest«, sagte Daniel und bemühte sich seinerseits um ein bißchen Tremolo, »werde ich sehen, was ich tun kann. Zufrieden?«

Rey küßte ihn auf eine Wange. »Und ich — « dann auf die andere, »— werde dich singen lehren. Zumindest —«

Daniel öffnete die Augen in demselben Moment, in dem Roy die seinen mit einem schmerzlichen Blick und der Andeutung einer Träne schloß.

»— werde ich sehen, was ich tun kann.«

Als er die Eingangshalle mit der leeren Puddingschale verlassen wollte, konnte er hören, wie der Türsteher etwas unverständlich Abfälliges murmelte. Daniel, der noch immer im Gefühl seines Sieges glühte und dadurch gegen jede Kränkung gefeit war, wandte sich um und sagte: »Wie bitte? Das habe ich nicht verstanden.«

»Ich sagte«, wiederholte der Türsteher mit Mordlust in der Stimme: »Dreckige Hure von einem Falschneg.«

Daniel dachte darüber nach, betrachtete sich selbst in der Spiegelwand der Eingangshalle, während er sich mit dem Kamm durch sein Kraushaar fuhr. »Ja, das mag schon sein«, schloß er verständnisvoll (wobei er den Kamm wegsteckte und die Schale wieder aufnahm). »Aber eine gute Hure. Wie es meine Mutter vor mir war. Und Sie können uns glauben, das ist nicht einfach.«

Er zwinkerte dem Türsteher zu und war aus der Tür, noch ehe dem alten Scheißkerl darauf eine Erwiderung einfallen konnte.

Aber die Unterscheidung, die Daniel getroffen hatte, war nicht sehr tief in das Bewußtsein des Türstehers eingedrungen, denn sobald Daniel außer Sicht war, rückte er seine mit Litzen besetzte Schirmmütze in einen bedeutsamen, unerschütterlichen Winkel und wiederholte sein früheres, unwiderrufliches Urteil. »Dreckige Hure von einem Falschneg.«

## 19

Obwohl die Veranstaltung um vier Uhr nachmittags begonnen hatte und alle Leute von irgendwelcher Bedeutung erst lange nach sechs aufgetaucht waren, trug sie offiziell die Bezeichnung »Gemeinschaftsfrühstück«. Der Gastgeber, Kardinal Rockefeller, Erzbischof von New York, bewegte sich demokratisch von einer Gruppe zur anderen und erstaunte jedermann damit, daß er wußte, wer jeder einzelne war und warum man ihn eingeladen hatte. Daniel war sicher, daß jemand ihm durch seinen Hörapparat soufflierte, so wie bei den Faschingstelepathen, aber vielleicht war es nur Neid, denn als der Kardinal Daniel seinen Ring zum Kuß geboten hatte, hatte er so getan, als hielte er ihn für einen Missionar aus Mozambique. Daniel widersprach ihm nicht, er sagte vielmehr, in Mozambique sei alles prima, außer daß die Missionen in verzweifelten Geldnöten seien, worauf der Kardinal gleichmütig erklärte, Daniel müsse mit seinem Sekretär, Monsignore Dubery darüber sprechen.

Monsignore Dubery, ein Geschäftsmann, wußte recht gut, daß Daniel zu Reys Gesellschaft gehörte und später dazu beitragen sollte, dem inneren Kreis des Kardinals Unterhaltung zu bieten. Er versuchte sein Bestes, ihn mit anderen anwesenden gesellschaftlichen Parias zusammenzubringen, aber alles war vergeblich. Eine schwarze Karmeliternonne aus Cleveland ließ Daniel gründlich abfahren, sobald der Monsignore den Rücken gekehrt hatte. Dann wurde er mit Pater Flynn, dem wirklichen Missionar von Mozambique, bekannt gemacht, der es als bewußten Affront von seiten Monsignore Duberys betrachtete, Daniel vorgestellt zu werden und das auch sagte, wenn auch nicht Dubery ins Gesicht. Als ihm Daniel mangels anderer Gemeinsamkeiten von Kardinal Rockefellers Verwechslung erzählte, verlor Pater Flynn völlig die Beherrschung und begann, in einem Anfall wütender Taktlosigkeit, die ganze Erzdiözese von Sodom, damit meinte er New York, zu beschimpfen. Daniel befürchtete, man würde ihm vorwerfen, er habe den Mann absichtlich zu dieser Erregung provoziert, und versuchte, ihn zu besänftigen und zu beruhigen, aber ohne Erfolg. Schließlich wurde er direkter und warnte Pater Flynn, daß er nicht hoffen könne, den Interessen seiner Mission mit einem solchen Verhalten dienlich zu sein, und das schien zu wirken. Sie trennten sich in Ruhe.

In der Hoffnung, Monsignore Duberys weiteren Aufmerksamkeiten entgehen zu können, bummelte Daniel durch die öffentlichen Räume der erzbischöflichen Residenz. Er sah einer hochkarätigen Billardpartie zu, bis man ihm höflich zu verstehen gab, daß er störe. Er studierte die Titel der Bücher, die in ihren gläsernen Regalen eingeschlossen waren. Er genehmigte sich nun ein zweites Glas Orangensaft, hielt aber den wohlmeinenden Barkeeper davon ab, Wodka hineinzugeben, denn er wagte nicht, seinen bisher (man klopfe auf Holz) völlig klaren Kopf in irgendwelche Gefahr zu bringen.

Denn einen klaren Kopf brauchte er. Denn er gab heute abend sein Debüt. Nach einem vollen Jahr Studium bei Rey würde Daniel öffentlich singen. Er hätte ein Debüt vorgezogen, das nicht durch gesellschaftliche Schachzüge mit Leuten kompliziert wurde, die binnen kurzem sein Publikum sein würden, aber Mrs. Schiff hatte ihm erklärt, was Rey für zu selbstverständlich gehalten hatte, um auch nur den Versuch zu machen, darüber zu sprechen — von welcher Bedeutung es war, ganz oben anzufangen. In ganz New York hätte man kein erleseneres Publikum finden können als das, welches Kardinal Rockefellers musikalische Soireen besuchte. Der Kardinal selbst war ein Verehrer des Belcanto und war regelmäßig in seiner Loge im *Metastasio* zu sehen. Als Gegenleistung für seine sehr auffällige Protektion und für die Erlaubnis zur sparsamen Verwendung seines Namens in Spendenaufrufen versorgte das *Metastasio* St. Patrick mit einer Reihe von Solisten, mit denen sich keine Kirche in der ganzen Christenheit jemals hätte messen können. Es lieferte auch die Talente für weltlichere Anlässe wie das gegenwärtige Gemeinschaftsfrühstück. Obwohl Rey selbst solchen Verpflichtungen kaum unterworfen war, war er ein gläubiger Katholik und beglückte den Salon des Kardinals ganz gerne mit seiner Kunst, solange eine gewisse Gegenseitigkeit gewahrt blieb; das heißt, solange er als Gast empfangen wurde und auch den letzten, kirchlichen Tratsch erfuhr, dem er mit ziemlich der gleichen Faszination folgte, wie sie der Kardinal für die Oper hegte.

Daniel fand ein leeres Zimmer, nur eine Kammer mit zwei Stühlen und einem Fernsehgerät, und setzte sich,

JOBST H. TELTSCHIK

um sich seinem Drink und seiner Nervosität zu widmen. Er war an sich der Meinung, daß er zumindest nervös und möglicherweise außer sich hätte sein sollen, aber noch ehe er auch nur ein leises Zittern in dieser Richtung hatte erzeugen können, wurde seine innere Einkehr durch einen Fremden in der Uniform der Puritanischen Erneuerungsliga vereitelt (Kardinal Rockefeller war als ökumenisch berüchtigt). »Hallo«, sagte der Fremde, schob seinen Stetson zurück und ließ ein kleines, sommersprossiges Kreuz in der Mitte seiner schwarzen Stirn sehen. »Was dagegen, wenn ich mich kurz in den anderen Stuhl schmeiße?«

»Seien Sie willkommen«, sagte Daniel.

»Heiße Shelly«, sagte der andere, als er sich fallenließ. »Shelly Gaines. Ist es nicht schrecklich, sogar wenn man selbst ein Falschneg ist, ist das das erste, was man bei einem anderen feststellt! Bei anderen Leuten würde mir das weniger ausmachen, aber wenn ich einen von meinen eigenen sehe, bum!« Er warf seinen Stetson auf den Fernseher. »Zeit für den Verfolgungswahn. Glauben Sie, daß Hester Prynne jemals einer anderen Dame begegnet ist, die auf ihrer Bluse einen scharlachroten Buchstaben eingestickt hatte? Und wenn, war sie dann freundlich? Wahrscheinlich nicht, nehme ich an.«

»Wer war Hester Prynne?« fragte Daniel.

»Wieder eine Enttäuschung«, sagte Shelly Gaines. Er fand auf dem Boden neben seinem Stuhl einen Bierkrug, der noch etwa zu einem Drittel voll war, und leerte ihn auf ex. »Prost«, sagte er dann und wischte sich die Lippen an der Manschette seiner Drillichjacke ab.

»Prost«, stimmte Daniel zu und leerte seinen Orangensaft. Er lächelte Shelly an, für den er eine unmittelbare, gönnerhafte Sympathie verspürt hatte. Er war einer von den Leuten, die möglichst die Finger von der Mode lassen sollten. Ein nichtssagender Typ mit rundem Gesicht und weichem Körper, wie geschaffen für einen Jedermann. Nicht das Richtige für einen Falschneg oder (das war jedenfalls Daniels Meinung) für die P. E. L. Und doch gab er sich solche Mühe. Wer hätte ihn nicht ins Herz geschlossen?

»Sind Sie Christ oder nicht?« fragte Shelly, der seinen eigenen, dunklen Gedanken nachhing.

»Mhm.«

»Ich sehe das immer gleich. Natürlich haben Leute, die so wie wir in der Klemme stecken, nicht allzuviel Wahlmöglichkeiten in dieser Angelegenheit. Sind Sie *mit* jemandem hier? Wenn ich so neugierig sein darf?«

Daniel nickte.

»R. k.?«

»Wie bitte?«

»Sie müssen entschuldigen. Ich habe —«, er rollte die Augen, preßte die Hand auf den Magen und brachte einen winzigen Rülpser zustande, »— seit vier Uhr ununterbrochen getrunken, und die letzte halbe Stunde habe ich damit verbracht zu versuchen, mich mit einem Missionar zu unterhalten, der irgendwo aus Afrika kommt und ziemlich verrückt ist. Wohlgemerkt, ich hege die größte Bewunderung für unsere Brüder und Schwestern, die dort draußen unter den Heiden sind, aber lieber Gott, sollten wir nicht unsere eigenen, gesellschaftlichen Gepflogenheiten bewahren? Wieder eine rhetorische Frage. R. k. bedeutet römisch katholisch. Haben Sie das wirklich nicht gewußt?«

»Nein.«

»Und Hester Prynne ist die Heldin von *Der scharlachrote Buchstabe.*«

»Das habe ich gewußt.«

»Raten Sie mal, wer heute abend noch hier ist«, sagte Shelly, sprunghaft das Thema wechselnd.

»Wer?«

»Der geheimnisvolle Mr. X. Der Kerl, der die *Geschichten des Terrors* geschrieben hat. Haben Sie es gelesen?«

»Zum Teil.«

»Der gute alte Dubery hat ihn mir gezeigt, und der weiß normalerweise zuverlässig Bescheid über die Sünden anderer Leute. Aber ich muß sagen, der Knabe erschien mir harmlos. Wenn man Sie als Mr. X bezeichnet hätte, hätte ich es bedingungslos geglaubt.«

»Weil ich so angriffslustig wirke?«

»Nein, sondern weil Sie so gut aussehen.«

»Sogar mit dem Schwarzgesicht?«

Armer Daniel. Er konnte das Flirten einfach nicht lassen. Er grub ebenso instinktiv nach Komplimenten wie ein Vogel nach Würmern.

»Sogar? Ganz besonders!« Dann, nach einer Pause, die durch den Blickkontakt bedeutungsschwanger sein sollte, »Wissen Sie, ich könnte schwören, daß ich Sie von irgendwoher kenne. Gehen Sie jemals in die Marblestiftung?«

»Van Dykes Kirche auf der Fünften Avenue?«

»Und die meinige. Ich bin einer der Kapläne des großen Mannes.«

»Nein, ich war nie dort. Aber ich hatte schon oft vor, einmal hinzugehen. Sein Buch hat mich sehr beeindruckt, als ich noch ein Teenager war.«

»Das ging uns allen so. Sind Sie vom geistlichen Stande?«

Daniel schüttelte den Kopf.

»Das war eine dumme Frage. Aber ich glaubte, weil Sie dieses Ding da tragen...« Er nickte zu Daniels Unterleib hin. »Ich war selbst einmal enthaltsam. Dreieinhalb Jahre lang. Aber schließlich wurde es für mein schwaches Fleisch einfach zu viel. Ich bewundere jeden aufrichtig, der die Kraft dazu hat. Bleiben Sie zum Singspiel?«

Daniel nickte.

»Und wissen Sie, was es sein wird?«

»Ernesto Rey ist hier, und er hat noch jemanden mitgebracht. Seinen Protegé.«

»Tatsächlich! Dann werde ich wohl noch bleiben müssen. Wollen Sie das gleiche Zeug, was Sie da haben, noch einmal trinken?«

»Es ist nur Orangensaft, nein danke, ich will keinen mehr.«

»Sie trinken nicht? Pelion auf dem Ossa!« Shelly Gaines hievte sich aus seinem Stuhl, wandte sich zum Gehen, drehte sich dann noch einmal um und flüsterte Daniel zu. »Das ist er. Betritt gerade das Nebenzimmer. Wer würde wohl glauben, daß *das* Mr. X. ist?«

»Der Kerl mit der Krawatte mit den Regentropfen darauf?«

»Regentropfen? Gütiger Himmel, was haben Sie für scharfe Augen. Für mich sieht es nur aus wie ein einfaches, verschwommenes Grün, aber ja, das ist der Mann.«

»Nein«, sagte Daniel, »das hätte ich sicher niemals geglaubt.«

Als Shelly Gaines an die Bar gegangen war, näherte sich Daniel seinem alten Freund Claude Durkin, der sich mit einem der eindrucksvolleren Priester der Party unterhielt, einem falkenaugigen Mann mit eisengrauem Bürstenschnitt und einem lauten, sympathischen Lachen.

»Hallo?« sagte Daniel.

Claude nickte ihm zu und redete weiter, die Augen von diesem unerwartet peinlichen Anblick abgewandt. Daniel ließ sich nicht abwimmeln. Der Priester blickte ihn mit belustigtem Interesse an, bis Claude schließlich eine Spätzündung hatte.

»O mein Gott«, sagte er. »Ben!«

Daniel streckte die Hand aus, und Claude nahm sie nach einem fast unmerklichen Zögern. In (das fiel ihm nachträglich noch ein) beide Hände.

»Claude, wenn Sie mich entschuldigen wollen«, sagte der Priester und schenkte Daniel ein unpersönliches, aber irgendwie immer noch freundliches Lächeln, das dieser mit seinem besten Grinsen erwiderte.

»Ich habe dich nicht erkannt«, sagte Claude lahm, als sie allein waren.

»Ich bin ja auch ziemlich unkenntlich.«

»Ja, das bist du wirklich. Es ist riesig nett... O du mein Gott.«

»Ich habe auch nicht erwartet, dich hier zu treffen.«

»Heute ist mein letzter Abend in der Stadt.«

»Doch nicht meinetwegen, hoffe ich?«

Claude lachte. »Nein, natürlich nicht. Aber deine Kriegsbemalung ist schon erschreckend. Wie lange ist es jetzt her, seit ich dich zum letztenmal gesehen habe? Ich glaube, nicht mehr, seitdem du deinen Anzug aus meinem Schrank geholt hast.«

»Übrigens vielen Dank, daß du mir deine Krawatte geliehen hast. Wie ich sehe, hast du sie wohlbehalten zurückbekommen.«

Claude blickte auf seine Krawatte nieder, als hätte er etwas darübergeschüttet. »Ich habe wirklich versucht, dich anzurufen. Man sagte mir, keiner wisse, was aus dir geworden sei. Als ich dann einige Zeit später wieder anrief, war die Nummer gesperrt.«

»Ja, der Imbißstand hat schon lange zugemacht. Und wie ist es dir so ergangen? Und wohin willst du?«

»Mir geht es gut. Ja, ich bin wirklich ein anderer Mensch geworden. Und ich fahre nach Anagni, südlich von Rom. Morgen.«

Daniel blickte Claude an und versuchte wieder, sich ihn als Autor von *Geschichten des Terrors* und als Zerstörer der Alaskapipeline vorzustellen. Es gelang ihm nicht.

»Und was willst du in Anagni tun?«

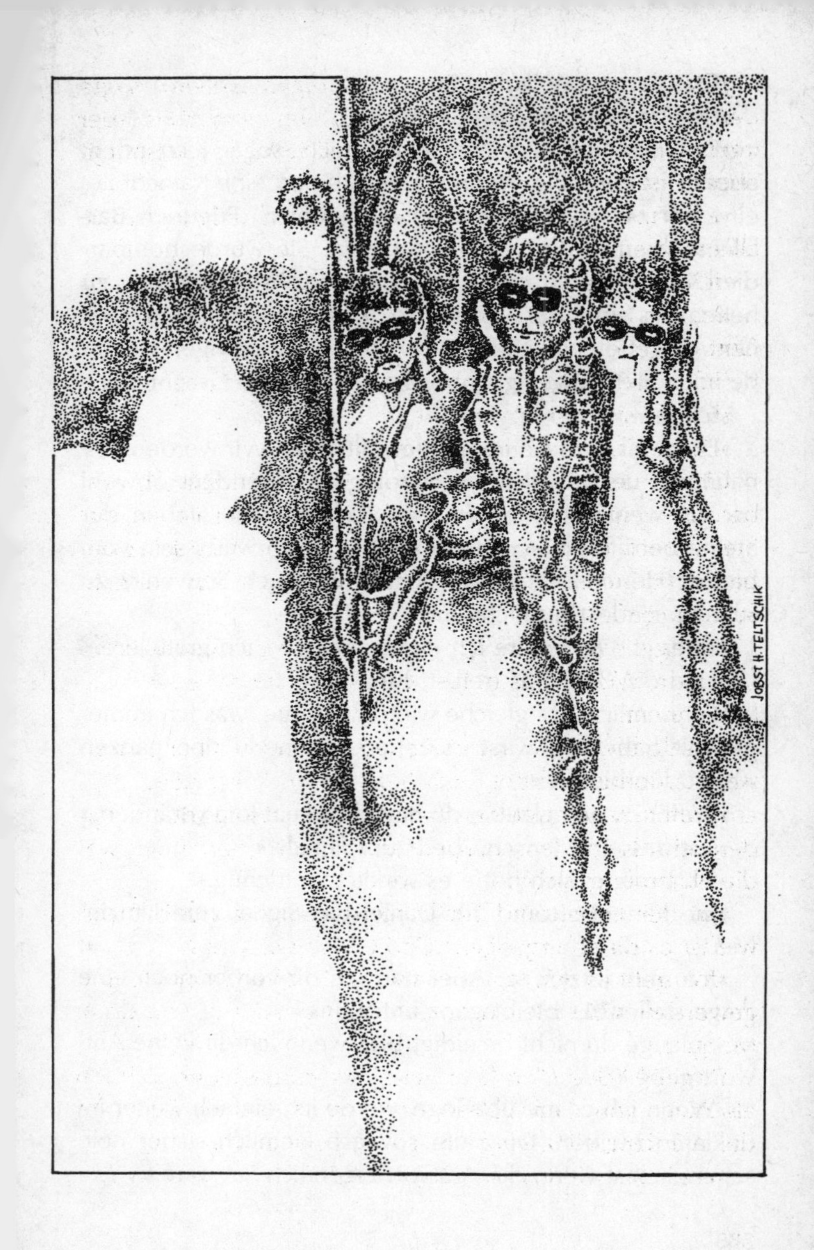
JOBST H. TELTSCHIK

»Eine Kathedrale bauen?«

»Das fragst du mich?«

»Es klingt lächerlich, sogar für mich, sogar jetzt noch, aber es ist die reine Wahrheit. Es gab dort eine Kathedrale, eine der besten romanischen Kathedralen. Friedrich Barbarossa wurde dort exkommuniziert. Sie wurde bombardiert, und ich fahre nun hin, um beim Wiederaufbau zu helfen. Als einer der Steinmetze. Ich bin bei den Franziskanern eingetreten, weißt du. Obwohl ich die ewigen Gelübde noch nicht abgelegt habe. Es ist eine lange Geschichte.«

»Ich gratuliere.«

»Es ist das, was ich immer gewollt habe. Wir werden beinahe die ursprüngliche Technologie verwenden, obwohl wir ein wenig schwindeln, was das wirkliche Heben der Steine betrifft. Aber es wird ein Schritt vorwärts sein vom bloßen Herumscharren im Schutt, um nach Souvenirs zu suchen. Findest du nicht auch?«

»Aber ja. Das wollte ich damit sagen — ich gratuliere.«

»Und du, Ben, was treibst du?«

»So ziemlich das gleiche wie du. Ich tue, was ich immer gewollt habe. Du wirst es sehen, wenn du den ganzen Abend hierbleibst.«

»Weißt du, ich glaube, du hast dich kein Jota verändert.«

»Tut das ein Mensch überhaupt jemals?«

»Ich hoffe es. Ich hoffe es wirklich aufrichtig.«

Eine Klingel ertönte, für Daniel das Signal zum Umziehen.

»Ich muß jetzt weg. Aber darf ich dir vorher noch eine Frage stellen? Es bleibt ganz unter uns.«

»Solange du nicht beleidigt bist, wenn ich dir keine Antwort gebe.«

»Wenn ich es mir überlege, werde ich einfach weiter im unklaren bleiben. Du mußt sowieso ziemlich sicher nein sagen, selbst wenn die Antwort eigentlich 'ja' wäre.«

»Es ist immer besser, solche Fragen zu vermeiden, da stimme ich dir zu. Wie schade, daß uns nur noch so wenig Zeit bleibt. Es wäre nett, wenn wir uns etwas ausführlicher verabschieden könnten. Jedenfalls — viel Glück mit deiner Kathedrale.«

»Danke, Claude. Ich wünsche dir das gleiche.«

Er reichte ihm wieder die Hand, aber Claude übertrumpfte ihn. Er packte ihn bei den Schultern und küßte ihn, feierlich und ohne Leidenschaft, als würde er ihm das Kreuz der Ehrenlegion verleihen, auf jede seiner Wangen.

Zum erstenmal an diesem Abend errötete Daniel.

Während Rey seinen eigenen, kurzen Beitrag sang, eine Kantate von Carissimi, die von der verläßlichen Hand von Mrs. Schiff gekürzt und mit Verzierungen versehen worden war, zog Daniel sein Kostüm an, einen alten Smoking, ganz hinten aus Reys Kleiderschrank, dem er mit Hilfe von Mrs. Galamian, der Requisiteurin des *Metastasio,* sorgfältig ein abgerissenes, zerlumptes Aussehen gegeben hatte. Er empfand immer noch nicht mehr als eine angenehme Nervosität. Vielleicht gehörte er zu jenen wenigen Glücklichen, die sich durch öffentliche Auftritte einfach nicht durcheinanderbringen lassen. Vielleicht würde er es tatsächlich genießen. Er versuchte, sich auf Reys Koloraturen zu konzentrieren, aber trotz des brillanten Gesanges war es einfach unmöglich, der Musik volle Aufmerksamkeit zu widmen. Carissimi hatte nicht nur Sternstunden gehabt, das stand außer Zweifel. Er war jedoch einer der besonderen Favoriten des Kardinals, daher konnte man nicht in Frage stellen, daß Rey eine angemessene Auswahl getroffen hatte. Wenn sein makelloses Feuerwerk das Publikum (jetzt auf nurmehr etwa fünfzig Leute zusammengeschmolzen) trotzdem etwas unruhig und bereit machte, sich zu einfachem Amüsement verlocken zu lassen, wer konnte sich dann schon beklagen, außer vielleicht Carissimi?

Rey endete und bekam Applaus. Er kam kurz zu Daniel ins grüne Zimmer, ging hinaus, um sich ein zweitesmal zu verbeugen und kehrte dann zurück. »Ich werde mich jetzt neben den Kardinal setzen«, sagte er zu Daniel. »Du kommst erst zwei Minuten später herein.«

Daniel beobachtete auf seiner Armbanduhr, wie die zwei Minuten vergingen, dann setzte er seinen arg zerbeulten Zylinder auf und trat lächelnd ein. Abgesehen von einem leichten Kribbeln in den Beinen und tief im Rücken zeigte er keine Symptome von Lampenfieber. Der Kardinal saß in der dritten Stuhlreihe, neben ihm Rey, wohlwollend teilnahmslos. Claude saß in der ersten Reihe neben der Nonne aus Cleveland. Viele der anderen Gäste des Kardinals waren Daniel aus dem *Metastasio* vertraut. Einer oder zwei davon hatten ihn schon zum Essen eingeladen.

Er legte die Hände mit weit gespreizten Fingern an sein Gesicht. Er ließ die Augen langsam nach hinten rollen. Er begann zu singen. »Mammy!« sang er. »How I love ya, how I love ya! My dear old Mammy.« Er hielt sich stimmlich sehr nahe an die autorisierte Version von Jolson, während er die Körpersprache übertrieb. Es war eine höfliche Abart der übertriebenen Negersängershow, die er aufzuführen pflegte, um ausgewählte Fremde zu erschrecken. Er endete unvermittelt, und noch ehe es Applaus geben konnte, ging er direkt zur nächsten Nummer über, *Nun wandre, Maria,* aus dem *Spanischen Liederbuch* von Wolf. Daniel begleitete die gequälten und ziemlich verrückten Ausdrucksformen der Frömmigkeit mit den gleichen, überspannten Gesten, die er für *Mammy* verwendet hatte. In diesem Kontext wirkten sie weniger schmalzig, eher wie japanisches Theater.

»Das nächste Lied, das ich gerne für Sie singen würde«,

kündigte Daniel an, während er seinen Zylinder abnahm und ein paar Hasenohren aus der Tasche zog, »braucht eine kleine Einführung, aber nur eine ganz kleine. Die Texte stammen von mir, aber die Idee, die dahintersteckt, kommt von der Frau, die die Musik geschrieben hat: Alicia Schiff. Das Lied ist die Eröffnungsnummer von Häschen Zuckerhäschen aus einem kleinen Singspiel *Zeit für die Zuckerhäschen*, das wir gerade zusammenstellen.« Er befestigte die Hasenohren, wo sie hingehörten. »Sie brauchen nicht viel über die Zuckerhäschen zu wissen, das Lied erklärt alles ziemlich gut, außer, daß sie sehr liebenswert sind.« Er lächelte. »Also, ohne weiteres Gerede —« Er nickte dem Pianisten zu. Die Hasenohren wippten auf ihren Drahtstielen und hörten bis zum Ende des Liedes nicht mehr zu wippen auf.

*Welche ein Trubel, ei der Daus,*
*Bienen summen dort im Haus,*
*Machen Honig süß und fein,*
*Wie ihn liebt das Häschen klein.*

Er sang, als wäre er vor Entzücken verklärt, und schaffte die verschiedenen stimmlichen Schwierigkeiten ohne jede Mühe. Die Musik war hinreißend, ein Lied wie eine Pralinenschachtel, in dem die dümmlichen Verse nicht nur aufrichtig, sondern auf verwirrende Weise sogar andächtig klangen. Wirklich lebendig wurde das Ganze beim Refrain, einer langen, verschlungenen Kette von Allelujas und Lalalas, die rings um die stetig wirbelnden Klänge des Klaviers aufstiegen, herabstießen und flatterten. Wundervolle Musik, und hier stand er, vor Kardinal Rockefeller und all seinen Gästen, und sang sie.

Er bemerkte, während er sang, wie sich einzelne Gesichter zu einem Lächeln verzogen, er bemerkte auch, während er die Reaktion aufnahm, die Musik, und es gab keine Trennung zwischen den beiden Wahrnehmungen.

*Ene, mene, minke, mar,*
*Sind die Bienen nicht wunderbar?*
*Sie lieben mich so, sie stechen mich nie,*
*Und ich, ich — singe —nur für sie!*

Und ab ging es auf einer neuen Berg- und Talbahnfahrt von Lalalas. Diesmal wußte er, daß er es geschafft hatte, und daß er es deshalb noch einmal schaffen konnte, daher begann er zaghaft, die weibischen Gesten des richtigen Zuckerhäschenstils dazuzumachen. Die Leute im Publikum — dazu waren die Gesichter jetzt geworden: zu einem Publikum — *seinem* Publikum —, sie grinsten jetzt, sie fraßen ihm aus der Hand, sie liebten ihn.

Plötzlich klickte in seinem Inneren ein Schalter, ein Licht strahlte auf, ein strahlender Blitz immerwährender Herrlichkeit, und er konnte es nicht erklären, aber er wußte, wenn er genau in diesem Augenblick (und der Augenblick war schon wieder vorbei) an einen Flugapparat angeschlossen gewesen wäre, hätte er abgehoben.

Er wußte es, und es war ihm gleichgültig, denn er flog schon — zur Decke hinauf, um den Kronleuchter herum, über die Dächer hinweg und über das weite, blaue Meer.

Er sang die letzte Strophe mit voller Kraft, mit sonderbarem, gedankenverlorenem Überschwang.

*La di da und La di der*
*Das heißt Leben, ja, mein Herr*
*Honig aus der Wabe essen*
*Und die schnöde Welt vergessen.*

Beim dritten Kehrreim tat er aus dem Stegreif, was er sich während der Proben nie hatte vorstellen können: er tanzte. Es war naiv, ohne daß er sich dessen schämte, nur ein Hüpfen und Schleifen, aber (so glaubte er) für ein Zuckerhäschen gerade richtig. Auf jeden Fall hatte er das Gefühl, es sei richtig so, wenn auch riskant.

Einmal fiel er beinahe aus der Melodie, weil er sich zu sehr auf seine Schritte konzentrierte, aber selbst wenn er auf die Nase gefallen wäre, hätte das nichts ausgemacht.

Er war ein Sänger geworden. Niemand konnte das abstreiten.

»Und wird es weitere Zuckerhäschenlieder geben?« erkundigte sich Kardinal Rockefeller, nachdem Daniel in seiner eigenen menschlichen Gestalt aus dem grünen Zimmer zurückgekehrt war.

»Ich hoffe es, Euer Gnaden. Wir arbeiten daran.«

»Wenn sie fertig sind, werde ich versuchen, Sie zu überreden, daß Sie Ihre Faszination wieder über uns erstrahlen lassen. Ein solcher Charme und, wenn ich es so ausdrükken darf, eine solche Unschuld, sind viel zu selten. Sie und Ihr hervorragender Lehrer verdienen beide höchstes Lob.«

Daniel murmelte seinen Dank, und Rey kniete nieder und küßte den Ring des Kardinals, um diese Lobeshymne vor der ganzen Gesellschaft bekanntzumachen. Dann entführte der Kardinal Rey in ein angrenzendes Zimmer, und Daniel blieb zurück, um verschiedene metaphorische Sträuße des Lobes und einen wirklichen Blumenstrauß, aus sechs ziemlich verwaschenen Lilien bestehend, von Monsignore Dubery entgegenzunehmen. Die Nonne aus Cleveland entschuldigte sich für den Rüffel, den sie ihm erteilt hatte und gab ihm die Adresse ihres Klosters, damit er ihr die Noten dieses und aller künftigen Zuckerhäschenlieder zuschicken konnte. Alte Bekannte aus dem *Metastasio* prophezeiten ihm zukünftige Größe.

Als der Kreis der Gratulanten auf ein paar geschwätzige

Händeschüttler zusammengeschmolzen war, machte Shelly Gaines das Recht der früheren Bekanntschaft geltend, kam mit einem Glas in der Hand nach vorne — für sich selbst Bier, für Daniel Wodka mit Orangensaft — und belegte den neugeborenen Star zu einem wie er sagte »Gespräch unter Männern« mit Beschlag.

»Ihr Lied ist natürlich über jedes Lob erhaben und völlig außergewöhnlich, wenn das nicht dasselbe ist. Es ist nicht Pop, obwohl es das in gewisser Weise doch ist, und es ist nicht Belcanto, obwohl es eine Stimme mit der Elastizität eines Belcantosängers verlangt, und es ist einer Operette überhaupt nicht ähnlich, obwohl ich annehme, daß es diesem Genre am nächsten kommen müßte. Wirklich ganz erstaunlich und dabei spreche ich nur vom Lied, kein Wort vom Sänger, der —« Shelly rollte die Augen in einer Nachahmung von Daniels neuem Stil des halbstarken Schwarzen »— der Prophet einer völlig neuen Form des Wahnsinns ist.«

»Danke.«

»Über Komplimente hinaus, Ben... Darf ich Sie Ben nennen?«

Daniel nickte.

»Über einen verzückten Beifall hinaus, Ben, würde ich Ihnen gerne ein Angebot machen.« Er hob einen Finger, als wolle er Daniels Einwänden zuvorkommen. »Ein berufliches Angebot. Ich ersehe aus dem zweiten Lied auf dem Programm, daß Ihre Ziele nicht ausschließlich auf die, wie soll ich sagen, kommerzielle Seite des Showgeschäftes beschränkt sind.«

»Wirklich, ich habe überhaupt keine Ziele.«

»Na, na, nur keine falsche Bescheidenheit.«

»Ich meine, ich bin ja noch immer in der Ausbildung. Und das Ziel eines Schülers ist nur, zu lernen.«

»Nun, dann sollte mein Angebot Sie gerade als Schüler

interessieren. Wie würde es Ihnen gefallen, in der Marblestiftung zu singen? Als einer unserer Solisten?«

»Im Ernst?« fragte Daniel mit einem Aufleuchten in den Augen. Und dann: »Nein, das kann gar nicht Ihr Ernst sein.«

»Oh, der Kardinal hat sie schon in sein Herz geschlossen, nicht wahr? Man kann einfach gar nicht schnell genug sein.«

»Nein, das stimmt doch nicht. Ich bin sicher, daß er das auch gar nicht im Sinn hat. Er hat doch das ganze *Matastasio* zur Auswahl. Auf diesem Niveau stehe ich einfach nicht.«

»Sie stehen aber sicher auf unserem Niveau, Ben. Und noch etwas. Wir sind nicht besonders berühmt für unser musikalisches Programm. Eine Bachkantate ist so etwa das höchste der Gefühle, und das nur ein- oder zweimal im Jahr. Andererseits wollen wir mehr als einfach nur öffentliche Mitsingabende. Von Ihrem Standpunkt aus würde es Erfahrung bedeuten, ein Artikel, der Ihnen nicht lange abgehen wird, aber haben Sie im Augenblick andere Pläne? Proben sind am Mittwochabend. Und ich glaube, einen Hunderter pro Woche könnte ich im Budget locker machen. Was meinen Sie dazu?«

»Was kann ich meinen? Ich bin geschmeichelt, aber...«

»Mr. Rey wäre dagegen — ist er das?«

»Er wäre vielleicht dagegen. Aber wahrscheinlicher ist, daß er um den Preis handeln würde.«

»Was ist es denn?«

»Wo würde ich sein? Hinten in einer Ecke oder vorne, ganz oben, wo die Leute mich beobachten könnten?«

»Aber Ben, nach dem, was ich heute abend gesehen habe, können Sie mir wirklich nicht erzählen, daß Sie einer von den Schüchternen sind! Ich habe noch nie eine solche Kaltblütigkeit gesehen. Und das vor einem solchen Publikum!«

Daniel biß sich auf die Lippen. Er konnte es unmöglich erklären. Er hatte gewußt, daß dieses Problem auftreten würde, sobald er in irgendeinem Maße Erfolg hätte, aber trotz der stetigen Fortschritte, die er unter Reys Anleitung gemacht hatte, war ihm der Erfolg nicht als eine unmittelbare Gefahr erschienen. Natürlich war immer Hoffnung aufgekeimt in seiner allzumenschlichen Brust, aber seine vernünftige Hälfte, die für die bedeutsameren Entscheidungen zuständig war, hatte solche Hoffnungen als illusorisch abgetan, und so hatte er sich Woche für Woche treiben lassen, bis er schließlich hier, am unvermeidlichen Augenblick der Entscheidung angelangt war.

Wie lange konnte er, wenn er einmal, und sei es auch nur in ganz geringem Maße, zu einer öffentlichen Figur geworden war, hoffen, sein Inkognito zu wahren? Und, was noch wichtiger war: Wollte er das denn wirklich für immer und ewig?

»Shelly«, versuchte er, Zeit zu gewinnen, »ich bin Ihnen für Ihr Angebot dankbar, glauben Sie mir das. Und ich würde gerne sofort zustimmen, aber es gibt jemanden, mit dem ich es zuerst durchsprechen würde. Einverstanden?«

»Sie wissen ja, wo Sie mich finden können. Inzwischen alles Gute und so weiter.« Shelly ging, ein wenig traurig, wie einer, der eine Abfuhr bekommen hat, fort und stieß gegen die durcheinanderstehenden Stühle im Musikzimmer.

Danach kam niemand mehr.

Daniel suchte in allen anderen Räumen nach Claude, aber der mußte am Ende des Konzertes gegangen sein. Ein leichtes Gefühl der Verlassenheit legte sich auf Daniels Gemüt. Er wollte seine sechs Lilien in den Papierkorb werfen (er war sicher, daß sie schon eine Woche lang bei Begräbnissen Dienst getan hatten), nach Hause gehen und sich aufs Ohr hauen.

Aber das war unmöglich. Es war jetzt wichtig, daß er sich sehen ließ, und so ging er also herum und ließ sich sehen. Aber soweit es ihn persönlich betraf, war die Party vorbei.

Claude hatte ihn jedoch nicht vergessen. Am nächsten Morgen erschien ein Lieferwagen in der 65. Straße West mit einer sehr sonderbaren und sehr kostbaren Ladung, die 1. aus einem Sony-Flugapparat, 2. einem Grabstein mit einem Limerick darauf und 3. einer Krawatte mit Regentropfen bestand. Von Claude war auch ein Brief dabei, von telegraphischer Kürze, in dem er sich mit der Erklärung verabschiedete, es sei den Franziskanern nicht gestattet zu fliegen, und er wünsche Daniel viel Glück als Zuckerhäschen.

Als die Leute von der Spedition fort waren und Daniel sein Zimmer so umgeräumt hatte, daß die beiden neuen Möbelstücke hineinpaßten, setzte er sich vor den Flugapparat und ließ der Versuchung freien Lauf. Aber er wußte, daß er nicht bereit war, und er wußte auch, daß er wissen würde, wenn es soweit war, und er unterlag der Versuchung nicht.

In dieser Nacht hatte er, wie zur Belohnung, seinen ersten, wirklichen Flugtraum. Er träumte, er flöge über ein imaginäres Iowa, ein Iowa aus Marmorbergen und fröhlichen Tälern, aus goldenen, unwirklichen Städten und phantastischen Farmen, die das Auge mit ganzen Feldern voll Fabergéweizen blendeten. Er erwachte und wollte nicht glauben, daß es nur ein Traum gewesen sein sollte.

Aber er war dennoch dankbar, daß ihm ein so unmißverständliches Zeichen geschenkt worden war.

## 20

Früh am Abend, vor jenem Traum, als sie im Taxi von Kardinal Rockefeller zurückfuhren, hatte Rey die Möglichkeit angedeutet, dann die Tatsache verkündet, daß er Daniel aus der Sklaverei entlassen würde. Daniel drückte eine aufrichtige Überraschung und ein nicht ganz unaufrichtiges Bedauern aus; er war klug genug, seinem Jubel auch nicht durch ein einziges »Hurra« Ausdruck zu verleihen.

Es sollte keine absolute Trennung werden. Daniel würde weiterhin beim großen Ernesto studieren, aber auf der normaleren Grundlage, daß er ihm, anstelle von unmittelbarer Bezahlung ein Drittel seiner beruflichen Einkünfte während der nächsten sieben Jahre überließ. Daniel unterschrieb einen Vertrag in diesem Sinne, der von Mrs. Schiff und Irwin Tauber, der als Daniels Agent weitere fünfzehn Prozent erhalten sollte, beglaubigt wurde. Wenn das Ausbeutung war, so war Daniel entzückt, daß man ihn als künftig ausbeutbar betrachtete. Konnte es für das Vertrauen der beiden in seine Zukunft einen aufrichtigeren Beweis geben als die Tatsache, daß sie sich ein Stück davon für sich selbst sichern wollten?

Sein Entzücken wurde schon bald durch die Realität seines ersten Honorarschecks gedämpft. Sein Honorar von der Marblestiftung betrug genau hundert Dollar; nach Abzug von Bundes-, staatlichen und städtischen Steuern, von Sozialversicherungsbeiträgen und von Reys und Taubers Anteil blieben Daniel nur noch 19,14 Dollar übrig. Als der Herbst kam, hieß es, zurück ins *Metastasio*. Mr. Ormund erlaubte ihm freundlicherweise, am Mittwoch früher zu gehen, um den Proben seines Chors beiwohnen zu können. Weiterhin wurde er (abwechselnd mit Lee Rappacini) zum Croupier am Roulette des Kasinos befördert, einem Posten, der, auch nachdem das *Metastasio* und Mr. Ormund ihre Gewinnanteile eingestrichen hatten, noch ein zweifellos saftiger Brocken war.

Nicht, daß Daniel dazu geneigt hätte, sich über Geld Sorgen zu machen. Er gehörte immer noch vorwiegend zur Kategorie der Grashüpfer und war nicht fähig, sich über entfernte Eventualitäten aufzuregen. Laut seiner Vereinbarung mit Rey würde Boa noch ein weiteres Jahr lang versorgt werden. Inzwischen war der Kongreß dabei, ein einheitliches Gesetzespaket bezüglich des Fliegens zu entwerfen, ein Gesetzeswerk, daß sicher dafür sorgen würde, daß niemand mehr in die unmögliche Lage gebracht werden konnte, in der Daniel sich befunden hatte, nämlich Boa nur dadurch am Leben erhalten zu können, daß er sich an den Schwarzmarkt wandte. In einem Jahr, wenn Daniel die Last ihrer Erhaltung wieder würde auf sich nehmen müssen, dürfte es daher keine ganz so erdrückende, ungerechte Last mehr sein. Wenn er sparsam lebte, würde er sie vielleicht sogar zur Ersten Nationalen Flughilfe zurückbringen können. Das sind die heiteren Sommergedanken eines Grashüpfers.

Da er es im großen und ganzen während seines Jahres im Konkubinat ziemlich leicht gehabt hatte, stieg die Freiheit Daniel nicht zu Kopf. Dieser Begriff ist sowieso relativ. Im praktischen Sinne war sein Leben nicht mehr verändert, außer daß er jetzt, wenn ihn der Drang überkam, fortgehen und bumsen konnte. Meistens jedoch, außer während einer dreitägigen Orgie gleich nachdem der Gürtel abgenommen worden war, überkam ihn dieser Drang gar nicht, nicht in der alten, überwältigenden, zeitraubenden Weise. Diese Verringerung seiner ehemals ständigen Bedürfnisse hatte vielleicht etwas mit Sublimierung zu tun, aber er zweifelte daran. Renata Semple hatte immer behauptet, daß Sublimierung nur freudianischer Quatsch sei, daß die besten Ficker auch die größten Wellen schöpferischer

Energie übertrügen. Vielleicht wurde er einfach alt und verbraucht. Vielleicht stellte sein derzeitiges Geschlechtsleben den optimalen Stand für seinen Metabolismus dar, und er hatte es früher übertrieben. Auf jeden Fall war er glücklich, nicht wahr, also warum sollte er sich Sorgen machen?

Zwei Monate lang hatte er seine Hautfarbe zur natürlichen Tönung zurückbleichen lassen, als ihn ein Vorfall im Naturgeschichtlichen Museum zum Nachdenken brachte. Er war mutterseelenallein zwischen Kästen mit seltsamen Steinen und Proben von Mineralien hin und her gewandert und hatte seinen Geist in den Windungen und Drehungen, dem Glanz und Glitzern der Absonderlichkeiten der Natur umherirren lassen, als aus der dunklen Vergangenheit Larry hervortrat, der Verkäufer aus dem jetzt nicht mehr bestehenden *Dodge ‚Em Doughnut Shop*. Larry ließ, mehr unverblümt als anmutig, Daniel ein bildliches Taschentuch vor die Füße fallen, wartete, ob es aufgehoben würde, und als das nicht der Fall war, ging er weiter zu einigen erzhaltigen Felsblöcken, mit einem wehmütigen, abgebrühten »Nun gut, Sambo, wie du willst.« Und kein Schimmer des Erkennens. Es hatte eine Zeit gegeben, und zwar eine ziemlich lange Zeit, da hatte Daniel Larry durchschnittlich zweimal pro Tag getroffen, um sich nach Anrufen zu erkundigen und ganz allgemein zu plaudern. Zugegeben, Larry hatte eine Schwäche für Falschnegs, aber trotzdem! Ist Liebe wirklich so blind?

Daniel wußte, daß er jedesmal, wenn er in der Marblestiftung sang, das kalkulierte Risiko einging, von jemandem aus der noch dunkleren Vergangenheit erkannt zu werden. Wegen Van Dykes Beziehungen zur P.E.L. gab es einen ständigen Zustrom von Kirchengruppen und Abgeordneten von Tagungen, die zum Sonntagsgottesdienst hereinschauten, und unter diesen Besuchern mußte zwangsläufig irgendwann einmal einer aus Amesville oder Umgebung sein, der den alten, noch nicht umgewandelten Daniel Weinreb gekannt hatte. Seine Ängste hatten ihn zwar schließlich doch nicht daran gehindert, den Posten anzunehmen, aber vielleicht war es ganz gut, wenn er die Maske beibehielt, die sich als so wirkungsvoll erwiesen hatte. Zwar würde jedermann annehmen, er sei freiwillig weiterhin ein Falschneg geblieben, weil ihm das gefiel, aber das konnte er nicht ändern. Außerdem, das konnte er ruhig zugeben, hatte dieser Zustand durchaus seine angenehmen Seiten.

Er entschloß sich zumindest, seine Hautzeichnungen zu verändern. Bei seinem nächsten Besuch beim Kosmetiker ließ er sich einen kleinen Fleck in Form einer Mandorla hoch auf der Stirn ausbleichen, ein Vorgang, der ebenso schmerzhaft wie teuer war. Dann wurden zu seiner großen und sofortigen Erleichterung die Kreise auf seinen Wangen ausgefüllt, sein Kraushaar wurde geglättet und so geschnitten, daß es einen Schwung öliger Ringellöckchen bildete, die den mandelförmigen, weißen Fleck auf seiner Stirn verdeckten. Die neue Maske war weniger auffallend und daher als Verkleidung noch wirksamer. Wie man so sagt, hätte ihn jetzt seine eigene Mutter nicht wiedererkannt.

Ein Jahr verging: ein Jahr, zum Platzen angefüllt mit Ereignissen, Wundern der Geschichte und Wundern in seinem eigenen, veränderten Herzen (wenn es tatsächlich das Herz ist, und nicht die Augen, die Hände oder das Rückgrat, wo das Gefühl der Berufung verzeichnet ist, das Gefühl, zu einer vorbestimmten Aufgabe gerufen zu sein); ein Jahr gesegneter Unruhe; ein glückliches Jahr, das zu schnell vorbeiging. Was er in diesem Jahr tat, könnte schnell erzählt werden. Er vollendete, zusammen mit Mrs. Schiff, den Entwurf seiner vollständigen, zweiaktigen Fassung von *Zeit für die Zuckerhäschen,* die Tauber sofort verschiedenen Produzenten vorzulegen begann (die es alle für eine Parodie hielten), und er schrieb, oder änderte, etwa sieben oder acht eigene Lieder. Aber was er lernte, würde eine Aufzählung von ziemlich epischer Breite erfordern. Einblicke erblühten zu flüchtigen Visionen, verzweigten sich zu machbaren Plänen, verschränkten sich zu Systemen, und die Systeme schienen ihrerseits geheimnisvoll widerzuhallen von allen möglichen großen und kleinen Dingen, von seinen riesigsten, verschwommensten Intuitionen, wie von den Kurven und Farben einer Gladiole in einem Plastiktopf. Es war, als hätte man ihm eine Interlinearübersetzung seiner ganzen Lebenszeit angeboten. Alte Brocken ungeordneten Bewußtseins fielen zu Mustern zusammen, die so klar waren wie eine Melodie von Mozart. Als er einmal allein zu Hause war und bis zu den höchsten Tönen von *Don Giovanni* hinaufsang, war genau dies die Gestalt der Erscheinung des Tages, einfache sieben Noten, die, aus der Höhe, aus der er sie vernahm, mehr über Gerechtigkeit, Urteil und tragisches Schicksal auszusagen schienen als alles von Aeschylus und Shakespeare zusammengenommen. Es mußte nicht unbedingt Musik sein, die ihn in Trance versetzte, wenn es auch gewöhnlich ein Kunstwerk und aus irgendeinem Grunde nicht das Rohmaterial der Natur war. New York hat nicht so sehr viel unveränderte Natur zu bieten außer seinem Himmel und dem, was man im Park erglühen lassen kann, aber New York war randvoll von Kunst und erdröhnte Tag und Nacht von Musik. Daniel fehlte es nicht an Reizen.

Wie lange konnte man fortfahren, alles so zusammenzufassen? Mrs. Schiff sagte, für immer, solange man mit seiner Muse auf gutem Fuße stand. Aber wer war die Muse, und was verlangte sie? Hierüber konnte ihm Mrs. Schiff keine Weissagungen anbieten.

Die Frage war für Daniel wichtig, denn er war mit der

Zeit zu der ziemlich abergläubischen Überzeugung gekommen, daß möglicherweise Boa seine Muse sei. Hatte seine Erweckung nicht gerade zu der Zeit stattgefunden, als er sie hierher gebracht hatte, damit er mit ihr zusammenleben konnte? Aber wie lächerlich, wie konnte er überhaupt von einem »Zusammenleben« mit ihr sprechen, wenn sie doch nichts als eine leere Hülle war? Mit Mrs. Schiff, mit Rey hatte er während dieser drei Jahre zusammen *gelebt.* Und doch hielt er sie keinen Augenblick lang für Musen. Sie waren seine Lehrer gewesen; oder, wenn ihnen das nicht genügend Ehre erwies oder die Größe seiner Schuld nicht ausdrückte, seine Meister. Die Muse war etwas oder jemand anders.

Die Muse war vor allem eine Frau, eine Frau, der man treu blieb, und Daniel war, auf seine Weise, Boa treu geblieben. Das mochte von Bedeutung sein oder auch nicht, es mochte in Beziehung stehen zu einer fundamentalen Schicht der Wahrheit unterhalb der trüben, unerforschten Gewässer des Unbewußten oder auch nicht. Wenn er nicht im klaren Sonnenlicht der Freude erglänzte, konnte Sex unendlich mysteriös sein. Aber Daniels Vorstellung von Boa als seiner Muse war viel wörtlicher zu verstehen. Sie war für ihn aktiv gegenwärtig, ein wohlwollendes Irrlicht, das seinen Geist berührte und ihm mit unsichtbarem, unterschwelligen Schimmern den Weg erleuchtete. Ziemlich auf dieselbe Weise hatte er sich in seiner frühesten Jugend vorgestellt, seine Mutter fliege von weit her zu ihm, schwebe über ihm, flüstere ihm zu und betrachte ihn mit einer traurigen, geheimen Liebe, die trotzdem die Kraft gewesen war, die ihn durch die Trostlosigkeit der ersten, einsamsten Jahres in Amesville aufrechtgehalten hatte. Er hatte sich damals geirrt; seine Mutter war nicht bei ihm gewesen, sie hatte niemals fliegen können. Aber mußte das bedeuten, daß er sich auch jetzt irrte? Boa war eine Fee; sie konnte bei ihm sein; er glaubte, daß es so sei, und in diesem Glauben sprach er zu ihr, betete zu ihr, flehte sie an, ihn von der Angel zu lassen.

Denn die Freifahrt war vorbei. Obwohl es Rey als ausgesprochene Geldverschwendung betrachtete, hatte er die Bedingungen ihrer Vereinbarung erfüllt. Nachdem diese Schuld bezahlt worden war, war es wieder Daniels Sache, für Boa zu sorgen. Die Kosten für ihren Unterhalt betrugen pro Woche mindestens saftige einhundertdreiundsechzig Dollar, und eine Verbilligung war nicht in Sicht, da dies kein Schwarzmarktpreis war. Die Rationierung war vorüber, und Daniel konnte ihre Nahrung direkt von der Apotheke der Ersten Nationalen Flughilfe bekommen. Die 163 Dollar stellten die Grundkosten für einwöchige Ferien außerhalb des Körpers dar, wie sie in den neuen Bundesrichtlinien festgelegt worden waren. Mit diesem Mittel hoffte die Regierung, die Feen davon abzuhalten, ihre Überreste für immer am Straßenrand liegenzulassen. Vom Verstand her mußte Daniel dem neuen, einheitlichen Gesetz zustimmen, das der Kongreß erlassen hatte — sogar in dieser Einzelheit. O weh, wer hätte je gedacht, daß ein solches Wunder nur eine neue Quelle der Sorge für Daniel sein würde, der im Dienste gerade dieser Sache in so vielen Paraden mitmarschiert war und bei so vielen Kundgebungen mitgesungen hatte? Aber so war es, und obwohl es von Eltern und Ehegatten (und sogar einer Enkelin), die in der gleichen finanziellen Klemme saßen wie Daniel, so viele schmerzliche Aufschreie in der Presse gegeben hatte, bestand eigentlich nicht viel Hoffnung, daß dieses Gesetz geändert werden würde, denn es stellte einen echten Konsens dar.

163 Dollar standen an der Grenze dessen, was möglich war, und ließen nur einen sehr schmalen Rest übrig, von dem er seine eigenen Bedürfnisse bestreiten konnte. Es

war schmerzlich, ja, es war direkt grausam, wenn man zum erstenmal seit Jahren ein gutes Einkommen hatte und immer noch keine Sicherheit, keine Bequemlichkeit, kein Vergnügen. Er teilte das Boa in unmißverständlichen Worten mit (wobei er voraussetzte, daß sie gerade zuhörte). Was zuviel war, war zuviel. Er wollte sie los sein. Es war nicht fair von ihr, wenn sie von ihm erwartete, daß er so weitermachte. Fünfzehn Jahre! Er drohte, ihren Vater anzurufen, setzte Ultimaten an, aber nachdem die Drohungen nicht ausgeführt wurden, mußte er entweder annehmen, daß sie nicht zuhörte oder daß sie seinen Drohungen nicht glaubte oder daß es ihr gleichgültig war. Er erhöhte den Einsatz und drohte ihr damit, sie von der Nabelschnur von Röhren, die ihr vegetatives Leben erhielten, abzutrennen, aber das war nur leeres Gerede. Boa töten? Sie war, weiß Gott, ein Mühlstein um seinen Hals; sie war eine beständige Erinnerung an den Tod (jetzt mehr denn je, seit Claude Durkins Grabstein sich an den Fuß ihres Bettes schmiegte); aber sie war seine Frau, sie war vielleicht seine Muse, und wenn er seinen Verpflichtungen ihr gegenüber nicht nachkam, handelte er sich vielleicht nur Schwierigkeiten ein.

Abgesehen von diesen Vorstellungen bezüglich seiner Muse war Daniel im allgemeinen kein abergläubischer Mensch, aber er wurde schnell ein Christ, zumindest im modernen Sinne des Wortes, wie er in den Lehren des Reverend Jack Van Dyke gepredigt wurde. Wenn man Van Dyke glaubte, wurde man zu einem Christen, indem man seinen Unglauben in einem widersinnigen, aber höchst förderlichen Märchen aufgehen ließ. Das bereitete Daniel keine Schwierigkeiten, da er von Natur aus zur Heuchelei neigte. In diesen Tagen war sein ganzes Leben ein einziges, großes Täuschungsmanöver. Er gab vor, schwarz zu sein. Er hatte ein ganzes Jahr lang vorgegeben, leidenschaftlich in einen Eunuchen verliebt zu sein. Manchmal taten er und Mrs. Schiff ununterbrochen so, als seien sie Zuckerhäschen. Warum sollte er nicht vorgeben, ein Christ zu sein? (Besonders, wenn das theoretisch hundert Mäuse pro Woche einbrachte und, was wichtiger war, eine Chance bot, in physischen und gesellschaftlichen Bereichen aufzutreten, die der Größe seiner Stimme und seiner Kunst angepaßt waren, und diese Chance bot die Marblestiftung in vollem Maße.) Warum sollte er nicht *sagen,* er sei gerettet, wenn das vielleicht jemand anderen glücklich machte und ihm selbst nichts schadete? Taten das nicht die meisten Priester und Geistlichen? Er war nie der Typ gewesen, der, wenn ihn die Leute fragten, wie es ihm ginge, und es ihm schlecht ging, auch sagte, es ginge ihm schlecht. Er sagte, es ginge ihm glänzend und erwartete von anderen, daß sie es genauso machten. Das war einfach Zivilisation, und soweit er sehen konnte, was das Christentum einfach das logische Ergebnis solcher Grundsätze, die unaufrichtigste, wirksamste Art, höflich zu sein, die man je entdeckt hatte.

Mrs. Schiff, eine altmodische Atheistin, billigte seine Bekehrung, wie er es nannte, nicht, und sie hatten einige ihrer genußreichsten Dispute über dieses Thema. Sie sagte, es zeuge nicht von geistiger Selbstachtung, wenn man behaupte, man glaube (zum Beispiel), jemand könne sterben und dann ins Leben zurückkehren, und darauf laufe das ganze Christentum doch schließlich hinaus. Wenn Leute, die solchen Unsinn wirklich glaubten, das sagten, war es in Ordnung; es war sogar gut, wenn sie es taten, denn dann gaben sie einem eine frühzeitige Warnung bezüglich der Grenzen ihrer Vernunft. Aber bei Daniel sei es schlicht und einfach Scharlatanerie. Daniel erwiderte darauf, daß nichts schlicht und einfach sei, am allerwenigsten er selbst.

Als Mrs. Schiff einmal geglaubt hatte, bezüglich eines

musikalischen Faktums völlig sicher zu sein (Hatte Schumann ein Violinkonzert geschrieben?), ging er eine Wette mit ihr ein, bei der sie ihn, wenn sie verlieren sollte, an einem Sonntag seiner Wahl zur Marblestiftung begleiten mußte. Sie hatte unrecht gehabt. Er wählte einen Sonntag, an dem Van Dyke über die Unsterblichkeit der Seele predigen und Daniel in Bachs *Actus Tragicus* singen sollte. Es war, wie sich herausstellte, keine von Van Dykes Glanzleistungen, und auch der Chor (leider galt das ebenfalls für Daniel), hatte sich mehr vorgenommen, als er bewältigen konnte. Mrs. Schiff zeigte Mitgefühl, war aber ansonsten ungerührt.

»Natürlich«, gestand sie zu, »muß man den Kirchen dankbar sein, wenn sie auf diese Weise kostenlose Konzerte bieten, aber das schmeckt doch ein wenig nach Armenküche, nicht wahr? Man muß sich die Predigt und all das übrige anhören, nur um ein wenig Musik dafür zu bekommen.«

»Aber darum geht es doch gar nicht«, beharrte Daniel etwas gereizt, denn er litt noch immer darunter, daß er *Bestelle dein Haus* so verhunzt hatte. »Die Leute gehen nicht wegen der Musik in die Kirche. Sie gehen hin, um mit den anderen Leuten zusammenzusein, die auch hingehen. Körperlich anwesend zu sein, das ist der springende Punkt.«

»Meinen Sie, es sei eine Art Beweis dafür, daß eine Gemeinschaft existiert, und daß sie ein Teil davon sind? Ich meine, ein Konzert könnte das ebensogut oder besser leisten, denn dort kann man sich wenigstens in den Pausen unterhalten. Und die Musik, wenn Sie mir diese Bemerkung verzeihen, wäre eine Kleinigkeit professioneller.«

»Ich war miserabel, das weiß ich, aber mein Gesang, ob gut oder schlecht, ist nicht von Bedeutung.«

»Oh, Sie waren nicht der schlimmste Missetäter. O nein! Sie lernen ganz gut, die Noten vorzutäuschen, die Sie nicht erreichen können. Aber worum geht es wirklich, Daniel? In einem Wort.«

»In einem Wort, um Hoffnung.«

»Nun, dann in ein paar Worten.«

»Wovon handelte die Kantate? Vom Tod. Von der Tatsache, daß er uns allen bevorsteht, daß kein Weg daran vorbeiführt und daß wir alle wissen, daß es keinen Weg daran vorbei gibt.«

»Ihr Mr. Van Dyke behauptet aber etwas anderes.«

»Und das haben Sie auch getan, einfach dadurch, daß Sie dort waren. Darum geht es. Jedermann hat Zweifel. Jedermann ist verzweifelt. Aber wenn sie dort in der Kirche sind, umgeben von all diesen anderen Leuten, dann ist es schwer, nicht zu glauben, daß einige von ihnen nicht *irgend etwas* glauben. Und indem wir dort waren, haben wir den anderen geholfen, es zu glauben.«

»Aber was ist, wenn sie alle das gleiche denken wie wir? Wenn sich keiner an der Nase herumführen läßt, sondern nur den anderen seine moralische Unterstützung anbietet, die sich aber ebenfalls nicht an der Nase herumführen lassen?«

»Das ist eine Frage des Ausmaßes. Sogar ich lasse mich, wie Sie es ausdrücken, ein wenig an der Nase herumführen. Sogar Sie, wenn nicht in der Kirche, dann, wenn Sie Musik hören und noch mehr, wenn Sie selbst komponieren. Was ist letzten Endes der Unterschied zwischen dem Lied von Häschen Zuckerhäschen und Bachs *Komm süße Stunde des Todes, denn meine Seele wird gespeist von Honig aus dem Munde des Löwen*?«

»Der Hauptunterschied ist, daß Bachs Musik unermeßlich größer ist als meine. Aber ich möchte behaupten, der zweite Unterschied besteht darin, daß ich, bezüglich der philosophischen Ansichten der Zuckerhäschen, bewußt ironisch bleibe.«

»Sie sind aber nicht völlig ironisch, und vielleicht ist Bach nicht völlig fern jeder Ironie. Er hat auch seine zweideutigen Stellen.«

»Aber er sagt, er weiß, daß sein Erlöser lebt. ‚Ich weiß', sagt Bach, ‚daß mein Erlöser lebt'. Und ich selbst weiß, daß der meine nicht lebt.«

»Das sagen Sie.«

»Und was sagen Sie, Daniel Weinreb?«

»Mehr oder weniger das gleiche wie Sie, nehme ich an. Aber ich *singe* etwas anderes.«

Es war der Abend vor Weihnachten und der Abend vor dem Abend, an dem Daniel in der Off-Broadway-Premiere von *Zeit für die Zuckerhäschen* auftreten sollte. Träume, so scheint es, werden wirklich wahr. Aber er war nicht glücklich, und es war schwer, Boa, die der eigentliche Grund für seine unglückliche Stimmung war, zu erklären, warum dies so war. Da saß sie, auf ihrem kleinen Feldbett in die Kissen gestützt, ein Weihnachtsengel, komplett mit Glorienschein und einem Paar Flügeln aus Mrs. Galamians Kostümfundus für das Traumballett des ersten Aktes, die während der letzten Probenwoche ausrangiert worden waren. Und doch war das Problem leicht darzustellen. Er war pleite, und während seine Aussichten nie besser gewesen waren, war sein Einkommen selten geringer gewesen. Er hatte das *Metastasio* vor zwei Monaten verlassen müssen, und das war lange genug, um die kleine Geldreserve zu erschöpfen, die er angelegt hatte, um eine Notlage überstehen zu können. Aber das war die einzige Notlage, mit der er nicht gerechnet hatte — Erfolg. Rey und Tauber bestanden beide eisern auf ihren vollen Gewinnanteilen.

Daniel hatte es durchgerechnet, selbst wenn *Zeit für die Zuckerhäschen* nicht gleich durchfiel, würden seine Nettoeinkünfte daraus immer noch nicht genügen, um die berauschende Summe von etwa dreihundert Dollar im Monat abzudecken, die erforderlich war. Und wenn das Stück ein Erfolg war, würde es ihm nicht besser gehen, denn er hatte seinen Anteil am Buch überschreiben müssen, um die Chance zu bekommen, das Häschen zu spielen.

So war das eben, wie Irwin Tauber ihm erklärt hatte, im Showgeschäft. Aber wie sollte man das einer Leiche erklären können?

»Boa«, sagte er und berührte einen der Nylonflügel. Aber mehr fiel ihm nicht ein. Überhaupt mit ihr zu sprechen, war ein Eingeständnis eines Glaubens, und er wollte nicht mehr glauben, daß sie am Leben sein könnte, daß sie vielleicht zuhörte und den rechten Moment abwartete. Wenn es so war, war es grausam von ihr, nicht zurückzukehren. Wenn nicht, wenn sie diese Welt für immer verlassen hatte, wie sie diese Hülle ihrer selbst verlassen hatte, diesen Wegwerfbehälter, dann konnte es auch nichts schaden, wenn er ebenfalls aufhörte, sich darum zu kümmern.

»Boa, ich gebe nicht noch einmal fünfzehn Jahre auf. Und ich werde auch meinen Hintern nicht mehr verhökern. Ich nehme an, ich könnte Freddie Carshalton bitten, mir etwas zu leihen, aber ich werde es nicht tun. Oder Shelly Gaines, obwohl der wahrscheinlich auch keine Reichtümer besitzt. Was ich tun werde, ist dies, ich werde deinen Vater anrufen. Wenn das ein Fehler ist, werde ich die Schuld eben auf mich nehmen müssen. Verstanden?«

Der Glorienschein blinkte.

»Wenn du später zurückkommen willst, wirst du eben zu ihm zurückkehren müssen. Vielleicht hast du darauf gewartet. Habe ich recht?«

Er beugte sich vor, sorgfältig darauf bedacht, den Schlauch nicht zu berühren, der sich in ihr linkes Nasenloch schlängelte, und küßte die Lippen, die nach dem Gesetz tot waren.

Dann stand er auf, ging hinaus auf den Korridor, den Korridor hinunter in Mrs. Schiffs Arbeitszimmer, wo das Telephon stand, um anzurufen.

In all den Jahren hatte er niemals die Telephonnummer von Worry vergessen.

Eine Telephonistin meldete sich beim dritten Klingeln. Er sagte, er wolle mit Grandison Whiting sprechen. Die Telephonistin fragte nach seinem Namen. Er sagte nur, daß es ein persönlicher Anruf sei. Die Telephonistin erwiderte, sie würde ihm Mr. Whitings Sekretärin geben.

Dann sagte eine neue Stimme: »Hier spricht Miß Weinreb.«

Daniel war zu platt, um zu antworten. »Hallo?«

»Hallo«, wiederholte er und vergaß, die tiefe Stimme zu gebrauchen, mit der er die Telephonistin angesprochen hatte. »Miß Weinreb?«

Welche Miß Weinreb? fragte er sich. Seine Sekretärin!

»Ich fürchte, Mr. Whiting ist im Augenblick nicht zu sprechen. Kann ich etwas ausrichten?«

Daniel konnte im anderen Raum das Telephon läuten hören. Aber es konnte nicht das Telephon sein. Es mußte die Türglocke sein. In diesem Fall würde Mrs. Schiff öffnen.

»Welche Miß Weinreb ist da? fragte er vorsichtig. »Cecelia Weinreb?«

»Hier spricht Aurelia.« Sie hörte sich an, als sei sie beleidigt. »Wer ist bitte am Apparat?«

»Dies ist ein persönlicher Anruf. Für Mr. Whiting. Es betrifft seine Tochter.«

Langes Schweigen. Dann sagte Aurelia: »Welche Tochter?« Als er ihre dämmernde Vermutung heraushörte, wurde ihm unbehaglich zumute.

In diesem Augenblick platzte Mrs. Schiff ins Arbeitszimmer herein. In einer Hand hielt sie den Glorienschein von

Boas Kopf. Er wußte, nur vom Hinsehen, was sie ihm sagen wollte.

Er legte den Hörer auf die Gabel.

Es war nicht die Türglocke gewesen.

»Es ist Boa«, sagte er. »Sie ist zurückgekommen.«

Mrs. Schiff nickte.

Boa lebte.

Mrs. Schiff legte den Glorienschein auf den Schreibtisch, wo er unsicher hin und her schwankte. Ihre Hände zitterten. »Sie gehen besser zu ihr, Daniel. Und ich werden einen Arzt anrufen.«

## 21

Eine Woche nach der Uraufführung im *Cherry Lane* wurde *Zeit für die Zuckerhäschen* in die Wohnviertel ins *St. James Theater* verlegt, gleich gegenüber vom *Metastasio,* und Daniel war ein Star. Sein Name, sein eigener Name, der Name Daniel Weinreb, war in blinkenden Lichtern auf der Markise angebracht. Sein Gesicht, dunkel wie Sirup, konnte man in der ganzen Stadt auf Plakaten sehen. Seine Lieder waren Tag und Nacht im Radio zu hören. Er war reich, und er war berühmt. Die *Time* brachte ihn auf dem Titelbild, komplett mit Hasenohren, unter einer 36-Punkt-Schlagzeile in der Form und den Farben eines Regenbogens, die gewichtig die Frage stellte: BELCANTO — SONST NICHTS? Im Inneren des Hefts erzählte Mrs. Schiff in einem Exklusivartikel so etwas wie seine Lebensgeschichte.

Es war nicht sein Werk. Oder vielleicht doch. Das Telefongespräch nach Worry war von Whitings Sicherheitssystem automatisch aufgezeichnet und verfolgt worden. Auf Vorschlag seiner Schwester hatte man die Schwingungsbilder des Anrufs mit denen auf den Bändern verglichen, die Daniel in vergangenen Tagen mit Boa aufgenommen hatte.

Die Polizei erschien genau in dem Augenblick vor Mrs. Schiffs Wohnungstür, als der Vorhang für *Zeit für die Zuckerhäschen* hochging. Mrs. Schiff hatte die Voraussicht besessen, unpäßlich zu sein und war daher verfügbar, um sie in Empfang zu nehmen. Boa war schon in eine Klinik gebracht worden, wo sie sich von den Nachwirkungen ihres fünfzehnjährigen Komas erholen sollte, und so blieb ihr der erste Ansturm erspart.

Als Mrs. Schiff die Polizei schließlich überzeugt hatte, daß nur Daniel den Namen der Klinik angeben könne und sie zum *Cherry Lane* unterwegs waren, entschied sie, da, wie sie sah, die Katze ohnehin aus dem Sack war, sich ihren Anteil am Gewinn zu sichern. Mit Hilfe von Irwin Tauber erreichte sie den Chefredakteur von *Time,* und noch ehe Daniel die Schlußreprise von *Zuckerhäschen kommen in den Himmel* gesungen hatte, hatte sie einen Vertrag abgeschlossen, in dem sie *Time* die Exklusivrechte an ihrer eigenen, viertausend Worte umfassenden Version der *Romanze von Daniel Weinreb* zusicherte. Danach konnte *Zeit für die Zuckerhäschen* gar nichts anderes mehr werden als ein Hit.

Daniel war wütend, aber insgeheim auch entzückt. Trotzdem entschloß er sich, um der Form Genüge zu tun, auf Mrs. Schiff böse zu sein, weil sie sein Vertrauen so gewinnbringend mißbraucht hatte. Natürlich war es, nachdem sein Anruf von Worry aus einmal zurückverfolgt worden war, nur noch eine Frage der Zeit gewesen, bis man Daniel zum Idol machte; eine Frage von Stunden wahrscheinlich, wie Mrs. Schiff durch Irwin zu erklären versuchte. Und zu ihrer Ehre muß gesagt werden, daß ihre Beschreibung der vergangenen drei Jahre eine so geschickte Reinwaschung war, wie sie nur irgendein Presseagent hätte zusammenstellen können. Laut Mrs. Schiff war Daniels Beziehung zu Rey nur auf gegenseitiger Wertschätzung und gemeinsamer Verehrung der Herrlichkeit der menschlichen Stimme begründet gewesen. Ihre Geschichte befaßte sich hauptsächlich mit Daniels unauslöschlicher Liebe zu seiner Frau, mit seinen Kämpfen gegen mannigfaltige Widrigkeiten (sie fügte sein Rezept für Brotpudding bei), mit der Entdeckung seines verborgenen Talents und (dieses letztere war sicherlich als heimlicher Seitenhieb zu verstehen) mit seinem christlichen Glauben. Nirgends behauptete sie irgend etwas, das nicht streng der Wahrheit entsprochen hätte, aber es war kaum die ganze Wahrheit; auch — und so begabt war sie als Geschichtenerzählerin — wurde die ganze Wahrheit, als sie einmal über Lee Rappacini und einige andere alte Freunde durchzusickern begann, niemals ein solcher Erfolg wie ihre Version. Die Medien lassen ihre Helden nicht gerne verschleißen, und ein Held war Daniel geworden.

Boa wurde das meiste von alledem innerhalb der schwer bewachten Portale des Betti-Bailey-Memorial-Krankenhauses, einer Oberschichtausgabe der Ersten Nationalen Flughilfe in Westchester, erspart. Auf ihre eigene Anweisung hin durfte niemand außer Daniel und dem Klinikpersonal in ihr Zimmer gelassen werden. Er kam einmal am Tag in einer gemieteten Limousine. Während die Limousine darauf wartete, daß das Tor geöffnet wurde, umdrängten sie die Reporter mit ihren Kameras und ihren Fragen. Daniel lächelte ihnen durch das kugelsichere Glas zu, das die Kameras nicht behinderte. Was die Fragen anging — Wo war Boa in diesen vielen Jahren gewesen? Warum war sie zurückgekehrt? Was waren ihre Pläne? —, so tappte Daniel ebenso im dunkeln wie jeder andere, denn sie mußten erst noch miteinander sprechen. Gewöhnlich schlief Boa, oder sie tat so, als ob sie schliefe, und er setzte sich an ihr Bett,

JOBST H. TELTSCHIK

ordnete Hekatomben von Schnittblumen und wartete darauf, daß sie das Spiel eröffnete. Er fragte sich, wieviel von dem, was er in den letzten drei Jahren gesagt hatte, sie wohl mitbekommen hatte. Er wollte nicht noch einmal alles durchgehen, und das meiste davon war sowieso überholt. Die Boa, die zurückgekommen war, hatte keine Ähnlichkeit mit der lebendigen Boa, an die er sich erinnerte. Sie war das gleiche hagere, hohläugige Ding, das während all dieser Jahre schlaff auf der anderen Seite seines Zimmers gelegen hatte, und das er ebensowenig lieben konnte, als wenn sie ein Bündel Stöcke gewesen wäre. Sie schien unendlich alt und verbraucht. Ihr dunkles Haar hatte graue Strähnen. Sie lächelte nicht. Ihre Hände lagen neben ihr, als hätte sie kein Interesse an ihnen, als gehörten sie nicht zu ihr, sondern seien nur ein unbequemeres Stück Laken.

Einmal in diesen zwei Wochen, in denen er sie besuchte, hatte sie die Augen geöffnet, um ihn anzusehen, dann hatte sie sie wieder geschlossen, als sie sah, daß er ihre Aufmerksamkeit wahrgenommen hatte.

Er wußte aber, daß sie der Sprache mächtig war, denn sie hatte das Personal angewiesen, außer Daniel keine Besucher einzulassen. Selbst diese kleine Auszeichnung war kaum Balsam für seine wunde Seele, denn er erfuhr durch Dr. Ricker, den Direktor der Klinik, daß außer der Presse niemand um Einlaß nachgesucht hatte. Seit Boas wunderbare Rückkehr ins Leben eine Angelegenheit von öffentlichem Interesse geworden war, hatte ihr Vater jeden Kommentar dazu abgelehnt. Für die übrige Welt mochten Daniel und Boa das Liebespaar des Jahrhunderts sein, aber für Grandison Whiting waren sie wie Gift und Galle. Er war, wie Daniel vermutete, kein sehr versöhnlicher Mensch.

Inzwischen rollte Daniels Triumphwagen vorwärts und aufwärts, ein Siegeskarren, ein Götze des Erfolgs. Fünf seiner Lieder standen in den Hitlisten an erster Stelle. Die beiden beliebtesten, *Fliegen* und *Das Lied hört nicht auf*, waren Lieder, die er in der Sauna der Adonis-GmbH geschrieben hatte, lange bevor alles angefangen hatte. Außer, daß es natürlich logischerweise damals oder sogar noch früher angefangen haben mußte. Vielleicht ging alles auf jenen Frühlingstag auf der Bezirksstraße B zurück, als er unvermittelt von dieser vernichtenden Ahnung einer unbekannten Herrlichkeit aufgehalten worden war. Manchmal blickte er hinauf zur Ausgabe der *Time*, die er mit vier stabilen Nägeln an die Wand seines Zimmers im Plaza geheftet hatte, und fragte sich, ob es wirklich das gewesen war, was ihm diese Vision verheißen hatte, die an jenem Tage hinter den Wolken gelauert hatte — dieses dunkle Gesicht mit seinen Tierohren und der dummen Frage in Regenbogenform darüber. Er hätte es vorgezogen, wenn ihm eine mehr verinnerlichte, mehr verklärende Herrlichkeit beschieden gewesen wäre, wer hätte das nicht, aber wenn das die Botschaft der Flammenschrift war, wäre es kleinlich, nicht dankbar zu sein für die Wohltaten, die man empfing — und empfing und immer weiter empfing.

Die nächste Sprosse auf der Leiter, die nächste Frucht, die ihm in den Schoß fallen sollte, war eine eineinhalbstündige Sondersendung bei ABC. Ein Drittel des Programms sollte Nummern aus *Zeit für die Zuckerhäschen* gewidmet sein, ein weiteres Drittel einer Auswahl von Belcantoarien und Duetten mit dem großen Ernesto, wobei Daniel kaum mehr zu tun hatte, bildlich gesprochen, als einen Straußenwedel zu schwenken; dann, nach einem Potpourri persönlicher Lieblingslieder wie *Old Black Joe* und *Santa Lucia*, die er in Mrs. Boismortiers Klassenzimmer gelernt hatte, sollte eine Neuschöpfung des *Marsch der Geschäftsleute* folgen, aus *Goldgräber von 1984* (wobei Jackson Florentine als Gast auftrat), und am Ende käme dann das unvermeidliche *Fliegen,* in dem ein ganzer Chor an Drähten hochgezogen werden sollte. Irwin Tauber, der sich freiwillig erboten hatte, mit einer Geschäftstüchtigkeit, die seiner Großzügigkeit entsprach, seinen Anteil auf die üblichen zehn Prozent zu reduzieren, verkaufte das Paket für dreieinhalb Millionen Dollar, von denen Rey als Gegenleistung für seinen Verzicht auf den Gesamtanteil an Daniels nächsten sieben Jahren vorbehaltlos eineinhalb Millionen erhalten sollte.

Wie bei Midas beeinflußte Daniels Erfolg jeden, der nahe genug war, um davon berührt zu werden. Rey buchte neben seinen eineinhalb Millionen eine Tournee durch den Mittelwesten. Besser gesagt, er erweiterte die Tournee, die er schon geplant hatte, denn das ganze Land war, ganz unabhängig von Daniel, mitten in einer Welle der Verrücktheit nach allem, was mit Musik zu tun hatte, besonders aber nach dem Belcanto. Rey, der an und für sich schon eine Legende war, war durch seine Beziehung mit Daniel noch tausendmal legendärer geworden, und das spiegelte sich in seinen Honoraren wider.

Auch Mrs. Schiff hatte ihren Anteil an diesem Goldregen. Außer den Tantiemen für *Zeit für die Zuckerhäschen,* die jetzt hereinströmten, hatte sich das *Metastasio* gegen alle Tradition bereiterklärt, *Axur re d'Ormus* als ihr Originalwerk vorzustellen, und auf die erfundene Aussage, es sei aus der Feder von Jomelli, zu verzichten. Sie selbst brachte eine Langspielplatte mit *Geschichten für brave Hunde* heraus. Sie eröffnete eine Schoßtierschau im Madison Square Garden. Sie erschien auf der Liste der zehn bestgekleideten Frauen.

Die vielleicht seltsamste Folge von Daniels Berühmtheit war der Kult, der, nicht einfach um seinen Mythos, sondern um sein Aussehen entstand. Seine jüngeren Bewunderer gaben sich nicht mit einfacher, passiver Schmeichelei zufrieden, sondern entschlossen sich, seinem dunklen Beispiel zu folgen, gingen, zu Tausenden und bald zu Zehntausenden, hin und ließen sich zu genauen Abbildern ihres Idols umwandeln — zur oft beträchtlichen Entrüstung von Tausenden und Zehntausenden von Eltern. Daniel wurde auf diese Weise zur cause célèbre, zum Symbol für all das, was in dieser neuen Ära am meisten gepriesen oder verabscheut werden sollte, ein Zuckerhäschen des wirklichen Lebens oder der Antichrist, je nach dem, wem man gerade zuhörte. Sein Gesicht, auf einer Million von Plakaten und Plattenhüllen, war der Maßstab, den diese Zeit der vergangenen Epoche zum Trotz aufrichtete. Daniel fühlte sich im Mittelpunkt all dieses Trubels so hilflos wie eine Statue, die in einer Prozession vorangetragen wird. Seine Stellung erlaubte ihm eine wunderbare Aussicht auf das Tollhaus ringsum, aber er hatte nicht die leiseste Ahnung, wohin man ihn trug. Ihm gefiel jedoch jede lächerliche Minute davon und er hoffte, es würde nie aufhören. Er begann, sich Notizen für ein neues Singspiel zu machen, das er *Glanzlichter der Ewigkeit* oder auch *Kopf in den Wolken* nennen wollte, aber dann las er eines Tages seine Notizen durch und erkannte, daß sie überhaupt keinen Sinn ergaben. Er hatte nichts zu sagen. Er mußte nur im Scheinwerferlicht stehen und lächeln. Er mußte vorgeben, dieses märchenhafte Geschöpf Daniel Weinreb zu sein. Mehr wurde nicht von ihm verlangt.

Eines Nachmittags im Februar, an einem strahlenden, betäubend kalten Tag, öffnete Boadicea die Augen und machte einen tiefen Atemzug, der teils ein Seufzer und teils ein Gähnen war. Daniel wagte nicht einmal, sie anzublicken, denn er fürchtete, sie wieder in die Höhle ihres langen Schweigens zurückzuscheuchen. Er starrte weiterhin die Facetten des Edelsteins in seinem Ring an und wartete darauf, daß ihr Geist in Form von Worten vor ihm Gestalt annahm. Schließlich kamen die Worte, schwach und farblos: »Lieber Daniel.« Sie schien einen Brief zu diktieren. Er blickte sie an, wußte nicht, was er antworten sollte. Sie sah nicht weg. Ihre Augen waren wie Porzellan, glänzend, aber ohne Tiefe. »Ich muß dir danken für... die vielen Blumen.« Ihre Lippen schlossen und spannten sich, um ein Lächeln anzudeuten. Die geringste Bewegung, schon das Blinzeln ihrer Lider schien eine bewußte Anstrengung zu erfordern.

»Gern geschehen«, antwortete er vorsichtig. Was sagt man zu einem Vogel, der sich entschließt, sich einem auf den Finger zu setzen. Zögernd sprach er von Krumen: »Wenn ich dir sonst etwas bringen kann, Boa, dann sag es mir nur. Alles, was dir die Zeit vertreiben kann.«

»Oh, die Zeit vergeht von selbst. Aber danke. Für so vieles. Dafür, daß du diesen Körper von mir am Leben erhalten hast. Er kommt mir immer noch fremd vor. Wie —« Sie wandte den Kopf erst auf die eine, dann auf die andere Seite, »— ein Paar sehr steifer Schuhe. Aber ich laufe sie langsam ein. Tag für Tag. Ich übe. Ich bilde neue Gewohnheiten. Heute morgen habe ich zum erstenmal das Lächeln geübt. Es schien plötzlich wichtig. Sie wollten mir keinen Spiegel geben, aber ich habe darauf bestanden.«

»Ich habe dein Lächeln gesehen«, bemerkte er schwach.

»Es ist noch nicht sehr überzeugend, nicht wahr? Aber ich werde den Dreh bald heraushaben. Sprechen ist viel schwieriger, und ich spreche doch schon sehr deutlich, oder findest du nicht?«

»Wie eine Einheimische. Aber du sollst nicht das Gefühl haben, du müßtest das tun. Ich meine, wenn es dir noch zuviel Mühe macht. Es ist genug Zeit, und ich bin im Grunde genommen ein sehr geduldiger Mensch.«

»Wirklich. Die Schwestern sagen, du seiest ein Heiliger gewesen. Sie sind alle drei in dich verliebt.«

»Pech. Ich bin schon vergeben.« Dann, verlegen: »Das soll nicht heißen... ich meine... ich erwarte nicht, nach dieser langen Zeit...«

»Warum nicht? Ist das nicht das Beste, was man mit einem Körper anfangen kann, wenn man einen hat? Das ist mir jedenfalls dunkel in Erinnerung.« Sie übte ihr Lächeln, mit nicht größerem Erfolg als zuvor. »Aber ich gebe zu, es wäre verfrüht. Ich war jedoch erstaunt, wie schnell alles wiederkommt. Die Worte, und wie sie versuchen, mehr Bedeutung aufzunehmen, als sie jemals können. Als Fee lernt man, ohne sie auszukommen im großen und ganzen. Aber das war der Grund, warum ich zurückgekommen bin.«

»Ich fürchte, ich komme da nicht ganz mit. Was war der Grund, warum du zurückgekommen bist?«

»Ich wollte mit dir sprechen. Ich wollte dir sagen, daß du fliegen lernen mußt. Ich wollte dich sozusagen mit mir davontragen.«

Er zuckte sichtbar zusammen.

Sie fuhr in derselben, bekehrenden Weise fort. »Du kannst es, Daniel. Ich weiß, daß du lange Zeit nicht dazu fähig warst. Aber jetzt kannst du es.«

»Boa, ich habe es versucht, glaube mir. Zu oft.«

»Genau. Zu oft. Du hast das Vertrauen zu dir selbst verloren, und das hindert natürlich. Aber ehe ich in diesen Körper zurückkehrte, habe ich dich beobachtet. Tagelang, ich weiß nicht, wie viele, habe ich dich beim Singen beobachtet. Und es war da, alles war vorhanden, was du brauchst. Es war direkt in den Worten eines Liedes. Honig aus dem Munde des Löwen. Wenn du eine Maschine benützt hättest, wärest du so oft aufgestiegen, wie du gewollt hättest.«

»Es ist schön von dir, das zu sagen. Aber es tut mir leid,

wenn das der Grund war, warum du zurückgekommen bist. Es ist ein bißchen vergebliche Liebesmühe, fürchte ich.«

Boa blinzelte. Sie hob die rechte Hand, und als sie sie ansah, regte sich in ihren Gesichtsmuskeln das erste Flakkern eines deutlichen Ausdrucks. Es war ein Ausdruck des Ekels.

»Ich bin aus keinem anderen Grund zurückgekommen, Daniel. Obwohl ich keine Sehnsucht danach habe, es mit meinem Vater zu tun zu bekommen, war das erst in zweiter Linie eine Überlegung für mich. Deine Drohung hat mich möglicherweise veranlaßt, ein wenig früher zurückzukehren. Aber ich habe nie beabsichtigt, und ich hatte sicherlich auch nie das Bedürfnis danach, diesen... Zirkus... anzufangen.«

»Tut mir leid, dieses Theater. Es war nicht auf meine Veranlassung hin, obwohl ich mich auch nicht gerade dagegen gewehrt habe. Ich liebe Zirkusse.«

»Genieße auf jeden Fall, was du kannst. Ich habe mich in diesen fünfzehn Jahren und mehr ausgiebig amüsiert. Und ich werde es wieder tun.«

»Aha! Du meinst, du hast jetzt schon vor... Wenn du die Kraft dazu wieder hast...?«

»Wieder abzufliegen? Ja, natürlich, sobald ich kann. Welche andere Wahl gibt es schließlich? Es ist, wie mein Vater vielleicht sagen würde, ein gutes Geschäft. Hier findet man höchstens ein wenig Vergnügen; dort gibt es *nur* Vergnügen. Wenn mein Körper hier zugrundegeht, muß ich mit ihm zugrundegehen; wenn ich dort bin, wird mich der Tod meines Körpers nicht mehr berühren. Daher sorge ich mich nur um meine Sicherheit. Warum sollte ich in einem zusammenbrechenden, brennenden Gebäude gefangen sein, wenn ich, um zu entkommen, nur durch die Tür zu gehen brauche?«

»Gnädige Frau, Sie halten hier eine mächtige Predigt.«

»Du lachst mich aus. Warum?«

Er warf die Hände in einer Geste der Selbstverspottung hoch, die so automatisch geworden war wie der Tonfall in seiner Stimme. »Tue ich das? Wenn ja, dann lache ich über mich selbst. Alles, was du sagst, ist sicherlich wahr. So wahr, daß es ausgesprochen lächerlich scheint, wenn ich immer noch hier sitze und über die Sache diskutiere.«

»Für mich wirkt es so seltsam. Nicht nur du — all diese Leute. Die meisten von ihnen versuchen es nicht einmal. Aber das wird sich vielleicht ändern. *Du* mußt es mindestens versuchen.« Ihre Stimme hörte sich seltsam verstimmt an, wenn sie irgendwie mit Nachdruck sprach. »Vielleicht hat der Zirkus um uns doch etwas Gutes. Du stehst so sehr im Rampenlicht. Du kannst ein Beispiel geben.«

Er stieß ein Schnauben der Selbstverachtung aus, dann schämte er sich. Sie kannte seine Gründe nicht; er hatte ihr nicht gesagt, was er gerade erst an diesem Nachmittag getan hatte.

»Es tut mir leid«, sagte er mit widerwilliger Zerknirschung. »Ich habe wieder über mich selbst gelacht. Ich habe heute etwas getan, was ich nicht hätte tun sollen, und was ich schon jetzt bedauere.«

»War das gerade ein Lachen? Es hörte sich nicht so an.« Sie fragte nicht, was er getan hatte. Sie zeigte keine Neugier.

Aber das sollte ihn von seiner Beichte nicht abhalten. »Siehst du«, erklärte er, »ich behauptete heute nachmittag in einem Interview, daß ich fliegen *kann.* Daß ich gerne fliege. Daß ich ständig auf Kurztrips in den Äther verschwinde, und diese Trips beschrieb ich auch noch in allen Einzelheiten.«

»Na und? Das ist doch nicht so schlimm, wenn du das sagst. Du kannst fliegen.«

»Aber ich habe es noch nie getan, Boa. Ich habe es nie, nie, nie getan, und trotz deiner frohen Botschaft habe ich das Gefühl, daß ich es niemals tun werde. Aber nach dem, was ich heute gesagt habe, werde ich von jetzt an vor der ganzen verdammten Welt so tun müssen als ob.«

»Warum hast du es dann gesagt?«

»Weil mein Agent mir seit Wochen damit in den Ohren liegt. Für mein Image. Weil die Leute das von mir erwarten, und weil man ihnen für ihr Geld etwas bieten muß. Aber ich werde dir sagen, wo die Grenze ist. Ich werde nicht so tun, als würde ich mitten in einem Konzert abheben. Das ist einfach zu dick aufgetragen. Die Leute würden mir das niemals abnehmen.«

Sie blickte ihn an wie aus den Tiefen eines klaren, kalten Teichs. Sie hatte nicht geglaubt, was er gesagt hatte.

»Und weil ich schließlich und endlich will, daß die Leute glauben, daß ich es kann. Denn wenn ich es nicht kann, bin ich kein bißchen besser als Rey.«

»Wie seltsam. Deine Worte ergeben immer weniger Sinn. Ich glaube, wenn du jetzt vielleicht gehen würdest...? Ich hatte vor, all die Fragen zu beantworten, die du freundlicherweise nicht gestellt hast. Ich weiß, daß ich dir das schuldig bin, aber es ist eine lange Geschichte, und ich bin jetzt müde. Und verwirrt. Könnten wir es auf morgen verschieben?«

Er zuckte die Achseln, lächelte und war gekränkt. »Sicher. Warum nicht?« Er stand auf, machte einen Schritt auf ihr Bett zu und überlegte es sich dann anders.

Sie blickte ihn gerade an und fragte tonlos: »Was willst du, Daniel?«

»Ich habe gerade überlegt, ob ich dich küssen sollte. Aus Höflichkeit.«

»Es wäre mir wirklich lieber, wenn du es nicht tätest. Weißt du, es ist mein Körper. Ich mag ihn nicht. Ich bin im gewissen Sinne noch nicht ganz lebendig. Wenn mir das Essen einmal wieder schmeckt, dann vielleicht.«

»Dein gutes Recht.« Er nahm seinen Mantel vom Haken hinter der Tür. »Ich komme morgen wieder.«

»Morgen«, stimmte sie zu.

Als er beinahe aus der Tür war, rief sie ihn zurück, aber mit so schwacher Stimme, daß er, ehe er sich umgeblickt hatte, nicht sicher war, daß er sie seinen Namen hatte aussprechen hören.

»Ich habe es mir noch einmal überlegt, Daniel, würdest du mich doch küssen? Ich mag meinen Körper nicht. Vielleicht mag ich deinen.«

Er setzte sich neben sie aufs Bett. Er hob ihre schlaffe Hand von dem glatten Laken und legte sie auf seinen Nacken. Ihre Finger hielten sich kraftlos auf seiner Haut, schafften es gerade, das Gewicht ihres Armes zu halten.

»Stößt es dich ab«, fragte er, »daß ich ein Falschneg bin?«

»Deine Haut? Es scheint mir seltsam, daß du so etwas getan hast, aber alles, was die Leute so tun, scheint seltsam. Warum hast du es getan?«

»Weißt du das nicht?«

»Ich weiß sehr wenig von dir, Daniel.«

Er legte seine Hände an ihren Kopf. Er schien unkörperlich, das dünne, ergrauende Haar war wie Asche. In ihrem Hals war keine Spannung, kein Widerstand — scheinbar nirgends in ihrem Körper. Er neigte den Kopf, bis die Lippen sich berührten. Ihre Augen waren offen, aber blicklos. Er bewegte die Lippen Bruchteile von Zentimetern, als würde er in ihren Mund hineinflüstern. Dann teilte er ihre Lippen mit seiner Zunge, schob sie an ihren Zähnen vorbei. Seine Zunge stieß an die ihre. Es gab keine Reaktion. Er bewegte seine Zunge weiterhin über die ihre hinweg. In ihrem Nacken bildete sich eine Spannung des Widerstrebens. Sie schloß die Augen. Mit einem Biß auf die Unterlippe zum Abschied löste er sich von ihr.

»Nun?« fragte er. »Wie war es für dich?«

»Es war ... ich wollte sagen, erschreckend. Aber interessant. Du wirktest dabei wie ein Tier. Wie etwas, das aus Fleisch besteht.«

»Deswegen nennt man das auch fleischliche Beziehungen, nehme ich an.«

Er senkte ihren Kopf auf das Kissen und legte ihre Hand zurück an ihre Seite. Er unterließ es, auszusprechen, woran sie ihn erinnerte: an eine Aschenurne.

»Wirklich? So ist es mir nicht im Gedächtnis. Aber das ist die Bedeutung von ‚fleischlich', nicht wahr? Ist es normalerweise immer so? Für dich, meine ich?«

»Im allgemeinen ist ein wenig mehr Reaktion vorhanden. Es müssen zwei Tiere beteiligt sein, wenn etwas herauskommen soll.«

Boa lachte. Es klang rostig, und sie konnte es nicht lange halten, aber es war ein richtiges Lachen.

»Ich habe gelacht«, sagte sie im nächsten Atemzug. »Und ich bin so ...«, sie hob beide Arme und drückte die Finger zusammen, »... unaussprechlich erleichtert!«

»Nun, da hast du das Körperliche.«

»Oh, nicht nur physisch erleichtert. Obwohl das vielleicht am Ende der wichtigere Aspekt ist. Aber ich hatte mir solche Sorgen gemacht. Darüber, daß ich keine Gefühle hatte. Keine irdischen Gefühle. Ich war sicher, daß ich ohne Gefühle nicht wieder singen könnte. Aber wenn ich lachen kann ... Verstehst du?«

»Gut. Ich bin froh, daß du lachen kannst. Vielleicht hat mein Kuß das bewirkt. Wie im Märchen. Jedenfalls beinahe so.«

Sie ließ ihre Hände übereinander auf ihrem Magen ruhen. »Ich fühle mich jetzt nicht mehr müde. Ich werde dir über mein Leben im Jenseits erzählen, wenn du willst.«

»Du willst also mit dem Fortgehen nicht bis morgen warten?«

Sie lächelte, und obwohl schwach, war es ein richtiges Lächeln, nicht die Nachahmung, die sie geübt hatte. »Oh, du wirst mich noch monatelang auf dem Hals haben. Wie kann ich in diesem Zustand singen? Und Monate sind hier eine lange Zeit, nicht? Im Jenseits nicht. Zeit ist dort völlig unwichtig.«

»Fünfzehn Jahre gehen einfach so wie der Blitz vorbei?«

»Dreizehn davon, ja. Das versuche ich dir gerade zu erklären.«

»Es tut mir leid. Erzähle mir deine Geschichte. Ich werde dich nicht mehr unterbrechen.« Er hängte seinen Mantel an den Haken, zog den Stuhl ein wenig näher an ihr Bett und setzte sich.

»Weißt du, ich geriet in eine Falle. Gleich in der ersten Nacht, nachdem ich meinen Körper verlassen hatte. Ich war so... voll Entzücken.« Sie sprach mit einer eigentümlichen Inbrunst, mit der plötzlichen, erleuchteten Klarheit des Märtyrers. Der gegenwärtige, vom Fleisch belastete Augenblick verschwand im Glanz des Mittags, an den sie sich erinnerte. »Ich flog aus dem Hotel hinaus und nach oben, und die Stadt unter mir wurde zu einer Art von langsamem, gewichtigem, großartigem Feuerwerk. Es war eine wolkige Nacht ohne Sterne, so daß sehr bald die Stadt sich in die Sterne verwandelte, einige standen still, andere bewegten sich. Je länger ich hinsah, desto klarer wurde alles, und desto gewaltiger und geordneter, als bemühe sich jeder Lichtknoten, sich zu erklären, sich aus der Dunkelheit herauszureißen und... und mich zu küssen. Aber nicht wie dein Kuß, Daniel. Ich glaube wirklich nicht, daß man das erklären kann. Es war eine so unermeßliche Schönheit.« Sie lächelte und hielt die Hände hoch, um etwa dreißig Zentimeter anzudeuten. »Größer als das.«

»Du hattest also keine Lust, dich davon zu trennen, um ins Hotel zurückzukehren und mein verwundetes Ego zu pflegen. Das ist nur natürlich.«

»Ich tat es aber, wenn auch widerwillig. Du warst immer noch beim Singen, und ich konnte sehen, daß du es nicht schaffen würdest. Du warst nicht einmal nahe dran. Jetzt bist du es. Aber damals nicht.«

»Vielen Dank für das Trostpflaster. Aber sprich weiter. Du kehrtest also in die Sternennacht zurück. Und was geschah dann?«

»Das Hotel war in der Nähe des Flughafens. Die startenden und landenden Flugzeuge schienen auf komische Weise unwiderstehlich. Wie Elefanten, die in einem Zirkus tanzen. Und das Geräusch, das sie machten, war wie Mahler, pulverisiert und homogenisiert. Es schien objektiv faszinierend, obwohl ich glaube, daß dahinter eine Faszination ganz anderer Art steckte. Denn was ich in jener Nacht tat, war dies: Ich folgte einem dieser Flugzeuge zurück nach Des Moines. Es war tatsächlich dasselbe Flugzeug, in dem wir gekommen waren. Von Des Moines aus war es keine Schwierigkeit, Worry zu finden. Am Morgen war ich dort. Ich wußte, daß du wütend sein würdest, weil ich noch nicht zurück war. Ich wußte, daß wir meinetwegen unseren Flug nach Rom versäumt hatten.«

»Gott sei Dank.«

»Nichts davon war wichtig. Ich war entschlossen, meinen Vater zu sehen. Ihn so zu sehen, wie er wirklich war. Das war schon immer etwas gewesen, wovon ich besessen war, und dieser Teil von mir hatte sich nicht verändert.«

»Hast du es also geschafft, ihn nackt zu sehen?«

»Es war eine moralische Nacktheit, die ich suchte.«

»Das weiß ich, Boa.«

»Nein, ich habe es nicht geschafft. Ich sah, wie er am Tage nach unserer Hochzeit aufstand, frühstückte, mit Alethea über die Ställe sprach und dann in sein Büro ging. Ich versuchte, ihm zu folgen. Und schaffte es natürlich nicht. Ich verfing mich in der Feenfalle im Korridor.«

»Du mußt doch gewußt haben, daß sie da war.«

»Ich habe nicht geglaubt, daß sie mir etwas anhaben könnte. Es schien keine Grenze zu geben für das, was ich konnte. Ich fühlte mich wie eine riesige, unaufhaltsame Woge. Ich glaubte, ich könnte einfach alles dadurch bekommen, daß ich es wollte. Fliegen ist so. Das einzige, als ich die Falle sah, oder eher, als ich sie hörte, denn das erste, was man davon mitbekommt, ist eine Art Sirenengesang, der auf einer Stimmgabel gespielt wird, weit, weit weg und keine mögliche Gefahr darstellend... als ich das hörte, war es genau das, was ich wollte, wonach meine Seele gierte. Wer auch immer dieses Ding entworfen hat, es ist jemand, der selbst geflogen ist, der die süßesten Empfindungen und schönsten Gefühle beim Fliegen kennt und weiß, wie man sie verstärken und hervorlocken kann. Die verdammte Maschine ist unwiderstehlich.«

»Ein kleiner, rotierender Motor, der sich rundherum dreht wie ein Kleidertrockner?«

»Oh, es ist leicht, den Verlockungen gewöhnlicher Maschinen zu widerstehen. So leicht, wie ein Bonbon abzulehnen. Aber das hatte keine Beziehung zu irgend etwas, außer vielleicht zum Sonnensystem selbst. Es war ein System von ineinandergreifenden Rädern, von ineinandergreifenden Rädersystemen in unendlichem Rücklauf. Man bewegte sich hindurch, flog hindurch mit einer Art von mathematischem Jubel, stetig folgte ein ‚Heureka!' auf das andere, wobei sozusagen jedes eine Oktave höher war als das vorhergehende.«

»Das klingt besser als Fernsehen, das muß ich zugeben.«

»Es war auch wie Fernsehen: ein Drama, dessen Handlung immer interessanter wurde. Wie eine Bridgepartie, die gleichzeitig ein Streichquartett war. Wie eine Prüfung, in der man nicht durchfallen konnte, obwohl sie einen bis an die Grenzen forderte.«

»Es muß ein großartiger Urlaub gewesen sein.«

»Es waren die dreizehn glücklichsten Jahre meines Lebens.«

»Und dann?«

»Dann wurde das Fernsehgerät abgeschaltet. Ich kann mich noch erinnern, wie bestürzt ich in diesem Augenblick war, als das Ding knirschend anhielt und ich mir bewußt wurde, wo ich war und was ich getan hatte. Ich war natürlich nicht allein. Hunderte von uns waren im selben Reigentanz herumgewirbelt, immer rundherum, und dann auf einmal — plumps. Der Zauber war gebrochen, und da waren wir, noch ein wenig schwindelig, aber wir begannen, uns zu erinnern. Und wir wünschten, die tote Maschine würde wieder anlaufen und uns in ihre wunderbaren Schwingungen zurückfegen.«

»Hatte dein Vater sie denn abgestellt?«

»Er? Nein, niemals. Ein Pöbelhaufen war in Worry eingedrungen. Ein ziemlich großer Haufen, wenn man nach dem Schaden urteilt, den sie hatten anrichten können. Den Kampf selbst habe ich nicht gesehen. Als ich mich ein wenig zurechtgefunden und aus der Falle herausgearbeitet hatte, war die Nationalgarde schon Herr der Lage. Daher weiß ich nichts über meine Retter, weder über ihre Gründe, noch, was aus ihnen geworden ist. Vielleicht sind sie alle getötet worden.«

»Es kam nie etwas in den Nachrichten.«

»Mein Vater liebt keine Publicity.«

»Wann war das?«

»Im vorletzten Frühjahr. Ehe die Bäume ihre Knospen geöffnet hatten.«

Daniel nickte. »Die Lage war um diese Zeit allgemein ziemlich verzweifelt. Damals —« Er unterbrach sich.

»Damals starb meine Tante, wolltest du sagen? Ich weiß darüber Bescheid. Ich war sogar dort. Ich war natürlich auch hier. Ich glaubte wirklich nicht, daß du während der ganzen Zeit meinen Körper hättest am Leben erhalten wollen oder können, aber ich mußte es herausfinden. Ich begab mich zum Hotel. Auf dem Dach ist eine Art Friedhof mit den Namen aller Vermißten und mit Angaben, wohin wir gehen müssen, um unsere Körper zu finden. Sobald ich gesehen hatte, was aus mir geworden war, hatte ich nur noch den einzigen Wunsch, so weit weg von meinem Körper zu kommen, wie ich nur konnte. Er schien eine andere Art von Falle. Ich wollte kein... Fleisch... werden. Ich fühlte mich in gewisser Weise immer noch neugeboren, noch nicht flügge. Trotz aller Faszination, man *wächst* innerhalb einer Falle nicht. Meinem eigenen Gefühl nach waren nur ein paar Wochen vergangen, die Wochen, die ich in Amesville verbracht hatte, nachdem ich aus der Falle entkommen war.«

»Immer noch hinter deinem Vater her?«

»Nein. Er hatte sich verändert. Er war natürlich älter geworden und auch, wie ich fand, kleiner. Nein, seinetwegen habe ich mich dort nicht aufgehalten. Es war die Landschaft. Die war so schön wie immer. Der Himmel und die Felder, sie schienen meine wirklichen Eltern, meine Quelle. Ich beobachtete, wie sich die ersten Triebe ihren Weg zum Licht erzwangen, und jeder Trieb war wie eine Parabel. Ich war ein Vogel. In der Falle war ich von Komplexität zu immer noch größerer Komplexität geeilt. Jetzt wurde ich einfacher, langsamer. Obwohl ich immer noch von plötzlichen Schrecken überfallen wurde. Einer dieser Anfälle brachte mich nach New York, und als ich diesen Körper fand, trieb mich ein noch größerer Schrecken wieder fort. Ich flog nach London, und nach dem Tod meiner Tante floh ich wieder, diesmal nach Vilars, wo man mich zur

Schule geschickt hatte. Ich verliebte mich wieder in die Berge und führte das Leben eines Adlers. Viele von uns waren dort, und ich begann von den anderen zu lernen, daß es Kräfte der Schönheit und der... Anziehung... gibt, die größer sind als die Anziehungskraft der Erde. Wenn man sie verläßt, wenn man über die Wolken steigt, über die Winde, schrumpft man zu einem Stecknadelkopf... nicht des Denkens, nicht des Fühlens... des Wollens, sagen wir einmal, zusammen. Aber eines Wollens, das so rein ist, so... unirdisch... Und dann, in einer gewissen Höhe, hört man überhaupt auf, endlich zu sein. Es gibt keinen Unterschied mehr zwischen dir und den anderen, zwischen hier und dort, zwischen Geist und Materie.«

»Was gibt es dort also? Gibt es überhaupt etwas?«

»Man kommt in eine Art von Bewußtseinssphäre hinein, die die Erde als Mittelpunkt hat, und diese Sphäre dreht sich. Das hatte, in gewisser Weise, die Falle nachgeahmt.«

»Ist das wirklich?«

»Wer kann das sagen? Zu dieser Zeit scheint es die einzige Wirklichkeit zu sein. Aber selbst jenseits dessen gibt es noch etwas. Was ich jetzt beschreibe, ist sozusagen der Blick von der Schwelle aus. Ich wußte das, aber ich machte den nächsten Schritt nicht. Wenn ich es getan hätte, wäre ich nicht zurückgekehrt. Das ist ziemlich sicher. Etwas hielt mich immer zurück. Das gegenwärtige Entzücken, aber nicht nur das. Jene andere Schwerkraft: die der Erde, ihrer Felder, die meines Körpers. Dieser Körper.«

»Jesus.« Daniel schüttelte in trauriger Bewunderung den Kopf.

»Es tut mir leid. Es tut mir wirklich leid.«

»Das ist nicht nötig. Ich habe getan, was ich tun mußte, sonst nichts. Ich war noch nicht bereit, noch weiter zu gehen. Ich hatte mich nicht richtig verabschiedet. Jetzt habe ich es getan.«

»Du willst nicht, daß ich noch einmal hierherkomme?«

»Haben meine Worte mich schon wieder verraten? Komm wieder, wenn du meinst, du solltest es tun. Aber nicht meinetwegen. Ich habe dir alles gesagt, was ich dir sagen konnte.«

Daniel akzeptierte das mit seiner höflichsten Grimasse. Dann, mit einem Lächeln über die Sinnlosigkeit der Frage, die ihm gerade durch den Kopf geschossen war, aber in der Erkenntnis, daß sie, allein durch ihre Bedeutungslosigkeit und Trivialität eine kleine Rache an Boa für ihren eigenen, olympischen Verrat war, sagte er: »Ehe ich also endgültig gehe, möchte ich dir noch eine ganz dumme Frage stellen. Kannst du dir denken, welche?«

»Über deine Familie?«

»Nein. Darüber hat mich *Time Magazine* aufgeklärt. Mein Vater ist in Ruhestand und ein wenig senil. Meine Mutter führt ein Restaurant und betrachtet mich als undankbaren Sohn. Aurelia arbeitet für deinen Vater und hat, wie er, nichts über mich zu sagen. Meine andere Schwester ist verheiratet und hat die Zahnarztpraxis meines Vaters übernommen. Meine Frage war noch dümmer. Was hast du an dem Abend, als du abgehoben hast, eigentlich gesungen? Bist du gleich beim ersten Lied, das du gesungen hast, weggekommen? War es so einfach?«

»Ich habe mich an den Traum erinnert, den du mir erzählt hast, an den Traum, den du in Spirit Lake hattest. Also sang ich dieses Lied. Es war das erste, was mir in den Sinn gekommen ist.«

*»I am the Captain of the Pinafore.* Hast du wirklich das gesungen?«

»Und nicht einmal ganz bis zu Ende.«

Daniel lachte. Es schien so großartig ungerecht.

»Tut mir leid, daß ich gefragt habe. Nun... also dann, lebe wohl.« Er nahm seinen Mantel vom Haken an der Tür.

»Lebe wohl, Daniel. Du wirst doch fliegen, nicht wahr?«
Er nickte und schloß die Tür.

Natürlich kehrte er noch oft in die Klinik zurück, und Boa war immer freundlich zu ihm. Daniel fühlte sich verpflichtet, seine eigenen Erlebnisse in den vergangenen Jahren zu berichten, aber er bezweifelte, ob seine Geschichte wirklich von irgendwelchem Interesse für sie war. Meistens unterhielten sie sich über Musik. Sie wurde Tag für Tag kräftiger, bis sie schließlich kräftig genug war, um den Abflug zu versuchen. Sie bot ihm an, an dem Tag dabei zu sein, so, als würde sie ihn bitten, sie an irgendeinen Zug zu bringen. Er lehnte es ab. Sie war sicher gewesen, es zu schaffen, und sie schaffte es auch. Zwei Wochen, nachdem sie ihren Körper verlassen hatte, wurden auf ihre schriftlichen Anweisungen hin die lebenserhaltenden Maßnahmen eingestellt. Ihr Körper setzte seine natürlichen Lebensfunktionen noch einige Tage fort, dann hörte er auf.

Anfang Juli wurde ihre Asche im geheimen aus einem tieffliegenden Flugzeug über die Felder auf dem Besitz ihres Vaters ausgestreut.

Der Truthahn war halb roh, aber als Michael vom oberen Ende der Tafel her erklärte, er sei gerade richtig, stimmten der Behauptung in offenem Widerspruch zur Wahrheit alle zu. Die arme Cecelia konnte nichts dafür. Sie hatte am Mittag nach Amesville hineinfahren müssen, um Milly und Abe abzuholen, und Milly, die gedroht hatte, zusammen mit ihrer anderen Tochter das Familientreffen zu boykottieren, hatte sich eine Stunde lang überreden lassen, ehe sie in den Wagen stieg. Bis Cecelia nach Unity zurückkam und den Truthahn in den Ofen schob, war das Essen schon zum Scheitern verurteilt, zumindest als kulinarisches Ereignis. Wenn irgend jemand Schuld daran hatte, dann Daniel, denn wegen seines Auftritts um acht Uhr konnten sie nicht warten, bis der Truthahn gar war. Familientreffen sollte man nicht nach Stundenplan abhalten müssen.

Daniel gefiel das Haus, in dem die Hendricks lebten, sehr gut. Er hätte es am liebsten, mitsamt dem ausgestopften Hecht, dem schlampig hingehauenen Waldgemälde und allem anderen auf die Bühne eines Theaters gestellt und als Kulisse für *Werther* benützt. Seht her, würde es rufen, so müßt ihr leben! Mit Untersetzern unter den Gläsern, Usambaraveilchen, die auf dem Fensterbrett schmachten, mit gezierten Porzellanfiguren und Babies, die heranwachsen und versuchen, sie in Trümmer zu werfen.

Daniel war von seinem Neffen und Namensvetter bezaubert und schon halb in ihn verliebt; er hatte in onkelhafter Manier schon begonnen, den Jungen zu verderben, indem er ihm Türme aus Buchstabensteinen baute, damit der Junge sie umwerfen konnte, und indem er dann jedermann aufforderte, dieser Demonstration von Geist und Geschicklichkeit Beifall zu zollen. Danny hatte den Sinn von Applaus sofort begriffen, daß er nämlich den höchsten Grad von Aufmerksamkeit darstellte, den man bei Erwachsenen erreichen konnte Er wollte mehr davon. Daniel baute höhere Türme, setzte längere Wörter zusammen — TURM, BLUME, MANIFEST — und Danny warf sie mit seinen gottähnlichen, blitzeschleudernden Händen um, die Erwachsenen freuten sich weiterhin und applaudierten. Bis sie schließlich unruhig wurden und sich wieder miteinander unterhielten, an diesem Punkt hatte Danny dann das Glas seines Vaters umgeworfen und mußte nach oben ins Bett gebracht werden.

Von den sechs anderen Erwachsenen beim Familientreffen waren drei für Daniel völlig Fremde, obwohl Michael, Celias Mann, behauptete, er könne sich aus der Zeit an Daniel erinnern, als sie noch auf der Chickassaw Avenue Nachbarn gewesen seien. Als Daniel seinerseits versuchte, eine Erinnerung auszugraben, konnte er nur mit einem Bericht über ein Stück Apfelkuchen aufwarten, das ihm Michaels Eltern, die Hendricks, gegeben hatten, als er verkleidet »Geld oder Leben« verlangt hatte, und von den Schwierigkeiten erzählen, die er gehabt hatte, es durch die Mundöffnung seiner Maske hindurch zu essen. Eigentlich war es ein anderer Nachbar gewesen, der ihm diesen Kuchen gegeben hatte, und der Grund, warum er sich so deutlich daran erinnerte, war, daß er so viel besser geschmeckt hatte als der Apfelkuchen seiner Mutter. Darauf ging er jedoch nicht weiter ein.

Daniel gegenüber saß Michaels wesentlich jüngerer Bruder Jerry, und neben ihm Jerrys Freundin (bis vor einer Woche seine Braut) Rose. Rose war (wenn man von Daniel absah) die erste, echte Falschneg in Amesville. Ihre Farbe ging in der Badewanne nicht ab. Sie war auch Anhängerin des Dr. Silentius in NBC und trug einen großen Ansteckknopf mit der Aufschrift: GOTT IST IM INNEREN. Rose und

Daniel hatten mühsam zusammen das Tischgespräch angesichts mehrerer massiver Gesprächsschwierigkeiten in Gang gehalten. Nicht, daß die Familie übermäßig feindselig gewesen wäre (außer Milly, für die das entschieden zutraf); es war mehr die natürliche Zurückhaltung, die jedermann empfindet, der gezwungen ist, sich bei einem Fremden angenehm zu machen, und das war schließlich die Situation, in der sie sich befanden.

Von allen schien Abe am wenigsten nervös. Er war wie immer von sanfter Schweigsamkeit. Daniel fand, es sei unfair von *Time* gewesen, ihn als senil zu bezeichnen. Das einzige Mal, als sein Geist eindeutig aus der Bahn zu geraten schien, war, als er nach seinem zweiten Whisky Sour Daniel in einem Ton vorsichtiger Erkundigung fragte, wie es ihm im Gefängnis ergangen sei. Daniel gab die gleiche, ausweichende Antwort wie beim erstenmal vor neunzehn Jahren, als sein Vater ihm diese Frage gestellt hatte. Das Gefängnis sei eine Schande, und er würde lieber nicht darüber sprechen.

Darauf erwiderte sein Vater noch einmal, daß das vermutlich die klügste Einstellung sei, die Daniel haben könnte. Die Zeit, erklärte Abe, heilt alle Wunden.

Daniel lehnte ab und wurde dann gezwungen, doch noch eine zweite Portion von der Füllung zu nehmen. Gerade als man ihm seinen Teller zurückgab, klingelte das Telefon. Cecelia verschwand in der Küche und kehrte mit enttäuschtem Gesicht zurück.

»Das war Mr. Tauber«, teilte sie Daniel mit. »Er hat sich überzeugt, daß du hier bist. Er sagte, dein Chauffeur würde in etwa einer halben Stunde hier sein.«

»Sein Chauffeur!« wiederholte Milly bissig. »Habt ihr das gehört?«

Sie sprach — gewohnheitsmäßig, wie es schien — mit

vollem Mund. Daniel konnte sich nicht erinnern, daß sie das auch schon früher getan hatte. Sie schien in beinahe jeder Beziehung derber geworden zu sein. Vielleicht kam es daher, daß sie ein Restaurant führte.

»Ich dachte«, sagte Cecelia mit einem Stirnrunzeln (denn sie hatte ihrer Mutter verboten, sarkastisch zu sein), »es könnte vielleicht Aurelia sein. Sie hätte mindestens anrufen und Daniel guten Tag sagen können.«

»Nun, ich bin sicher, sie würde es tun«, sagte Milly, während sie Pfeffer über ihre Kartoffeln mahlte, »wenn sie nicht an ihren Posten denken müßte.«

»Aurelia arbeitet für deinen alten Kumpel Whiting«, erlaubte sich Abe zu sagen.

»Das weiß er doch«, sagte Milly und sah ihren Mann böse an.

»Aber es ist so ziemlich alles, was ich weiß«, sagte Daniel beschwichtigend. »Wie ist es denn eigentlich dazu gekommen?«

»Ganz einfach«, antwortete Cecelia. »Sie hat sich ihm an den Hals geworfen.«

»Cecelia! Also wirklich!«

»Oh, nicht im körperlichen Sinn, Mutter. Aber auf jede andere Weise, die sie sich vorstellen konnte. Es begann eigentlich am Tag deiner Hochzeit, Daniel. Meine Schwester verliert keine Zeit. Sie fing bei Boadicea an und schwärmte ihr von Pferden vor. Boadicea mußte ihr versprechen, sie könne herauskommen und auf einem der Pferde ihres Vaters reiten.«

»Es war völlig *natürlich* für Aurelia, von Pferden zu sprechen. Sie war leidenschaftlich an Pferden interessiert. Selbst Daniel sollte sich daran erinnern können.« Milly war entschlossen, ihre abwesende Tochter zu verteidigen, wenn auch nur, weil Aurelia genug Mut gehabt hatte, fest zu bleiben und das Familientreffen zu meiden.

»Sie war an allem leidenschaftlich interessiert, was Geld kostet. Jedenfalls«, fuhr Cecelia fort, erleichtert, daß sie endlich ein Gesprächsthema gefunden hatte, »als wir beim nächstenmal alle zusammenkamen, beim Gedächtnisgottesdienst für dich und Boa, war es Aurelias erste Sorge, Miß Whiting, die jetzt in Brasilien lebt —«

»Alethea lebt in Brasilien?« fragte Daniel.

Cecelia nickte ungeduldig. »Sie platzte gleich damit heraus und erzählte ihr von Boadiceas Versprechen. Nun, was konnten sie schon machen? Sie luden sie ein, und sie zog ihre Schau ab und wurde wieder eingeladen. Während des restlichen Sommers war sie mindestens einmal die Woche draußen in Worry.«

»Du hättest auch hingehen können, wenn du gewollt hättest«, hielt Milly dagegen.

Cecelia hielt es für unter ihrer Würde, darauf eine Antwort zu geben.

»Und dann ging es weiter, bis sie seine Sekretärin wurde?« fragte Daniel.

»Eine seiner Sekretärinnen.«

»Cecelia ist eifersüchtig«, erklärte Milly. »Aurelia verdient ungefähr doppelt soviel wie sie. Trotz wie vieler Jahre Zahnarztstudium?«

»Ein Leben lang.«

»Aurelia ist wirklich unheimlich hübsch«, erklärte Rose.

»Das ist sie sicher«, stimmte Abe mit väterlicher Zufriedenheit zu. »Aber Cecelia auch. Genauso hübsch. Schließlich sind sie Zwillinge.«

»Darauf trinke ich«, sagte Michael und hielt sein leeres Weinglas hoch.

Daniel, der neben der Flasche saß, füllte das Glas seines Schwagers.

»Wir wollen das Thema wechseln, ja?« schlug Cecelia vor.

»Ich bin sicher, Daniel möchte für sein Leben gern jede Menge Fragen stellen.«

»Das muß wohl so sein, aber helft mir, mir fällt gerade keine einzige ein.«

»Da kann ich dir helfen«, sagte Rose und hielt ihm ihr Glas hin. »Oder hast du schon von Eugene Mueller gehört?«

»Nein.«

Die Flasche war leer und Daniel griff hinter sich, um aus dem Eimer auf dem Klapptisch eine neue zu holen. »Ist Eugene auch von den Toten auferstanden?«

Rose nickte. »Schon vor vielen Jahren. Mit einer Frau und zwei Söhnen und einem Diplom von der Juristischen Fakultät in Harvard.«

»Ohne Witz?«

»Man sagt sogar, er wird der nächste Bürgermeister. Er ist, glaube ich, wenigstens ein wirklicher Idealist.«

»Wenn er gewählt wird«, sagte Michael, »wird er der erste demokratische Bürgermeister in Amesville seit beinahe einem halben Jahrhundert sein.«

»Unglaublich«, sagte Daniel. »Gott, ich wünschte, ich könnte für ihn stimmen.«

»Er war ein guter Freund von dir, nicht wahr?« fragte Jerry.

Daniel nickte.

»Und sein Bruder«, fuhr Rose fort, ohne die wütenden Blicke von Milly und Cecelia zu beachten, »das heißt, sein ältester Bruder Carl — den hast du doch auch gekannt?«

Daniel zog den Korken aus der dritten Flasche und schaffte es, Roses Glas zu füllen, ohne einen Tropfen zu verschütten.

»Flüchtig«, gab er zu.

»Nun, er ist tot«, sagte Rose voll Befriedigung. »Ein Scharfschütze hat ihn in Wichita erwischt.«

»Was hatte er denn in Wichita zu tun?«

»Er war zur Nationalgarde eingezogen worden.«

»Ach.«

»Ich dachte, das würdest du vielleicht gerne wissen.«

»Nun, jetzt weiß ich es«, sagte Milly. »Hoffentlich bist du jetzt zufrieden.«

»Das ist wirklich schlimm«, sagte Daniel. Er blickte am Tisch herum. »Noch jemand, der Nachschub braucht?«

Abe sah auf sein Glas, das beinahe leer war.

Milly sagte: »Abe!«

»Ich glaube, ich habe mein Quantum.«

»Das glaube ich auch«, sagte Milly. »Nimm dir nur noch, wenn du willst, Daniel. Du bist wahrscheinlich mehr daran gewöhnt als wir.«

»Das ist das Showgeschäft, Mutter. Wir trinken das Zeug zum Frühstück. Aber ich habe auch mein Quantum erreicht. Ich muß schließlich in zwei Stunden auf die Bühne.«

»Eher in eineinhalb Stunden«, sagte Cecelia. »Keine Sorge — ich passe schon auf.«

Das Telefon klingelte wieder, gleich nachdem Cecelia den Nachtisch herumgereicht hatte, hausgemachtes Himbeereis. Es war ein großartiges Eis, und sie war wieder am Tisch, noch ehe die Unterhaltung von neuem begonnen hatte.

»Wer war es denn?« fragte Michael.

»Wieder so ein Verrückter. Am besten beachtet man sie gar nicht.«

»Bei dir auch?« fragte Milly.

»Oh, sie sind doch ziemlich harmlos, da bin ich ganz sicher.«

»Du mußt ihnen sagen, sie sollen ihn sich ausstopfen«, sagte Rose kriegerisch. »Das sage ich immer.«

»Bekommt ihr alle Anrufe von Verrückten?« fragte Daniel.

»Oh, ich bekomme sie nicht deinetwegen«, versicherte ihm Rose. »Sondern, weil ich eine Falschneg bin.«

»Ich habe ihr gesagt, sie soll es nicht machen«, sagte Jerry verdrießlich. »Aber sie hat nicht auf mich gehört. Sie hört nie auf mich.«

»Es ist doch jedermanns eigene Sache, welche Hautfarbe er hat.«

Sie sah Daniel gerade in die Augen. »Habe ich recht?«

»Gib jetzt nicht Daniel die Schuld«, fauchte Milly. »Es war deine eigene, verdammte Spinnerei, und du wirst jetzt damit leben müssen, bis das Zeug wieder abgeht. Wie lange dauert das übrigens?«

»Etwa sechs Monate«, sagte Daniel.

»Allmächtiger Gott.« Jerry wandte sich zu seiner Exverlobten. »Zu mir hast du gesagt, sechs Wochen.«

»Nun, ich habe nicht vor, es ausbleichen zu lassen. Also Schluß damit. Ihr tut alle, als sei es ein Verbrechen oder so etwas. Es ist kein Verbrechen — es ist eine Bestätigung!«

»Ich dachte, wir hätten ausgemacht«, sagte Cecelia, »daß über Roses Besuch im Kosmetiksalon heute nicht gesprochen würde.«

»Seht mich nicht alle an«, sagte Rose, die deutliche Anzeichen zeigte, daß sie mit den Nerven am Ende war. »Ich habe doch nicht damit angefangen.«

»Doch«, sagte Jerry. »Du hast davon angefangen, als du von den Anrufen gesprochen hast, die du dauernd bekommst.«

Rose begann zu weinen. Sie stand auf und ging hinaus ins Wohnzimmer und dann (die Schwingtür knallte) in den Vorgarten. Jerry folgte ihr einen Augenblick später, nachdem er eine Entschuldigung gemurmelt hatte.

»Was für Anrufe sind das?« fragte Daniel Cecelia.

»Wirklich, es lohnt sich nicht, darüber zu reden.«

»Es gibt verschiedene Arten«, sagte Milly. »Die meisten sind einfach ganz ordinär und großmäulig obszön. Einige waren persönliche Drohungen, aber man merkt, daß es nicht wirklich so gemeint ist. Ich hatte auch ein paar, die sagten, sie würden das Restaurant niederbrennen, und die habe ich der Polizei gemeldet.«

»Mutter!«

»Und das solltest du auch tun, Cecelia, wenn du solche bekommst.«

»Es ist nicht Daniels Schuld, wenn ein Haufen Wahnsinniger nichts Besseres mit sich anzufangen weiß, als... Oh, ich weiß es nicht.«

»Ich mache Daniel keinen Vorwurf. Ich beantworte nur seine Frage.«

»Ich wollte dich noch fragen, Daniel«, sagte sein Vater mit einer Ruhe, die daher rührte, daß er nicht auf das, was dem Klang nach einfach eine weitere Zankerei gewesen war, geachtet hatte, »wegen des Buchs, das du mir geschenkt hast. Wie heißt es doch gleich?« Er schaute unter seinen Stuhl.

»Die Wesensgleichheit des Huhnes mit dem Ei«, sagte Daniel.

»Ich glaube, du hast es im anderen Zimmer gelassen.«

»Richtig. Ziemlich seltsamer Titel, nicht? Was bedeutet er?«

»Es ist eine Art volkstümlicher, moderner Bericht über die Heilige Dreifaltigkeit. Und über verschiedene Arten von Ketzerei.«

»Ach so.«

»Als ich im Gefängnis war, hast du mir ein Buch desselben Autors, Jack Van Dyke, gebracht. Das hier ist sein neuestes Werk, und es ist eigentlich ganz amüsant. Ich habe ihn gebeten, es für dich zu signieren.«

»Soso. Gut, wenn ich es gelesen habe, werde ich ihm einen Brief schreiben, wenn du glaubst, daß er sich darüber freuen wird.«

»Da bin ich ganz sicher.«

»Ich dachte, du hättest es vielleicht selbst geschrieben.«

»Nein. Ich habe noch nie ein Buch geschrieben.«

»Er singt«, erklärte Milly mit kaum verborgener Abneigung. Abes Phantastereien brachten ihre bissige Ader zum Vorschein.

»‚La di da und la di der, das heißt Leben, ja mein Herr.‘«

Diesmal war es Cecelia, die weinend vom Tisch aufstand und dabei den Klapptisch umstieß, auf dem die Reste des Essens standen, einschließlich des Gerippes des halbgaren Truthahns.

Daniel betrachtete den idyllischen Vorgarten der Hendricks mit der wehmütigen Sehnsucht des Großstadtmenschen. Es schien alles so entfernt und unerreichbar — das Spielzeug zum Nachziehen auf dem Gehsteig, der untätige Rasensprenger, die bescheidenen Blumenbeete mit ihren Parallelogrammen aus Stiefmütterchen, Ringelblumen, Petunien und Kornblumen.

Milly hatte jedes Recht, auf ihn sauer zu sein. Nicht nur, weil er sich während all der Jahre nicht gemeldet hatte, sondern weil er ihre wichtigsten Grundsätze verletzt hatte, wie sie hier in diesem Vorgarten und in allen Straßen von Amesville groß und breit dargestellt waren: Stabilität, Kontinuität, Familienleben, die geordnete Weitergabe der Fakkel von einer Generation zur nächsten.

Auf seine Weise verfolgte Grandison Whiting wahrscheinlich so ziemlich das gleiche Ziel. Nur, daß es in seiner Version nicht nur eine Familie war, die er anstrebte, sondern eine Dynastie. Aus dem Abstand heraus, aus dem Daniel es betrachtete, schien beim einen sechs herauszukommen, beim anderen ein halbes Dutzend. Er fragte sich, ob das nicht wirklich die einzig mögliche Art war und kam zu der Überzeugung, es sei wahrscheinlich so.

»Wohin geht es als nächstes?« fragte Michael, als könne er seine Gedanken lesen.

»Morgen nach Des Moines. Dann nach Omaha, St. Louis, Dallas und weiß Gott wohin. Meistens große Städte. Wir fangen aus symbolischen Gründen in Amesville an. Offensichtlich.«

»Nun, ich beneide dich, daß du all diese Orte zu sehen bekommst.«

»Dann sind wir quitt. Ich habe dich gerade um deinen Vorgarten beneidet.«

Michael sah über seinen Vorgarten hin und konnte nicht viel daran finden, außer der Tatsache, daß das Gras wegen der Trockenheit braun zu werden begann. Das war im August immer so. Auch roch die Couch hier auf der Veranda draußen schimmelig, sogar bei diesem trockenen Wetter. Und sein Auto war ein Schrotthaufen. Wohin er auch blickte, überall war etwas zusammengebrochen oder fiel gerade auseinander.

In dem Jahr, nachdem er das St. Olaf's College in Mason City verlassen hatte, hatte Michael Hendricks die Rhythmusgitarre in einer Country- und Western-Band gespielt. Jetzt, mit fünfundzwanzig, hatte er jenes kurze, goldene Zeitalter wegen eines festen Berufes verlassen müssen (er führte die Molkerei seines Vaters in Amesville) und wegen seiner Familie, aber das Opfer schmerzte immer noch, und die alten Träume schlugen in seiner Phantasie immer noch um sich wie Fische auf dem Grund eines Bootes, die länger überlebt haben, als man es vernünftigerweise erwarten konnte. Sich plötzlich als Schwager einer landesweiten Berühmtheit zu sehen, war verwirrend gewesen, hatte diese Fische richtig in Aufruhr versetzt, aber er hatte seiner Frau versprochen, er würde sich nicht den Anschein geben, als würde er Daniel um eine milde Gabe in Form eines Postens in seiner Tournee anbetteln. Es war jedoch schwer, zu Daniel irgend etwas zu sagen, was nicht in diese Richtung zu führen schien.

Schließlich fiel ihm doch etwas ein. »Wie geht es deiner Frau?«

Daniel zuckte innerlich zusammen. Erst am Morgen hatte er noch zusätzlich zu den gewöhnlichen Auseinandersetzungen mit Irwin Tauber einen Streit über das Thema Boa mit ihm gehabt. Tauber bestand darauf, daß sie, bis die Tournee vorüber war, an der Geschichte festhalten sollten, Boa erhole sich immer noch in der Betti Bailey Klinik. Daniel war der Meinung, Aufrichtigkeit würde, abgesehen davon, daß sie einfach die beste Politik war, auch weitere Publicity erzeugen, aber Tauber sagte, ein Todesfall sei immer schlecht für die Public Relations. Und daher war, soweit die Welt davon wußte, die Romanze des Jahrhunderts immer noch in vollem Gange.

»Boa geht es gut«, sagte Daniel.

»Ist aber immer noch im Krankenhaus?«

»Mhm.«

»Es muß doch seltsam sein, daß sie nach all den Jahren zurückgekommen ist.«

»Ich kann dir etwas im Vertrauen sagen, Michael. Ich empfinde nicht mehr gar so viel für sie. Es ist theoretisch eine herzbewegende Liebesgeschichte. In der Praxis sieht die Sache anders aus.«

»Mhm. In fünfzehn Jahren kann sich ein Mensch ganz schön verändern. Auch schon viel früher.«

»Und Boa ist nicht einfach nur ‚ein Mensch'.«

»Wie meinst du das?«

»Wenn man so lange außerhalb seines Körpers ist, hört man auf, völlig ein Mensch zu sein.«

»Aber du fliegst doch auch, oder nicht?«

Daniel lächelte. »Wer behauptet denn, ich wäre völlig menschlich?«

Michael tat das offensichtlich nicht. Er grübelte über die Idee nach, daß sein Schwager, in einer wesentlichen Beziehung, nicht ein Mensch wie er war. Es war schon etwas daran.

Weit hinten auf der Bezirksstraße B von Amesville her konnte man die Limousine sehen, die Daniel abholen kommen sollte.

Es gab eine einzige Hintergrundkulisse für die Vorstellung, wie sie an jenem Abend in der Aula der High School von Amesville aufgeführt werden sollte, eine Allzweckaussicht auf eine idyllische Landschaft mit grünen Hügeln und blauem Himmel, eingerahmt von ein paar Spritzern Laubwerk auf einer Seite und einer lebhaft unwirklichen Säulenreihe auf der anderen. Sie war völlig ruhig und unbestimmt, wie ein Käse, der nur nach Käse schmeckt, nicht nach einer bestimmten Sorte, und sie war als solches sehr amerikanisch, sogar (wie Daniel gerne dachte) patriotisch.

Er liebte die Kulisse, und er liebte den Augenblick, in dem sich die Vorhänge teilten oder hochgingen und die Lichter eines Theaters ihn hier auf seinem Hocker in Arkadien entdeckten, bereit, noch ein weiteres Lied zu singen. Er liebte die Scheinwerfer. Je heller sie wurden, desto heller wollte er sie haben. Sie schienen in ihrem unermüdlichen Blick die Aufmerksamkeit des gesamten Publikums zu konzentrieren. Sie waren sein Publikum, und für sie spielte er und mußte daher nicht die einzelnen Gesichter berücksichtigen, die unter diesem Meer von Licht verschwammen. Am meisten von allem liebte er seine eigene Stimme, wenn sie sich ihren Weg durch das zarte Gewirr der anderen Stimmen suchte, die in seinem eigenen, zweiundzwanzigköpfigen Orchester, den Daniel-Weinreb-Symphonikern, anschwollen und verhallten. Und er wollte, endlich, daß dies sein Leben sein sollte, sein einziges Leben. Wenn es klein war, dann war auch das ein Teil seines Reizes.

Also sang er seine alten Lieblingslieder, und die Leute sahen ihn an und hörten zu und verstanden ihn, denn darin liegt die Kraft des Gesanges, daß er verstanden werden muß. Seine Mutter, mit einem starren Lächeln auf dem Gesicht, verstand, und sein Vater, der neben ihr saß und mit dem Fuß den Takt von Mrs. Schiffs ›a la turca‹ Marsch mitklopfte, verstand ebenso deutlich. Rose in der nächsten Reihe, die ihr Tonbandgerät unter dem Sitz versteckte (sie hatte auch das ganze Familientreffen aufgenommen) verstand, und Jerry, der hinter seinen geschlossenen Augen kleinen, farbigen Lichtblasen zusah, verstand auch, wenn auch bei ihm das Verständnis zum größeren Teil darin bestand, daß er einsah, daß dies nichts für ihn war. Weit hinten im Zuschauerraum verstand Eugene Muellers zwölfjähriger Sohn, der trotz des strengen Verbots seines Vaters hierhergekommen war, mit einem Taumel des Verstehens, nicht in blitzartigem Aufleuchten, sondern so, wie vielleicht ein Architekt verstehen mag, in einer Vision großer, gewölbter Räume, die die Musik aus der rohen, schwarzen Nacht herausschnitt; einer Vision stattlicher, regelmäßiger, mathematischer Abstände; einer Vision geräumigen, beständigen Entzückens.

Selbst Daniels alte Rachegöttin aus Zimmer 113 verstand, selbst der Eisberg verstand, obwohl es schmerzlich war für sie, wie der Anblick sonnenbeschienener Wolken hinter dem Eisengitter eines hohen Fensters. Sie saß da, steif wie ein Brett, auf ihrem Platz in der fünften Reihe, die Aufmerksamkeit auf die Worte gerichtet, besonders auf die Worte, die gleichzeitig so bedrohlich und so unendlich traurig klangen, aber nicht die Worte verstand sie, sondern den Gesang.

Als Daniel schließlich alles außer der letzten Programmnummer gesungen hatte, machte er eine Pause, um seinem Publikum zu erklären, daß ihn, obwohl das eigentlich ein Verfahren sei, das er nicht billige, sein Manager Irwin Tauber überredet habe, einen Flugapparat zu benützen, während er sein letztes Lied sang. Vielleicht würde er nicht abheben, vielleicht doch: man könne es nie im voraus sagen. Aber er habe das Gefühl, er würde es schaffen, denn es sei so großartig, wieder bei seiner Familie und bei seinen Freunden in Amesville zu sein. Er wünsche, er könne erklären, was ihm Amesville alles bedeute, aber damit könne er wirklich nicht anfangen, er könne nur sagen, daß in ihm immer noch mehr von Amesville als von New York stecke.

Das Publikum klatschte dieser Treueerklärung pflichtschuldigst Beifall.

Daniel lächelte und hob die Arme, und der Beifall hörte auf.

Er dankte ihnen.

Er wolle erreichen, sagte er, daß sie das Wunder, die Herrlichkeit des Fliegens begreifen sollten. Es gebe nichts, erklärte er, das so großartig sei, keine Ekstase, die so erhaben sei. Was war, fragte er rhetorisch, eigentlich Fliegen? Was bedeutete es? Es war ein Akt der Liebe, des Anschauens Gottes; es war die höchste Begeisterung, die die Seele erreichen kann; es war daher das Paradies; und es war so *wirklich* wie der Morgen- oder der Abendstern. Und jeder, der fliegen wollte, konnte das tun, es kostete nicht mehr als ein Lied.

‚Das Lied', so habe er in einem seiner Lieder geschrieben, ‚hört nicht auf', und obwohl er dieses Lied geschrieben habe, ehe er selbst fliegen lernte, sei es wahr. In dem Augenblick, in dem man durch die Kraft des Gesanges seinen Körper verläßt, verstummen die Lippen, aber das Lied geht weiter, und solange man fliegt, hört auch das Lied nicht auf. Er hoffe, sie würden sich daran erinnern, falls er heute abend seinen Körper verlassen sollte. Das Lied hört nicht auf.

Das sei jedoch nicht das Lied, das er jetzt singen wolle. Das Lied, das er jetzt singen wolle, sei *Fliegen*. (Das Publikum applaudierte.) Das Orchester begann mit der langsamen plätschernden Einführung. Daniels Assistent rollte den mit aufwendigen Effekten ausgestatteten Flugapparat auf die Bühne. Daniel haßte das Ding. Es sah aus, als käme es aus der Sonderangebotsecke einer Leichenhalle. Irwin Tauber hatte den Apparat selbst entworfen, denn er wollte nicht, daß irgend jemand außer ihm selbst und Daniel wußte, daß die Drähte manipuliert waren. Tauber war vielleicht eine Kanone in Elektronik, aber als Designer fehlte ihm das richtige Fingerspitzengefühl.

Daniel wurde in den Apparat geschnallt. Es war, als würde man in einem Stuhl sitzen, der nach hinten kippte. Der Grund dafür war, daß er nicht nach vorne auf sein Gesicht fallen konnte, wenn er vorgab zu erschlaffen.

Er legte seine Hand leicht auf die Armstütze. Mit dem Daumen suchte er den verborgenen Schalter unter dem Satinbezug der Stütze. Selbst jetzt noch *mußte* er ihn nicht benützen. Aber er würde es wahrscheinlich tun.

Er sang. »Wir sterben!« sang er.

*Wir sterben!*
*Wir fliegen!*
*Zum Boden hinunter, zur Decke empor,*
*Zum Fenster hinaus, zur Küste davor.*

*Wir leiden!*
*Wir segeln*

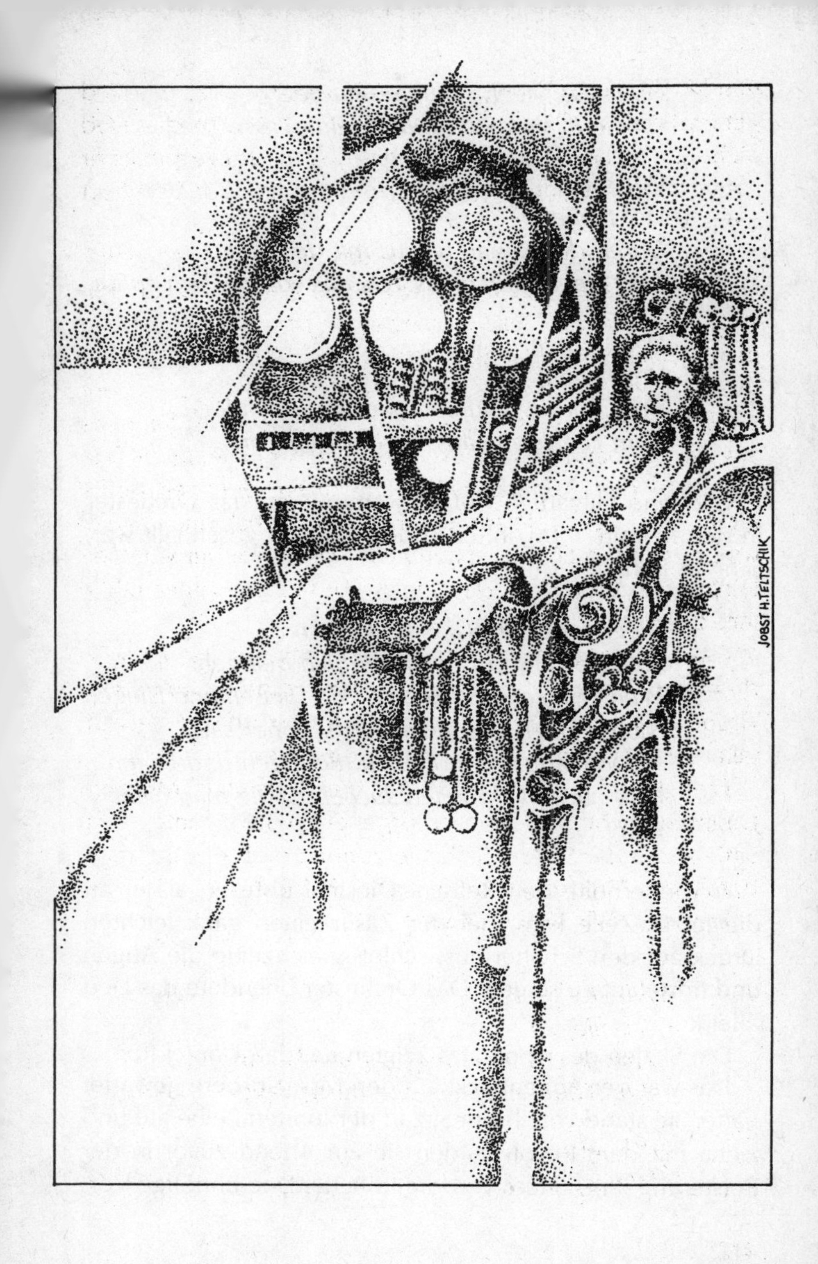
JOBST H.TELTSCHIK

*Über das Meer, hinunter zur See.*
*Hinein in den Sturm, über eine Tasse Tee.*

*Wir säen!*
*Wir fließen*
*Durch den Kanal, hinaus mit der Flut*
*Und hinein durch das Tor, das vor uns sich auftut.*

*Wir sterben!*
*Wir fliegen*
*Zum Boden hinunter, zur Decke empor,*
*Zum Fenster hinaus, herein zum Tor.*

Wie eine blitzartige Flut schwemmte ihn das Orchester in den Refrain. Obwohl er in den Apparat geschnallt war, sang er herrlich.

*Fliegen, Segeln, Fließen, Fliegen:*
*Solange du lebst, wirst du dich belügen,*
*Wenn Fliegen und Segeln und Fließen und Fliegen*
*Nicht klüger, gesünder und schöner sind*
*Als Verkaufen und Kaufen, Betrügen und Lügen*
*Und nach Wahrheiten suchen... die man nicht find't.*

Er wiederholte den Refrain. Diesmal übte er, als er an die letzte Zeile kam, bei der Zäsur einen ganz leichten Druck auf den Schalter aus, schloß gleichzeitig die Augen und hörte auf zu singen. Das Orchester beendete das Lied allein.

Die Skalen des Apparates zeigten an, daß Daniel flog.

Das war der Augenblick, auf den Mrs. Norberg gewartet hatte. Sie stand von ihrem Sitz in der fünften Reihe auf und zielte mit dem Revolver, den sie am Abend zuvor in der Polsterung ihres Sitzes verborgen hatte. Eine unnötige Vorsichtsmaßnahme, denn an der Tür war keine Sicherheitsüberprüfung vorgenommen worden.

Die erste Kugel blieb in Daniels Gehirn stecken. Die zweite zerriß ihm die Aorta.

Als später der Richter, als Einleitung zu ihrer Verurteilung, Mrs. Norberg fragen sollte, warum sie Daniel Weinreb getötet hatte, würde sie antworten, sie habe so gehandelt, um das System des freien Wettbewerbs zu verteidigen. Dann legte sie die rechte Hand auf die Brust, wandte sich der Fahne zu und rezitierte den Treueid: »Ich schwöre Treue«, erklärte sie mit gebrochener Stimme und Tränen in den Augen, »der Fahne der Vereinigten Staaten von Amerika und der Republik, für die sie steht, der einen Nation unter Gottes Herrschaft, unteilbar, mit Freiheit und Gerechtigkeit für alle.«

MICHAEL NAGULA

# Die Spur der Wut

## Thomas M. Disch
## und die Behandlung
## der menschlichen Freiheit

Nur ein bißchen gute Luft
Über mir und unter mir
Nur ein bißchen gute Luft
Das brauch ich jetzt

*Palais Schaumburg*

»Ich sage nicht«, erklärt Disch in einem Interview*, »daß jeder Autor als Realist fungieren muß, aber wenn man mit ethischer Sensibilität in einem Romanwerk etwas zum Tragen bringen will, erfordert es schon einiges, die Welt in ihrer komplexen Moral zu verstehen. Die Art von Kunst, die mir gefällt, sollte zum Beispiel ironisch geschrieben sein oder zumindest den Eindruck erwecken, daß der Verfasser mir nicht irgendwelchen Quatsch über das Leben erzählt, auf das wir zusteuern.«

Das ist ein hoher Anspruch, der eine analytische Kraft erfordert, die das Werk des Autors in bemerkenswertem Maß aufweist. Thomas M. Disch wurde am 2. Februar 1940 in Des Moines/Iowa geboren. Nach Beendigung seiner Schulzeit am Washington Square College und einem Geschichtsstudium an der Universität von New York arbeitete er als Bankangestellter und in einer Werbeagentur, bevor er Mitte der sechziger Jahre beschloß, freier Schriftsteller zu werden. Er lebte zeitweise in England, der Türkei, Italien und Mexiko und bereiste — zum Teil gemeinsam mit John Sladek — mehrere europäische Länder. Das allein wirft schon ein bezeichnendes Licht auf seine Nei-

* Charles Platt, »Gestalter der Zukunft«, Köln-Lövenich. Hohenheim Verlag. 1982.

gung, sich stets neuen Aufgaben zu stellen. Ähnlich ist es mit seinen Werken: Auch hier hat er alle Techniken ausprobiert und in allen Genres seine Spuren hinterlassen. Er hat Gedichte geschrieben (für eines 1981 sogar den Rhysling Award bekommen) und neben Artikeln und Drehbüchern auch Horrorromane, Krimis und historische Romane verfaßt. Er hat sich in jedem Bereich der Literatur heimisch gemacht, ohne fehl am Platz zu erscheinen. Viele seiner Geschichten sind Satiren, deren Grimmigkeit und Bissigkeit oft mit dem Spätwerk Jonathan Swifts verglichen wurde. Seinen Einstieg in die Science Fiction markiert die Kurzgeschichte *The Two-Timer*, die 1962 erschien. Bot sie noch einen vergleichsweise konventionellen Umgang mit den Mitteln des Genres, so zeigte schon sein drei Jahre später erscheinender erster Roman *The Genocides* die satirischen Qualitäten, die in dem Autor stecken: Außerirdische landen auf der Erde und beginnen sie rücksichtslos in einen Agrarplaneten für Monokulturen zu verwandeln, die dem Menschen keine Überlebenschance lassen. Als die ganze Erde von riesigen Pflanzen bedeckt ist, begehren einige Menschengruppen auf und werden kurzerhand wie Ungeziefer vernichtet. Disch treibt in diesem Roman sein Spiel mit einem beliebten Grundmuster der Science Fiction, der Invasion aus dem All, die in aller Regel glücklich abgewehrt wird. Daß er diese Konzeption bewußt durchbrach, zeugt bereits von der beginnenden Umorientierung im Genre, die erheblich durch die New Wave beeinflußt wurde. Und so kann man den Roman auch als Aufbegehren eines Autors verstehen, der sich alteingesessener Themen annimmt, um sie durch Überzeichnung und bitteren Sarkasmus der Lächerlichkeit preiszugeben. Leider konnte sein zweiter Roman die hohen Erwartungen, die sein Erstling geweckt hatte, nur unzureichend erfüllen. *Mankind Under the Leash* von 1966, wie sein Vorgänger ein Invasionsroman, entstand auf der Grundlage der Kurzgeschichte *White Fang Goes Dingo.* Die Menschheit ist darin von Energiewesen aus dem All unterjocht, denen keine herkömmliche Waffe etwas anhaben kann, bis eine Sonneneruption die entscheidende Wende herbeiführt.

Das nun folgende Schaffen Dischs weist jedoch eine deutliche Umorientierung auf. Zwar bleiben schwarzer Humor und Zynismus erhalten, doch sind seine Werke zunehmend von Kulturpessimismus geprägt. Nach dem ebenfalls eher schwachen *Echo Round His Bones* folgte 1968 schließlich jenes Buch, das den Ruf des Autors festigte und als einer der bedeutendsten Beiträge zur Science Fiction der sechziger Jahre gilt: *Camp Concentration.**

Obwohl dieses Buch ihm eine breitere Aufmerksamkeit sicherte, sieht Disch selbst es nicht als sein bestes Werk an. Auf einen repräsentativen Überblick über sein bisheriges Schaffen befragt, nennt er neben der auf deutsch noch nicht vorliegenden Kurzgeschichtensammlung *Getting Into Death* vor allem den 1972 erschienenen Roman *334,*** bei dem es sich um eine Zusammenfassung komplex miteinander verwobener Vignetten handelt. Er beschreibt darin das Schicksal der Stadt New York und die zunehmende Verschlechterung der Lebensumstände in nicht allzu ferner Zukunft. Helden im eigentlichen Sinne hat das Buch keine, denn der wahre Protagonist ist die Stadt selbst, dargestellt anhand des riesigen Apartmentblocks 334 East 11th Street. Seine Bewohner leben in einer Umwelt, wo die Zahl der Analphabeten größer ist als

---

* Deutsch: *Camp Concentration,* BIBLIOTHEK DER SCIENCE FICTION LITERATUR, Band 9.

** Deutsch: *Angoulême,* ebendort, Band 18.

in den Entwicklungsländern, wo die Kriminalität Formen annimmt, die es ihnen unmöglich macht, die von Verbrecherbanden und Kriminellen heimgesuchten Parks zu besuchen, wo Korruption und menschenverachtendes Denken der verantwortlichen Politiker in jeder ihrer Entscheidungen sichtbar werden. Zwar gelingt es allen Bewohnern des Blocks, irgendwie mit ihrem Schicksal fertig zu werden, dennoch wertet Disch das nicht als Anzeichen dafür, daß sich das Schicksal noch zum Besseren wenden kann. Eine Entwicklung, die schon in unseren Tagen seit langem zum Tragen kommt und ihren Ausdruck vor allem in den Großstädten der Welt findet, führt bei ihm unweigerlich zu immer mehr Lebensfeindlichkeit, die den Nährboden für eine ständig wechselnde Zahl von Gewaltverbrechen bereitet. In dieser Hinsicht ist *334* ein ausgesprochen wichtiges Buch: die Warnung vor einer bereits eingetretenen Zukunft, deren furchtbare Auswirkungen kein Individuum ungeschoren lassen.

Disch beteiligte sich nie an jener oberflächlichen Fortschrittsgläubigkeit, für die Amerika tonangebend war. Unter Einsatz satirischer Mittel bemühte er sich stets um eine Kritik der Gegenwart. Dies machte ihn in den sechziger Jahren zu einem begeisterten Mitarbeiter an dem britischen Magazin ›New Worlds‹, das im Rahmen seiner Avantgarde-SF in Fortsetzungen auch erstmals den Roman *Camp Concentration* veröffentlichte, der — wie der Autor erklärt — überaus ernst gemeint ist und voller Leid steckt. Er erzählt die Geschichte des Louis Sachetti, eines Durchschnittsmenschen, der im Amerika der nahen Zukunft lebt, einem streng reglementierten Polizeistaat, der einen sinnlosen Krieg in Asien führt. Die Regierung, fest entschlossen, den Widerstand im eigenen Lager zu brechen, sperrt Aufrührer in Internierungslager und läßt Wissenschaftler Versuche an ihnen durchführen. Obwohl deutliche Bezüge zum Vietnamkrieg und den Jugendprotesten bestehen, liest sich das Buch wie ein Leitfaden für das Verständnis einer zeitlosen Herrschermentalität. Anpassung, Konformität, Entindividualisierung werden angeprangert und in Form von Sachettis Tagebucheintragungen dokumentiert, an dem man Versuche mit einer Mutation des Syphilis-Erregers vornimmt, die eine Steigerung der Intelligenz bewirken, gleichzeitig jedoch seine Lebenserwartung auf wenige Monate verkürzen. Sachetti wird durch einen SF-typischen Schluß gerettet, der von vielen Kritikern als Konzession an das Lesepublikum verstanden wird und den Wert des Buches sichtlich mindert. Freilich ist es nach wie vor eine offene Frage, warum Disch seine Gestalt im letzten Moment dem sicheren Tod entreißt. Vielleicht spielt Furcht eine Rolle, die Furcht davor, eine Konsequenz in die Ausweglosigkeit zu formulieren. Für die Entwicklung des Genres ist das Buch jedenfalls von größter Bedeutung. Es schildert unter Einbeziehung politischer und gesellschaftlicher Aspekte eine realistische Zukunft, wie sie in der Science Fiction bis dahin keineswegs üblich war. Und so ist es ungeachtet des positiven Endes eigentlich ein düsteres und pessimistisches Buch, das für seinen Verfasser eine doppelte Herausforderung darstellte: Er mußte das Tagebuch eines Menschen schreiben, der weiß, daß er sterben wird, und andererseits ein Bewußtsein schildern, das schließlich in übermenschlichen Höhen schwebt. Dies war gewissermaßen eine Schwäche gegen sich selbst, aber auch ein bewußtes Stück Selbstanalyse, zumal der Autor freimütig gesteht, daß die Intelligenz für ihn eine Art Fetisch darstellt. Ihr allein verdankt er seine Fähigkeit zum analytischen Denken.

»In Amerika hat der Roman nicht viel Aufsehen erregt«, erklärt Disch in dem eingangs erwähnten Interview. »Man hat ihn als intellektuelles Gewäsch abqualifiziert und sich in diesem Tenor den Mund darüber fusselig geredet.* Ich hatte mit diesem Roman nie den Erfolg, der nötig gewesen wäre, um für die Leute eine Bedrohung darzustellen, und da ich keiner von denen bin, die sich clever selbst vermarkten, ist er vom Markt verschwunden, wie das bei manchen Büchern eben so üblich ist. Und das ist ja auch nicht weiter schlimm. Man hätte sonst natürlich eine Art Fortsetzung erwartet.« Er fügt hinzu: »Es gab einmal eine Zeit, in der ich Dinge schreiben wollte, die noch weitaus ernster und schwärzer werden sollten.«

Mit *Auf den Flügeln des Gesangs* scheint er sich diesen Wunsch erfüllt zu haben. 1979 erschienen, gilt es als eines der spektakulärsten SF-Werke der letzten Jahre und brachte dem Autor neben Nominierungen für den Hugo und den Locus Award einen zweiten Platz bei der Nebula-Wahl sowie den John W. Campbell Memorial Award ein. Doch obwohl er damit direkt an den elf Jahre zuvor erschienenen Roman *Camp Concentration* anknüpft — der Handlungshintergrund gleicht sich — ist der Rahmen diesmal erheblich weiter gespannt. Disch stellt die Psyche seines Protagonisten mehr denn je als eingebunden in die Zwänge der Umwelt dar. Nicht systemgetreue Elemente im Zaum zu halten, notfalls zu eliminieren, ist darin das Ziel der einen Seite, sein Leben für eine kurze Spanne der Meisterschaft zu geben, das des anderen. Auch in diesem Amerika herrschen wieder totalitäre Strukturen, existieren Besserungsanstalten, durch die Denker und Aufrührer, die sich gegen die bestehende Ordnung auflehnen, in die Ar-

---

* Tatsache ist — aber das wurde mehr als ein Jahrzehnt nach Erscheinen von *Camp Concentration* ruchbar —, daß in den USA wirklich derartige Versuche mit Syphilis-Erregern durchgeführt wurden, und zwar an Negern in den Südstaaten, mit Regierungsgeldern finanziert. Die Opfer waren ahnungslos. — *Anm. d. Hrsg.*

me der Gesellschaft zurückgeführt werden sollen. Aber nun, gegen Ende des Jahrhunderts, haben sich die Ausgeflippten, Verrückten, Kretins und Freaks einen vermeintlichen Freiraum in der Stadt geschaffen, wo sich abseits des Netzwerks staatlicher Kontrolle auf grotesken Schauplätzen groteske Schicksale abspielen. Etwa das des Daniel Weinreb, der in Des Moines/Iowa — nicht zufällig auch der Geburtsort des Autors — zur Welt kommt und von Kindesbeinen an dem Traum nachhängt, irgendwann einmal fliegen zu können. Bringt man nämlich beim Singen Musik und Text zu einem harmonischen Einklang, so ist es der menschlichen Seele möglich, den Körper zu verlassen und in höhere Sphären vorzudringen. Als Geistwesen genießt man eine Unabhängigkeit und Freiheit, die körperlich im repressiv und diktatorisch regierten Amerika nicht erlangt werden kann. Man benötigt dazu nur einen guten Fluchtpunktapparat, der menschliche Körper bleibt in scheintotem Zustand am Boden zurück. Daniel Weinreb nährt diesen Traum und wird beim Verkauf auswärtiger Zeitungen, in denen für Flugmaschinen geworben wird, verhaftet. Man verurteilt ihn zu einem achtmonatigen Aufenthalt in einer Besserungsanstalt, der für ihn zum Überlebenstraining wird. Als er entlassen wird, ist er zu einem Mann gereift, der das doppelbödige Denken beherrscht: nach außen hin berechnend und kalt, im Innersten zutiefst verunsichert. Seinen Plan hat er jedoch nicht aufgegeben. Er lernt die Tochter eines einflußreichen Politikers kennen, heiratet sie und besucht mit ihr heimlich eine Schule, die ihnen die Flucht in höhere Sphären ermöglichen soll. Während seine Frau abhebt und nicht mehr in ihren Körper zurückkehrt, scheitern Daniels Versuche kläglich. Um der Rache ihrer Familie zu entgehen, taucht er unter und verdingt sich als Lustknabe, erlernt das Singen und wird zum gefeierten Showstar. Ein Jahrzehnt später: Daniel bereitet es zynische Freude, den Jetset als Häschen Zuckerhäschen mit vor Entzücken verklärter Stimme und auf Drahtstielen wippenden Hasenohren zum Narren zu halten, und schließlich braucht er viel Geld, um den seelenlosen Körper seiner Frau am Leben zu erhalten. Noch immer glaubt er an ihre Rückkehr, und eines Tages ist es dann soweit. Sie bleibt nur wenige Augenblicke, kaum länger als sie braucht, um ihm mitzuteilen, daß auch er fliegen könnte, wenn er nur wollte. Das gibt den Ausschlag dafür, daß Daniel während seiner folgenden Tournee vorgibt, tatsächlich fliegen zu können. Verbittert und resigniert macht er auf Anraten seines Managers eine Bühnenshow daraus. Und just in dem Moment, als der manipulierte Apparat fälschlicherweise sein Fliegen anzeigt, holt ihn der rächende Arm der Republik ein; er wird erschossen. Ein unrühmliches Ende für jemanden, der sein Leben lang einer Freiheit hinterhereilte, die er nie fand. Aber konsequent. Es ist kein Hoffnungsschimmer mehr am Horizont, den er aus eigener Kraft ausmachen könnte. Und Hilfe wird nicht gewährt.

»Alle jungen Menschen neigen zu der Ansicht, anders zu sein als die anderen, denn so ist nun einmal ihre Lebenssituation«, erklärt Disch. »Wer keine Karriere gemacht hat und über keinen Freundeskreis verfügt, zu dem er wirklich gehört, entwickelt natürlich Selbstmitleid.« Diese Worte aus dem oben erwähnten Interview nehmen wesentliche Inhalte des Romans vorweg, denn vom Anderssein und der Kreativität und Freiheit des menschlichen Geistes handelt der vorliegende Roman. *Auf Flügeln des Gesangs* stellt Fragen und hat die Antworten gleich zur Hand. Das Fliegen nämlich, das jenes feenhafte Dasein in Frieden und Harmonie erst ermöglicht, ist das Ergebnis intensiver Kontemplation. Durch ausdauerndes Bemühen wird das Bewußtsein befähigt, sich über den Körper zu erheben und ein Maß an Freiheit zu erreichen, das wahlweise als Basis kreativen Schaffens oder als Flucht vor einer widernatürlichen Umwelt dienen kann. In einem repressiven Staatswesen mit einer durch Zwänge zusammengehaltenen Gesellschaft läßt sich das freilich nur unzureichend verwirklichen. Schon der Versuch muß den Regierenden bedrohlich erscheinen. So sind es denn auch die klassischen Mechanismen des Totalitarismus, denen der Held des Romans bereits in jungen Jahren zum Opfer fällt. Disch, mit Sicherheit einer der anspruchsvollsten Autoren in der Science Fiction überhaupt, bemüht sich mit seiner Hilfe um die Aufklärung eines falschen Bewußtseins. Er tut dies, indem er Daniel in das Szenario der unmittelbaren Zukunft versetzt und mit deren Mythen konfrontiert, sein Wollen gegen sein Müssen ausspielt. So wächst der Held stellvertretend für Autor und Leser in eine Situation hinein, die Georges Bataille einmal treffend beschrieb: »Sich in einem Körper zu befinden, der von der Vernunft beherrscht wird, während die Vernunft nicht mit allen Trieben fertig werden kann, löst eine Wut aus, die man als unauslöschlich betrachten kann. Etwas, das alle Möglichkeiten überleben wird.« Dieser Wut auf die Spur gekommen zu sein und sie für die Science Fiction verpflichtet zu haben, ist Dischs großes Verdienst. Mit *Auf Flügeln des Gesangs* hat er gezeigt, daß man bis zum Äußersten gehen muß, auf das zugehen muß, was man vielleicht Mystizismus nennen könnte, bis zu zwei völligen Extremen, dem Traum von der Unbeschwertheit und dem Gefangensein in gesellschaftlichen Zwängen. Die zu diesem Zweck von ihm geschaffene Welt wirkt durch den Gebrauch vertrauter Accessoires geradezu heimisch. Totalitarismus. Sesamstraße. Das kennt man, das sind Bestandteile der realen Gegensätzlichkeit unserer realen Welt. Was uns Disch präsentiert, sind Studien am Fallbeispiel

Mensch, dem Zuchtobjekt einer Gesellschaft, in der auf die von ihm beschriebene Weise der Rasende zum ewig wiederkehrenden Charakter wird. Die Probleme des Daniel Weinreb könnten also unsere Probleme sein, seine ohnmächtige Wut unsere Wut. Sein Ende wäre somit der letzte Ausdruck einer Konsequenz, vor der der Autor in *Camp Concentration* noch zurückscheute. Ein Schluß, der alles andere als SF-typisch, der aufrichtig ist. Man kann sich des Eindrucks nicht erwehren, daß Disch in der Gestalt des Daniel Weinreb seine eigene Biographie vorgelegt hat. Doch auch wenn wir ihm in diese Resignation hinein nicht folgen wollen, so können wir immerhin eines festhalten: Daß immer alles dort sei, wo es der Gegner, die herrschende Lüge, nicht vermutet, ist die wesentliche Botschaft dieses Romans.

Die meisten Romane von Disch liegen auch auf deutsch vor. Im folgenden nenne ich jene Ausgaben, die noch am ehesten greifbar sein werden.

Im Wilhelm Heyne Verlag erschienen:

»DIE FEUERTEUFEL« *(The Genocides),* München 1975, Science Fiction 06/3457, übersetzt von Walter Brumm; »CAMP CONCENTRATION« *(Camp Concentration),* München 1983, Bibliothek der Science Fiction Literatur 06/9, übersetzt von Gertrud Baruch; »DIE DUPLIKATE« *(Echo Round His Bones),* München 1972, Science Fiction 06/3294, übersetzt von Fritz Steinberg; »ANGOULÊME« *(334),* München 1983, Bibliothek der Science Fiction Literatur 06/18, übersetzt von Walter Brumm; sowie »AUF FLÜGELN DES GESANGS« *(On Wings of Song),* München 1986, Bibliothek der Science Fiction Literatur 06/40, übersetzt von Irene Holicki.

Im Droemer Knaur Verlag erschienen:

»DIE HERRSCHAFT DER FREMDEN« *(Mankind Under the Leash),* München 1979, Science Fiction 5719, übersetzt von Horst Pukallus.

Darüber hinaus erschien im Rowohlt Verlag der in gemeinsamer Arbeit mit John Sladek entstandene Kriminalroman »ALICE IM NEGERLAND« *(Black Alice),* Reinbek 1971, rororo 2224, übersetzt von Edda Janus; im Arthur Moewig Verlag unter dem Pseudonym Leonie Havgrave der Schauerroman »CLARA REEVE« *(Clara Reeve),* Rastatt 1984, Buchnummer 2283, übersetzt von Annemarie Arnold-Kubina; und im Wilhelm Heyne Verlag der Horrorroman »DAS GESCHÄFT MIT DEM GRAUEN« *(The Business Man),* München 1984, Die Unheimlichen Bücher 11, übersetzt von Rolf Jurkeit.

Dischs Novellen und Kurzgeschichten sind ebenfalls beachtenswert. Leider liegt erst eine Sammlung von ihm in deutscher Sprache vor. Sie erschien unter dem Titel: »JETZT IST DIE EWIGKEIT« *(Under Compulsion),* München 1972, Heyne Science Fiction 06/3300, übersetzt von Fritz Steinberg.

# BIBLIOTHEK DER SCIENCE FICTION LITERATUR

Bd. 23: Curt Siodmak, **Das dritte Ohr** 06/23 – DM 6,80
Bd. 24: Alfred Bester, **Tiger! Tiger!** 06/24 – DM 6,80
Bd. 25: Ursula K. LeGuin, **Die zwölf Striche der Windrose** 06/25 – DM 7,80
Bd. 26: Harry Harrison, **New York 1999** 06/26 – DM 6,80
Bd. 27: John Wyndham, **Die Triffids** 06/27 – DM 6,80
Bd. 28: Karl Michael Armer/Wolfgang Jeschke, **Die Fußangeln der Zeit** (Bd. 1) 06/28 – DM 7,80
Bd. 29: Karl Michael Armer/Wolfgang Jeschke, **Zielzeit** (Bd. 2) 06/29 – DM 9,80
Bd. 30: Philip K. Dick, **Eine andere Welt** 06/30 – DM 6,80
Bd. 31: Oliver Lange, **Vandenberg oder Als die Russen Amerika besetzten** 06/31 – DM 7,80
Bd. 32: Helga Abret/Lucian Boia, **Das Jahrhundert der Marsianer** 06/32 – DM 9,80
Bd. 33: Ray Bradbury, **Fahrenheit 451** 06/33 – DM 5,80
Bd. 34: Curt Siodmak, **Donovans Gehirn** 06/34 – DM 6,80
Bd. 35: Carl Amery, **Das Königsprojekt** 06/35 – DM 7,80
Bd. 36: Bob Shaw, **Andere Tage, andere Augen** 06/36 – DM 6,80
Bd. 37: Olaf Stapledon, **Sirius** 06/37 – DM 6,80
Bd. 38: Keith Roberts, **Pavane** 06/38 – DM 7,80
Bd. 39: Sterling E. Lanier, **Hieros Reise** 06/39 – DM 9,80
Bd. 40: Thomas M. Disch, **Auf Flügeln des Gesangs** 06/40 in Vorb.
Bd. 41: Christopher Priest, **Der steile Horizont** 06/41 – DM 7,80
Bd. 42: Edgar Pangborn, **Davy** 06/42 – DM 9,80
Bd. 43: Ursula K. LeGuin, **Planet der Habenichtse** 06/43 – DM 9,80
Bd. 44: Theodore Sturgeon, **Baby ist drei** 06/44 – DM 6,80
Bd. 45: Roger Zelazny, **Herr des Lichts** 06/45 – DM 7,80
Bd. 46: Karel Capek, **Der Krieg mit den Molchen** 06/46 – DM 6,80
Bd. 47: Ursula K. LeGuin, **Die Kompaßrose** 06/47 – DM 6,80
Bd. 48: Algis Budrys, **Projekt Luna** 06/48 in Vorb.
Bd. 49: Walter M. Miller jr., **Lobgesang auf Leibowitz** 06/49 in Vorb.
Bd. 50: Brian W. Aldiss, **Helliconia: Frühling** 06/50 – DM 9,80
Bd. 51: Brian W. Aldiss, **Helliconia: Sommner** 06/51 – DM 12,80
Bd. 52: Brian W. Aldiss, **Helliconia: Winter** 06/52 – DM 12,80

**Wilhelm Heyne Verlag München**

Preisänderungen vorbehalten.